Chasse à mort

DEAN R. KOONTZ

DEAN R. KOONTZ

Chasse à mort

TRADUIT DE L'ANGLAIS
PAR EVELYNE CHÂTELAIN

ÉDITIONS J'AI LU

À Lennart Sane et à Elisabeth Sane

Ce roman a paru sous le titre original :

WATCHERS

PREMIÈRE PARTIE

OUBLIER LE PASSÉ

Le passé n'est que le début du commencement, et tout ce qui est ou a été n'est rien d'autre que le crépuscule de l'aube.

H. G. WELLS

La rencontre de deux personnalités ressemble au contact de deux corps chimiques : s'il se produit une réaction, les deux éléments sont transformés.

C. G. JUNG

Chapitre premier

1

Le jour de ses trente-six ans, le 18 mai, Travis Cornell se leva à cinq heures du matin. Il enfila un jean, une chemise à carreaux bleus et de solides chaussures de marche. En camion à plateau, il quitta sa maison de Santa Barbara et prit la route des canyons de Santiago, à l'extrémité est du comté d'Orange, au sud de Los Angeles. Il n'emportait avec lui qu'une gourde pleine de soda à l'orange, un paquet de biscuits Oreo et un Smith & Wesson .38 chargé.

Pendant les deux heures et demie que dura le trajet, il n'alluma pas la radio. Pas plus qu'il ne fredonna ou siffla comme les hommes le font souvent lorsqu'ils sont seuls. Sur une partie de la route, il longea le Pacifique à sa droite. L'océan d'un gris de plomb à l'horizon, froid et triste comme le métal, se teintait, plus près de la côte, des lumières argentées et roses de l'aube. Travis n'accorda pas le moindre regard appréciateur à la mer baignée de soleil.

C'était un homme mince, musclé, aux yeux enfoncés, du même brun sombre que ses cheveux. Il avait un visage long, avec un nez noble, des pommettes hautes et un menton légèrement effilé. Le visage ascétique d'un moine appartenant à quelque ordre saint qui croyait encore aux vertus de la macération et à la purification de l'âme par la douleur. Dieu sait qu'il avait eu sa part de souffrance ! Pourtant, cela pouvait être aussi un visage agréable, chaleureux et ouvert.

Autrefois, son sourire avait charmé les femmes, mais il n'avait pas souri depuis fort longtemps.

Les biscuits, la gourde et le revolver se trouvaient dans un petit sac à dos de nylon vert avec des lanières noires, posé sur le siège du passager. De temps à autre, il regardait le sac. On aurait dit qu'il voyait le revolver chargé à travers le tissu.

Il quitta la route des canyons de Santiago pour un chemin plus étroit de terre caillouteuse. Un peu après huit heures et demie, il gara la camionnette sous le branchage rugueux d'un immense épicéa effilé.

Il passa les lanières du sac sur ses épaules et s'enfonça dans les collines des montagnes de Santa Ana. Depuis l'enfance, il connaissait chaque pente, chaque vallon, chaque défilé, chaque crevasse. Son père possédait une cabane de pierre en haut du canyon Holy Jim, le plus éloigné sans doute de tous les canyons habités, et Travis avait passé des semaines à explorer les terres sauvages à des lieues à la ronde.

Il aimait ces collines indomptées. Quand il était petit garçon, des ours bruns hantaient les bois, mais à présent, ils avaient disparu. On trouvait toujours des cerfs, mais pas en aussi grand nombre que deux décennies auparavant. Au moins, les plis du paysage, les buissons touffus et variés étaient-ils toujours les mêmes. Pendant longtemps, il marcha sous le dais des chênes et des sycomores de Californie.

De temps à autre, il passait devant une cabane ou un hameau. Certains des habitants, croyant à une apocalypse prochaine, luttaient sans grande conviction pour leur survie, sans oser toutefois se réfugier dans des contrées plus désolées. Les autres, pour la plupart las du tohu-bohu de la vie moderne, s'épanouissaient ici malgré le manque d'eau courante et d'électricité.

Bien que les canyons parussent isolés, ils seraient bientôt engloutis par la banlieue tentaculaire. Plus de dix millions de personnes vivaient déjà dans un rayon de cent cinquante kilomètres à la ronde dans les communautés imbriquées d'Orange et de Los Angeles, et la croissance n'était pas sur son déclin.

A présent, un flot de lumière cristalline, presque aussi matérielle que la pluie, inondait la terre inviolée ; tout était propre et sauvage.

Sur l'arête d'une corniche dénudée, où l'herbe qui avait poussé durant la courte saison des pluies avait déjà séché, Travis s'assit sur une grande pierre plate et se débarrassa de son fardeau.

A une dizaine de mètres, un serpent à sonnettes se faisait dorer au soleil. Il leva sa tête pointue et étudia l'intrus d'un air mauvais.

Enfant, Travis avait tué des dizaines et des dizaines de serpents à sonnettes dans ces collines. Il retira son pistolet du sac et se leva. Il s'approcha de quelques pas.

Le serpent se redressa un peu plus et l'étudia.

Travis avança encore d'un pas, puis d'un autre, et se mit en position de tir, les deux mains sur son arme.

Le serpent commença à se dérouler. Bientôt, il se rendrait compte qu'il ne pouvait rien faire à une telle distance et battrait en retraite.

Bien que Travis fût certain de la précision de son tir, à sa grande surprise, il se trouva incapable de presser la détente. Il n'était pas seulement venu sur ces collines pour se souvenir d'une époque où il aimait la vie, mais aussi pour tuer quelques serpents, s'il en rencontrait. Ces derniers temps successivement déprimé et furieux devant sa solitude et l'inutilité de son existence, il se sentait un peu comme la corde d'une arbalète. Il avait besoin de se libérer de ses tensions par une action violente, et la destruction de quelques serpents, dont la perte ne ferait souffrir personne, lui semblait le remède idéal. Soudain, en visant l'animal, il comprit que sa vie était moins inutile que la sienne ; il appartenait au cycle naturel et prenait sans doute plus de plaisir à la vie que lui-même. Il se mit à trembler ; le revolver esquivait sans cesse sa cible. Il ne trouvait pas la volonté de tirer. Puisqu'il n'était pas un exterminateur digne de ce nom, il abaissa son arme et regagna le rocher où il avait laissé son sac.

De toute évidence, le serpent était d'une humeur pacifique car il s'enroula et resta immobile.

Un instant plus tard, Travis ouvrit le paquet d'Oreo, les biscuits favoris de son enfance. Cela faisait quinze ans qu'il n'en avait pas mangé. Ils étaient presque aussi bons que dans son souvenir. Le soda à l'orange ne lui apporta pas le même plaisir. La boisson était trop sucrée pour son palais d'adulte.

Laissant le serpent à son soleil, il reprit son sac et se dirigea vers la pente sud, à l'ombre des arbres de l'entrée du canyon, où l'air était rafraîchi par les senteurs des jeunes pousses de conifères. Mélancolique, dans le vallon ouest, il suivit une piste de cerfs.

Quelques minutes plus tard, après avoir passé deux grands sycomores dont les branches se rejoignaient en arche, il parvint à une clairière inondée de soleil. De l'autre côté, la piste de cerfs menait à une autre section du bois où épicéas, lauriers et sycomores poussaient dru. Devant lui, le canyon descendait en pente escarpée. En se tenant à l'extrémité de la trouée de lumière, la pointe de ses bottes déjà dans l'ombre, il ne voyait qu'à quinze mètres devant lui avant que la piste se perde dans un océan d'obscurité.

Travis était sur le point de sortir de la clairière et de poursuivre son chemin lorsqu'un chien surgit d'un buisson à sa droite et fonça droit sur lui, tout suant et soufflant. C'était un golden retriever de pure race apparemment. Un mâle. Il devait avoir un peu plus d'un an, car bien qu'il ait déjà atteint sa taille adulte, il avait toujours la vivacité du chiot. Sa robe était humide, sale, emmêlée, pleine de graterons, de feuilles et de brins d'herbe. Il s'arrêta juste devant lui, s'assit, pencha la tête et le regarda avec une expression franchement amicale.

Si crasseux fût-il, l'animal n'en était pas moins sympathique. Travis lui caressa la tête et le gratta derrière les oreilles.

Il s'attendait à voir le propriétaire, pantelant, probablement furieux, surgir du buisson à la poursuite du fuyard. Personne ne vint. Il chercha un collier ou un tatouage, mais ne trouva rien.

— Tu ne m'as pas l'air d'un chien errant, pourtant ?

Le chien s'ébroua de plaisir.

— Non, bien trop amical pour un chien errant. Tu es perdu ?

Il lui lécha la main.

Travis remarqua qu'il avait des traces de sang séché derrière l'oreille droite. Du sang plus frais apparaissait sur les pattes avant, comme si l'animal avait couru longtemps sur un chemin accidenté et que les coussinets s'étaient déchirés.

— On dirait que tu viens de loin, mon gros.

Le chien soupira doucement comme s'il acquiesçait.

Travis continua à le caresser, mais au bout de quelques instants, il se rendit compte qu'il lui demandait quelque chose qu'il ne pouvait pas donner : un sens à la vie, un but, la fin de sa détresse.

— Allez, va-t'en maintenant.

Il lui donna une légère tape sur la croupe, se redressa et s'étira.

Le chien ne bougea pas.

Il le contourna et se dirigea vers le sentier qui se noyait dans l'obscurité.

Le chien tourna autour de lui et bloqua le passage.

— Allez, va-t'en.

Le retriever découvrit les dents et émit un grognement du plus profond de sa poitrine.

— Va-t'en, sois gentil.

Lorsque Travis essaya de passer à côté de lui, l'animal grogna et lui attrapa la jambe.

— Hé, qu'est-ce qui te prend ? s'écria Travis en reculant.

Il avança de nouveau, mais le chien le mordit plus fermement que la première fois et, tirant sur le pantalon, le ramena vers la clairière. Travis recula maladroitement de quelques pas sur le tapis glissant d'aiguilles de pin, trébucha et tomba sur les fesses.

Dès que Travis fut à terre, le chien se détourna. Il traversa la clairière et, par-dessus la crête, observa le noir en contrebas. Ses oreilles tombantes s'étaient redressées, autant que le peuvent les oreilles d'un retriever.

— Sale cabot !

Le chien l'ignorait.

— Qu'est-ce que tu as, espèce d'abruti ?

L'animal continuait à observer la piste de cerfs et l'obscurité de la pente du canyon. Sa queue basse disparaissait presque entre ses pattes arrière.

Travis ramassa une dizaine de petits cailloux, se leva et en lança un sur le chien. Touché à la croupe assez fort pour avoir mal, le chien se contenta de se retourner d'un air surpris.

« Maintenant, il va me sauter à la gorge », songea Travis.

Pourtant, le chien lui lança simplement un regard accusateur et se retourna vers le noir sentier.

Il y avait quelque chose dans ce chien dépenaillé, aux yeux noirs bien écartés et à la tête carrée, qui lui donnait honte de l'avoir ainsi frappé. Le fichu clébard avait l'air déçu, et Travis se sentait coupable.

— Hé, c'est toi qui as commencé !

Le chien ne broncha pas.

Travis lâcha ses cailloux.

Le chien regarda les projectiles abandonnés et leva de nouveau les yeux. Travis aurait juré lire un signe d'approbation sur ce visage canin.

Il aurait pu s'en aller. Ou trouver un autre chemin pour rejoindre le fond du canyon. Mais il était saisi par le besoin irrationnel d'aller là où il en avait envie. Et aujourd'hui par-dessus le marché ! Non, il ne se laisserait pas dissuader ni même retarder par un vulgaire cabot.

Il se leva, remit son sac en place d'un mouvement d'épaules et traversa fermement la clairière.

De nouveau, le chien se mit à grogner, assez doucement, mais d'un air menaçant. Encore une fois, les dents se découvrirent.

Pas après pas, le courage de Travis s'évanouissait et, arrivé à un mètre du chien, il opta pour une tactique différente. Il s'arrêta, secoua la tête et se mit à gronder gentiment l'animal.

— Vilain ! Tu n'es pas gentil du tout. Quelle mouche t'a piqué ? Hein ? réponds ! Pourtant, tu n'as pas l'air méchant, bien au contraire.

En entendant ces paroles affectueuses, le retriever cessa de grogner. Timidement, il remua même la queue, une fois, puis deux fois.

— Voilà, ça c'est un bon chien. On va devenir copains tous les deux, hein ?

Le chien émit un gémissement conciliant, son familier et agréable de celui qui veut se faire aimer.

— Bon, nous arriverons peut-être à nous entendre, dit Travis en s'approchant du retriever pour le caresser.

Immédiatement, le chien bondit, grogna et l'entraîna de l'autre côté de la clairière. Il enfonça ses dents dans une des jambes du jean et le secoua furieusement. Travis tenta de lui donner un coup de pied, mais cogna dans le vide et perdit son équilibre. Le chien attrapa l'autre jambe et tourna tout autour de Travis, qui sautilla en vain pour lutter contre son adversaire mais finit par retomber au sol.

— Merde !

Ayant retrouvé son humeur amicale, le chien lui lécha la main.

— Mais t'es cinglé !

Le retriever retourna de l'autre côté de la clairière et, tournant le dos à Travis, regarda encore la piste qui descendait sous l'ombre fraîche des arbres. Soudain, il baissa la tête, courba l'échine. Tous les muscles du dos se tendirent, comme si l'animal était prêt à bondir.

— Qu'est-ce que tu regardes ?

Soudain, Travis comprit que le chien n'était pas tant fasciné par la piste que par quelque chose *sur* la piste. « Un lion de montagne ? » se demanda-t-il à voix haute en se remettant sur ses pieds. Dans sa jeunesse, les fauves de montagne, les cougars surtout, rôdaient dans ces bois. Peut-être en restait-il quelques-uns.

Le retriever grogna, pas contre Travis cette fois,

mais contre ce qui avait attiré son attention. C'était un grognement sourd, à peine audible : le chien semblait à la fois furieux et terrifié.

Des coyotes ? Ils pullulaient dans les collines. Une horde affamée pouvait bien effrayer un retriever, même aussi robuste que celui-ci.

Avec un jappement inquiet, le chien fit demi-tour et se précipita vers Travis, le dépassa pour aller de l'autre côté de la clairière. Travis s'attendait à le voir disparaître dans le bois. Mais, sous l'arche formée par les deux sycomores, le chien s'arrêta et se retourna, comme s'il attendait. Visiblement impatient et tourmenté, il revint vers Travis, tourna rapidement autour de lui et saisit de nouveau la toile de jean pour l'entraîner avec lui.

— Hé, minute papillon ! J'arrive.

Le retriever le lâcha et émit un son, proche du soupir.

De toute évidence, assez curieusement, le chien l'avait empêché d'avancer le long de la sinistre piste, car il y avait une présence, une présence dangereuse. Visiblement, le chien voulait qu'il s'enfuie parce que la créature s'approchait.

Mais quelle créature ?

Travis n'était pas inquiet mais simplement curieux. L'intrus pouvait peut-être effrayer un chien mais aucune bête de ces bois, pas même un coyote ou un cougar, ne se serait attaquée à un homme adulte.

Trépignant d'impatience, le chien reprit la toile de jean entre ses crocs.

Sa conduite était fascinante. S'il avait peur, pourquoi ne se contentait-il pas de s'enfuir ? Travis n'était pas son maître ; le chien ne lui devait rien, ni affection ni protection. Les chiens errants n'ont pas le sens du devoir envers les étrangers, n'ont pas de conscience morale ni de sens des responsabilités. Pour qui se prenait donc cet animal ? Un Rin-tin-tin ou un Lassie travaillant à son compte ?

— Bon, bon, dit Travis en se libérant du retriever et en l'accompagnant vers les sycomores.

Le chien se précipita en avant sur la piste qui montait vers la crête du canyon, là où les arbres se parsemaient dans une lumière intense.

Travis s'arrêta aux sycomores. Les sourcils froncés dans la clairière inondée de soleil, il regarda le trou noir dans la forêt. Quel animal s'approchait ?

Soudain, les cigales se turent, comme si on avait brusquement soulevé l'aiguille d'un tourne-disque. Les bois se plongèrent dans un silence surnaturel.

Travis perçut un mouvement sur la piste obscure. Un grattement. Un éboulis de pierres. Un bruissement dans les buissons arides. La chose semblait certainement plus proche qu'en réalité car le bruit était amplifié par l'écho qui s'engouffrait dans l'étroit tunnel formé par les arbres. Peu importe, elle approchait, vite, très vite.

Pour la première fois, Travis eut conscience du danger. Il savait que rien dans cette forêt n'était assez téméraire ou simplement assez fort pour s'attaquer à lui, mais son instinct l'emportait sur la raison. Son cœur battait.

Au-dessus de lui, le retriever qui avait compris ses hésitations jappait nerveusement.

Autrefois, il aurait pensé qu'un ours brun enragé par la douleur ou la maladie s'était lancé à sa poursuite, mais les habitants et les randonneurs du dimanche avaient repoussé les derniers bien plus loin dans les montagnes de Santa Ana.

D'après le son, la bête n'était plus qu'à quelques secondes de la clairière qui séparait les parties inférieure et supérieure de la piste de cerfs.

Soudain, Travis se mit à trembler, comme si de la glace fondue coulait le long de sa colonne vertébrale.

Il avait envie de voir l'animal en question mais, en même temps, la peur le transperçait, une peur sauvage et primitive.

Plus haut, le golden retriever aboyait toujours.

Travis se retourna et courut vers lui.

Il était en excellente condition physique ; pas un kilo de trop. Les bras collés au corps, baissant la tête pour éviter les branches basses, il courut derrière le chien pantelant. Ses semelles à crampons avaient une bonne adhérence, il dérapait parfois sur une pierre ou une couche d'aiguilles de pin, mais il ne tombait pas. Tandis qu'il se précipitait ainsi dans un feu de lumière et d'ombre, un autre feu se mit à flamber dans ses poumons.

La vie de Travis Cornell avait été pleine de dangers et de tragédies, mais il n'avait jamais flanché. Aux pires moments, il avait calmement affronté la douleur, le chagrin ou la peur. Il n'avait jamais perdu le contrôle de lui-même. Pour la première fois, il était pris de panique. La peur le transperçait, atteignant un instinct primitif qui n'avait encore jamais été ébranlé. Il avait la chair de poule et des sueurs froides et ne comprenait pas pourquoi cet agresseur mystérieux lui inspirait une terreur aussi absolue.

Il ne se retourna pas. Au début, il ne voulait pas détourner le regard de la piste sinueuse de peur de heurter une branche. Mais quelques centaines de mètres plus loin, il ne se retournait plus, simplement par crainte de ce qu'il pourrait voir.

Son effroi irrationnel, la sensation glacée le long de sa colonne vertébrale et dans ses entrailles n'étaient que les manifestations d'une terreur magique. Travis Cornell, l'homme civilisé, cultivé, avait cédé les rênes à l'enfant sauvage qui vit en chacun de nous, le fantôme génétique de ce que nous étions autrefois, et, bien qu'il fût conscient de l'absurdité de sa conduite, il ne parvenait pas à surmonter sa panique. Seul l'instinct brut commandait et lui ordonnait de courir, de courir sans penser à rien.

Près de l'entrée du canyon, la piste déviait sur la gauche et empruntait un cours sinueux sur le mur nord, jusqu'au sommet. En amorçant le virage, Travis vit un tronc d'arbre en travers du chemin. Il le sauta, mais se prit le pied dans le bois putréfié. Il tomba à plat ventre. Assommé, il ne pouvait ni retrouver son souffle ni se relever.

Il s'attendait à ce qu'une bête furieuse lui saute à la gorge.

Le retriever fit demi-tour et sauta par-dessus Travis pour atterrir d'un pied sûr de l'autre côté du chemin. Il aboya furieusement contre le poursuivant, d'une voix plus menaçante que lorsqu'il avait défié Travis dans la clairière.

Travis roula par-dessus la souche et s'assit. Il ne voyait rien sur la piste. Bientôt il comprit que le retriever ne s'intéressait plus à cette partie du bois, mais qu'il faisait face aux buissons tout proches d'eux, à l'est. Bavant, il jappa d'une voix stridente et puissante à en faire exploser les oreilles. Une furie sauvage destinée à tenir l'ennemi invisible à distance.

— Du calme, du calme, mon gros.

Soudain, le retriever cessa d'aboyer. Il fixait toujours intensément les buissons et grognait sourdement en découvrant ses dents.

Haletant, Travis se releva et regarda vers l'est. Des conifères, des sycomores, quelques mélèzes. Les ombres, telles des pièces de tissu sombre, étaient reliées çà et là par des fils de lumière dorée. Des buissons. Des bruyères. Des vignes grimpantes. Quelques rochers érodés en forme de dents. Rien d'extraordinaire.

Quand il mit la main sur la tête du retriever, l'animal cessa de grogner comme s'il avait compris son intention. Travis inspira profondément puis retint son souffle pour écouter.

Les cigales se taisaient toujours. Aucun oiseau ne chantait dans les arbres. Les bois étaient silencieux, comme si le mécanisme de l'univers s'était arrêté.

Travis n'était pas cause de ce silence. Son passage sur le domaine des oiseaux et des cigales ne les avait pas tant troublés auparavant.

Il y avait quelque chose. Un intrus que les habitants de la forêt n'appréciaient guère.

De nouveau il inspira et retint son souffle, à l'affût du moindre mouvement dans les buissons. Cette fois, il perçut un bruissement dans les branchages, une brindille qui se brisait, un léger craquement des feuilles mortes — et surtout la respiration lourde, rauque et troublante d'une bête énorme. Elle devait être à une dizaine de mètres, mais il ne savait pas exactement où.

A côté de lui, le retriever s'était figé, les oreilles tombantes légèrement en avant.

Le souffle de l'adversaire inconnu était si terrifiant — de par sa nature ou simplement parce qu'il était amplifié par l'écho — que Travis se débarrassa de son sac à dos et en sortit le .38 chargé.

Le chien observa le revolver, un peu comme s'il connaissait déjà cet instrument et approuvait son usage.

— Qui est là ? Sortez que je vous voie, dit Travis, se demandant si son ennemi n'était pas tout simplement un homme.

La respiration lourde était couverte à présent par un grognement farouche et menaçant. L'étrange résonance gutturale donna des frissons à Travis. Son cœur se mit à battre encore plus fort, et il se raidit, tout comme le chien à ses côtés. Pendant quelques interminables secondes, il chercha à comprendre pourquoi ce bruit en lui-même avait un tel pouvoir. En fait, ce qui l'effrayait tant, c'était son ambiguïté : le grognement était sans conteste celui d'un animal... pourtant il avait une qualité indicible, un ton, une modulation qui rappelait l'intelligence, qui évoquait plutôt un homme en furie. Plus il écoutait, plus Travis était persuadé qu'il ne s'agissait ni d'un animal ni d'un homme. Mais alors... qu'est-ce que cela pouvait donc être ?

Il vit les buissons bouger. Droit devant lui. Quelque chose fonçait sur eux.

— Arrêtez ! pas un pas de plus !

Ça continuait à avancer.

Huit mètres.

La créature bougeait plus lentement. Un peu méfiante peut-être. Mais de plus en plus proche néanmoins.

Le golden retriever recommença à grogner farouchement, mais ses flancs et sa tête tremblaient. Bien qu'il

18

voulût défier la créature des buissons, il redoutait une confrontation.

La peur du chien dérouta Travis. Les retrievers sont célèbres pour leur courage et leur témérité. Ce sont des chiens de chasse qu'on n'hésite pas à utiliser pour les dangereuses opérations de sauvetage. Quel péril, quel ennemi pouvait ainsi effrayer un chien robuste et fier ?

La créature avançait inexorablement. Moins de six mètres à présent.

Bien qu'il n'eût toujours rien vu d'extraordinaire, Travis souffrait d'une peur superstitieuse, percevait une présence indéfinissable et surnaturelle. Il se disait qu'il avait toutes ses chances contre un cougar, un pauvre cougar, sans doute plus effrayé que lui-même. Mais la sensation glacée qui lui parcourait le dos et la nuque s'intensifiait. Sa main était si moite qu'il craignait que le revolver ne lui échappât.

Cinq mètres.

Travis pointa son .38 en l'air et tira un coup de sommation. La détonation retentit dans la forêt et résonna tout le long du canyon.

Le retriever ne sourcilla pas, la créature fit demi-tour et se précipita au nord, vers la crête. Travis ne la voyait pas mais le mouvement des buissons et des herbes à hauteur de taille trahissaient sa progression rapide.

Pendant une seconde ou deux, il se sentit soulagé, pensant que la bête s'enfuyait. Il comprit vite qu'elle ne s'en allait pas mais se dirigeait le long d'une courbe nord-nord-ouest qui la ramènerait vers la piste des cerfs au-dessus d'eux. Elle essayait de leur couper la retraite et de les forcer à sortir du canyon par le chemin du bas, où ses victimes seraient plus vulnérables. Travis ne savait pas comment il en était si sûr, il le savait, tout simplement.

Son instinct de survie lui dicta ses gestes sans même qu'il prenne le temps d'y réfléchir. Immédiatement, il fit ce qu'il y avait à faire. Il n'avait pas ressenti cette pulsion animale depuis qu'il avait quitté l'armée, dix ans auparavant.

Il essaya de se concentrer sur les moindres mouvements dans les buissons à sa droite et, abandonnant son sac, il se précipita vers le haut de la piste ; le retriever le suivit. Si rapide fût-il, il ne l'était pas assez pour devancer son ennemi invisible. Il s'aperçut que la créature allait bientôt atteindre le chemin en surplomb. Il tira un deuxième coup en l'air qui, cette fois, n'eut aucun effet sur l'adversaire. A deux reprises, il tira dans les buissons, là où les branches bougeaient, sans plus se demander s'il s'agissait d'un homme. Cela marcha. Il n'avait sans doute pas touché l'agresseur, mais il était enfin parvenu à l'effrayer, et la bête s'enfuit.

Travis continua à courir. Il était impatient d'atteindre la crête du canyon où les arbres clairsemés et les rares buissons ne fournissaient pas de sombres cachettes.

Epuisé, il arriva au sommet quelques minutes plus tard. Les muscles de ses mollets et de ses cuisses le brûlaient. Son cœur battait si fort qu'il n'aurait pas été surpris de l'entendre résonner en écho d'une falaise à l'autre.

Il se trouvait à l'endroit où il avait mangé ses biscuits. Le serpent à sonnettes qui se dorait au soleil était parti.

Le chien avait suivi Travis. Essoufflé, il se tenait près de lui, et regardait toujours en bas de la côte qu'ils venaient juste de grimper.

Un peu étourdi, ayant envie de se reposer mais se sachant toujours en danger, Travis suivit le regard du chien et scruta le sous-bois, dans la mesure du possible. Si leur attaquant les poursuivait toujours, il se montrait plus prudent et avançait sans faire bouger les branchages.

Le retriever gémit et tira la jambe de pantalon de Travis. Il se précipita le long de la crête étroite jusqu'à une déclivité qui conduisait à un autre canyon. Apparemment, le chien ne se sentait toujours pas en sécurité et estimait qu'ils devaient continuer à s'éloigner.

Travis partageait le même avis. Sa crainte atavique, et la confiance en l'instinct qu'elle impliquait, le poussa à suivre le chien de l'autre côté de la crête, dans un autre canyon boisé.

2

Vincent Nasco attendait dans le garage depuis des heures. Apparemment, il n'était pas fait pour attendre. Grand et fort — un mètre quatre-vingt-dix, plus de cent kilos, musclé —, il semblait si plein d'énergie qu'on aurait dit qu'il allait exploser d'un moment à l'autre. Son visage large et placide avait à peu près autant d'expressivité qu'un bovin. Pourtant, les yeux verts étincelaient de vitalité et d'attention nerveuse. Ils exprimaient l'avidité du regard d'un animal sauvage, d'un lynx, mais ne rappelaient rien d'humain. Comme un chat, malgré son énergie débordante, il était patient. Il savait se tapir pendant des heures, immobile et silencieux, à l'affût de sa proie.

A neuf heures et demie, mardi matin, bien plus tard qu'il ne l'aurait cru, le verrou de la porte qui séparait le garage de la maison s'ouvrit dans un claquement sec. Le Dr Davis Weatherby poussa la porte, alluma les lumières du garage et tendit la main vers le bouton qui commandait la porte basculante.

— Pas un geste de plus, dit Nasco en se plaçant devant la Cadillac gris perle.

— Mais, qui...

Nasco leva son Walther P.38 muni d'un silencieux et visa le médecin au visage.

Sssnap.

Coupé au milieu de sa phrase, Weatherby tomba en arrière dans la buanderie peinte en jaune vif. Sa tête heurta le séchoir à linge et bouscula un chariot qui rebondit contre le mur.

Vince Nasco ne se souciait pas du bruit, car il savait

que Weatherby était célibataire et vivait seul. Il enjamba le cadavre qui avait bloqué la fermeture de la porte et posa une main affectueuse sur le visage du médecin.

La balle l'avait frappé en plein front, à deux centimètres au-dessus du nez. Il y avait peu de sang car la mort avait été instantanée et le coup n'avait pas été assez puissant pour traverser la boîte crânienne. Les yeux bruns grands ouverts, le médecin paraissait ahuri.

Des doigts, Vince caressa la joue encore chaude de Weatherby, ferma l'œil gauche sans vie, puis le droit, bien qu'il sût que les réactions musculaires *post mortem* les ouvriraient de nouveau dans quelques minutes. Des accents de gratitude dans sa voix chevrotante, Vince murmura :

— Merci. Merci, docteur.

Puis il embrassa les deux paupières closes. Tremblant de plaisir, il ramassa les clés que Weatherby avait laissées tomber, se dirigea vers le garage et ouvrit le coffre de la Cadillac en veillant à ne pas laisser d'empreintes trop visibles. Le coffre était vide. Parfait. Il alla chercher le cadavre de Weatherby, le mit dans le coffre et le referma à clé.

On avait dit à Vince que le corps ne devait pas être découvert avant le lendemain. Il ne savait pas pourquoi cela avait l'air si important, mais il s'enorgueillissait de toujours effectuer un travail irréprochable. Il retourna donc à la buanderie, remit le chariot en place, et regarda tout autour de lui pour voir s'il n'y avait pas d'autres signes de violence. Satisfait, il referma à clé la porte de la pièce jaune et blanc avec le trousseau de Weatherby.

Il éteignit les lumières, traversa le garage obscur et sortit par la porte de côté par laquelle il était tranquillement entré la nuit précédente en forçant la serrure avec une carte de crédit. Avec les clés du médecin, il referma soigneusement la porte et s'éloigna de la maison.

De sa villa de Corona del Mar, Davis Weatherby avait une vue splendide sur l'océan. Vince avait laissé sa Ford, déjà vieille de deux ans, à trois pâtés de maisons plus loin. La petite promenade jusqu'à sa voiture fut agréable, revigorante. C'était un quartier très plaisant où se côtoyaient différents styles architecturaux : des demeures espagnoles luxueuses jouxtaient des maisons coloniales dans une harmonie à peine croyable. Le paysage luxuriant était fort bien entretenu. Palmiers, ficus et oliviers ombrageaient les trottoirs. Les bougainvillées rouges, corail, jaunes et orange flamboyaient de leurs milliers de fleurs. Des boutons violets dentelés retombaient des branches de jacarandas. Des senteurs de jasmin embaumaient l'atmosphère.

Vincent Nasco se sentait merveilleusement bien. Si fort, si puissant, si *vivant*.

3

Parfois, le chien ouvrait la route, parfois, Travis reprenait la tête. Ils marchèrent longtemps avant que Travis se rende compte qu'il avait totalement oublié le désespoir et la solitude qui l'avaient poussé à se réfugier dans les collines de Santa Ana.

Le chien au poil en broussaille l'accompagna jusqu'à son véhicule garé sur le chemin de terre sous les branchages touffus d'un épicéa. Le chien s'arrêta devant le camion et se retourna vers le chemin qu'ils venaient de quitter.

Des oiseaux noirs tourbillonnaient dans le ciel pur comme à la recherche de quelque sorcier des montagnes. Un mur d'arbres sombres se dressait, tels les remparts d'un sinistre château.

Malgré la présence de la forêt lugubre, le chemin de terre se dorait sous le soleil, filtré dans un nuage de poussière fine qui se soulevait sous les pas. Comment une journée aussi radieuse avait-elle pu soudain s'imprégner d'un sens du mal presque tangible ?

Le regard toujours fixé sur le bois qu'ils venaient

de fuir, le chien aboya pour la première fois en une demi-heure.

— Elle est toujours là ?

Le chien lui adressa un regard malheureux.

— T'as raison, je la sens aussi. C'est dingue. Je la sens. Mais dis-moi, mon gros, qu'est-ce que c'est ? Hein, tu le sais ?

Le retriever trembla violemment.

Les craintes de Travis s'amplifiaient chaque fois qu'il voyait des manifestations de terreur chez l'animal.

Il abaissa le hayon du camion.

— Allez, monte. Je vais te faire sortir d'ici.

Le chien sauta dans la remorque.

Travis referma le battant et alla vers la porte du chauffeur. En l'ouvrant, il lui sembla percevoir un mouvement dans les buissons tout proches. Pas exactement dans la forêt, mais à l'autre extrémité du chemin de terre. Là, un champ étroit disparaissait sous une herbe haute sèche comme du foin, quelques touffes de prosopis arides et des bosquets de lauriers-roses rampants qui restaient verts grâce à leurs racines profondes. Travis scruta le champ ; il ne vit aucun signe de mouvement, mais ce qu'il avait perçu du coin de l'œil n'était sûrement pas le fruit de son imagination.

Avec une inquiétude exacerbée, il grimpa dans le camion et posa le revolver sur le siège du passager. Il conduisit aussi vite que le permettaient le terrain rugueux et la sécurité de son compagnon à quatre pattes à l'arrière.

Vingt minutes plus tard, de retour dans le monde du macadam et de la civilisation, toujours faible et tremblant, il s'arrêta sur la route des canyons de Santiago. Toutefois, sa peur était d'une nature toute différente de ce qu'il avait ressenti dans la forêt. Son cœur ne tambourinait plus. Ses sueurs froides avaient disparu. Plus de picotement glacé dans la nuque et dans le dos, dont le souvenir à présent lui semblait irréel. Il ne redoutait plus quelque créature mystérieuse, mais avait peur de son propre comportement. En sécurité, à l'extérieur du bois, il ne se rappelait pas l'intensité de son effroi, si bien qu'après coup son attitude lui paraissait irrationnelle.

Il serra le frein à main et coupa le moteur. Il était onze heures du matin et le plus gros de la circulation s'était dissipé ; de temps à autre, une voiture passait sur la route de campagne à deux voies. Il resta immobile pendant un instant et essaya de se convaincre qu'il avait agi en obéissant à un instinct foncièrement juste et fiable.

Il s'était toujours enorgueilli de sa sérénité et de son sang-froid inébranlables — il lui restait au moins ça. Il gardait son calme au milieu de la tempête. Il pouvait prendre des décisions sous de fortes pressions et en accepter les conséquences.

Et pourtant... il lui semblait de plus en plus difficile de croire qu'une créature l'avait effectivement chassé hors du bois. Il se demandait s'il n'avait pas mal interprété l'attitude du chien et s'il ne s'était pas tout simplement imaginé percevoir un mouvement dans les bosquets pour se trouver un prétexte lui permettant de ne plus bêtement s'apitoyer sur son sort.

Il sortit de la cabine, longea le camion et se retrouva face à face avec le retriever. Le chien pencha sa grosse tête vers lui et lui lécha le cou et le menton. Bien qu'il ait aboyé et grogné un peu plus tôt, c'était un chien affectueux, et, pour la première fois, Travis trouva un aspect comique à la robe embroussaillée. Il tenta de repousser l'animal, qui s'approcha de nouveau et faillit tomber hors du camion, tant il était avide de lui lécher le visage. Travis se mit à rire et caressa le poil emmêlé.

Les batifolages du chien avaient un effet inattendu sur Travis. Pendant longtemps, son esprit n'avait été qu'un lieu obscur, hanté par des images de mort, dont le point culminant était cette promenade du matin. Mais la joie de vivre inébranlable de l'animal perçait Travis au cœur de sa nostalgie et lui rappelait que la vie avait un côté plus gai dont il s'était détourné depuis longtemps.

— Que s'est-il passé, là-bas ? se demanda-t-il à voix haute.

Soudain, le chien cessa de le lécher et d'agiter joyeusement la queue pour le regarder d'un air solennel. Travis était fasciné par les doux yeux noirs. Il y avait en eux quelque chose d'inhabituel, d'attirant. Dans la douce brise printanière, il cherchait une clé dans ce regard qui aurait expliqué son charme et sa puissance, mais il ne voyait rien d'extraordinaire. A part... à part qu'il semblait plus expressif, plus intelligent, plus attentif que le regard d'un chien. Etant donné le faible pouvoir de concentration d'un animal, la manière de fixer de ce retriever était franchement étrange. Au fil des secondes, alors que ni le chien ni lui ne détournait le regard, Travis se sentait de plus en plus mal à l'aise. Il trembla, non pas de peur, mais parce qu'il prenait conscience qu'il se passait quelque chose de fantastique. Il se trouvait au seuil de quelque révélation terrifiante.

Le chien hocha la tête et lécha la main de Travis. Le charme fut rompu.

— D'où tu viens, mon gars ?

Le chien pencha la tête à gauche.

— Où est ton maître ?

Le chien pencha la tête à droite.

— Qu'est-ce que je vais faire de toi ?

Pour toute réponse, le chien sauta hors du camion, passa en courant devant Travis et grimpa dans la cabine.

Quand Travis regarda à l'intérieur, le chien était installé sur le siège du passager et regardait droit devant lui à travers le pare-brise. Il se tourna vers Travis et émit un wouaf, comme s'il était impatient d'en finir avec leur flânerie.

Travis s'installa derrière le volant et mit le revolver sous son siège.

— Ne crois pas que je vais m'occuper de toi. C'est trop de responsabilité, mon gros. Ça ne rentre pas dans mes projets. Excuse-moi.

Le chien lui adressa un regard suppliant.

— Tu m'as l'air d'avoir faim.

Autre wouaf.

— Bon, je vais peut-être pouvoir faire quelque chose pour toi. Il y a une barre de chocolat dans la boîte à gants... et puis, il y a un McDonald's pas très loin d'ici. Ils t'ont sûrement déjà réservé quelques hamburgers. Mais après ça... Eh bien, il va falloir que je te relâche dans la nature ou que je te mette à la fourrière.

Tandis que Travis parlait, le chien leva une patte avant et appuya sur le bouton de la boîte à gants. Le couvercle s'ouvrit.

— Qu'est-ce que...

Le chien pencha la tête en avant, fourra le museau dans l'ouverture et prit délicatement la barre de friandise entre les crocs, la tenant si légèrement que l'emballage n'en fut pas même percé.

Travis sourcilla de surprise.

Le retriever lui présenta la barre, comme pour demander qu'on lui enlève le papier.

De plus en plus étonné, Travis s'exécuta.

Le chien l'observait en se léchant les babines.

Travis cassa le chocolat en morceaux. Le chien les prit avec reconnaissance et les avala avec une certaine grâce.

Troublé, se demandant si ce qu'il voyait tenait du surnaturel ou avait une explication rationnelle, Travis observait le chien. Le retriever avait-il compris qu'il parlait de chocolat ou avait-il simplement été alléché par l'odeur ? Oui, cela devait plutôt être ça.

— Mais comment as-tu appris à presser sur le bouton ?

Le chien le regarda et prit un autre morceau.

— Bon, d'accord, quelqu'un a dû t'apprendre. Ce n'est pourtant pas le genre de chose qu'on apprend à un chien. Faire le beau, marcher sur les pattes arrière, je comprendrais... ce serait normal, mais on n'apprend pas aux chiens à ouvrir les portes et les verrous !

Le retriever regardait avec envie le dernier morceau de chocolat, mais Travis le retint pendant un moment.

C'était le synchronisme parfait qui était étrange.

Deux secondes après que Travis eut mentionné le chocolat, le chien ouvrait la boîte à gants.

— Tu comprends ce que je dis ? demanda Travis, se sentant un peu idiot de croire qu'un chien possédait un tel talent. Tu comprends la parole ?

A contrecœur, le retriever détourna les yeux du dernier morceau de chocolat et son regard croisa celui de Travis. Une fois encore Travis eut conscience de se trouver devant un phénomène peu naturel. Il trembla, mais d'un frisson moins désagréable qu'auparavant.

— Euh, que penserais-tu, si je mangeais le dernier morceau ?

Le chien tourna les yeux vers la main de Travis, émit un petit gémissement, comme à regret, et se détourna vers le pare-brise.

— Que je sois pendu...

Le chien bâilla.

En faisant bien attention de ne pas bouger la main, de ne pas attirer l'attention sur le chocolat autrement que par les mots, Travis s'adressa de nouveau au retriever.

— Bon, tu en as sûrement plus besoin que moi, si tu veux, le dernier morceau est pour toi.

Le chien le regarda.

Toujours sans bouger la main qu'il gardait tout contre son corps, afin de signifier qu'il gardait le chocolat pour lui, Travis ajouta :

— Si tu le veux, tu le prends, sinon je le jette par la fenêtre.

Le retriever s'approcha de lui et prit gentiment le carré de chocolat dans sa paume.

— Nom d'une pipe !

Le chien se dressa sur ses quatre pattes, ce qui mettait sa tête presque contre le plafond, se tourna vers la vitre arrière et grogna doucement.

Travis jeta un coup d'œil dans les rétroviseurs intérieur et extérieur mais ne vit rien d'anormal. Simplement les deux voies de macadam, les bas-côtés et les collines herbeuses sur la droite.

— Tu penses qu'on devrait partir, c'est ça ?

Le chien le regarda, se tourna encore vers la vitre, puis s'assit sur ses pattes arrière, faisant de nouveau face au pare-brise.

Travis mit le contact, passa une vitesse et prit la route des canyons en direction du nord.

— Tu es un chien pas comme les autres, ou bien est-ce que je perds la boule ? Et si tu n'es pas un vrai chien, qu'est-ce que tu es, alors ?

A l'extrémité est de Chapman Avenue, il tourna à gauche vers le McDonald's dont il avait parlé.

— Maintenant, je ne peux plus te mettre à la fourrière. J'en mourrais de curiosité. Je n'arrêterais pas de me poser des questions sur toi.

Trois kilomètres plus loin, Travis gara la voiture dans le parking.

— Bon, eh bien, je suppose que tu es mon chien, alors.

Le retriever ne broncha pas.

Chapitre deux

1

Norma Devon avait peur du réparateur de télévision. Bien qu'il paraisse la trentaine, le même âge qu'elle, il avait l'insolence d'un petit monsieur « je sais tout ». Quand elle avait ouvert la porte, il l'avait toisée de haut en bas en se présentant : « Art Streck, des téléviseurs Wadlows », et lui avait fait un clin d'œil. Grand, mince, très soigné, il portait une chemise et un pantalon blancs. Rasé de près, les cheveux blond cendré coupés court impeccablement coiffés, il ressemblait plus à un fils à sa maman qu'à un violeur ou un psychopathe, et pourtant, Nora ne pouvait s'empêcher d'avoir peur de lui, peut-être tout simplement parce que sa témérité sonnait mal avec son apparence.

— Vous avez besoin de nos services ? demanda-t-il en la voyant hésiter sur le seuil.

Bien que la question fût des plus innocentes, dans sa bouche, l'inflexion du mot « services » semblait insidieusement suggestive. Nora était sûre de ne pas exagérer, mais après tout, elle avait effectivement appelé le réparateur, et elle ne pouvait pas le renvoyer sans explication. D'ailleurs cela n'aurait pas manqué de provoquer une dispute, et comme elle n'avait aucun talent pour la confrontation, elle le laissa entrer.

En le conduisant le long du couloir vers le salon, elle eut l'impression désagréable que la tenue correcte et le grand sourire n'étaient qu'un masque soigneusement étudié. Le regard presque animal, la tension de l'homme l'inquiétaient de plus en plus au fur et à mesure qu'elle s'éloignait de la porte d'entrée.

Art Streck la suivait de trop près, la dominait de sa hauteur.

— Vous avez une bien belle maison, madame Devon. Vraiment jolie. Elle me plaît beaucoup.

— Merci, répondit-elle froidement, sans prendre la peine de corriger l'erreur sur son statut marital.

— Un homme pourrait être heureux ici, vraiment heureux.

La demeure de style espagnol, à deux étages, surmontée d'un toit de tuiles rouges, offrait à la vue ses stucs d'ivoire, ses vérandas, ses balcons, aux courbes harmonieuses sans aucune ligne droite. Des bougainvillées luxuriantes grimpaient le long de la façade nord en une myriade de fleurs chatoyantes. L'endroit était effectivement fort joli.

Nora l'avait en horreur.

Elle habitait ici depuis qu'elle avait deux ans, ce qui faisait vingt-huit ans, et, pendant toutes ces années, sauf une, elle avait vécu sous la coupe de sa tante Violet. Elle n'avait pas eu une enfance heureuse, ni, jusqu'à présent, une vie heureuse. Violet Devon était morte l'année précédente, mais, à vrai dire, Nora était encore opprimée par le souvenir de cette vieille femme détestable, tyrannique, écrasante.

Dans le salon, Streck posa sa boîte à outils près du poste et marqua une pause pour regarder autour de lui.

Un papier peint sombre, funéraire, un tapis persan étrangement repoussant. Les couleurs, gris, marron, bleu roi, n'étaient pas même rehaussées par les quelques touches de jaune passé. D'imposants meubles anglais du milieu du XIXe siècle, aux lourdes moulures, se dressaient sur leurs pieds biscornus : des fauteuils massifs, des placards qui auraient mieux convenu au Dr Caligari, des buffets qui semblaient peser une demi-tonne chacun. Les petites tables disparaissaient sous de pesants brocarts. Les lampes, aux pieds d'étain ou de céramique brune, ne dispensaient qu'une faible lumière. Les tentures, d'une souplesse de plomb, encadraient les rideaux jaunâtres qui ne laissaient filtrer qu'une lueur moutarde. Rien dans la pièce ne rappelait l'architecture espagnole ; Violet avait volontairement imposé son mauvais goût à la demeure.

— C'est vous qui avez décoré ?

— Non, ma tante, répondit Nora près de la cheminée de marbre, aussi éloignée que possible. C'était sa maison, j'en ai hérité.

— A votre place, je virerais tout ça. Cela pourrait être une pièce très gaie. Excusez-moi, mais cela ne vous ressemble guère. Ça irait pour une vieille fille... C'était une vieille fille, hein ? Ouais, je l'aurais parié ! Oui, c'est bon pour une vieille fille, mais pas pour une ravissante jeune femme comme vous.

Nora aurait voulu lui rabattre son caquet, mettre fin à son impertinence et lui ordonner de réparer la télévision au plus vite, mais elle ne savait pas se défendre seule. Tante Violet la voulait toujours soumise, obéissante.

Streck lui souriait ; un coin de sa bouche se relevait de manière déplaisante, méprisante.

— Ça me plaît comme ça..., dit-elle.

— Pas possible !

— Mais si.

— Alors, qu'est-ce qui ne va pas dans cette télé ?

— L'image ne cesse de défiler. Et puis, il y a de la neige.

Il éloigna le poste du mur, l'alluma et étudia l'image. Il sortit une petite lampe de poche et éclaira le dos du poste.

La vieille horloge sonna le quart avec un coup qui résonna dans toute la maison.

— Vous regardez beaucoup la télévision ?

— Non, pas vraiment.

— Moi, j'aime bien les feuilletons idiots, *Dallas*, *Dynasty*. Tous ces trucs.

— Je ne les regarde jamais.

— Oh ! Allez, je parierais le contraire. Tout le monde les regarde, même si personne ne veut l'admettre. Il n'y a rien de mieux que toutes ces histoires de coups en douce, d'escroqueries, de mensonges, d'adultères. Vous comprenez de quoi je parle ? Les gens regardent en cachette et, ensuite, ils s'offusquent. « Mon Dieu, c'est vraiment ignoble ! » Mais en fait, ça leur plaît. C'est la nature humaine.

— Euh... je dois aller à la cuisine, dit Nora nerveusement. Appelez-moi quand vous aurez fini.

Tremblante, elle quitta la pièce. Elle se reprochait sa faiblesse, la facilité avec laquelle elle s'abandonnait à la peur, mais on ne se refaisait pas. Une souris timorée.

Tante Violet lui disait souvent : « Il y a deux catégories de personnes, les chats et les souris. Les chats vont où ils veulent, font ce qu'ils veulent, prennent ce qu'ils veulent. Ils sont agressifs et autonomes de nature. Les souris, elles, n'ont pas pour deux sous d'agressivité. Elles sont vulnérables, douces et timorées, elles gardent la tête baissée et acceptent ce que la vie leur donne. Toi, tu es une souris. Ce n'est pas si mal que ça. Les souris peuvent être parfaitement heureuses. Elles n'ont pas des vies aussi mouvementées que les chats, mais elles vivent beaucoup plus longtemps et ont beaucoup moins d'ennuis. »

Un chat rôdait dans le salon et réparait la télévision. Nora, dans sa cuisine, tremblait comme une souris. Elle n'avait rien sur le feu, contrairement à ce qu'elle avait prétendu. Pendant un instant, elle resta debout devant l'évier, les mains glacées agrippées l'une à l'autre — elle avait toujours les mains froides — à se demander ce qu'elle pourrait bien faire avant qu'il s'en aille. Elle décida de préparer un gâteau. Un quatre-quarts avec un glaçage au chocolat. Ça l'occuperait et l'empêcherait de repenser au coup d'œil suggestif de Streck.

Elle sortit mixeur, ustensiles et ingrédients et se mit au travail. Bientôt, les tâches domestiques l'apaisèrent.

Elle venait juste de verser la pâte dans les deux moules lorsque Streck entra dans la cuisine.

— Vous aimez faire la cuisine ?

De surprise, elle faillit laisser tomber bol et spatule

mais parvint malgré tout à les tenir en main et, avec un léger tremblement qui trahissait sa nervosité, à les placer dans l'évier.

— Oui.

— C'est merveilleux. J'adore les femmes qui aiment les travaux féminins. Vous faites de la couture, du crochet, de la broderie ?

— De la tapisserie.

— C'est encore mieux !

— La télévision est réparée ?

— Presque.

Nora était prête à enfourner les gâteaux, mais elle ne voulait pas les porter devant Streck de peur de trop trembler. Il comprendrait sûrement qu'elle était intimidée et en profiterait pour s'enhardir un peu plus. Elle les laissa sur le plan de travail et ouvrit l'emballage du glaçage.

Streck avança, d'un pas souple et décontracté, regardant tout autour de lui d'un air aimable, mais se dirigeant néanmoins droit vers elle.

— Vous pourriez me donner un verre d'eau ?

Nora soupira presque de soulagement, tant elle avait envie de croire que c'était vraiment la seule chose qu'il désirait.

— Oui, bien sûr.

Elle prit un verre dans le placard et fit couler l'eau.

Quand elle se retourna pour le lui tendre, il se trouvait juste derrière elle. Il s'était approché, aussi silencieux qu'un chat. Malgré elle, elle sursauta. De l'eau se renversa sur le sol.

— Vous...

— Merci, dit-il en prenant le verre.

— ... m'avez fait peur.

— Moi ? dit-il en la fixant de ses yeux d'un bleu de glace. Oh, je ne voulais pas, excusez-moi. Je suis désolé. Je suis inoffensif, vous savez, madame Devon. Tout ce que je voulais, c'était un verre d'eau. Vous n'imaginiez tout de même pas que je voulais autre chose ?

Non mais, quel culot ! Elle en croyait à peine ses

oreilles. Aussi insolent, froid, agressif! Elle aurait aimé le gifler, mais elle redoutait les conséquences. Le gifler... Non, lui faire savoir qu'elle réagissait à ses insultes et à ses propos à double sens l'aurait encouragé plutôt qu'autre chose.

Un sourire de prédateur sur les lèvres, il l'observait, intensément, voracement.

La meilleure solution c'était encore de jouer les innocentes et les simples d'esprit, d'ignorer ses propos perfides comme si elle ne les comprenait pas. Avec lui, il fallait qu'elle se comporte comme une souris devant un danger qu'elle serait dans l'impossibilité de fuir. Faire semblant de ne pas voir le chat, faire comme s'il n'était pas là, peut-être serait-il perturbé et déçu par ce manque de réaction et chercherait-il une proie plus conciliante.

Pour échapper au regard insistant, Nora déchira quelques feuilles de papier essuie-tout et se mit à éponger l'eau renversée sur le sol. Mais dès qu'elle se baissa, elle comprit qu'elle commettait une erreur, car il ne s'écarta pas de son chemin, bien au contraire, il se dressait devant elle tandis qu'elle s'agenouillait devant lui. Le symbolisme érotique de la situation ne lui échappait pas. Consciente de la soumission implicite de sa position, elle se redressa immédiatement et vit que le sourire de Streck s'était élargi.

Confuse, rougissante, elle jeta les papiers humides dans la poubelle sous l'évier.

— La cuisine, la tapisserie... C'est chouette, vraiment chouette. Qu'est-ce que vous faites d'autre encore?

— Oh, c'est tout. Je n'ai pas beaucoup de hobbies. Je ne suis pas quelqu'un de très intéressant. Plutôt banale. Un peu morne, même.

Se maudissant de n'oser le mettre à la porte, elle se dirigea vers le four, en apparence pour vérifier que le préchauffage était terminé, mais en fait pour s'éloigner de l'intrus.

Streck la suivit.

— J'ai vu beaucoup de fleurs en arrivant. C'est vous qui vous en occupez ?

— Oui, j'aime bien jardiner, répondit-elle, les yeux fixés sur les cadrans du four.

— C'est bien, dit-il comme si elle lui demandait son avis. Les fleurs, c'est bien que les femmes s'y intéressent. Cuisine, tapisserie, jardinage... Vous êtes une femme pleine de talents. Je suis sûr que tout ce que vous faites, vous le faites bien, madame Devon. Enfin, tout ce qu'une vraie femme devrait faire. Je parie que vous êtes exceptionnelle dans tous les domaines.

S'il me touche, je crie !

Hélas, les murs de la vieille demeure étaient épais, et les voisins à une certaine distance. Personne ne viendrait à son secours.

Je lui donnerai des coups de pied. Je me battrai.

En fait, elle n'était pas certaine de pouvoir lutter, et se demandait même si elle aurait le réflexe de se défendre. Et si elle essayait de se débattre, il était bien plus fort qu'elle.

— Oui, je suis sûr que vous êtes une femme exceptionnelle dans tous les domaines, répéta-t-il de manière encore plus provocante.

Elle se détourna du four et se força à rire.

— Mon mari serait très surpris de vous entendre. Je ne suis pas mauvaise pour la pâtisserie, mais mes rôtis sont toujours secs. La tapisserie, ça va à peu près, mais il me faut une éternité avant de finir quelque chose.

Elle retourna au plan de travail, étonnée de s'entendre ainsi bavarder. Le désespoir lui déliait la langue.

— C'est vrai, j'ai les doigts verts avec les fleurs, mais je ne suis pas une bonne maîtresse de maison. Si mon mari ne m'aidait pas, ce serait un vrai désastre.

Son discours sonnait faux. Elle décelait des accents de nervosité dans sa voix qui ne passeraient sûrement pas inaperçus. Mais l'allusion au mari avait visiblement refroidi Art Streck. Tandis que Nora versait la poudre dans un bol et ajoutait la quantité de beurre nécessaire, il but son verre d'eau et alla le déposer dans l'évier à côté des ustensiles. Cette fois, il ne se colla pas inutilement contre elle.

Elle lui lança un sourire distant soigneusement calculé et se replongea dans sa tâche, comme si de rien n'était.

Il traversa la cuisine et ouvrit la porte battante.

— Votre tante avait un faible pour les couleurs sombres. La cuisine pourrait être jolie, si vous éclaircissiez tout ça.

Avant qu'elle ait eu le temps de répondre, il s'éloigna, laissant la porte se fermer derrière lui.

Bien qu'il ait donné son avis sur la décoration de la cuisine sans qu'on le lui ait demandé, Streck semblait avoir rentré ses griffes, et Nora était contente d'elle. Quelques mensonges innocents sur un mari fantomatique, délivrés avec un parfait aplomb, lui avaient suffi pour maîtriser l'adversaire. Ce n'est pas exactement comme ça qu'un chat aurait traité un agresseur, mais ce n'était pas non plus l'attitude d'une souris effarouchée.

Elle observa le plafond haut de la cuisine et décida qu'effectivement, tout était trop sombre. Les murs offraient un bleu pisseux, les globes opaques du plafonnier diffusaient une lumière sale et hivernale. Il faudrait la repeindre et peut-être changer le lampadaire.

La simple idée d'envisager une modification dans la maison de Violet Devon lui faisait tourner la tête d'allégresse. Depuis la mort de sa tante, Nora avait refait sa chambre mais n'avait pas touché au reste. En envisageant une réfection en profondeur, elle se sentait audacieuse, rebelle. Peut-être. Oui, elle devrait peut-être tout refaire. Si elle pouvait repousser Streck, elle trouverait peut-être le courage de défier sa défunte tante.

Cette joyeuse autosatisfaction ne dura que vingt minutes, le temps de mettre les moules au four, de battre le glaçage et de faire la vaisselle. Ensuite, Streck revint à la cuisine lui annoncer que le travail était terminé. Bien qu'il ait semblé vaincu un peu plus tôt, il se montra plus insolent que jamais. Il la déshabilla des yeux et lui lança un regard de défi.

Nora trouvait la facture trop élevée, mais ne protesta pas car elle voulait le voir partir le plus rapidement possible. Tandis qu'elle s'installait pour signer le chèque, il reprit son manège et la serra de trop près, tentant de l'intimider avec sa virilité et sa taille supérieure. Quand elle lui tendit le chèque, il s'arrangea pour lui toucher la main de manière suggestive.

Le long du couloir, Nora était à demi convaincue qu'il allait soudain poser ses outils et l'attaquer par-derrière. Malgré tout, elle parvint à la porte, et il passa devant elle pour aller dans la véranda. Le cœur de Nora reprit un rythme plus normal.

— Que fait votre mari ? demanda-t-il un peu hésitant sur le pas de la porte.

La question la déconcerta. Pourquoi ne l'avait-il pas posée plus tôt, dans la cuisine, quand elle avait parlé de son mari ? A présent, cette curiosité semblait déplacée.

Elle aurait dû lui dire que cela ne le regardait pas mais elle avait toujours peur de lui. Elle pressentait qu'il pouvait vite prendre la mouche, que sa violence contenue exploserait facilement. Elle lui répondit donc par un autre mensonge en espérant qu'il finirait par se décourager tout à fait.

— Il est... policier.

— Ah oui ? Vraiment ? Ici, à Santa Barbara ?

— Oui, c'est ça.

— Sacrée baraque pour un policier !

— Pardon ?

— Je ne savais pas qu'ils étaient si bien payés.

— Oh, mais je vous ai dit que j'avais eu cette maison en héritage.

— Ah, oui, je m'en souviens.

Pour donner plus de poids à son mensonge, elle ajouta :

— Nous habitions dans un appartement quand ma tante est morte. Vous avez raison, sans cela nous n'aurions jamais pu nous offrir une maison pareille.

— Bien. Je suis content pour vous. Vous pouvez me croire. Une jolie femme comme vous mérite une jolie maison.

Il la salua d'un chapeau imaginaire, lui fit un clin d'œil et alla rejoindre sa voiture garée le long du trottoir.

Elle referma la porte et l'observa à travers le panneau central en verre cathédrale. Il se retourna, l'aperçut derrière la vitre et lui fit un petit signe. Elle s'éloigna de la porte, s'enfonça dans le couloir obscur et le surveilla encore sans qu'il puisse la voir.

De toute évidence, il ne l'avait pas crue. Elle n'aurait jamais dû dire que son mari était policier. La manœuvre était trop grossière. Elle aurait pu être mariée à un plombier, un médecin, n'importe qui, mais pas un flic. De toute façon, Streck s'en allait. Il savait qu'elle avait menti, mais il s'en allait.

Elle ne se sentit tranquille que lorsque la voiture fut hors de vue.

En fait, même à ce moment-là, elle ne le fut pas vraiment.

2

Après avoir tué le Dr Davis Weatherby, Vince Nasco reprit sa camionnette Ford et se rendit dans une station-service de l'autoroute de la côte. Il mit des pièces dans un téléphone public et composa un numéro, à Los Angeles, qu'il connaissait par cœur depuis longtemps.

Un homme lui répondit en répétant le numéro. C'était l'une des trois voix qui lui répondaient habituellement, la voix douce au timbre profond. Souvent, il y avait un autre homme au bout du fil dont la voix pointue lui éraillait les oreilles.

— C'est fait. J'ai beaucoup apprécié que vous vous soyez adressé à moi et je suis toujours disponible si vous avez un autre travail.

Il était sûr que son interlocuteur reconnaîtrait sa voix, lui aussi.

— Je suis content de savoir que tout s'est bien passé. Nous avons le plus grand respect pour vos talents. Maintenant, souvenez-vous bien de cela.

Son contact lui donna un numéro de téléphone à sept chiffres.

Surpris, Vince le répéta.

— C'est un téléphone public à Fashion Island. Sur la promenade, près de Robinson, le grand magasin. Vous pouvez y être dans un quart d'heure ?

— Oui. Dix minutes.

— Je vous appelle dans un quart d'heure avec tous les détails.

Vince raccrocha et se dirigea vers sa camionnette en sifflotant. Une autre cabine téléphonique pour les « détails » ne signifiait qu'une chose : on lui confiait un autre travail. Deux, le même jour.

3

Plus tard, quand le gâteau fut prêt, Nora se retira dans sa chambre, à l'angle sud-ouest de la maison, au premier.

Déjà lors du vivant de Violet Devon, c'était le sanctuaire de Nora, malgré l'absence de verrou sur la porte. Comme toutes les autres pièces, elle avait été surchargée de mobilier, et avait présenté plus d'un aspect sinistre. Néanmoins, quand elle en avait terminé avec les corvées ménagères ou que sa tante l'avait congédiée après l'un de ses interminables sermons, Nora se réfugiait dans sa chambre, où elle s'échappait dans la lecture ou la rêverie.

Inévitablement, Violet, sans s'annoncer, venait vérifier ce que faisait Nora. En catimini, elle se glissait dans le couloir et ouvrait brusquement la porte, espérant surprendre sa nièce dans une quelconque activité répréhensible. Ces inspections impromptues avaient été fréquentes durant toute l'enfance de Nora et, bien que leur rythme eût diminué, elles perdurèrent jusqu'aux dernières semaines de la vie de Violet

Devon, alors que Nora était déjà une femme de vingt-neuf ans. Comme Violet avait une prédilection pour les robes sombres, les cheveux tirés et qu'elle ne portait jamais aucun maquillage, elle ressemblait plus à un homme qu'à une femme, moine austère dans sa toge de pénitence, qui aurait hanté les corridors d'un blafard monastère pour surveiller ses coreligionnaires.

Si Violet surprenait sa nièce en train de rêvasser ou de sommeiller, elle la réprimandait sévèrement et l'écrasait de tâches ménagères. Violet ne plaisantait pas avec l'oisiveté.

La lecture était autorisée, à condition que Violet ait approuvé les livres choisis. D'abord, lire, c'était se cultiver, et, comme le disait souvent Violet : « Les femmes d'intérieur, comme toi et moi, ne mèneront jamais une vie d'aventurière. Nous n'irons jamais aux quatre coins du monde, alors, pour nous, les livres sont précieux. On peut vivre par l'intermédiaire des livres. Ce n'est déjà pas si mal. C'est même mieux que d'avoir des amis et de connaître des... hommes. »

Avec l'aide d'un médecin de famille complaisant, Violet s'était arrangée pour que Nora n'aille pas à l'école, pour raisons de santé. Elle avait été élevée à la maison, et les livres étaient son seul moyen d'apprendre.

A trente ans, Nora avait lu des milliers de livres, c'était aussi une autodidacte dans l'art de la peinture, de l'aquarelle, des fusains. Violet appréciait cette activité. L'art était une recherche solitaire qui éloignerait sa nièce du monde extérieur et l'empêcherait de rechercher des contacts avec des gens qui l'auraient inévitablement rejetée, blessée, déçue.

Dans la chambre de Nora, on avait donc ajouté un chevalet, une table à dessin et une petite armoire pour le matériel. On avait fait de la place pour ce mini-studio en entassant les meubles les uns contre les autres mais sans en enlever un seul, ce qui donnait à la pièce une atmosphère étouffante.

Souvent, surtout au milieu de la nuit, mais aussi parfois en plein jour, Nora avait l'impression que le plancher allait crouler sous sa charge et que son immense lit à baldaquin l'écraserait. Quand sa terreur se faisait trop intense, Nora s'enfuyait et se réfugiait sur la pelouse, toute tremblante, les bras serrés autour de son corps. Il avait fallu qu'elle attende vingt-cinq ans avant de se rendre compte que ces crises d'angoisse n'étaient pas seulement provoquées par la chambre sombre et oppressante, mais aussi par la présence de sa tante toute-puissante.

Un samedi matin, quatre mois auparavant, huit mois après le décès de Violet Devon, Nora avait été prise d'un soudain besoin de changement, et s'était lancée frénétiquement dans la redécoration de sa pièce. Elle avait sorti tous les petits meubles et les avait répartis dans les autres pièces de l'étage, surchargées elles aussi. Elle avait dû démonter les armoires pour en débarrasser la chambre. Finalement, elle avait tout enlevé, à part le lit, une table de nuit, un fauteuil, sa table à dessin, un tabouret, son chevalet et sa petite armoire à matériel, les seules choses dont elle avait besoin. Ensuite, elle avait arraché le papier peint.

Pendant cet étourdissant week-end, elle eut l'impression qu'il s'était produit une véritable révolution, et que pour elle la vie ne serait jamais plus comme avant. Mais une fois sa chambre terminée, son humeur rebelle s'était évanouie, et elle ne toucha pas au reste de la maison.

A présent au moins y avait-il une pièce claire, très gaie.

Les murs étincelaient d'un jaune paille. Les tentures avaient disparu, remplacées par des stores vénitiens de la même couleur. Elle avait enlevé le vieux tapis et ciré le magnifique parquet de chêne.

Plus que jamais, sa chambre était son refuge. Chaque fois qu'elle franchissait la porte et contemplait son œuvre, elle se sentait de meilleure humeur et oubliait ses ennuis.

Après cette terrifiante rencontre, Nora se sentit apaisée, comme à l'accoutumée, par l'atmosphère joyeuse. Elle s'assit à sa table à dessin et commença une esquisse à laquelle elle songeait depuis longtemps. Au début, sa main tremblait, et elle dut s'arrêter à plusieurs reprises pour se maîtriser mais, peu à peu, sa peur s'estompa.

Elle était même capable de songer à Streck en travaillant et d'imaginer jusqu'où il aurait pu aller si elle n'avait pas réussi à le chasser de chez elle. Récemment, elle s'était demandé si la vision pessimiste de Violet Devon sur le monde extérieur n'était pas exagérée ; en fait, bien qu'on lui ait inculqué cette conception dès l'enfance, Nora pensait qu'elle était sûrement déformée, voire morbide. Mais cette rencontre lui prouvait à quel point Violet avait eu raison d'estimer qu'il était dangereux de se mêler au monde extérieur.

Pourtant, alors que son dessin était à demi terminé, Nora était presque persuadée qu'elle avait mal interprété l'attitude du réparateur. Il n'avait pas pu lui faire des avances. Pas à *elle*.

Qui aurait pu la désirer ? Elle était banale. Casanière, peut-être même laide. Nora en était pratiquement certaine, car, malgré tout ses défauts, la vieille tante avait quelques qualités, comme celle de ne jamais mâcher ses mots. Nora n'était pas une femme séduisante, pas une femme qui pouvait espérer qu'on la prenne dans ses bras, qu'on l'embrasse, qu'on la chérisse. C'était un fait que Violet lui avait fait comprendre très tôt.

Malgré son caractère répugnant, Streck était beau garçon, et ne devait pas manquer de jolies femmes. Comment se serait-il intéressé à un vilain petit canard ?

Nora portait toujours les vêtements que sa tante lui avait achetés, des robes sombres et informes, des chemisiers et des jupes de vieille femme. Des tenues plus chatoyantes et plus féminines n'auraient fait qu'attirer l'attention sur son corps décharné et sans grâce et sur un visage mal dessiné et sans caractère, disait Violet.

Mais pourquoi Streck avait-il dit qu'elle était jolie ?

Oh, cela s'expliquait facilement. Il se moquait d'elle. Ou plus probablement, il essayait d'être poli, gentil.

Plus elle y réfléchissait, plus Nora estimait qu'elle avait été injuste avec ce pauvre homme. A trente ans, elle était déjà une vieille fille, aussi timorée que solitaire.

Cette pensée la déprima, mais elle redoubla d'efforts sur son esquisse, et, quand elle l'eut terminée, elle en entama une autre, sous un angle différent.

En bas, la vieille horloge sonnait le quart, la demie et l'heure.

Le soleil s'illuminait de lueurs dorées, et plus l'heure avançait, plus la pièce rayonnait. L'air étincelait. Derrière la baie sud, un palmier frémissait dans la douce brise de mai...

A quatre heures, Nora avait retrouvé la paix et fredonnait tout en dessinant.

La sonnerie du téléphone la fit sursauter.

Elle posa son crayon et décrocha.

— Allô ?

— Bizarre, dit une voix d'homme.

— Pardon ?

— Ils n'ont jamais entendu parler de lui.

— Excusez-moi, mais vous avez dû composer un faux numéro.

— Je suis bien chez Mme Devon ?

Soudain, elle reconnut la voix. C'était lui. Streck.

Pendant un moment, elle resta coite.

— Ils n'ont jamais entendu parler de lui. J'ai appelé le commissariat de Santa Barbara et j'ai demandé l'inspecteur Devon, mais ils m'ont répondu qu'il n'y avait pas de Devon chez eux. C'est bizarre, vous ne trouvez pas, madame Devon ?

— Qu'est-ce que vous voulez ?

— C'est sûrement une erreur de l'ordinateur, dit Streck en riant. Oui, sûrement, l'ordinateur l'a oublié sur la liste. Vous devriez le prévenir quand il rentrera. S'il ne remet pas les choses en ordre... eh bien, il risquerait de ne pas toucher sa paie à la fin de la semaine.

Il raccrocha. En entendant la tonalité, Nora comprit qu'elle aurait dû raccrocher la première, dès qu'il avait dit qu'il avait appelé le commissariat. Elle n'aurait pas dû l'encourager, ne serait-ce qu'en l'écoutant.

Elle alla vérifier portes et fenêtres. Tout était bien fermé.

4

Au McDonald's de East Chapman Avenue, à Orange, Travis Cornell avait commandé cinq hamburgers pour le retriever. Assis sur le siège du passager du pick-up, il avait mangé toute la viande et deux petits pains et avait exprimé sa reconnaissance en lui léchant le visage.

— Ah, beurk, tu as une haleine de crocodile ! protesta Travis en repoussant la tête de l'animal.

Le trajet de retour vers Santa Barbara leur prit trois heures car l'autoroute était plus chargée que dans la matinée. De temps à autre, Travis jetait un coup d'œil à son compagnon et lui parlait, s'attendant à une étrange manifestation d'intelligence. Mais ses espoirs restèrent vains. Le retriever se comportait comme tous les chiens pendant un long trajet. Parfois, il se tenait *très droit* et regardait le paysage à travers le pare-brise ou la fenêtre latérale avec une attention qui paraissait supérieure à la moyenne. La plupart du temps, il était couché en boule sur le siège et reniflait en rêvant, ou bien il bâillait et avait tout simplement l'air de s'ennuyer.

Quand la puanteur du chien se fit trop insupportable, Travis ouvrit les fenêtres, et le retriever passa sa tête à l'extérieur. Les oreilles volant au vent, il grimaça du sourire charmant et niais de tous les chiens qui se laissent ainsi griser de vitesse.

A Santa Barbara, Travis s'arrêta au centre commercial où il acheta plusieurs boîtes d'Alpo pour chien, des biscuits, une gamelle et un bol de plastique, un baquet galvanisé, du shampooing pour animaux, une brosse, un collier antipuces et une laisse.

La truffe collée contre la vitre arrière de la cabine, le

chien le regarda mettre tous ces objets dans la remorque.

— Tu es crasseux et tu pues, dit Travis en s'installant derrière le volant. Tu ne vas tout de même pas faire des histoires pour un malheureux bain ?

Le chien bâilla.

En garant sa voiture dans l'allée de son bungalow de location, Travis se demandait si les réactions du chien dans la matinée avaient vraiment été aussi extraordinaires qu'il le lui avait semblé.

— Si tu ne me montres pas tout de suite ce que tu sais faire, je vais être obligé de penser que j'ai perdu une case dans les bois, et que j'ai tout imaginé.

Le chien le regardait d'un air intrigué.

— Tu ne voudrais tout de même pas qu'à cause de toi, j'ai des doutes sur ma santé mentale ?

Un papillon orange et noir tourbillonna devant le museau du retriever. Le chien aboya et se mit à poursuivre l'insecte le long de l'allée. Il courait en tous sens, faisait des bonds, mordait dans le vide, ratant sa proie à chaque fois. Il faillit heurter le tronc d'un énorme palmier-dattier et évita de justesse de s'assommer contre une vasque en béton. Il finit par tomber sur un lit d'impatiences de Nouvelle-Guinée sur lequel s'était posé le papillon coloré. Le retriever se roula sur lui-même, se remit sur ses pattes et quitta la plate-bande.

Déçu de s'être laissé avoir, le chien retourna vers Travis et le regarda d'un air timide.

— Bravo, tu me fais un beau chien savant ! Bien fait pour toi.

Travis ouvrit la porte et le chien passa devant lui. Immédiatement, il se mit à explorer sa nouvelle demeure.

— J'espère que tu es propre ! cria Travis.

Il apporta le baquet et ses divers achats dans la cuisine, laissa la nourriture et les gamelles et emmena le reste dans la cour arrière. Il installa le baquet sur le patio près du tuyau d'arrosage.

De retour dans la cuisine, il sortit un seau de dessous

l'évier, le remplit d'eau très chaude et alla le déverser dans le baquet. Travis avait déjà fait quatre voyages lorsque le retriever apparut dans la cour où il poursuivit son exploration. Tandis que Travis versait de l'eau froide le chien marquait son territoire en urinant dans tous les coins de la terrasse blanchie à la chaux.

— Quand tu auras fini de désherber, plonge là-dedans. Tu empestes.

Le retriever se tourna vers lui et pencha la tête, comme s'il écoutait. Pourtant, il n'avait même pas l'air aussi intelligent que les chiens que l'on voit au cinéma. Il ne semblait pas comprendre. Il paraissait idiot, tout simplement. Dès que Travis se tut, le chien s'en alla un peu plus loin et leva de nouveau la patte.

En voyant le chien se soulager, Travis ressentit le même besoin. Il alla à la salle de bains et enfila un jean et un T-shirt pour le travail salissant qui l'attendait.

Quand il ressortit, il vit le retriever à côté de la baignoire, le tuyau entre les dents. Il avait réussi à ouvrir le robinet et versait de l'eau froide.

— L'eau était trop chaude pour toi ?

Le retriever lâcha le tuyau et laissa l'eau se renverser sur la terrasse. Délicatement, il entra dans la baignoire et regarda Travis, l'air de dire : *Allez, on y va, espèce d'andouille.*

Travis s'approcha de l'animal.

— Montre-moi comment tu fermes l'eau.

Le chien le fixa, hébété.

— Allez, montre.

Le chien s'installa confortablement dans l'eau chaude.

— Si tu as su l'ouvrir, tu sais le fermer. Comment as-tu fait ? Avec tes dents ? Forcément, avec tes dents. Avec la patte, tu n'y serais jamais arrivé. Mais ça n'a pas dû être facile de le faire tourner. Tu aurais pu te casser une quenotte.

Le chien pencha légèrement la tête, juste assez pour attraper le sac de plastique qui contenait shampooing et brosse.

— Tu ne veux pas le fermer ?

Le retriever lui fit un clin d'œil énigmatique.

En soupirant, Travis alla lui-même fermer le robinet.

— Bon, puisque tu as envie de faire ton mariole, voilà, dit-il en lui tendant la brosse et le shampooing qu'il avait sortis du sac. Tu n'as sans doute pas besoin de moi. Je suis sûr que tu es capable de te laver tout seul.

Le chien émit un long woooof qui venait du plus profond de la gorge, et Travis eut l'impression que c'était lui qu'on traitait de mariole à présent.

Attention, Travis, tu es en train de perdre la tête ! Ce cabot est sacrément intelligent, mais il ne comprend pas ce que tu lui racontes. Et il ne peut pas te répondre.

Le chien se laissa faire sans protester, le bain lui plaisait. Après avoir rincé le shampooing, Travis passa une heure à brosser le poil emmêlé. Il arracha les graterons et les herbes qui restaient collés, démêla les nœuds. Pas une fois le chien ne donna signe d'impatience. Et, à six heures, la transformation était complète.

Bien bouchonné, c'était un animal splendide. La robe était blond doré, avec des touches plus claires sur le dos des pattes, le ventre et la croupe, ainsi que sous la queue. Un sous-poil abondant le protégeait du froid et de l'eau. Sur le dos, la robe était plus mince et ondulée par endroits. Le bout de la queue remontait légèrement, ce qui lui donnait un air de chien heureux et facétieux, d'autant que l'animal ne cessait de l'agiter.

Le sang séché sur l'oreille provenait d'une légère égratignure qui se cicatrisait déjà. Les pattes avaient simplement été écorchées par une longue course sur un terrain rocailleux. Travis se contenta de les tamponner avec un léger antiseptique qui ne provoquerait qu'un faible picotement, au pire, car le chien ne boitait pas. Il serait complètement remis dans quelques jours.

Si le chien était splendide, Travis, trempé, en sueur, empestait le shampooing. Il avait envie de se laver, et puis, il commençait à avoir faim.

Il ne lui restait plus qu'à passer un collier à son nouveau compagnon. Mais, lorsqu'il essaya, le retriever grogna doucement et recula.

— Hé, ne t'inquiète pas, ce n'est qu'un collier.

Toujours en grognant, le chien fixait la boucle de cuir.

— On t'a fait du mal avec un collier, c'est ça ?

Le chien se tut mais ne s'approcha pas.

— Tu as été maltraité ? On t'a étranglé avec un collier ? On t'a attaché à une chaîne trop courte ? Dis-moi !

Le retriever aboya, et alla se réfugier dans la partie la plus éloignée de la terrasse.

— Tu as confiance en moi ? demanda Travis, toujours à genoux, dans une position aussi conciliante que possible.

Le chien porta alors son attention sur Travis et leurs regards se croisèrent.

— Je ne te ferai jamais de mal, dit-il solennellement, sans se sentir gêné de parler si sincèrement à un simple chien. D'ailleurs, tu dois le savoir. Ton instinct ne te trompe sûrement jamais. Alors, fie-toi à ton instinct, et fais-moi confiance.

Le chien quitta sa retraite et s'arrêta devant Travis. Il regarda le collier, puis fixa Travis intensément. Une fois encore, Travis sentit une communion parfaite avec l'animal ; aussi profonde qu'étrange, aussi étrange qu'indescriptible.

— Ecoute, mon gros. Il y a des endroits où je ne pourrai pas t'emmener sans laisse. C'est pour ça que je veux te mettre un collier, pas pour autre chose. Sinon, comment attacher la laisse ? Si tu as un collier, je pourrai t'emmener partout avec moi. Et puis, cela te protégera des puces. Mais, si tu n'en veux pas, je ne te forcerai pas.

Pendant longtemps, ils restèrent face à face. Le retriever semblait réfléchir à la situation. Travis tendait toujours le collier, comme s'il s'agissait plus d'un cadeau que d'une contrainte, et le chien avait le regard fixé dans les yeux de son nouveau maître. Finalement, le retriever s'ébroua, renifla et s'avança lentement.

— Voilà, ça c'est un bon chien.

Devant lui, le chien se coucha sur le ventre, puis roula sur le dos, les quatre pattes en l'air, dans une attitude de soumission. Il lui lança un regard plein d'amour et de confiance, mais légèrement teinté de frayeur.

Bêtement, Travis sentit sa gorge se nouer et des larmes couler de ses yeux. Il avala sa salive et cligna les yeux pour refouler ses larmes, tout en se traitant intérieurement de vieux benêt sentimental. Mais il savait pourquoi la docilité du chien l'émouvait tant. Pour la première fois depuis trois ans, on avait besoin de lui, et une communication profonde s'établissait avec un autre être vivant. Pour la première fois depuis trois ans, il avait une raison de vivre.

Il lui enfila le collier, le ferma doucement et caressa le ventre du chien.

— Il va falloir te trouver un nom.

Le chien se remit sur ses pattes, lui fit face et tendit les oreilles, comme s'il attendait impatiemment.

Mon Dieu, mon Dieu, je lui attribue des intentions humaines. C'est un animal, un peu spécial peut-être, mais un animal quand même. Il a l'air d'être impatient de savoir son nom, mais nom d'une pipe! je suis sûr qu'il ne comprend pas l'anglais!

— Je ne trouve pas. Enfin, inutile de se presser. Tu n'es pas un chien comme les autres, il te faut un nom qui t'aille comme un gant. Il faudra que j'y repense, Poilu, avant de mettre la main dessus.

Travis vida le baquet, le rinça et le laissa sécher. Ensemble, lui et le chien rentrèrent dans la maison que, désormais, ils partageaient.

Le Dr Elizabeth Yarbeck et son mari, Jonathan, avocat, habitaient à Newport Beach, dans une maison ranch à un seul étage au toit de bardeaux et aux murs de stuc ivoire à laquelle on accédait par une allée de rocaille. Les lueurs rubis du couchant se reflétaient dans les vitres en biseau de la grande porte qui ressemblaient à de gigantesques pierres précieuses.

Quand Vince Nasco sonna, Elizabeth alla ouvrir. Soignée, séduisante, les cheveux argentés et les yeux bleus, elle avait une cinquantaine d'années. Vince se présenta sous le nom de John Parker, agent du FBI, et annonça qu'il voulait leur parler, à elle et à son mari, au sujet d'une enquête actuellement en cours.

— Une enquête, quelle enquête ?

— C'est au sujet de recherches financées par le gouvernement auxquelles vous avez participé autrefois, lui dit Vince, répétant la phrase d'introduction qu'on lui avait demandé d'utiliser.

Elle examina soigneusement sa photo et la carte du FBI.

Il n'était pas inquiet. Les faux papiers avaient été fournis par ceux qui l'avaient embauché pour ce travail. On les lui avait remis dix mois auparavant pour un contrat à San Francisco et ils lui avaient bien servi en deux ou trois autres occasions.

Mais s'il était sûr que ses papiers ne poseraient pas de problèmes, il n'était pas certain que sa personne inspirerait la même confiance. Il portait un costume bleu sombre, une chemise blanche, une cravate bleue, et des chaussures noires impeccablement cirées, la tenue normale d'un agent. Sa taille et son visage dépourvu d'expression fournissaient des atouts supplémentaires pour le rôle qu'il avait à jouer. Pourtant, le meurtre du Dr Davis Weatherby et la perspective de deux autres assassinats dans les prochaines minutes l'avaient excité dangereusement et l'emplissaient d'une allégresse exubérante qu'il avait du mal à réprimer. Le rire montait en lui, et, de minute en minute, il devenait plus difficile de le contenir. Dans la vieille Ford, volée quarante minutes plus tôt pour accomplir ce travail, il avait été saisi d'une crise de tremblements de plaisir, d'une nature presque sexuelle. Il avait été obligé de s'arrêter pendant dix minutes et d'inspirer profondément pour parvenir à se calmer.

Elizabeth Yarbeck leva les yeux, croisa son regard et fronça les sourcils.

Bien qu'il risquât d'être saisi d'une crise de fou rire qui l'aurait immédiatement démasqué, il esquissa un sourire. Son sourire juvénile, en contraste total avec sa taille, avait parfois un effet désarmant.

Quelques secondes plus tard, le Dr Yarbeck, satisfaite, lui rendait sa carte et le faisait entrer amicalement.

— Je dois aussi voir votre mari, lui rappela Vince une fois qu'elle eut fermé la porte.

— Il est au salon. Par ici, monsieur Parker.

Le salon était vaste. Des murs et des tapis ivoire. Des divans vert pâle. De grandes baies vitrées, partiellement protégées par des auvents, laissaient voir le parc merveilleusement entretenu et les maisons de la colline, en contrebas.

Jonathan Yarbeck mettait des bûches dans la cheminée et s'apprêtait à allumer le feu. Il se leva, se frotta les mains.

— John Parker, du FBI, annonça sa femme.

— Du FBI ? demanda Yarbeck en levant les sourcils.

— Monsieur Yarbeck, s'il y a d'autres membres de la famille à la maison, j'aimerais également leur parler maintenant, comme ça, je n'aurais pas besoin de répéter deux fois la même chose.

— Non, il n'y a personne, à part Liz et moi. Les gosses sont au lycée. De quoi s'agit-il ?

Vince sortit son pistolet équipé d'un silencieux et visa Jonathan Yarbeck à la poitrine. L'avocat fut projeté en arrière contre le manteau de la cheminée, où il resta suspendu un instant, comme si on l'avait accroché à un clou, avant de retomber sur les accessoires de cuivre.

Sssnap.

Elizabeth Yarbeck en resta figée de surprise et d'horreur. Vince s'avança rapidement vers elle. Il lui saisit le bras gauche et le lui bloqua derrière le dos. Elle cria de douleur. Vince appuya le canon contre sa tête.

— Tais-toi, ou je te fais sauter la cervelle.

Il la força à traverser la pièce pour aller près du corps de son mari. Jonathan Yarbeck gisait face contre terre sur une petite pelle et un tisonnier de cuivre. Il était mort. Mais Vince ne voulait pas prendre de risques. Il tira deux fois à bout portant, en pleine tête.

Liz Yarbeck émit un étrange petit gémissement de chat et se mit à sangloter.

Vince ne croyait pas qu'on puisse le voir à travers les vitres teintées de la demeure isolée, mais il voulait s'occuper de la femme dans une plus grande intimité. Il la poussa dans le couloir et l'entraîna plus loin, ouvrant toutes les portes jusqu'à ce qu'il trouve enfin la chambre. Là, il la bouscula et elle s'étala par terre.

— Ne bouge pas.

Il alluma les lampes de chevet. Il s'approcha des portes-fenêtres et tira les rideaux.

Tandis qu'il avait le dos tourné, la femme se remit sur ses pieds et tenta de s'enfuir. Il la rattrapa et la lança contre le mur, lui assena un coup de poing dans l'estomac, puis la rejeta sur le sol. Lui tirant sur les cheveux, il la força à le regarder.

— Ecoute-moi, ma petite, je ne suis pas venu te tirer dessus. Je suis là pour ton mari. Mais si tu essaies de t'enfuir avant que je sois décidé à partir, ça ira mal, c'est compris ?

Il mentait bien sûr. C'est pour elle qu'on l'avait payé. Il avait fallu éliminer le mari, simplement parce qu'il était présent. Mais c'était vrai qu'il n'allait pas tirer. Il voulait qu'elle coopère jusqu'à ce qu'il puisse l'attacher et s'occuper de son cas à un rythme moins frénétique. Les deux premiers meurtres l'avaient satisfait, mais il voulait quelque chose de plus. Il la tuerait lentement. Parfois, on pouvait savourer la mort comme un mets succulent, un vin précieux ou un splendide coucher de soleil.

— Qui êtes-vous ? demanda-t-elle dans un souffle.

— Ça ne te regarde pas, ma belle.

— Qu'est-ce que vous voulez ?

— Ne pose pas de questions, obéis, et tu sortiras d'ici vivante.

Elle en était réduite à la prière et prononçait les mots à toute vitesse, entremêlés de syllabes aussi inarticulées que désespérées.

Vince arracha le fil du téléphone et l'envoya à travers la pièce.

Il saisit la femme par le bras droit et la remit sur ses pieds. Il l'entraîna dans la salle de bains et se mit à fouiller jusqu'à ce qu'il trouve la boîte à pharmacie. Du sparadrap, c'était exactement ce dont il avait besoin.

Dans la chambre à coucher, il l'obligea à s'allonger sur le lit. Il lui lia chevilles et poignets. D'un tiroir, il sortit un slip de dentelle, le lui fourra dans la bouche et colla une dernière bande de sparadrap, pour plus de sûreté.

Elle tremblait, pleurait, transpirait.

Vince quitta la chambre, retourna au salon et s'agenouilla près du cadavre de Jonathan Yarbeck. Son travail n'était pas terminé. Il le retourna. L'une des balles, qui avait pénétré dans le bas du crâne, était ressortie par la gorge, juste en dessous du menton. La bouche ouverte était pleine de sang. Un des yeux avait roulé dans son orbite, et l'on ne voyait plus que le blanc.

Vince regarda l'œil encore intact.

— Merci, dit-il sincèrement, respectueusement. Merci, monsieur Yarbeck.

Il ferma les deux paupières et les embrassa.

— Merci.

Il déposa un baiser sur le front.

— Merci pour tout ce que vous m'avez donné.

Ensuite, il alla au garage et chercha des outils. Il

choisit un marteau à poignée de caoutchouc, facile à manier, avec une massue d'acier brillant.

Quand il retourna dans la chambre silencieuse et qu'il posa le marteau sur le lit, la femme écarquilla les yeux ; elle en était presque comique.

Elle se tortilla pour tenter de libérer ses mains liées, mais en vain.

Vince ôta ses vêtements.

En voyant les yeux de la femme fixés sur lui, aussi emplis de terreur que lorsqu'elle avait vu le marteau, il lui dit :

— Ne vous inquiétez pas, docteur Yarbeck, je n'ai pas l'intention de vous violer.

Il suspendit sa veste et sa chemise sur le dos d'une chaise. Il enleva ses chaussures, ses chaussettes et son pantalon.

— Je ne vous infligerai pas cette humiliation. Ce n'est pas mon genre. J'enlève mes habits pour éviter d'avoir du sang partout.

Entièrement nu, il prit le marteau et lui assena un coup furieux sur la jambe gauche, faisant éclater le genoux. Après cinquante ou soixante coups, le Moment arriva enfin.

Sssnap.

Une soudaine énergie l'envahit, une vivacité presque inhumaine. Il prenait conscience avec une précision extraordinaire des textures et des couleurs qui l'entouraient. Tel un véritable dieu personnifié, il se sentait plus fort que jamais.

Il lâcha le marteau et tomba à genoux, à côté du lit. Il appuya son front sur le dessus-de-lit ensanglanté et inspira profondément, tremblant d'un plaisir si intense qu'il en devenait presque intolérable.

Quelques minutes plus tard, quand il eut retrouvé ses esprits, quand il se fut adapté à sa nouvelle puissance, il se leva, se tourna vers la femme, déposa des baisers sur le visage mutilé, et baisa les paumes de chaque main.

— Merci.

Le sacrifice qu'elle avait fait pour lui le bouleversait

à tel point qu'il faillit en pleurer. Mais l'allégresse était plus forte que la pitié, et les larmes ne coulèrent pas.

Il prit une douche rapide. Alors que l'eau chaude le débarrassait du savon, il se réjouit d'avoir eu la chance de pouvoir faire du meurtre son métier, d'être payé pour ce qu'il aurait fait de toute façon, même gratuitement.

Une fois rhabillé, il essuya les quelques objets qu'il avait touchés avec une serviette. Il se souvenait toujours du moindre geste accompli, et il ne craignait donc jamais de laisser des empreintes. Sa mémoire infaillible faisait partie du Don.

En sortant de la maison, il s'aperçut que la nuit était tombée.

Chapitre trois

1

Au début de la soirée, le retriever ne manifesta aucune des attitudes qui avaient tant frappé l'imagination de Travis. Du coin de l'œil, ou même directement, Travis observait toujours l'animal, mais ne vit rien qui éveillât sa curiosité.

Il prépara le dîner, sandwiches jambon, salade et tomates pour lui, et une boîte d'Alpo pour le retriever. Ça avait l'air de lui convenir, car il avalait de bon cœur, mais il préférait visiblement la nourriture humaine. Assis près de lui, le chien le regardait d'un air envieux, et Travis finit par lui donner une demi-tranche de jambon.

Il n'y avait rien d'exceptionnel dans sa façon de quémander. Pas de trucs éblouissants. Il se léchait les babines, gémissait de temps en temps, et prenait des airs tristes destinés à attirer pitié et compassion. Comme n'importe quel chien.

Un peu plus tard, Travis alluma la télévision, et le retriever s'installa à côté de lui sur le divan du salon. Il lui posa la tête sur la cuisse pour se faire caresser, et Travis s'obligea gentiment. De temps à autre, le chien jetait un coup d'œil sur le poste, mais ne s'y intéressait pas particulièrement.

Travis non plus, d'ailleurs, c'était le chien qui l'intriguait. Il avait envie de l'encourager à accomplir d'autres exploits. Bien qu'il réfléchît à un moyen de l'obliger à montrer ses talents, il ne parvenait pas à concevoir un test qui lui aurait permis de jauger l'intelligence de l'animal.

Et puis, l'animal refuserait sans doute de coopérer. La plupart du temps, il semblait vouloir dissimuler ses capacités. La maladresse avec laquelle il avait poursuivi le papillon contrastait avec l'agilité nécessaire pour ouvrir un robinet ; ces deux actions ne semblaient pas être le fait du même animal. Bien que l'idée fût un peu folle, Travis pensait que le retriever n'avait pas envie d'attirer l'attention en dévoilant une intelligence phénoménale qu'il manifestait seulement en temps de crise, sous le coup de la faim, ou quand on ne le voyait pas.

C'était un peu grotesque, car cela laissait supposer que non seulement le chien avait une intelligence supérieure, mais aussi *qu'il était conscient de la nature de ses propres possibilités*. Les chiens, comme les autres animaux d'ailleurs, n'ont pas la faculté de comparer leur attitude à celle des autres individus de leur espèce. C'est une qualité strictement humaine. Même si ce chien était plus doué que les autres, il ne pouvait pas savoir qu'il était différent des autres spécimens de sa race. Il aurait fallu pour cela qu'il puisse faire preuve de logique, de capacités de raisonnement et de jugement bien supérieures à l'instinct qui commandait les réactions animales.

— Une énigme baignée de mystère, voilà ce que tu es. Ou alors, moi je suis bon pour la chambre capitonnée !

Le chien le regarda comme pour lui répondre, se mit à bâiller, releva soudain la tête et fixa l'étagère qui flanquait la porte donnant dans la salle à manger. L'expression satisfaite de l'animal avait disparu, remplacée de nouveau par une vivacité et une concentration qui transcendaient la race canine.

Le chien se précipita vers les livres et se mit à passer et repasser devant les tranches colorées et soigneusement alignées.

Travis avait loué le bungalow meublé sans imagination, avec des meubles bon marché, choisis pour leur solidité ou leur imperméabilité aux taches. Au lieu de bois et de cuir, il y avait du formica qui résistait aux griffures et brûlures de cigarettes. En fait, seuls les livres, reliés ou brochés, reflétaient les véritables goûts de Travis Cornell.

Le chien semblait s'intéresser à quelques-uns, parmi les centaines de volumes.

— Qu'est-ce qui t'arrive, mon gros ? Pourquoi agites-tu ta queue comme ça ?

Le retriever se hissa sur ses pattes arrière, mit les pattes avant sur une des planches et renifla les tranches. Il regarda Travis et se replongea dans l'examen de la bibliothèque.

Perplexe, Travis s'approcha, et prit l'un des livres sur lequel le chien avait appuyé son nez, *L'Ile au trésor*, de Robert Louis Stevenson, et le sortit.

Le chien observa le bateau de pirate et le portrait de Long John Silver qui ornaient la jaquette. Il leva les yeux vers Travis et se repencha sur le livre. Il se laissa retomber sur le sol, alla vers l'autre partie de l'étagère, se hissa de nouveau et renifla d'autres titres.

Travis rangea l'*Ile au trésor* et le suivit. Le retriever examinait les romans de Dickens. Travis sortit un exemplaire du *Marquis de Saint-Evremond*.

De nouveau, le retriever examina soigneusement l'illustration comme s'il cherchait à comprendre de quoi parlait le livre, puis se tourna vers Travis, plein d'attente.

— La Révolution française, les guillotines, les têtes tranchées. L'héroïsme, la tragédie. Euh, cela parle de l'importance de l'individu par rapport au groupe, de la nécessité d'accorder plus de valeur à l'homme et à la femme qu'à l'avancement des masses.

Le chien tourna son attention vers les autres livres, et renifla, renifla.

— Je suis cinglé, je fais des comptes rendus de bouquins à un chien, maintenant !

Le chien s'intéressa à l'étagère du dessous. Comme Travis ne bougeait pas, il avança la tête plus profondément dans l'étagère, attrapa doucement un volume entre ses dents et tenta de le sortir lui-même.

— Hé, Poilu, enlève tes dents de mes belles reliures. Ça, c'est *Oliver Twist*. Un autre Dickens. C'est l'histoire d'un orphelin dans l'Angleterre victorienne. Il se mêle aux bas-fonds et à la pègre et...

Le retriever retourna de l'autre côté de la bibliothèque, où il continua de renifler les livres à sa portée. Travis aurait juré qu'il manifestait une certaine nostalgie pour les livres qu'il apercevait, hors de portée, au-dessus de sa tête.

Pendant cinq longues minutes, saisi d'une prémonition annonçant qu'il allait se passer quelque chose d'exceptionnel, Travis suivit le chien, lui montrant des dizaines de couvertures et lui fit un résumé en quelques mots pour chaque titre. Où voulait en venir ce rat de bibliothèque ? Il ne pouvait sûrement pas comprendre, pourtant, il buvait les paroles de Travis. Sans doute interprétait-il mal une attitude animale sans signification particulière, en attribuant des intentions là où il n'y en avait pas. Pourtant, un picotement prémonitoire courait toujours le long de sa colonne vertébrale. Travis s'attendait à une révélation spectaculaire d'un moment à l'autre, et, en même temps, il se trouvait idiot et stupide.

Il avait des goûts assez éclectiques en littérature, et sortit successivement *La Foire des ténèbres* de Ray Bradbury, *Sur un air de navaja* de Raymond Chandler, *Le Facteur sonne toujours deux fois* de Cain, et *Le Soleil se lève aussi* d'Ernest Hemingway.

Finalement, le chien se détourna de l'étagère et fit les cent pas dans la pièce, visiblement agité. Soudain, il s'arrêta et aboya.

— Quelque chose ne va pas ?

Le chien gémit, regarda encore l'étagère surchargée, fit un tour sur lui-même, revint vers les livres, l'air frustré. Horriblement frustré.

— Je ne sais pas quoi faire pour toi, mon gros. Je ne comprends pas où tu veux en venir, je ne sais pas ce que tu cherches à me dire.

Vaincu, résigné, la tête basse, le chien alla se pelotonner sur les coussins du divan.

— Alors, tu abandonnes ?

Couchant sa tête, l'animal le regarda de ses yeux humides, pleins d'humanité.

Travis regarda les livres, comme si, entre les lignes, ils dissimulaient un message, un langage codé, oublié depuis longtemps, qui, une fois déchiffré, révélerait des secrets incroyables. Hélas, il n'avait pas la clé du code.

Déprimé, plus frustré encore que le chien, Travis n'avait pas la ressource de se pelotonner sur le divan et de tout oublier.

— Qu'est-ce que c'est que cette histoire ?

Le chien le regarda, impénétrable.

— Tu voulais dire quelque chose avec tous ces livres ?

Le chien le fixait toujours.

— Tu n'es pas comme les autres, ou bien j'ai un petit vélo dans la tête ?

Le retriever restait parfaitement immobile, comme s'il allait s'endormir d'un instant à l'autre.

— Si tu oses bâiller, je te botte les fesses.

Le chien bâilla.

— Andouille !

Il bâilla encore.

— Alors, là, non. Qu'est-ce que ça signifie ? Tu le fais exprès à cause de ce que j'ai dit ? Tu te moques de moi ? Ou bien tu as simplement sommeil ? Et moi, comment je fais pour comprendre ? Hein ?

Le chien soupira.

Soupirant lui aussi, Travis se dirigea vers la fenêtre et observa la nuit noire, où les grandes feuilles du palmier étincelaient de la lueur dorée des lampadaires. Il entendit le chien se précipiter dans l'autre pièce mais refusa de s'intéresser à ses activités. Il était incapable d'affronter de nouvelles frustrations.

Le retriever faisait du bruit dans la cuisine. Un clic. Un léger bruit de métal. Il devait boire.

Quelques secondes plus tard, l'animal revint et se frotta contre sa jambe.

Travis baissa les yeux et, à sa grande surprise, le vit avec une boîte de bière entre les dents. Une Coors. Travis la prit. Elle était froide.

— Tu l'as prise dans le réfrigérateur ?

Le chien grimaça.

2

Nora Devon préparait le dîner quand le téléphone sonna de nouveau. Elle pria pour que ce ne fût pas lui.

C'était lui.

— Je sais ce qu'il vous faut. Je sais ce dont vous avez besoin.

Mais je ne suis même pas jolie, aurait-elle *voulu* dire. Je ne suis qu'une vieille fille, laide et idiote. Alors que voulez-vous de moi ? Les gens comme vous ne s'intéressent pas à moi parce que je ne suis pas assez belle. Vous êtes aveugle ou quoi ? Mais elle fut incapable de répondre.

— Et vous ? Vous le savez ?

— Fichez-moi la paix, dit-elle, retrouvant enfin sa voix.

— Vous ne le savez peut-être pas, mais moi, je le sais.

Cette fois, elle raccrocha la première, si violemment qu'il dut en avoir mal aux oreilles.

A huit heures et demie, la sonnerie retentit encore. Assise dans son lit, Nora lisait *Les Grandes Espérances* tout en mangeant une glace. Elle fut si effrayée qu'elle en laissa tomber sa cuillère et faillit renverser son assiette.

Elle posa livre et assiette et, anxieuse, regarda le téléphone sur la table de nuit. Elle le laissa sonner dix fois. Quinze fois. Vingt fois. Le son strident résonnait dans toute la pièce et semblait vibrer dans son crâne.

Finalement, elle se rendit compte que cela aurait été une erreur de ne pas répondre. Il savait qu'elle était là et qu'elle avait trop peur pour décrocher, ce qui ne manquerait pas de le faire jubiler. Avant tout, il éprouvait le besoin de dominer. Plus elle se montrait timorée, plus elle l'encourageait. Nora n'avait aucune expérience de la confrontation, mais elle savait qu'elle devait apprendre à se battre pour elle-même, et vite.

Elle décrocha à la trente et unième sonnerie.

— Je n'arrive pas à vous oublier.

Nora ne répondit pas.

— Vous avez de beaux cheveux. Si noirs, noirs, épais, brillants. J'ai envie de passer la main dans vos cheveux.

Il fallait qu'elle dît quelque chose, qu'elle le remît à sa place... ou qu'elle raccrochât. Mais elle ne parvenait pas à se décider.

— Je n'avais jamais vu d'aussi beaux yeux, dit Streck, la respiration forte. Ils sont gris, mais tellement différents des autres. Gris, chauds, profonds. Sexy. Vraiment sexy.

Paralysée, elle restait sans voix.

— Vous êtes jolie, Nora Devon. Très jolie. Et je sais ce qu'il vous faut. Oh, je le sais, Nora. Je le sais. Et je vais vous le donner.

Sa paralysie fut remplacée par une crise de tremblements. Elle reposa le récepteur sur le combiné. Se recroquevillant dans son lit, elle avait l'impression qu'elle allait se briser à force de trembler.

Elle n'était pas armée.

Elle était si petite, si fragile, si seule.

Appeler la police ? Que leur dirait-elle ? Qu'elle était l'objet d'un harcèlement sexuel ? Ça les ferait sûrement bien rire. Elle ? Un symbole sexuel ? Une vieille fille, moche comme un pou ? Vraiment pas le genre à inspirer des rêves érotiques ! On penserait qu'elle avait tout inventé ou qu'elle était folle. Ou qu'elle avait tout simplement mal interprété les efforts de politesse de Streck, c'était d'ailleurs ce qu'elle avait pensé, au début.

Elle enfila une robe de chambre sur son pyjama d'homme et attacha la ceinture. Pieds nus, elle se précipita dans la cuisine et, hésitante, décrocha un couteau de boucher. La lumière scintillait d'un reflet argenté sur le plat de la lame.

En tournant le couteau dans sa main, elle vit ses yeux se refléter dans la large lame plate. Elle regarda son image sur l'acier poli, se demandant si elle pourrait se servir d'une arme aussi abominable, même dans un geste d'autodéfense.

Elle espérait ne jamais avoir à connaître la réponse.

De retour dans sa chambre, elle posa le couteau sur la table de nuit, à portée de main.

— Pourquoi moi ? dit-elle à voix haute. Pourquoi moi ? se répéta-t-elle, repliée sur elle-même, essayant de ne pas trembler.

Streck avait dit qu'elle était jolie, mais c'était faux, elle en était sûre. Sa propre mère l'avait abandonnée aux mains de la tante Violet et n'était venue la voir que deux fois en vingt-huit ans. La dernière fois, Nora n'avait que six ans. Elle ne connaissait pas son père, et aucun autre membre de la famille Devon n'avait voulu l'accueillir, situation dont Violet avait franchement attribué la raison à la laideur de sa nièce. Mais si Streck lui avait dit qu'il la trouvait jolie, ce n'est pas elle qu'il voulait. Non, il voulait simplement la dominer et la blesser. Il y avait des gens comme ça. Elle l'avait lu dans les livres et les journaux. Et puis, tante Violet l'avait bien prévenue que si un homme s'approchait d'elle avec des mots doux et des sourires, c'était simplement pour lui donner des illusions afin qu'elle retombe de plus haut et se fasse encore plus mal.

Un moment plus tard, le plus gros des tremblements passé, Nora se remit au lit. La glace avait fondu sur l'assiette qu'elle reposa sur la table de nuit. Elle reprit son roman et essaya de s'intéresser à l'histoire de Pip. Mais, sans cesse, son attention se reportait sur le téléphone, le couteau de boucher et sur la porte ouverte du couloir où elle ne cessait d'imaginer un mouvement.

3

Travis alla à la cuisine. Le chien le suivit.

— Allez, montre. Sors-moi une bière.

Le retriever resta immobile.

— Dis donc, Poilu, qu'est-ce qui t'a sorti des griffes de la bestiole qui te poursuivait dans les bois, hein ? Moi. Qui t'a acheté des hamburgers ? Moi. Je t'ai lavé, je t'ai nourri, je t'ai ouvert ma maison, alors tu me dois de la reconnaissance. Ne fais pas la mauvaise tête. Va me chercher cette bière.

Le chien s'approcha du vieux Frigidaire, baissa la tête vers l'angle inférieur de la porte émaillée, le saisit entre ses dents et tira en arrière en s'aidant de la force de tout son corps. Le joint de caoutchouc s'écarta dans un léger bruit de succion. Une fois la porte ouverte, il se glissa dans l'espace ménagé, sauta et se retint en posant une patte avant sur chaque paroi.

— Je n'en crois pas mes yeux, dit Travis en s'approchant.

Le retriever fourra sa tête sur la deuxième étagère, là où se trouvaient les boîtes de bière, de Pepsi et de jus de fruits. Il prit une autre Coors entre ses dents, retomba à terre et laissa la porte se refermer.

Travis lui prit la bière de la gueule.

— Bon, d'accord, quelqu'un t'a appris à ouvrir la porte d'un réfrigérateur. Tu sais peut-être même reconnaître certaine marque de bière, dit Travis, plus pour lui-même que pour le chien. Mais il reste toujours un mystère. Ce serait étonnant que la marque que l'on t'a appris à reconnaître soit justement celle qui se trouve dans mon frigo. C'est possible bien sûr, mais c'est quand même étonnant. Et en plus, je ne t'avais rien demandé. On aurait dit que tu avais deviné que j'avais besoin d'une bière à ce moment-là.

Travis posa l'une des boîtes sur la table. Il essuya l'autre sur sa chemise, l'ouvrit et avala quelques gorgées. Il était bien trop surpris par l'exploit du retriever pour se soucier des microbes. De plus, le chien avait pris soin de la tenir par le fond, comme s'il était conscient des problèmes d'hygiène.

Le retriever l'observait.

— Tu avais compris que j'étais tendu, nerveux et qu'une bière m'aiderait à me décontracter ? Je délire ou quoi ? C'est vrai que les animaux sentent souvent ce qui se passe chez leur maître, mais savent-ils que la bière est susceptible de les rendre de meilleure humeur ? Tu m'as peut-être vu en boire pendant le dîner, mais quand même...

Il tremblait. Il but encore un peu ; la boîte de métal claquait contre ses dents.

Le chien fit le tour de la table de formica et ouvrit un placard sous l'évier. Il fouilla à l'intérieur et sortit un paquet de biscuits Milk-Bone qu'il apporta à Travis.

— Oui, si je m'offre une bière, je suppose que tu as droit à un petit réconfort, toi aussi, dit Travis en ouvrant le paquet. Sers-toi, je suis sûr que tu n'es pas du genre à t'empiffrer. Peut-être bien qu'un jour je te laisserai conduire la voiture ! ajouta-t-il en riant.

Le retriever prit un biscuit entre ses dents, s'assit et le savoura joyeusement.

— Grâce à toi, je commence à croire aux miracles. Tu sais ce que j'allais faire dans ces fichus bois ?

Faisant consciencieusement travailler ses mâchoires, le chien avait perdu tout intérêt pour Travis.

— C'était un pèlerinage sentimental. J'étais censé retrouver le bonheur de mon enfance à Santa Barbara... Tout a si mal tourné depuis... Je voulais tuer deux ou trois serpents, comme quand j'étais gosse, me promener et me sentir en harmonie avec la nature comme au bon vieux temps. Ça fait bien longtemps que j'ai perdu goût à la vie.

Le chien finit de mâcher et regarda Travis avec une attention sans partage.

— Dernièrement, je me suis enfoncé dans une dépression plus noire que le soleil de minuit. Tu sais ce que c'est qu'une dépression, Poilu ?

Le chien s'approcha de lui et le fixa du regard franc et direct qu'il avait eu auparavant.

— Pourtant, je n'ai jamais songé au suicide. D'abord, je suis catholique, et même si ça fait un moment que je n'ai pas fichu les pieds dans une église, je suis toujours un peu croyant. Et pour un catholique, le suicide, c'est un péché mortel. Un meurtre. Et puis, je suis bien trop mesquin et bien trop têtu pour abandonner, même quand tout va de mal en pis. Voilà, j'étais à la recherche de mon bonheur perdu, quand je t'ai rencontré.

Wouaf, dit le chien, comme s'il approuvait.

— La dépression. L'impression que la vie n'a pas de sens. Comment un chien pourrait-il comprendre ça ? Les chiens n'ont pas de soucis. Pour eux, tous les jours, c'est une nouvelle joie. Et toi, tu comprendrais ce que je te dis ? Par ma foi, je serais tenté de le croire. Mais je fais bien trop confiance à ton intelligence et à ta sagesse, même si tu es un chien magique. Oh, bien sûr, tu fais des trucs incroyables mais *me comprendre*, c'est pas pareil.

Le retriever s'éloigna et retourna vers le paquet de biscuits qu'il secoua pour les faire sortir.

— Et voilà, ça recommence. Parfois, tu as l'air presque humain, et une minute plus tard, tu te conduis comme tous les autres chiens.

Mais le chien ne voulait pas de gâteaux. Il commença à les pousser de sa truffe au centre de la pièce, l'un après l'autre.

— Qu'est-ce que tu fabriques ?

Le chien arrangea cinq biscuits selon une ligne qui s'incurvait progressivement. Il en mit un sixième en place, accentuant la courbe.

Travis termina rapidement sa première bière et ouvrit la seconde. Il n'allait sûrement pas tarder à en avoir besoin.

Le chien examina ses biscuits, comme s'il n'était pas encore sûr de ce qu'il allait en faire. Hésitant, il tourna tout autour, puis ajouta deux biscuits. Il leva les yeux vers Travis, regarda son dessin, et ajouta une autre pièce.

En secouant la tête, le chien traversa la pièce et s'assit face au mur, tête baissée. Que faisait-il ? Il réfléchissait peut-être ? Un instant plus tard, le chien retourna vers ses biscuits et en disposa deux autres, agrandissant son dessin.

Quelque chose allait se produire, Travis en avait la chair de poule.

Cette fois, il ne fut pas déçu. Le golden retriever utilisa dix-neuf biscuits pour former un point d'interrogation assez grossier mais reconnaissable, puis il leva les yeux vers Travis.

Un point d'interrogation ?

Pourquoi ? Pourquoi la vie n'avait-elle pas de sens ?

Apparemment, le chien comprenait ce qu'il avait dit. Non, il ne devait pas comprendre les mots, mais d'une certaine manière, il percevait, il saisissait le sens général, assez du moins pour éveiller sa curiosité.

Mais s'il savait ce que signifiait un point d'interrogation, il était capable de pensée abstraite ! Même les symboles les plus simples, comme l'alphabet, les nombres, la ponctuation servaient à exprimer des idées complexes... et pour cela, il fallait être doué de faculté d'abstraction. Et, sur terre, seule une espèce possédait ce talent, la race humaine. Ce retriever n'était qu'un chien et pourtant il manifestait une intelligence qu'aucun animal ne pouvait revendiquer.

Travis en restait abasourdi, mais il ne pouvait rejeter le point d'interrogation sur le compte du hasard. Grossier, certes, mais pas dû au hasard. Le chien avait dû voir ce symbole et on lui en avait expliqué la signification. Les statisticiens prétendaient qu'un nombre infini de singes munis d'un nombre infini de machines à écrire seraient capables de recréer l'intégralité de la prose anglo-saxonne, en obéissant simplement à la loi des grands nombres. Mais un chien qui traçait un point d'interrogation en moins de deux minutes par pur hasard était encore dix fois plus improbable que de voir une armée de singes réécrire les œuvres complètes de Shakespeare.

Le chien semblait attendre une réponse.

Les jambes un peu flageolantes, Travis se leva, alla vers les biscuits, et, d'un coup de pied, les dispersa dans la pièce.

Intrigué, le chien regarda ses Milk-Bone en désordre, l'air vaincu.

Travis attendait.

La maison paraissait plongée dans un silence surnaturel, comme si le temps avait été suspendu pour le reste du monde, et que, à part la cuisine, plus rien d'autre n'existait.

Finalement, le chien repoussa les biscuits avec son museau et reforma rapidement un autre point d'interrogation.

Travis faillit s'étrangler avec sa bière. Son cœur tambourinait. Intrigué, fébrile, plein d'une joie sauvage et terrifié devant l'inconnu, frappé de stupeur, Travis avait envie de rire, car il n'avait jamais rien vu d'aussi fascinant que ce chien. Mais il avait aussi les larmes aux yeux. Il y avait seulement quelques heures, pour lui, la vie n'était qu'un trou noir, à présent, malgré sa douleur, il comprenait à quel point elle lui était précieuse. Il avait l'impression que Dieu lui avait envoyé ce retriever pour le surprendre, lui rappeler que le monde était plein d'inattendu et que le désespoir n'avait plus lieu d'être une fois qu'on avait compris le sens — et les possibilités infinies — de l'existence.

Travis avait envie de rire, mais son rire frisait le sanglot, et, s'il se laissait aller aux larmes, celles-ci devenaient rire.

Légèrement inquiet, penchant sa tête d'un côté et de l'autre, le chien l'observait comme s'il le croyait devenu fou.

Travis reposa sa bière et essuya ses larmes d'un revers de la main.

— Viens ici, Poilu.

Hésitant, le retriever s'approcha.

— Tu m'amuses et tu m'effraies en même temps, dit Travis en lui grattant les oreilles. Je ne sais pas d'où tu viens, ni pourquoi tu es si différent des autres, mais tu n'aurais pas pu mieux tomber. Un point d'interrogation ? Mon Dieu ! Tu veux savoir pourquoi ma vie me paraissait si vide et sans joie ? Eh bien, je vais te le dire. Oui, je vais prendre une autre bière et tout raconter à un chien. Mais d'abord, il faut que je te donne un nom.

Il serait temps ! semblait dire le retriever.

Travis prit la tête du chien entre ses mains et le regarda droit dans les yeux.

— Einstein. A partir de maintenant, tu t'appelles Einstein.

4

Streck rappela à neuf heures dix.

Nora décrocha dès la première sonnerie, bien décidée à le renvoyer promener. Mais, sans savoir pourquoi, une fois encore, elle fut incapable de parler.

— Alors, je te manque, ma belle ? dit-il d'un ton intime et repoussant. Tu veux que je vienne te voir, que je sois un homme pour toi ?

Elle raccrocha.

Que se passe-t-il ? Pourquoi ne pas lui dire de me laisser en paix ?

Peut-être restait-elle muette par désir d'entendre une voix mâle lui dire qu'elle était jolie, fût-elle aussi répugnante que celle de Streck. Il était incapable de tendresse et d'affection, mais en l'écoutant, elle avait une idée de ce que pourraient être de douces paroles dans la bouche d'un homme gentil.

Tu n'es pas jolie, tu ne le seras jamais, se dit-elle. Inutile de te bercer d'illusions. La prochaine fois qu'il appelle, dis-lui de te laisser tranquille.

Elle se leva et alla à la salle de bains pour se regarder dans le miroir. Suivant l'exemple de sa tante, Nora n'avait aucun miroir dans la maison, à part celui de la salle de bains. Elle n'aimait pas voir son propre reflet, cela l'attristait.

Pourtant, ce soir-là, elle avait envie d'aller y voir de plus près, car les flatteries de Streck, bien que froides et calculées, avaient éveillé sa curiosité. Ce n'est pas qu'elle espérait remarquer les qualités auxquelles elle n'avait pas prêté attention auparavant... Non, le vilain petit canard qui devient cygne du jour au lendemain... c'était un rêve insensé. C'était plutôt pour confirmer ce qu'elle savait déjà : qu'elle n'avait rien de séduisant. L'intérêt de Streck la dérangeait car, finalement, elle se sentait bien dans sa solitude. Elle voulait se rassurer, se prouver qu'il se moquait d'elle, qu'il ne mettrait jamais ses menaces à exécution, ne viendrait pas troubler sa solitude. Du moins, c'était ce qu'elle se disait en allumant la lumière.

La pièce étroite était carrelée de bleu pâle, avec une bordure blanche. Une grande baignoire ancienne. Des accessoires de céramique blanche et de cuivre. Un vieux miroir piqué par les ans.

Elle regarda ses cheveux. Streck avait dit qu'ils étaient noirs, brillants, mais pour elle, ils étaient ternes, sans éclat. Gras plutôt que brillants, pourtant, elle les avait lavés le matin même.

Elle jeta un rapide coup d'œil sur ses traits, sourcils, joues, nez, menton, lèvres... Hésitante, elle les suivit du doigt, mais ne vit rien qui puisse intriguer un homme.

Finalement, elle observa ses yeux — charmants, avait dit Streck. D'un gris sans expression... elle pouvait difficilement supporter son propre regard plus de quelques secondes. Non, il confirmait trop la mauvaise opinion qu'elle avait d'elle. Pourtant, elle y vit une sorte de colère contenue qui ne lui ressemblait pas, une colère contre ce qu'elle s'était laissée devenir. Cela n'avait pas de sens, de par sa nature, elle n'était qu'une souris, et ne pouvait rien y changer.

Que cette inspection ne lui ait apporté aucune surprise, aucun espoir de réévaluation la décevait. Immédiatement, cette déception même la terrifia. Tremblante, elle resta sur le pas de la porte, bouleversée par le cours de ses pensées.

Avait-elle envie de séduire Streck ? Impossible. Il

était bizarre, malade, dangereux. C'était la dernière chose à laquelle elle aurait songé. Peut-être que cela ne la gênerait pas qu'un autre homme la regarde avec bienveillance, mais pas Streck. Elle pouvait se mettre à genoux et remercier Dieu de l'avoir créée ainsi, car si elle avait été jolie, elle n'aurait sans doute pas échappé aux griffes de Streck. Il serait revenu pour... la violer, la tuer peut-être. Ce genre d'homme avait-il des limites ? Ce n'était pas parce qu'elle était vieille fille qu'elle avait peur d'être tuée : les journaux regorgeaient de ce genre de récits.

Soudain, elle prit conscience de sa vulnérabilité et se précipita dans sa chambre, à côté de son couteau de boucher.

5

La plupart des gens pensent que la psychanalyse est une cure contre le malheur. Ils sont persuadés que s'ils comprenaient les raisons de leurs humeurs moroses, et de leurs conduites autodestructrices, ils surmonteraient tous leurs problèmes. Mais Travis savait que ce n'était pas vrai. Pendant des années, il s'était plongé dans une virulente auto-analyse et avait compris depuis longtemps pourquoi il était si solitaire, incapable de se faire des amis. Et pourtant, il n'avait rien pu y changer.

Alors que minuit approchait, assis devant sa bière, il raconta à Einstein l'histoire de cet isolement volontaire. Le chien restait près de lui, immobile, sans jamais bâiller, comme passionné par son récit.

— J'étais déjà seul quand j'étais gosse, pourtant, j'avais des amis, mais je préférais ma propre compagnie. C'est dans ma nature sans doute, du moins, ça l'était quand j'étais môme. Je n'avais pas encore compris que si je me liais d'amitié avec quelqu'un, je le mettais en danger.

La mère de Travis était morte en couches en le mettant au monde, ce que Travis avait su dès l'enfance.

Plus tard, la mort de sa mère lui apparaîtrait comme un présage et prendrait une importance extraordinaire. Enfant, il n'était pas encore écrasé par le fardeau de la culpabilité.

Pas avant dix ans. A la mort de son frère Harry. Harry avait douze ans, deux de plus que lui. Par un beau lundi matin, Harry emmena Travis à la plage, tout près de chez eux, bien que leur père leur ait expressément interdit d'aller se baigner seuls. C'était une crique privée, sans surveillance, et les enfants étaient les deux seuls nageurs ce jour-là.

— Harry s'est fait prendre dans un tourbillon. On était tous les deux dans l'eau, à quelques mètres l'un de l'autre. Ce fichu courant l'a aspiré, mais pas moi. J'ai essayé d'aller à son secours, au risque de me noyer, mais le tourbillon avait dû changer de place, car, moi, il ne m'a pas emporté. Je suis sorti de l'eau vivant.

Travis fixait la table de Formica rouge, mais revoyait les vagues roulantes et trompeuses.

— J'aimais mon frère plus que tout au monde. Personne ne m'a jamais reproché ce qui était arrivé. Harry était l'aîné, on s'attendait à ce que ce soit lui le plus raisonnable. Mais, pour moi, si le tourbillon avait englouti Harry, il aurait dû m'engloutir aussi.

La brise nocturne fit claquer une fenêtre ouverte.

— A quatorze ans, j'avais très envie d'aller faire du tennis pendant un stage de vacances. Le tennis, c'était ma passion à l'époque. Alors mon père m'a inscrit à un camp de vacances près de San Diego. Un mois de cours intensifs. Il m'y a conduit un samedi matin, mais nous ne sommes jamais arrivés. Au nord d'Oceanside, un chauffeur de camion s'est endormi au volant, la remorque s'est mise en travers de la route, et nous avons été balayés. Papa a été tué sur le coup. Les vertèbres cervicales et la colonne brisées, le crâne écrasé, les côtes enfoncées. J'étais sur le siège du passager, et je m'en suis sorti avec quelques égratignures et les doigts cassés.

Einstein soupira doucement, plein de compassion.

— C'était comme avec Harry, on aurait dû mourir

tous les deux. Et puis, nous n'aurions jamais pris la route si je n'avais pas tant insisté pour aller dans ce fichu camp. Alors cette fois, il fallait voir les choses en face. On ne pouvait peut-être pas me reprocher la mort de ma mère, je n'étais peut-être pas responsable de la noyade de mon frère, mais cette fois... De toute façon, même si je n'étais toujours pas coupable, il est devenu clair pour moi que les gens qui m'approchaient étaient en danger. Si j'aimais quelqu'un, la seule chose qui était sûre, c'est qu'il allait mourir.

C'était un raisonnement d'enfant, mais Travis n'avait que quatorze ans à l'époque et, pour lui, c'était la seule explication possible. Il était encore trop jeune pour savoir que la violence du destin n'avait pas de sens. Il avait besoin d'une explication, et crut qu'une malédiction condamnait ceux qu'il aimait à une mort prochaine. D'un tempérament introverti, il lui fut presque trop facile de se fermer totalement.

Après avoir obtenu ses diplômes à l'université à l'âge de vingt et un ans, bien que la maturité lui ait donné une vision plus saine de la mort de ses proches, il restait un solitaire. Il ne se reprochait plus consciemment ce qui était arrivé à sa famille, mais il n'avait pas d'amis, en partie parce qu'il n'était plus capable de nouer des relations intimes, en partie parce qu'il espérait ne pas souffrir en ne prenant pas le risque de perdre ses amis.

— C'est l'habitude et les réflexes d'autodéfense qui m'ont isolé affectivement.

Le chien se leva et franchit les quelques mètres qui les séparaient. Il se glissa entre ses jambes et lui posa la tête sur les genoux.

— Je n'avais aucune idée de ce que je voulais faire après l'université. Alors, j'ai devancé l'appel, je me suis engagé dans l'armée. Les commandos. Ça me plaisait. Peut-être à cause de... l'esprit de camaraderie. J'étais obligé d'avoir des copains. Je prétendais ne vouloir m'attacher à personne, mais en fait, je me suis placé dans une situation où c'était inévitable. Quand on a formé le Delta Force, le commando antiterroriste, c'est là que j'ai atterri. L'équipe était soudée, de vrais potes. Ils m'appelaient le Muet ou Harpo, parce que je ne disais jamais rien, mais je me suis fait des amis, malgré moi. Et puis, lors de notre onzième opération, mon escadron a été envoyé à Athènes, pour reprendre l'ambassade américaine des mains des extrémistes palestiniens. Ils avaient déjà tué huit membres du personnel et ils en liquidaient un toutes les heures. Ils refusaient de négocier. On devait se glisser en catimini et frapper dur, mais ça a été le fiasco. L'endroit était piégé. Neuf hommes sont morts, j'ai été le seul survivant. Une balle dans la cuisse, du plomb plein les fesses, mais vivant.

Einstein leva la tête des genoux de Travis.

Travis lut de la sympathie dans le regard du chien. Sans doute parce que c'était ce qu'il avait envie d'y lire.

— Ça fait huit ans, maintenant, j'avais vingt-huit ans. J'ai quitté l'armée. Je suis revenu en Californie. Je me suis lancé dans l'immobilier parce que c'était ce que faisait mon père. Je réussissais bien, peut-être parce que je me fichais qu'on m'achète les maisons ou pas. Je ne poussais jamais à la roue. Je ne me conduisais pas comme un vendeur. J'ai fini par ouvrir ma propre agence, par engager des gens.

C'était comme ça qu'il avait rencontré Paula. C'était une grande blonde, belle, intelligente, pleine d'humour et qui avait une telle bosse du commerce qu'elle plaisantait souvent en disant qu'elle était la réincarnation des Hollandais qui avaient acheté Manhattan aux Indiens contre quelques perles de verroterie. Elle était subjuguée par Travis. Elle disait : « Monsieur Cornell, je suis subjuguée par votre personnage de grand taciturne. C'est la meilleure imitation de Clint Eastwood que j'aie jamais vue ! » Travis ne pensait pas porter malheur à Paula, pas consciemment du moins. Il n'était pas retourné à ses vieilles superstitions enfantines. Mais il ne voulait pas prendre le risque de la perdre. Elle ne se laissa pas décourager par ses hésitations et, au bout du compte, Travis dut admettre qu'il était amoureux d'elle. Si amoureux qu'il lui avait même parlé de sa vieille association avec la Mort, sujet qu'il n'abordait avec personne. « Ecoute, Paula, tu n'auras jamais à être ma veuve. Je ne suis pas du genre à étouffer mes sentiments, je me venge de mes frustrations sur mon entourage, et il y a de grandes chances que je raccourcisse ta vie d'une bonne dizaine d'années. »

Ils s'étaient mariés quatre ans auparavant, juste après le trente-deuxième anniversaire de Travis. Et il l'avait aimée, ô Dieu, comme il l'avait aimée...

— Nous ne le savions pas à l'époque, mais elle était déjà atteinte d'un cancer le jour de notre mariage. Elle est morte dix mois plus tard.

Le chien reposa sa tête sur les genoux de son maître.

Pendant un instant, Travis fut incapable de poursuivre.

Il caressa la tête du retriever et but un peu de bière.

— Après, j'ai essayé de continuer comme s'il ne s'était rien passé. Je me suis toujours vanté de faire face à tout, de garder la tête haute, quoi qu'il arrive, ce genre de conneries. J'ai continué dans mon agence encore un an. Mais rien n'avait plus d'importance. Je l'ai vendue il y a deux ans. J'ai réalisé tous mes investissements et j'ai foutu le liquide à la banque. J'ai loué cette maison. J'ai passé deux ans... à déprimer. Je suis devenu un peu loufdingue. Rien d'étonnant ! Complètement dingue même. Le cercle était bouclé, j'étais revenu au point de départ. Je croyais de nouveau que tous ceux qui m'approchaient étaient en danger. Mais tu as tout changé, Einstein. En un éclair. C'est comme si on t'avait envoyé pour me montrer à quel point la vie est étrange et pleine de mystères et de merveilles. Et qu'il n'y a que les imbéciles pour s'enfermer et la laisser passer sans la voir.

Travis leva sa canette, mais elle était vide.

Einstein alla lui en chercher une autre dans le réfrigérateur.

— Eh bien, qu'est-ce que tu en penses, maintenant

que tu connais toute l'histoire ? Tu crois que c'est sage de rester ici ? Tu ne trouves pas ça trop dangereux ?

Einstein émit un petit wouaf.

— Ça veut dire que c'est bon ?

Einstein se roula sur le dos, les quatre pattes en l'air, comme il l'avait fait lorsqu'il s'était laissé passer le collier.

Travis se leva, et caressa le ventre du chien.

— D'accord, Einstein, d'accord, mais ne t'avise pas de mourir, tu m'entends ?

6

Le téléphone de Nora sonna encore à onze heures. C'était Streck.

— Alors, tu es au lit, ma jolie ?

Elle ne répondit pas.

— Tu voudrais que je sois avec toi ?

Depuis le précédent appel, elle n'avait cessé de réfléchir à la façon de lui clouer le bec et elle avait préparé quelques menaces qui, espérait-elle, s'avéreraient efficaces.

— Si vous ne me laissez pas tranquille, j'appelle la police.

— Nora, tu dors nue ?

Elle se redressa dans son lit, tendue, rigide.

— J'irai à la police. Je leur dirai que vous avez essayé... de me violer. Je vous jure que je le ferai...

— J'aimerais bien te voir toute nue.

— Je mentirai. Je dirai que vous m'avez violée.

— Nora, ça te dirait que je te caresse la poitrine ?

— Je leur demanderai de mettre mon téléphone sur écoute, comme ça, ils auront des preuves.

— Je t'embrasserai partout, ça serait bien, non ?

Prise de crampes à l'estomac, elle tremblait violemment. La voix hachée, elle proféra sa dernière menace.

— J'ai un revolver, je suis armée !

— Ce soir, tu rêveras de moi. J'en suis sûr. Tu rêveras que j'embrasse ton joli corps.

Elle raccrocha brusquement.

Elle roula sur son lit et se recroquevilla. Les crampes n'étaient qu'une manifestation de sa peur, de sa rage, de sa honte.

Peu à peu, la douleur s'estompa, la terreur fit place à la fureur.

Elle était si innocente, si peu habituée au monde extérieur et aux gens qu'elle ne pouvait vivre que confinée entre les murs de sa maison, son univers à elle, dépourvu de tout contact humain. Elle ne connaissait rien aux relations sociales. Elle avait même été incapable de tenir une conversation polie avec Garrison Dilworth, l'avocat de tante Violet, celui de Nora à présent, lorsqu'elle avait dû le rencontrer pour régler les questions d'héritage. Les yeux baissés, tordant ses mains glacées sur ses genoux, elle lui avait répondu aussi succinctement que possible. Timide et effrayée devant son propre avocat ! Si elle ne pouvait pas parler à un homme aussi courtois que Garrison Dilworth, comment s'y prendrait-elle avec cette brute d'Art Streck ? A l'avenir, elle ne ferait plus jamais venir de réparateur chez elle. Tant pis s'il lui fallait vivre dans une maison en constante détérioration, elle ne voulait pas avoir affaire à un autre Streck, ou pire encore, qui sait ? Selon la tradition établie par sa tante, Nora se faisait livrer son épicerie, pour éviter d'avoir à sortir, mais à présent, elle redouterait les visites du livreur. Le garçon ne s'était jamais montré ni agressif ni insultant, ni même ambigu, mais un jour, il pourrait prendre conscience de la vulnérabilité que Streck avait immédiatement perçue...

Elle détestait sa tante Violet.

Pourtant, Violet avait raison ; Nora n'était qu'une souris. Et comme toutes les souris, elle était condamnée à fuir, à se cacher, à se tapir dans l'obscurité.

Sa fureur retomba, tout comme sa douleur physique un peu plus tôt.

La solitude remplaça la colère, et Nora se mit à pleurer doucement.

Adossée contre le bois de lit, elle tamponna ses yeux

rougis avec un Kleenex, se moucha, et fit le vœu de ne jamais devenir une recluse. Elle trouverait le courage de s'aventurer dans le monde. Elle rencontrerait des gens. Elle ferait connaissance avec les voisins que Violet fuyait plus ou moins. Elle aurait des amis. Et surtout, surtout, elle ne laisserait pas Streck l'intimider. Elle apprendrait à faire face aux problèmes et le jour viendrait où elle serait une femme totalement différente. C'était une promesse, un vœu sacré.

Elle songea à débrancher le téléphone pour dérouter Streck, mais craignit d'en avoir besoin. Que se passerait-il si un bruit la réveillait et qu'elle ne puisse pas le rebrancher assez vite ?

Avant d'éteindre la lumière et de se glisser sous les couvertures, elle ferma la porte de sa chambre sans verrou et la bloqua avec un fauteuil qu'elle coinça sous la poignée. Dans le noir, à tâtons, elle posa la main sur son couteau et se sentit rassurée de voir qu'elle l'avait trouvé sans hésitation.

Nora resta étendue, les yeux grands ouverts, éveillée. La douce lumière ambrée des lampadaires pénétrait à travers les stores et striait le plafond de nuances dorées, comme si un tigre gigantesque allait sauter sur le lit en un bond qui n'aurait pas de fin. Nora se demandait si elle pourrait jamais dormir en paix.

Trouverait-elle un jour quelqu'un qui s'occuperait d'elle, dans le grand monde qu'elle s'était juré de découvrir ? Y aurait-il quelqu'un pour aimer une souris et la traiter avec gentillesse ?

Un train siffla dans le lointain, sa longue note sourde, froide et menaçante, transperça la nuit.

7

Vince Nasco n'avait jamais été si occupé. Ni si heureux.

Lorsqu'il appela le numéro de Los Angeles pour annoncer que tout s'était bien passé, on l'envoya dans une autre cabine publique, située entre un marchand de glaces et un restaurant de poissons de Newport Harbor.

Là, il fut contacté par la petite voix enfantine et pourtant rauque et sensuelle. Elle parlait de meurtre par allusion, employant des euphémismes imagés qui n'auraient eu aucun sens devant la justice. Elle appelait d'une autre cabine qu'elle avait sélectionnée au hasard, si bien qu'il y avait peu de chance pour qu'elle soit sur écoute. Mais Big Brother était maître en ce monde, et mieux valait éviter les risques.

La femme avait un nouveau travail pour lui. Trois le même jour.

La femme, qu'il n'avait jamais vue, et dont il ne connaissait pas le nom, lui donna l'adresse du Dr Albert Hudston, à Laguna Beach. Il vivait dans une maison avec sa femme et son fils. Il fallait liquider le médecin et sa femme, mais le sort du garçon était entre les mains de Vince. Si on pouvait le laisser en dehors de cette histoire, tant mieux. S'il risquait d'être témoin, tant pis pour lui.

— C'est à votre discrétion.

Vince savait déjà qu'il éliminerait le garçon, car tuer lui était beaucoup plus profitable, lui donnait beaucoup plus d'énergie quand la victime était jeune. Cela faisait longtemps qu'il n'avait pas gâché de jeunes vies, et cette perspective le réjouissait.

— Je n'insisterai jamais trop sur le fait que cette affaire doit être réglée avec promptitude. Il faut que tout soit terminé ce soir, dit-elle avec des accents sensuels qui excitaient Vince. Demain, la concurrence sera au courant de ce que nous faisons, et elle nous mettra des bâtons dans les roues.

« La concurrence » en question était sûrement la police. On le payait pour tuer trois médecins le même jour, alors qu'il n'en avait jamais éliminé jusque-là, il y avait donc forcément un lien, lien que la police ne tarderait pas à découvrir dès qu'elle trouverait Weatherby dans le coffre de sa voiture et Elizabeth Yarbeck battue à mort dans sa chambre. Vince ne savait pas de quoi il s'agissait, car il ne savait rien sur la personnalité de ses contrats. D'ailleurs, il ne voulait rien savoir. C'était plus sûr ainsi. Pourtant, les flics remonteraient vite la filière de Weatherby à Yarbeck, et de Yarbeck à Hudston, et, demain matin, ils fourniraient une protection au médecin.

— Je me demandais... dois-je opérer de la même manière que pour les deux premières affaires de la journée ? Vous voulez que ça suive une règle de conduite ?

Peut-être devrait-il brûler la maison pour couvrir les meurtres par exemple.

— Non, absolument pas. Il faut qu'ils sachent que nous ne sommes pas restés les bras croisés.

— Très bien.

— Nous voulons leur mettre le nez dans le caca, retourner le couteau dans la plaie.

Vince raccrocha et alla dîner au Jolly Roger. Il engouffra une soupe de légumes, une salade de choux, un hamburger, un gâteau au chocolat, une glace, et pour finir, une tarte aux pommes et cinq tasses de café. Gros mangeur de nature, après un travail, il était toujours plus affamé que jamais. En fait, après la tarte, il avait encore faim. C'était bien compréhensible. En un jour, il avait absorbé l'énergie vitale de Davis Weatherby et des Yarbeck ; son métabolisme poussé comme une voiture de course avait besoin d'un surcroît de carburant, jusqu'à ce que l'énergie soit stockée dans ses batteries biologiques pour un usage futur.

Cette capacité d'absorber la force de vie de ses victimes faisait partie du Don. Il serait toujours fort, intrépide, vigoureux. Eternel.

Il n'avait jamais divulgué son secret à la belle voix sensuelle, ni à personne d'ailleurs sauf un jour, par erreur. Peu de gens ont l'esprit assez ouvert pour envisager sérieusement un tel talent. On le prendrait pour un fou.

Il resta un moment sur le trottoir à respirer profondément l'air salin. Un vent frais soufflait sur le port, faisant virevolter les papiers et les pétales mauves des jacarandas.

Il prit la route du Sud vers Laguna Beach. A onze heures vingt, il gara sa camionnette en face de chez les Hudston. Ils habitaient dans les collines, dans une maison à un étage, accrochée à la pente, d'où l'on avait une vue splendide sur l'océan. Il y avait encore des lumières allumées.

Il passa par-dessus les sièges et s'assit à l'arrière de son véhicule, hors de vue. Il n'avait rien d'autre à faire que de sortir son arme d'une boîte de carton dissimulée sous deux miches de pain et divers articles d'épicerie.

Le Walther P .38 était chargé. Après son travail chez les Yarbeck, il avait fixé un nouveau silencieux, un modèle deux fois plus court que les anciens, grâce aux merveilles de la technologie. Il reposa son arme.

Il glissa un couteau automatique avec une lame de quinze centimètres dans la poche de son pantalon.

Il avait également un étui rempli de cartouches. Il le mit dans la poche extérieure de sa veste.

Il ne pensait pas utiliser d'autres armes que son revolver, pourtant, il préférait se préparer à toute éventualité.

Il prit également un étui de cuir, deux fois plus petit qu'une trousse de toilette, qui contenait une petite panoplie du parfait cambrioleur. Il ne vérifia même pas ses instruments. Il n'en aurait sans doute pas besoin, car les gens étaient incroyablement imprudents et laissaient souvent portes et fenêtres ouvertes pendant leur sommeil, comme s'ils vivaient dans un village quaker du XIXe siècle.

A onze heures quarante, il se pencha et observa la maison Hudston par la fenêtre latérale. Tout était noir. Bien. Ils étaient couchés.

Pour leur laisser le temps de s'endormir, il se réinstalla à l'arrière du véhicule, mangea une barre de chocolat et songea à la façon dont il dépenserait la somme substantielle qu'il avait gagnée dans la journée.

Depuis longtemps, il rêvait d'un ski à moteur, avec lequel on pouvait pratiquer le ski nautique sans avoir à se faire tracter par un bateau. C'était un amoureux de l'océan. La mer le fascinait ; elle était son véritable foyer et il ne se sentait jamais plus en vie que lorsqu'il se déplaçait en harmonie avec les gigantesques et sombres masses d'eau. Il adorait la plongée sous-marine, la planche à voile, le surf. Pendant l'adolescence, il était plus souvent sur la plage qu'à l'école. Il faisait toujours du surf de temps en temps, quand la mer était grosse. Mais à présent, il avait vingt-huit ans, et cette activité n'était plus assez sauvage pour lui. Il n'était plus aussi enthousiaste qu'auparavant. Il lui fallait de la *vitesse* à présent. Il s'imaginait voguant sur une mer d'ardoise, battu par le vent, se balançant au rythme incessant des déferlantes, chevauchant le Pacifique comme un cow-boy son cheval fougueux...

A minuit et quart, il sortit de la voiture. Il glissa son revolver sous sa ceinture et traversa la rue silencieuse et déserte. Il franchit la porte de bois et parvint sur un patio éclairé par le clair de lune filtré par l'épais feuillage d'un alevinier.

Il s'arrêta pour enfiler des gants de cuir souple.

Une porte de verre qui réfléchissait les rayons lunaires reliait le patio et le salon. Elle était fermée. Il sortit de son matériel de cambriolage une lampe stylo qui révéla également une traverse de bois.

Les Hudston étaient plus soucieux de sécurité que la plupart des gens, mais cela n'importait guère. Vince fixa une ventouse sur le panneau de verre, découpa un cercle près de la poignée, et l'enleva sans bruit. Il passa la main par le trou et désengagea le verrou. Il ménagea un autre trou près de la traverse et fit glisser la barre de bois qu'il cacha derrière les rideaux tirés.

Il n'avait pas à s'inquiéter de la présence d'un chien. La femme à la voix rauque lui avait dit qu'il n'y avait pas d'animaux. C'était l'une des raisons pour lesquelles il aimait bien travailler pour ses employeurs. Leurs informations étaient toujours complètes et précises.

Il ouvrit la porte et se cacha derrière les rideaux tirés de la pièce obscure. Il resta ainsi un moment, pour que ses yeux s'adaptent au manque de lumière. Il régnait un silence de mort.

Il trouva d'abord la chambre du garçon, illuminée par la lueur verdâtre de l'écran du radioréveil. L'adolescent dormait en chien de fusil et ronflait légèrement. Vraiment jeune. Seize ans. Vince les aimait très jeunes.

Il fit le tour du lit et s'accroupit, face au dormeur. De ses dents, il retira son gant gauche. Le revolver dans la main droite, il appuya le canon sous le menton du garçon.

L'adolescent se réveilla instantanément.

Vince lui appuya sa main nue sur le front et tira simultanément. La balle pénétra dans la chair tendre, traversa le palais et se logea dans la cervelle. Mort sur le coup.

Sssnap.

Une intense décharge d'énergie vitale envahit Vince, si pure, qu'elle l'emplit de plaisir.

Pendant un instant, il resta tapi près du lit, immobile, transporté, transcendé, le souffle coupé. Enfin, dans le noir, il embrassa le jeune garçon sur les lèvres.

— J'accepte. Merci. J'accepte.

Comme un chat, en silence, il se faufila dans la maison et trouva la chambre des parents. La lueur glauque d'un autre réveil et la douce lumière de la salle de bains à la porte ouverte fournissaient assez de clarté. Le médecin et sa femme étaient endormis. Vince la tua en premier...

Sssnap.

... sans réveiller le mari. Elle dormait nue ; après le sacrifice, il posa la tête sur sa poitrine et écouta le cœur silencieux. Il lui embrassa les seins.

— Merci.

Il fit le tour du lit, alluma une lampe de chevet et réveilla le Dr Hudston. L'homme était abasourdi. Jusqu'à ce qu'il vît le regard fixe de son épouse. Il cria et attrapa le bras de Vince. Vince lui frappa le crâne avec le canon de son arme.

Il traîna Hudston inconscient, qui lui aussi dormait

nu, dans la salle de bains. De nouveau, il chercha du sparadrap et lia les poignets et les chevilles du médecin.

Il remplit la baignoire d'eau froide et l'y plongea. Le bain glacé le rappela instantanément à la vie.

Bien qu'il fût nu et attaché, Hudston tenta de se sortir de l'eau et de se jeter sur son agresseur.

Vince lui frappa le visage avec son arme et le replongea dans l'eau.

— Qui êtes-vous ? Que voulez-vous ?

— J'ai tué ta femme et ton fils et je vais te tuer aussi.

Les yeux de Hudston semblèrent s'enfoncer dans son visage de pâte humide.

— Jimmy ? Non, pas Jimmy !

— C'est trop tard. Je lui ai fait sauter la cervelle.

Hudston s'effondra. Il n'éclata pas en sanglots, ne cria pas, n'eut aucune réaction spectaculaire. Mais brusquement, ses yeux s'éteignirent, comme une lumière. Il fixait Vince, mais il n'y avait plus ni peur ni colère dans son regard.

— Tu as le choix, ou tu meurs tranquillement, ou je t'en fais baver. Si tu me dis ce que je veux savoir, tu auras une mort douce, rapide et sans douleur. Si tu joues les marioles, je te ferai traîner pendant cinq ou six heures.

Le Dr Hudston restait immobile. A part quelques ruisselets de sang écarlate, il était très pâle, d'une pâleur maladive, comme s'il avait nagé éternellement dans les profondeurs de la mer.

Vince espérait qu'il n'allait pas sombrer dans la catatonie.

— Je veux savoir ce que tu as en commun avec Davis Weatherby et Elizabeth Yarbeck.

Hudston cligna des yeux.

— Davis et Liz ? De quoi parlez-vous ?

Il avait une voix rauque et chevrotante.

— Tu les connais ?

Il acquiesça.

— Comment ? Vous êtes allés à l'école ensemble ? Vous étiez voisins autrefois ?

— Non... nous... nous avons travaillé ensemble à Banodyne.

— Banodyne ?

— Les laboratoires Banodyne.

— Où est-ce ?

— Ici, dans le comté d'Orange.

Hudston lui donna une adresse dans la ville d'Irvine.

— Qu'est-ce que vous y faisiez ?

— De la recherche. J'ai démissionné il y a dix mois, mais Weatherby et Yarbeck y sont toujours.

— Quel genre de recherche ?

Hudston hésitait.

— Une mort douce et sans douleur, ou tu en chies ?

Le médecin lui parla des recherches qu'il avait conduites aux laboratoires Banodyne. Le projet François. Les expériences.

Le chien.

Son histoire était à peine croyable. Vince lui fit répéter certains détails trois ou quatre fois avant de se laisser convaincre.

Quand il pensa avoir tiré tout ce qu'il pouvait du médecin, il tira. Une balle dans la tête. La mort rapide qu'il avait promise.

Sssnap.

Sur la route, dans l'obscurité de Laguna Hills, Vince songea aux risques qu'il venait de prendre. D'habitude, il ne savait rien de ses victimes. C'était plus sûr, pour lui comme pour ses employeurs. En général, il *ne voulait pas* savoir ce que les pauvres hères avaient fait pour s'attirer des ennuis, car c'est sur lui que cela serait retombé. Mais cette fois, la situation avait quelque chose d'exceptionnel. On l'avait payé pour tuer trois médecins, pas des praticiens, des chercheurs, et tous les membres de leurs familles qui se trouveraient sur le chemin. Exceptionnel, vraiment. Il n'y aurait pas assez de place dans les journaux du lendemain pour parler de cette affaire. Un truc énorme se préparait. Peut-être l'affaire de sa vie qui lui permettrait d'amasser une fortune à ne plus pouvoir la compter. S'il réussissait à vendre les informations qu'il avait extorquées à Hudston... s'il réussissait à trouver celui qui serait intéressé... Mais la connaissance n'était pas seulement une marchandise, c'était aussi un danger. Demandez à Adam. Demandez à Eve. Si ses employeurs, la belle voix sexy ou les autres, apprenaient qu'il avait enfreint les règles les plus fondamentales, s'ils apprenaient qu'il avait interrogé l'une des victimes, c'est sur lui qu'ils passeraient un contrat. Le chasseur chassé...

Bien sûr, la mort ne l'inquiétait pas. Il avait emmagasiné trop de vies. La vie des autres. Plus de vies que les neuf vies de dix chats. Il vivrait jusqu'à la nuit des temps. Il en était pratiquement sûr. Mais il ne savait pas combien de vies il lui faudrait encore absorber pour gagner l'immortalité. Parfois, il pensait avoir déjà atteint l'invincibilité, la vie éternelle. Mais parfois, il se sentait toujours vulnérable et croyait qu'il devrait emmagasiner encore plus d'énergie vitale avant d'atteindre la perfection. Avant d'être sûr et certain qu'il était entré dans l'Olympe, il valait mieux rester prudent.

Banodyne.

Le projet François.

Si Hudston avait dit la vérité, Vince serait récompensé au centuple pour les risques qu'il avait pris lorsqu'il trouvait un acheteur. Il serait riche.

8

Depuis dix ans, Wes Dalberg vivait seul dans une cabane en haut du canyon Holy Jim, à la frontière est du comté d'Orange. Sa seule lumière provenait de lampes Coleman, sa seule eau courante d'une pompe à main sur l'évier de la cuisine. Un cabinet de bois, avec un croissant de lune ironiquement gravé sur la porte, à une trentaine de mètres derrière la maison lui servait de toilettes.

Il avait quarante-deux ans mais paraissait beaucoup plus vieux. Il avait le visage buriné par le soleil et le vent. Il portait une barbe soignée et une grosse moustache blanche. Malgré son visage vieilli prématurément, il était en parfaite condition physique et avait la forme d'un homme de vingt-cinq ans. C'était de vivre ainsi en contact avec la nature qui lui donnait une si bonne santé, croyait-il.

Le jeudi 18 mai, il passa la soirée à lire une aventure de McGee de John D. MacDonald, en buvant du vin de prune maison. Comme il le disait lui-même, Wes était « un vieux ronchon antisocial qui s'était trompé de siècle », n'ayant que peu d'affinités pour la société moderne. Pourtant, il aimait les aventures de McGee, car lui naviguait dans les eaux troubles du monde extérieur sans jamais se laisser emporter par les courants meurtriers.

Quand il eut terminé sa lecture, à une heure du matin, il sortit pour aller chercher quelques bûches. Les branchages agités des sycomores projetaient des ombres lunaires sur le sol, et les feuilles bruissantes luisaient d'une pâle clarté. Des coyotes hurlaient dans le lointain, débusquant quelque lapin, sans doute. Tout près de lui, des insectes nocturnes chantaient dans les buissons ; un vent froid balayait la cime des arbres.

La réserve de bois se trouvait dans un abri qui courait tout le long de la façade nord de la cabane. Il était si habitué à la disposition du bois qu'il n'avait pas besoin de lumière. Il sortit tranquillement cinq ou six bûches qu'il déposa dans un seau métallique, puis ferma la double porte de bois.

Soudain, il se rendit compte que coyotes et insectes s'étaient tus. Seul le vent avait gardé sa voix.

Le front plissé, il observa la forêt qui entourait la petite clairière où se trouvait sa maison.

Quelque chose grogna dans les bois.

Wes scruta l'obscurité des arbres, qui semblaient tout d'un coup moins bien éclairés par le clair de lune.

C'était un grognement sourd et furieux. Rien qui

puisse rappeler ce qu'il avait entendu en dix ans de nuits solitaires dans la forêt.

Il était curieux, préoccupé peut-être, mais il n'avait pas peur. Une minute s'écoula ; il n'entendit plus rien.

Il finit de fermer les portes à battant, glissa la barre du verrou et ramassa ses bûches.

Le grognement encore. Le silence. Puis, un bruissement, un craquement dans les feuilles et les branches, un bruit de pas.

D'après le son, l'animal n'était pas à plus d'une trentaine de mètres, un peu à l'ouest, sous les arbres.

Un grondement, plus fort cette fois. Plus proche, vingt mètres.

Il ne voyait pas d'où venait le son. La lune se cachait toujours derrière une bande de légers nuages.

Soudain mal à l'aise, Wes écoutait le son rauque, guttural, proche d'un hululement. Pour la première fois en dix ans, il se sentait en danger. Il se dirigea rapidement vers la porte de la cuisine, à l'arrière de la cabane.

Le bruissement dans les buissons se fit plus intense. La bête se déplaçait plus vite qu'auparavant. Grands dieux, elle courait !

Il courut lui aussi.

Le cri de l'animal se transforma en un grondement dur et malsain, un cri étrange qui rappelait le chien, le cochon, le cougar, l'homme, et autre chose encore. La bête était pratiquement sur ses talons.

En passant le coin de la maison, Wes lança son seau, là où il pensait que se trouvait l'animal. Il entendit les bûches retomber sur le sol, le seau de métal roula sur lui-même, mais le grognement s'approchait toujours. Il avait manqué sa cible.

A toute vitesse, il grimpa les trois marches de la cabane, ouvrit la porte et la claqua derrière lui. Il mit le verrou en place, mesure de sécurité qu'il n'avait pas prise depuis neuf ans, depuis qu'il était habitué à la tranquillité du canyon.

Il alla de l'autre côté de sa cabane et ferma le verrou de l'autre porte. L'intensité de la peur qui l'envahissait le surprenait lui-même. Même s'il y avait un animal hostile, un ours enragé qui se serait aventuré hors de ses montagnes, il ne pourrait pas ouvrir la porte. Il était absolument inutile de fermer les verrous, pourtant, ça le rassurait. Il agissait par instinct, et, en homme de la nature, il savait qu'il fallait toujours s'y fier, même s'il commandait parfois des attitudes irrationnelles.

Bon, il était en sécurité. Aucun animal ne savait ouvrir les portes, et certainement pas un ours, ce qui était l'éventualité la plus probable.

Pourtant, le grognement n'était pas celui d'un ours, c'est pour cela que Wes Dalberg était si terrorisé, cela ne ressemblait à aucune créature des bois. Les animaux lui étaient familiers, il connaissait tous les cris, rugissements, hululements.

Dans la pièce de devant, la seule lumière fournie par le feu n'éclairait que faiblement les angles. Des ombres fantomatiques dansaient sur les murs. Pour la première fois, Wes regrettait le manque d'électricité.

Il possédait un Remington de calibre 12 avec lequel il chassait le gibier pour compléter son régime de conserves. Il était suspendu à un crochet dans la cuisine. Il songea à le prendre et à le charger, mais, à présent qu'il était en sécurité à l'intérieur, il se sentait un peu honteux d'avoir été pris de panique. Comme un bleu ! Comme une vulgaire citadine qui se met à hurler à la vue d'une souris ! S'il avait ne serait-ce que crié ou tapé dans ses mains, l'animal se serait sûrement enfui, terrorisé. D'accord, il s'était fié à l'instinct, mais ses réactions ne correspondaient guère à son image d'habitant des canyons endurci. S'il allait chercher son arme, alors qu'il n'en avait pas besoin, il perdrait le respect de lui-même, ce qui était grave car, pour lui, une seule opinion comptait, la sienne. Pas de fusil.

Wes s'aventura près de la grande fenêtre du salon, modification qui avait été effectuée par un occupant de la cabane, vingt ans auparavant. La fenêtre étroite à petits carreaux avait été remplacée par une plus grande, d'un seul tenant afin que l'on puisse mieux profiter du paysage.

Quelques nuages argentés sous le clair de lune se détachaient sur le fond de velours noir de la nuit. Des taches de lumière parsemaient la cour, se reflétaient sur le grill et sur le pare-brise de la Jeep, découpaient les formes ombrageuses des arbres alentour. Rien ne bougeait, à part quelques branches qui se balançaient doucement dans la brise.

Sans doute l'animal s'était-il éloigné. Soulagé, bien que toujours quelque peu inquiet, il voulut se détourner de la fenêtre, et perçut un mouvement, là, tout près de la Jeep. Il plissa les yeux, ne vit rien d'extraordinaire mais continua d'observer pendant une minute ou deux. Au moment même où il crut avoir été victime de son imagination, quelque chose surgit de derrière la voiture.

Il s'approcha de la fenêtre.

Une créature courait dans la cour, vers la cabane, courait vite, le corps collé au sol. Au lieu de révéler la nature de l'ennemi, le clair de lune le rendait encore plus mystérieux, plus informe. La créature se précipitait vers la cabane. Soudain... oh, mon Dieu! elle vola dans le noir, se jeta droit sur lui. Wes cria. A la seconde même, la vitre explosa. Wes hurla, mais son hurlement fut coupé court.

9

Comme Travis n'était pas un gros buveur, trois bières suffisaient largement à le prémunir contre tout risque d'insomnie. Il s'endormit quelques secondes après avoir posé sa tête sur l'oreiller. Il rêva qu'il était maître de cérémonie dans un cirque où tous les animaux pouvaient parler. Après le spectacle, il allait les voir dans leurs cages, et, l'un après l'autre, ils lui racontaient un secret qui l'émerveillait, bien qu'il l'oubliât dès qu'il arrivait à la cage suivante.

A quatre heures du matin, Travis se réveilla et vit

Einstein devant la fenêtre de la chambre. Les pattes sur le rebord, la face éclairée par la lune, il scrutait la nuit, en état d'alerte.

— Quelque chose qui cloche, mon gros ?

Einstein le regarda un instant puis reporta son attention sur la nuit baignée de lune.

— Il y a quelqu'un ? demanda Travis en se levant.

Le chien retomba sur ses quatre pattes et se précipita dans la pièce d'à côté.

Travis le trouva en train de monter la garde devant la fenêtre du salon. Il s'accroupit près du chien, posa la main dans la fourrure épaisse.

— Alors, qu'est-ce qui ne va pas ?

Einstein appuya sa truffe contre la vitre et émit un petit gémissement.

— Tu t'inquiètes encore pour la bête de ce matin dans les bois ?

Le chien le regarda, solennel.

— Qu'est-ce que c'était, cette bête ?

Einstein soupira et se mit à trembler.

Se souvenant de la terreur du chien — et de la sienne —, de l'étrange impression de surnaturel qui l'avait envahi, Travis trembla, lui aussi. Il regarda le paysage nocturne. Les feuilles des palmiers se découpaient en noir sur la lueur jaune du lampadaire le plus proche. Par rafales, le vent soulevait poussière, feuilles et débris pour les déposer un peu plus loin, immobiles, morts, avant de leur redonner vie. Un papillon de nuit s'écrasa contre la vitre, sans doute troublé par le reflet de la lune ou d'une lampe qu'il avait pris pour une source de chaleur.

— Tu as peur qu'elle soit toujours là ?

Le chien aboya une fois, doucement.

— Rassure-toi, c'est impossible. Tu ne te rends pas compte de la distance que nous avons parcourue. On avait des roues, mais elle, elle a dû nous suivre à pied, elle n'a pas pu arriver jusqu'ici. Elle est toujours là-bas, dans le comté d'Orange, et elle n'a aucun moyen de savoir où nous sommes. Tu n'as pas à t'inquiéter.

Comme rassuré et reconnaissant, Einstein lui lécha

les mains. Mais de nouveau, il se tourna vers la fenêtre et eut un gémissement à peine audible.

Travis le força à retourner dans la chambre. Le chien voulut s'installer sur le lit, à côté de son maître, et, pour tranquilliser l'animal, Travis n'émit pas d'objection.

Le vent murmurait sous le toit du bungalow.

De temps à autre, la maison bruissait et craquait, son banal du milieu de la nuit.

Ronronnement de moteur, crissement de pneus, une voiture passait dans la rue.

Epuisé par ses émotions et par l'exercice physique, Travis se rendormit bientôt.

A l'aube, il se réveilla et vit qu'Einstein avait repris sa place près de la fenêtre. Travis grommela son nom d'une voix ensommeillée et tapota le matelas. Einstein resta sur ses gardes et, une fois de plus, Travis ferma les yeux.

Chapitre quatre

1

Le jour suivant sa rencontre avec Art Streck, Nora Devon alla se promener pour explorer les endroits qu'elle n'avait encore jamais vus. Autrefois, elle allait faire une petite promenade, une fois par semaine, avec tante Violet. Depuis la mort de la vieille femme, elle sortait encore de temps en temps, bien que plus rarement, mais dépassait rarement quelques pâtés de maisons. Aujourd'hui, elle irait beaucoup plus loin. C'était le premier pas du long voyage qui la mènerait au respect d'elle-même.

Avant de se mettre en route, elle songea même à déjeuner dans un restaurant, choisi au hasard sur son chemin. Mais elle n'était jamais allée au restaurant et la perspective de parler avec les serveurs et de manger en compagnie d'étrangers l'effrayait. Finalement, elle mit une pomme, une orange et des biscuits dans un sac en papier. Elle déjeunerait seule quelque part dans un parc. Même ça, c'était la révolution. Un pas après l'autre.

Le ciel était clair, l'air très doux. Les arbres offraient leurs fraîches pousses printanières qui frémissaient dans une brise juste assez forte pour adoucir le feu du soleil brûlant.

En passant devant les maisons bien entretenues, de style plus ou moins espagnol pour la plupart, elle regardait fenêtres et portes avec une nouvelle curiosité et se posait des questions sur les gens qui vivaient à l'intérieur. Etaient-ils heureux ? Tristes ? Amoureux ? Quels livres, quelles musiques aimaient-ils ? Projetaient-ils d'aller en vacances dans des lieux inconnus ? Allaient-ils au théâtre ? Dans les boîtes de nuit ?

Elle ne s'était jamais occupée des autres auparavant car elle savait que leurs vies ne se croiseraient jamais. Cela aurait été une pure perte de temps. Mais à présent...

Si elle rencontrait d'autres passants, elle baissait la tête et évitait leur regard, comme toujours, mais, un peu plus tard, elle trouva le courage de les regarder. Elle fut surprise de voir que beaucoup lui souriaient et la saluaient. Elle fut encore plus étonnée de s'entendre leur répondre.

Devant le palais de justice, elle s'arrêta pour admirer les boutons jaunes des yuccas et les riches bougainvillées qui grimpaient le long des murs crépis et s'enlaçaient sur les grilles des grandes fenêtres.

A la Mission de Santa Barbara, construite en 1815, elle s'arrêta devant la façade élégante de la vieille église. Elle alla visiter les jardins et monta dans la tour de la cloche.

Peu à peu, elle commençait à comprendre pourquoi, dans les livres, Santa Barbara était décrite comme l'une des plus belles villes au monde. Elle y avait passé presque toute sa vie, mais, lorsqu'elle quittait la maison avec Violet, elle n'avait guère regardé plus loin que le bout de ses chaussures, si bien qu'elle découvrait sa ville pour la première fois. Elle était enchantée, enthousiasmée, fascinée.

A une heure, dans le parc d'Alameda, près de la mer, elle s'assit sur un banc sous un massif de palmiers-dattiers. Ses pieds la faisaient souffrir, mais elle n'avait pas l'intention de rentrer de bonne heure. Elle prit son sac en papier et se mit à mordre la pomme jaune. Elle n'avait jamais rien mangé de si délicieux. Affamée, elle avala son orange et croquait son premier biscuit quand Art Streck s'installa à côté d'elle.

— Salut, ma jolie.

Il portait un short bleu, des chaussures de sport et de

grosses chaussettes blanches. Pourtant, il n'avait pas couru, car il ne transpirait pas. Musclé, le torse large, bien bronzé, il paraissait très viril. Son accoutrement ne servait qu'à exhiber son physique. Nora détourna les yeux immédiatement.

— Timide, avec ça !

Elle ne pouvait pas parler, car elle avait toujours sa bouchée de biscuit dans la bouche. Elle ne trouvait pas sa salive. Elle craignait de s'étouffer en essayant d'avaler, mais il ne lui était guère possible de tout recracher.

— Ma douce, ma timide Nora !

Elle baissa les yeux et vit à quel point sa main tremblait. Le biscuit s'était brisé entre ses doigts et s'émiettait sur ses chaussures.

Au début, elle s'était dit que cette promenade serait une première étape vers sa libération, mais elle devait bien admettre à présent qu'une autre raison l'avait poussée à quitter la maison. Elle voulait éviter Streck, elle avait peur qu'il ne la harcèle de coups de téléphone. Et il l'avait trouvée, dehors, sans la protection de ses fenêtres et de ses portes verrouillées, ce qui était bien pire que le téléphone, bien pire.

— Nora, regarde-moi.

Le dernier morceau de biscuit effrité lui tomba des mains.

Streck lui prit la main droite ; elle essaya de résister, mais il la serra, lui écrasa les os, si bien qu'elle fut obligée de se soumettre. Il lui posa la main sur sa cuisse. Sa chair était chaude et ferme.

L'estomac noué, le cœur battant, elle ne savait pas ce qu'elle allait faire en premier... vomir ou s'évanouir.

Il faisait doucement glisser la main sur sa cuisse nue.

— C'est de moi que tu as besoin, ma jolie. Je m'occuperai de toi.

Comme de la pâte à modeler, le biscuit lui collait au palais. Elle gardait la tête baissée, mais elle leva les yeux pour regarder autour d'elle. Elle espérait pouvoir appeler à l'aide, mais il n'y avait que deux mères avec leurs enfants, et elles étaient bien trop éloignées pour être d'un quelconque secours.

— Alors, on a fait une jolie promenade ? dit Streck en levant la main pour la poser contre sa poitrine. La Mission, ça t'a plu ? Et les yuccas du palais de justice ? Hein ?

Il continua ainsi, d'un ton froid et suffisant, lui citant tous les endroits où elle était passée, lui demandant ce qu'elle avait aimé. Il l'avait suivie ! A pied ou en voiture, elle ne l'avait pas vu, mais lui la voyait, car il savait ce qu'elle avait fait depuis qu'elle était sortie de chez elle, jusqu'au moindre geste, ce qui la rendait aussi inquiète que furieuse.

Elle avait le souffle coupé, ses oreilles bourdonnaient, et pourtant, elle ne comprenait que trop clairement les mots qu'il prononçait. Elle aurait pu le frapper, lui griffer les yeux, mais elle restait paralysée, simultanément forte grâce à sa colère et faible à cause de sa peur. Elle en aurait hurlé de frustration.

— Eh bien, tu as fait une belle balade, tu as bien mangé, tu es détendue. Tu sais ce qui serait chouette, maintenant ? Ce qui ferait de cette journée une journée vraiment pas comme les autres, ma jolie ? Je vais t'emmener dans ma voiture, on ira chez toi. Dans la belle chambre jaune avec ton lit à baldaquin...

Il avait été dans sa chambre ! Hier sûrement, pendant qu'il était censé réparer la télévision au salon ! Le mufle, il avait été fouiner dans son intimité, il avait violé son sanctuaire !

— Je te jetterai sur ce beau grand vieux lit, je te déshabillerai, oui, je te mettrai toute nue, et je te baiserai...

Nora ne saurait jamais ce qui déclencha son accès de courage, savoir qu'il avait violé son sanctuaire, ou l'entendre proférer une obscénité, ou les deux à la fois, mais elle leva la tête et lui cracha le biscuit mâchouillé au visage. Il avait des miettes et des gouttes de salive sur la joue, le nez, l'œil, et surtout dans les cheveux et sur le front. Un éclair de colère étincela dans ses yeux et lui déforma le visage. Soudain, Nora fut terrifiée par sa propre audace mais, en même temps, elle était ravie de voir qu'elle avait surmonté sa paralysie, même si cela ne ferait que lui attirer d'autres ennuis, même si Streck allait se venger.

Et il se vengea. Vite, brutalement. Il lui tenait toujours la main et ne le laissait pas partir. A nouveau, il lui tordit le poignet. Elle avait mal, oh ! comme cela faisait mal ! Mais elle ne voulait pas lui donner le plaisir de la voir pleurer, elle ne gémirait pas, ne supplierait pas. Elle serra les dents et endura la douleur. Des gouttes de sueur perlaient sur son front, elle crut qu'elle allait s'évanouir. Mais le pire, c'était de voir ces yeux d'un bleu de glace. Il lui écrasait les doigts non seulement par la force mais aussi par son regard, froid, étrange. Il essayait de l'intimider, de la terroriser... et il y parvenait ! Il y avait en lui une folie qu'elle ne serait jamais capable d'affronter.

Son désespoir le réjouissait visiblement plus que n'importe quel cri de douleur. Il cessa de lui écraser les os, mais ne la relâcha pas pour autant.

— Je te le ferai payer, je te le ferai payer. Et en plus, tu vas aimer ça !

— Je me plaindrai à votre chef, vous perdrez votre place, dit Nora sans grande conviction.

Streck se contenta de sourire. Nora se demandait pourquoi il ne se souciait pas de nettoyer les morceaux de biscuit, mais elle connaissait la réponse : il l'obligerait à le faire elle-même.

— Perdre ma place ? Oh, je ne travaille plus pour Wadlow. J'ai démissionné hier soir. Maintenant, j'ai tout mon temps pour toi, ma belle.

Elle baissa les yeux. Elle ne pouvait pas dissimuler sa peur, bientôt, elle claquerait des dents.

— Je ne reste jamais longtemps au même endroit. Un homme comme moi, plein d'énergie, ça s'ennuie facilement. Il faut que je bouge. Et puis, la vie est trop courte pour la gâcher au travail, tu ne trouves pas ? Alors, je fais des petits boulots, et quand j'ai assez d'économies, je m'amuse autant que je peux. De temps en temps, je rencontre une belle dame comme toi, quelqu'un qui donnerait tout pour un homme comme moi. Alors, je lui rends service.

Lui décocher un coup de pied ! Lui arracher les yeux ! Elle ne bougea pas.

La voix se fit plus douce, presque rassurante, mais cela ne faisait que l'effrayer un peu plus.

— A toi aussi, je te rendrai service, Nora. Je vais m'installer chez toi pour un moment. Tu verras, on s'amusera bien. Evidemment, tu es un peu nerveuse, je comprends ça. Mais crois-moi, ma fille, c'est de moi que tu as besoin. Ça va bouleverser ta vie. Tu verras, après, rien ne sera jamais plus comme avant. Et ça, c'est la meilleure chose qui puisse arriver.

2

Einstein adorait le parc.

Quand Travis le libéra de sa laisse, il trotta jusqu'à la plate-bande de fleurs la plus proche de soucis orange, avec des polyanthes mauves. Visiblement fasciné, il alla humer les renoncules en bouton, les impatiences. Sa queue s'agitait à chaque découverte. On dit que les chiens ne voient qu'en noir et blanc, mais Travis aurait parié qu'Einstein, lui, voyait en couleurs. Il reniflait tout, les fleurs, les buissons, les arbres, les pierres, les détritus, la fontaine. Il levait la patte sur chaque pouce de terrain, sans doute pour modifier les images olfactives laissées par ceux, hommes ou chiens, qui avaient foulé le terrain avant lui, images aussi précises pour lui que de véritables photographies pour Travis.

Depuis le début de la matinée, le chien jouait le rôle d'un cabot-tout-à-fait-ordinaire-et-parfaitement-stupide de manière si convaincante que Travis se demandait s'il n'avait pas seulement des éclairs de lucidité sporadiques, un peu comme d'autres ont des crises d'épilepsie. Mais, après ce qui s'était passé la veille, il ne doutait plus d'avoir un chien exceptionnel, même s'il révélait rarement ses talents.

Tandis qu'ils se promenaient près de la mare, Einstein se raidit subitement, leva la tête, pointa ses oreilles tombantes, et regarda un couple assis sur un banc, à une vingtaine de mètres. L'homme portait un short bleu, et la femme une robe grise informe. Il lui tenait la main. Apparemment, ils étaient en grande conversation.

Travis commença à s'éloigner pour ne pas troubler leur intimité, mais Einstein aboya et se précipita vers eux.

— Einstein, ici ! Reviens tout de suite !

Sans tenir compte de cet appel, le chien s'arrêta juste devant le couple et se mit à aboyer furieusement.

Au moment où Travis arrivait près du banc, l'homme en short, debout, levait les bras, poings serrés, dans une attitude défensive, et reculait.

— Einstein !

Le retriever se tut, mais il esquiva Travis avant qu'il puisse attacher la laisse, s'approcha de la femme et lui posa affectueusement la tête sur les genoux. Ce changement d'humeur fut si fulgurant que tous en restèrent abasourdis.

— Excusez-le, il ne fait jamais...

— Mais bon sang ! Qu'est-ce qui vous prend de laisser un chien enragé en liberté !

— Il n'est pas enragé...

— Pas enragé ! cria le coureur en postillonnant. Ce sauvage a essayé de me mordre. Vous voulez un procès ou quoi ?

— Je ne sais pas ce qu'il lui a...

— Fichez-moi le camp !

Gêné, Travis se tourna vers Einstein et vit que la femme l'avait fait monter sur le banc. Il était assis face à elle, les pattes de devant sur ses genoux. Elle le serrait dans ses bras. Il y avait même quelque chose de désespéré dans la manière dont elle s'accrochait à lui.

— Fichez-moi le camp !

Le type, beaucoup plus grand, beaucoup plus large que Travis, s'approcha de lui, essayant de l'intimider de sa supériorité physique. Visiblement, il avait l'habitude de parvenir à ses fins en se montrant agressif, voire dangereux. Travis méprisait ce genre d'hommes.

Einstein tourna la tête, découvrit ses dents et grogna.

— Ecoute-moi, mon pote, tu es sourd ou quoi ? Ce chien devrait être tenu en laisse, alors je ne vois pas ce que tu attends pour te servir de celle que tu tiens à la main.

Soudain, Travis comprit que quelque chose ne tournait pas rond. La colère du jogger était surfaite, un peu comme s'il avait été surpris dans quelque activité honteuse et qu'il dissimulait sa culpabilité par une attitude offensive. La femme aussi avait un comportement étrange. Elle n'avait pas dit un mot, elle était très pâle. Ses mains tremblaient. D'après la façon dont elle s'agrippait à Einstein, ce n'était pas le chien qui l'avait effrayée. Et pourquoi un couple qui allait au parc se promenait-il dans des tenues si différentes ? La femme adressa un coup d'œil furtif et craintif à l'homme en short. Non, ils n'étaient pas ensemble, du moins pas du plein gré de la femme, et, effectivement, l'homme manigançait quelque chose dont il se sentait coupable.

— Mademoiselle ? Ça va ?

— Bien sûr que non. Votre foutu chien ne cesse d'aboyer...

— Il n'a pas l'air de la terroriser en ce moment, dit Travis en regardant son adversaire droit dans les yeux.

Des miettes de ce qui avait dû être des biscuits apparaissaient sur la joue et dans les cheveux de l'homme. Un autre biscuit sortait d'un sac en papier sur le banc et il y en avait des morceaux par terre. Que se passait-il ?

Le jogger ouvrit la bouche pour parler. Mais en voyant Einstein et Nora, il comprit que son air de dignité outragée ne serait plus de mise.

— Euh... vous devriez quand même attacher ce maudit cabot.

— Je ne crois pas qu'il veuille encore s'en prendre à quelqu'un. Ce devait être un accès de folie.

Toujours furieux, mais un peu hésitant, Streck regarda la jeune femme.

— Nora ?

Elle ne répondit pas et continua à caresser Einstein.

— Je te verrai plus tard, dit l'homme.

Comme il n'obtint pas de réponse, il se retourna de nouveau vers Travis.

— Si cette sale bête s'accroche à mes talons...

— Ne craignez rien, il ne bougera plus. Vous pouvez aller courir sans inquiétude.

En se dirigeant au pas de course vers la sortie la plus proche, l'homme se retourna plusieurs fois vers eux et disparut.

Einstein s'était couché sur le banc, la tête sur les genoux de la femme.

— Il a l'air de bien vous aimer.

— Il est gentil, répondit-elle sans lever les yeux.

— Je ne l'ai que depuis hier.

Elle ne répondit pas.

Travis s'installa sur le banc, le chien entre eux deux.

— Je m'appelle Travis.

Toujours sans mot dire, elle caressait les oreilles du chien qui eut un petit grognement de plaisir.

— Travis Cornell.

— Nora Devon, dit-elle enfin.

— Enchanté.

Elle eut un sourire crispé.

Bien que ses cheveux fussent plaqués et tirés en arrière et qu'elle ne fût pas maquillée, elle était assez jolie. Elle avait une chevelure noire, brillante, une peau de pêche et des yeux gris parsemés d'étincelles vertes qui scintillaient dans le soleil de mai.

Comme si elle avait senti l'approbation de son regard et qu'elle avait pris peur, elle brisa le contact.

— Mademoiselle Devon... il y a quelque chose qui ne va pas ?

Elle se tut.

— Est-ce que cet homme... vous ennuyait ?

— Ce n'est rien.

Tête baissée, épaules courbées, écrasée de timidité,

elle semblait si vulnérable que Travis n'osait pas la laisser seule.

— S'il n'a pas été correct, il faudrait aller voir la police.

— Non, dit-elle doucement, mais d'un ton plein d'urgence.

Elle poussa un peu le chien et se leva.

Einstein descendit et se tint près d'elle, le regard brillant d'affection.

— Je ne voulais pas me mêler de ce qui ne me regardait pas, bien sûr, dit Travis en se levant également.

Elle s'éloigna rapidement en prenant un autre chemin que celui qu'avait emprunté le sportif.

Einstein commença à la suivre, mais, bien qu'à contrecœur, il revint quand Travis l'appela.

Intrigué, Travis la regarda jusqu'à ce que disparaisse la femme mystérieuse et perturbée, dans sa robe grise, si informe qu'on l'aurait crue adepte d'une secte qui se donnerait un mal fou à enfermer la femme dans des vêtements qui ne conduiront pas l'homme à la tentation.

Il poursuivit sa promenade avec Einstein. Un peu plus tard, ils allèrent à la plage où le chien parut fasciné par les vagues déferlantes qui se brisaient en un flot d'écume. Il s'arrêtait sans cesse pour regarder la mer pendant de longues minutes et batifolait joyeusement dans les vagues. Dans la soirée, Travis tenta d'éveiller l'intérêt du chien sur les livres qui l'avaient tant excité la veille, espérant comprendre ce que le chien y cherchait. Mais Einstein se contenta de renifler les tranches en bâillant.

Pendant tout l'après-midi, le souvenir de Nora Devon lui était revenu en mémoire avec une fréquence et une vivacité étonnantes. Elle n'avait même pas besoin de vêtements élégants pour être séduisante, son visage et ses yeux gris aux étincelles vertes suffisaient largement.

Après quelques heures de sommeil, Vince Nasco prit le premier vol du matin pour Acapulco, au Mexique. Il prit une chambre dans un hôtel sur le front de mer, grand immeuble moderne dépourvu de personnalité où tout n'était que verre, béton et terrasses. Il mit des chaussures de toile, un pantalon de coton blanc, une chemise bleu ciel et partit en quête du Dr Lawton Haines.

Haines passait ses vacances à Acapulco. Il avait trente-neuf ans, mesurait un mètre soixante-dix-huit, pesait soixante-dix kilos. Il avait des cheveux noirs et était censé ressembler à Al Pacino, à part une tache de vin de la taille d'une grosse pièce de monnaie sur le front. Il venait à Acapulco au moins deux fois par an et logeait toujours dans l'élégant hôtel Las Brisas, à l'extrémité est de la baie et déjeunait fréquemment au Caleta qu'il appréciait pour ses margarita et sa vue exceptionnelle.

A midi vingt, Vince mangeait dans ce même restaurant, installé sur une chaise de rotin aux coussins jaune et vert confortables. Il remarqua Haines en entrant. Il était lui aussi près de la fenêtre, à trois tables de Vince. Il mangeait des crevettes et buvait une margarita en compagnie d'une blonde époustouflante. Elle portait un pantalon blanc et un bustier moulant rayé de couleurs vives. La moitié des hommes avaient les yeux fixés sur elle.

Pour Vince, Haines ressemblait plutôt à Dustin Hoffman. Il avait les mêmes traits audacieux, et exactement le même nez. Sinon, il correspondait tout à fait à la description qu'on lui en avait faite. Il portait un pantalon rose, une chemise jaune clair et des sandales blanches, la tenue tropicale caricaturale.

Après une soupe de poisson, Vince termina son plat d'enchilada et sa margarita sans alcool et paya la note au moment même où Haines et la blonde s'apprêtaient à partir.

La blonde avait une Porsche rouge. Vince les suivit

dans une Ford de location qui avait déjà vécu, faisait un bruit de casseroles et avait un tapis empestant le moisi.

Devant le Las Brisas, la blonde déposa Haines au parking, pas avant toutefois qu'ils se soient embrassés pendant cinq longues minutes, mains sur les fesses, en plein jour.

Vince était écœuré. Il aurait imaginé Haines avec un plus grand sens de la décence. Après tout, il avait un doctorat ! Si les gens éduqués ne savaient plus se tenir, qui le ferait ? On n'apprenait plus les belles manières à l'université de nos jours ? Pas étonnant que le monde devienne de plus en plus grossier, de plus en plus vulgaire de jour en jour.

La blonde s'en alla, et Haines quitta le parking dans une Mercedes blanche 560 SL. Visiblement, ce n'était pas une voiture de location et Vince se demandait où il l'avait dégottée.

Haines confia sa voiture au portier dans un autre hôtel ; Vince en fit autant. Il suivit le médecin à travers le hall et sur la plage. Au début, il semblait marcher au hasard, une promenade banale, mais Haines s'assit près d'une somptueuse Mexicaine en bikini. Excessivement bien faite, de quinze ans plus jeune que le médecin, elle avait une peau sombre. Les yeux fermés, elle prenait un bain de soleil. Haines l'embrassa dans le cou, ce qui la fit sursauter. De toute évidence, elle le connaissait car elle le prit dans ses bras, en riant aux éclats.

Vince marcha encore un peu et revint s'installer derrière le couple, en laissant quelques baigneurs entre eux. Il n'avait pas peur qu'on le remarque. Haines ne semblait s'intéresser qu'à l'anatomie féminine de qualité. Et, malgré sa taille, Vince Nasco savait se fondre dans son environnement.

Un peu plus loin sur la baie, un touriste faisait du parachute ascensionnel et restait suspendu très haut au-dessus du bateau. Le soleil tombait sur la plage et la mer, telle une pluie de boutons d'or.

Vingt minutes plus tard, Haines embrassa la fille sur

les lèvres et sur la rondeur des seins avant de reprendre le chemin par lequel il était venu.

— Ce soir, à six heures, lui cria la fille.

— D'accord !

Ensuite, Haines et Vince firent un petit tour en voiture, pour le plaisir. Au début, Vince pensait que le médecin avait une destination en tête, mais finalement, il semblait rouler au hasard, pour profiter de la vue. Ils dépassèrent la plage de Revolcadero, Haines dans son coupé blanc, Vince dans sa vieille Ford, aussi loin que possible.

A un point de vue, Haines quitta la route et se gara à côté d'une voiture dont sortaient quatre touristes vêtus de couleurs criardes. Vince s'arrêta lui aussi et avança vers la rambarde métallique, au bord du ravin. A plus de cent mètres en contrebas, des vagues énormes se fracassaient contre une splendide côte de rochers.

Les touristes en chemises de perroquets et pantalons rayés poussèrent leurs derniers cris d'admiration, prirent leurs dernières photos, jetèrent leurs derniers détritus et s'en allèrent, laissant Vince et Haines seuls sur la falaise. Sur la route, la seule circulation était constituée par une voiture noire. Vince attendait qu'elle s'éloigne pour prendre Haines par surprise.

Au lieu de passer son chemin, la voiture vint se garer près de la Mercedes de Haines. Il en sortit une fille splendide d'environ vingt-cinq ans. Elle courut vers Haines. Elle paraissait mexicaine, mais avec du sang chinois.

Très exotique ! Elle portait un débardeur et un short blanc et avait les plus belles jambes que Vince ait jamais vues. Ils marchèrent un peu le long de la rambarde et, à une dizaine de mètres de Vince, ils s'accrochèrent l'un à l'autre d'une manière qui le fit rougir.

Vince s'approcha d'eux. Il se penchait dangereusement, et tendait le cou pour mieux voir les rouleaux moutonneux exploser contre la paroi, criant « Ouh ! là, là ! » quand une vague particulièrement imposante fouettait les rochers, pour avoir l'air naturel et parfaitement innocent.

Bien que le couple lui tournât le dos, le vent emportait des bribes de conversation. La femme avait peur que son mari n'apprenne que Haines était sur l'île, et Haines essayait d'obtenir un rendez-vous pour le lendemain soir. Aucune pudeur, ce type !

De nouveau, la route se vida. Vince n'aurait peut-être pas une si bonne occasion une deuxième fois. Il franchit les derniers mètres qui le séparaient de la fille, la prit par le cou et l'élastique de son short et la balança par-dessus la rambarde. En hurlant, elle plongea vers les rochers en contrebas.

Tout était arrivé si vite que Haines n'eut pas même le temps de réagir. Dès que la femme vola dans les airs, Vince se tourna vers le médecin et le frappa au visage d'un coup qui lui déchira les lèvres, lui brisa le nez et lui fit perdre connaissance.

Quand la femme s'écrasa sur les rocailles, Vince reçut son présent, malgré la distance.

Sssnap.

Il aurait aimé regarder longuement le corps écrabouillé, mais hélas, il n'avait pas de temps à perdre. La voie ne resterait pas libre longtemps.

Il porta Haines dans sa Ford et l'installa sur le siège du passager, lui posant la tête contre le montant de la porte, comme s'il dormait paisiblement. Il lui imprima un mouvement vers l'arrière pour que le sang du nez cassé coule à l'intérieur de la gorge.

Vince quitta la grande route sinueuse et en mauvais état et suivit une série de chemins de terre, de plus en plus étroits et cailouteux, jusqu'à ce qu'il s'enfonce au cœur de la forêt dans une impasse bouchée par un mur d'arbres et de végétation luxuriante. Deux fois au cours du trajet, Haines avait repris connaissance, mais Vince l'avait forcé au silence en lui cognant la tête contre le tableau de bord.

Il sortit le médecin évanoui de la voiture, et le traîna sous les arbres jusqu'à une clairière obscure couverte de mousse ébouriffée. Les oiseaux mirent fin à leurs chants et leurs trilles ; des animaux inconnus avec de drôles de cris s'égaillèrent dans les buissons. D'énormes insectes, parmi lesquels un scarabée gros comme la paume de la main, s'écartèrent de son chemin, et les lézards grimpèrent le long des arbres.

Vince retourna vers la Ford pour prendre son matériel d'interrogatoire rangé dans le coffre. Des seringues et deux doses de pentothal sodique. Une lanière de cuir plombée. Une petite gégène qui ressemblait à une boîte de télécommande pour télévision. Un tire-bouchon à manche de bois.

Lawton Haines était toujours inconscient quand Vince revint dans la clairière. Le nez cassé lui donnait un souffle rauque.

Haines aurait dû être tué vingt-quatre heures plus tôt. Ceux qui avaient embauché Vince pour trois contrats la veille avaient voulu confier la tâche à un autre indépendant qui vivait à Acapulco et opérait dans tout le Mexique. Mais il était mort la veille au matin en recevant un paquet attendu depuis longtemps de chez Fortnum & Mason de Londres, mais qui au lieu d'un assortiment de confitures contenait un kilo de plastic. Ce n'était qu'en dernier ressort qu'ils avaient confié le travail à Vince, car celui-ci devenait dangereusement surmené. Pour Vince, c'était une aubaine, car il était sûr que ce médecin était lui aussi lié aux laboratoires Banodyne. Peut-être lui fournirait-il d'autres informations.

D'un arbre tombé, Vince arracha un morceau d'écorce incurvé qui pourrait lui servir de récipient. Il repéra un ruisseau envahi par les algues et remplit son bol de fortune. Le liquide était glauque. Dieu savait quelles bactéries ravageuses y vivaient ! Mais, à ce stade, Haines ne devait guère se soucier des microbes !

Vince lui jeta de l'eau au visage. Une minute plus tard, il revint avec son récipient rempli et il le força à boire. Après moult crachotements, suffocations et haut-le-cœur, Haines retrouva ses esprits. Suffisamment du moins pour comprendre ce qu'on lui disait et répondre intelligiblement.

La lanière, la gégène et le tire-bouchon en main, Vince lui expliqua ce qui lui arriverait s'il ne se montrait pas coopératif. Le chercheur, qui se révéla être un spécialiste de la physiologie et du fonctionnement du cerveau, se montra plus intelligent que patriote et divulgua de bon cœur tous les détails du programme top secret sur lequel il avait travaillé.

Quand Haines jura qu'il n'avait rien d'autre à dire, Vince prépara une piqûre de pentothal.

— Docteur, qu'est-ce que vous fabriquez avec les femmes ? dit-il en lui enfonçant l'aiguille dans le bras.

Haines, étendu sur le dos dans la mousse, les bras allongés de chaque côté, comme Vince le lui avait ordonné, eut du mal à s'adapter au changement de conversation et cligna des yeux.

— Je vous ai suivi depuis l'heure du déjeuner, vous en avez trois, rien qu'à Acapulco.

— Quatre, répondit Haines, visiblement fier de lui, malgré sa terreur. La Mercedes est à Giselle, la plus jolie fille...

— Vous prenez la voiture d'une femme pour la tromper avec une autre ?

— Humm, humm, dit Haines en essayant de sourire, mais cela ne faisait qu'augmenter sa douleur. J'ai toujours fait... comme ça, avec les femmes.

— Mon Dieu ! s'exclama Vince, terrifié. Vous ne vous rendez pas compte qu'on n'est plus dans les années soixante ! L'amour libre est mort. Il faut le payer maintenant, et cher. Vous n'avez jamais entendu parler de l'herpès et du Sida ? Vous devez être porteur de toutes les maladies vénériennes qui existent en ce monde.

Déconcerté, Haines cligna stupidement des yeux avant de plonger dans le sommeil. Sous l'effet de la drogue, il confia ce qu'il avait déjà raconté sur les laboratoires Banodyne et le projet François.

Quand l'effet du pentothal se dissipa, Vince s'amusa avec la gégène jusqu'à ce que les piles soient épuisées. Le chercheur se tortillait, envoyait des coups de pied dans le vide, creusait des ornières dans la terre avec ses talons, sa tête et ses mains.

Quand les plaisirs de la gégène furent terminés, Vince le roua de coups avec la lanière plombée jusqu'à ce qu'il reperde conscience. Il le tua en plongeant le tire-bouchon entre deux côtes, pour qu'il aille percer le cœur encore chaud.

Sssnap.

Un silence sépulcral régnait sur la forêt, mais Vince sentait la présence de milliers d'yeux qui l'observaient, des yeux de bêtes sauvages. Il croyait que ces regards l'approuvaient, car la vie du médecin était un affront pour l'ordre naturel, la loi de la nature à laquelle tous les animaux obéissaient.

— Merci, dit-il à Haines.

Mais il ne l'embrassa pas, ni sur la bouche ni sur le front. Son énergie vitale était aussi revigorante que celle des autres, mais son corps et son esprit étaient impurs.

4

Après l'épisode du parc, Nora rentra directement chez elle. L'esprit d'aventure et de liberté qui avait coloré la matinée ne pouvait être reconquis. Streck avait gâché la journée.

Elle ferma la porte à clé ainsi que le verrou intérieur et mit en place la chaîne de sécurité. Elle alla tirer les rideaux dans toutes les pièces, pour que Streck ne puisse pas voir à l'intérieur s'il s'avisait de rôder dans les parages. Mais comme elle ne supportait pas l'obscurité, elle alluma toutes les lampes du rez-de-chaussée.

Cette rencontre ne l'avait pas seulement terrifiée, elle l'avait souillée. Plus que tout au monde, elle avait envie d'une longue douche chaude.

Mais ses jambes flageolaient et la tête lui tournait. Elle dut s'agripper à la table de la cuisine pour conserver son équilibre. Elle tomberait sûrement si elle essayait de monter l'escalier, si bien qu'elle s'assit, les bras croisés sur la table, la tête sur les bras en attendant de se sentir mieux.

Quand le pire de son étourdissement fut dissipé, elle se souvint de la bouteille de cognac rangée dans un placard. Un remontant l'aiderait peut-être à retrouver son calme. Elle l'avait achetée juste après la mort de Violet, car sa tante ne tolérait aucune boisson alcoolique, à part du cidre partiellement fermenté. En signe de rébellion, Nora s'était servi un verre en revenant de l'enterrement. Ça ne lui avait guère plu, et le verre était passé dans l'évier.

Tout d'abord, elle alla se laver les mains sous une eau si chaude qu'elle était à peine supportable, avec du savon et du liquide à vaisselle, pour éliminer les dernières traces de Streck. Elle avait tant frotté que la peau semblait à vif.

Elle sortit le cognac et un verre et les posa sur la table. Dans les livres, elle avait lu l'histoire de personnages qui, accablés de désespoir, restent assis pendant des heures devant une flasque d'alcool, en espérant trouver là un remède à leurs maux. Parfois, ça marchait, cela valait la peine d'essayer. Si le cognac améliorait son état d'esprit, ne serait-ce qu'un tout petit peu, elle était prête à engloutir la bouteille.

Mais elle n'avait pas un tempérament d'alcoolique. Elle passa les deux heures suivantes devant un seul verre de Remy Martin.

Quand elle essayait de détourner son esprit de Streck, les images de sa tante Violet la hantaient et quand elle essayait d'oublier Violet, c'était Streck qui revenait. Et si, dans un effort exceptionnel, elle tentait de les chasser tous les deux, elle pensait à Travis Cornell, l'homme du parc, ce qui ne lui apportait pas le moindre réconfort. Il s'était montré gentil, poli, attentionné, et il l'avait débarrassée de Streck. Mais il ne valait sans doute pas mieux que lui. Si elle lui laissait la moindre chance, il ne manquerait pas d'en tirer avantage, exactement comme Streck. Tante Violet avait peut-être été un tyran à l'esprit retors mais, de

plus en plus, il semblait qu'elle avait raison de prétendre qu'il était dangereux de se mêler au monde
extérieur.

Oui, mais le *chien!* Lui, c'était autre chose. Elle
n'avait pas eu peur de lui, pas même lorsqu'il s'était
précipité vers le banc en aboyant furieusement. D'une
certaine façon, elle savait que le retriever, Einstein,
d'après son maître, n'en voulait qu'à Streck. Quand
elle l'avait pris dans ses bras, elle s'était sentie en
sécurité, malgré la présence de Streck.

Elle devrait peut-être prendre un chien. Tante Violet
était horrifiée par la simple pensée d'un animal domes-
tique. Mais Violet était morte, morte et enterrée. Et
plus rien n'empêcherait Nora d'avoir un chien à elle.

Sauf que...

Elle avait l'étrange pressentiment qu'aucun chien ne
lui donnerait la même impression de sécurité qu'Einstein. Le chien et Nora s'étaient plu dès le premier
instant.

Bien sûr, c'était lui qui l'avait sauvée des pattes de
Streck et elle risquait de lui attribuer des qualités qu'il
n'avait pas. Elle le voyait comme son ange gardien, son
chevalier servant. Mais malgré ses efforts pour se
convaincre qu'Einstein n'était qu'un chien comme les
autres, elle restait persuadée qu'il avait quelque chose
de particulier, et qu'aucun chien ne lui manifesterait la
même amitié.

En fait, un seul verre de Remy Martin et le souvenir
du chien avait réussi à la réconforter. Plus encore, cela
lui avait donné le courage de décrocher le téléphone,
bien décidée à appeler Travis Cornell pour lui proposer
d'acheter son chien. Il lui avait dit qu'il ne l'avait que
depuis la veille, il ne devait pas y être trop attaché.
Pour un bon prix, il le vendrait sans doute. Elle
consulta les pages du bottin, trouva son numéro et
appela.

Il répondit à la seconde sonnerie.

— Allô?

En entendant sa voix, elle comprit que toute tentative d'acheter le chien donnerait à Cornell le moyen de

s'immiscer dans sa vie privée. Elle avait presque oublié qu'il était peut-être aussi dangereux que Streck.

— Allô?

Nora hésitait.

— Allô? Qui est à l'appareil?

Elle raccrocha sans avoir murmuré une syllabe.

Avant de parler à Cornell, il fallait qu'elle mette au point une tactique qui le dissuaderait de s'attaquer à elle, si jamais il ressemblait encore plus à Streck qu'elle ne le craignait.

5

Quand le téléphone sonna, peu avant cinq heures, Travis versait une boîte d'Alpo dans la gamelle du chien. Le retriever le regarda en se léchant les babines, mais se contrôla et attendit que la dernière miette fût dans son plat.

Travis alla décrocher. Einstein se mit à manger. Il sembla être intrigué par le manque de réponse car, soudain, il leva le nez de son assiette.

Travis raccrocha mais Einstein se planta près du téléphone.

— Un faux numéro probablement.

Einstein fixait toujours l'appareil.

— Ou alors des gosses qui jouent les malins.

Einstein eut un gémissement malheureux.

— Qu'est-ce qui te tracasse?

Einstein restait immobile, fasciné par le téléphone.

— Ecoute, je me suis déjà assez posé de questions comme ça pour aujourd'hui. Si tu veux faire des mystères, débrouille-toi tout seul.

Comme il voulait regarder les informations avant de préparer le dîner, il alla se servir un Pepsi sans sucre et s'installa au salon, laissant le chien à son téléphone. Il alluma la télévision, s'enfonça dans le grand fauteuil et entendit Einstein fouiner dans la cuisine.

— Qu'est-ce que tu fabriques ?

Un claquement. De griffes contre une surface rigide. Un bruit sourd.

— Dis donc, si tu casses quelque chose, il faudra le payer. Et je me demande comment tu vas gagner l'argent ! Comme chien de traîneau en Alaska ?

Dans la cuisine, le silence était revenu. Pas pour longtemps. Autres claquements, griffures, bruissements.

Malgré lui, Travis se demandait ce qui se passait, mais Einstein apparut avant qu'il ait eu le temps de se lever. Il portait le bottin entre ses dents. Il avait dû sauter à plusieurs reprises pour atteindre l'étagère et faire tomber l'annuaire.

— Qu'est-ce que tu veux ?

Le chien poussa le bottin vers Travis et regarda son maître.

— Tu veux que j'appelle quelqu'un ?

— Wouaf.

— Oui, mais qui ? Lassie, Rin Tin Tin, ou ce vieux Ran Tan Plan ?

Le retriever le regarda de son regard expressif, si peu canin, mais cela ne suffisait pas à communiquer véritablement.

— Ecoute, tu sais peut-être lire dans mon esprit, mais, moi, je ne vois rien dans le tien.

Soupirant de frustration, le chien disparut dans le couloir qui desservait la salle de bains et les deux chambres. Moins d'une minute plus tard, Einstein revint un cadre dans la gueule, qu'il déposa près de l'annuaire. C'était la photographie de Paula qui se trouvait sur la commode. Elle avait été prise le jour du mariage, dix mois avant sa mort. Elle était belle, et apparemment d'une santé florissante.

— Non, mon grand, je ne peux pas appeler les morts.

Einstein souffla, comme s'il trouvait Travis vraiment obtus. Il alla renverser un porte-magazines dans un coin de la pièce et revint avec un exemplaire de *Time* entre les dents, qu'il lâcha près de la photo. De la patte, il parcourut les pages en en déchirant quelques-unes au passage.

Travis se pencha en avant et l'observa.

Einstein marqua quelques pauses pour étudier une page, puis continua sa recherche. Finalement, il tomba sur une publicité de voiture qui mettait en évidence une jolie brune. Il leva les yeux vers Travis, puis replongea sur sa page et jappa.

— Je ne comprends toujours pas !

Einstein trouva ensuite une autre page de publicité où une blonde souriante tenait un paquet de cigarettes.

— Des voitures et des cigarettes ? Tu veux que j'achète une voiture et un paquet de Virginia Slims ?

Einstein retourna vers le porte-magazines et revint avec un numéro d'un mensuel immobilier que Travis recevait toujours, bien qu'il ait quitté la partie depuis deux ans. Le chien s'arrêta sur une autre photo de brune.

— Une femme ? Tu veux que j'appelle une femme ?

— Wouaf.

— Mais qui ?

Einstein prit gentiment le poignet de Travis entre ses dents et essaya de lui faire quitter son fauteuil.

— Bon, c'est bon, je te suis.

Mais Einstein ne prenait pas de risques. Il ne lâcha pas et força son maître à aller jusqu'au téléphone avant de desserrer les mâchoires.

— Laquelle ? demanda encore Travis avant de comprendre brutalement. Pas celle que nous avons rencontrée dans le parc ?

Einstein remua la queue.

— Et tu crois que c'est elle qui vient d'appeler ?

La queue s'agita plus rapidement.

— Comment le sais-tu ? Elle n'a pas dit un mot. Et puis, où veux-tu en venir de toute façon ? Tu montes une agence matrimoniale ?

Le retriever jappa deux fois.

— Oui, elle était jolie, mais ce n'est pas mon genre. Un peu bizarre, quand même, tu ne trouves pas ?

Einstein aboya, courut vers la porte de la cuisine,

sauta sur la poignée, revint vers Travis, aboya encore, fit le tour de la table, se précipita de nouveau vers la porte. Visiblement, quelque chose le troublait.

La femme !

Elle avait eu des ennuis dans le parc. Travis se souvenait de cet abruti en short bleu. Il lui avait proposé de l'aider, mais elle avait refusé son offre. Elle avait sans doute changé d'avis. C'était elle qui avait téléphoné un instant plus tôt, mais pour s'apercevoir qu'elle n'avait pas le courage de parler de ses problèmes.

— Tu es sûr que c'est elle qui a appelé ?

La queue se mit à remuer.

— Eh bien, même dans ce cas, je ne crois pas qu'il soit sage de se mêler de ses affaires.

Le retriever se précipita vers lui, saisit la jambe de son jean et la secoua furieusement, lui faisant presque perdre son équilibre.

— Bon, bon, va me le chercher, ce fichu annuaire.

Ce n'est que lorsque le chien lui rapporta le bottin qu'il se rendit compte qu'il s'attendait à ce que Einstein comprenne sa requête. Les talents exceptionnels de l'animal étaient passés dans les mœurs à présent.

Et soudain, il comprit que le chien ne lui aurait jamais apporté l'annuaire au salon s'il n'avait pas été conscient de l'utilité d'un tel livre.

— Eh bien dis donc, Poilu, je crois que tu mérites bien ton nom !

6

Bien que d'habitude Nora ne dînât pas avant sept heures, elle avait faim. Sa promenade matinale et le verre de cognac lui avaient ouvert l'appétit. Même Streck n'arrivait pas à le lui couper. Elle n'avait pas envie de cuisiner et se prépara simplement un plateau de fruits et de fromage et fit réchauffer un croissant au four.

En général, le soir, Nora mangeait dans sa chambre en lisant un magazine ou un livre, car c'était là qu'elle se sentait le mieux. Alors qu'elle se préparait à monter l'escalier, le téléphone sonna.

Streck.

Ça ne pouvait être que lui. On lui téléphonait rarement.

Elle se figea sur place. Même après la dernière sonnerie, elle dut s'appuyer sur la table, les jambes tremblantes, s'attendant à un autre appel.

7

En l'absence de réponse, Travis s'apprêtait à retourner à sa télévision, mais Einstein était toujours très agité. Il se hissa vers la table, reprit le bottin entre ses dents et se précipita hors de la cuisine.

Curieux, Travis le suivit. Il attendait à la porte, le bottin toujours dans la gueule.

— Qu'est-ce qui se passe maintenant ?

Einstein mit la patte sur la porte.

— Tu veux sortir ?

Le chien grommela, mais le son était atténué par l'annuaire.

— Qu'est-ce que tu fabriques avec ce bottin ? Tu veux l'enterrer dans le jardin, comme un os ?

Bien qu'Einstein ne répondît à aucune de ses questions, Travis ouvrit la porte et laissa sortir le retriever dans le soleil doré de la fin d'après-midi. Il courut vers le camion garé dans l'allée et attendit devant la porte du passager, l'air visiblement impatient.

— Bon, tu veux aller quelque part, mais où ? demanda Travis en soupirant. J'ai comme l'impression que ce n'est pas à la poste.

Einstein lâcha l'annuaire, mit les pattes sur la porte et regarda Travis par-dessus son épaule en aboyant.

— Tu veux que je cherche l'adresse de Mlle Devon et que nous allions chez elle ? C'est ça ?

— Wouaf.

— Ah, je suis désolé, mon vieux. Je sais que tu l'aimes bien mais je ne suis pas sur le marché pour les femmes. Et en plus, ce n'est pas mon genre, je te l'ai déjà dit. Et je ne suis sûrement pas son type non plus. D'ailleurs, j'ai comme l'impression que personne n'est son type.

Le chien jappa.

— Non !

Le chien se précipita vers Travis et de nouveau lui attrapa la jambe de pantalon.

— Non, c'est non, répondit Travis en attrapant Einstein par le collier. Inutile de déchirer toute ma garde-robe, je ne céderai pas.

Einstein le lâcha, et alla se rouler sur le lit d'impatiences en fleur, où il commença à creuser furieusement.

— Mais tu es fou !

Le chien continua, apparemment bien déterminé à tout saccager.

— Non mais, tu vas voir ! cria Travis en se précipitant vers le retriever.

Einstein courut de l'autre côté de la pelouse et creusa dans l'herbe.

Travis courut derrière lui.

Einstein s'échappa encore une fois et alla arracher l'herbe dans un autre coin de la pelouse, puis se jeta sur la mangeoire à oiseaux qu'il entreprit de détruire avant de retourner vers ce qui restait des impatiences.

Incapable de maîtriser le chien, Travis s'arrêta, et, le souffle coupé, lui cria :

— Einstein, ça suffit !

Einstein releva sa gueule pleine de boutons de fleurs.

— Bon, tu as gagné, on y va.

Einstein cracha son trophée et avança prudemment sur la pelouse.

— Ce n'est pas une blague, je te le promets. Puisque ça a l'air si important pour toi, on va aller le voir. Mais je me demande bien ce que je vais lui raconter !

Son plateau dans une main, une bouteille d'Evian dans l'autre, Nora entra dans le couloir, rassurée par les lumières qui brûlaient dans toutes les pièces. Sur le palier, elle pressa l'interrupteur du coude pour allumer l'étage. Il faudrait qu'elle commande beaucoup d'ampoules pour sa prochaine livraison d'épicerie car, désormais, elle laisserait toutes les lumières allumées jour et nuit. La dépense en valait la peine.

Toujours sous l'effet du cognac, elle se mit à chantonner en allant vers sa chambre.

Elle ouvrit la porte. Streck était allongé sur le lit.

— Salut, la môme !

Pendant un instant, elle crut que c'était une hallucination, mais quand elle l'entendit parler, elle comprit qu'il n'en était rien. Elle hurla et le plateau lui tomba des mains.

— Mon Dieu ! regarde-moi ce gâchis ! dit-il en se levant.

Il portait toujours son short, ses chaussures et ses chaussettes de sport et rien d'autre.

— Bon, ça ne fait rien, tu nettoieras plus tard, pour le moment, il y a autre chose à faire. Ça fait longtemps que je t'attends. J'ai eu tout le temps de penser à toi. Je suis prêt, ma chérie. Il est temps que je t'apprenne ce que personne ne t'a jamais appris.

Immobile, Nora pouvait à peine respirer.

Il avait dû venir chez elle directement après le parc pour arriver avant elle. Il avait forcé la porte sans laisser de traces de son passage et l'avait tranquillement attendue pendant qu'elle buvait son cognac à la cuisine. C'était encore plus malsain que tout ce qu'il avait fait auparavant. Rester ainsi à épier le moindre bruit alors qu'elle n'était même pas consciente de sa présence, à s'exciter à l'avance en sachant qu'il l'aurait, tôt ou tard !

Que ferait-il quand il aurait fini ? Il la tuerait ?

Elle se précipita dans le couloir.

En s'accrochant à la rampe d'escalier, elle entendit Streck derrière elle.

Elle dévala les marches deux à deux, terrifiée à l'idée de tomber. Sur le palier, elle claquait des genoux et en trébucha, mais elle continua à dégringoler l'escalier et sauta littéralement sur le palier du rez-de-chaussée.

L'attrapant par les épaules de sa robe informe, Streck la força à se tourner vers lui.

9

Tandis que Travis se garait le long du trottoir en face de chez Nora Devon, Einstein se dressa, posa les deux pattes sur la poignée de la porte, appuya de tout son poids et l'ouvrit. Encore un de ses trucs! Il galopa dans l'allée avant même que Travis eût le temps de serrer le frein à main.

Quelques secondes plus tard, Travis arriva au pied de la véranda et vit Einstein presser sur la sonnette, debout sur ses pattes arrière. On l'entendit tinter de l'extérieur.

— Hé, qu'est-ce qui te prend? cria Travis en grimpant les marches.

De nouveau, la sonnette retentit.

— Laisse-lui le temps...

Tandis qu'Einstein sonnait pour la troisième fois, Travis entendit un homme hurler de colère et une femme appeler au secours.

Aussi furieux que la veille dans les bois, Einstein griffa la porte, comme s'il pouvait la déchirer.

Travis se colla à la vitre et regarda à travers le verre cathédrale. Le couloir était éclairé, si bien qu'il vit deux personnes lutter à quelques mètres de lui.

Einstein aboyait, grognait furieusement.

Travis essaya d'ouvrir, mais la porte était fermée. Du coude, il brisa l'un des panneaux de verre, passa sa main à l'intérieur, débloqua le verrou et la chaîne et entra au moment même où l'homme faisait virevolter la femme.

Einstein ne laissa pas à Travis la chance de pouvoir agir et se jeta immédiatement sur le sportif.

L'homme réagit comme quiconque sous la charge d'un chien de cette taille : il courut. La femme tenta de lui faire un croche-pied. Il trébucha mais ne tomba pas. Au bout du couloir, il disparut derrière une porte à double battant.

Einstein passa devant Nora et s'engouffra derrière lui, calculant parfaitement son coup. On entendit moult cris, grognements, aboiements. Quelque chose tomba, le sportif jura. Einstein émit un grognement mauvais à en avoir des frissons, le vacarme s'intensifia.

Travis s'approcha de Nora, appuyée sur le pilastre en bas de l'escalier.

— Ça va ?

— Il a voulu...

— Mais il n'a rien fait, devina Travis.

— Non.

Il toucha une trace de sang sur son menton.

— Vous êtes blessée ?

— Non, c'est son sang, dit-elle en voyant les doigts rouges, je l'ai mordu.

Elle se tourna vers la porte qui avait cessé de battre.

— Ne le laissez pas faire du mal au chien.

— Il n'y a pas de danger.

Le vacarme se calmait, Travis alla vers la cuisine. Deux chaises droites avaient été renversées, une boîte à biscuits de céramique bleue gisait sur le sol en mille morceaux parmi les débris de gâteau. L'homme en short était assis dans un coin, les genoux relevés serrés contre lui, les mains autour de sa poitrine. Il lui manquait une chaussure, Einstein s'en était sûrement emparé. Sa main droite saignait, de toute évidence, la morsure de Nora Devon. Son mollet gauche saignait aussi, mais ça, c'étaient les crocs d'Einstein. Le retriever le tenait en respect, prenant garde de ne pas être à la portée d'un éventuel coup de pied, mais prêt à bondir si l'homme était assez fou pour tenter le moindre geste.

— Beau travail, beau travail, dit Travis.

Le chien émit un gémissement signifiant qu'il acceptait le compliment mais, lorsque le sportif essaya de bouger, le cri de joie se changea en grognement menaçant. Le chien aboya et Streck dut se terrer dans son coin.

— Vous êtes fichu, mon vieux, lui dit Travis.

— Il m'a mordu ! Ils m'ont mordu !

Fou de rage, abasourdi, Streck n'en revenait pas.

— Ils m'ont mordu !

En homme qui était toujours parvenu à ses fins, il avait du mal à accepter la défaite. L'expérience lui avait prouvé que les gens baissaient toujours les bras, pour un peu qu'il les menace de son regard terrifiant et malsain. Il était toujours sûr de la victoire. A présent, il était pâle, visiblement en état de choc.

Travis alla vers le téléphone et composa le numéro de la police.

Chapitre cinq

1

Jeudi, dans la soirée du 20 mai, Vincent Nasco rentra de sa journée de vacances à Acapulco. Il acheta le *Time* avant de prendre la navette — ils appelaient ça une limousine, mais ce n'était qu'une camionnette. Il le lut pendant le trajet, et, en page trois, découvrit l'article sur l'incendie des laboratoires Banodyne, à Irvine.

Le feu avait éclaté la veille, à six heures du matin, au moment où Vince prenait la route de l'aéroport. L'un des bâtiments s'était embrasé avant que les pompiers aient réussi à maîtriser les flammes.

Ceux qui avaient engagé Vince avaient sans doute payé un incendiaire pour détruire toute trace du projet François, dans les documents comme dans les esprits.

Le journal ne parlait pas des contrats de Banodyne avec les services de défense nationale, apparemment, cela n'était pas du domaine public. On parlait des laboratoires comme d'un pionnier de l'industrie génétique qui s'intéressait à un médicament révolutionnaire basé sur une recombinaison des molécules d'ADN.

Un gardien de nuit avait péri dans l'incendie. On n'expliquait pas pourquoi il n'avait pas réussi à se sauver à temps. Sans doute avait-il été assassiné, et on avait brûlé le corps pour couvrir le meurtre.

La camionnette déposa Vince devant la porte de sa maison de Huntington Beach. Les pièces étaient froides et sombres.

Les pas résonnaient sur le sol dur et se répercutaient en écho dans les pièces vides.

Cela faisait deux ans qu'il l'avait achetée, mais il ne s'était pas donné la peine de la meubler. En fait, la salle à manger, le salon, et deux des trois chambres étaient entièrement vides. Seuls les rideaux bon marché donnaient une certaine intimité.

Pour Vince, ce n'était qu'une résidence temporaire, un jour il déménagerait et s'installerait sur la plage de Rincon où les vagues et les surfers étaient légendaires, où l'océan tumultueux et gigantesque faisait partie de la vie. Mais le manque d'ameublement n'avait rien à voir avec ce projet. Il aimait les murs nus, le sol de béton et les pièces vides.

Quand il achèterait la maison de ses rêves, il ferait carreler toutes les pièces du sol au plafond de céramique blanche. Pas de bois, pas de pierre ni de brique, pas de surface à la texture chaude que tout le monde semblait adorer. Il se ferait faire des meubles selon ses désirs, tout en céramique et vinyl blancs, avec pour seule exception le verre et l'acier, là où l'on ne pourrait pas s'en passer. Pour la première fois de sa vie, il se sentirait chez lui, en paix.

Après avoir défait sa valise, il descendit se préparer à déjeuner. Thon, trois œufs durs, des biscuits, deux pommes et une orange, une bouteille de Tonic.

A la cuisine, il y avait une table et une chaise dans un coin, mais il mangea en haut, dans la chambre. Il s'installa sur un siège face à la mer. L'océan tout proche, de l'autre côté de l'autoroute, roulait ses énormes vagues.

Le ciel légèrement couvert tachetait la mer d'ombres et de soleil. Par endroits, elle ressemblait à du chrome en fusion, à d'autres, on aurait dit une masse de sang noir.

Bien que la journée fût douce, tout semblait étrangement froid, hivernal.

Face à l'océan, il s'imaginait toujours que le flux et le reflux de son sang s'écoulaient au rythme des marées.

Après son repas, il profita de la communion avec l'océan, fredonnant, admirant son faible reflet dans la vitre, comme s'il regardait un aquarium. Mais il se trouvait au cœur de l'eau, bien en dessous des vagues, dans un monde glacé de silence éternel.

Plus tard dans l'après-midi, il alla à Irvine et repéra les laboratoires. Banodyne se détachait sur les montagnes de Santa Ana. La société possédait deux immenses bâtiments sur un terrain étrangement vaste pour un endroit où l'immobilier était si onéreux : une structure en L à deux étages et un bâtiment en V dont les fenêtres étroites rappelaient une forteresse. D'architecture moderne, c'était un mélange frappant de surfaces planes et de courbes sensuelles de marbre gris et vert. Entourés d'un immense parking et de gigantesques pelouses bien entretenues, les immeubles paraissaient plus petits qu'en réalité, tant ils se perdaient sur l'immense terrain plat.

Le feu s'était limité à l'immeuble en V qui abritait les laboratoires proprement dits. Seules quelques vitres brisées et quelques taches sur le marbre surplombant les ouvertures étroites témoignaient encore des dégâts.

Il y avait un garde dans une guérite à l'entrée, mais comme ni mur ni barrière ne protégeaient la propriété, Vince aurait pu aller y voir de plus près s'il l'avait désiré. Mais, à en juger à l'allure prohibitive du bâtiment, Vince soupçonna que les pelouses étaient dotées d'un système de surveillance électronique et que la moindre incursion aurait donné l'alerte. L'incendiaire devait avoir d'autres talents en plus de celui de pyromane : il lui avait fallu déjouer le système de sécurité.

Vince dépassa l'immeuble, tourna et revint en sens inverse. Les ombres spectrales des nuages rampaient sur la pelouse et se faufilaient le long des murs. La bâtisse avait quelque chose de malveillant, de mauvais augure, peut-être. Et Vince ne croyait pas son jugement faussé par ce qu'il savait des recherches qu'on avait menées derrière ses murs.

Il était allé à Banodyne dans l'espoir d'y trouver une clé pour sa conduite à venir. Il était déçu, et ne savait toujours pas quoi faire. A qui proposerait-il ses informations pour en obtenir un prix qui valait la peine de prendre tous ces risques ? Pas le gouvernement américain, c'étaient eux qui avaient monté ce projet. Pas aux Soviétiques, puisque c'étaient eux qui l'avaient payé pour tuer Weatherby, les Yarbeck, les Hudston et Haines.

Bien sûr, il n'avait aucune preuve mais il avait eu aussi souvent affaire à ces employeurs qu'à la pègre, et il avait récolté quelques indices qui allaient en ce sens. De temps à autre, on le mettait en contact avec des gens qui n'habitaient pas à Los Angeles, et ils avaient tous un accent russe. Et puis, dans une certaine mesure, leurs cibles étaient toujours politiques, ou, comme dans le cas de Banodyne, militaires. Et leurs informations étaient toujours bien plus complètes, bien plus précises que celles des truands.

Alors qui ? Un quelconque dictateur du tiers monde qui rêvait de dépasser la force de frappe des puissants ? Le projet François donnerait peut-être ce pouvoir à un mini-Hitler et il accepterait sans doute de payer, mais qui avait envie de traiter avec des Kadhafi ? Pas Vince en tout cas.

Et puis, il connaissait l'existence des recherches, mais il n'avait aucun détail sur la manière dont ces miracles avaient été accomplis. Finalement, ses informations étaient moins précieuses qu'il ne le croyait au début.

Pourtant, depuis la veille, une idée lui trottait dans l'esprit.

Le chien.

De retour chez lui, il s'installa de nouveau face à l'océan, jusque tard dans la nuit, et pensa au retriever.

Le chien en lui-même avait bien plus de valeur que tout ce qu'il savait sur le projet François. C'était une machine à sous sur pattes ! Il pourrait sans doute le revendre aux services secrets américains ou l'offrir aux Russes pour un beau pacson. S'il mettait la main sur le retriever, il serait tranquille jusqu'à la fin de ses jours.

Mais où le trouver ?

Tous les services secrets devaient sûrement lui faire la chasse dans toute la Californie. Si d'aventure Vince venait à croiser leur chemin, on ne manquerait pas de lui poser des questions, et il n'avait pas la moindre envie d'attirer l'attention sur lui.

De plus, s'il se mettait à chercher tous les retrievers qui rôdaient dans les collines proches du laboratoire où il s'était sans doute réfugié, il risquerait de tomber sur le mauvais numéro et de se retrouver face à face avec l'Autre. Et cela pouvait être dangereux. Fatal.

De l'autre côté de la fenêtre, le bouclier de nuages et la mer se fondaient dans une obscurité aussi noire que la face cachée de la lune.

2

Streck fut arrêté le jeudi, le lendemain du jour où Einstein l'avait mis en déroute, et inculpé d'effraction, violence et tentative de viol. Comme il avait déjà été condamné pour viol et qu'il avait purgé deux ans de prison, le montant de la caution était trop élevé pour lui. Et comme aucun cautionneur (1) ne lui ferait assez confiance pour lui avancer une telle somme, il resterait sûrement en prison jusqu'au procès, ce qui soulageait Nora.

Le vendredi, elle alla déjeuner avec Travis Cornell.

Elle en était restée abasourdie de s'entendre accepter son invitation. Il avait eu l'air sincèrement outré du harcèlement et du traitement dont elle avait été victime et, dans une certaine mesure, elle lui devait son honneur et peut-être sa vie. Pourtant, les années d'endoctrinement de sa paranoïaque de tante ne pouvaient pas se dissiper du jour au lendemain et elle souffrait toujours de résidus de soupçons infondés. Si Travis avait lui aussi essayé de tirer avantage de la

(1) Aux Etats-Unis, prêteur qui avance aux inculpés la somme nécessaire à leur libération sous caution. (N.d.T.)

situation, elle aurait sans doute été consternée, désemparée, mais pas étonnée. Depuis l'enfance, on l'avait encouragée à s'attendre aux pires comportements, et seules la gentillesse et l'amitié pouvaient la surprendre.

Au début, elle ne comprit pas bien pourquoi elle avait dit oui, mais elle ne mit pas longtemps à trouver la réponse : le chien. Elle avait envie d'être près de lui car, pour la première fois, elle s'était sentie en sécurité, pour la première fois, elle avait été l'objet d'une affection sans partage et peu importait qu'elle vienne d'un animal. En son for intérieur, elle pensait que Travis Cornell devait être digne de confiance, puisque le chien lui faisait confiance. Apparemment, il n'était pas du genre à se laisser berner facilement.

Ils déjeunèrent dans une brasserie qui avait installé quelques tables sur le patio de brique sous des parasols bleus rayés blanc. On les autorisa à attacher le chien aux pattes de la table de métal. Bien élevé, Einstein resta couché la plupart du temps. De temps à autre, il levait ses yeux si expressifs et quémandait un peu de nourriture.

Nora n'avait guère d'expérience avec les chiens, mais elle trouvait Einstein étrangement vif et curieux. Il changeait souvent de position pour observer les autres convives qui semblaient beaucoup l'intriguer.

Quant à Nora, tout l'intriguait. C'était sa première sortie au restaurant et, bien qu'elle ait lu des centaines et des centaines de pages dans d'innombrables romans sur des gens qui dînaient au restaurant, le moindre détail l'enchantait. La rose dans le vase d'opale. La boîte d'allumettes gravée au nom de l'établissement. La façon dont le beurre avait été découpé en petites noix dentelées, disposées sur un lit de glace pilée. La rondelle de citron dans le rince-doigts.

— Regardez ! dit-elle à Travis alors que le serveur venait de leur apporter un plat.

— Quelque chose ne va pas ?

— Non, ce sont les... légumes.

— Jeunes carottes, jeunes courgettes.

— Elles sont minuscules ! Et regardez comment ils ont découpé les tomates ! C'est beau ! Je me demande comment ils trouvent le temps de faire de si jolies choses !

Elle savait que ce qui l'émerveillait tant n'était que banalité pour lui, et que sa naïveté révélait son manque d'expérience. Elle rougissait souvent, bégayait parfois, mais ne pouvait s'empêcher de faire des commentaires enthousiastes. Travis lui souriait presque continuellement, mais, grâce à Dieu, il ne se montrait pas méprisant, bien au contraire, il semblait ravi de la voir prendre tant de plaisir à ces petits riens.

Tandis qu'ils finissaient le dessert, une tarte aux kiwis pour elle, des fraises à la crème pour Travis et un éclair au chocolat qu'Einstein n'eut à partager avec personne, Nora était engagée dans la plus longue conversation de toute sa vie. Pendant deux heures et demie, sans un instant de silence embarrassé, ils discutèrent — de livres principalement, puisque, étant donné la vie de recluse de Nora, c'était presque leur seul point d'intérêt commun. Ça et la solitude. Il s'intéressait à ses opinions sur les romanciers et voyait souvent dans les récits des choses qui lui avaient échappé. Elle rit plus en un seul après-midi qu'en toute une année. Parfois, elle en avait même la tête qui tournait et, en quittant le restaurant, elle ne se souvenait plus précisément d'aucune des paroles qui avaient été prononcées, tout disparaissait dans un tourbillon multicolore, comme si elle avait été une pygmée qui débarquait pour la première fois au cœur de New York.

Ils étaient venus à pied et, sur le chemin du retour, ce fut Nora qui tint la laisse du chien. Einstein n'essaya pas une seule fois de tirer, il n'emmêla pas la lanière de cuir autour de ses jambes, et marchait docilement, devant ou à côté d'elle, en la regardant parfois avec une expression qui la faisait sourire.

— C'est un bon chien.
— Oui.
— Et bien élevé.
— En général.

— Et si intelligent !

— Ne le flattez pas trop.

— Vous avez peur qu'il devienne prétentieux ?

— Il l'est déjà, un compliment de plus, et il sera impossible à vivre.

Le retriever leva les yeux et éternua bruyamment comme pour ridiculiser les commentaires de son maître.

— Parfois, on dirait qu'il comprend tout ce qu'on dit !

— Oui, parfois.

Lorsqu'ils arrivèrent devant chez elle, Nora eut presque envie de l'inviter à entrer, mais elle craignit que le geste ne paraisse trop audacieux et qu'il ne l'interprète mal. Elle se conduisait comme une vieille fille, elle pouvait — devait — lui faire confiance, mais soudain le fantôme de tante Violet planait dans sa mémoire et elle ne pouvait se résoudre à surmonter les sinistres avertissements. La journée avait été parfaite, et elle refusait de la prolonger de peur de la gâcher, si bien qu'elle se contenta de le remercier sans même lui serrer la main.

Toutefois, elle se pencha et prit le chien dans ses bras. Einstein lui lécha le cou, ce qui la fit glousser bêtement. Elle ne s'était *jamais* entendue glousser ! Elle l'aurait serré pendant des heures et des heures si son enthousiasme pour le retriever n'avait pas, par comparaison, rendu plus manifeste sa méfiance pour le maître.

Elle resta sur le seuil et les regarda monter dans le camion.

Travis lui fit un petit signe auquel elle répondit.

Dès qu'ils furent hors de vue, Nora regretta sa lâcheté. Elle eut envie de courir derrière eux, de les rappeler et faillit dévaler l'escalier, mais il était trop tard. Elle retrouvait sa solitude. A contrecœur, elle entra et referma la porte sur le monde plein d'aventures.

L'hélicoptère survolait les ravins et les crêtes dénudées des collines de Santa Ana, projetant une ombre mouvante tandis que le soleil s'enfonçait à l'ouest en cette fin de vendredi après-midi. Près du canyon Jim Holy, Lemuel Johnson regarda par la fenêtre et aperçut quatre véhicules de police garés dans un petit chemin de terre. Le corbillard du médecin légiste et une Jeep, sans doute celle de la victime, se trouvaient également devant la cabane de pierre. Le pilote avait tout juste la place d'atterrir dans la petite clairière. Avant même que les moteurs soient coupés et que les pales embrasées de soleil ne ralentissent, Lem sortit et se précipita vers la cabane, son bras droit, Cliff Soames, derrière lui.

Walt Gaines, le shérif du comté, vint à sa rencontre. Grand et fort, au moins un mètre quatre-vingt-dix et près de cent kilos, il avait des épaules très carrées et un torse en barrique. Ses yeux bleus et ses cheveux blonds comme les blés en aurait peut-être fait une idole de l'écran, s'il n'avait pas eu des traits aussi lourds et un visage aussi large. Il avait cinquante-cinq ans mais en paraissait quarante et portait ses cheveux à peine plus longs que pendant les vingt-cinq ans passés dans la marine.

Bien que Lem Johnson soit noir, aussi sombre que Walt était pâle, qu'il soit plus petit et plus mince, qu'il vienne d'une famille très bourgeoise alors que les parents de Walt n'étaient que de pauvres paysans du Kentucky, bien que Lem eût dix ans de moins que le shérif, les deux hommes étaient amis. Plus qu'amis. Des potes. Ils jouaient au bridge ensemble, allaient à la pêche, et trouvaient un plaisir presque adultère à passer des heures sur la terrasse de l'un ou de l'autre à résoudre les problèmes du monde entier devant une canette de bière. Leurs femmes étaient devenues amies elles aussi, « un vrai miracle » disait Walt, parce que son épouse n'avait jamais aimé aucune des personnes qu'il lui avait présentées pendant trente-deux ans.

Pour Lem, cette amitié avec Walt tenait aussi du miracle, car il ne se liait pas facilement. C'était un obsédé du travail et il n'avait jamais le temps de transformer ses connaissances en relations plus profondes. Bien sûr, il avait été inutile de prendre cette peine avec Walt ; dès le premier jour, ils s'étaient trouvé des affinités de caractère et des vues communes. Six mois plus tard, on aurait juré qu'ils se connaissaient depuis l'enfance. Lem accordait autant de valeur à cette amitié qu'à son mariage. Les éternelles tensions du travail auraient été difficilement supportables s'il n'avait pu s'en libérer de temps en temps en en parlant à Walt.

— Je ne comprends pas pourquoi le meurtre d'un pauvre bougre des canyons intéresse tant la NSA, dit Walt, tandis que le couperet des pales s'immobilisait enfin.

— Parfait. Tu n'es pas censé comprendre, et je crois que tu n'en as même pas envie.

— De toute façon, je n'aurais jamais pensé que tu viendrais en personne. Je croyais que tu aurais envoyé un sous-fifre.

— Les agents de la NSA n'aiment pas s'entendre traiter de sous-fifres.

— Mais c'est comme ça qu'il vous traite, n'est-ce pas, dit Walt en s'adressant à Soames.

— C'est un vrai tyran, confirma Cliff.

Avec ses trente-deux ans, ses cheveux roux et ses taches de rousseur, il faisait plus penser à un jeune prêtre qu'à un agent de la National Security Agency.

— Eh bien, Cliff, il faut comprendre d'où il vient. Son père était un pauvre hère exploité qui n'arrivait jamais à gagner plus de deux cents dollars par an. La pauvreté, tu vois. Alors, maintenant, il s'imagine qu'il doit faire payer tous les Blancs pour réparer toutes ces années d'oppression.

— Il m'oblige à l'appeler « monsieur ».

— Je n'en doute pas.

— Vous vous croyez drôles, tous les deux ? Où est le corps ?

— Par là, monsieur, dit Walt.

Une bouffée d'air tiède souffla dans les arbres, et tandis que le silence de la clairière faisait place au bruissement des feuilles, le shérif conduisit Lem et Cliff dans la maisonnette.

D'un seul coup, Lem comprit la raison des mauvaises plaisanteries de Walt. L'humour forcé masquait l'horreur qu'il venait d'endurer, un peu comme on rit très fort la nuit dans un cimetière pour surmonter une peur bleue.

Sur les deux fauteuils renversés, la tapisserie arrachée laissait voir le capiton de mousse. Des livres déchirés gisaient sur le sol. Des éclats de verre de la fenêtre brisée scintillaient parmi les débris. Du sang séché barbouillait les murs et le plancher de pin.

Tel un couple de corbeaux à la recherche de fils colorés pour construire leur nid, deux techniciens du laboratoire de police examinaient scrupuleusement les dégâts. De temps à autre, l'un d'eux poussait un petit cri et, à l'aide de pinces, plaçait un objet dans un sac de plastique.

Le corps avait déjà été examiné et photographié, car on l'avait emballé dans une bâche. Gisant sur le sol, il attendait qu'on le transfère dans le wagon à viande.

— Comment s'appelait-il ? demanda Lem en regardant la forme vaguement humaine dans le plastique laiteux.

— Wes Dalberg. Cela faisait plus de dix ans qu'il habitait ici.

— Qui l'a découvert ?

— Un voisin.

— La mort remonte à quand ?

— Difficile à dire, mardi soir peut-être. Il faut attendre l'analyse pour avoir des renseignements plus précis. Il a fait relativement chaud ces derniers jours, ça peut accélérer la décomposition.

Mardi soir... Mardi matin, à l'aube, les fugitifs avaient quitté Banodyne. Dans la soirée, l'Autre pouvait très bien s'être déplacé jusqu'ici.

Lem se mit à trembler.

— Tu as froid ? demanda Walt d'un ton sarcastique.

Lem ne répondit pas. Bien sûr, ils étaient amis, et tous deux étaient des représentants de la loi, l'un à l'échelon local, l'autre à l'échelon national, mais, dans ce cas précis, ils servaient des intérêts contradictoires. Le travail de Walt consistait à faire toute la lumière et à divulguer les informations au public ; Lem, lui, devait étouffer l'affaire, et mettre un immense couvercle sur ce cas.

— Ça pue drôlement ici, dit Cliff.

— Vous auriez dû arriver avant qu'on le mette dans le sac. Une infection.

— Ce n'est pas seulement la décomposition ? demanda Cliff.

— Non, répondit Walt en montrant des taches sur le sol. Excréments en tout genre...

— Ceux de la victime ?

— Je ne crois pas.

— On a déjà effectué les tests ? demanda Lem, en essayant de ne pas paraître trop soucieux.

— Non. On a relevé des échantillons. On pense que cela provient de ce qui a bien pu entrer par la fenêtre.

— Tu veux dire l'assassin de Dalberg.

— Ce n'était pas un homme. J'imagine que tu le savais.

— Pas un homme ?

— Pas un homme comme toi et moi, en tout cas.

— Alors, d'après toi, qu'est-ce que cela pouvait bien être ?

— Je n'en sais fichtre rien, dit Walt en se frottant la nuque d'une de ses grosses mains. Mais d'après l'état du corps, l'assassin avait des dents bien acérées, des griffes aussi peut-être, et de fâcheuses dispositions par-dessus le marché. Ça ressemble à ce que vous cherchez ?

Lem ne se laissa pas prendre au piège.

Pendant un instant, tout le monde se tut.

Une bouffée de brise s'engouffra par la fenêtre brisée et emporta avec elle un peu de la puanteur.

Lem soupira. Tout ça n'annonçait rien de bon. Il n'y

aurait pas assez de preuves pour savoir exactement ce qui avait tué Dalberg, mais assez d'indices pour éveiller une curiosité morbide. Et c'était une affaire de défense nationale dans laquelle aucun civil ne devait fourrer le nez. Il fallait que Lem mette rapidement un terme à leur enquête. Il espérait simplement ne pas déclencher la fureur de Walt. Leur amitié allait être durement mise à l'épreuve.

Soudain, en regardant le corps, Lem se rendit compte que la silhouette avait quelque chose d'anormal.

— Il manque la tête.

— Ah, on ne vous la fait pas à vous, les fédéraux !

— Il a été décapité ? demanda Cliff, mal à l'aise.

— Par ici, dit Walt en les guidant dans l'autre pièce.

C'était une grande cuisine, bien que fort primitive avec sa pompe à main et son vieux four à bois.

A part la tête, il n'y avait aucun signe de violence dans cette pièce. Bien sûr, la tête suffisait amplement. Elle était déposée sur une assiette, au centre de la table.

— Mon Dieu ! gémit Cliff.

On avait arraché les yeux de leurs orbites, profondes comme des puits.

Cliff Soames était si blême que, par contraste, ses taches de rousseur flamboyaient sur sa peau comme des étincelles de feu.

Lem se sentait mal, pas seulement à cause de la vue horrible, mais en pensant aux prochains massacres à venir. Il était fier de ses talents d'enquêteur et de meneur d'hommes et savait qu'il pourrait s'occuper de cette affaire mieux que personne. Mais c'était aussi un homme rationnel, incapable de sous-estimer la force de l'adversaire et de croire en une fin prochaine de ce cauchemar. Il lui faudrait du temps, de la patience, et aussi de la chance, avant de retrouver la trace de l'assassin, et pendant ce temps, les cadavres s'empileraient.

On n'avait pas tranché la tête du mort. La coupure n'était pas aussi nette. Apparemment, des griffes et des dents l'avaient déchiquetée.

Lem avait les mains moites.

Bizarre... à quel point les orbites vides pétrifiaient le regard, comme si elles contenaient encore d'immenses yeux accusateurs.

Une goutte de sueur ruissela le long de sa colonne vertébrale. Il n'avait jamais eu aussi peur, mais pour rien au monde il n'aurait renoncé à ce travail. La sécurité de la nation reposait sur une résolution rapide de cette affaire, et personne n'y parviendrait mieux que lui. Ce n'était pas de l'orgueil mal placé. Tout le monde disait qu'il était le meilleur, et on avait raison. Il était simplement fier de lui, sans fausse modestie. C'était son affaire, et il irait jusqu'au bout.

Ses parents l'avaient élevé dans le sens du devoir et des responsabilités. « Un Noir, disait son père, doit faire son travail deux fois mieux qu'un Blanc, s'il veut un peu de considération. C'est comme ça, il n'y a aucune raison de protester ou d'être amer. Autant protester contre le froid en hiver ! Il faut regarder la réalité en face et travailler deux fois plus dur. C'est comme ça que tu réussiras, en portant le drapeau pour tes frères. » Conséquence de son éducation, Lem était incapable de ne pas s'impliquer totalement dans les tâches qui lui incombaient. Bien qu'il l'ait rarement rencontré, il redoutait l'échec, et devenait morose pendant des semaines si la solution tardait à venir.

— Je peux te parler cinq minutes ? demanda Walt en sortant par la porte de derrière.

— Reste ici, dit Lem à Cliff. Et veille bien à ce que personne, j'ai bien dit personne, photographes, médecins, policiers, ne parte avant que je leur ai parlé.

— Bien, patron, dit Cliff qui se dirigea immédiatement dans l'autre pièce pour transmettre les ordres.

Lem suivit Walt dans la clairière. Il vit un seau de métal et des bûches qu'il examina.

— Ça a dû commencer dehors, dit Walt. Dalberg était sans doute sorti chercher du bois. Il a dû voir quelque chose dans les arbres, alors, il a jeté les bûches et il est rentré chez lui.

Dans la clairière baignée de la lumière orangée du

soir, ils scrutèrent les ombres rougeoyantes et les profondeurs vertes de la forêt.

Mal à l'aise, Lem se demandait si le fugitif du laboratoire de Weatherby ne les observait pas, caché dans un coin.

— Alors, que se passe-t-il ? demanda Walt.

— Je ne peux rien dire.

— Secret-défense ?

— Exact.

Epicéas, pins et sycomores frémissaient dans la brise ; quelque chose sembla se déplacer furtivement dans les buissons.

L'imagination sans doute. Néanmoins, Lem se sentait rassuré de savoir que lui et Walt étaient armés.

— Tu peux toujours rester motus et bouche cousue si ça te chante, cela ne m'empêchera pas de comprendre certaines choses par moi-même. Je ne suis pas si bête que ça.

— Je n'ai jamais pensé le contraire.

— Mardi matin, tous les flics d'Orange et de San Bernardino ont reçu un appel urgent de ta NSA leur demandant de se tenir prêts pour une chasse à l'homme, les détails devaient suivre. C'était le branle-bas de combat. On sait pertinemment de quoi vous vous occupez. Empêcher ces salauds de Russes de voler nos secrets. Et comme la Californie du Sud c'est le repaire de tous les contrats de défense nationale, il y a pas mal de paperasse à embarquer.

Les yeux fixés sur le bois, Lem se taisait toujours.

— Alors, pour une fois, on était content d'avoir la chance de mettre la main sur un de ces pisseurs de vodka mais, à midi, au lieu d'avoir les détails attendus, on nous a annoncé que tout était annulé. Plus de chasse à l'homme. L'alerte avait été donnée par erreur.

— C'est exact, dit Lem...

La NSA s'était rendu compte qu'elle n'aurait jamais un contrôle suffisant sur les forces de police locales, et qu'on ne pouvait donc pas leur faire confiance. Cette affaire devait rester entre les mains des militaires.

— ... Donnée par erreur.

— Tu parles! Le même jour dans la soirée, on a appris qu'un escadron de Marine d'El Toro faisait une battue dans les collines. Cent Marines, avec tout leur bazar hig-tech, qui débarquent pour s'occuper de recherches au sol!

— Oui, j'en ai entendu parler, mais cela n'a rien à voir avec l'agence.

Walt évitait soigneusement de croiser son regard. Il était persuadé que Lem mentait, qu'il *devait* mentir, et, pour lui, cela aurait été un manque de correction de l'obliger à le faire en le regardant droit dans les yeux. Malgré ses allures rudes, Walt était un homme très attentionné, avec un rare talent pour les relations amicales.

Mais il était aussi shérif, et il était de son devoir de tout tenter, même si Lem ne disait rien.

— Les Marines ont prétendu que c'était un exercice.

— C'est ce qu'on m'a dit.

— Oui, mais pour les exercices, on nous prévient toujours au moins dix jours à l'avance.

Lem ne répondit pas. Percevait-il une présence, des ombres vacillantes, un mouvement dans l'obscurité des pins?

— Les Marines ont passé toute la journée du mercredi et la moitié du jeudi à écumer les collines. Mais quand les journalistes ont eu vent de l'affaire et qu'ils sont venus fouiner par ici, tout le monde a remballé... Plus personne! Comme si ce qu'ils devaient chercher étaient d'une telle importance qu'il valait mieux ne pas mettre la main dessus plutôt que de risquer que la presse soit informée.

Lem se concentrait et scrutait les ombres profondes pour repérer ce qui avait attiré son attention un instant plus tôt.

— Hier après-midi, la NSA nous demande de l'informer sur « toute agression exceptionnelle, meurtres d'une violence inhabituelle ». On a demandé des explications, on attend toujours!

Là. Un craquement dans les ténèbres, sous les rameaux verts. A vingt-cinq mètres, dans la forêt, quelque chose se déplaçait rapidement. Lem passa la main droite sous sa veste et la posa sur la poignée de son revolver.

— Mais le lendemain, on trouve ce pauvre type, découpé en morceaux, et dans le genre violence exceptionnelle, j'ai rarement vu mieux. Et toi, tu te ramènes, monsieur Lemuel Asa Johnson, directeur de la NSA pour la Californie du Sud. Et je suis sûr que tu n'es pas là pour me demander si j'ai envie d'une soupe à l'oignon après la partie de bridge de demain soir !

Le mouvement était plus proche, bien plus proche. Lem s'était laissé tromper par les taches d'ombre et la lumière qui filtrait entre les arbres. La chose n'était pas à plus d'une dizaine de mètres, moins peut-être. Soudain, elle fonça vers eux, bondit par-dessus les buissons. Lem cria, sortit son revolver, et trébucha en arrière avant de se mettre en position de tir, jambes écartées, les deux mains sur l'arme.

— Hé, ce n'est qu'un cerf, dit Walt.

Effectivement, un cerf.

L'animal s'arrêta à quatre ou cinq mètres sous le branchage d'un épicéa et leur lança un regard curieux, la tête haute, les oreilles dressées.

— Ils ont tellement l'habitude des gens qu'ils sont presque apprivoisés.

Sentant leur nervosité, l'animal se détourna, bondit sur la piste et disparut dans les bois.

— Qu'est-ce qu'il y a dans les bois ? demanda Walt en regardant intensément Lem.

Lem ne dit rien et s'essuya les mains sur sa veste. La brise se faisait plus forte, plus fraîche. Le soir s'avançait, et l'obscurité approchait.

— Je ne t'ai jamais vu avoir une telle trouille.

— C'est le café. J'en ai bu beaucoup trop aujourd'hui.

— Ah oui, le café !

Lem haussa les épaules.

— On dirait que c'est un animal qui a tué Dalberg, une bête féroce, avec des griffes et des crocs. Et pourtant, aucun animal ne prendrait la peine de placer soigneusement la tête sur une assiette. C'est une mauvaise farce. Les animaux ne font pas de farces, ni bonnes ni mauvaises d'ailleurs. La créature qui a assassiné Dalberg... a laissé la tête pour se ficher de nous. Alors, qu'est-ce que c'est que cette bestiole ?

— Tu n'as pas besoin de le savoir, parce que c'est moi qui m'occupe de l'affaire.

— Pis quoi encore ?

— A partir de maintenant, cela relève de l'autorité fédérale. Je vais récolter tous les indices que tes hommes ont relevés, tous les rapports qu'ils ont rédigés. Personne ne doit dire un seul mot sur ce qu'il a vu ici, absolument personne. Tu auras un dossier sur l'affaire, mais la seule chose qu'il y aura dedans, c'est une note de ma part qui officialisera les prérogatives de l'Etat. Tu es déchargé de toute responsabilité. Quoi qu'il arrive, on ne pourra rien te reprocher.

— Pas question.

— Laisse tomber.

— Il faut que je sache...

— Laisse tomber.

— ... si les gens de la région sont en danger. Tu peux au moins me répondre là-dessus.

— Oui.

— Ils sont en danger ?

— Oui.

— Et si je me battais, si j'essayais de poursuivre, je pourrais faire quelque chose qui amenuise ce danger ?

— Non, répondit sincèrement Lem.

— Alors, inutile de se bagarrer.

— Effectivement.

Lem retourna vers la cabane, car la nuit tombait et il n'avait aucune envie de se trouver dans les bois. Cette fois, ce n'avait été qu'un cerf, mais la prochaine... ?

— Attends un instant. Laisse-moi au moins te dire ce que je pense de tout ça. Tu n'as pas besoin de confirmer ou d'infirmer ce que je dirai, écoute, simplement.

— Vas-y.

Les ombres s'allongeaient sur l'herbe sèche de la clairière. Le soleil flottait à l'horizon.

Les mains dans les poches, Walt se dirigea vers un endroit encore faiblement illuminé et prit un instant pour rassembler ses idées.

— Mardi après-midi, quelqu'un a tué un certain Yarbeck, et a battu sa femme à mort. Le soir même, on a assassiné la famille Hudston à Laguna Beach, le mari, la femme et leur fils. Comme la police des deux localités utilise le même laboratoire de criminologie, il n'a pas fallu longtemps pour savoir que c'était le même revolver qui avait servi dans les deux cas. Mais c'est à peu près tout ce qu'on saura, parce que ta NSA a tranquillement pris l'affaire en main. Dans l'intérêt national...

Lem ne répondit pas. Il regrettait même d'avoir écouté. Peu importait, car il n'était pas chargé des enquêtes sur les meurtres des chercheurs, d'inspiration soviétique vraisemblablement. Il avait confié cette tâche à d'autres pour se concentrer sur le chien et sur l'Autre.

Les fenêtres de la cabane étincelaient de la lumière flamboyante du couchant.

— Bon, ensuite, le docteur Weatherby qui était disparu depuis mercredi a été retrouvé par son frère dans le coffre de sa voiture. La police locale a à peine eu le temps d'arriver sur les lieux avant la NSA.

Lem s'inquiétait de voir la rapidité avec laquelle le shérif avait rassemblé les informations de diverses communautés qui n'étaient pas sous sa juridiction.

— Ah, dit Walt avec un petit sourire sans humour, tu ne t'attendais pas à ce que j'aie découvert toutes ces relations, hein ? Ça s'est passé dans des villes différentes, mais en ce qui me concerne, ce comté n'est qu'une agglomération tentaculaire de deux millions d'habitants. Alors, je travaille main dans la main avec les autres communautés.

— Où veux-tu en venir ?

— Eh bien, c'est quand même un peu fort de café d'avoir six citoyens d'importance tués le même jour.

On est dans le comté d'Orange, après tout, pas à Los Angeles. Et c'est encore plus surprenant que ces six morts intéressent tant la NSA. Que veux-tu ? Ça a éveillé ma curiosité. J'ai fait une petite enquête sur le passé de tous ces gens pour trouver un lien...

— Mon Dieu !

— ... et j'ai appris qu'ils travaillaient tous, ou avaient travaillé, pour les laboratoires Banodyne.

Lem n'était pas en colère, il ne pouvait pas se fâcher contre Walt, ils s'aimaient plus que des frères, mais l'intelligence du shérif le mettait hors de lui.

— Walt, tu n'as absolument pas le droit de te livrer à une enquête...

— Hé, je suis shérif quand même !

— Mais aucun de ces meurtres, à part celui de Dalberg, n'est sous ta juridiction. Et puis même... une fois que la NSA prend l'affaire en main, tu n'as aucun droit de poursuivre tes investigations. C'est même formellement interdit par la loi.

— Alors, je me suis renseigné sur ces fichus laboratoires et j'ai découvert qu'ils s'occupaient de génétique...

— Tu es incorrigible.

— Rien ne prouve qu'ils travaillaient pour la défense nationale, mais il s'agissait peut-être de projets si secrets qu'ils ne devaient même pas figurer dans les dossiers...

— Oh, non ! Tu ne comprends pas à quel point la NSA peut montrer les dents quand il s'agit de secret-défense ?

— Pour le moment, ce n'est qu'une hypothèse...

— Une hypothèse qui va te conduire tout droit en prison.

— Voyons, Lemuel, on ne va pas avoir une bagarre raciale ici !

— Vraiment incorrigible !

— Tu te répètes, mon cher. De toute façon, j'ai réfléchi et il me semble que ces meurtres sont plus ou moins liés à la chasse à l'homme des Marines... et au meurtre de Dalberg.

— Il n'y a aucune similitude entre Dalberg et les autres.

— Bien sûr que non. Le coupable n'est pas le même. Ils ont été liquidés par un pro, alors que ce pauvre Dalberg a été mis en pièces. Mais il y a forcément un lien, sinon, cela n'intéresserait pas la NSA. Et ce lien, cela ne peut-être que Banodyne.

Le soleil sombrait dans les collines, l'ombre s'épaississait.

— Voilà ce que je crois. Ils devaient mettre au point je ne sais quoi à Banodyne, un microbe génétiquement modifié, et la situation leur a échappé, quelqu'un a été contaminé, mais il n'est pas tombé malade. Il est devenu fou... sauvage...

— Un Dr Jekyll des temps modernes ?

— Et il s'est échappé avant que l'on comprenne ce qui lui était arrivé. Il s'est réfugié dans les collines.

— Tu regardes trop de mauvais films d'horreur !

— Quant à Yarbeck et les autres, ils ont été éliminés parce qu'ils en savaient trop et qu'ils avaient si peur des conséquences qu'ils étaient prêts à tout raconter...

Au loin, dans le canyon obscur, on entendit un long hululement. Un coyote sans doute. Lem aurait voulu quitter la forêt, mais il fallait d'abord qu'il dissuade Walt Gaines de poursuivre ce genre de raisonnements.

— Ecoute-moi, Walt. Est-ce que tu prétends que les Etats-Unis ont fait tuer leurs propres chercheurs pour les réduire au silence ?

Walt fronça les sourcils, sachant que, bien que possible, son scénario ne tenait pas vraiment debout.

— C'est du roman ! Tuer nos gens ? Mais c'est le mois de la Parano ! Tu crois vraiment à ces âneries ?

— Non.

— Et comment l'assassin de Dalberg pourrait-il être un scientifique un peu dérangé ? Tu l'as dit toi-même, c'est le boulot d'un animal, avec des griffes et des dents pointues...

— Bon, bon, je n'ai pas compris, pas tout du moins. Mais je reste persuadé qu'il y a un lien avec Banodyne. Je m'égare sur la mauvaise piste ?

— Totalement.

— Ah oui, vraiment ?

— Vraiment.

Lem supportait mal d'avoir à manipuler ainsi Walt, mais il n'avait pas le choix.

— Je ne devrais même pas te dire que tu te trompes totalement, mais en tant qu'ami, je te dois au moins ça.

D'autres cris se mêlaient aux hululements, c'étaient effectivement des coyotes, mais Lem en frémit malgré tout.

— Il n'y a aucun lien avec Banodyne ? demanda Walt en se grattant la nuque.

— Aucun. C'est par pure coïncidence si Weatherby, Yardbeck et Hudston ont travaillé là. Si tu continues à chercher dans cette voie, tu ne feras que t'emmêler les pinceaux. D'ailleurs, ce n'est pas ça qui me dérange.

— Pas de lien alors ? Je te connais trop bien, mon vieux. Tu as un tel sens du devoir que tu mentirais à ta propre mère si l'intérêt du pays était en jeu.

Lem ne dit mot.

— Bon, bon, je laisse tomber. A partir de maintenant, cette histoire ne regarde que toi. A moins que d'autres citoyens sous ma juridiction ne se fassent tuer. Dans ce cas... il se pourrait bien que je vienne remettre mon grain de sel là-dedans. En tout cas, je ne peux pas te promettre le contraire. Moi aussi, j'ai le sens du devoir.

— Je sais, dit Lem, se sentant coupable.

Finalement, ils rentrèrent tous deux dans la cabane.

Bien que quelques lueurs orange, roses et mauves, éclairent encore le ciel à l'ouest, à l'est, il semblait se refermer comme un immense couvercle.

Au loin des coyotes hurlaient.

Une créature des bois leur répondit d'un cri furieux.

Un cougar, se dit Lem, mais cette fois, c'est à lui-même qu'il mentait.

Le dimanche, deux jours après leur déjeuner du vendredi, Travis et Nora allèrent à Solvang, un village de style danois dans la vallée de Santa Ynez. C'était un endroit touristique regorgeant de boutiques qui vendaient tout, des cristaux scandinaves les plus raffinés aux imitations en plastique de chopes en grès. L'architecture faussement archaïque et les rues bordées d'arbres faisaient du moindre lèche-vitrines une fantastique partie de plaisir.

Parfois, Travis avait envie de prendre la main de Nora, cela lui aurait semblé naturel, normal, mais elle ne lui paraissait pas encore prête même pour un geste aussi anodin.

Elle portait une autre robe-sac, bleu marine cette fois, et de bons souliers de marche. Comme lors de leur précédente rencontre, ses cheveux tirés étaient coiffés sans art.

De compagnie agréable, elle se montrait toujours de bonne humeur, gentille, sensible et, surtout, d'une innocence rafraîchissante. Sa timidité et sa pudeur, bien qu'excessives, lui plaisaient. Elle regardait tout d'un regard d'enfant et Travis s'amusait de la voir s'extasier devant les choses les plus banales : une boutique qui ne vendait que des coucous, ou des animaux empaillés, une boîte à musique dont le couvercle dissimulait une ballerine.

Il lui offrit un T-shirt avec un message personnel qu'il ne lui laissa pas regarder avant qu'il soit terminé : NORA AIME EINSTEIN. Bien qu'elle protestât qu'elle ne pourrait jamais le porter, que ce n'était pas son style, Travis savait qu'elle changerait d'avis car, effectivement, elle adorait le chien.

Si Einstein ne pouvait pas lire les lettres, il semblait malgré tout comprendre ce que cela signifiait, car, lorsque Nora lui présenta le vêtement, il le regarda d'un air des plus solennels et lui lécha les mains.

Il y eut malgré tout un mauvais moment dans la

journée. Soudain, en tournant au coin d'une rue, Nora regarda tout autour d'elle la foule des trottoirs qui mangeait d'énormes cornets de glace ou des tartes aux pommes. Les jeunes gens arboraient des chapeaux de cow-boys à plume qu'ils venaient d'acheter ; les jeunes filles portaient des shorts et des débardeurs ; une femme obèse se promenait en boubou ; on entendait parler anglais, espagnol, japonais et toutes les langues que l'on peut rencontrer dans un site touristique de Californie. Nora se tourna vers la vitrine d'une boutique de cadeaux en forme de moulin à vent de bois et soudain, elle se raidit, prise de panique. Travis dut la conduire sur un banc, dans un petit parc, où elle trembla quelques minutes avant de pouvoir expliquer ce qui lui arrivait.

— Trop de monde... Trop de nouvelles choses... des bruits... c'est trop à la fois. Excusez-moi.

— Ce n'est rien.

— Je suis trop habituée aux espaces clos, aux choses que je connais bien. Les gens me regardent ?

— Mais non, personne n'a rien remarqué, d'ailleurs, il n'y a rien à voir.

Elle resta ainsi, épaules courbées, tête baissée, mains crispées jusqu'à ce que Einstein lui mit la tête sur les genoux. En caressant l'animal, elle se détendit peu à peu.

— Je m'amusais bien, dit-elle sans lever les yeux, je pensais que c'était merveilleux d'être loin de la maison, si loin de la maison...

— Pas tant que cela, ce n'est qu'à une heure de route.

— Pour moi, c'est très loin. Et tout d'un coup, je me suis rendu compte à quel point tout était différent... Et j'ai eu peur... comme un enfant.

— Vous voulez retourner à Santa Barbara ?

— Oh non ! s'exclama-t-elle en le regardant enfin. Non, j'aimerais rester encore, dîner dans un restaurant, pas à une terrasse de brasserie, mais dans un vrai restaurant, à l'intérieur, comme tout le monde.

Et puis, comme ça, je ne rentrerai chez moi que lorsqu'il fera nuit.

— D'accord.

— A moins que vous n'ayez envie de rentrer plus tôt ?

— Non, non, j'avais prévu de passer la journée ici.

— C'est très gentil.

— Quoi ?

— Vous le savez.

— Je crains que non.

— De m'aider à faire mes premiers pas dans le monde. De consacrer votre temps à quelqu'un... comme moi.

— Nora, ce n'est pas par charité chrétienne que je suis ici.

— Je suis sûre que vous avez mieux à faire un samedi après-midi.

— Oh, oui, j'aurais pu rester chez moi, et cirer mes chaussures avec une brosse à dents. Ou encore compter le nombre de pâtes d'un paquet de coquillettes.

Elle le regardait d'un air incrédule.

— Mais ce n'est pas sérieux ? Vous ne croyez tout de même pas que je suis ici parce que j'ai pitié de vous. C'est idiot, je suis ici parce que je vous aime bien.

Malgré sa tête baissée, la rougeur de ses joues était visible. Pendant un instant, ni l'un ni l'autre ne parlèrent.

Einstein la regardait avec des yeux adorateurs, mais de temps en temps, il se tournait vers Travis comme pour dire : *Bon, très bien, tu as ouvert la porte à une vraie relation, mais ne reste pas planté comme un imbécile, dis quelque chose, va de l'avant.*

— Ça va mieux, maintenant.

Ils quittèrent le parc et retournèrent vers les boutiques comme s'il ne s'était rien passé.

Travis avait l'impression de courtiser une nonne. Il se rendit compte que, finalement, c'était encore bien pire. Depuis la mort de sa femme, trois ans auparavant, la notion de relations sexuelles lui était devenue

147

étrangère. Tout était nouveau pour lui aussi, c'était un prêtre courtisant une nonne !

Il y avait une pâtisserie à chaque coin de rue, et Einstein mettait les pattes sur la vitrine, et regardait avec envie les gâteaux disposés avec art, mais il ne rentrait pas dans les magasins et n'aboyait pas. Finalement récompensé de sa discrétion par une tarte aux pommes, il cessa de gémir et de quémander.

Soudain, en passant devant un drugstore, Einstein surprit Nora en tirant sur la laisse. Avant qu'on ait pu le maîtriser, il se précipita dans la boutique, se rua sur le rayon journaux, saisit un magazine entre ses dents et vint le déposer aux pieds de la jeune femme. C'était un numéro de *Modern Bride* (1). Travis essaya de l'attraper, mais le chien repartit chercher un deuxième exemplaire de la même revue qu'il déposa aux pieds de Travis cette fois, au moment même où Nora se baissait pour ramasser le sien.

— Qu'est-ce qui te prend, idiot ?

Reprenant la laisse en main, Travis alla ranger le magazine là où Einstein l'avait pris. Il croyait savoir ce que le chien avait en tête, mais ne dit rien de peur d'embarrasser Nora.

Ils reprirent leur promenade, et Einstein visiblement intéressé reniflait partout et regardait la foule, comme s'il avait tout d'un coup oublié tout engouement pour les publications matrimoniales.

Soudain, alors que Travis ne s'y attendait plus, le chien lui échappa de nouveau et, en manquant presque de renverser son maître, retourna vers le drugstore où il reprit une revue.

Modern Bride.

Nora ne comprenait toujours pas. Elle s'amusait de l'incident et se baissa pour caresser l'animal à rebrousse-poil.

— Dis donc, c'est ta lecture favorite ? Je suis sûre que tu le lis tous les mois. Tu m'as l'air d'un vrai romantique !

(1) Mariée Moderne. *(N.d.T.)*

Quelques touristes s'amusaient des plaisanteries du chien, mais ils étaient encore moins susceptibles que Nora de comprendre le sens de ce jeu.

Travis se baissa pour ramasser le magazine, mais Einstein s'en empara avant lui et secoua la tête furieusement pour qu'on ne le lui reprenne pas.

— Vilain ! s'exclama Nora, surprise de voir Einstein si mal élevé.

Immédiatement, Einstein lâcha sa proie. Le journal était froissé, déchiré et humide de bave.

— Je suppose qu'il va falloir l'acheter, maintenant.

Essoufflé, le retriever s'assit, pencha la tête et grimaça.

Nora, qui n'avait aucune raison d'interpréter l'attitude d'Einstein — elle ne l'avait encore jamais vu manifester ses talents —, ne s'attendait pas à le voir accomplir des miracles.

— Bon, c'est fini ton cinéma, Poilu ? Je ne veux plus de ça, tu as compris ?

Einstein bâilla.

Après avoir payé le journal, ils reprirent leur visite de la ville, mais avant qu'ils n'aient dépassé le pâté de maisons, le chien se mit à élaborer son message. Soudain, il saisit gentiment mais fermement Nora par le poignet et l'entraîna devant une galerie de peinture où un jeune couple admirait les tableaux de paysages en vitrine. Ils avaient un enfant dans une poussette. C'était vers lui qu'Einstein dirigeait l'attention de Nora. Il ne lui lâcha pas la main avant qu'elle eût caressé la joue ronde et potelée.

— Je crois qu'il trouve votre bébé très beau, dit Nora embarrassée. D'ailleurs, c'est la vérité.

Un peu inquiets de la présence du chien, les parents virent vite qu'il était inoffensif.

— Quel âge a-t-elle ?

— Dix mois.

— Comment s'appelle-t-elle ?

— Lana.

— C'est joli.

Un peu plus loin, devant une boutique d'antiquités

qui semblait avoir été transportée brique par brique, poutre par poutre, d'une ville danoise du XVIIe siècle et reconstruite ici, Travis s'arrêta, s'accroupit près du chien, et lui dit à l'oreille :

— Bon, toi, si tu veux encore ta gamelle d'Alpo, tu n'as plus qu'à bien te conduire.

— Qu'est-ce qui lui arrive ? demanda Nora, déconcertée.

Dans les dix minutes qui suivirent, le chien reprit deux fois la main de Nora et, deux fois, la conduisit près de bébés.

Modern Bride et bébés.

Le message n'était que trop clair à présent, même pour Nora : *Nora et Travis sont faits l'un pour l'autre. Mariez-vous, fondez une famille. Qu'attendez-vous ?*

Toute rouge, Nora n'osait plus regarder Travis en face. Lui aussi était gêné.

Seul Einstein semblait satisfait. Il avait enfin réussi à se faire comprendre. Jusque-là, si on lui avait posé la question, Travis aurait juré que les chiens ne se montrent jamais vaniteux.

A l'heure du dîner, il faisait encore une température fort agréable, et Nora préféra manger à une terrasse. Elle choisit un endroit où des tables avaient été installées sur le trottoir, à l'abri de parasols rouges, eux-mêmes protégés par le feuillage d'un grand chêne. Ce n'était plus par timidité, mais pour profiter des dernières heures de la journée et pour pouvoir garder Einstein près d'elle qu'elle avait voulu rester dehors. Pendant le repas, elle le regardait de temps à autre, parfois d'un coup d'œil furtif, parfois en l'étudiant ouvertement et intensément.

Travis ne parla pas de ce qui s'était passé, comme s'il avait déjà tout oublié. Mais quand Nora n'y prêtait pas attention, il proférait des menaces silencieuses contre le chien : Plus de tarte aux pommes, un collier de dressage, une muselière, tout droit à la fourrière !

Einstein le regardait avec une grande sérénité et se contentait de grimacer ou de bâiller.

5

Tôt dans la soirée de samedi, Vince Nasco alla rendre visite à Johnny Santini, dit « Le Câble » pour diverses raisons. Tout d'abord, maigre, décharné, les cheveux crépus couleur de cuivre, on aurait dit qu'il était constitué de fils entremêlés. Il avait fait sa place dès l'âge tendre de quinze ans, où, pour faire plaisir à son oncle Religio Fustino, doyen des Cinq Familles de New York, il avait de sa propre initiative étranglé un fourgueur de cocaïne indépendant qui opérait dans le Bronx sans l'autorisation de la Famille. Pour ce travail, il s'était servi d'une corde de piano. Cette obéissance spontanée aux règles de la mafia lui avait attiré l'amour et le respect de Don Religio, qui, pour la seconde fois de sa vie, avait versé une larme en jurant à son neveu une reconnaissance éternelle et un poste d'importance dans les affaires.

A trente-cinq ans, Johnny le Câble vivait dans une luxueuse demeure sur la plage de San Clemente. Les dix pièces et les quatre salles de bains avaient été entièrement refaites par un décorateur qui avait créé un authentique — et onéreux — décor Arts-Déco, car cela lui rappelait les années folles, époque légendaire des plus célèbres gangsters.

Pour Johnny le Câble, la criminalité n'était pas seulement un moyen de gagner de l'argent ou de se rebeller contre les contraintes de la société, ce n'était pas tant une compulsion génétique qu'un respect romantique de la tradition. Il se voyait comme le frère des pirates borgnes à la main crochue qui voguaient à travers les mers à la recherche d'un trésor, des bandits de grand chemin qui partaient à l'assaut des diligences, des perceurs de coffres, kidnappeurs, escrocs, voleurs à la tire de l'histoire du crime. C'était le fils mystique de tous les Jesse James, Dillinger, Al Capone, Dalton, Lucky Luciano et de légion d'autres, frères de sang du crime.

— Entre, entre donc, ça me fait plaisir de te revoir, dit-il sur le pas de la porte.

Ils s'enlacèrent. Vince n'aimait guère les embrassades, mais il avait travaillé pour l'oncle de Johnny, Religio, à New York, et rendait encore des services à la famille Fustino sur la côte Ouest, si bien qu'une accolade semblait nécessaire pour témoigner ce long parcours commun.

— Tu m'as l'air en pleine forme. Toujours aussi teigneux qu'un serpent ?

— Qu'un serpent à sonnettes, dit Vince, un peu gêné de devoir proférer de telles bêtises, mais c'était le genre d'humour que Johnny appréciait.

— Ça fait si longtemps que je ne t'avais pas vu que je te croyais au placard.

— L'ombre, ce n'est pas pour moi, dit Vince, sûr que la prison ne faisait pas partie de son destin.

Johnny, qui comprit que Vince préférerait mourir l'arme à la main plutôt que de se soumettre aux représentants de la loi, approuva.

— S'ils te coincent un jour, fais-en sauter autant que tu peux. C'est la seule façon de mourir la tête haute.

Johnny le Câble était d'une laideur étonnante, ce qui expliquait sans doute son besoin de se voir rattaché à une grande tradition. Au fil des ans, Vince avait remarqué que les belles gueules ne valorisaient jamais leur travail. Ils tuaient de sang-froid parce qu'ils aimaient ça ou que c'était nécessaire, ils volaient et escroquaient parce qu'ils avaient envie d'argent facile, et c'était tout : pas d'autojustification, pas de glorification, d'ailleurs, c'était normal. Mais les affreux qui semblaient taillés dans du béton, véritables Quasimodo dans ses plus mauvais jours, essayaient eux de compenser leurs sales tronches en s'imaginant dans la peau de James Cagney dans l'*Ennemi public*.

Johnny portait une combinaison noire, des chaussures de sport noires, sans doute parce que cette couleur le faisait paraître plus sinistre que laid.

Vince suivit Johnny dans le salon aux meubles recouverts de tapisseries noires ou laqué noir. Il y avait des petites tables d'or moulu de Ranc, des vases déco en argent de Daum, deux vieilles chaises de Jacques

Ruhlman. Vince connaissait l'histoire de ces objets car, lors de sa dernière visite, Johnny le Câble avait renoncé à son rôle de dur pendant assez longtemps pour livrer tous les détails de ses trésors.

Une belle blonde, d'une maturité presque embarrassante pour une fille de moins de vingt ans, reposait sur une chaise longue noir et argent et lisait un magazine. Les cheveux blond argenté coupés à la page, elle portait un kimono rouge qui moulait le contour de ses seins généreux et leva les yeux vers Vince, se prenant visiblement pour Jean Harlow.

— Je te présente Samantha, dit Johnny. Samantha, voici un autodidacte, un homme à qui personne ne cherche jamais d'embrouilles, c'est une vraie légende de son temps.

Vince se sentait grotesque.

— C'est quoi un autodidacte pour vous ? demanda la blonde d'une voix pointue ostensiblement copiée sur Judy Holliday.

Une main passée dans la veste de soie sur le sein de la fille, Johnny déclara :

— Elle ne connaît pas encore le jargon. Elle ne fait pas partie de la Fraternité. C'est une jeune paysanne, toute fraîche débarquée de sa campagne.

— Il veut simplement dire que je ne suis pas une sale Ritale.

Johnny la gifla si violemment qu'il faillit la faire tomber de sa chaise.

— Fais attention à ce que tu dis, petite carne.

Des larmes perlant aux coins des yeux, la main sur la joue, elle murmura d'une voix enfantine :

— Excuse-moi, Johnny, je ne voulais pas...

— Idiote !

— Je ne sais pas ce qui m'a pris. Tu es gentil avec moi, Johnny. Je m'en veux d'être aussi stupide.

Vince avait l'impression de voir une scène maintes fois répétée, mais peut-être était-ce simplement parce qu'il l'avait lui-même souvent vécue, en privé comme en public. D'après la lueur dans les yeux de Samantha, il était évident qu'elle appréciait les gifles et qu'elle n'avait provoqué Johnny que pour se faire battre. D'ailleurs, Johnny adorait ce genre d'exercice.

Vince était écœuré.

Johnny la traita de nouveau de garce et conduisit Vince dans son bureau en fermant soigneusement la porte derrière lui.

— Elle se prend pas pour une merde, cette gonzesse, mais elle suce à t'en avaler la cervelle.

Dégoûté, Vince refusa d'entrer dans la conversation. Il déposa tout simplement une enveloppe sur la table.

— J'ai besoin d'informations.

Johnny prit l'enveloppe et compta mécaniquement les liasses de billets de cent dollars.

— C'est comme si tu les avais déjà.

Le bureau était la seule pièce qui avait échappé à l'Art Déco. Très high-tech. Des tables de métal, avec huit ordinateurs, reliés à une ligne téléphonique par modem. Tous les écrans étaient allumés. Sur certains, des programmes ou des listes de données défilaient. Les rideaux étaient tirés pour éviter la réverbération sur les moniteurs, si bien que la lumière dominante avait des nuances verdâtres. Vince se serait cru sous la surface de l'eau. Les trois imprimantes à laser en marche produisaient un vague murmure qui, étrangement, lui évoquait un ballet de poissons voguant à travers les algues.

Johnny le Câble avait tué une dizaine d'hommes, avait trafiqué des paris, planifié et exécuté des braquages de banque et de bijouterie. Il était mêlé aux affaires de drogue de la famille Fustino, participait aux extorsions et rackets, kidnappings, corruption d'hommes politiques, détournements d'avions et pornographie enfantine. Il avait tout fait, tout vu, et, bien qu'il ne se soit jamais lassé de l'action criminelle, quelles que soient sa longueur et sa fréquence, il était fatigué. Au cours des dix dernières années, le développement de l'informatique avait ouvert de nouveaux domaines et Johnny s'était lancé dans une aventure où aucun homme de la mafia n'avait mis les pieds auparavant : escroqueries et détournements par l'électronique. Il était doué pour cela, et se fit bientôt une réputation.

Avec du temps et un peu de motivation, il pouvait briser tous les systèmes de plombage des sociétés et fouiner dans les dossiers secrets des gouvernements. Si vous vouliez vous lancer dans l'escroquerie à la carte de crédit, et faire payer un million de dollars d'achats par les clients réguliers de l'American Express, Johnny le Câble trouvait les noms et les numéros nécessaires dans la banque de données d'American Express, et le tour était joué. Si vous étiez inculpé et que vous redoutiez le témoignage d'un de vos anciens partenaires, Johnny entrait dans les dossiers du Département de la Défense, trouvait la nouvelle identité donnée à votre ennemi et vous disait où envoyer vos tueurs à gages. Johnny se vantait parfois d'être le « Sorcier des Silicones », mais les autres s'obstinaient à le surnommer Johnny le Câble.

Il était devenu si précieux pour toutes les Familles de la nation, que peu importait qu'il se fût retiré dans un endroit relativement paisible comme San Clemente, où il menait la belle vie, tant qu'il acceptait de travailler pour eux. A l'âge de la micro-informatique, le monde n'était plus qu'un village et l'on pouvait habiter à San Clemente et faire les poches d'un citoyen new-yorkais.

Johnny s'installa sur une chaise de cuir noir à roulettes qui lui permettait de se déplacer d'un ordinateur à l'autre.

— Alors, qu'est-ce que le Sorcier des Silicones peut pour toi, Vince ?

— Tu peux entrer dans les dossiers de la police ?

— C'est un jeu d'enfant.

— Je voudrais savoir si depuis mardi dernier un service quelconque a fait un rapport sur des meurtres étranges.

— Qui sont les victimes ?

— Je ne sais pas. Je cherche simplement des meurtres bizarres.

— Dans quel sens ?

— Je ne suis pas très sûr. Peut-être des corps mis en pièces, des corps déchiquetés par des animaux.

Johnny le regarda d'un air surpris.

— Oui, effectivement, ce serait assez bizarre mais, dans ce cas, ce serait à la une de tous les journaux.

— Peut-être pas, dit Vince en pensant aux armées d'agents spéciaux qui feraient tout leur possible pour tenir la presse à l'écart du projet François. Les meurtres figurent sans doute dans les journaux, mais la police aura sûrement occulté les détails trop horribles pour que l'affaire paraisse banale. Alors, avec la presse, je ne saurai jamais quels sont les crimes qui m'intéressent.

— D'accord. C'est possible.

— Vérifie aussi auprès du Département de la Nature pour voir s'ils n'ont pas des rapports sur des attaques inhabituelles par des animaux, des coyotes, des prédateurs quelconques. Et pas seulement les agressions contre des hommes, mais contre le bétail ou les moutons, par exemple, sans doute dans la région est du comté. Si tu vois des trucs de ce genre, je voudrais en être informé.

— Tu pars à la chasse au loup-garou ?

C'était une plaisanterie, il ne s'attendait pas à une réponse, en fait, il n'avait pas demandé à quoi serviraient ses renseignements, d'ailleurs, il ne poserait jamais la question. Dans ce milieu, on ne se mêle pas des affaires des autres. Jamais Johnny le Câble ne se laisserait aller à une curiosité pourtant bien naturelle.

Ce n'était pas la question qui déroutait Vince, mais le sourire grimaçant qui l'accompagnait. La lumière verdâtre des écrans se réfléchissait dans les yeux, les dents, et les fils cuivrés de sa chevelure. Sous cette étrange luminosité, sa laideur naturelle faisait penser à un cadavre ressuscité de *La Nuit des morts vivants*.

— Oui, autre chose, dit Vince. Je voudrais aussi savoir si les services secrets de la police ne recherchent pas discrètement un golden retriever.

— Un chien ?

— Ouais.

— Les flics ne perdent pas leur temps avec des clébards.

— Je sais.

— Il s'appelle comment ?

— Pas de nom.

— Je vérifierai. Autre chose ?

— Non, c'est tout. Tu auras les renseignements quand ?

— Je t'appellerai demain matin, de bonne heure.

— Selon ce que tu découvriras, j'aurai peut-être besoin de toi régulièrement.

— Pas de problème, dit Johnny en se levant de sa chaise. Maintenant, je vais aller baiser Samantha. Tu veux te joindre à la partie ? Avec deux types comme nous, elle sera réduite en compote, et elle nous demandera pitié à genoux ! Qu'est-ce que t'en penses ?

Vince se réjouissait d'être éclairé sous une lumière glauque qui dissimulait sa pâleur fantomatique. L'idée de toucher à cette pute infestée de microbes, cette chair en putréfaction, le révulsait.

— J'ai un rendez-vous important.

— Dommage.

— Ça aurait été rigolo, se força à dire Vince.

— La prochaine fois, peut-être.

D'avoir simplement entendu parler d'une partie de jambes en l'air à trois... Vince se sentait souillé et ne désirait rien tant qu'un long bain brûlant.

6

Le samedi soir, agréablement fatigué par sa longue journée à Solvang, Travis croyait pouvoir s'endormir dès qu'il poserait la tête sur l'oreiller, mais il pensait sans cesse à Nora Devon. Les cheveux noirs brillants, les yeux gris aux étincelles vertes. La ligne gracieuse et fine de la gorge. Son rire musical, son sourire harmonieux...

Einstein s'était installé dans la pâle tache de lumière argentée qui illuminait vaguement la pièce, mais, après avoir entendu Travis se tourner et se retourner dans son lit pendant plus d'une heure, il alla le rejoindre et lui mit les pattes sur la poitrine.

— Elle est charmante. Et si gentille, l'une des personnes les plus douces que j'aie jamais rencontrées !

Le chien resta silencieux.

— Et intelligente avec ça, bien plus qu'elle ne le croit. Elle voit des choses qui m'échappent. Elle a une façon de parler qui rend tout plus frais, plus neuf. Le monde entier paraît plus pur avec elle.

Bien que fort tranquille, le chien ne dormait pas et écoutait attentivement.

— Quand je repense à toute cette vitalité, cette intelligence qu'elle a dû réprimer pendant trente ans, j'en ai les larmes aux yeux. Trente ans dans cette horrible baraque ! Mon Dieu ! Elle a enduré tout ça sans même sombrer dans l'amertume. Quand j'y pense, j'ai envie de la prendre dans mes bras et de lui dire à quel point elle est formidable, forte, courageuse.

Soudain, Travis se souvint de l'odeur du shampooing de Nora qu'il avait senti en se penchant vers elle en face de la galerie d'art. La fragrance lui revenait, intacte, et faisait accélérer ses battements de cœur.

— Nom d'une pipe, je ne la connais que depuis quelques jours, mais que je sois pendu si je ne suis pas en train de tomber amoureux !

Einstein leva la tête et jappa, comme pour dire qu'il était temps que Travis se rende compte de ce qui se passait, que c'était lui qui avait provoqué cette rencontre, que Travis lui devrait son bonheur futur, et que tout cela faisait partie d'un plus grand dessein, qu'il était inutile de s'inquiéter, qu'il n'y avait qu'à se laisser emporter par le courant.

Pendant plus d'une heure, Travis parla de Nora, de sa voix mélodique, de sa vision du monde si personnelle ; Einstein écoutait avec l'attention authentique qui caractérise un véritable ami. Pour Travis, qui croyait ne jamais plus pouvoir aimer, et sûrement pas avec une telle intensité, c'était un vrai bonheur. Moins d'une semaine auparavant, sa solitude lui semblait insurmontable.

Plus tard, épuisés physiquement et émotivement, tous deux s'endormirent.

Au cœur de la nuit, Travis s'éveilla et sentit vaguement la présence du chien près de la fenêtre. Les pattes avant sur le rebord, la truffe contre la vitre, le retriever scrutait l'obscurité.

Le chien paraissait troublé.

Mais dans son rêve, Travis avait tenu Nora dans ses bras sous une lune sereine et il ne voulait pas reprendre totalement conscience, de peur de perdre une sensation agréable.

7

Le lundi 24 mai, dans la matinée, Lemuel Johnson et Cliff Soames se rendirent au petit zoo d'Irvine, une ménagerie pour les enfants, à l'est du comté d'Orange. Le soleil brûlant brillait dans un ciel pur. Les feuilles du grand chêne ne bruissaient pas dans l'air immobile ; seuls quelques oiseaux voletaient de branche en branche en poussant leurs trilles.

Douze animaux gisaient en une masse sanglante. Morts.

Pendant la nuit, quelqu'un, homme ou animal, avait escaladé les barricades pour s'introduire dans l'enclos et avait massacré trois jeunes chèvres, une biche à queue blanche et ses deux faons, deux paons, un lapin, une brebis et deux agneaux.

Un poney était mort lui aussi, mais il n'avait pas été victime de la tuerie. Il avait succombé de peur en se jetant à plusieurs reprises contre la barrière pour tenter d'échapper à l'agresseur. Il gisait sur le côté, l'encolure étrangement tordue.

On n'avait pas touché aux sangliers qui reniflaient le sol poussiéreux à la recherche de débris de nourriture qui jusque-là auraient échappé à leur attention.

Contrairement aux sangliers, les autres survivants avaient peur.

Les employés, effrayés eux aussi, rassemblés près d'un camion orange, parlaient avec deux responsables de la sécurité des animaux et un jeune biologiste barbu du département de la Nature de Californie.

Accroupi près des deux faons en lambeaux, Lem observa les blessures du cou jusqu'à ce que la puanteur lui devînt insupportable. L'assassin avait, comme lors du meurtre de Dalberg, arrosé ses victimes de fèces et d'urine.

Un mouchoir sur le nez, pour se protéger de l'odeur nauséabonde, il s'approcha d'un paon. La tête et une patte avaient été arrachées, les ailes cassées. Du sang ternissait les plumes iridescentes.

— Monsieur, appela Cliff de l'enclos adjacent.

Lem emprunta une porte de service et alla le rejoindre près de la brebis.

Les mouches qui s'amassaient autour de la carcasse, bourdonnant furieusement, s'enfuirent à l'approche des deux hommes.

Cliff, bien que livide, ne paraissait pas aussi écœuré que le vendredi précédent, dans la cabane de Dalberg. Peut-être était-il moins sensible parce que cette fois il s'agissait d'animaux et non d'hommes, à moins qu'il ne s'habituât tout simplement à la férocité de l'adversaire.

— Regardez ! dit-il.

Lem fit le tour de la brebis et bien que la tête de l'animal fût à l'ombre d'un chêne qui dominait l'enclos, il vit qu'on avait arraché l'œil droit.

Sans commentaire, Cliff prit un bâton pour soulever la tête du sol. L'autre orbite était vide, elle aussi.

— On dirait que c'est l'œuvre de notre fugitif, remarqua Lem.

— Il n'y a pas que cela, répondit Cliff en abaissant le mouchoir qui lui protégeait le visage.

Il conduisit Lem vers d'autres cadavres, les deux agneaux et l'une des chèvres aux regards vides.

— Pour moi, cela ne fait aucun doute. La créature

qui a assassiné Dalberg a erré dans les collines et les canyons en... faisant je ne sais quoi, mais elle est passée ici hier soir, dit Lem.

— Hum hum.

— A ton avis, de quel côté est-elle allée ?

Cliff haussa les épaules.

— Ouais, tu as raison, aucun moyen de savoir. Nous ne savons rien de sa façon de penser. Prions simplement pour qu'elle reste dans des endroits relativement déserts. Je n'ose imaginer ce qui se passerait si elle se dirigeait vers les banlieues est.

Devant la sortie de l'enclos, les mouches s'agglutinaient autour du lapin en si grand nombre qu'elles formaient un noir linceul frémissant dans la brise.

Huit heures plus tard, Lem s'avança sur l'estrade de la grande salle de réunion de la Marine Air Station d'El Toro. Il se pencha vers le micro et le tapota du doigt pour s'assurer de son fonctionnement.

— Messieurs, un peu de silence, s'il vous plaît.

Une centaine d'hommes étaient installés sur des chaises de métal pliantes, tous jeunes, bien bâtis : les membres des forces d'élite de renseignement des Marines. Cinq pelotons de deux escadrons avaient été appelés de Pendleton et d'autres bases californiennes. La plupart avaient déjà participé à la battue des collines de Santa Ana le mercredi et le vendredi précédents.

D'ailleurs, ils cherchaient toujours, mais ils avaient quitté leurs uniformes. Pour tromper les journalistes et les autorités locales, ils étaient retournés vers les collines en voitures, en camions et Jeep banalisés. Comme de simples randonneurs, ils parcouraient les terres sauvages par groupes de trois ou quatre, habillés en marcheurs ordinaires, jeans ou pantalons kaki, T-shirts ou chemises de coton, casquettes ou chapeaux de cow-boy. Ils étaient armés de pistolets puissants qui pouvaient facilement se dissimuler dans un sac de nylon ou sous une chemise si jamais ils rencontraient de véritables promeneurs ou des policiers, et, dans leurs glacières, ils avaient des pistolets-mitrailleurs qui pouvaient devenir opérationnels en quelques secondes si l'adversaire s'approchait.

Tous les hommes présents avaient secrètement prêté serment et risquaient une longue peine d'emprisonnement s'ils divulguaient la nature de leur mission. Ils savaient exactement ce qu'ils cherchaient, bien que certains, Lem en avait conscience, doutent de l'existence d'une telle créature. Certains avaient peur, mais d'autres, en particulier ceux qui revenaient du Liban ou d'Amérique Centrale, étaient si familiers avec la mort et l'horreur qu'ils ne se laissaient pas ébranler par cette chasse un peu spéciale. Les anciens qui avaient fait le Viêt-nam prétendaient même que cette mission, « c'était du gâteau ». En tout cas, tous étaient courageux ; ils respectaient leur étrange ennemi et, si l'on pouvait trouver l'Autre, ils le trouveraient.

— Le général Hotchkiss vient de m'annoncer, commença Lem, que vous aviez encore eu une journée de recherches malchanceuses et je sais que cette nouvelle vous attriste autant que moi. Cela fait six jours maintenant que vous faites une battue dans des terrains escarpés et difficiles, vous êtes épuisés et vous vous demandez combien de temps cela va encore durer. Eh bien, nous continuerons jusqu'à ce que nous ayons trouvé ce que nous cherchons, jusqu'à ce que nous ayons capturé l'Autre. Nous ne pouvons pas le laisser en liberté. C'est impossible, absolument impossible.

Personne ne manifesta un quelconque désaccord.

— Et souvenez-vous que nous cherchons aussi le chien.

Dans la salle, chacun espérait sans doute qu'il serait celui qui trouverait le chien et que ses collègues tomberaient sur l'Autre.

— Mercredi, poursuivit Lem, nous ferons venir quatre escadrons des forces de renseignement des Marines de bases plus éloignées qui vous relaieront par équipes. Vous aurez donc quelques jours de repos. Mais demain, vous serez encore sur le terrain, et nous avons redéfini la zone de recherches.

Avec une grande règle, Lem indiqua la nouvelle région sur la carte suspendue au mur.

— Nous nous déplacerons selon une direction nord-nord-ouest dans les collines et les canyons autour d'Irvine Park.

Il leur parla du massacre de la ménagerie et leur fit une description détaillée de l'état des cadavres car il ne voulait pas que les hommes relâchent leur vigilance.

— Ce qui est arrivé à ces animaux pourrait arriver à n'importe lequel d'entre vous si vous ne restez pas sur vos gardes à chaque instant.

Une centaine de regards graves étaient fixés sur lui, et Lem y lut la peur maîtrisée que lui-même éprouvait.

8

Mardi soir, dans la nuit du 25, Tracy Leigh Keeshan n'arrivait pas à s'endormir. Elle se voyait telle une aigrette de pissenlit, petite boule de plumes légères, volant et tourbillonnant dans le vent, dispersées aux quatre coins du monde. Bientôt, elle n'existerait plus, victime de sa propre excitation !

Elle avait une imagination débordante pour une fillette de treize ans.

Allongée dans son lit, elle n'avait même pas besoin de fermer les yeux pour s'imaginer sur le dos de son cheval, son étalon alezan, Cœur d'Or, pour être précis, galopant sur la piste le long des barricades qui défilaient à toute vitesse, bien en avant du reste du peloton, à quelques mètres du poteau d'arrivée, acclamée par la foule des tribunes...

A l'école, elle avait toujours de bonnes notes, car elle apprenait sans efforts, tout en ne se souciant guère de ses devoirs de classe. Mince, blonde, les yeux couleur d'un ciel d'été, elle était jolie et tous les garçons lui faisaient la cour, mais elle n'avait pas plus de temps à leur consacrer qu'à ses devoirs, pas encore du moins, bien que ses camarades fussent déjà si absorbées par ce sujet que parfois elles ennuyaient mortellement Tracy.

La seule chose qui intéressait Tracy, profondément, passionnément, c'étaient les chevaux, les chevaux de course. Depuis l'âge de cinq ans, elle collectionnait les photos de chevaux et elle avait commencé l'équitation très jeune mais, pendant longtemps, ses parents n'avaient pas eu les moyens de lui offrir un cheval. Ces deux dernières années, les affaires de son père avaient prospéré et, deux mois auparavant, ils avaient emménagé dans cette grande maison d'Orange Park Acres, une communauté équestre qui regorgeait de pistes cavalières. A l'autre bout de la propriété, se trouvait une écurie avec six stalles, mais une seule pour le moment était occupée. Depuis aujourd'hui, mardi 25 mai, jour béni qui resterait toujours gravé dans le cœur de Tracy Keeshan, jour qui prouvait qu'il y avait un Dieu, elle possédait son propre cheval, le beau, le splendide, l'incomparable Cœur d'Or.

Elle s'était couchée à dix heures mais, à minuit, elle se sentait plus éveillée que jamais. A une heure du matin, le mercredi, elle ne put s'empêcher de se lever pour s'assurer que tout allait bien à l'écurie, que Cœur d'Or s'adaptait à sa nouvelle maison, qu'il était bien réel.

Elle rejeta les draps et la couverture, enfila un jean sur sa petite culotte et glissa ses pieds nus dans une paire de Nike.

Doucement, silencieusement, elle tourna la poignée et se dirigea vers le hall.

La maison était sombre et tranquille. Ses parents et son frère de neuf ans, Bobby, dormaient profondément.

Sans allumer la lumière, elle traversa le salon et la salle à manger en se guidant grâce à la faible lueur du clair de lune qui pénétrait à travers les larges fenêtres.

Dans la cuisine, elle ouvrit un tiroir et prit une lampe-torche. Elle ouvrit la porte de service, avança sur la terrasse et referma la porte derrière elle sans allumer sa lampe.

Bien que fraîche, la nuit n'était pas froide. Des

nuages gris aux contours argentés voguaient sur l'océan de la nuit tels des galions aux voiles blanches ; Tracy les admira un instant, elle voulait absorber tous les détails de ce moment précieux ; après tout, pour la première fois, elle se trouverait seule avec le noble et fier Cœur d'Or à partager leurs rêves d'avenir.

Elle traversa la terrasse, contourna la piscine où le reflet de la lune vibrait doucement sur la surface chlorée et marcha sur la pelouse. L'herbe humide de rosée scintillait dans les rayons lunaires.

A droite et à gauche, la propriété était entourée de barrières de ranch blanches, presque phosphorescentes dans le clair de lune. A part quelques criquets et quelques grenouilles, tout semblait dormir.

Elle avança lentement vers l'écurie en pensant aux triomphes futurs qui les attendaient, elle et Cœur d'Or. Lui ne courrait plus. Il s'était placé à Santa Anita, Del Mar, Hollywood Park et d'autres courses, mais il s'était blessé et sa carrière était finie. Cependant c'était un étalon, et Tracy ne doutait pas qu'il engendrerait une génération de vainqueurs. La semaine suivante, ils ajouteraient deux juments à l'écurie et emmèneraient immédiatement les chevaux dans un haras pour la saillie. Ensuite, on les ramènerait ici et Tracy s'occuperait d'eux. Un an plus tard, il naîtrait deux poulains en bonne santé qu'on confierait à un éleveur proche afin que Tracy puisse aller les voir facilement et participer à leur entraînement.

Elle apprendrait tout ce qu'il faut savoir pour élever un champion et ensuite... ensuite, elle et la progéniture de Cœur d'Or entreraient dans la postérité... Oh, oui, elle en était sûre...

A une quarantaine de mètres de l'écurie, sa rêverie fut interrompue car elle mit le pied dans une masse molle et glissante. Cela ne sentait pas le crottin mais elle s'imagina que ce devait être un cadeau laissé par Cœur d'Or lorsqu'il avait traversé la cour dans la soirée. Se trouvant un peu bête et maladroite, elle alluma sa lampe. Au lieu de crottin, elle vit les restes d'un chat horriblement mutilé.

Elle eut un cri de dégoût et éteignit immédiatement sa lampe.

Les environs fourmillaient de chats, bien utiles pour éliminer les souris près des écuries. Régulièrement des coyotes s'aventuraient dans les parages à la recherche de proies faciles. Les chats sont rapides, mais pas autant que les coyotes, et, au début, Tracy pensa simplement que le chat avait été victime de l'un des animaux des canyons qui s'était glissé sous la barrière.

Mais un coyote aurait dévoré sa proie sur-le-champ, ne laissant qu'un bout de queue et quelques touffes de poils, car ces animaux, plus gourmands que gourmets, ont un appétit féroce. Ou alors, il l'aurait emmenée pour s'en repaître tout à loisir dans un coin tranquille. Pourtant, le chat n'avait pas été mangé, mais simplement mis en pièces, comme si on l'avait tué pour le plaisir, le plaisir de la destruction morbide...

Tracy trembla.

Et se souvint des rumeurs qui couraient sur la ménagerie.

A Irvine Park, on avait assassiné des animaux, deux nuits auparavant. Un acte de vandales, de drogués ou d'un meurtrier psychopathe. Ce n'était qu'un bruit que personne ne pouvait vraiment confirmer, mais certains indices prouvaient qu'il était fondé. Après la classe, des enfants étaient allés au zoo à bicyclette et, s'ils n'avaient remarqué aucun cadavre, il leur avait semblé que les enclos étaient plus vides que d'habitude. En tout cas, le poney des Shetland n'y était plus. Les employés avaient refusé de répondre aux questions.

Tracy se demandait si les vandales n'étaient pas venus à Orange Park, tuant chats et chiens au passage. Cette possibilité la faisait frémir. Et puis, un type assez fou pour tuer des chiens et des chats pouvait être assez malade pour s'attaquer à un cheval.

Une peur paralysante la transperça à la pensée de Cœur d'Or, tout seul dans l'écurie. Pendant un instant, elle fut incapable de bouger.

Tout autour d'elle, la nuit semblait plus silencieuse que jamais.

C'était *vrai*. Les criquets s'étaient tus, les grenouilles avaient cessé leurs coassements.

Les bateaux de nuages semblaient avoir jeté l'ancre dans le ciel noir, la nuit s'était figée sous la lumière glacée de la lune.

Quelque chose bougea dans les buissons.

L'immense propriété était essentiellement constituée d'une pelouse, mais une vingtaine d'arbustes, gracieusement disposés en groupe, lauriers indiens, jacarandas et aveliniers, lilas, chèvrefeuilles et bosquets d'azalées bordaient le terrain.

Tracy perçut distinctement un bruissement rapide dans les feuillages mais quand elle alluma sa lampe et la braqua sur les buissons, elle ne vit rien bouger.

Le silence régnait.

La nuit se taisait.

La nuit attendait.

Elle envisagea de retourner à la maison où elle pourrait réveiller son père pour qu'il vienne voir, ou simplement d'aller se coucher pour revenir elle-même le lendemain matin examiner la situation. Mais si ce n'était qu'un coyote ? Elle ne courrait aucun risque. Un coyote affamé s'attaquerait à un enfant en bas âge, mais Tracy était bien trop grande et il se sauverait. Et puis, elle était bien trop inquiète pour son cher Cœur d'Or pour perdre un instant.

En s'éclairant pour éviter un autre cadavre éventuel, elle se dirigea vers l'écurie. Elle n'avait fait que quelques pas lorsqu'elle entendit de nouveau un bruissement de feuilles, pis encore, une sorte de grognement étrange, qui ne ressemblait à rien de ce qu'elle avait pu entendre auparavant.

Elle se mit à courir et se serait sans doute précipitée à la maison si Cœur d'Or n'avait pas poussé un hennissement de terreur, donnant des coups de sabot contre les planches de sa stalle. Elle imaginait un fou maniaque, armé d'instruments de torture, s'approchant du cheval. Sa propre peur n'était pas aussi forte que son inquiétude pour son cher étalon si bien qu'elle vola à son secours.

Le pauvre Cœur d'Or se débattait furieusement et martelait les murs de bois. La nuit semblait résonner de l'écho d'un orage tout proche.

Elle était encore à une quinzaine de mètres de l'écurie lorsqu'elle entendit de nouveau l'étrange grognement. Quelque chose courait derrière elle. Elle glissa sur l'herbe humide, se retourna et braqua sa torche plus haut.

Une créature échappée de l'enfer se précipitait vers elle.

Malgré la lumière, Tracy ne vit pas distinctement son agresseur. Le rayon vacillait dans la nuit noire, pas même illuminée par la lune qui avait disparu derrière un nuage. La créature détestable courait trop vite, et Tracy avait bien trop peur pour comprendre ce qu'elle voyait. Pourtant, elle était sûre que la bête ne ressemblait à rien de ce qu'elle connaissait. Elle aperçut une tête difforme, sombre, avec des bosses et des creux asymétriques, d'énormes mâchoires pleines de dents pointues et crochues, des yeux ambrés qui scintillaient comme ceux d'un chat.

Tracy cria.

L'agresseur grogna et se jeta sur elle.

La force du coup lui coupa le souffle. Elle laissa tomber sa lampe, trébucha et tomba. La créature revint sur elle et, l'un sur l'autre, Tracy et l'animal roulèrent vers l'étable. Elle se débattait comme une forcenée de ses petits poings et sentait les griffes s'enfoncer dans sa chair. La gueule béante lui soufflait une haleine putride au visage, une odeur de sang, de pourriture. La bête allait lui ouvrir la gorge. *Elle va me tuer, elle va me tuer ! Je vais mourir, comme le chat.* Elle aurait sans doute péri à l'instant si Cœur d'Or, à moins de cinq mètres à présent, n'avait pas fait céder le verrou de sa stalle et couru vers eux dans sa panique.

L'étalon hennit et se cabra en les voyant, comme s'il voulait les piétiner.

L'agresseur monstrueux de Tracy hurla encore, mais de surprise et de peur cette fois. Il la lâcha et se jeta sur le côté pour s'éloigner du cheval.

Les sabots de Cœur d'Or retombèrent à quelques centimètres du visage de Tracy. Il se cabra encore, balançant ses pattes avant dans le vide. Tracy avait conscience que, dans sa terreur, le cheval pouvait la piétiner, et elle se jeta hors de sa portée, hors de portée de la bête aux yeux d'ambre qui avait disparu dans les buissons.

Cœur d'Or continuait à ruer, se cabrer et à hennir, Tracy hurlait, tous les chiens des alentours aboyaient. Des lumières s'allumèrent dans la maison, ce qui lui donna quelques lueurs d'espoir, bien qu'elle sache que l'attaquant n'avait pas abandonné et qu'il contournait le cheval pour de nouveau se ruer sur elle. Elle l'entendait gronder, cracher. Elle n'aurait pas le temps de traverser la pelouse pour s'abriter dans la maison, si bien qu'elle rampa vers l'étable pour se cacher dans une stalle vide. *Mon Dieu, mon Dieu, mon Dieu...*

Les deux battants de la porte se fermaient grâce à un verrou, et un autre les fixait au cadre. Elle ouvrit le deuxième, se précipita dans l'obscurité aux senteurs de paille, referma la porte et la maintint de toutes ses forces car on ne pouvait pas la verrouiller de l'intérieur.

Un instant plus tard, son assaillant se jeta contre la porte, mais le cadre l'empêcha de céder. Elle ne s'ouvrait que vers l'extérieur et Tracy espérait que la créature aux yeux d'ambre n'était pas assez intelligente pour le comprendre.

Hélas !

Grands dieux, pourquoi n'était-elle pas aussi bête que laide ?

Après avoir poussé plusieurs fois, elle se mit à tirer et faillit arracher la porte des mains de Tracy.

La fillette aurait voulu crier, mais elle avait besoin de toute son énergie pour prendre appui sur ses talons et maintenir fermée la porte qui frottait et claquait contre le cadre. Par chance, Cœur d'Or émettait toujours des hennissements et des gémissements de terreur, et la créature râlait, son mi-animal mi-humain, si bien que son père n'aurait aucune peine à localiser la source du problème.

La porte s'ouvrit de quelques centimètres.

Tracy la ramena à elle.

Immédiatement, la créature la tira de nouveau et maintint la porte entrouverte, luttant contre la fillette qui tentait de la refermer. Elle perdait... L'ouverture s'agrandissait. Tracy apercevait les contours flous de la bête informe. Les crocs acérés brillaient. La créature sifflait et grognait et son haleine putride couvrait le parfum de la paille.

Gémissant de terreur, Tracy s'accrocha à la porte de tout son poids.

Mais elle s'ouvrit encore d'un centimètre.

Puis d'un autre.

Son cœur battait si fort qu'elle n'entendit pas le premier coup de feu. Ce ne fut qu'au deuxième coup qu'elle comprit que son père avait décroché son fusil en sortant de la maison.

Effrayée, la créature relâcha la porte qui se ferma dans un claquement. Tracy la retint immédiatement.

Soudain, elle songea que dans cette confusion son père pourrait tenir Cœur d'Or pour responsable des troubles.

— Ne tire pas sur Cœur d'Or! ne tire pas sur le cheval!...

Il n'y eut plus de coups de feu. Immédiatement, Tracy se trouva stupide d'avoir réagi ainsi. Papa était trop prudent, surtout avec les armes à feu, pour avoir tiré autre chose que des coups de sommation en ne sachant pas exactement ce qui se passait. Il avait sûrement déchiqueté quelques feuilles.

Cœur d'Or n'avait sans doute rien et l'horrible bête aux yeux d'ambre s'enfuyait déjà dans les collines qui menaient aux canyons... Tout était fini.

Elle entendit des pas et la voix de son père qui l'appelait.

Elle ouvrit la stalle. Son père, en pantalon de pyjama bleu, se précipita vers elle, pieds nus, le

170

fusil sous le bras. Sa mère, en chemise de nuit jaune, une torche à la main, courait derrière lui.

Cœur d'Or, le géniteur de futurs champions, se tenait en haut de la cour, indemne, calme.

Des larmes de soulagement perlèrent aux yeux de Tracy qui sortit pour s'approcher de son cheval adoré, mais au deuxième pas, une douleur cuisante lui enflamma le côté droit. Elle vacilla, posa la main à l'endroit de la douleur et sentit quelque chose de mouillé. Du sang. Elle se souvint des griffes qui s'enfonçaient en elle au moment où Cœur d'Or avait déboulé de sa stalle.

— Bon cheval, c'est un bon cheval, murmura-t-elle d'une voix lointaine.

Son père s'agenouilla près d'elle.

— Ma pauvre petite, qu'est-ce qui s'est passé ?

Sa mère approcha elle aussi.

— Appelle une ambulance, lui dit le père en voyant le sang.

Sans hésitation ni cris inutiles, elle retourna vers la maison.

Tracy tournait de plus en plus. Elle percevait vaguement une obscurité qui n'était pas celle de la nuit. Elle n'avait pas peur. L'ombre semblait l'accueillir, la soigner.

— Ma petite...

Faible, se rendant compte de son délire, comprenant à peine ce qu'elle disait, Tracy murmura :

— Tu te souviens, quand j'étais petite, toute petite... je croyais... qu'il y avait une bête horrible... dans le placard... la nuit...

— Ma chérie, reste tranquille, tais-toi, ça va passer.

Tout en perdant connaissance, elle s'entendit raconter sur un ton trop sérieux qui l'amusait et l'effrayait à la fois :

— Eh bien... je crois que c'est le père Fouettard... du placard... Il existe pour de vrai... et il est revenu...

A quatre heures et demie du matin, le mercredi, quelques heures après l'agression chez les Keeshan, Lemuel Johnson arriva devant la chambre de Tracy à l'hôpital St Joseph de Santa Ana. Malgré sa rapidité, il s'aperçut que le shérif Walt Gaines était arrivé avant lui. Il se tenait dans le couloir et dominait de toute sa hauteur un jeune médecin en blouse verte de la salle d'opération avec lequel il discutait tranquillement.

L'équipe de la NSA contrôlait toutes les forces de police du comté, y compris le commissariat central de la ville d'Orange dont dépendait la villa des Keeshan. L'inspecteur de service avait immédiatement appelé Lem chez lui pour lui annoncer que l'affaire avait probablement un rapport avec les laboratoires Banodyne.

— Tu as renoncé à tes responsabilités, fit remarquer Lem à Walt en rejoignant le shérif dans le couloir.

— Cela ne fait peut-être pas partie de la même affaire.

— Tu sais bien que si.

— Cela n'a pas encore été prouvé.

— Si, chez les Keeshan, quand j'ai parlé à tes hommes.

— Bon, d'accord, disons que je suis là en observateur.

— Mon œil !

— Qu'est-ce qu'il a, ton œil ?

— J'ai une poussière dedans, et elle s'appelle Walt.

— Passionnant. Tu donnes des noms à tes poussières dans l'œil ? Et à tes maux de tête ? Tes maux de dents ?

— J'ai mal à la tête en ce moment et mon mal de tête s'appelle Walt aussi.

— Trop compliqué pour moi. Tu ferais mieux de l'appeler Bert ou Harry.

Lem faillit rire — il adorait ce type —, mais il savait qu'en dépit de leur amitié, Walt utilisait la plaisanterie comme un moyen de se réintroduire dans l'affaire. Il garda donc un visage de marbre, pourtant Walt s'aperçut qu'il avait envie de rire. Ce jeu était ridicule, mais il fallait le jouer.

Le médecin, Roger Selbock, rappelait une version de Rod Steiger dans sa jeunesse. Il fronça les sourcils en les entendant élever la voix et devait posséder la même présence que Steiger car ce geste suffit à les calmer.

Selbock leur dit qu'on avait fait passer des examens à la fillette, qu'on avait soigné ses blessures et qu'on lui avait administré des analgésiques. Elle était fatiguée. Il voulait lui donner un sédatif pour qu'elle puisse dormir et estimait que ce n'était pas le moment de la déranger, quel que fût le corps auquel appartînt le policier qui se chargerait de l'interrogatoire.

Les chuchotements, l'odeur d'éther et la vue de bonnes sœurs en robe blanche suffisaient à rendre Lem mal à l'aise. Soudain, il craignit que l'état de l'enfant ne fût plus grave qu'on voulait bien le leur dire.

— Non, non. Elle va bien. D'ailleurs, j'ai renvoyé ses parents chez eux, ce que je n'aurais pas fait s'il y avait la moindre source d'inquiétude. Elle a des contusions au visage, et un œil au beurre noir, mais ce n'est pas grave. La blessure au côté a demandé trente-deux points de suture, et il faut prendre des précautions pour qu'il n'y ait pas trop de cicatrices mais elle ne court aucun danger. Elle a eu très peur. Comme elle est intelligente et autonome, je ne crois pas qu'il y aura de traumatisme psychologique. Ce n'est pas une raison pour aller l'interroger maintenant.

— Ce ne sera pas un interrogatoire. Seulement quelques questions.

— Cinq minutes, ajouta Walt.

— Moins, dit Lem.

— Bon... je sais que vous devez faire votre métier... et si vous me promettez de ne pas trop insister...

— Je m'occuperai d'elle comme si elle était en bulles de savon, dit Lem.

— Nous nous occuperons d'elle comme si elle était en bulles de savon.

— Mais, dites-moi, demanda Selbok, que lui est-il arrivé ?

— Elle ne vous l'a pas dit ?

— Euh, elle m'a raconté qu'elle avait été attaquée par un coyote...

Lem fut surpris et Walt partagea sa réaction. Après tout, ce n'avait peut-être rien à voir avec le meurtre de Wes Dalberg et le massacre à la ménagerie d'Irvine.

— Mais, ajouta le médecin, aucun coyote ne s'attaquerait à une enfant aussi grande que Tracy. Ils ne sont dangereux que pour les tout-petits. Et puis, les blessures ne ressemblent guère à des morsures de coyote.

— Je crois que le père a chassé l'assaillant avec un fusil ? dit Walt. A-t-il vu de quoi il s'agissait ?

— Non, il faisait trop noir. Il s'est contenté de tirer en l'air. Il a vu quelque chose s'enfuir par-dessus la barrière, mais ce n'était qu'une forme vague. Au début, Tracy lui a dit que c'était le père Fouettard, mais elle délirait à ce moment-là. A moi, elle m'a dit que c'était un coyote. Et vous ? Vous savez de quoi il s'agit ? Vous pouvez me donner des détails qui seraient utiles au traitement ?

— Pas moi, mais monsieur Johnson qui est avec nous est au courant de tout.

— Je te remercie ! dit Lem.

Walt se contenta de sourire.

— Je suis désolé, docteur, mais je n'ai pas le droit de discuter de cette affaire. Et, de toute façon, je ne sais rien qui puisse vous aider à soigner Tracy Keeshan.

En entrant dans la chambre, Lem et Walt trouvèrent une fillette allongée dans son lit, les draps tirés jusqu'aux épaules, très pâle et fort contusionnée. Malgré les analgésiques elle était parfaitement éveillée, et il était facile de comprendre pourquoi le Dr Selbok tenait tant à lui donner un calmant : elle essayait de ne pas le montrer, mais elle était terrorisée.

— J'aimerais que tu me laisses seul avec elle.

— Si on avait toujours ce qu'on veut, on mangerait

du caviar tous les soirs. Bonjour, Tracy. Je suis Walt Gaines, le shérif et voici Lemuel Johnson. Moi, je suis gentil comme tout, mais il faut se méfier de lui, enfin, c'est ce que tout le monde dit. Mais comme je suis là, je te promets qu'il ne te fera pas de mal, d'accord ?

À eux deux, ils réussirent à engager la conversation. Ils découvrirent vite qu'elle avait prétendu avoir été attaquée par un coyote parce qu'elle n'osait pas dire la vérité.

— J'ai eu peur qu'on pense que j'étais tombée sur la tête et que j'étais devenue folle. Je ne voulais pas qu'ils me gardent plus longtemps.

— Tracy, tu n'as pas à t'inquiéter, dit Lem, assis sur le bord du lit. Je crois que je sais ce qui t'a attaquée, tout ce dont j'ai besoin, c'est d'une confirmation.

Tracy le regardait, incrédule.

Au pied du lit, comme un énorme ours en peluche affectueux soudain venu à la vie, Walt souriait.

— C'était moche comme un pou, mais ce n'était sûrement pas un coyote.

— Décris-le-moi, dit Lem.

— Eh bien, vous n'avez qu'à me dire les premiers ce que vous croyez que j'ai vu et je vous dirai si c'est ça. Je vous dirai tout ce dont je me souviens, mais je ne veux pas commencer parce que vous ne me croirez jamais.

Lem regarda Walt d'un air gêné car il lui faudrait inévitablement révéler certains détails.

Walt sourit.

— Des yeux jaunes, dit Lem.

Soudain, elle se raidit.

— Oui ! Vous l'avez vu alors ! Vous savez ce que c'est !

Elle essaya de s'asseoir mais grimaça de douleur.

— Qu'est-ce que c'était ?

— Tracy, je ne peux rien te dire. J'ai prêté serment. Si je le trahis, j'irai en prison et surtout... je ne vaudrai plus grand-chose à mes yeux.

— Oui, je comprends, dit-elle.

— Bon, alors, raconte-nous tout ce que tu as vu.

Apparemment, elle n'avait pas vu grand-chose, car

la nuit était noire et la lampe de poche n'avait éclairé l'Autre que pendant un court instant.

— Assez gros pour un animal... Aussi grand que moi peut-être. Les yeux jaunes... et il avait une tête bizarre...

— Bizarre en quoi ?

— Bosselée, déformée...

Bien qu'elle ait été pâle depuis le début de l'entretien, elle devint plus livide encore et des gouttes de sueur perlèrent à la racine des cheveux.

Penché sur le montant du lit, Walt écoutait attentivement, intensément, pour ne pas manquer un seul mot.

Soudain, un coup de vent violent fit vibrer le bâtiment et Tracy sursauta. Terrifiée, elle regarda la fenêtre, comme si elle s'attendait à voir une bête surgir à travers la vitre.

D'ailleurs, c'était comme ça que l'Autre s'était attaqué à Wes Dalberg...

— Il avait une grande gueule... et des dents...

Elle tremblait toujours et Lem lui posa une main réconfortante sur l'épaule.

— C'est fini, c'est fini maintenant.

— Je crois qu'il avait des poils... ou de la fourrure. Je ne sais pas... mais il était très fort.

— A quel animal ça ressemblait ? demanda Lem.

— A rien. A rien d'autre.

— Mais si on te demandait de le comparer à un autre animal, cela ferait penser à un cougar par exemple ?

— Non, pas à un cougar.

— A un chien ?

— Euh... peut-être... peut-être un petit peu à un chien.

— A un ours ?

— Non.

— A une panthère ?

— Non, pas à un félin.

— A un singe ?

Elle hésita un instant et réfléchit.

— Euh... je ne sais pas pourquoi... mais oui, ça ressemblait un petit peu à un singe. Mais les chiens et les singes n'ont pas des *dents* comme ça.

La porte s'ouvrit.

— Vous avez déjà dépassé les cinq minutes, dit le Dr Selbok.

Walt esquissa un signe pour signifier au médecin de sortir.

— Ce n'est rien. Nous avons fini. Encore une minute.

— Je chronomètre, dit Selbok en se retirant.

— Je peux compter sur toi ? demanda Lem.

— Pour que je me taise ? répondit Tracy en le regardant droit dans les yeux.

Lem acquiesça.

— Ah, ça oui ! Je n'ai pas la moindre envie d'en parler à qui que ce soit. Mes parents trouvent que je suis mâture pour mon âge. Intellectuellement et émotionnellement. Mais si je commence à raconter des âneries... à propos de monstres, ils vont changer d'avis. Et puis ils diront que je ne suis pas assez grande pour m'occuper des chevaux et tous les projets d'élevage seront retardés. Je ne veux pas courir ce risque, monsieur Johnson. Non, en ce qui me concerne, c'est un coyote du coin qui m'a sauté dessus. Mais...

— Quoi ?

— Est-ce que... vous savez si... il va revenir ?

— Je ne crois pas. Mais il serait sage de ne pas te promener dans l'écurie la nuit pendant un moment, d'accord ?

— D'accord.

A en juger par son expression ravagée, elle resterait à l'intérieur dès la tombée de la nuit pendant des semaines et des semaines.

Après avoir remercié le Dr Selbok, les deux hommes retournèrent vers le parking. L'écho de leurs pas résonnait dans la structure de béton caverneuse, vide et désolée en ces dernières heures de la nuit.

Leurs voitures étaient garées au même niveau et Walt accompagna Lem vers sa voiture banalisée de la NSA. Au moment où Lem mettait la clé dans la serrure de la porte, Walt regarda tout autour de lui pour s'assurer qu'ils étaient seuls.

— Alors, tu me le dis maintenant ?

— Impossible.

— Je trouverai tout seul.

— Tu es déchargé de l'enquête.

— Eh bien, envoie-moi devant le tribunal. Fais établir un mandat.

— Rien ne m'en empêche.

— Sous l'inculpation d'atteinte à la sécurité du territoire ?

— Exactement.

— Eh bien, vas-y, fiche-moi en taule !

Bien qu'irrité par l'acharnement de Walt, Lem trouvait cette obstination réconfortante. Il avait peu d'amis, sans doute parce qu'il se montrait très exigeant dans ses choix. Si Walt s'était retiré spontanément de l'enquête pour s'en remettre aux autorités fédérales aussi simplement que s'il avait coupé un interrupteur, son image aurait été ternie aux yeux de Lem.

— Qu'est-ce qui a des yeux jaunes et qui ressemble à la fois à un chien et à un singe ? A part ta mère, bien sûr.

— Laisse ma mère en dehors de ça, répondit Lem, souriant malgré lui.

Lem s'installa au volant. Walt maintint la porte ouverte et se pencha vers lui.

— Qu'est-ce qui a bien pu s'échapper de Banodyne ?

— Je t'ai déjà dit que cela n'avait rien à voir avec Banodyne.

— Et l'incendie au laboratoire le lendemain, ça n'aurait pas été pour détruire des preuves par hasard ?

— Ne sois pas ridicule, répondit Lem d'une voix lasse. On peut détruire des preuves bien plus efficacement sans employer les grands moyens. S'il y a des preuves à détruire. Ce qui n'est pas le cas à Banodyne.

Lem mit le moteur en marche, mais Walt ne voulait pas renoncer.

— Manipulations génétiques. C'est ça qu'ils font à Banodyne. Ils s'amusent avec des virus et des bactéries pour en faire de nouveaux plus utiles pour fabriquer de l'insuline par exemple, ou avaler les graisses. Et ils s'amusent aussi avec les plantes. Pour produire du maïs qui pousse dans les sols acides ou du blé qui a besoin de deux fois moins d'humidité. On pense toujours à l'industrie génétique en termes de microbes et de plantes. Mais après tout, ils pourraient faire joujou avec des gènes d'animaux pour créer une espèce entièrement nouvelle. C'est ça qu'ils ont fait ? Et leur rejeton a pris la poudre d'escampette ?

— Walt, dit Lem, exaspéré. Je ne suis pas spécialiste des recombinaisons de l'ADN, mais je ne crois pas que la science soit suffisamment au point pour ce genre de chose. Et puis, à quoi ça servirait ? Bon, supposons qu'on puisse créer un animal étrange en trafiquotant les gènes des espèces existantes, où cela mènerait-il ? A part le montrer dans les cirques, je n'en vois pas l'utilité.

— Je ne sais pas, c'est à toi de me dire.

— Ecoute, le budget de la recherche est toujours très serré, et il y a une compétition acharnée entre les objectifs primordiaux et les objectifs secondaires. Alors je ne vois pas comment on pourrait se permettre de conduire des recherches pour le plaisir. Tu comprends ? Comme je suis sur l'affaire, tu sais que cela a un rapport avec le secret-défense et tu voudrais insinuer que Banodyne jetait l'argent du Pentagone par les fenêtres pour faire un animal de cirque !

— Ça ne serait pas la première fois qu'on emploierait Pentagone et jeter l'argent par les fenêtres dans la même phrase, dit Walt sèchement.

— Sois réaliste, Walt. C'est une chose de laisser ses contractants dépenser un argent fou pour la production d'un système d'armement indispensable, mais c'en est une autre de distribuer délibérément des fonds pour des expériences qui n'ont aucun rapport avec la sécurité. Le système est souvent inefficace, parfois même corrompu, mais il n'est jamais franchement stupide. Et puis, je te le répète encore une fois, c'est une conversation dans le vide, parce que tout ça n'a rien à voir avec Banodyne.

— Mon Dieu, Lem. Tu es sacrément convaincant. Je sais que tu es obligé de me mentir, mais j'en arrive presque à te croire.

— Je dis la vérité.

— Vraiment convaincant ! Bon, dis-moi... Weatherby, Yarbeck et les autres ? Vous avez trouvé le meurtrier ?

— Non.

En fait, l'homme à qui Lem avait délégué l'enquête avait conclu que les Soviétiques avaient dû embaucher un tueur à gages extérieur à leur agence, et peut-être totalement étranger au monde politique. L'enquête tournait en rond.

— Ah, encore une chose, tu as remarqué qu'on dirait qu'il a un but ?

— De quoi parles-tu ?

— Il avance dans une direction nord-nord-ouest depuis qu'il a quitté Banodyne.

— Il n'a pas quitté Banodyne.

— De Banodyne au canyon Holy Jim, de là vers Irvine Park, et de la ménagerie à la maison des Keeshan ce soir. Tout droit nord-nord-ouest. Il me semble que tu sais de quoi je parle et que tu as une idée de l'endroit où il se dirige, mais je n'ose même pas poser la question, tu me laisserais pourrir en prison jusqu'à la fin de mes jours.

— Je dis la vérité au sujet de Banodyne.

— Puisque tu le dis.

— Tu es impossible !

— Puisque tu le dis.

— Puisque tout le monde le dit. Alors, tu me laisses rentrer chez moi maintenant ? Je suis épuisé.

En souriant, Walt ferma enfin la porte.

Lem quitta le garage de l'hôpital et prit l'autoroute de Placentia. Il espérait pouvoir se coucher à l'aube.

En traversant les rues aussi vides que des routes maritimes, il repensa à la direction empruntée par l'Autre. Il l'avait remarquée, lui aussi. Et il était presque sûr de savoir ce qu'il cherchait. Dès le début, le chien et l'Autre avaient eu une conscience exacerbée l'un de l'autre, même lorsqu'ils n'étaient pas dans la même pièce, ils connaissaient toujours l'humeur et l'activité de l'autre. Davis Weatherby avait suggéré, et ce n'était pas seulement une plaisanterie, qu'une relation quasi télépathique unissait les deux créatures. Vraisemblablement, l'Autre n'avait pas perdu cette capacité, et, grâce à son sixième sens, il suivait le chien.

Lem espérait sincèrement se tromper.

Au laboratoire déjà, il était évident que le chien redoutait l'Autre, et à juste titre. Les deux créatures étaient le yin et le yang du projet François, le succès et l'échec, le bon et le méchant. Autant le chien était splendide, amical et généreux, autant l'Autre était hideux, mauvais, diabolique. Les chercheurs avaient vite compris que l'Autre n'avait pas peur du chien mais qu'il le haïssait, avec une passion incompréhensible. A présent que les deux étaient libres, l'Autre n'avait sans doute pour seul but que de poursuivre son ennemi, car il n'avait qu'une envie, le mettre en pièces.

Soudain, Lem se rendit compte que, dans son anxiété, il pressait un peu fort sur la pédale d'accélérateur. La voiture oscillait le long de la voie. Il ralentit.

Où qu'il soit, avec qui il soit, le chien était en danger, et ceux qui l'avaient recueilli aussi.

Chapitre six

1

Pendant la dernière semaine de mai et la première semaine de juin, Nora, Travis et Einstein se virent presque tous les jours.

Au début, tout en le sachant moins dangereux qu'Art Streck, Nora craignait un peu Travis, mais elle avait vite surmonté sa peur. Elle en riait même quand elle se souvenait à quel point elle avait été méfiante. Il était doux et gentil, exactement le genre d'homme qui, selon tante Violet, n'existait pas.

Nora avait abandonné sa paranoïa quand elle s'était mise à penser que Travis continuait à la voir par pitié. Sensible et généreux comme il l'était, il ne pouvait pas fermer sa porte à un être désespéré. La plupart des gens n'auraient pas considéré Nora comme une personne désespérée, timide peut-être, un peu étrange et pitoyable sans plus. Et pourtant, elle s'était montrée désespérément incapable de vivre dans le monde extérieur, désespérément effrayée par l'avenir, désespérément solitaire. Travis, aussi sensible que gentil, avait répondu à ses angoisses. Peu à peu, alors que la saison avançait et que les journées se faisaient plus chaudes, elle osa enfin envisager la possibilité que Travis l'aidait non par pitié mais par amitié.

Pourtant, elle ne comprenait pas ce qu'un homme comme lui trouvait à une femme comme elle. Il lui semblait ne rien avoir à offrir.

Bon, effectivement, elle se sous-estimait. Peut-être

182

n'était-elle pas aussi laide et aussi stupide qu'elle le pensait. Malgré tout, Travis méritait, et aurait pu trouver, une bien meilleure compagne.

Elle ne voulait pas se poser trop de questions, mieux valait se détendre et profiter des bons moments.

Comme Travis avait vendu son agence immobilière et que Nora ne travaillait pas elle non plus, ils pouvaient passer toute la journée ensemble s'ils le voulaient, ce qu'ils faisaient d'ailleurs. Ils allaient voir les galeries d'art, hantaient les librairies, partaient pour de longues promenades, visitaient les sites pittoresques de Santa Ynez Valley ou de la splendide côte du Pacifique.

Deux fois, ils prirent la route de bonne heure pour Los Angeles et y passèrent la journée. Nora resta ébahie devant l'immensité de la ville et de ses possibilités : une visite des studios, le zoo gigantesque, un spectacle de comédie musicale en matinée.

Un jour, Travis lui proposa d'aller se faire couper les cheveux. Il l'emmena dans un salon de beauté que sa femme avait fréquenté. Nora était si nerveuse qu'elle en bafouillait en parlant à la coiffeuse, une blonde délurée du nom de Melanie. Melanie fit un dégradé et coupa une grosse masse de cheveux, tout en leur laissant leur longueur. Violet coupait toujours elle-même les cheveux de Nora, et depuis la mort de sa tante, Nora se débrouillait toute seule. Le coiffeur visagiste, c'était une expérience toute nouvelle, comme le restaurant la première fois. On ne laissa pas Nora se regarder tant que le brushing ne fut pas terminé.

— Vous êtes splendide ! s'exclama Travis.

— Une véritable transformation, dit Melanie.

— Somptueux ! ajouta Travis.

— Vous avez un beau visage, bien dessiné, dit Melanie, mais ces grands cheveux tout raides, ça vous faisait paraître émaciée et tout en longueur. Avec le gonflant, ça vous met à votre avantage.

Même Einstein sembla apprécier le changement. En

les voyant sortir du salon, il sauta sur Nora, les deux pattes avant sur sa taille, lui renifla le visage et les cheveux en remuant joyeusement la queue.

Elle avait horreur de sa nouvelle coiffure. Quand elle s'était vue dans le miroir, elle s'était trouvé l'air d'une vieille fille qui veut jouer les petites jeunes. Ce n'était pas son style. Cela ne faisait que mettre en valeur sa banalité, sa laideur. Elle ne serait jamais sexy, séduisante, contrairement à ce que voulait faire croire cette nouvelle coiffure. C'était comme si on avait attaché un bouquet de plumes colorées au derrière d'une dinde pour la faire passer pour un paon.

Pour ne pas heurter les sentiments de Travis, elle fit semblant de se plaire, mais le soir même, elle se lava les cheveux et les brossa, jusqu'à ce que le fameux « gonflant » eût disparu. Le dégradé les empêchait de retomber aussi raides qu'avant, mais elle fit de son mieux avec les moyens du bord.

Le lendemain, quand Travis vint la chercher pour l'emmener déjeuner, il fut visiblement choqué de la voir revenue à son image précédente, pourtant, il ne fit aucun commentaire et ne posa pas de question. Elle était si gênée, elle avait si peur de l'avoir blessé que, pendant quelques heures, elle osa à peine le regarder dans les yeux plus d'une seconde d'affilée.

Malgré les résistances vigoureuses de Nora, Travis insista pour l'emmener acheter une nouvelle robe, une tenue d'été chatoyante qu'elle pourrait porter pour un dîner au Talk of the Town, un restaurant où l'on rencontre parfois des vedettes du cinéma, situé à West Gutierrez, le deuxième ghetto du septième art après Beverly Hills-Bel Air. Ils allèrent dans une boutique chic où elle essaya une vingtaine de robes qu'elle vint présenter à Travis, rougissante et mortifiée. La vendeuse semblait sincèrement apprécier la façon dont les toilettes lui allaient, lui répétait que sa silhouette était parfaite, mais Nora ne pouvait s'empêcher de penser qu'on se moquait d'elle.

Travis préférait l'un des modèles de la collection Diane Freis. Nora devait bien admettre que la robe était jolie : dans les dominantes rouge et or, avec un mélange d'autres couleurs presque conflictuel, plus rigides dans leur agencement qu'elles ne l'auraient dû — l'une des caractéristiques de Freis apparemment. C'était excessivement féminin. Sur une belle femme cela aurait été splendide, mais ce n'était pas fait pour elle. Des couleurs sombres, des lignes austères, des tissus unis et sans chichis, voilà ce qu'il lui fallait. Elle essaya de l'expliquer à Travis.

— Mais vous êtes superbe, vraiment somptueuse, se contenta-t-il de répondre.

Elle le laissa lui offrir la robe. C'était une erreur, elle ne la porterait jamais, elle n'aurait pas dû accepter, mais malgré elle, elle se sentait flattée de voir un homme lui acheter des vêtements, de voir un homme s'intéresser à son apparence. Elle n'aurait jamais espéré une chose pareille.

Elle ne pouvait s'empêcher de rougir. Son cœur battait, sa tête tournait, mais c'était une sensation agréable.

Le lendemain soir, avant que Travis vienne la chercher, elle enfila et enleva la robe au moins une douzaine de fois. Elle examinait son armoire, cherchant frénétiquement une tenue plus raisonnable, mais elle ne trouvait rien, car elle n'avait jamais eu l'occasion de s'habiller.

— Mon Dieu, se dit-elle devant le miroir de la salle de bains, on dirait Dustin Hoffman dans *Tootsie*.

Elle se mit à rire de sa sévérité, mais c'était vraiment comme ça qu'elle se voyait : un homme déguisé en femme.

A deux reprises, elle pleura et faillit appeler Travis pour lui demander d'annuler la soirée, mais elle avait envie de le voir, quelle que soit l'humiliation qu'elle dût subir. Elle passa de l'eau de bleuet sur ses yeux rougis, alla essayer la robe une nouvelle fois, et la retira encore.

Il arriva un peu avant sept heures, très élégant dans son costume sombre.

Nora portait une sorte de sac bleu et des chaussures bleu marine.

— Vous n'êtes pas prête ? Ça ne fait rien, j'attendrai.

— Mais si.

— Vous savez bien que non, dit-il, sur le ton « Allez donc vous changer ».

— Travis, excusez-moi, je suis désolée, dit-elle à toute vitesse. J'ai renversé du café sur la robe.

— Je vous attends au salon.

— La cafetière y est passée.

— Dépêchez-vous, j'ai réservé pour sept heures et demie.

S'armant de courage contre les ricanements qu'elle ne manquerait pas de provoquer en se disant que seule l'opinion de Travis comptait, elle alla mettre la robe Diane Freis.

Elle regrettait d'avoir aplati ses cheveux, cela aurait peut-être facilité les choses.

Non, elle serait sans doute encore plus ridicule.

— Vous êtes charmante, dit-il quand elle redescendit au salon.

Elle ne sut pas si les mets étaient aussi délicieux qu'on le prétendait, elle ne se rendit compte de rien. Plus tard, elle n'arrivait même plus à se souvenir du décor, bien que les visages des autres clients, parmi lesquels l'acteur Gene Hackman, restaient gravés dans sa mémoire, car elle était sûre qu'ils avaient passé toute la soirée à la regarder d'un œil méprisant.

Pendant le repas, visiblement conscient de son malaise, Travis lui avait dit calmement :

— Vous êtes vraiment charmante, Nora, quoi que vous pensiez. Et si vous aviez plus d'expérience en la matière, vous vous rendriez compte que la moitié des hommes ont les yeux fixés sur vous.

Mais elle connaissait la vérité et supportait de la regarder en face. Si les hommes la regardaient, ce n'était pas parce qu'ils la trouvaient jolie. Personne n'admire une dinde qui essaie de se faire passer pour un paon !

— Sans maquillage, vous êtes plus belle que toutes les femmes du restaurant.

Pas de maquillage ! Autre raison de la trouver ridicule. Une femme qui portait une robe à cinq cents dollars dans un restaurant chic devait se faire belle, rouge à lèvres, fards à paupières, fond de teint et Dieu sait quoi. Nora n'avait jamais songé à se maquiller.

La mousse au chocolat, délicieuse sans doute, avait un goût de pâte à papier et se coinçait dans sa gorge.

Durant les dernières semaines, ils avaient eu de longues conversations et, pour eux, il était étrangement facile d'échanger des sentiments intimes. Elle avait appris pourquoi il était si seul en dépit de sa richesse relative et il savait pourquoi elle avait une si piètre opinion d'elle-même. Si bien que lorsqu'elle fut incapable d'avaler une autre bouchée et que Nora le supplia de la ramener chez elle, il dit gentiment :

— S'il y a une justice, Violet est en train de brûler en enfer ce soir.

— Oh, elle n'était pas si méchante, dit Nora, offusquée.

Sur le chemin du retour, Travis resta silencieux et morose.

En la quittant devant chez elle, il insista pour qu'elle prenne rendez-vous avec Garrison Dilworth, l'ancien avocat de sa tante, qui s'occupait des petits problèmes juridiques de Nora.

— D'après ce que vous m'avez dit, Dilworth connaît votre tante mieux que personne. Et je parie qu'il peut vous apprendre des choses qui briseront la mainmise que cette vieille sorcière a encore sur vous, même dans la tombe.

— Mais tante Violet n'a jamais eu de secrets. C'était une femme simple. Un peu triste, c'est tout.

— Triste, mon œil !

Travis insista jusqu'à ce que Nora finisse par céder.

Plus tard, dans sa chambre, au moment de se

déshabiller, Nora s'aperçut qu'elle n'avait pas envie de quitter sa robe. Toute la soirée, elle avait attendu avec impatience le moment où elle pourrait se débarrasser de ce déguisement, car c'était l'impression qu'elle avait, mais après coup, la soirée revêtait un éclat, une chaleur, qu'elle voulait prolonger. Telle une écolière trop romantique, elle dormit dans la robe à cinq cents dollars.

Le cabinet de Garrison Dilworth avait été savamment décoré pour inspirer la respectabilité, la stabilité et la confiance. Des lambris de chêne superbement travaillés. Des rideaux bleu roi accrochés à des tringles de bois. Des étagères qui croulaient sous des livres à reliures de cuir. Un énorme bureau de chêne.

L'avocat lui-même était un étrange mélange entre la personnification de la Morale et de la Justice et... du père Noël. Grand, majestueux avec ses cheveux argentés, travaillant toujours à plus de soixante-dix ans, il avait une prédilection pour les costumes trois-pièces et les cravates discrètes. Malgré de nombreuses années passées en Californie, il avait une voix distinguée qui trahissait une bonne éducation dans les cercles de la haute société de la côte Est dont il était issu. Pourtant une étincelle joyeuse dans ses yeux et son sourire chaleureux rappelaient décidément le père Noël.

Il ne resta pas sévèrement derrière son bureau mais vint s'asseoir à côté de Nora et Travis installés dans des fauteuils confortables autour d'une table basse.

— Je ne sais pas trop ce que vous espérez apprendre. Votre tante n'avait pas de secret. Pas de sombres révélations qui changeraient le cours de votre vie...

— Je m'en doutais, dit Nora. Je suis désolée de vous avoir dérangé.

— Un instant, laissez finir monsieur Dilworth.

— Violet Devon était ma cliente, et un avocat est lié par le secret professionnel, même après la mort de ses clients. Du moins, c'est mon point de vue, bien que certains de mes collègues ne soient pas aussi scrupuleux. Bien sûr, je m'adresse à la plus proche parente de Violet, et je suppose qu'il y aurait très peu de choses que je préférerais taire, s'il y avait quoi que ce soit à divulguer... mais je ne vois guère de raisons de ne pas donner mon opinion sur la défunte. Même les avocats, les prêtres et les médecins ont le droit d'avoir des opinions... En fait, je ne l'aimais guère. Je la trouvais étroite d'esprit, très égoïste et... quelque peu dérangée. Et la façon dont elle vous a élevée est absolument criminelle. Pas au sens légal, mais criminelle quand même. Et cruelle.

Depuis aussi longtemps qu'elle s'en souvenait, Nora avait l'impression d'avoir un énorme nœud à l'intérieur d'elle-même, qui enserrait ses organes, empêchait son sang de couler et l'obligeait à étouffer ses sentiments, à lutter comme un moteur qui n'a pas l'énergie nécessaire à sa tâche. Tout d'un coup, Garrison Dilworth déliait ce nœud et, pour la première fois, elle sentit un élan de vie l'envahir.

Elle savait ce que lui avait fait Violet Devon, mais ce n'était pas suffisant pour surmonter une éducation trop austère. Il fallait que quelqu'un d'autre la condamne pour elle. Travis l'avait déjà fait, et cela avait un peu soulagé Nora, mais cela n'avait pas suffi à la libérer, car il n'avait pas connu sa tante et ne parlait pas vraiment en connaissance de cause. Garrison, lui, avait bien connu Violet, et Nora se sentit libérée de ses liens.

Elle tremblait et des larmes ruisselaient sur son visage, mais elle ne s'en rendit compte que lorsque Travis vint lui poser une main consolatrice sur l'épaule.

— Excusez-moi, dit-elle en cherchant un mouchoir.

— Surtout ne vous excusez pas de briser la coquille d'acier dans laquelle vous avez été enfermée toute votre vie. C'est la première fois que je vous vois manifester une émotion, à part la timidité, et c'est une vue agréable.

Le notaire se tourna vers Travis pour laisser à Nora le temps de sécher ses yeux.

— Qu'est-ce que vous aimeriez encore savoir ?

— Il y a des choses que Nora devrait savoir et qu'elle ignore et je ne crois pas que vous violeriez votre code personnel si vous aviez à les divulguer.

— Du genre ?

— Violet Devon n'a jamais travaillé, mais elle vivait relativement confortablement, ne manquait jamais d'argent et elle a laissé un héritage suffisant pour que Nora vive pendant le restant de ses jours, du moins, tant qu'elle habite dans cette maison et y mène une vie de recluse. D'où vient cet argent ?

— D'où il vient ? Mais Nora le sait certainement.

— Non.

Garrison regarda Nora qui levait les yeux d'un air étonné.

— Le mari de Violet était assez aisé. Il est mort jeune et elle a hérité de tout.

Nora en avait le souffle coupé et pouvait à peine parler.

— Le mari ?

— George Olmstead.

— Je n'ai jamais entendu ce nom.

— Elle ne vous a jamais parlé de son mari ?

— Non.

— Mais les voisins ?

— Nous ne parlions pas aux voisins. Violet ne voulait pas.

— Oui, et en fait, il devait y avoir de nouveaux voisins quand vous êtes venue vivre avec votre tante.

Nora se moucha et rangea son mouchoir. Elle tremblait toujours, mais sa curiosité était éveillée.

— Ça va ? lui demanda Travis.

— Hum hum. Vous saviez, à propos du mari ? C'est pour ça que vous m'avez fait venir ici ?

— Je m'en doutais, répondit Travis. Si elle avait hérité de sa famille, elle l'aurait sûrement dit... Comme elle n'a jamais parlé de rien... il me semblait qu'il n'y avait plus qu'une solution, un mari, et un mari avec lequel elle avait eu des ennuis. Ce qui est d'autant plus logique quand on songe à la mauvaise opinion qu'elle avait des gens en général et des hommes en particulier.

Consterné, l'avocat ne parvenait pas à rester en place et faisait les cent pas près d'une lampe mappemonde qui sous la lumière avait l'air d'être en parchemin.

— J'en suis abasourdi. Vous n'aviez jamais compris pourquoi elle était si misanthrope, pourquoi elle soupçonnait tout un chacun d'avoir les pires intentions du monde ?

— Non. Je ne me posais pas la question, elle était comme ça, c'était tout.

— Oui, c'est vrai, elle devait déjà être paranoïaque dans sa jeunesse, mais quand elle a découvert que George la trompait, ça a servi de catalyseur. Elle est devenue bien pire.

— Pourquoi Violet employait-elle toujours son nom de jeune fille, puisqu'elle s'était mariée ?

— Elle ne voulait plus porter son nom. Il lui faisait horreur. Elle a quasiment fichu son mari à la porte à coups de bâton. Elle était sur le point de divorcer quand il est mort. Comme je vous l'ai dit, elle avait eu vent de ses aventures. Elle était furieuse. Honteuse et enragée. Je dois dire que je ne peux pas vraiment blâmer George. Il ne devait guère trouver d'affection et de réconfort au foyer. Un mois à peine après le mariage, il s'était rendu compte de son erreur.

Garrison marqua une pose et appuya une main sur le sommet du globe, les yeux fixés sur le passé. En général, il ne paraissait pas son âge, mais là, à l'évocation d'une époque révolue, son visage semblait se creuser et ses yeux se délaver.

— De toute façon, les temps étaient différents. Quand une femme était trompée, à l'époque, elle devenait un objet de pitié et de ridicule. Mais même dans ces conditions, la réaction de Violet était insensée. Elle a brûlé tous ses vêtements, fait changer les verrous... Elle a même tué un chien, un épagneul, qu'elle aimait beaucoup. Elle l'a empoisonné, et elle lui a envoyé le cadavre par la poste.

— Mon Dieu ! s'exclama Travis.

— Violet a repris son nom de jeune fille car le

simple nom d'Olmstead lui répugnait, même après la mort de son mari. Elle ne pardonnait pas facilement.

— Non, dit Nora.

— Quand George a été tué, dit Garrison avec un air de dégoût, elle n'a même pas pris la peine de dissimuler sa joie.

— Il a été tué ? demanda Nora, s'attendant plus ou moins à ce qu'on lui apprenne que sa tante était la meurtrière.

— Un accident de voiture. Il a perdu le contrôle de son véhicule sur l'autoroute en revenant de Los Angeles. Il a dévalé la pente jusqu'à la mer. Le terrain est très escarpé, il a fait plusieurs tonneaux avant que sa Packard s'écrase sur les rochers. La procédure de divorce était déjà entamée, mais elle a hérité de tout car George n'avait pas encore modifié son testament.

— Alors, non seulement il l'a trompée, mais il ne lui a même pas laissé l'occasion d'exprimer son agressivité et elle l'a retournée contre le monde en général.

— Et moi en particulier, conclut Nora.

Ce même après-midi, Nora parla de sa peinture à Travis. Elle n'avait pas encore évoqué ce passe-temps. Elle ne savait pas exactement pourquoi elle avait tenu cette activité secrète bien qu'elle ait manifesté son intérêt pour l'art et la peinture à l'occasion de leurs visites dans les galeries et les musées. Sans doute craignait-elle qu'il fût peu impressionné par ses talents.

Que se passerait-il s'il n'aimait pas ce qu'elle faisait ?

A part la lecture, c'était souvent la peinture qui lui avait permis de supporter les longues journées moroses de ses années de solitude. Elle pensait avoir du talent, beaucoup de talent peut-être, mais elle était encore bien trop timide pour exprimer cette conviction devant qui que ce soit. Et si elle se trompait ? Si ce n'était qu'un passe-temps ? C'est grâce à son art qu'elle se définissait, et, comme elle n'avait rien d'autre pour soutenir son image du moi, si peu valorisante soit-elle, il fallait absolument qu'elle puisse croire à ses dons. Pour elle, l'opinion de Travis comptait beaucoup, et s'il avait une réaction négative, elle ne s'en remettrait pas.

Après avoir quitté le cabinet de Garrison Dilworth, elle décida qu'il était temps de courir ce risque. La vérité sur Violet Devon avait ouvert les portes de sa prison. Il lui faudrait encore du temps pour sortir de sa cellule, plus encore pour s'aventurer dans le monde, mais le voyage se poursuivrait, inexorablement. Il fallait qu'elle tente toutes les expériences que permettait sa vie nouvelle, y compris la déception et le rejet... Qui ne risque rien n'a rien !

Arrivée chez elle, elle songea un instant à faire monter Travis pour lui montrer ses tableaux les plus récents. Mais l'idée d'avoir un homme dans sa chambre, même doté des intentions les plus innocentes, la perturbait. Garrison Dilworth l'avait libérée, le monde s'élargissait, mais elle n'était pas encore tout à fait prête. Elle insista donc pour que Travis et Einstein l'attendent au salon surchargé de meubles où elle leur apporterait ses toiles.

— Je reviens tout de suite, dit-elle après avoir allumé les lampes et tiré les rideaux.

En haut, elle hésita longuement, ne sachant quelles peintures choisir. Elle finit par opter pour quatre tableaux, ce qui n'était pas très facile à transporter dans l'escalier. A mi-chemin, tremblante, elle voulut remonter pour sélectionner d'autres toiles, mais elle ne mit pas longtemps à comprendre qu'elle pourrait passer une éternité à tergiverser. Qui ne risque rien n'a rien... elle inspira profondément, et descendit les dernières marches.

Travis aimait beaucoup sa peinture. Plus que ça. Il était enthousiasmé.

— Nora, ce n'est pas un travail d'amateur ! C'est de l'art !

Elle installa les toiles sur quatre chaises et Travis s'approcha pour les regarder de plus près, puis s'éloigna et s'approcha de nouveau.

— Très réaliste, dit-il. Bon, c'est vrai, je ne suis pas

critique d'art, mais je vous trouve aussi douée que Wyeth. Mais ces deux-là... il y a autre chose... un aspect fantastique...

Ces compliments l'avaient fait rougir et elle dut avaler sa salive avant de pouvoir parler.

— Une touche de surréalisme.

Elle avait apporté deux paysages et deux natures mortes. Un de chaque relevait effectivement d'un travail purement réaliste, mais les autres avaient un caractère plus personnel. La nature morte par exemple, quelques verres, une cruche, des cuillères, des tranches de citron sur une table peints avec des détails très précis, donnait au premier regard une impression d'hyperréalisme, mais en y regardant de plus près, on voyait que le verre se fondait dans la surface sur laquelle il reposait et qu'une des tranches de citron pénétrait dans le verre comme si celui-ci avait été moulé autour d'elle.

— C'est extraordinaire. Vous en avez d'autres ?

D'autres !

Elle refit deux voyages et revint avec six autres tableaux.

De toile en toile, l'enthousiasme de Travis se décuplait. Au début, Nora avait craint qu'il ne réagisse ainsi par politesse, mais vite elle avait compris que son admiration était sincère.

— Votre sens des couleurs est remarquable.

Einstein accompagnait Travis tout autour de la pièce et commentait les remarques de son maître d'un doux jappement tout en agitant vivement la queue, comme s'il exprimait son accord avec ses propos.

— Il y a une telle force dans ces toiles.

— Wouaf.

— Votre maîtrise de la technique est extraordinaire. Je n'ai pas l'impression qu'il y a des milliers de coups de pinceau. On dirait que l'image est apparue comme par magie.

— Wouaf.

— C'est incroyable que vous n'ayez aucune formation.

— Wouaf.

— Nora, vous pourriez facilement les vendre et gagner votre vie avec. Toutes les galeries accepteraient de les prendre à la seconde.

— Wouaf.

— Vous ne pourriez pas seulement en vivre, vous pourriez devenir célèbre.

Comme elle n'avait jamais consciemment admis toute l'importance qu'elle accordait à son travail, Nora avait souvent peint des tableaux les uns sur les autres, réutilisant plusieurs fois les mêmes toiles, si bien que certaines de ces œuvres étaient perdues à jamais. Elle avait malgré tout rangé une petite centaine de ses meilleures toiles dans le grenier. Sur l'insistance de Travis, ils déballèrent une vingtaine de pièces et les descendirent au salon. Pour la première fois, cette pièce sombre s'égayait et devenait accueillante.

— Les galeries sauteraient sur des occasions pareilles. En fait, dès demain, on met tout ça dans le camion et on va les montrer, pour savoir ce que les spécialistes en pensent.

— Oh, non, non !

— Nora, je vous le promets, vous ne serez pas déçue.

Soudain, elle fut envahie par l'angoisse. Bien sûr, la promesse d'une carrière l'enthousiasmait, mais elle était terrifiée par le gigantesque pas en avant que cela exigeait. Un peu comme marcher sur le bord d'une falaise.

— Non, pas encore. Dans une semaine... un mois, mais pas maintenant. Je... je... c'est trop tôt.

— Une nouvelle surcharge sensorielle ?

Einstein s'approcha d'elle et se frotta contre ses jambes en la regardant avec une expression si douce qu'elle en sourit.

— Tout se passe si vite en ce moment. Je ne peux pas tout absorber à la fois. J'ai toujours la tête qui tourne. J'ai l'impression d'être sur un manège fou qui va de plus en plus vite.

D'une certaine façon, elle disait la vérité, mais ce n'était pas la seule raison. Elle voulait aller lentement pour avoir le temps de savourer chaque étape. Si elle se précipitait, la transformation de la vieille fille recluse en femme accomplie ne lui laisserait plus tard qu'un vague souvenir. Elle voulait profiter de chaque instant de sa métamorphose.

Comme si elle avait été une infirme confinée depuis le premier jour dans une obscure chambre stérile, guérie miraculeusement, Nora Devon avançait prudemment dans un monde nouveau.

Travis n'était pas le seul responsable des progrès de Nora. Einstein avait tenu un rôle tout aussi important, sinon plus.

Le retriever avait décidé qu'il pouvait faire confiance à Nora et lui révéler le secret de son intelligence exceptionnelle. Après l'épisode de *Modern Bride* et des bébés à Solvang, il lui laissa entrevoir les infinies possibilités de son esprit peu canin.

Calquant son attitude sur celle d'Einstein, Travis raconta à Nora comment il avait rencontré le retriever dans les bois alors qu'une créature mystérieuse, restée dans l'ombre, les poursuivait. Il lui fit part aussi de toutes les prouesses d'Einstein depuis lors. Il lui parla des crises d'anxiété du chien qui passait la nuit à guetter par la fenêtre, comme s'il était persuadé que la créature mystérieuse allait le retrouver.

Ils étaient assis depuis des heures à la table de la cuisine à boire du café et manger des gâteaux à l'ananas tout en cherchant une explication rationnelle à l'intelligence du chien. Quand il ne mangeait pas, Einstein les écoutait attentivement comme s'il comprenait ce qu'on disait de lui. Parfois, il gémissait et faisait impatiemment les cent pas, comme frustré de ne pouvoir participer à la conversation. En fait, Nora et Travis tournaient en rond, car ils ne disposaient d'aucune explication digne de ce nom.

— Il pourrait sans doute nous dire d'où il vient et pourquoi il est si différent des autres chiens, dit Nora.

Einstein balayait l'air de sa queue.

— Oh, j'en suis sûr. Il a une conscience quasi humaine. Il sait qu'il est différent, et je ne serais pas étonné qu'il sache aussi pourquoi. Je crois qu'il aimerait nous le dire s'il trouvait un moyen de s'exprimer.

Le retriever aboya, courut à l'autre bout de la cuisine, revint vers eux, fit une petite danse très agitée, et retomba sur le sol, la tête sur les pattes, reniflant et gémissant doucement.

Nora fut très intriguée par le récit de la soirée où Einstein s'était intéressé à la bibliothèque de Travis.

— Il reconnaît les livres comme moyen de communication. Et peut-être qu'il sent qu'ils présentent une possibilité de réduire l'espace entre lui et nous.

— Comment ? demanda Travis en prenant une cuillère de gâteau.

— Je ne sais pas. Mais peut-être que vos livres ne convenaient pas. Qu'est-ce que c'était exactement ?

— Des romans, toutes sortes de romans.

— Peut-être ce qu'il faut, ce sont des livres avec des images, toutes sortes de livres et de magazines et peut-être que si nous les étalions sur le sol et que nous travaillions avec lui, nous trouverions un moyen de communiquer.

Le retriever se redressa sur ses pattes et alla vers Nora. D'après son regard, elle comprit immédiatement que sa proposition était bonne. Demain, elle chercherait tous les livres et les magazines imaginables et mettrait son projet à exécution.

— Il va falloir une sacrée patience !

— J'ai des océans de patience.

— C'est ce que vous croyez, mais avec Einstein, le mot prend une signification toute nouvelle.

En se tournant vers Travis, le chien souffla de l'air par les narines.

Au cours des premières tentatives du mercredi et du jeudi, les espérances de communication avec le chien semblèrent bien ténues. Mais la révolution n'allait pas tarder à se produire. Le vendredi soir, c'était chose faite et la vie ne serait jamais plus la même...

« ... *On signale des cris dans un lotissement en construction, les Côtes de Bordeaux...* »

Le vendredi soir, 4 juin, moins d'une heure avant la tombée de la nuit, le soleil inondait le comté d'Orange de lueurs cuivrées. C'était le deuxième jour de la canicule des années quatre-vingt-dix et la chaleur de la longue journée d'été irradiait les routes et les bâtiments. Les branchages retombaient mollement des arbres dans l'air immobile. Sur l'autoroute, l'atmosphère lourde filtrait et étouffait le bruit des moteurs et des klaxons.

« ... *Je répète, les Côtes de Bordeaux, un lotissement en construction à l'est...* »

Dans les douces collines du nord-est, près de Yorba Linda, contrée que la banlieue tentaculaire commençait à peine à atteindre, les rares bruits de circulation revêtaient un aspect sinistre et mélancolique dans l'humidité torride.

Les shérifs Teel Porter et Ken Dimes patrouillaient dans leur voiture de police, Teel au volant, Ken s'énervant avec le ventilateur cassé ; pas de climatisation, pas un souffle d'air. Malgré les fenêtres ouvertes, on se serait cru dans un four.

— Tu pues le cochon crevé, dit Porter à son collègue.

— Ah ouais ? Toi, tu ne te contentes pas de puer, tu ressembles à un cochon crevé.

— Ah ouais ? Ça fait rien puisque tu les aimes.

En dépit de la chaleur, Ken sourit.

— Ah tiens ? Moi, j'ai entendu dire que tu faisais l'amour comme un cochon crevé.

Leur humour las ne réussissait pas à masquer leur fatigue et leur malaise. Et puis, ils répondaient à un appel qui ne promettait rien de très excitant : des gosses qui s'amusaient sans doute. Les mômes adorent les endroits en construction. Les deux hommes avaient trente-deux ans, deux anciens joueurs de football solides. Ils n'étaient pas frères, mais depuis six ans qu'ils patrouillaient ensemble, ils étaient comme des frères.

Teel quitta la route pour s'engager dans un chemin de terre qui menait au lotissement. Il y avait une quarantaine de maisons déjà montées, crépies pour certaines.

— Regarde-moi ça. Je ne comprendrai jamais que les gens se laissent attirer par des trucs comme ça. Non mais, Bordeaux pour des baraques en Californie. Qu'est-ce qu'ils veulent faire croire ? Qu'il va pousser des vignobles un jour ? Les Côtes ! Tu parles, c'est tout plat ! Oh, ça donne une illusion de calme. Pour le moment. Mais qu'est-ce qui se passera quand on construira trois mille maisons dans les cinq ans ?

— Ce qui m'énerve le plus, répondit Teel, c'est qu'ils osent appeler ça des mini-domaines. Qui prendrait ça pour des domaines, à part des Russes qui ont l'habitude de vivre à dix dans une pièce ?

On avait déjà installé les bordures de béton des trottoirs mais le macadam n'était pas encore coulé. Teel roulait lentement pour ne pas soulever trop de poussière, effort inutile de toute façon. Tous deux scrutèrent les formes squelettiques des maisons inachevées, à la recherche de gosses sur le point de faire des bêtises.

A l'ouest, à la limite de Yorba Linda et des Côtes de Bordeaux, certaines maisons étaient déjà habitées. C'étaient les résidents qui avaient prévenu la police.

A l'autre bout de la rue, il y avait encore un camion de la société de construction Tulemann Brothers garé devant les trois maisons témoins.

— On dirait qu'il reste un contremaître sur le chantier, dit Ken.

— A moins que le veilleur de nuit soit arrivé en avance.

Ils se garèrent, sortirent de la fournaise du véhicule et écoutèrent. Le silence.

— Il y a quelqu'un ? cria Ken.

Sa voix résonna dans les maisons désertes.

— Tu veux aller y faire un tour ? demanda Ken.

— Non, mais on va y aller quand même.

Ken pensait toujours que la situation était normale. Le camion avait pu être tout simplement laissé là à la fin de la journée. Après tout, il restait bien du matériel sur le chantier.

Ils prirent des lampes de poche dans la voiture, car bien que l'électricité ait déjà été installée, il n'y avait pas encore d'ampoules aux lampadaires et aux plafonds.

Vérifiant leurs étuis de revolver plus par habitude que par crainte d'avoir à s'en servir, Ken et Teel se dirigèrent vers les maisons les plus proches. Ils ne cherchaient rien de particulier mais allaient jeter un coup d'œil par acquis de conscience, la routine du travail de policier.

Pour la première fois de la journée, une brise se leva et souleva des nuages de poussière dans les flancs béants des maisons. Le soleil sombrait rapidement à l'ouest, et les structures de métal projetaient des ombres de barreaux de prison sur le sol. Les dernières lueurs du jour, qui passaient de l'or au rouge sale, scintillaient dans l'air. Le sol de béton couvert de clous brillants cliquetait sous leurs pas.

— Pour cent quatre-vingt mille dollars, dit Teel en éclairant de sa lampe les coins obscurs, il me faudrait des pièces un peu plus grandes que ça.

— Pour ce prix-là, il me faudrait au moins un hall d'aéroport.

Ils sortirent par l'arrière de la maison et parvinrent dans une petite cour. Le sol nu était couvert de détritus, débris de béton, planches, vieux papiers, clous, câbles emmêlés, mètres de tuyaux, bardeaux inutiles, gobelets de carton, emballages de hamburgers en polyéthylène, boîtes de Coca vides et débris non identifiables.

Il n'y avait pas encore de barrière, si bien qu'ils voyaient les cours de toutes les maisons en enfilade. Des ombres pourpres s'étiraient sur le sol, mais il n'y avait personne.

— Pas de grabuge, apparemment.

— Pas de demoiselle en détresse.

— Allons quand même voir entre les maisons, il faut bien qu'on soit payé pour quelque chose, dit Teel.

Deux maisons plus loin, dans le passage d'une dizaine de mètres qui séparait deux maisons, ils trouvèrent le corps.

— Merde ! s'exclama Teel.

L'homme était étendu sur le dos, à demi dans l'ombre, si bien qu'ils ne se rendirent pas tout de suite compte de l'horreur de la situation, mais quand Ken s'agenouilla près du corps, il vit qu'on avait arraché les entrailles.

— Mon Dieu ! Les yeux ! dit Teel.

Ken regarda le visage et vit les deux orbites noires et vides.

Teel fit quelques pas en arrière et sortit son revolver.

Ken s'éloigna lui aussi du cadavre mutilé et prit son arme en main. Bien qu'il ait transpiré toute la journée, il fut soudain saisi d'une moiteur différente, la sueur froide et acide de la peur.

Du PCP, songea Ken, seul un drogué au PCP pouvait se laisser aller à une telle violence.

Le silence régnait sur les Côtes de Bordeaux.

Tout était immobile, à part les ombres qui s'allongeaient de seconde en seconde.

— Encore un cinglé de camé, dit Ken.

— J'y pensais aussi, répondit Teel. Tu veux aller voir plus loin ?

— Pas tous les deux tout seuls. Il faut appeler des renforts.

Ils commencèrent à faire demi-tour, en regardant tout autour d'eux d'un air méfiant. Ils n'allèrent pas loin avant d'entendre du bruit. Un craquement. Un tintement métallique. Du verre brisé.

Cela provenait de l'intérieur de l'une des trois maisons témoins.

Sans suspect en vue, et sans moyen de déterminer exactement l'origine des troubles, ils auraient dû retourner à la voiture pour lancer un appel radio.

Mais leur entraînement et leur instinct les poussaient à agir plus hardiment. Ils avancèrent vers la source du bruit.

On avait cloué des plaques de contre-plaqué tout autour de la maison, pour que l'intérieur ne soit pas exposé aux éléments. Les parois de plâtre étaient encore humides. Comme si le travail avait été commencé le jour même. Les fenêtres pour la plupart avaient été posées, seules quelques ouvertures étaient encore bouchées par des feuilles de plastique opaques et froissées.

Autre craquement, plus fort que le premier, suivi de nouveaux bris de verre.

Ken Dimes essaya d'ouvrir la porte-fenêtre coulissante qui donnait sur la cour. Elle était ouverte.

De l'extérieur, Teel examina la pièce principale. Bien que la lumière pénétrât par la vitre nue, l'ombre régnait à l'intérieur. On voyait quand même que la pièce était vide, si bien que Teel, son Smith & Wesson à la main, poussa la porte entrouverte.

— Fais le tour de l'autre côté, que ce cinglé ne puisse pas s'échapper.

Courbé en deux pour ne pas être visible des fenêtres, Ken courut de l'autre côté, s'attendant plus ou moins à ce que quelqu'un surgisse du toit ou d'une fenêtre.

L'intérieur était aménagé. La grande pièce ouvrait sur un coin déjeuner adjacent à la cuisine, le tout séparé par des demi-cloisons. Les éléments de chêne avaient été posés, mais le carrelage n'était pas encore fini.

La maison sentait le plâtre et les copeaux de bois.

Teel écoutait attentivement, à l'affût du moindre bruit.

Rien.

Si cette maison ressemblait aux autres maisons américaines, on trouverait la salle à manger à gauche, de l'autre côté de la cuisine, puis le salon, le vestibule, et un petit bureau. S'il allait dans le couloir derrière la cuisine, il tomberait sans doute sur la buanderie, la salle de bains du bas, les penderies. Il n'y avait aucune raison de préférer un chemin plus qu'un autre, il alla donc dans la buanderie.

La pièce obscure n'avait pas de fenêtre. La lumière de la lampe ne révélait que des placards et l'espace vide de la machine à laver et de la sécheuse à linge. Teel voulait aussi regarder derrière la porte où devaient se trouver l'évier et un plan de travail. Il ouvrit la porte en grand et entra, en braquant lampe et revolver dans cette direction. Il vit effectivement l'évier en inox et le plan de travail, mais pas d'assassin.

Il était sur les dents. L'image du corps mutilé vacillait toujours dans son esprit, mon Dieu, ces orbites vides !

Non, pas sur les dents... Terrifié à mort.

Devant la maison, Ken sauta par-dessus un petit ravin pour atteindre la double porte d'entrée. Il surveillait le passage, mais personne n'essaya de s'enfuir. Au fur et à mesure que le crépuscule tombait, le lotissement ressemblait plus à une cité bombardée qu'à une paisible banlieue en construction.

Dans la buanderie, Teel Porter se retourna pour aller vers le hall et vérifier les placards. Soudain, la haute porte du placard à balai s'ouvrit, et la créature sauta sur lui, tel un diable qui sort de sa boîte. Pendant un quart de seconde, il crut avoir affaire à un gosse portant un masque de carnaval. Il ne vit pas très bien car sa lampe n'était pas braquée sur l'adversaire, mais vite, il comprit qu'il était bien réel. Ces yeux jaunes, pareils à des halos de lampes sales, n'étaient ni en verre ni en plastique. Non, pas le moindre doute. Il tira mais le coup partit droit devant lui, dans le couloir, et la douille inoffensive s'enfonça dans le plâtre. Il se détourna, mais la créature était déjà sur lui et sifflait comme un serpent. Il tira de nouveau, dans le sol, cette fois — coup assourdissant dans l'espace clos. L'agresseur le poussa en arrière, vers l'évier, lui arracha le revolver des mains. Il perdit sa lampe qui alla rouler dans un coin. Il lança un coup de poing, mais avant que sa main ait terminé sa course, une horrible douleur lui perça le ventre, comme si on lui enfonçait des dizaines de flèches à la fois. Il comprit immédiatement ce qui lui arrivait. Il cria, hurla et, dans l'obscurité, la masse informe et diabolique se pencha sur lui, les yeux jaunes étincelants. Teel hurla encore ; d'autres flèches vinrent s'enfoncer dans la chair tendre de sa gorge.

Ken Dimes était à quatre pas de la porte lorsqu'il entendit crier. Cris de surprise, de peur, de douleur.

— Nom d'un chien !

Le battant droit de la double porte de chêne était fixé au montant, tandis que celui de gauche s'ouvrait. Il n'était pas verrouillé. Ken se précipita à l'intérieur, oubliant toute prudence, puis s'arrêta un instant dans le couloir sombre.

Déjà, les cris avaient cessé.

Il alluma sa lampe. Le salon vide à droite. Le bureau à gauche, vide aussi. Un escalier menait à l'étage. Personne en vue.

Le silence. Un silence absolu. Comme dans un sas.

Pendant un moment, Ken n'osa pas appeler, de peur de révéler sa position à l'assassin, mais finalement, la lampe sans laquelle il ne pouvait opérer le trahissait déjà, peu importe qu'il fasse du bruit.

— Teel ?

Le nom résonna dans les pièces vides.

— Teel, où es-tu ?

Pas de réponse.

Teel devait être mort. Mon Dieu ! Sinon, il aurait répondu.

Ou simplement blessé et inconscient, agonisant ? Dans ce cas, peut-être valait-il mieux retourner à la voiture de patrouille pour appeler une ambulance.

Non, non, si son collègue était dans un état désespéré, il fallait que Ken le trouve immédiatement pour lui administrer les soins d'urgence. Il serait trop dangereux de perdre du temps à appeler une ambulance.

Et puis, il fallait s'occuper de l'assassin.

Seule une faible lueur rougeâtre pénétrait par les fenêtres ; peu à peu la nuit engloutissait le jour. Ken ne pouvait se repérer que grâce à sa torche, ce qui n'était guère pratique car, à chaque mouvement, les ombres vacillaient et bougeaient, créant des agresseurs illusoires qui pourraient bien détourner son attention du vrai danger.

Il se faufila dans le couloir étroit qui menait à l'arrière de la maison, rasant les murs. L'une de ses semelles grinçait à chaque pas. Il tenait son revolver braqué droit devant lui, et non vers le sol et le plafond. Pour le moment du moins, inutile de se soucier des procédures de sécurité.

A sa droite, une porte ouverte. Un placard. Vide.

L'odeur de sa transpiration couvrait celle du bois et du plâtre.

Il y avait une salle de bains sur sa gauche. Un rapide balayage de lampe ne révéla rien d'extraordinaire, pourtant, le reflet de sa propre terreur l'épouvanta.

La grande pièce, le coin déjeuner, la cuisine se trouvaient droit devant lui. Sur la gauche, une autre porte ouverte. Dans le rayon de la torche qui oscillait dangereusement, il vit le corps de Teel dans la buanderie. Mort, sans le moindre doute, d'après la mare de sang.

Sous les vagues de peur qui le submergeaient, le chagrin, la rage et un féroce désir de vengeance le rongeaient.

Ken entendit un bruit derrière lui.

Il cria et se tourna pour faire face à la menace.

Mais le couloir sur sa droite et le coin déjeuner à sa gauche étaient déserts.

Le son venait de l'avant de la maison. Même si l'écho s'était tu, il savait ce qu'il avait entendu. On avait fermé la porte.

Un autre bruit brisa le silence. Le clac d'un verrou qu'on engage.

L'assassin était-il parti et avait-il refermé la porte de l'extérieur avec une clé ? Comment aurait-il eu une clé ? Celle du contremaître assassiné ? Et pourquoi s'arrêter pour fermer ?

Non, il avait sans doute fermé la porte de l'intérieur, non seulement pour retarder la fuite de Ken, mais aussi pour lui signifier que la chasse n'était pas terminée.

Ken envisagea d'éteindre sa lampe qui le rendait trop vulnérable, mais à présent le crépuscule gris-mauve n'éclairait même plus les fenêtres. Sans sa torche, il serait aveugle.

Comment l'assassin trouverait-il son chemin dans le noir ? La vision d'un drogué au PCP s'améliorait-elle, tout comme sa force physique décuplait ?

La maison était silencieuse.

Ken restait adossé au mur du couloir.

Il sentait l'odeur du sang de Teel. Une odeur vaguement métallique.

Clic, clic, clic.

Ken se raidit et redoubla d'attention, mais il n'entendit plus rien après ces trois petits sons secs. Des pas rapides sur le sol de béton, d'une personne portant des bottes à talons ou des chaussures ferrées.

Le bruit avait disparu aussi vite qu'il était venu, et il était incapable de le localiser. *Clic, clic, clic, clic,* quatre pas cette fois, qui avançaient vers lui, vers le couloir.

Il s'écarta du mur, se retourna et s'accroupit, braquant lampe et revolver en direction des pas. Le couloir était désert.

Respirant la bouche ouverte pour réduire le bruit de son propre souffle qui risquait de masquer les mouvements de son ennemi, Ken avança le long du couloir. Rien. Effectivement la porte était fermée, mais le salon et l'escalier restaient déserts.

Clic, clic, clic, clic.

Le bruit venait d'une direction toute différente, de

l'arrière, du coin déjeuner. L'assassin avait traversé le salon et la salle à manger et avait contourné Ken dans un silence absolu. Et à présent, ce fumier entrait dans le couloir que Ken venait de quitter ! C'était exprès qu'il faisait du bruit, et non pas parce qu'il avait des chaussures qui grinçaient comme celles de Ken. Il voulait torturer son adversaire. *Coucou, me voilà, j'arrive, j'arrive, prépare-toi.*

Clic, clic, clic.

Ken Dimes n'était pas un lâche. C'était un bon policier qui n'avait jamais reculé devant le danger. Il n'était entré dans la police que sept ans auparavant, mais il avait déjà reçu deux citations pour bravoure. Pourtant, ce cinglé sans visage qui parcourait la maison dans l'obscurité complète, silencieux quand il le voulait, bruyant quand ça l'arrangeait... tout cela le terrifiait. Et, bien que courageux, Ken n'était pas idiot, et seul un idiot courrait au-devant d'une situation qu'il ne comprend pas.

Au lieu de retourner dans le couloir pour faire face à l'assassin, il alla vers la porte et tourna la poignée. Il remarqua alors qu'elle n'avait pas simplement été verrouillée, mais qu'on avait aussi passé du fil de fer tout autour des poignées du battant fixe et du battant mobile pour les lier ensemble. Il lui faudrait au moins trente secondes pour le défaire.

Clic, clic, clic.

Il tira vers le couloir sans même regarder, et courut dans la direction opposée, traversant les pièces vides. *Clic, clic, clic.* De plus en plus vite. Quand il entra dans la salle à manger, prêt à rejoindre la porte de la cour par laquelle Teel était entré, il entendit le cliquetis en face de lui ! Il était sûr que le meurtrier l'avait poursuivi dans le salon mais, de nouveau, il était retourné dans le couloir sombre et revenait vers lui dans l'autre direction comme pour se moquer de lui. D'après le bruit, ce crétin devait être dans le coin déjeuner, ce qui signifiait qu'il n'y avait plus que la cuisine entre lui et Ken. Ken décida d'attendre là, bien déterminé à lui faire sauter la cervelle dès qu'il pointerait son nez.

Soudain, l'assassin cria.

Cliquetant le long du couloir, toujours hors de vue, mais de plus en plus proche, il émit un cri perçant et inhumain, un cri de rage et de haine primitif jamais entendu, un cri que même un fou serait incapable de produire. Ken abandonna tout désir de confrontation, jeta sa lampe dans la cuisine pour faire diversion, et s'enfuit, pas dans le salon, pas dans la maison où ce jeu du chat et de la souris ne finirait jamais, mais tout droit à travers la fenêtre de la salle à manger qui luisait encore des dernières lueurs grises du crépuscule. Il baissa la tête, colla les bras près de son corps et se jeta dans la vitre. Le verre explosa, et il tomba dans la cour, roulant dans les détritus. Des débris de béton s'enfoncèrent douloureusement dans ses côtes et ses jambes. Il se redressa sur ses pieds, courut le long de la maison en vidant son chargeur contre les fenêtres au cas où le meurtrier se serait lancé à sa poursuite.

Dans la nuit tombante, il ne vit pas trace de l'ennemi.

Se doutant qu'il n'avait pas visé juste, il ne perdit pas de temps à mesurer sa chance. Il courut tout droit dans la rue. Il fallait qu'il rejoigne la voiture de patrouille, la radio, et le fusil-mitrailleur...

3

Les mercredi et jeudi 2 et 3 juin, Travis, Nora et Einstein recherchèrent donc activement un moyen d'améliorer la communication humano-canine, et, dans le processus, homme et chien faillirent tout casser de frustration. Pourtant, Nora semblait avoir assez de patience pour eux trois, et lorsque enfin dans la soirée du vendredi une ouverture se dessina, elle fut moins surprise que Travis et Einstein.

Ils avaient acheté tout un éventail de magazines, une quarantaine allant de *Time* à *Votre Maison* ainsi qu'une cinquantaine de livres de photographies qu'ils avaient étalés sur le sol du salon de Travis. Ils avaient installé des coussins pour pouvoir s'asseoir confortablement au même niveau que le chien.

Einstein avait regardé les préparatifs avec intérêt.

Nora prit la tête du retriever entre ses mains.

— Bon, écoute-moi, Einstein. Nous avons envie de savoir toutes sortes de choses sur toi : d'où tu viens, pourquoi tu es plus intelligent que les autres chiens, de quoi tu avais peur quand Travis t'a rencontré dans la forêt, pourquoi tu as encore peur la nuit et des tas d'autres choses. Mais comme tu ne sais pas parler et que tu ne sais pas lire, on va essayer avec des images.

Très droit, la queue immobile, le chien ne quittait pas Nora des yeux. Non seulement il avait l'air de comprendre, mais il semblait passionné par ce projet.

A quel point comprenait-il vraiment ? N'était-ce pas qu'une illusion créée par ses espérances ? se demandait Travis.

Les gens ont souvent tendance à voir leurs animaux domestiques de manière anthropomorphique, à leur prêter des réactions humaines inexistantes. Avec Einstein, on avait affaire à une intelligence supérieure, et la tentation de voir une signification profonde dans chaque mouvement de queue était encore plus grande.

— Nous allons regarder toutes ces images pour y chercher des choses qui nous aideront à mieux te connaître. Chaque fois que tu verras une image qui pourrait nous aider à reconstituer le puzzle, tu n'auras qu'à attirer notre attention dessus. Poses-y la patte, ou remue la queue par exemple.

— C'est complètement idiot, dit Travis.

— Tu as compris, Einstein ?

Le retriever aboya doucement.

— Ça ne marchera jamais.

— Mais si. Il ne peut pas parler, mais il peut nous montrer des images. S'il nous en signale une dizaine, nous ne comprendrons peut-être pas tout de suite la signification qu'elles ont pour lui, mais nous trouverons sûrement un moyen de les relier les unes aux autres et de reconstituer le fil du récit.

Le retriever roula les yeux vers Travis et émit un autre wouaf.

— Alors, tu es prêt ? demanda Nora.

Einstein se retourna vers Nora et remua la queue.

— Bien, allons-y.

Pendant trois jours, plusieurs heures d'affilée, ils feuilletèrent et montrèrent à Einstein des milliers d'objets, des gens, arbres, fleurs, chiens, animaux, machines, villes, paysages, voitures, bateaux, avions et publicités, dans l'espoir d'éveiller son intérêt. Le problème c'était qu'Einstein s'enthousiasmait pour des tas de choses, beaucoup trop de choses. Il aboya, remua la queue et pointa une bonne centaine d'images, et ses choix étaient si variés qu'il était difficile de les associer les uns aux autres pour reconstituer une histoire.

Einstein fut fasciné par une publicité de voiture, où figurait un lion en cage et on ne savait pas très bien si c'était le félin ou l'automobile qui attirait le chien. Einstein répondit également à des publicités pour ordinateurs personnels, des boîtes d'Alpo et une radio-cassette portative ; il s'agita devant un homme en prison, un groupe de jeunes qui jouaient avec un ballon de plage, des images de Mickey Mouse, un violon, un tapis roulant... Il resta subjugué par une photo d'un retriever qui lui ressemblait beaucoup, et fut très excité par un cocker-spaniel, mais, étrangement, il ne manifestait aucun intérêt pour les autres races de chiens.

Sa réponse la plus frappante et la plus intrigante fut provoquée par un article sur un film qui allait sortir. C'était un film fantastique avec tout un éventail de fantômes, esprits et démons sortis de l'enfer, et l'apparition d'une créature démoniaque, hirsute, avec de grands yeux en forme de soucoupe et des mâchoires féroces, agita furieusement Einstein. Ce démon n'était pas même le plus laid de la série, pourtant, lui seul semblait affecter Einstein.

Le retriever aboya devant la photographie et alla se précipiter derrière le divan, en passant la tête au coin comme si l'image allait devenir réelle et le poursuivre. Il fallut le forcer à revenir vers les magazines. En revoyant le démon, Einstein grogna d'une voix menaçante. Frénétiquement, il mit la patte sur les pages, et les tourna jusqu'à ce que le journal fût fermé, en en déchirant quelques-unes au passage.

— Qu'est-ce qu'elle a cette image ? demanda Nora.

Einstein la regarda et se mit à trembler.

Patiemment, Nora ouvrit le magazine à la même page.

Einstein le referma.

Nora le rouvrit.

Einstein le referma une troisième fois, le prit entre ses dents et sortit de la pièce.

Nora et Travis le suivirent. A la cuisine, ils virent le chien poser une patte sur la pédale de la poubelle qui commandait l'ouverture du couvercle et y jeter le magazine.

— Qu'est-ce que ça signifie ? demanda Nora.

— Je crois qu'il ne veut absolument pas voir ce film.

— Ah, un nouveau critique à quatre pattes !

Cet incident s'était produit le jeudi après-midi. Vendredi soir, l'impatience d'Einstein et de Travis avait atteint un point critique.

Parfois, Einstein exhibait une intelligence extraordinaire, parfois, il se conduisait tout simplement comme un chien et cette oscillation permanente entre le génie et la condition canine exaspérait ceux qui essayaient de comprendre le pourquoi de cette intelligence. Travis commençait à penser que la meilleure méthode c'était peut-être d'accepter le chien tel qu'il était : s'attendre à des étincelles d'humanité, mais ne pas espérer qu'il les manifeste à volonté. Le mystère des extraordinaires facultés d'Einstein ne serait vraisemblablement jamais résolu.

Nora, elle, gardait son calme. Elle leur rappelait souvent qu'on n'a pas construit Rome en un jour et que la réussite demandait persévérance, ténacité et temps.

Quand elle se lançait dans ces sermons, Travis soupirait d'un air las et Einstein bâillait.

Cela ne suffisait pas à la déconcerter. Après avoir examiné toutes les images, elle rassembla celles devant lesquelles le chien avait réagi, les étala sur le sol et l'encouragea à leur indiquer les liens qui les unissaient.

— Tout ça, ce sont des images de choses qui ont joué un rôle important dans ton passé.

— Nous n'en sommes pas sûrs, dit Travis.

— C'est ce que nous lui avions demandé de faire.

— Mais est-ce qu'il comprend vraiment la règle du jeu ?

— Evidemment.

Le chien aboya.

Nora prit la patte d'Einstein et la posa sur la photo de violon.

— Bon, mon gros, tu te souviens d'un violon, et c'était important pour toi.

— Il a peut-être donné des concerts à Carnegie Hall !

— Oh, ça suffit ! Bon, alors, est-ce que ce violon est relié à une autre image d'une manière qui puisse nous aider à mieux comprendre ce qu'il signifie pour toi ?

Einstein la regarda intensément, comme s'il réfléchissait à la question, puis il traversa la pièce en marchant soigneusement entre les rangées de photos, reniflant à droite et à gauche jusqu'à ce qu'il trouve la publicité pour la radiocassette Sony. Il y posa la patte.

— Oui, effectivement, il y a un lien indéniable, dit Travis. Le violon fait de la musique, et le magnéto la reproduit. C'est une association extraordinaire pour un chien, mais est-ce que cela a une autre signification ?

— Einstein, est-ce que ton précédent maître avait une radiocassette ?

Le chien la regardait.

— Peut-être que le violoniste que tu connaissais enregistrait sa musique ?

Le chien cligna des yeux et gémit.

— Bon, y a-t-il une autre image associée au magnétophone et au violon ?

Einstein regarda un instant la Sony, puis traversa deux rangées d'images et s'arrêta devant une publicité de la Croix Bleue qui montrait un médecin en blouse blanche et une femme qui tenait son nouveau-né.

— Est-ce que cela te rappelle la famille avec laquelle tu habitais ? demanda Nora en s'agenouillant près du chien.

Le retriever la fixait toujours.

— Il y avait une maman, un papa et un bébé ?

Le chien continuait à la regarder.

— Waou ! nous avons peut-être un cas de réincarnation devant nous, s'exclama soudain Travis. Peut-être qu'Einstein se souvient d'avoir été médecin, mère et bébé dans ses vies antérieures.

Nora ne daigna pas tenir compte de cette remarque.

— Un bébé qui jouait du violon.

Einstein gémit d'un air malheureux.

A quatre pattes, Nora n'était qu'à un mètre du retriever, face à face avec lui.

— Bon, cela ne nous mène nulle part. Il faut faire plus qu'associer des images. Nous allons te poser des questions et il faudra que tu essaies de nous répondre.

— Donnez-lui du papier et un crayon.

— Je ne plaisante pas, dit Nora, agacée contre Travis alors qu'elle ne s'était jamais énervée contre le chien.

— Je sais, c'est sérieux, mais c'est un peu ridicule quand même.

Elle laissa tomber sa tête un instant, comme un chien qui souffre de la chaleur en été, et dit :

— Alors, mon gros, tu veux nous prouver que tu es intelligent ? Un véritable génie ? Tu veux notre respect et notre admiration éternels ? Bon, voilà ce qu'il faut faire. Tu vas apprendre à répondre par oui ou par non.

Le chien la regardait, tout attente.

— Si la réponse à la question est oui, remue la queue. Mais seulement si c'est oui. Pendant qu'on t'interrogera, ne remue pas la queue par habitude ou simplement parce que tu es content. Et pour dire non, aboie une fois. Une seule fois.

— Deux fois, ça veut dire « je préférerais courir après les chats », et trois, « Allez me chercher une bière ».

— Ne le troublez pas.

— Pourquoi pas, il nous trouble bien, lui.

Le chien n'adressa pas même un regard à Travis. Ses grands yeux bruns restèrent fixés sur Nora qui répétait son explication.

— Bien, essayons. Einstein, est-ce que tu as compris les signes oui et non ?

Le retriever remua la queue cinq ou six fois et arrêta.

— Pure coïncidence, dit Travis, cela ne veut rien dire.

Nora hésita un moment pour réfléchir à sa question suivante.

— Est-ce que tu connais mon nom ?

La queue remua.

— Je m'appelle Ellen ?

Un aboiement.

— Je m'appelle Marie ?

Un aboiement.

— Je m'appelle Nona ?

Le chien roula les yeux comme s'il lui reprochait de lui jouer des tours et aboya.

— Je m'appelle Nora ?

Einstein remua la queue.

Riant de plaisir, Nora s'approcha du chien et le serra dans ses bras.

— Je n'en crois pas mes yeux, dit Travis en les rejoignant.

Nora indiqua la photo sur laquelle le retriever avait toujours la patte.

— As-tu réagi à cette image parce qu'elle te rappelle ton ancienne famille ?

Un aboiement.

— Tu vivais avec une famille ? demanda Travis.

Un aboiement.

— Pourtant, tu n'es pas un chien errant. Tu devais bien habiter quelque part.

Travis étudia la publicité pour la Croix Bleue et soudain sut quelles questions poser.

— As-tu réagi à cause du bébé ?

Un aboiement.

— De la femme ?

Un aboiement.

— De l'homme en blouse blanche ?

La queue s'agita frénétiquement. *Oui, oui, oui.*

— Alors, il vivait avec un médecin, un vétérinaire peut-être ?

— Ou un chercheur, dit Travis, suivant sa première intuition.

Einstein remua la queue au mot chercheur.

— Avec un chercheur dans un laboratoire ? demanda Travis.

Oui. Oui. Oui.

— Tu es un chien de laboratoire ? dit Nora.

Oui.

— Un animal de recherche ? ajouta Travis.

Oui.

— Et c'est pour ça que tu es si intelligent ?

Oui.

— Parce qu'on t'a fait quelque chose pour ça ?

Oui.

Travis avait le cœur battant. Il communiquait avec Einstein, pas implicitement, comme le soir où Einstein avait dessiné un point d'interrogation avec ses biscuits. Ils tenaient une véritable conversation, comme s'il s'agissait de trois personnes, ils parlaient, ou presque, et soudain, plus rien ne serait comme avant. Plus rien ne pouvait être comme avant dans un monde ou hommes et animaux possédaient la même intelligence, bien qu'elle s'exprimât encore de manière différente. Hommes et animaux devraient vivre sur un pied d'égalité, partager les mêmes droits, les mêmes espoirs, les mêmes rêves. Bon, il exagérait peut-être. Il ne s'agissait pas des animaux en général, mais d'un seul, un chien de laboratoire, unique en son genre peut-être. Mais quand même ! Plein d'admiration, Travis regardait le retriever. Soudain, un frisson le parcourut mais c'était un frisson d'émerveillement et non de terreur.

Nora s'adressait au chien avec le même respect qui avait pour un instant fait perdre la voix à Travis.

— Ils ne t'ont pas laissé partir ?

Un aboiement. *Non.*

— Tu t'es sauvé ?

Oui.

— Le jour où je t'ai rencontré dans les bois ? Tu venais juste de partir ?

Einstein ne bougea pas.

— Plus tôt ?

Le chien soupira.

— Il a sans doute une certaine conscience du temps, car tous les animaux suivent le rythme naturel du jour et de la nuit. Ils ont une horloge instinctive, mais peut-être qu'il n'a pas de notion du calendrier et des jours. Il ne doit pas comprendre que nous divisions le temps en années, mois et semaines, alors il ne peut pas répondre à la question.

— Eh bien, il faudra le lui apprendre.

Einstein agita vigoureusement la queue.

— Il s'est sauvé... murmura Nora songeuse.

Travis savait à quoi elle pensait.

— Ils doivent te chercher ? dit-il au chien.

Le chien soupira et remua la queue, ce que Travis interpréta comme un oui chargé d'anxiété.

4

Une heure après le coucher du soleil, Lemuel Johnson et Cliff Soames, suivis par deux autres voitures banalisées de la NSA, arrivèrent aux Côtes de Bordeaux. Une foule de véhicules noir et blanc, à l'enseigne du shérif pour la plupart, ainsi qu'un corbillard étaient garés sur la route non goudronnée.

Consterné, Lem s'aperçut que la presse était déjà sur les lieux. Presse écrite et estafettes de la télévision ainsi que les journalistes attendaient derrière les lignes de police à un pâté de maisons du lieu du crime. En étouffant les détails sur les meurtres de Wes Dalberg et des scientifiques, et en se lançant dans une campagne de désinformation agressive, la NSA avait réussi à cacher les liens qui unissaient ces différents événements. Lem espérait que les policiers qui gardaient la barrière, sans doute choisis parmi les meilleurs hommes de Walt Gaines, répondraient aux questions par un silence de mort jusqu'à ce qu'on mette au point une couverture plausible.

Lem se gara au bout de la rue, laissa Cliff donner les instructions aux officiers de police et se dirigea vers la maison inachevée qui faisait l'objet de l'attention générale.

Les radios des voitures de patrouille emplissaient l'air de sifflements, de bribes de jargon et de parasites, comme si le monde entier rôtissait sur un gigantesque grill cosmique.

Des projecteurs portatifs éclairaient la scène. Lem avait l'impression de se trouver sur un immense plateau de cinéma. Des ombres dures vacillaient sur le sol poussiéreux.

Projetant une ombre allongée, Lem traversa la cour. A l'intérieur, la lumière d'autres projecteurs scintillait sur les murs blancs. Il dépassa deux jeunes policiers et les habituels médecins légistes aux regards intenses, en sueur et livides dans la blancheur crue.

Plus loin, deux éclairs de flash se déclenchèrent. Comme le corridor était trop encombré, Lem le contourna par la salle à manger et le salon.

Walt se tenait dans le coin déjeuner, un peu à l'ombre des projecteurs. Mais, malgré la demi-obscurité, sa colère et son chagrin se lisaient clairement sur son visage. Il devait être chez lui quand on lui avait annoncé la nouvelle, car il portait des chaussures de sport usagées, un pantalon froissé et une chemise à manches courtes et carreaux rouges. Malgré sa taille, ses bras musclés et ses grosses mains, ses vêtements et ses épaules courbées lui donnaient l'apparence d'un garçonnet.

De là, Lem ne voyait pas la buanderie, cachée par les hommes du laboratoire, où le corps gisait encore.

— Je suis désolé, Walt.

— Il s'appelait Teel Porter. Cela fait vingt-cinq ans que nous sommes amis avec son père Red Porter. Il a pris sa retraite l'an dernier. Mon Dieu, comment vais-je lui annoncer ça ? Il faudra que je le fasse moi-même, impossible de me défiler puisque nous sommes amis.

Lem savait que Walt ne déléguait jamais ce genre de corvée lorsque l'un de ses hommes s'était fait tuer en service. Il allait toujours personnellement rendre visite à la famille et apportait son soutien au plus dur moment.

— J'ai failli perdre deux hommes. L'autre est en état de choc.

— Comment est le corps ?

— Eventré, comme Dalberg. Décapité.

L'Autre, cela ne faisait plus aucun doute.

Des papillons de nuit tourbillonnaient autour du projecteur derrière lequel Lem et Walt se tenaient.

— On n'a pas retrouvé... la tête, dit Walt, d'une voix coléreuse. Comment je vais annoncer à Teel qu'on n'a pas retrouvé la tête de son fils ?

Lem n'avait pas de réponse à fournir.

— Maintenant, tu ne peux plus me laisser en dehors du coup. C'est un de mes hommes qui est mort !

— Walt, tout ça doit rester dans l'ombre. Même le nombre d'hommes engagés sur l'affaire est une information top-secret. Ton département est l'objet de l'attention de toute la presse. Et pour qu'ils sachent comment procéder dans cette affaire, il faudrait leur expliquer ce qu'ils cherchent. Ce qui reviendrait à divulguer un secret de défense nationale à tout un groupe de policiers...

— Tes hommes sont bien au courant, eux.

— Oui, mais ils ont prêté serment. On a fait une enquête exhaustive sur chacun d'eux et ils ont l'habitude de se taire.

— Mes hommes savent garder un secret.

— J'en suis sûr, dit Lem prudemment. Je suis sûr

qu'ils ne parlent pas des affaires ordinaires en dehors du commissariat. Mais là, ce n'est pas une affaire ordinaire. Il faut que cela reste entre nos mains.

— Mes hommes pourraient prêter serment.

— Mais on ne pourrait pas éviter l'enquête, et pas seulement pour les hommes en opération, pour tous les gratte-papier aussi. Cela prendrait des semaines, des mois.

En regardant vers la cuisine, Walt vit Cliff Soames et un autre agent de la NSA parler avec deux policiers.

— Vous avez repris les choses en main dès que vous êtes arrivés ici, c'est ça ?

— Ouais. Nous nous assurons que tes hommes comprennent bien la nécessité de ne pas souffler mot de ce qu'ils ont vu ce soir, pas même à leurs femmes. Et nous leur citons la loi, qu'ils sachent à quoi s'attendre en cas de défaillance.

— Tu veux encore m'envoyer en prison ? demanda Walt, cette fois sans la moindre pointe d'humour dans la voix.

Lem se sentait déprimé, non seulement à cause de la mort du policier mais aussi à cause des tensions que cette affaire créait entre lui et Walt.

— Je ne veux mettre personne en prison. Mais je veux qu'ils comprennent bien les conséquences...

— Viens avec moi, dit Walt en fronçant les sourcils.

Lem le suivit jusqu'à une voiture de patrouille garée devant la maison.

Ils s'installèrent à l'avant, Walt derrière le volant, Lem sur le siège du passager.

— Ferme les fenêtres, que personne ne nous entende.

Lem protesta, disant qu'ils allaient suffoquer dans cette chaleur, mais malgré la faible lumière, il vit la rage de Walt et comprit qu'il était dans la situation d'un homme plongé dans un bidon d'essence avec une bougie allumée à la main. Il remonta sa fenêtre.

— Bon, maintenant que nous sommes seuls, il n'y a plus ni shérif ni agent de la NSA qui tienne. Nous sommes deux vieux copains, c'est tout. Des potes. Alors, qu'est-ce que c'est que cette histoire ?

— Walt, tu sais bien que c'est impossible.

— Tu me dis la vérité, et je reste en dehors de tout ça. Je n'interviendrai pas.

— Tu es dégagé de l'enquête de toute façon.

— Ah oui ! Et qu'est-ce qui m'empêche d'aller voir ces requins ? dit Walt en désignant les voitures de presse. Je pourrais leur raconter que les laboratoires Banodyne travaillaient sur un projet de défense nationale et qu'ils ont perdu le contrôle de la situation ; qu'il y a quelque chose ou quelqu'un d'un peu bizarre qui s'est échappé en dépit des mesures de sécurité et que cet individu rôde dans les parages en tuant tout ce qu'il trouve sur son passage.

— Si tu fais ça, tu ne finiras pas seulement en prison, tu perdras ton boulot, tu ruineras ta carrière.

— Je ne crois pas. Au tribunal, je pourrai toujours dire que je devais choisir entre divulguer un secret de défense nationale et trahir les gens qui m'ont élu. Je dirai que je devais faire passer la sécurité de la population avant les intérêts bureaucratiques de Washington. Je suis sûr que n'importe quel jury m'acquitterait. Je n'irais même pas en prison et, aux prochaines élections, j'aurais encore plus de voix que la dernière fois.

— Tu m'emmerdes, dit Lem qui savait que Walt ne se trompait pas.

— Si tu me dis la vérité, si tu me convaincs que tes hommes sauront mieux faire face à la situation que les miens, je me retire. Si tu refuses de parler, je raconte tout ce que je sais.

— J'ai prêté serment. C'est me passer la corde au cou.

— Personne ne le saura jamais.

— Ah ouais ? Alors, pourquoi me ficher dans une situation aussi gênante simplement pour satisfaire ta curiosité ?

— Il ne s'agit pas d'une simple curiosité.

— De quoi s'agit-il alors ?

— Un de mes hommes est mort !

Lem appuya la tête contre le siège, ferma les yeux et soupira. Walt avait envie de comprendre pourquoi il fallait qu'il renonce à venger la mort d'un de ses hommes. Son sens de l'honneur et du devoir ne lui permettait pas de se retirer sans avoir de bonnes raisons. Ce n'était pas une position si déraisonnable.

— Bon, je vais les voir, ces journaleux ?

Lem rouvrit les yeux et passa la main sur son visage humide. Dans la voiture, l'air était étouffant, moite. Il avait envie d'ouvrir les fenêtres mais, de temps en temps, un homme passait près d'eux, et il ne pouvait pas courir le risque d'être entendu.

— Tu avais raison de t'intéresser à Banodyne. Depuis quelques années, ils travaillent sur un projet de défense nationale.

— La guerre biologique ? Des manipulations génétiques pour créer un nouveau virus ?

— Peut-être, mais la guerre bactériologique n'a rien à voir avec notre affaire, et je ne te parlerai que de ce qui nous touche pour le moment.

Les vitres s'embuaient. Walt mit le ventilateur du moteur en route. La voiture n'était pas climatisée et la buée continua à se former, mais même chaud et moite, l'air du ventilateur était bienvenu.

— Ils travaillaient sur plusieurs programmes de recherches regroupés sous le nom de projet François, d'après le nom de saint François d'Assise.

— Quoi ? On donne des noms de saints aux projets militaires ?

— C'est logique, saint François pouvait parler aux oiseaux et aux animaux et, à Banodyne, le Dr Davis Weatherby était chargé de rendre possible la communication homme-animal.

— Apprendre le langage des marsouins et ce genre de trucs ?

— Non. L'idée c'était d'appliquer les dernières découvertes du génie génétique pour créer un animal à l'intelligence supérieure capable d'une pensée

221

quasi humaine, pour que l'homme puisse communiquer avec lui.

Bouche bée, n'en croyant pas ses oreilles, Walt le regardait.

— Il y avait plusieurs équipes qui s'occupaient de programmes différents sous l'ombrelle du projet François, fondées il y a cinq ou six ans. D'abord, il y avait les chiens du Dr Weatherby.

Le docteur Weatherby avait travaillé avec le sperme et les ovules du golden retriever, race qu'il avait choisie parce qu'on l'élevait avec beaucoup de soin depuis plus d'un siècle. Tout d'abord, cela signifiait que, pour les spécimens de race pure, toute affection congénitale avait été quasiment éliminée du code génétique de l'animal, ce qui donnait au médecin des animaux intelligents et en bonne santé sur lesquels il pouvait travailler plus facilement. De plus, si les chiots naissaient avec des anormalités, il était plus facile de distinguer ces mutations des mutations inhérentes à l'hérédité de l'animal, ce qui permettait de corriger les erreurs.

Au fil des ans, en cherchant à produire un retriever d'une intelligence supérieure sans modifier l'apparence physique de l'animal, Weatherby avait modifié des centaines d'ovules *in vitro*, puis avait transplanté les ovules fécondés dans l'utérus des chiennes qui servaient de mères porteuses. Elles conduisaient les chiots-éprouvettes à terme, ensuite, Weatherby analysait les résultats.

— Il y a eu beaucoup d'échecs, continua Lem. Des malformations physiques épouvantables, des chiots mort-nés, des chiots complètement stupides. Après tout, Weatherby pratiquait des croisements d'espèces, alors tu imagines qu'il a dû produire quelques belles horreurs.

Walt fixait le pare-brise totalement opaque à présent.

— Des croisements ? Qu'est-ce que tu veux dire ?

— Eh bien, il isolait des chromosomes déterminant l'intelligence d'espèces plus intelligentes que le retriever...

222

— Comme les singes ? Ils sont plus intelligents que les chiens.

— Oui, des singes... et des hommes aussi.

— Mon Dieu.

Lem ajusta l'aérateur pour diriger l'air sur son visage.

— Weatherby insérait un matériel génétique étranger à celui du retriever, et en même temps il triait les gènes du retriever qui entravaient son développement intellectuel.

— C'est impossible. Le matériel génétique comme tu dis si bien n'est pas transmissible d'une espèce à l'autre.

— Ça se produit sans arrêt dans la nature. Le matériel génétique passe d'une espèce à l'autre et, en général, le moteur de ces mutations est tout simplement un virus. Prenons par exemple un virus qui se développe chez le singe. Pendant ce temps, il acquiert le matériel génétique des cellules du singe et ces nouveaux gènes font ensuite partie intégrante du virus. Plus tard, s'il contamine un homme, ce virus a la capacité de transférer le matériel génétique du singe au corps humain. Prends le Sida par exemple. On est presque sûr que certains singes et que les hommes ont été porteurs du virus pendant des dizaines d'années, et pourtant, ni les uns ni les autres n'étaient contaminés par la maladie. Nous n'étions que porteurs. Mais ensuite, quelque chose s'est passé chez les singes, une modification génétique négative, et ils n'étaient plus porteurs du virus, mais victimes. Quand le virus est passé à l'homme, il a apporté avec lui sa nouvelle spécificité et, rapidement, les hommes ont contracté la maladie eux aussi. C'est comme ça que cela fonctionne dans la nature et, en laboratoire, c'est encore plus facile.

— Alors ce Weatherby a réussi à créer un chien avec une intelligence humaine ?

— Ça a été un long processus mais, peu à peu, il faisait des progrès, et il y a un peu moins d'un an, le chiot miraculeux est né.

— Il pense comme un être humain ?

— Non, pas comme, mais sans doute aussi bien.

— Et pourtant, il ressemble à un vrai chien ?

— C'est ce que voulait le Pentagone. Ce qui n'a pas dû faciliter la tâche de Weatherby, j'imagine. Apparemment, la taille du cerveau a quelque chose à voir avec l'intelligence, et Weatherby aurait peut-être réussi plus tôt s'il avait pu faire un retriever avec une boîte crânienne plus importante, mais le chien aurait eu l'air bizarre.

Toutes les fenêtres s'étaient couvertes de buée. Ni Walt ni Lem n'essayèrent de les nettoyer. Confinés dans cet espace humide et clos, ils étaient coupés du reste du monde, en dehors du temps et de l'espace, ce qui étrangement les conduisait à des considérations philosophiques sur les merveilles et les scandales de la manipulation génétique.

— Et pourquoi le Pentagone voulait-il un chien qui ressemble à un chien et qui pense comme un homme ? Pourquoi ?

— Imagine les possibilités d'espionnage que cela représente. En temps de guerre, les chiens n'auraient aucune difficulté à s'introduire en territoire ennemi, à jauger l'état des installations et des troupes. Des chiens intelligents avec lesquels on peut communiquer pourraient retransmettre leurs informations et répéter les conversations qu'ils auraient entendues.

— Répéter ? Parce que ces chiens peuvent parler ? Comme dans les contes de fées ? Lem, tu plaisantes !

Lem comprenait que son ami ait des difficultés à comprendre. La science moderne avance si rapidement, avec de nouvelles révolutions qu'il faut absorber presque chaque année, que pour le profane il y aura de moins en moins de différence entre ses applications et la magie. Pour les non-scientifiques le monde, dans une dizaine d'années, sera peut-être aussi différent que le monde des années 1980 au monde de 1780. Les changements se produisaient à une vitesse vertigineuse, et lorsqu'on imaginait ce qui allait se produire... comme Walt venait de le faire, c'était à la fois merveilleux et terrifiant.

— En fait, on aurait sûrement pu provoquer des mutations qui auraient rendu le chien capable de parler, c'est peut-être facile, je n'en sais rien. Mais dans ce cas, il faudrait modifier les cordes vocales, la forme de la langue et des lèvres... Ce qui signifie un changement d'apparences important dont le Pentagone ne voulait pas. Alors, ces chiens ne parleraient pas. La communication devrait s'établir en fonction d'un langage par signes très élaboré.

— Ça ne te fait pas rire ? C'est forcément une blague, pourquoi ne ris-tu pas ?

— Réfléchis un peu, dit Lem patiemment. En temps de paix... imagine que le président des Etats-Unis offre un chien d'un an au numéro un soviétique. Le chien vivrait au sein du gouvernement, connaîtrait tous les secrets des grands du parti. De temps en temps, une fois par mois par exemple, il pourrait s'échapper la nuit et rencontrer un agent américain à Moscou pour faire son rapport.

— Faire son rapport ! Ça ne tient pas debout ! dit Walt en riant, mais d'un rire nerveux et creux qui indiquait que son scepticisme commençait à s'évanouir, même s'il tenait à s'y accrocher.

— Tout ce que je te dis, c'est que c'est possible. Un chien a été conçu ainsi avec des chromosomes altérés, et après avoir passé un an dans les laboratoires Banodyne, un beau lundi matin de bonne heure, le 17 mai exactement, il s'est sauvé grâce à toute une série d'astuces qui lui ont permis de défier le système de sécurité.

— Et le chien est en liberté ?

— Oui.

— Et c'est lui qui tue ?

— Non. Le chien est inoffensif, affectueux. C'est un animal merveilleux. Un jour que j'étais dans le laboratoire de Weatherby j'ai même pu communiquer avec lui. Je te le jure. D'une façon limitée, bien sûr. Mais Walt, quand tu vois ce chien, quand tu vois Weatherby qui l'a créé, ça te donne des espoirs énormes pour la pauvre espèce qu'est la nôtre.

Walt le regardait sans comprendre.

Lem cherchait les mots pour s'expliquer. En commençant à dire ce que l'animal avait signifié pour lui, sa poitrine se serra d'émotion.

— Euh... si nous pouvons faire des choses aussi étonnantes, si nous pouvons apporter une telle merveille au monde, c'est qu'il y a quelque chose de bon profondément ancré en nous, quoi qu'en disent les pessimistes. Si nous pouvons faire des choses pareilles, c'est que nous avons le pouvoir, les potentialités et la sagesse de Dieu. Nous ne fabriquons pas seulement des armes, mais aussi la *vie*. Si nous pouvons élever une autre espèce à notre niveau, créer une race de compagnons pour partager la vie... notre conception du monde et notre philosophie seront bouleversées à jamais. En modifiant le retriever, c'est nous que nous modifions. En élevant le niveau de conscience du chien, nous élevons notre niveau de conscience en même temps.

— Mon Dieu, on croirait entendre un prêtre !

— Tu crois ? C'est parce que j'ai eu plus de temps pour y réfléchir que toi. Un jour, tu comprendras aussi de quoi je parle. D'ailleurs, tu le pressens déjà... L'humanité est en route vers le bien, et nous méritons d'y parvenir.

Walt fixait les vitres opaques comme s'il lisait un texte fascinant dans les gouttes de condensation.

— Tu as peut-être raison. Nous sommes sans doute sur le point d'entrer dans un monde nouveau. Mais pour le moment, il faut faire avec l'ancien, et si ce n'est pas le chien qui a tué Teel, qu'est-ce que c'est ?

— Il y a autre chose qui s'est échappé de Banodyne, dit Lem, toute son euphorie soudain retombée. Il y a une autre création du projet François. On l'appelle l'Autre.

Nora souleva la page du magazine représentant une publicité d'essence avec un tigre en cage.

— Bon, alors, est-ce que tu peux nous expliquer ce qui t'a frappé. C'était la voiture ?

Un aboiement.

— Le tigre ?

Un aboiement.

— La cage ?

Einstein agita la queue.

— Tu as choisi cette photo parce que tu étais dans une cage ?

Oui.

Travis rampa à quatre pattes pour aller chercher la photo de l'homme seul derrière les barreaux de sa prison.

— Et celle-là ? Parce que la prison te rappelait la cage ?

Oui.

— Et le violon ? demanda Nora. Il y avait quelqu'un au laboratoire qui jouait du violon ?

Oui.

— Je me demande bien pourquoi, dit Travis.

C'était une question à laquelle Einstein ne pouvait répondre par oui ou non.

— Tu aimes le violon ?

Oui.

— Tu aimes la musique ?

Oui.

— Tu aimes le jazz ?

Le chien ne broncha pas.

— Il ne sait pas ce que c'est. On ne lui en a sans doute jamais fait écouter.

— Tu aimes le rock ? demanda Nora.

Un aboiement et la queue qui s'agite.

— Qu'est-ce que ça veut dire ?

— Oui et non, sans doute, dit Travis. Certains morceaux lui plaisent et pas d'autres.

— Et le classique ? demanda Nora.

Oui.

— Eh bien, nous voilà avec un chien snob sur les bras !

Oui, oui, oui.

Nora et Travis rirent de plaisir et Einstein leur lécha les mains.

Travis ramassa la photo représentant un homme qui s'entraînait sur un tapis roulant.

— Ils ne voulaient pas te laisser sortir du labo, et comme ils voulaient que tu restes en forme, ils te faisaient courir là-dessus ?

Oui.

Ces découvertes les remplissaient d'allégresse. Travis n'aurait pas été plus enthousiasmé, plus stupéfait, plus excité s'il avait communiqué avec un extra-terrestre.

6

Je passe de l'autre côté du miroir, pensait Walt Gaines en écoutant Lem.

Ce nouveau monde des voyages spatiaux, des ordinateurs personnels, des liaisons par satellites, des robots et à présent des manipulations génétiques lui semblait étranger au monde dans lequel il avait grandi et vécu. Grands dieux, il était gosse pendant la Seconde Guerre mondiale, quand les avions à réaction n'existaient même pas ! Il venait d'un monde plus simple aux voitures paquebots à la Chrysler, aux téléphones à cadran et non à touches, aux horloges à aiguilles. A sa naissance, la télévision n'avait encore pas vu le jour et la possibilité d'une guerre nucléaire apocalyptique n'aurait pas même été envisageable à l'époque. Il avait l'impression d'avoir sauté une barrière et de se retrouver dans une autre réalité où le temps s'accélérait. Le royaume de la haute technologie se révélait merveilleux ou terrifiant, parfois les deux à la fois.

Comme maintenant.

Ce chien extraordinaire séduisait l'enfant qui vivait encore en lui et le faisait sourire.

Mais l'Autre s'était échappé du laboratoire lui aussi, et cela le faisait frémir de terreur.

— Le chien n'avait pas de nom. C'est normal, les scientifiques qui travaillent sur des animaux ne leur donnent jamais de nom. Sinon, on commence à leur attribuer une personnalité et le jugement perd de son objectivité. On désignait le chien par un numéro jusqu'à ce qu'on s'aperçoive que c'était la grande réussite de Weatherby. Même avant, quand on a su que le chien n'était pas un échec et qu'on ne serait pas obligé de l'éliminer, on ne lui avait pas donné de nom. On l'appelait simplement « le chien », ce qui suffisait à le différencier des autres qui, eux, avaient des numéros. Bon, peu importe, pendant que Weatherby s'occupait du chien, le Dr Yarbeck travaillait sur un autre aspect du projet François. Et elle aussi, d'une certaine manière, elle a réussi.

Yarbeck avait pour objectif de créer un animal d'une intelligence exceptionnelle destiné à accompagner les hommes à la guerre, comme les chiens assistent les policiers dans les banlieues chaudes. Il fallait donc qu'il soit intelligent, mais aussi dangereux, une terreur des champs de bataille, furieux, rusé, capable d'opérer dans la jungle comme en ville.

Pas si intelligent qu'un homme, bien sûr, pas même si intelligent que le chien. Cela aurait été de la folie de fabriquer une machine à tuer aussi intelligente que ceux qui devaient la contrôler et la maîtriser. Tout le monde a lu *Frankenstein* ou a vu le film au cinéma et personne ne sous-estimait les risques des recherches de Yarbeck.

Yarbeck avait choisi les singes comme base de travail parce que leur esprit est naturellement bien développé et qu'ils ont des mains ; et sélectionna finalement les babouins. Intelligents, sans doute plus que la plupart des primates, combatifs de nature, dotés de griffes et de crocs impressionnants, ils ont un sens exacerbé de la défense du territoire et attaquent facilement ceux qu'ils considèrent comme ennemis.

— Yarbeck devait d'abord le transformer pour qu'il soit plus fort, plus gros et qu'il puisse menacer un homme. Il fallait qu'il mesure au moins un mètre cinquante debout et qu'il pèse quarante-cinq à cinquante kilos.

— Ce n'est pas énorme.

— Ça suffit bien.

— Un homme de cette taille, je le fais voler d'une main.

— Un homme, oui. Mais pas cette créature. Elle est tout en muscles, pas un poil de graisse. Et bien plus rapide qu'un homme. Quand tu songes à la façon dont un bébé taureau peut te réduire un homme en charpie, imagine ce que la brute de Yarbeck pourrait donner avec ses cinquante kilos.

Le pare-brise opaque ressemblait à un écran de cinéma sur lequel Walt projetait les images des corps déchiquetés : Wes Dalberg, Teel Porter... Il ferma les yeux, mais voyait toujours les cadavres.

— Oui, je comprends. C'est largement suffisant pour un animal destiné à tuer.

— Yarbeck a donc créé une race de babouins géants et, ensuite, elle s'est attaquée aux manipulations du sperme et des ovules, en triant les facteurs génétiques de la race et en en ajoutant d'autres.

— Le même genre de raccommodages que pour le chien.

— Je ne parlerais pas exactement de raccommodages... mais effectivement, c'était la même technique. Yarbeck voulait un animal aux mâchoires féroces et puissantes, un peu comme celles d'un berger allemand avec des grandes dents crochues. Ce qui signifiait qu'elle devait agrandir la taille de la tête et la modifier considérablement. Le crâne aussi devait être plus gros, pour permettre une plus grande intelligence. Le Dr Yarbeck n'avait pas les mêmes contraintes que Davis Weatherby. En fait, si sa création était franchement

hideuse, elle serait encore plus efficace, car elle terrori-
serait les ennemis avant même d'avoir à les éliminer.

Malgré la chaleur, Walt Gaines se sentait envahi de
frissons, comme s'il avait avalé des glaçons.

— Et ni Yarbeck ni personne n'a jamais pensé à
l'immoralité de ce genre d'intervention. Ils n'ont
jamais lu l'*Ile du Docteur Moreau*, ces andouilles ? Lem
tu as l'obligation morale d'informer le public, de
révéler l'affaire au grand jour. Et moi aussi.

— Non, il n'en est pas question. Penser que la
science peut être ou bonne ou mauvaise, c'est une
conception purement religieuse. Les actions peuvent
être morales ou immorales, c'est vrai, mais on ne peut
pas appliquer le même raisonnement à la connaissance. Pour un scientifique, comme pour tout homme
cultivé, la science est neutre par nature.

— Oui, mais dans le cas de Yarbeck, l'application
scientifique est fichtrement immorale.

Les samedis soirs, installés devant une bière sur la
terrasse de l'un d'eux, ils adoraient parler philosophie
et régler les grandes questions du monde. De beaux
parleurs embués d'alcool s'enorgueillissant de leur
sagesse. Et les dilemmes qu'ils abordaient le week-end
étaient souvent ceux auxquels ils devaient faire face
dans leur travail de policiers. Pourtant, aucune de
leurs discussions n'avait jamais eu des implications
aussi dramatiques que celle-là.

— L'application scientifique fait partie du processus d'apprentissage, dit Lem. Les savants doivent
mettre en œuvre leurs découvertes pour savoir où elles
mènent. La responsabilité morale repose sur les
épaules de ceux qui sortent la science du laboratoire et
l'utilisent à des fins immorales.

— Tu crois à ces âneries ?

— Oui, j'imagine. Si nous tenions les scientifiques
pour responsables des conséquences néfastes issues de
leur travail, personne n'entreprendrait jamais de
recherches et tout progrès serait impossible. Nous en
serions encore à l'âge de pierre.

Walt sortit un mouchoir de sa poche et s'épongea le

visage pour avoir le temps de réfléchir. Ce n'est pas tant la chaleur et l'humidité qui le terrassaient que la pensée du guerrier de Yarbeck hantant les collines du comté d'Orange.

Il avait envie de tout révéler au public, d'avertir le monde innocent qu'un animal dangereux circulait en liberté sur terre. Mais cela aurait joué le jeu des ennemis du progrès qui auraient utilisé l'exemple de la créature de Yarbeck pour mettre fin à toutes les recherches génétiques. Et déjà, grâce aux progrès dans ce domaine, on avait créé des espèces de maïs qui poussaient dans un sol pauvre et aride afin de soulager la faim dans le monde. Il y avait une dizaine d'années, on avait inventé un nouveau virus qui fabriquait de l'insuline bon marché. S'il parlait du monstre de Yarbeck, il sauverait peut-être quelques vies, mais il empêcherait peut-être le monde de bénéficier des découvertes en génétique, ce qui, à long terme, coûterait des milliers de vies.

— Merde ! Ce n'est pas vraiment noir ou blanc.

— C'est ce qui rend la vie si intéressante, dit Lem.

— Eh bien, c'est même beaucoup trop intéressant pour moi. Bon, je comprends pourquoi il vaut mieux étouffer l'histoire. Et puis, si on en parle, on va avoir des centaines de crétins en mal d'aventure qui vont se mettre à chercher le monstre, et ils finiront en charpie, à moins qu'ils ne s'entre-tuent carrément.

— Exactement.

— Mes hommes pourraient aider à mettre un couvercle là-dessus en participant aux recherches.

Lem lui parla des cent unités de renseignements des Marines qui passaient toujours les collines au peigne fin, en tenue civile, armées du matériel le plus perfectionné.

— J'ai plus d'hommes sur le coup que tu ne pourrais en fournir. Nous faisons déjà le maximum. Alors, tu acceptes de te retirer ?

— Pour le moment, répondit Walt en fronçant les sourcils. Mais je veux que tu me tiennes au courant.

— D'accord.

— Ah, encore une question. Pourquoi l'appelle-t-on l'Autre ?

— Euh, le chien a été le premier succès, et l'Autre le deuxième. Le chien, et l'autre. Ça a fini par devenir son nom. Ce n'était pas l'amélioration d'une créature de Dieu. C'était tout à fait autre chose. Une abomination. Et la créature est consciente de son étrangeté, très consciente.

— Pourquoi ne pas l'appeler le Babouin ?

— Parce que cela ne ressemble plus guère à un babouin. En fait, ça ne ressemble à rien de ce que tu aies jamais pu voir, sauf dans un cauchemar.

Walt n'aimait pas l'air sombre de son ami et préféra ne pas demander plus amples détails sur la description de l'animal.

— Et Hudston, Weatherby, Yarbeck. Qui les a tués ?

— Nous ne savons pas qui a appuyé sur la détente, mais ce sont les Soviétiques qui l'ont embauché. Ils ont éliminé un autre homme des laboratoires qui était en vacances à Acapulco.

— Les Soviétiques ? Qu'est-ce qu'ils viennent faire là-dedans ?

— Nous pensions qu'ils n'étaient pas au courant du projet François mais, apparemment, ils avaient une taupe à Banodyne qui les a informés. Et quand le chien et l'Autre se sont sauvés, on les a visiblement avertis et ils ont décidé de tirer profit de la situation. Ils ont assassiné tous les directeurs de projets, même Hudston, qui ne travaillait plus à Banodyne. Ils voulaient sans doute mettre un terme au projet François et nous empêcher de retrouver l'Autre.

— Comment ?

Lem s'enfonça dans son siège, comme si, en évoquant la crise, il prenait conscience du fardeau qui pesait sur ses épaules.

— En éliminant les scientifiques, et surtout Yarbeck, ils nous ont coupés des gens qui auraient été les plus capables de savoir où les animaux sont allés et comment les capturer.

— Vous avez des preuves qui accusent les Soviétiques ?

— Pas vraiment. Je m'occupe surtout de la capture du chien et de l'Autre, et nous avons d'autres forces qui sont chargées de retrouver les agents soviétiques qui ont commandité les meurtres, l'incendie et la destruction des dossiers. Malheureusement, il semblerait qu'ils aient utilisé un tueur à gages en dehors de leur organisation, et nous ne savons pas du tout comment lui mettre la main dessus. De ce côté, l'enquête piétine.

— Et le feu à Banodyne ?

— Incendie volontaire, sans le moindre doute. Tous les papiers et tous les fichiers électroniques sont détruits. Il y avait un deuxième disque ailleurs bien sûr... mais, on ne sait pas comment, toutes les données ont été effacées.

— Les Soviétiques aussi ?

— Sans doute. Tout ce qui concerne le projet François a été éliminé, ce qui nous laisse dans le noir complet quant à la façon de penser du chien et de l'Autre.

— Je n'aurais jamais pensé me trouver un jour du côté des Russes. Pour une fois, je trouve qu'ils ont bien fait de mettre un terme au projet François.

— Oh, ils ne sont pas tout blancs ! D'après ce que je sais, ils travaillent sur un programme similaire dans un laboratoire d'Ukraine. D'ailleurs, je ne doute pas qu'on s'attaque avec acharnement à détruire leurs dossiers... De toute façon, les Soviétiques n'aimeraient rien tant que de voir l'Autre ravager une banlieue bien tranquille et dévorer femmes et enfants. Car si ça se produit un peu trop souvent... l'affaire va nous exploser à la figure.

Dévorer femmes et enfants ! Brrrr...

— Ça risque de se produire ?

— Nous ne croyons pas. L'Autre est très agressif, il a été conçu pour ça, et il voue une haine toute particulière à ses créateurs. D'ailleurs Yarbeck ne s'y attendait pas, et c'était une des choses qu'elle voulait corriger dans les générations futures. L'Autre prend un

234

malin plaisir à nous assassiner. Mais il est intelligent, et il sait qu'à chaque fois qu'il tue, il nous met sur sa piste. Il ne va sans doute pas se laisser aller à ses petits plaisirs trop souvent. Il restera isolé la plupart du temps et se déplacera surtout la nuit. De temps en temps, par curiosité, il ira faire un tour dans les régions habitées...

— Comme la dernière fois chez les Keeshan.

— Oui. Mais je parierais qu'il n'y était pas allé pour tuer. Il ne veut pas qu'on l'attrape avant qu'il ait accompli sa mission.

— Qui est ?

— Trouver et tuer le chien.

— Pourquoi s'occuperait-il du chien ?

— Nous ne savons pas exactement mais, à Banodyne, il lui vouait une haine farouche, bien plus qu'aux hommes encore. Yarbeck avait mis au point un langage de signes et souvent l'Autre a exprimé son désir de tuer le chien, mais il ne voulait jamais expliquer pourquoi. Il était obsédé par le chien.

— Alors, tu penses qu'il le poursuit ?

— Oui. Nous avons la preuve que c'est le chien qui est parti le premier, et quand l'Autre s'en est rendu compte, il a détruit tout ce qu'il y avait dans son enclos, litière, jouets... Il a tout mis en pièces. Et puis, quand il a compris que le chien serait à jamais hors de portée s'il ne se lançait pas à sa poursuite, l'Autre a réfléchi au problème et a trouvé un moyen de s'échapper, lui aussi.

— Mais si le chien avait une bonne longueur d'avance ?

— Il y a un lien entre le chien et l'Autre que personne n'est capable de comprendre. Une relation télépathique. Nous ne connaissons pas son étendue, mais nous pensons qu'elle est assez puissante pour que l'un puisse suivre l'autre sur d'assez longues distances. Apparemment, il s'agit d'une sorte de sixième sens, conséquence de la technique d'amélioration de l'intelligence utilisée par Weatherby et Yarbeck. Mais ce n'est qu'une supposition. Nous n'en sommes pas sûrs, en fait, nous ne sommes sûrs de rien !

Pendant un instant, les deux hommes restèrent silencieux.

L'humidité confinée de la voiture n'était plus si désagréable. Avec tous les dangers qui menaçaient à l'extérieur, elle offrait une cachette sûre et confortable, un refuge.

Un peu inquiet de la réponse qu'il allait obtenir, Walt demanda pourtant :

— Les bâtiments de Banodyne sont munis de systèmes de haute sécurité. Normalement, cela sert à empêcher les intrus d'entrer, mais cela doit être difficile d'en sortir aussi. Et pourtant, le chien et l'Autre se sont échappés.

— Oui.

— Dans le cas du chien... en fait, il est plus intelligent qu'on se l'imaginait, c'est ça ? Peu importe, il est gentil.

— C'est exact. Mais si l'Autre est également plus intelligent qu'on ne le pensait... s'il est presque aussi intelligent qu'un homme... ce sera encore plus difficile de l'attraper.

— Presque aussi ou aussi ? demanda Walt.

— Non, ça c'est impossible.

— Ou plus intelligent ?

— Non, impossible.

— Impossible ?

— Absolument.

— Absolument impossible ?

Lem soupira, très las, et ne répondit pas. Il n'allait pas recommencer à mentir à son meilleur ami.

7

Nora et Travis passaient les photos en revue, apprenant de plus en plus de choses sur Einstein. Le chien confirma qu'il avait choisi la photo d'ordinateur car elle lui rappelait ceux du labo. L'image des quatre jeunes jouant au ballon lui évoquait un test d'intelligence pour lequel on avait utilisé des ballons de différentes couleurs qui l'avait particulièrement amusé. Ils ne réussirent pas à savoir pourquoi il s'intéressait au perroquet, aux papillons, à Mickey Mouse et à de nombreuses autres choses, tout simplement parce qu'ils ne réussirent pas à formuler des questions pertinentes auxquelles Einstein aurait pu répondre par oui ou par non.

Malgré la centaine de photos qui restaient totalement énigmatiques, tous trois n'en étaient pas moins enthousiasmés par le processus de la découverte, car les succès rencontrés récompensaient leurs efforts. Une seule fois l'humeur devint morose quand on remontra à Einstein la photo du démon du film d'horreur. Einstein devint alors très agité. Il mit la queue entre ses jambes, découvrit ses dents, et grogna. Plusieurs fois, le chien alla se cacher derrière le divan dans la pièce d'à côté où il restait une minute ou deux avant de revenir, à contrecœur, affronter les nouvelles questions.

Finalement, après avoir essayé pendant dix minutes de comprendre les raisons de la peur du chien, Travis lui montra le monstre aux yeux lumineux, aux mâchoires énormes et au poil ébouriffé.

— Tu ne comprends pas, Einstein. Cette photo ne représente pas une créature réelle. C'est un animal imaginaire qui n'existe pas. Tu comprends quand je dis imaginaire ?

Oui.

— Eh bien, c'est une créature imaginaire.

Non.

— Si, dit Travis.

Non.

Einstein essaya de se sauver derrière le divan une fois encore. Travis le prit par le collier et le retint.

— Tu prétends que tu as déjà vu une bête comme celle-là ?

Le chien leva les yeux de la photo, regarda Travis droit dans les yeux et gémit.

Ce gémissement pitoyable aux accents profonds troubla Travis à un point qui le surprit lui-même. Le collier dans une main, l'autre posée sur le dos du retriever, il le sentit trembler et, soudain, se mit à trembler lui aussi. Einstein lui transmettait sa peur. *Mon Dieu, il l'a réellement vue !* se dit-il.

— Qu'est-ce qui ne va pas ? demanda Nora.

Au lieu de lui répondre, Travis répéta sa question à Einstein.

— Tu prétends avoir vu une bête comme celle-là ?

Oui.

— Quelque chose qui ressemble exactement à ce démon ?

Oui et non.

— Quelque chose qui lui ressemble un peu ?

Oui.

Travis caressa le chien pour essayer de le calmer, mais le tremblement ne cessa pas.

— C'est pour cela que tu montes la garde la nuit ?

Oui.

Intriguée, inquiète devant la détresse du chien, Nora se mit à le caresser elle aussi.

— Je croyais que tu avais peur que les gens du laboratoire te retrouvent ?

Un aboiement.

— Tu n'as pas peur des hommes du laboratoire ?

Oui et non.

— Un peu, mais tu as encore plus peur de cette créature ?

Oui, oui, oui.

— Est-ce que c'est ce qui te poursuivait dans les bois ?

Oui, oui, oui. — Mais c'est du cinéma, aucune créature au monde ne ressemble à une chose pareille, dit Nora.

Fouillant parmi les photos, Einstein s'arrêta devant la publicité de la Croix Bleue qui représentait un médecin et une mère et son enfant à l'hôpital. Il leur apporta le magazine et le laissa tomber sur le sol. Il posa sa truffe sur le médecin, regarda Nora et Travis, attendant leur réaction.

— Tout à l'heure, tu nous as dit que le médecin représentait le scientifique du laboratoire.

Oui.

— Alors, tu es en train de nous dire que cet homme sait qui est la bête qui était dans les bois ?

Oui.

Einstein retourna vers les photos, et montra celle où l'on voyait une voiture en cage. Il posa sa truffe sur la cage, puis, en hésitant, sur la photo du démon.

— La bête est dans une cage ?

Oui.

— Non, je crois qu'il veut nous dire qu'avant elle était en cage, et que c'est là qu'il l'a vue.

Oui.

— Dans le même laboratoire que toi ?

Oui, oui, oui.

— Un autre animal expérimental ? demanda Nora.

Oui.

Travis regarda le démon avec ses sourcils épais, ses yeux jaunes enfoncés, son museau déformé, étincelant de dents...

— Une expérience qui a mal tourné ?

Oui et non.

Excessivement nerveux, le chien se précipita vers la fenêtre, mit les pattes sur le rebord et scruta la nuit de Santa Barbara.

Assis sur le sol parmi les magazines, commençant à ressentir la fatigue de toutes ces émotions, Nora et Travis se regardaient, intrigués.

— Vous croyez qu'Einstein est capable de mentir, d'inventer des histoires comme les enfants ?

— Je ne sais pas. Est-ce que les chiens sont menteurs ? dit-il en riant devant l'absurdité de sa propre question. Est-ce qu'une souris pourrait devenir président de la République ? Est-ce que les vaches peuvent chanter ?

— Est-ce que les canards savent faire des claquettes ?

— Bien sûr, une fois j'en ai vu un ! dit Travis, se laissant aller à ce jeu un peu idiot après les tensions intellectuelles de la journée.

— Vraiment ?

— Oui, à Las Vegas.

— Le canard ?

— Oui, devinez comment il s'appelait.

— Je ne sais pas.

— Sammy Davis Duck Junior !

De nouveau, ils éclatèrent de rire.

Einstein revint vers eux, et les regarda, la tête penchée, se demandant pourquoi ils se conduisaient si étrangement.

Nora et Travis n'avaient jamais rien vu d'aussi drôle que l'expression intriguée du chien. Soudain, ils se penchèrent l'un vers l'autre et s'enlacèrent en riant comme des enfants.

Avec un reniflement de dérision, le retriever retourna à sa fenêtre.

Au fur et à mesure qu'ils se reprenaient et que leur fou rire se calmait, Travis prenait conscience de tenir Nora dans ses bras dans un contact physique plus intime que ce qu'il s'était permis auparavant. Il sentait la chaleur de son corps, le doux parfum de ses cheveux. Soudain, il la désirait désespérément, il savait qu'il allait l'embrasser dès qu'elle relèverait le visage. Un instant plus tard, tout se passa exactement comme prévu. Il l'embrassa et elle lui répondit. Pendant une seconde ou deux, elle ne sembla pas se rendre compte de ce qui arrivait, de ce que cela signifiait. C'était un baiser purement innocent, un baiser d'amitié, d'affection, dépourvu de passion. Bientôt, sa bouche s'adoucit, sa respiration se fit plus courte, elle le serra plus fort et l'attira près d'elle. Un léger murmure de désir lui échappa et le son de sa propre voix la rappela à la réalité. Brutalement, elle se raidit, ses yeux s'emplirent d'étonnement et de crainte devant ce qui avait failli arriver. Travis se recula car il savait instinctivement que ce n'était pas le bon moment, que tout n'était pas encore parfait. Quand enfin ils feraient l'amour, il faudrait qu'il n'y ait plus la moindre hésitation, la moindre gêne, car pendant tout le reste de leur vie ils se souviendraient de cette première fois. Ce devrait être un souvenir merveilleux et joyeux, qu'ils pourraient évoquer des milliers de fois jusqu'à leurs vieux jours. Bien que ce ne fût pas encore le moment d'envisager et de formuler l'avenir, Travis ne doutait pas qu'il passerait sa vie aux côtés de Nora Devon. En fait, cela faisait même plusieurs jours qu'il en était conscient.

Après un moment d'embarras, en se demandant s'ils allaient parler de la soudaine modification de leur relation, Nora finit par dire :

— Il est toujours à la fenêtre.

Einstein, le museau contre la vitre, observait la nuit.

— Et s'il disait la vérité ? se demanda Nora. Est-ce qu'une chose aussi horrible aurait pu s'échapper du laboratoire ?

— S'ils ont réussi à rendre un chien aussi intelligent, ils ont peut-être pu créer un animal aussi bizarre. Et dans la forêt, il y avait vraiment quelque chose.

— Mais on ne pourra plus le retrouver. Pas après qu'on l'a emmené si loin.

— Pas de danger. Je crois qu'Einstein ne se rend pas compte de la distance que nous avons parcourue. La créature des bois ne le retrouvera jamais. Mais les gens du laboratoire doivent diablement le rechercher. C'est ça qui m'inquiète. Et Einstein aussi. C'est pour ça qu'il joue les idiots en public et qu'il n'a révélé son intelligence qu'à moi, et à vous maintenant. Il ne veut pas y retourner.

— S'ils le trouvent...

— Ils ne le retrouveront pas.

— Mais s'ils le retrouvent quand même.

— Je ne le laisserai jamais partir. Jamais.

Vers onze heures, ce même soir, on emmena les corps du policier décapité et du contremaître mutilé. On présenta une histoire à la presse qui sembla y croire. Les journalistes avaient posé des questions, pris quelques centaines de photographies et usé un kilomètre de bande vidéo dont ils présenteraient une centaine de secondes aux informations du lendemain. (A cette époque de violence et de criminalité exacerbées, cet incident ne méritait pas plus de deux minutes de traitement, dix secondes de présentation, une centaine de secondes d'images, et dix secondes d'interviews de personnalités aux visages sombres et attristés de circonstance, ensuite on passerait à un concours de bikini et à l'interview d'un homme qui prétendait avoir vu un vaisseau extraterrestre en forme de pièce montée !) Journalistes, policiers en uniforme et hommes du laboratoire étaient tous partis, ainsi que tous les agents de la NSA à l'exception de Lemuel Johnson et de Cliff Soames.

Des nuages cachaient le quartier de lune. Il n'y avait plus de projecteurs et la seule lumière provenait des phares de la voiture de Walt Gaines qu'il avait braqués vers celle de Lem pour qu'il n'ait pas à opérer dans le noir. Dans la sinistre obscurité alentour, les squelettes de maisons se dressaient, tels des reptiles préhistoriques fossilisés.

En allant vers sa voiture, Lem se sentait aussi bien que le permettaient les circonstances. Walt avait facilement accepté d'abandonner la juridiction de l'affaire et bien que Lem ait violé la loi et son serment, il était certain que Walt se tairait.

Cliff Soames arriva le premier à la voiture, ouvrit la porte et s'assit sur le siège du passager.

— Ah ! quelle horreur ! s'exclama-t-il au moment où Lem ouvrait sa porte.

Une tête. Celle de Teel Porter.

Elle était posée sur le siège du passager de manière à faire face à celui qui ouvrirait la porte... La bouche ouverte poussait un cri silencieux. Les orbites béantes...

Faisant un pas en arrière, Lem sortit son revolver de sous sa veste.

Walt se précipita vers eux revolver au poing.

— Qu'est-ce qui se passe ?

Lem lui indiqua le siège.

Walt se pencha vers la voiture et regarda par la porte ouverte. Il poussa un cri d'angoisse.

Cliff sortit lui aussi, l'arme pointée en avant et fit le tour du véhicule.

— Ce monstre était là quand nous étions à l'intérieur !

— Il y est peut-être encore, dit Lem, surveillant nerveusement l'obscurité qui les entourait au-delà des faisceaux de phares.

— On va appeler mes hommes, ils vont entreprendre une battue.

— Non, inutile, il va s'en aller s'il les voit arriver... à moins que cela ne soit déjà fait.

Derrière eux, à la limite des Côtes de Bordeaux, s'étendaient des kilomètres de terrains dégagés, de collines et de montagnes dont était sortie la bête et où elle pourrait à nouveau disparaître. Le paysage accidenté n'offrait qu'une vague silhouette qu'on pressentait plus qu'on ne voyait.

Dans une partie obscure de la rue, on entendit soudain un fracas de cailloux ou de planches renversées.

— Il est là ! s'exclama Walt.

— Peut-être, mais nous n'allons pas nous mettre à le chercher tous les trois dans le noir, c'est exactement ce qu'il veut.

Ils écoutèrent.

Plus rien.

— Nous avons fouillé partout en arrivant, dit Walt.

— Il a dû garder une longueur d'avance sur vous et prendre un malin plaisir à esquiver vos hommes. Et puis, il nous a vus arriver et il a reconnu Lem.

— Oui, je l'avais rencontré à Banodyne. En fait...

l'Autre devait sûrement m'attendre. Il comprend probablement mon rôle dans cette affaire et sait que je suis chargé de les retrouver, lui et le chien. C'est pour moi qu'il a laissé la tête.

— Pour se moquer de toi ?

— Exactement.

Silencieux, mal à l'aise, les trois hommes scrutaient toujours l'obscurité.

Pas un souffle dans l'air chaud de juin.

Pendant un long moment, on n'entendit que le ronronnement de la voiture du shérif.

— Il nous observe.

Autre fracas de matériel de construction renversé, plus proche cette fois.

Les trois hommes frémirent, regardant chacun dans une direction différente.

De nouveau, une longue minute de silence.

Soudain, l'Autre se mit à crier. Un hurlement étrange, terrifiant. Cette fois, ils purent identifier sa provenance : le terrain découvert dans la nuit derrière les Côtes de Bordeaux.

— Il s'en va maintenant, dit Lem. Il a compris que nous ne prendrions pas le risque de nous lancer à sa recherche. Il part avant que nous appelions des renforts.

Un autre cri retentit de plus loin. La voix étrange s'enfonçait dans le cœur de Lem tels des ongles acérés.

— Demain matin, nous ferons venir nos forces à l'est de la région. Nous l'aurons, cette ordure. Nous l'aurons !

Se tournant vers la voiture, envisageant avec horreur ce qu'il faudrait faire de la tête, Walt demanda :

— Mais pourquoi les yeux ? Pourquoi arrache-t-il toujours les yeux ?

— Partiellement parce qu'il est affreusement agressif, assoiffé de sang. C'est en lui. Parce qu'il aime semer la terreur, mais aussi...

— Quoi ?

— J'aimerais ne pas m'en souvenir, hélas...

Lors de sa visite aux laboratoires Banodyne, Lem

avait été témoin d'une conversation, si l'on pouvait s'exprimer ainsi, entre le Dr Yarbeck et l'Autre. Yarbeck et ses assistants avaient enseigné à l'animal un langage par signes assez semblables à ceux qu'avaient utilisés les chercheurs lors de leurs premiers essais de communication avec les primates au milieu des années soixante-dix. Le sujet le plus doué, une femelle gorille nommée Koko, qui avait depuis engendré un nombre incroyable de légendes, était parvenue à un vocabulaire d'approximativement quatre cents mots. Quand Lem l'avait rencontré, l'Autre avait déjà un vocabulaire beaucoup plus étendu, bien que toujours primitif. Lem avait observé la monstrueuse créature de l'humanité échanger des signaux manuels avec le Dr Yarbeck tandis qu'un assistant lui chuchotait une traduction simultanée. L'Autre avait exprimé une féroce agressivité contre tout et tout le monde, s'interrompant souvent pour se jeter contre les barreaux de sa cage en hurlant furieusement. Terrifié, écœuré par la scène, Lem n'avait pu s'empêcher d'éprouver une certaine pitié envers l'Autre. La bête serait toujours en cage, elle resterait indéfiniment étrangère, seule, plus seule que personne ne l'avait jamais été, pas même le chien de Weatherby. L'expérience l'avait profondément affecté, pourtant il se souvenait de quasiment tous les échanges entre Yarbeck et sa créature et, à présent, des bribes de conversation lui revenaient à l'esprit.

A un moment, L'Autre avait formulé : *T'arracher les yeux.*

Tu veux m'arracher les yeux ?

Arracher les yeux de tout le monde.

Pourquoi ?

Pour plus qu'on me voit.

Pourquoi tu ne veux plus qu'on te voit ?

Laid.

Tu te trouves laid ?

Très laid.

Qui t'a mis en tête que tu étais laid ?

Les gens.

Quels gens ?

Tous ceux qui me voient pour la première fois.

Comme l'homme qui est avec nous aujourd'hui ?

Oui. Tout le monde me trouve laid. Tout le monde me déteste.

Personne ne te déteste.

Si, tout le monde.

Personne ne t'a jamais dit que tu étais laid. Comment sais-tu que les gens le pensent ?

Je sais.

Mais comment ?

Je sais. Je sais. Je sais. Il tourna en rond dans sa cage, s'accrochant aux barres en hurlant et revint vers Yarbeck. *Arracher mes yeux aussi.*

Pour ne plus avoir à te regarder ?

Pour ne plus voir les gens qui me regardent. Lem avait eu pitié de la créature, mais cela n'avait pas amoindri sa peur pour autant.

— Bon Dieu, dit Cliff en frémissant. Il se déteste, il a horreur de son altérité, c'est pour ça qu'il hait tant ses créateurs.

— Maintenant que je suis au courant, cela m'étonne que vous n'ayez jamais compris pourquoi il en voulait tant au chien. Ce sont les deux produits du projet François. Le chien est l'enfant chéri, le chouchou, et l'Autre l'a toujours su. Le chien, c'est l'enfant que les parents exhibent avec fierté, alors que l'Autre, ils préfèrent le garder bien enfermé dans une cage. C'est pour ça qu'il déteste le chien, il crève de jalousie.

— Bien sûr, tu as raison, c'est évident, dit Lem.

— Ça permet aussi de comprendre les miroirs brisés dans la maison où il a tué Teel Porter. L'Autre ne supporte pas sa propre image.

Dans le lointain, quelque chose hurla, une créature qui n'était pas celle de Dieu.

Chapitre sept

1

Pendant le reste du mois de juin, Nora fit un peu de peinture, passa beaucoup de temps avec Travis et essaya d'apprendre à lire à Einstein.

Si le chien comprenait le langage humain, comme il le semblait, il s'ensuivait peut-être qu'il pouvait comprendre le sens des mots écrits, du moins cela valait-il la peine de tenter l'expérience.

Bien sûr, ils ne savaient pas exactement si le retriever comprenait l'anglais. Il était encore possible que, sans percevoir le sens exact de chaque mot, il puisse par une sorte de don de télépathie se représenter ce que les gens avaient à l'esprit.

— Je ne crois pas que ce soit le cas, dit un jour Travis en buvant un apéritif sur le patio de Nora près du chien qui batifolait sous le jet de pluie d'un arrosoir. Peut-être tout simplement parce que je n'ai pas envie de le croire. L'idée qu'il soit à la fois aussi intelligent que moi et qu'en plus il ait un sixième sens, c'est un peu trop pour moi. C'est moi qui devrais porter le collier et lui tenir la laisse !

En fait, un test d'espagnol mit fin à cette supposition.

A l'université, Travis avait fait trois ans d'espagnol, et quand il s'était enrôlé dans l'armée, on l'avait encouragé à poursuivre ses efforts car ses supérieurs pensaient qu'avec l'instabilité croissante en Amérique du Sud, les forces Delta seraient amenées à opérer dans ces régions de plus en plus souvent. Depuis son départ de l'armée les contacts avec la vaste communauté hispanique de Californie lui avaient permis de se maintenir à un bon niveau.

Mais lorsqu'il lui donnait des ordres ou posait des questions en espagnol, Einstein le regardait d'un air ahuri et agitait bêtement la queue. Quand Travis persistait, le retriever penchait la tête, comme pour demander si c'était une plaisanterie. Si le chien avait lu les images mentales qui se formaient dans l'esprit des gens, les différences de langage ne lui auraient pas posé de problèmes.

— Non, il ne lit pas dans les esprits. Il y a enfin des limites à son génie, grâce à Dieu !

Jour après jour, Nora s'installait par terre à côté d'Einstein, dans le salon ou sur la terrasse, lui apprenait l'alphabet et lui expliquait comment les mots écrits se reliaient aux sons qu'il connaissait déjà. De temps à autre, Travis prenait la relève pour que Nora puisse se reposer mais, la plupart du temps, il lisait à côté d'eux car il prétendait ne pas avoir assez de patience pour l'enseignement.

Dans un gros classeur à anneaux, Nora collait une image sur la page de gauche et écrivait le nom de l'objet en lettres capitales sur la page de droite : ARBRE, VOITURE, MAISON, HOMME, FEMME, CHAISE... Elle montrait d'abord l'image à Einstein qui écoutait attentivement, puis répétait le mot à plusieurs reprises.

Le dernier jour de juin, Nora étala une vingtaine d'images sur le sol.

— Eh bien, nous allons faire un test pour voir si tu as fait des progrès depuis lundi.

Einstein se tenait très droit, la poitrine gonflée, comme s'il ne doutait pas de ses capacités.

— Si tu ne sais rien, Poilu, on ira t'échanger contre un caniche qui sait faire le beau, donner la patte et marcher debout, dit Travis, installé dans un fauteuil à côté d'eux.

— Ce n'est pas le moment de dire des bêtises,

248

répondit Nora, heureuse de voir que le chien ignorait les remarques de Travis.

— Promis, je me tiendrai bien, professeur.

Nora lui montra un carton marqué ARBRE. Le retriever alla sans hésiter vers la photo d'un pin et y posa sa truffe. Quand elle présenta le carton VOITURE, il posa la patte sur l'image correspondante et quand elle prit le carton MAISON, il alla renifler une photographie de demeure coloniale. Ils passèrent en revue une cinquantaine de mots et, pour la première fois, Einstein trouva les images représentées sans aucune erreur. Nora s'enthousiasma devant les progrès d'Einstein, si heureux lui aussi qu'il ne cessait de remuer la queue.

— Dis donc, Einstein, il te reste des progrès à faire avant d'attaquer Proust !

— Il est fantastique, dit Nora, piquée de voir qu'on se moquait de son élève. Il ne peut pas apprendre à lire du jour au lendemain, il va déjà beaucoup plus vite qu'un enfant.

— Ah oui ?

— Parfaitement ! bien plus vite qu'un enfant !

— Alors, il mérite peut-être deux ou trois Milk, Bones.

Einstein se précipita immédiatement dans la cuisine pour recevoir ses biscuits.

2

Au fur et à mesure que l'été avançait, Einstein faisait des progrès surprenants.

Vers la mi-juillet, ils passèrent des cartons à un seul mot aux livres d'enfants qu'Einstein semblait tous beaucoup apprécier bien qu'il eût, sans qu'on sût pourquoi, une nette préférence pour les histoires de la Grenouille et du Crapaud d'Arnold Lobel.

Au début, Nora lui lisait les livres à voix haute, en suivant soigneusement chaque mot du doigt et Einstein se penchait sur le livre avec une attention imperturbable. Plus tard, elle se contenta de tenir le livre ouvert et de tourner les pages quand le chien lui indiquait par un signe quelconque qu'il était prêt à continuer.

L'attitude d'Einstein, qui restait volontairement immobile pendant des heures, les yeux fixés sur le texte, semblait prouver qu'il lisait réellement et ne se contentait pas de regarder les images, pourtant, Nora décida de l'interroger sur le contenu des histoires.

— Bon, puisque tu as terminé le conte de la Grenouille et du Crapaud, je vais te poser quelques questions.

A la cuisine, Travis préparait un gratin dauphinois pour le dîner tandis que Nora et Einstein, tous deux installés sur des chaises autour de la table, se préparaient à l'examen. Travis s'arrêta pour les écouter.

— Quand la Grenouille alla voir le Crapaud un jour d'hiver, le Crapaud était au lit et ne voulait pas aller jouer dehors, c'est ça ?

Einstein se leva pour pouvoir remuer la queue. *Oui.*

— Mais finalement, la Grenouille a réussi à convaincre le Crapaud et ils sont allés faire du patin à glace.

Non.

— De la luge ?

Oui.

— Parfait. Plus tard, à Noël, la Grenouille offre un cadeau au Crapaud. Est-ce que c'était un pull-over ?

Non.

— Une nouvelle luge ?

Non.

— Une horloge pour mettre sur la cheminée ?

Oui, oui, oui.

— Parfait, un sans faute ! Maintenant, que veux-tu lire ? L'histoire de Renard ?

Einstein agita vigoureusement la queue.

Travis aurait aimé prendre une part plus active dans l'éducation du chien, mais il comprenait que Nora tirait un immense bénéfice de ses relations avec Einstein et il ne voulait pas s'interposer. Il jouait parfois les rabat-joie et ironisait sur la nécessité d'apprendre à lire à un chien, se moquait des faibles progrès du retriever et de ses goûts littéraires. En fait, cette attitude gentiment négative ne faisait que redoubler la détermination de Nora qui passait d'autant plus de temps avec Einstein pour prouver à Travis qu'il se trompait. Einstein ne réagissait jamais devant ces réactions perfides, comme s'il comprenait le petit jeu que jouait Travis.

Les raisons pour lesquelles Nora s'épanouissait tant dans ses fonctions d'enseignante restaient obscures. Peut-être parce qu'elle n'avait jamais atteint une telle intensité dans la communication — pas même avec Travis ou sa tante Violet — et que ce succès l'encourageait à sortir de sa coquille. Ou tout simplement parce qu'elle prenait plaisir à apprendre à lire au chien. De par sa nature, Nora aimait partager, et pourtant elle avait vécu comme une recluse sans avoir jamais l'occasion de manifester ce trait de sa personnalité. A présent qu'elle avait une chance de pouvoir donner, elle sacrifiait généreusement son temps et son énergie et y trouvait son bonheur.

Et dans sa relation avec le chien, elle exprimait aussi ses talents naturels pour la maternité. Elle montrait la patience d'une mère envers son enfant et parlait si tendrement à Einstein qu'on avait l'impression qu'elle s'adressait à son propre bébé.

Quelles qu'en fussent les véritables raisons, Nora se détendait. Graduellement, elle abandonna ses robes sombres et informes pour des pantalons de coton, des jeans et des chemisiers multicolores. Elle avait rajeuni de dix ans. Elle était retournée chez le coiffeur et, cette fois, elle n'avait pas tout démoli en revenant. Elle regardait Travis en face et ne baissait plus que rarement les yeux. Elle était plus prompte aussi à le toucher et à lui passer le bras autour de la taille. Elle aimait qu'il la prenne dans ses bras et qu'il l'embrasse, bien que la plupart du temps leurs baisers soient encore empruntés des hésitations de l'adolescence.

Le 14 juillet, Nora reçut une nouvelle qui contribua encore à améliorer son humeur. Le juge d'instruction de Santa Barbara l'appela pour lui annoncer qu'elle n'aurait pas à témoigner devant le tribunal. A la lumière de ses antécédents criminels, Arthur Streck avait changé d'avis et au lieu de plaider non coupable et d'élaborer une défense contre les accusations de violation de domicile, de coups et blessures et de tentative de viol, il avait demandé à son avocat de trouver un compromis. Finalement, le juge avait abandonné toutes les charges, à l'exception de l'agression, et Streck avait accepté une peine de prison de trois ans, dont deux incompressibles. Nora redoutait ce procès et, soudain, elle en était libérée. Pour fêter ça, pour la première fois de sa vie, elle fut un peu ivre.

Ce même jour, tandis que Travis revenait avec une nouvelle brassée de livres et de revues, Einstein découvrit des bandes dessinées de Mickey Mouse, ce qui le remplit d'une allégresse au moins égale à celle de Nora. Pourquoi il était si fasciné par Mickey, Donald et toute la bande des animaux de Disney, cela tenait du mystère, mais Einstein ne pouvait s'empêcher de s'agiter comme un fou et de sauter sur Travis pour lui exprimer sa gratitude.

Tout aurait été parfait si, au milieu de la nuit, Einstein ne s'était plus levé pour aller guetter de fenêtre en fenêtre, scruter la nuit, tremblant de terreur.

3

Le jeudi 15 juillet, presque six semaines après les meurtres des Côtes de Bordeaux, deux mois après la fugue du chien et de l'Autre, Lemuel Johnson se trouvait seul dans son bureau de Santa Ana, le siège du comté d'Orange. Il regardait par la fenêtre du dernier étage le nuage de pollution qui couvrait l'ouest de la ville, ajoutant son poids à la chaleur torride. La purée de pois jaunâtre faisait écho à la morosité de son humeur.

Ses devoirs n'étaient pas limités à la recherche des fugitifs des laboratoires Banodyne, mais cette affaire l'obsédait sans cesse pendant qu'il se livrait à ses autres tâches. Même pendant son sommeil, pas plus de quatre ou cinq heures par nuit ces derniers temps, il ne pouvait libérer son esprit. Il ne supportait pas l'échec.

En fait, c'était même pire que cela : il était hanté par la crainte de l'échec. Son père, qui s'était sorti seul de la misère pour bâtir une affaire florissante, lui avait inculqué une croyance quasi religieuse dans la nécessité de réussir, d'atteindre les objectifs fixés. « Peu importent les succès que tu rencontres, lui disait souvent son père, le monde ne t'en est pas longtemps reconnaissant si tu n'y prêtes pas garde. Et c'est encore plus vrai pour les Noirs. Pour un Noir, le succès, c'est une corde de funambule au-dessus du Grand Canyon. Tant que tu tiens, tout est parfait, mais le moindre faux pas et c'est la chute dans l'abysse. L'abysse, Lem. L'échec, c'est la pauvreté. Et aux yeux des gens, un pauvre Noir raté, ce n'est même pas un homme, c'est un sale nègre, même dans le monde d'aujourd'hui. » Ce fut la seule fois où son père utilisa le mot tant honni, mais Lem avait grandi avec la conviction que le succès n'était qu'un moyen précaire de s'avancer le long d'une falaise et qu'il risquait d'être soufflé à tout moment par les vents de l'adversité. Lem n'osait pas relâcher l'effort, tant il désirait s'accrocher et se réfugier sur un terrain plus sûr.

Il dormait mal et avait perdu l'appétit. Lorsqu'il se forçait, il était victime d'horribles indigestions. Il ne pouvait même plus jouer correctement au bridge faute de pouvoir se concentrer sur les cartes. Lors de leurs soirées avec Walt et Audrey Gaines, les Johnson se faisaient battre à plate couture.

Il était conscient de ses obsessions, mais cela ne suffisait pas à s'en libérer.

Nous sommes comme nous sommes, pensait-il, et nous n'y pouvons rien changer à moins que la vie ne fasse soudain tout basculer, comme lorsqu'on jette une batte de base-ball dans une vitre qui éclate en mille morceaux, et détruise l'emprise du passé.

Dès le mois de mai, il avait deviné que le retriever s'était trouvé un foyer d'accueil. C'était un animal superbe et s'il révélait ne serait-ce qu'une fraction de son intelligence, il serait irrésistible, sans aucun doute. Lem imaginait donc qu'il serait plus difficile à retrouver que l'Autre. Disons une semaine pour l'Autre, et peut-être un mois pour remettre la main sur le retriever.

Il avait envoyé une note à tous les vétérinaires de Californie, du Nevada et de l'Arizona pour leur demander leur assistance. Il leur disait que l'animal s'était échappé d'un laboratoire qui menait d'importantes recherches sur le cancer et que, si l'on ne retrouvait pas ce golden retriever au plus vite, cela signifierait des millions de dollars perdus sans compter le temps des savants et que cela entraverait le traitement de certaines tumeurs malignes. Il avait joint une photo du chien à sa note en précisant que l'animal portait le numéro 33-9 tatoué dans l'oreille. La lettre exigeait également une discrétion totale. On avait répété cet envoi toutes les semaines depuis la fugue, et une vingtaine d'agents de la NSA étaient exclusivement chargés de téléphoner aux vétérinaires et aux fourrières des trois Etats pour s'assurer qu'ils n'abandonnaient pas les recherches.

La poursuite de l'Autre pouvait plus ou moins se confiner aux territoires peu habités, car il hésiterait sans doute à se montrer à découvert. Et il n'y avait aucune chance que quelqu'un le trouve assez « mignon » pour l'adopter ! De plus, l'Autre avait laissé une piste mortelle que l'on pouvait suivre.

Après les meurtres des Côtes de Bordeaux, la créature s'était enfuie dans les contrées désertes de Chino Hills. De là, elle s'était dirigée vers le nord, avait traversé la région est du comté de Los Angeles où sa présence fut signalée le 9 juin dans la banlieue semi-rurale de Diamond Bar. Les services de l'Environnement de Los Angeles avaient reçu un nombre invraisemblable, presque délirant, d'appels téléphoniques les prévenant d'attaques contre les animaux domestiques. D'autres appelaient la police croyant que les meurtres étaient le fait d'un maniaque. En deux nuits, plus d'une vingtaine d'animaux de Diamond Bar avaient été éventrés, et l'état des cadavres ne laissait aucun doute sur l'identité du coupable.

Ensuite, la piste se perdit pendant plus d'une semaine, jusqu'au 18 juin précisément, lorsque deux jeunes campeurs signalèrent « un animal extraterrestre » à Johnstone Peak sur le flanc sud de la vaste forêt nationale de Los Angeles. Ils s'étaient enfermés dans leur estafette mais l'animal avait brisé une fenêtre avec une pierre. Par chance, le couple possédait un .32 et l'un d'eux avait ouvert le feu pour chasser l'assaillant. La presse avait traité les deux campeurs d'illuminés, et, aux informations du soir, des personnalités avaient joyeusement et longuement commenté les faits.

Lem croyait le jeune couple. Sur la carte, il retraça le corridor peu habité emprunté par l'Autre de Diamond Bar à Johnstone Peak : les collines San Jose, le parc régional de Bonelli, puis la forêt. Il avait dû couper plusieurs autoroutes qui traversaient la région, mais s'il voyageait de nuit il pouvait très bien être passé inaperçu. Lem transféra ses équipes de Marines dans la nouvelle région où ils continuèrent leurs recherches, toujours en civil, par groupe de trois ou quatre.

Il espérait que les campeurs avaient au moins blessé l'Autre, mais on ne retrouva aucune trace de sang.

Il se demandait si l'Autre n'allait pas leur échapper éternellement. L'immensité de la forêt le décourageait.

— Presque aussi grande que tout l'Etat du Delaware, dit Cliff Soames après un relevé de mesures sur la carte.

Cliff, originaire du Delaware, était encore relativement nouveau en Californie et il s'étonnait toujours du gigantisme de cette partie du continent. Il débordait encore de l'enthousiasme de la jeunesse et manifestait un optimisme parfois dangereux. Contrairement à Lem, il ne se sentait jamais sur une corde de funambule et ne craignait pas de voir toute sa vie détruite par une seule erreur, un seul échec. Parfois, Lem l'enviait.

— S'il se réfugie dans les montagnes solitaires de

San Gabriel, en se nourrissant de gibier et se contente de satisfaire sa rage occasionnellement contre les habitants de la périphérie, nous risquons de ne jamais le trouver.

— N'oubliez pas qu'il déteste le chien encore plus que les hommes, dit Cliff. Il veut le chien, et il a les moyens de le retrouver.

— C'est ce que nous croyons.

— Et puis, voudrait-il d'une existence sauvage ? Il est peut-être trop intelligent pour supporter la vie dure dans une contrée désolée.

— Peut-être.

— On le repérera bientôt ou il fera quelque chose qui nous donnera les moyens de le retrouver, prédit Cliff.

C'était le 18 Juin.

Comme l'Autre ne donna aucun signe de vie pendant les dix jours qui suivirent, les dépenses qu'imposait la présence d'une centaine d'hommes dans la forêt se justifiaient de moins en moins. Le 29 du même mois, Lem dut se résigner à les renvoyer à leurs bases respectives.

Jour après jour, Cliff se sentait réconforté par la situation stationnaire et croyait qu'il était arrivé malheur à l'Autre, qu'il était mort et qu'on n'en entendrait jamais plus parler.

Jour après jour, Lem s'enfonçait dans sa morosité, sûr qu'il était d'avoir perdu le contrôle de la situation, sûr que l'Autre réapparaîtrait un jour ou l'autre dans des conditions dramatiques qui révéleraient son existence au monde entier. L'échec.

Le seul avantage, c'est qu'il était à présent dans le comté de Los Angeles, hors de la juridiction de Walt Gaines. S'il y avait d'autres victimes, Walt ne serait peut-être pas même au courant et il n'aurait pas à persuader une fois de plus son ami de laisser tomber l'affaire.

Le 15 juillet, deux mois exactement après la fuite des animaux, un mois après que les campeurs eurent été terrorisés par un prétendu extraterrestre, Lem envisagea même de se reconvertir dans une autre carrière. Personne ne lui avait reproché la façon dont avaient tourné les choses. Bien sûr, il subissait des pressions, mais sa charge de responsabilités n'était pas plus lourde que dans d'autres grandes affaires. En fait, certains de ses supérieurs voyaient l'immobilisme de la situation du même œil favorable que Cliff Soames. Pourtant, aux plus sombres moments de son pessimisme, Lem s'imaginait comme un veilleur de nuit en uniforme dans un entrepôt, élevé au statut de faux policier grâce à un badge clinquant.

— Nom d'une pipe ! s'exclama-t-il à voix haute face à la fenêtre embuée du brouillard jaune de l'été, j'ai été entraîné à m'occuper de criminels humains. Comment espèrent-ils me voir capturer une créature qui sort tout droit d'un cauchemar ?

Soudain, on frappa à la porte et Cliff Soames se précipita dans la pièce, à la fois excité et consterné.

— L'Autre, dit-il, nous avons une piste... mais il y a eu deux morts....

Au Viêt-nam, vingt ans auparavant, le pilote d'hélicoptère de la NSA avait appris tout ce qu'il fallait savoir sur l'atterrissage et le décollage en terrain accidenté. En contact permanent avec les forces de la police locale de Los Angeles, il n'eut donc aucune difficulté à localiser le lieu du crime en naviguant visuellement grâce aux repères naturels du paysage. Un peu après une heure de l'après-midi, il posa son engin sur une crête plate dominant un canyon à une centaine de mètres de l'endroit où on avait découvert les corps.

En descendant de l'hélicoptère pour aller rejoindre les policiers et les gardes-chasse, Lem et Cliff furent accueillis par un vent chaud et violent, parfumé aux senteurs de pin. Seules quelques touffes d'herbes sauvages brûlées par le soleil avaient réussi à s'enraciner sur la terre. Une végétation basse et des cactus poussaient sur les étages supérieurs des murs du canyon qui plongeaient à leur droite et à leur gauche vers les arbres et la verdure en contrebas.

Ils se trouvaient à moins de six kilomètres à vol d'oiseau de Sunland, vingt kilomètres d'Hollywood et trente kilomètres au nord du centre résidentiel de Los Angeles, pourtant, il leur semblait être dans une vaste région désolée, à des lieues de toute civilisation. Les quatre policiers, les deux spécialistes du laboratoire de criminologie et les trois gardes-chasse regroupés autour des corps semblaient eux aussi souffrir de la solitude d'une terre vierge.

Quand Lem et Cliff s'approchèrent, les hommes du shérif venaient juste de placer les corps dans des sacs en plastique. Les fermetures à glissière encore ouvertes laissaient voir qu'il y avait un homme et une femme, tous deux jeunes, en tenue de randonnée. Des corps lacérés, les yeux arrachés.

Le nombre des victimes innocentes s'élevait à présent à cinq. Lem était hanté par une culpabilité écrasante. A des moments comme celui-ci, il regrettait que son père lui eut inculqué un tel sens des responsabilités.

Le shérif adjoint, Hal Bockner, grand et bronzé, les informa de l'identité des victimes d'une voix étrangement fluette.

— D'après ses papiers, l'homme s'appelait Sidney Tranken, vingt-huit ans, de Glendale. Le corps présente une vingtaine de vilaines morsures, des marques de griffes. La gorge tranchée et...

— Bon, dit Lem qui ne voyait pas la nécessité de s'attarder sur ces détails.

Les hommes du laboratoire fermèrent les sacs, le son froid métallique resta un instant suspendu dans l'air brûlant comme une colonne de stalagmites glacées.

— Au début, on croyait que Tranken avait été étranglé par un psychopathe. Il y a toujours des cinglés qui rôdent dans les bois et s'en prennent aux marcheurs. Ensuite, nous avions pensé qu'il avait été poignardé et que des animaux sauvages étaient res-

ponsables des morsures après la mort... Mais maintenant, nous n'en sommes plus sûrs.

— Je ne vois pas de sang, remarqua Cliff Soames. Il
devrait y avoir des mares de sang.

— Ils n'ont pas été tués ici, dit Hockner avant de
reprendre son résumé à son rythme. La femme, vingt-
sept ans, Ruth Kasavaris, de Glendale elle aussi.
Blessures épouvantables, gorge tranchée...

— Quand ont-ils été tués ? demanda Lem, lui cou-
pant la parole.

— Avant l'autopsie, on peut penser hier dans la
soirée. Nous pensons qu'on a amené les corps ici pour
qu'on les trouve plus facilement. Il y a un sentier de
randonnée très connu le long de la crête. Mais ce ne
sont pas des marcheurs qui ont trouvé les corps. C'est
un avion de surveillance des incendies lors d'un vol de
routine. Le pilote a regardé en bas et il a vu les
cadavres sur le sol nu.

Cette partie du canyon Boulder se trouvait à plus de
quarante-cinq kilomètres au nord-nord-ouest de Johnstone Peak où les deux jeunes campeurs avaient tiré
sur l'Autre vingt-huit jours auparavant. Il devait suivre
la direction instinctivement, mais il avait sans doute
été obligé de faire des détours ou de rebrousser chemin
dans les canyons fermés. Il avait donc sans doute
parcouru entre quatre-vingt-dix et cent quarante kilomètres au sol pour couvrir la distance. Cela ne faisait
guère que trois à cinq kilomètres par jour, au plus. Que
faisait-il quand il n'avançait pas et ne chassait pas ? se
demandait Lem.

— Vous voulez voir l'endroit où ils ont été tués ?
Nous l'avons trouvé. Et puis, vous voulez peut-être voir
la tanière aussi.

— La tanière ?

— Le repaire. La grotte maudite.

Policiers et gardes-chasse regardaient Lem et Cliff
d'un air étrange depuis leur arrivée, ce qui n'était
guère surprenant. Les autorités locales l'observaient
toujours d'une manière suspicieuse car personne
n'avait l'habitude de voir la NSA venir prendre les

affaires en main, c'était même exceptionnel. Mais là, leur curiosité prenait une autre dimension et, pour la première fois, Lem comprit qu'ils avaient peur. Apparemment, cette tanière leur donnait des raisons de penser que cette affaire était encore plus étrange que la présence de la NSA ne le laissait supposer.

En costume, cravate et chaussures de ville, ni Lem ni Cliff n'avaient une tenue idéale pour marcher dans les canyons mais ils n'hésitèrent pas à suivre les gardes-chasse qui ouvraient le chemin. Deux policiers, les hommes du laboratoire et l'un des gardes restèrent près des corps, si bien qu'ils n'étaient que six à entreprendre la descente. Ils empruntèrent un passage étroit creusé par les pluies d'orage, puis suivirent ce qui pouvait être une piste de cerfs. Au fond du canyon, ils prirent la direction du sud-ouest pendant près d'un kilomètre. Bientôt, Lem fut couvert de sueur et de poussière et des milliers de graterons piquants s'accrochaient à ses chaussettes et son pantalon.

— C'est là qu'ils ont été tués, dit Bockner en les conduisant vers une clairière entourée de buissons et de pins.

D'énormes taches sombres ternissaient la terre pâle et l'herbe sèche. Du sang.

— La tanière est juste derrière.

C'était une sorte de petite grotte à la base du canyon, de trois mètres de haut et de six mètres de large à une dizaine de pas de la clairière. L'entrée assez large mais basse obligea Lem à se courber. A l'intérieur, il pouvait se tenir droit car le plafond était haut, pourtant l'endroit avait une odeur de renfermé désagréable et oppressante. La lumière pénétrait par l'entrée et par un trou du plafond, mais la chambre restait assez sombre et il y faisait dix degrés de moins qu'à l'extérieur.

Seul Bockner les accompagna, sans doute parce que les autres se sentaient trop mal à l'aise dans cet endroit pour y retourner.

Bockner alluma sa lampe torche et balaya la pièce du faisceau lumineux, éliminant certaines ombres et en créant d'autres qui voletaient telles des chauves-souris allant s'abriter sur leurs perchoirs.

Dans un coin, on avait fait une litière d'herbe sèche de quinze à vingt centimètres d'épaisseur sur le sol de grès. A côté du lit, se trouvait un seau d'eau relativement fraîche, placé là de toute évidence pour que le dormeur puisse boire s'il se réveillait au milieu de la nuit.

— Il était là ! s'exclama Cliff.

— Oui, dit Lem.

Instinctivement, Lem sentait la présence de l'Autre dans cet antre. Il fixait le seau, se demandant où il avait pu se le procurer. En chemin il avait sans doute décidé de trouver un refuge et de s'y cacher pendant un moment, et y avait apporté quelques objets pour rendre la vie plus agréable. Peut-être avait-il volé les objets que Bockner révélait avec sa torche dans une grange ou une étable.

Une couverture à carreaux pour les nuits fraîches. Une couverture de cheval selon toute apparence, soigneusement pliée et rangée dans une cavité du mur près de l'entrée.

Une lampe de poche, sur la même étagère naturelle, à côté de la couverture. L'Autre avait une excellente vision nocturne. C'était l'un des impératifs fixés à Yarbeck : dans le noir, le fruit guerrier d'une bonne manipulation génétique devrait voir aussi bien qu'un chat. Alors pourquoi cette torche ? A moins... que même une créature des ténèbres ait parfois peur de l'obscurité ?

Soudain, Lem eut pitié de la bête comme le jour où il l'avait vue communiquer grâce à son langage de signes rudimentaire, le jour où l'Autre avait dit qu'il voulait s'arracher les yeux, pour ne plus rien voir.

Bockner braqua le faisceau sur une vingtaine d'emballages de confiserie. Apparemment, l'Autre avait volé un paquet de bonbons, quelque part en chemin. Le plus étrange, c'était que les papiers étaient soigneusement aplatis et installés le long du mur du fond. L'Autre aimait peut-être ces papiers aux couleurs vives à moins qu'ils ne lui rappellent le plaisir qu'il avait éprouvé en mangeant les sucreries, car il n'y en avait guère d'autres dans la vie qu'il devait mener.

Derrière le lit, dans le coin le plus éloigné, se trouvait une pile d'os. Des os de petits animaux. L'Autre avait été obligé de vivre du fruit de sa chasse pour se nourrir et, dans l'impossibilité d'allumer un feu, il s'était contenté de viande crue. Il avait peut-être gardé les os à l'intérieur de sa cave de peur de trahir sa présence s'il s'en débarrassait à l'extérieur. Mais en les rangeant là, dans un endroit presque invisible, il manifestait un sens de l'ordre et de la propreté exacerbé. Ou alors, l'Autre avait caché les os, honteux de ses propres instincts sanguinaires.

Plus tragique encore, quelques objets étaient emmagasinés dans une niche au-dessus du lit. Non, pas emmagasinés. Installés soigneusement, comme on présente des objets de verre soufflé, de céramique ou des poteries maya d'une collection de valeur. Il y avait une babiole en vitrail pareille à celles que les gens accrochent au-dessus de leur terrasse pour qu'elles scintillent au soleil. Elle mesurait environ dix centimètres de diamètre et représentait une fleur bleue sur un fond jaune pâle. A côté, on voyait un pot de cuivre qui avait sans doute accueilli une plante, sur la même terrasse, ou sur une autre. Un peu plus loin des objets qui avaient été volés à l'intérieur d'une maison, peut-être là où l'Autre avait trouvé les bonbons : un couple de cardinaux perchés sur une branche en porcelaine fine aux détails exquis ainsi qu'un presse-papiers de cristal. Malgré sa monstruosité, la créature de Yarbeck appréciait l'art et la beauté et désirait vivre comme un être pensant dans une ambiance civilisée, et non comme un animal sauvage.

Lem se sentait malade en songeant à la créature solitaire, tourmentée, inhumaine mais consciente, qui se haïssait.

Dans la niche, il y avait également une tirelire en forme de Mickey de vingt centimètres de haut.

Lem savait ce qui avait plu à l'Autre dans cette

tirelire. A Banodyne, on avait conduit des expériences pour déterminer le niveau et la nature de l'intelligence du chien et de l'Autre afin de savoir si leurs perceptions se rapprochaient de celles de l'homme. L'un des tests devait déterminer leur habileté à différencier la réalité de la fiction. A plusieurs occasions, on avait montré séparément au chien et à l'Autre une bande vidéo, potpourri de films de John Wayne, d'extraits de Star Wars, d'informations, de documentaires variés, et de vieux dessins animés de Mickey Mouse. On filma les réactions des deux animaux et ensuite on les interrogea pour savoir quels extraits ils considéraient comme réels et quels autres comme imaginaires. Peu à peu, les deux créatures apprirent à discerner la fiction de la réalité mais, étrangement, le rêve auquel ils voulaient absolument croire, auquel ils s'accrochèrent le plus longtemps, était l'histoire de Mickey. Ils étaient fascinés par les aventures de la souris et de ses amis. Après avoir quitté Banodyne, l'Autre n'avait pu résister à cette tirelire qui lui rappelait le seul véritable plaisir de sa captivité.

Dans le faisceau lumineux, quelque chose brilla sur l'étagère. L'objet était posé à plat, si bien qu'ils avaient failli ne pas le voir. Cliff s'avança sur le lit d'herbe sèche et le sortit de sa niche : un fragment de miroir triangulaire.

L'Autre s'était réfugié ici, essayant de se réconforter grâce à son maigre butin, de faire de cet endroit un foyer, dans la mesure du possible. De temps en temps, il se regardait dans le miroir brisé, cherchant vainement un aspect de son personnage un peu moins laid, cherchant à se réconcilier avec sa propre image. Un échec. Un échec total.

— Mon Dieu, dit Cliff Soames qui partageait les mêmes pensées que Lem. Pauvre créature !

L'Autre possédait un autre trophée, un exemplaire du magazine *People*, avec Robert Redford en couverture. A l'aide de ses griffes ou d'une pierre pointue, il avait découpé les yeux.

Le magazine était déchiré, et on l'avait feuilleté des

centaines de fois. Bockner le leur tendit et suggéra qu'il le parcoure une fois de plus. Les yeux de tous les personnages avaient été griffés, arrachés, cruellement déchirés.

Personne n'avait été épargné. Cette mutilation symbolique les glaçait.

L'Autre était tragique, et l'on devait avoir pitié de lui.

Mais il fallait le craindre.

Cinq victimes, éventrées, décapitées...

Pas un instant, on ne devait oublier ces morts innocentes. Ni l'affection pour Mickey Mouse ni l'amour de l'art n'excusait un tel massacre.

Grands dieux...

La créature était suffisamment intelligente pour comprendre les bienfaits de la civilisation, pour désirer un sens à sa vie. Et pourtant, on lui avait insufflé un désir de violence, un instinct de mort inégalables car il était destiné à devenir un assassin tenu par une laisse invisible, une véritable machine de guerre. Peu importait le temps qu'il passerait dans les canyons déserts, peu importait le nombre de semaines pendant lesquelles il résisterait à ses pulsions de mort, il ne changerait pas sa nature. La tension monterait en lui jusqu'à ce qu'il ne puisse plus se maîtriser ni se contenter de tuer des animaux pour libérer son esprit ; il faudrait qu'il cherche des proies plus satisfaisantes. Peut-être se sentait-il coupable de sa nature sauvage et essayait-il de se prendre pour une créature capable de vivre en harmonie avec le reste du monde, hélas, la transformation de lui-même n'était pas en son pouvoir. Quelques heures auparavant, Lem s'était rendu compte à quel point il était difficile pour lui de devenir un autre homme et de se dégager de son éducation, à quel point il était difficile pour tout homme de changer, mais en fait, avec de la détermination, de la volonté et du temps c'était chose faisable. Pour l'Autre c'était impossible : la violence était inscrite dans ses gènes, pour lui, il n'y avait aucun espoir de re-création ou de rédemption.

— Qu'est-ce que c'est que cette histoire ? demanda Bockner.

— Croyez-moi, répondit Lem, vous n'avez aucune envie de le savoir.

— Qu'est-ce qui habitait dans cette grotte ?

Lem haussa les épaules. Si deux personnes devaient mourir, c'était une chance qu'elles aient été tuées dans la forêt. Ce territoire faisait partie de la juridiction fédérale, et la NSA reprendrait plus facilement le contrôle de l'enquête.

Regardant une dernière fois l'antre obscur, Lem Johnson fit une promesse à son dangereux adversaire : Quand je te trouverai, je ne songerai même pas à t'attraper vivant, pas de flèches de tranquillisant, quoi qu'en pensent les scientifiques et les militaires. Tu auras une belle mort, propre, rapide.

Ce n'était pas seulement la solution la plus sûre, c'était aussi un acte de compassion.

4

Le 1er août, Nora vendit tous les meubles de Violet Devon. Elle avait téléphoné à un négociant en antiquités et meubles d'occasion. Il lui avait proposé un prix global qu'elle avait accepté de bon cœur. A présent, à part la vaisselle, l'argenterie et les objets de sa chambre qu'elle avait elle-même choisis, les pièces étaient entièrement vides. La maison semblait purifiée, exorcisée. Tous les mauvais esprits avaient été chassés et elle pouvait redécorer. En fait, elle ne voulait même plus de cette maison, elle téléphona donc à un agent immobilier pour qu'il la mette sur le marché.

Ses vieux vêtements étaient partis eux aussi, tous, remplacés par des pantalons, des jeans, des chemisiers et des jupes, comme ceux que toutes les autres femmes portaient. Parfois, elle se trouvait un peu trop voyante dans ces tenues colorées, mais elle résistait toujours au désir d'enfiler des habits sombres et informes.

Elle n'avait pas encore trouvé le courage de présenter ses toiles aux galeries et Travis se moquait d'elle de temps en temps, d'une manière qu'il voulait subtile, mais elle n'était pas encore prête à installer son fragile ego sur l'enclume pour que tout le monde puisse lui donner des coups de marteau. Bientôt, mais pas tout de suite.

Parfois, en se regardant dans un miroir ou en apercevant son reflet dans la vitrine argentée d'un magasin, elle se trouvait jolie. Pas belle, peut-être, pas aussi somptueuse que certaines vedettes de cinéma, mais assez jolie. Pourtant, elle semblait ne pas s'habituer à cette nouvelle perception d'elle-même, du moins pas longtemps, car, tous les deux ou trois jours, elle se relaissait surprendre par le visage agréable qui la regardait dans le miroir.

Le 5 août, en jouant au Scrabble avec Travis dans l'après-midi, elle se sentait jolie. Quelques minutes auparavant, dans la salle de bains, elle venait d'avoir l'une de ces révélations et, en fait, son apparence lui avait donné une impression encore plus agréable que d'habitude. Elle était heureuse et se sentait d'humeur facétieuse. Elle se mit à inventer des mots absurdes qu'elle défendait farouchement quand Travis les mettait en cause.

— Cacheron ? Ça n'existe pas, dit-il.

— C'est un chapeau pointu que portent les bûcherons.

— Mais ils ont des bonnets ou des casquettes de cuir avec des protège-oreilles.

— Je ne parle pas de ce qu'ils portent pour travailler dans les bois, mais de ce qu'ils mettent au lit. Cacheron, c'est le nom d'un bonnet de nuit particulier, expliqua-t-elle patiemment.

— Tu te moques de moi ? dit-il en riant.

— Non, c'est la vérité.

— Les bûcherons portent un bonnet de nuit spécial ?

— Oui, le cacheron.

L'idée que Nora puisse plaisanter lui était si lointaine qu'il finit par la croire.

— Cacheron. Pourquoi on appelle ça comme ça ?

— Ah, ça, mystère !

Einstein, couché sur le ventre par terre, lisait un roman. Il était vite passé des livres d'enfants à la littérature et lisait huit ou dix heures par jour, tous les jours. Victime d'une véritable boulimie, il n'avait jamais assez de livres ! Dix jours plus tôt, quand sa soif de lecture avait fini par épuiser la patience de Nora qui lui tournait les pages, ils avaient cherché un système qui permette à Einstein de se débrouiller seul. Ils avaient trouvé un appareil, chez un fournisseur de matériel hospitalier destiné aux patients qui avaient perdu l'usage de leurs membres, qu'on pouvait commander grâce à un stylet placé entre les dents. Einstein se servait de sa truffe. Il semblait fort satisfait de cet arrangement. Il soupira doucement sur une phrase qu'il venait de lire et passa à la page suivante.

Travis écrivit méchant, et choisit une case où une lettre comptait double, Nora posa Poulasch et obtint encore plus de points.

— Poulasch ?

— Oui, c'est un plat yougoslave.

— Ah bon ?

— C'est une sorte de soupe de poulet, préparé à la hongroise, c'est pour ça...

Elle éclata de rire avant de pouvoir terminer.

— Tu te moques de moi ! Tu te moques de moi ! Nora, qu'est-ce qui t'arrive ? La première fois que je t'ai rencontrée je me suis dit : Enfin, une jeune femme sérieuse...

— Et peureuse comme un écureuil...

— Non, pas peureuse.

— Si, tu me trouvais aussi peureuse qu'un écureuil.

— Bon, d'accord, j'avoue ! Je m'attendais même à voir ton grenier rempli de noisettes !

— Si j'avais habité dans le Sud, nous serions tout droit sortis d'un roman de Faulkner !

— Non, nous sommes bien trop bizarres, même pour Faulkner. Mais qu'est-ce qui t'arrive, tu fabriques des mots idiots, et tu m'obliges à les croire parce que l'on ne s'attend pas à ce que Nora Devon fasse des farces ! Tu as bien changé en quelques mois.

— Merci.

— C'est peut-être Einstein qu'il faut remercier.

— Non, toi surtout, dit-elle tout d'un coup reprise par sa vieille timidité qui l'avait autrefois paralysée. Toi surtout, poursuivit-elle les yeux baissés. Je n'aurais jamais connu Einstein si je ne t'avais pas rencontré. Et tu t'es occupé de moi... Tu t'es soucié de moi. Tu as perçu des choses qui m'échappaient. Tu m'as transformée.

— Non, tu exagères. Il n'y avait pas besoin de te transformer. Cette Nora a toujours été là, cachée à l'intérieur de l'autre. Comme la fleur qui est enfermée dans une petite graine ratatinée. Il fallait simplement t'encourager à grandir... et à fleurir.

Nora avait l'impression qu'un énorme caillou lui écrasait la nuque, la forçait à baisser la tête. Elle rougissait.

— C'est difficile de fleurir, de s'épanouir... de changer. Même quand on le veut vraiment... c'est ce qu'il y a de plus difficile au monde. Cela ne suffit pas de vouloir, ni d'être désespéré. On n'y arrive pas sans... amour.

Sa voix n'était plus qu'un murmure, mais elle était incapable de parler plus fort.

— L'amour, c'est l'eau et le soleil qui font fleurir la plante.

— Nora, regarde-moi.

Cette pierre devait peser des kilos, des centaines de kilos.

— Nora ?

Une *tonne !*

— Nora, je t'aime.

Elle fit des efforts surhumains pour lever la tête, le regarder. Les yeux de Travis, si sombres qu'ils en étaient presque noirs, exprimaient chaleur et gentillesse. Elle aimait ces yeux. Elle aimait le nez étroit. Elle aimait ce visage ascétique.

— J'aurais dû te le dire le premier, pour moi, c'était

plus facile. J'aurais dû le dire il y a des jours et des jours. Nora, je t'aime, mais j'avais peur de le dire. Chaque fois que j'aime quelqu'un je le perds. Mais cette fois, cela sera peut-être différent. Peut-être que tu vas tout changer pour moi comme moi je t'ai aidée à changer. Peut-être que, cette fois, la chance sera de mon côté.

Suffoquée, Nora avait le cœur battant.

— Je t'aime, dit-elle.

— Veux-tu devenir ma femme ?

Elle était abasourdie. Elle ne savait pas à quoi elle s'attendait, mais sûrement pas à ça ! L'entendre dire qu'il l'aimait, lui exprimer les mêmes sentiments, cela suffisait à la rendre heureuse pour des semaines, des mois. Elle espérait avoir le te.nps de faire le tour de cet amour, comme si c'était un édifice gigantesque et mystérieux, une nouvelle pyramide que l'on doit étudier sous tous les angles avant de s'aventurer à l'intérieur.

— Veux-tu devenir ma femme ?

Cela allait trop vite, bien trop vite, elle avait la tête qui tournait comme si elle se trouvait sur un manège. Elle avait peur, elle avait envie de lui dire de ne pas se presser, qu'il avait tout le temps, mais à sa grande surprise elle s'entendit dire :

— Oui. Oh, oui !

Travis lui prit les mains.

Elle pleura, mais des larmes de joie.

Perdu dans sa lecture, Einstein était malgré tout conscient de ce qui se passait. Il s'approcha de la table, se frotta contre leurs jambes et poussa des gémissements de bonheur.

— La semaine prochaine ?

— Mais il faut du temps pour faire faire les papiers...

— Pas à Las Vegas. Je peux y aller un peu avant, je m'occuperai de tout. Et la semaine prochaine on se marie dans une chapelle de Las Vegas.

— D'accord, dit-elle, pleurant et riant tout à la fois.

— Fantastique !

Einstein agita furieusement la queue. *Oui, oui, oui.*

Le mercredi 4 août, à l'occasion d'un contrat pour la famille Tetragna de San Francisco, Vince Nasco tua un petit mouchard, Lou Pantangela. Il avait fourni des preuves et devait témoigner en septembre contre l'organisation Tetragna.

Johnny le Câble, grâce à son service informatique perfectionné, avait retrouvé la trace du mouchard qui vivait sous la protection de deux policiers dans une maison de Redondo Beach, un endroit réputé sûr. Après le procès, il devait se cacher dans le Connecticut sous une nouvelle identité mais, bien sûr, on ne lui en laisserait pas l'occasion.

Comme Vince serait sans doute obligé de sacrifier les policiers, l'affaire ferait du bruit, et les Tetragna lui avaient offert soixante mille dollars. Ils ne savaient pas que, pour Vince, tuer plus d'un homme c'était un avantage et non un inconvénient : le travail n'en était que plus attrayant.

Il surveilla Pantangela pendant plus d'une semaine, changeant de véhicule tous les jours pour ne pas se faire repérer par les gardes du corps. Ils laissaient rarement sortir Pantangela, mais ils manifestaient une trop grande confiance pour leur cachette car, trois ou quatre fois par semaine, ils l'accompagnaient dans une petite trattoria à quelques pâtés de maisons de leur refuge.

Ils avaient modifié l'apparence de Pantangela autant que possible. Autrefois, ses cheveux noirs épais retombaient sur son col. A présent, il avait les cheveux courts et châtain clair. On lui avait fait raser sa moustache. Il avait trente kilos de trop, mais le régime policier lui en avait fait perdre vingt. Néanmoins, Vince le reconnut.

Le mercredi 4 août, comme d'habitude, ils emmenèrent Pantangela à la pizzeria, à une heure. A une heure dix, Vince entra déjeuner.

Il n'y avait que huit tables au milieu de la salle et six dans des box sur le côté. C'était propre, mais il y avait trop de babioles à l'italienne pour le goût de Vince :

des nappes rouge et blanc, des photos de ruines romaines sur les murs, des bouteilles vides reconverties en chandeliers ; et, horreur suprême, des milliers de grappes de raisin en plastique suspendues au plafond ! Comme les Californiens dînent de bonne heure, ils ont également tendance à déjeuner tôt, et l'affluence diminuait déjà. Vers deux heures, il ne resterait sûrement plus personne à part Pantangela, les deux policiers et Vince, ce qui rendait l'endroit idéal.

Le restaurant était trop petit pour un maître d'hôtel, et on indiquait aux clients où s'asseoir d'un simple signe de la main. Vince alla se placer dans un box vide derrière Pantangela et ses compagnons.

Il avait longuement réfléchi à ses vêtements et portait des sandales de corde, un short rouge et un T-shirt avec un soleil et des vagues entourés des mots : J'AIME LA CALIFORNIE. Il avait également un sac de plage en toile. Si on regardait en passant, on y voyait simplement une serviette roulée, des bouteilles de lotion bronzante, un petit poste de radio et une brosse à cheveux, mais pas l'Uzi automatique équipé d'un silencieux avec son magasin de quarante coups. Avec son bronzage pour parfaire sa tenue, il ressemblait à un surfer sans cervelle qui prenait de l'âge et qui continuerait à se faire dorer au soleil tous les jours jusqu'à la soixantaine en jouant les vieux beaux.

Il ne jeta qu'un bref coup d'œil sur le groupe de Pantangela, mais il vit nettement les policiers lever les yeux sur lui pour les baisser immédiatement, le jugeant inoffensif.

Les banquettes étaient très hautes, si bien qu'il ne pouvait pas voir le groupe, mais il entendait le mouchard et les policiers parler, de femmes et de base-ball essentiellement.

Après sa semaine de repérage, Vince savait que Pantangela ne quittait jamais la trattoria avant deux heures et demie, trois heures, sans doute parce qu'il insistait pour prendre apéritif, hors-d'œuvre, plat, dessert, enfin, le grand jeu.

La serveuse, blonde, aussi bronzée que Vince, âgée

d'une vingtaine d'années, devait être une de ces nymphes des plages à la cervelle aussi grillée que son corps. Elle devait probablement passer ses soirées sur la plage à écarter les jambes au moindre mâle qui l'intéressait — et la plupart l'intéressaient. Qu'importe qu'elle paraisse en bonne santé, elle était bourrée de maladies. La simple idée de lui faire du charme le révulsait, mais Vince devait jouer son rôle jusqu'au bout et il entama donc un léger flirt avec elle, feignant de brûler du désir de voir son corps nu sous le sien.

Un peu après deux heures, Vince avait terminé sa salade et ses fruits de mer et, effectivement, il ne restait plus aucun client à part lui et le groupe de Pantangela. L'une des serveuses était déjà partie et les deux autres travaillaient à la cuisine. On n'aurait pu rêver mieux.

Il prit l'Uzi dans le sac de plage à côté de lui.

Pantangela et les policiers estimaient les chances de Dodge dans les championnats du monde.

Vince se leva, alla vers leur box et les arrosa d'une trentaine de coups de son Uzi. Le silencieux fonctionnait à merveille et les balles ne faisaient guère plus de bruit qu'un homme qui bégaie un peu sur les « s ». Tout alla si vite que les policiers n'eurent pas même le temps de sortir leur arme. En fait, ils n'eurent pas même le temps d'être surpris.

Sssnap.

Sssnap.

Sssnap.

Pantangela et ses gardiens moururent en moins de trois secondes.

Vince tremblait d'un plaisir intense et, légèrement écrasé par la dose d'énergie qu'il venait d'absorber, il pouvait à peine parler.

— Merci, dit-il d'une voix rauque.

En s'éloignant, il vit sa serveuse au beau milieu de la pièce, figée. Les yeux bleus écarquillés fixés sur les cadavres, elle les leva progressivement vers Vince.

Avant qu'elle puisse crier, il vida le reste du magasin, et la fille tomba dans une pluie de sang.

Sssnap.

Inquiet de voir quelqu'un sortir de la cuisine ou passer devant le restaurant, Vince retourna rapidement vers son box, attrapa son sac de plage, y fourra son arme, remit ses lunettes à miroir sans tain et sortit.

Il ne se faisait pas de souci pour les empreintes. Il avait recouvert ses doigts de colle transparente presque invisible s'il n'attirait pas l'attention dessus. La couche était assez épaisse pour boucher les fines rainures.

Il alla vers l'océan, impatient de prendre le soleil et de profiter d'une baignade revigorante. Il aurait été un peu trop risqué d'aller à la plage de Redonda, il emprunta donc l'autoroute jusqu'à Bolsa Chica, un peu au nord de chez lui.

En conduisant, il songeait au chien. Il payait toujours Johnny le Câble pour qu'il pille les dossiers des fourrières et des organismes de police. Il était au courant de la lettre que la NSA avait envoyée à tous les vétérinaires et autorités animalières et il savait aussi que, jusqu'à présent, les recherches de la NSA n'avaient pas abouti.

Le chien s'était peut-être fait écraser par une voiture, ou il avait été tué par la créature, l'Autre, comme on l'appelait. Mais Vince ne voulait pas croire à cette mort, car cela aurait signifié la fin de ses rêves de fortune : plus moyen de rançonner ceux qui voulaient le récupérer ni de vendre l'animal à un riche impresario qui aurait monté un numéro, ni d'exploiter l'animal comme agent de renseignements auprès de cibles confiantes.

Il préférait penser que quelqu'un avait recueilli le retriever. S'il réussissait à retrouver ces gens, il pourrait racheter ou kidnapper l'animal.

Mais où commencer les recherches ? S'il était possible de le trouver, la NSA y arriverait sûrement avant lui.

La meilleure solution consistait peut-être à suivre l'Autre qui le conduirait sans doute jusqu'au chien, comme Hudston semblait le penser. Cela non plus n'avait pas l'air facile.

Johnny le Câble lui avait fourni des informations sur tous les meurtres particulièrement violents du sud de la Californie. Vince avait donc été informé du massacre des animaux d'Irvine Park, du meurtre de Wes Dalberg et des hommes des Côtes de Bordeaux. Johnny lui avait montré une copie du rapport sur les animaux domestiques sauvagement tués dans la région de Diamond Bar et il avait vu passer à la télévision le jeune couple de campeurs agressés par un animal extraterrestre. Trois semaines auparavant, deux marcheurs avaient été trouvés horriblement mutilés dans la forêt nationale, et, comme la NSA avait également pris l'enquête en main, cela signifiait que c'était encore le travail de l'Autre.

Depuis, plus rien.

Vince n'était pas prêt à abandonner. Il était patient. La patience faisait partie de son travail. Il attendrait, observerait, resterait en contact avec Johnny le Câble, et, tôt ou tard, il atteindrait son but. Le chien, comme l'immortalité, était inscrit dans son destin.

Sur la plage, il resta un moment à se laisser battre les cuisses par les vagues déferlantes, les yeux fixés sur les eaux noires. Il se sentait aussi puissant que l'océan. Il avait emmagasiné des vingtaines de vies. Il n'aurait guère été surpris si des éclairs avaient soudain jailli de ses doigts, comme pour les dieux de la mythologie.

Finalement, il se jeta dans l'eau et nagea contre le courant puissant. Il nagea très loin avant de prendre une ligne parallèle à la côte et, finalement, épuisé, porté par la marée, il revint vers la plage.

Il s'endormit un moment dans la chaleur de l'après-midi et rêva d'une femme enceinte au ventre bombé, qu'il étranglait de ses mains.

Il rêvait souvent de tuer des enfants, ou encore mieux, les enfants à naître des femmes enceintes, car c'était une chose qu'il avait très envie de faire. L'infanticide était trop dangereux, un plaisir qu'il devait se refuser, pourtant absorber l'énergie vitale pure et riche

aurait valu la peine. Mais avant de se livrer à l'infanticide, il faudrait qu'il soit sûr de son immortalité et qu'il
n'ait plus rien à craindre, ni de la police, ni de personne.

Bien qu'il ait souvent fait ce rêve, sur la plage de
Bolsa, il fut plus puissant que jamais... Prophétique.
Négligeant volontairement le groupe de filles en bikini
qui lui faisaient de l'œil, il songea au plaisir proche que
ce rêve annonçait. Un jour, il serrerait les mains autour
de la gorge d'une femme enceinte et il connaîtrait le
dernier frisson, le dernier présent, pas seulement son
énergie, mais l'énergie de l'être pur encore en ses
entrailles.

A l'apogée de sa forme, il retourna à sa camionnette,
rentra chez lui, prit une douche et alla au restaurant où
il s'offrit un filet mignon.

6

Einstein bouscula Travis, sortit de la cuisine et alla se
réfugier au salon. La laisse à la main, Travis le suivit.
Einstein était caché derrière le divan.

— Je te promets que cela ne fera pas mal.

Le chien l'observait d'un œil méfiant.

— Il faut absolument régler ça avant d'aller à Las
Vegas. Le vétérinaire te fera une ou deux piqûres, pour
te vacciner contre la rage et la maladie des chiens. C'est
pour ton bien. Je te le jure. Ensuite on aura un carnet de
santé. Cela aurait dû être fait depuis des semaines.

Un aboiement. *Non.*

— Si !

Non.

Accroupi, Travis s'approcha d'un pas.

Le retriever recula, sauta sur le fauteuil, et guetta
Travis de son poste d'observation.

— Ecoute, dit Travis en s'approchant doucement, tu
es peut-être un chien très intelligent, mais c'est toujours
moi le maître, et c'est moi qui commande. Je t'emmène
chez le vétérinaire.

Non.

Appuyée contre l'arche de la porte, les bras croisés, Nora souriait.

— Je crois qu'il essaie de te donner un avant-goût de ce que sont les enfants au cas où tu voudrais en avoir !

Travis fit encore quelques pas vers le chien.

Einstein abandonna son perchoir et disparut de la pièce, tandis que Travis, incapable de le suivre, tombait sur le fauteuil.

— Vous êtes vraiment drôles, tous les deux !

— Où est-il ?

Nora indiqua le couloir qui conduisait aux chambres. Travis trouva le chien sur son lit.

— Inutile de rechigner, c'est pour ton bien, et on te fera ces piqûres que tu le veuilles ou non.

Einstein leva la patte et urina sur le lit.

— Qu'est-ce que tu fabriques ?

Einstein s'éloigna de la flaque qui détrempait les couvertures et fixa Travis d'un regard de défi.

Travis avait entendu dire que les chats et les chiens exprimaient parfois leur mécontentement par des actions de ce genre, mais Einstein n'était pas un chien comme les autres ! Etant donné son intelligence, ce pipi sur le lit était encore plus offensant que s'il avait été un simple cabot.

— C'est inadmissible ! s'exclama Travis, furieux.

Einstein descendit du matelas. Se rendant compte que le chien allait encore s'échapper, Travis claqua la porte. Coupé de la sortie, Einstein se retrancha dans l'extrémité la plus éloignée de la pièce.

— Ça suffit, cria Travis, brandissant la laisse.

A quatre pattes, les bras écartés pour lui couper la retraite, Travis réussit finalement à fixer la laisse au collier.

— Ah, c'est pas trop tôt !

Vaincu, blotti dans un coin, Einstein se mit à trembler.

Le triomphe de Travis fit long feu. Consterné, il observa les tremblements qui secouaient les flancs de l'animal. Einstein émettait des petits gémissements de terreur à peine audibles.

— Je te jure que c'est pour ton bien, dit Travis en caressant le chien pour le rassurer. Tu n'as pas envie d'attraper la rage, tout de même. Ça ne te fera pas mal, mon gros, je te le promets.

Le chien refusait de le regarder, ne se laissait pas rassurer par les douces paroles. Sous la main de Travis, il tremblait de plus belle.

— Au laboratoire... on t'a fait des piqûres ? On t'a fait mal ? C'est pour cela que tu ne veux pas te faire vacciner ?

Einstein gémit.

Travis tira le chien récalcitrant vers lui pour libérer la queue de l'animal afin qu'il puisse répondre à ses questions.

— On t'a fait mal au laboratoire ?

Oui.

— C'est pour cela que tu as peur du vétérinaire ?

Sans cesser de trembler, le chien aboya. *Non.*

— Les piqûres t'ont fait mal, mais ce n'est pas de ça que tu as peur ?

Non.

— Alors, que signifie tout ce cinéma ?

Einstein le fixa en gémissant de détresse.

— Alors, Einstein, tu as passé la laisse à Travis ? demanda Nora en ouvrant la porte. Pouh, qu'est-ce qui s'est passé ici ?

— Monsieur nous a donné une manifestation hardie de son mécontentement.

— Hardie, comme tu dis, dit-elle en allant enlever les couvertures et les draps souillés.

— Einstein, si ce n'est pas les aiguilles qui te font peur, est-ce le vétérinaire ?

Non.

Frustré, Travis réfléchissait à sa question suivante.

Einstein tremblait toujours.

Soudain, Travis eut un éclair d'illumination.

— Ça y est ! Tu as peur que le vétérinaire te signale !

Einstein, dont les tremblements commençaient à s'atténuer, remua brièvement la queue. *Oui.*

— Si les gens du laboratoire te recherchent, ce qui

doit être le cas, parce que tu représentes l'événement le plus important de toute l'histoire animale, ils vont se mettre en contact avec tous les vétérinaires du pays ? Toutes les fourrières et j'en passe ?

Nouvelle agitation de la queue, plus ferme cette fois.

Nora fit le tour du lit et vint s'installer près de Travis.

— Mais les golden retrievers sont l'une des trois races les plus courantes ici. Les vétérinaires en voient tous les jours. Si notre petit génie cache ses lumières et joue les idiots...

— Ce qu'il ne fait que trop bien ! commenta Travis.

— ... ils n'auront aucun moyen de le reconnaître.

Si, insista Einstein.

— Que veux-tu dire ? demanda Travis. Tu crois qu'ils arriveront à te reconnaître ?

Oui.

— Comment ? demanda Nora.

— Tu as une marque quelque part ?

Oui.

— Cachée dans tes poils ?

Non.

— Où ?

Le retriever libéra les mains de Travis et secoua si vigoureusement la tête que ses oreilles molles volèrent.

— Sur les pattes, peut-être, dit Nora.

— Non, dit Travis, il avait les pattes blessées et je l'ai soigné, je l'aurai vue.

De nouveau Einstein agita la tête.

— A l'intérieur de la lèvre, peut-être, c'est là qu'on marque les chevaux. Allez, ouvre la gueule et laisse-moi regarder.

Un aboiement accompagné du mouvement de tête.

Travis comprit enfin. Il regarda dans l'oreille droite. Rien. Mais dans l'oreille gauche, il aperçut quelque chose. Il entraîna le chien vers la fenêtre pour avoir plus de lumière et vit les trois chiffres tatoués à l'encre violette : 33-9.

— Mon Dieu ! Si je l'avais emmené chez le vétérinaire...

— Mais il faut le faire vacciner.

— C'est peut-être déjà fait.

— Mieux vaut ne pas compter dessus. C'était un animal de laboratoire qui ne sortait jamais, il n'y avait peut-être pas besoin de prendre ces précautions. Et puis, les vaccins auraient peut-être troublé les expériences.

— Nous ne pouvons pas risquer de l'emmener chez le vétérinaire.

— Si on le retrouve, on refusera simplement de le donner.

— On peut nous y obliger.

— Je ne vois pas comment.

— Je ne vois que trop bien. C'est sûrement le gouvernement qui a financé les recherches, ils ont les moyens de nous écraser. C'est trop risqué, et puis Einstein a peur de retourner dans ce laboratoire.

Oui, oui, oui.

— Mais s'il attrape la maladie des chiens ou la rage ?...

— Nous le ferons vacciner plus tard. Quand les choses se seront calmées.

Le retriever, heureux, lécha Travis dans le cou et sur le visage, en une manifestation humide de gratitude.

— Mais, dit Nora en fronçant les sourcils, Einstein est le miracle numéro un du XXe siècle, et tu crois que les choses vont se tasser, qu'ils cesseront un jour de le chercher ?

— Oh, cela peut prendre des années, admit Travis en caressant le chien, mais au fil du temps, ils y mettront moins d'enthousiasme et moins d'espoir. Et les vétérinaires oublieront de regarder systématiquement les oreilles des retrievers. Jusque-là, il faudra se passer de vaccin. C'est la meilleure chose à faire. La seule chose à faire.

— J'espère que tu as raison.

— J'en suis sûr.

Travis, fort perturbé d'avoir ainsi failli condamner Einstein à la captivité, passa les jours suivants à se ronger les sangs à propos de la fameuse Malédiction des Cornell. Et si tout recommençait ? Son amour pour Nora et pour ce chien infernal lui avait rendu la vie vivable, mais le destin, qui s'était toujours montré hostile envers lui, allait peut-être lui reprendre et Nora et Einstein.

Il savait bien que la fatalité relevait d'un concept magique et ne croyait pas qu'un panthéon de dieux malveillants le regardaient par un trou de serrure de la voûte céleste en complotant contre lui. Et pourtant, il ne pouvait s'empêcher de lever les yeux au ciel de temps en temps. Chaque fois qu'il prononçait une parole optimiste, il touchait du bois pour contrer les forces maléfiques. Un soir, au dîner, il renversa la salière et ramassa immédiatement une pincée de sel pour la jeter par-dessus son épaule. Puis, se sentant idiot, il se frotta les doigts, mais son cœur se mit à tambouriner. Envahi par une pulsion superstitieuse, il ne fut pas tranquille tant qu'il n'eut pas pris une autre pincée qu'il rejeta par-dessus son épaule.

Nora avait conscience de l'attitude quelque peu excentrique de Travis, mais elle eut la bonne grâce de ne faire aucun commentaire sur ses humeurs. Bien au contraire, elle luttait contre sa morosité en l'aimant chaque minute de la journée, en lui parlant joyeusement de leur futur voyage, en se montrant de très bonne humeur. Elle n'avait pas besoin de toucher du bois, elle.

Elle ne savait rien sur ses cauchemars, car il ne les lui racontait pas. En fait, il fit le même deux nuits de suite.

Il se promenait dans le canyon boisé de Santa Ana, là où il avait rencontré Einstein. Il y était retourné avec Nora et le chien, mais il les avait perdus. Craignant pour leur vie, il dévalait les côtes, escaladait les collines en criant leur nom. Parfois, il entendait Nora lui répondre ou Einstein aboyer mais, à chaque fois, les voix changeaient de place et s'éloignaient. Et, si fort qu'il crie, si vite qu'il coure, il les perdait, il les perdait...

... jusqu'à ce qu'il se réveille, le souffle coupé, le cœur battant, un cri silencieux étranglé dans sa gorge.

Le vendredi 6 août fut si occupé que Travis eut peu de temps pour s'inquiéter. Le matin, il téléphona à une chapelle et, grâce à sa carte American Express, paya la cérémonie prévue pour le 11, à onze heures du matin. Submergé par une vague de romantisme, il commanda vingt douzaines de roses rouges, vingt douzaines d'œillets blancs, un organiste et tant de cierges que la chapelle étincellerait sans la moindre lumière artificielle, une bouteille de Dom Pérignon et le meilleur photographe que l'on puisse trouver. Quand ces détails furent réglés, il appela l'hôtel Circus Circus à Las Vegas, une entreprise familiale qui possédait un magnifique terrain de camping derrière l'hôtel lui-même. Il s'arrangea pour réserver dès le dimanche 8 et appela également Barstow pour les réservations du samedi, quand ils seraient encore à mi-chemin. Ensuite, il alla chez un bijoutier à qui il fit sortir tout son stock pour acheter une bague de fiançailles avec un diamant de trois carats d'une pureté remarquable et une alliance sertie de douze brillants d'un quart de carat. Les bagues dissimulées sous le siège du camion, Travis et Einstein allèrent chercher Nora chez elle pour l'accompagner chez l'avocat.

— Vous allez vous marier, mais c'est fantastique ! dit Garrison Dilworth en serrant la main de Travis.

Sincèrement ravi, il embrassa Nora sur les joues.

— Je me suis renseigné sur vous, Travis, dit-il.

— Ah bon ? répondit Travis, surpris.

— Pour le bien de Nora.

Les paroles de l'avocat firent rougir Nora, mais Travis se réjouissait de voir qu'il prenait soin d'elle.

— Je crois que vous réussissiez pas mal dans l'immobilier avant de vendre votre affaire.

— Oui, tout allait bien, confirma Travis modestement, comme s'il parlait au père de Nora en voulant donner bonne impression.

— Bien. Je crois aussi savoir que vous avez effectué des investissements judicieux.

— Je ne suis pas dans le besoin.

— Et puis, vous êtes aussi quelqu'un de très gentil sur lequel on peut compter, dit l'avocat en souriant.

Ce fut à Travis de rougir. Il se contenta de hausser les épaules.

— Ma chère Nora, je suis très content pour vous, bien plus que je ne peux le dire.

— Merci, dit Nora en regardant Travis d'un regard aimant qui lui donna envie, pour la première fois, de passer la journée à toucher du bois.

Comme ils avaient l'intention de passer une dizaine de jours de lune de miel, Nora ne voulait pas avoir à rentrer en catastrophe si l'agent immobilier trouvait un acquéreur pour la maison de Violet Devon. Elle signa donc une procuration à l'avocat pour qu'il puisse opérer en son nom, ce qui fut fait en moins d'une demi-heure. Après d'autres félicitations, ils allèrent acheter une caravane.

Ils avaient l'intention d'emmener Einstein avec eux, et il ne serait pas toujours facile de trouver un bon motel qui accepte un chien ; il serait donc plus pratique d'avoir leur maison avec eux. Et puis, ni Nora ni Travis n'aurait pu faire l'amour avec le retriever dans leur chambre.

— Ce serait comme s'il y avait quelqu'un, avait dit Nora, rougissante comme une pomme.

S'ils allaient à l'hôtel, ils devraient prendre deux chambres, une pour eux, une pour le chien, ce qui ne semblait pas très pratique.

A quatre heures, ils trouvèrent ce qu'ils voulaient : une caravane arrondie Airstream avec kitchenette, coin repas, salon, chambre et douche. La nuit, ils pourraient laisser le chien à l'avant et s'isoler dans la chambre. Comme le camion de Travis était déjà équipé d'une bonne attache, ils purent la fixer immédiatement.

Assis entre Nora et Travis, Einstein ne cessait de regarder la caravane par la vitre arrière, comme fasciné par l'ingéniosité humaine.

Sur le chemin du retour, ils s'arrêtèrent encore pour acheter des rideaux, de la vaisselle en plastique et quelques provisions, ainsi que les milliers de choses dont ils pourraient avoir besoin. Quand ils rentrèrent chez Nora, épuisés, ils mangèrent rapidement une omelette. Pour une fois, il n'y avait rien d'insolent dans les bâillements d'Einstein. Il était simplement exténué.

Cette nuit-là, seul dans sa propre chambre, Travis dormit d'un sommeil de plomb. Le rêve des deux nuits précédentes ne revint pas.

Samedi matin, ils se mirent en route pour Las Vegas et le mariage. Pour pouvoir conduire sans problèmes, ils prirent surtout les autoroutes. Ils longèrent la grande forêt nationale. Plus tard, fascinée, Nora admira les paysages du désert Moiave, splendides et dénudés, panoramas de sable et de roches, d'amarantes, de prosopis et autres cactus. Jamais le monde ne lui avait paru si grand. Travis s'amusait de son émerveillement.

A trois heures de l'après-midi, ils arrivèrent à Barstow, une enclave tentaculaire dans ce désert gigantesque. Là, au camping, ils rencontrèrent Frank et Mae Jordan, un couple d'âge mûr de Salt Lake City, qui voyageaient avec leur chien Jack, un labrador noir.

A la grande surprise de Nora et de Travis, Einstein prit grand plaisir à jouer avec Jack. Les deux animaux firent la course autour des caravanes, se roulaient l'un sur l'autre et se relevaient brusquement pour se pourchasser de plus belle. Frank Jordan leur lança une balle de caoutchouc rouge qu'ils s'amusèrent à s'arracher de la gueule et à garder le plus longtemps possible. Travis était épuisé rien qu'à les regarder.

Einstein était sans conteste le chien le plus intelligent au monde, le chien le plus intelligent de tous les temps, un phénomène, un miracle, un être d'une sensibilité proche de l'homme, mais c'était aussi un chien. Travis l'oubliait parfois, mais il était ravi de voir Einstein le lui rappeler.

Plus tard dans la soirée, après avoir partagé hamburgers et épis de maïs grillés avec les Jordan et bu quelques bières dans la nuit pure du désert, ils dirent au revoir à leurs amis. Einstein fit lui aussi ses adieux à Jack. Dans la caravane, Travis caressa Einstein sur la tête.

— C'était très gentil de ta part.

Le chien pencha la tête sur le côté comme s'il ne comprenait pas.

— Tu sais très bien de quoi je parle, Poilu.

— Moi aussi, dit Nora, en prenant le chien dans ses bras. Tu aurais pu ridiculiser Jack en jouant avec lui tout à l'heure, mais tu l'as laissé gagner lui aussi, ce n'est pas vrai ?

Einstein grimaça joyeusement.

Après un dernier verre, Nora prit la chambre et Travis s'installa sur le divan du salon. Il avait songé à passer la nuit avec elle, et elle y avait peut-être pensé aussi. Après tout, le mariage n'était que dans quatre jours. Dieu savait qu'il en avait envie, et, bien que sans doute un peu craintive, Nora le désirait elle aussi, il n'en doutait pas. De jour en jour, ils se touchaient et s'embrassaient plus souvent, plus intimement, et toute l'atmosphère se teintait d'érotisme. Mais pourquoi ne pas faire les choses comme il se devait, puisque le jour était si proche ? Pourquoi ne pas aller vierge au mariage, elle avec tout le monde et lui avec elle ?

Cette nuit-là, Travis rêva que Nora et Einstein étaient perdus dans les régions désolées du désert Moiave. Il avait perdu l'usage de ses jambes et rampait misérablement pour aller à leur rencontre... C'était atroce, car ils étaient en danger...

Dimanche, lundi et mardi, à Las Vegas, ils se préparèrent pour la noce, regardèrent Einstein jouer joyeusement avec les chiens des autres campeurs et allèrent se promener à Charleston et au lac de Mead.

Le soir, Nora et Travis laissaient Einstein à ses livres pour se rendre à des spectacles. Ils se sentaient un peu coupables de laisser le retriever seul, mais Einstein leur fit comprendre qu'il ne voulait pas les forcer à rester à la caravane pour la simple raison que les dirigeants des théâtres et des casinos étaient trop stupides pour autoriser l'entrée des locaux à un chien génial et bien élevé.

Le mercredi matin, Travis mit son smoking et Nora se vêtit d'une robe blanche simple à mi-mollet avec des lisérés de dentelle aux poignets et au cou. Avec Einstein, ils se rendirent à la chapelle en camion.

C'était l'endroit le plus étonnant que Travis eût jamais vu, à la fois romantique, solennel et clinquant. Cela fit beaucoup rire Nora qui eut du mal à se contenir. La chapelle se trouvait coincée parmi les néons criards et les hôtels tape-à-l'œil de South Boulevard. C'était une petite bâtisse à un étage crépie de rose aux portes blanches. Au-dessus de l'entrée, des lettres de laiton scintillaient : VOUS IREZ DEUX PAR DEUX... Au lieu de scènes religieuses, les vitraux représentaient des histoires d'amour célèbres, comme *Roméo et Juliette*, *Abélard et Héloïse*, *Aucassin et Nicolette*, *Autant en emporte le vent*, *Casablanca*, et, chose incroyable, des scènes de romans à quatre sous.

Etrangement, ce clinquant ne ternit pas leur joie exubérante. Rien ne pouvait gâcher cette journée. Ils se souviendraient tendrement de tous les détails, car c'était leur chapelle, et ce tape-à-l'œil ne ferait qu'ajouter à son charme.

En général, les chiens n'étaient pas admis, mais Travis avait suffisamment arrosé le personnel à l'avance pour qu'Einstein soit aussi bien accueilli que quiconque.

Le prêtre, le révérend Dan Duprée — appelez-moi simplement révérend Dan —, avec son visage rougeaud et son ventre rond, rappelait le stéréotype du vendeur de voitures d'occasion. Il était assisté de deux témoins rémunérés, sa femme et sa sœur qui, pour l'occasion, portaient des robes d'été multicolores.

Travis alla s'installer devant l'autel.

L'organiste entonna la *Marche nuptiale*.

Nora voulait traverser la nef pour aller rejoindre Travis plutôt que de commencer la cérémonie directement. Et puis, elle voulait qu'on la conduise à l'autel, comme toutes les jeunes mariées. Bien sûr, cet honneur aurait dû être réservé à son père, mais elle n'en avait pas, et elle ne connaissait personne susceptible de le remplacer. Elle s'était presque résignée à y aller seule ou au bras d'un étranger mais, en venant, elle se rendit compte qu'Einstein, lui, était libre et avait décidé que personne ne serait plus digne que lui de remplir cette tâche.

Tandis que l'organiste jouait les premières mesures, elle avança du fond de la nef, le chien à ses côtés. Conscient de l'honneur qu'on lui faisait, Einstein marchait d'un pas digne, au même rythme qu'elle, la tête haute.

Personne ne sembla troublé de voir un chien conduire la future mariée à l'autel. Après tout, à Las Vegas, tout est permis...

— C'est l'une des plus belles mariées que j'aie jamais vues, murmura le révérend à Travis d'un ton sincère, qui dépassait largement le compliment de routine.

Le flash du photographe les aveuglait sans cesse mais Travis était trop troublé pour se soucier de l'éclair.

Les vases de roses et d'œillets embaumaient la chapelle de leurs senteurs, des centaines de cierges scintillaient, dans leurs coupes de verre ou sur les chandeliers de cuivre. Lorsque Nora arriva près de lui, Travis ne songeait plus au mauvais décor de théâtre. Son amour transformait la chapelle criarde en une grandiose cathédrale.

La cérémonie fut très courte, et très digne, contrairement à toute attente. Travis et Nora échangèrent leurs oui et leurs alliances. Les petites flammes des bougies se reflétaient dans les yeux humides de Nora et, pendant un instant, Travis se demanda pourquoi il avait la vue brouillée, mais il se rendit vite compte que lui aussi était au bord des larmes. Un accord de musique accompagna leur premier baiser en tant que mari et femme, le plus doux baiser qu'ils aient jamais connu.

Le révérend Dan servit du champagne pour toute la compagnie, organiste compris, et l'on trouva une coupelle pour Einstein. Avalant bruyamment, Einstein se joignit au toast pour leur souhaiter bonheur et amour éternels.

Einstein passa l'après-midi à lire au salon, à l'avant de la caravane.

Travis et Nora, eux, restèrent dans la chambre.

Après avoir fermé la porte, Travis mit une seconde bouteille de Dom Pérignon dans un seau à glace et installa un disque compact de la plus belle musique de piano de George Winston.

Nora tira le volet de la seule fenêtre et alluma une petite lampe à abat-jour doré. La lumière ambrée baignait la pièce d'une aura féerique.

Ils restèrent allongés sur le lit à parler, rire, se caresser, s'embrasser.

Peu à peu, Travis la déshabilla. Il ne l'avait encore jamais vue nue et son corps lui parut encore plus harmonieux qu'il ne l'aurait imaginé. La gorge mince, la délicatesse des épaules, la rondeur des seins, la courbe des reins, les longues jambes galbées le remplissaient de désir et de tendresse.

Patiemment, il l'initia à l'art de l'amour. Conscient de sa naïveté en ce domaine, désirant avant tout lui faire plaisir, il lui montra, non sans délices, toutes les sensations que sa langue, ses doigts et sa virilité pouvaient lui inspirer.

Il s'attendait à la voir timide, hésitante, voire craintive, car ses trente premières années de vie ne l'avaient pas préparée à ce degré d'intimité, mais en fait, elle se montra toute disposée à s'engager dans tout ce qui pourrait leur faire plaisir. Ses gémissements étouffés, ses soupirs le ravissaient, et chaque fois qu'elle s'abandonnait à l'extase, son désir ne faisait qu'augmenter, au point d'en devenir presque douloureux.

Quand enfin il laissa sa semence fleurir en elle, il enfouit la tête dans son cou, l'appela par son nom, et lui répéta qu'il l'aimait encore et encore. Ce moment se prolongea à tel point qu'il crut que le temps s'était arrêté ou qu'il puisait à une source mystérieusement intarissable.

Longtemps, ils restèrent enlacés, en silence. Ils écoutaient la musique, et ce ne fut que bien plus tard qu'ils parlèrent de ce qu'ils éprouvaient, physiquement et émotionnellement. Ils burent encore un peu de champagne et firent l'amour, encore et encore.

De Las Vegas, ils prirent la route 95 qui traverse les régions désolées du Nevada. Deux jours plus tard, ils atteignirent le lac Tahoe où ils campèrent du côté californien de la frontière.

Nora ne s'émerveillait plus aussi facilement devant tous les nouveaux sites qu'au début, pourtant, le lac était d'une telle beauté qu'elle en resta ébahie. Entre la Sierra Nevada à l'ouest et la chaîne des monts Carson à l'est, le lac Tahoe, dit-on, est l'étendue d'eau la plus pure au monde, un bijou étincelant dans des centaines de nuances de bleus et de verts iridescents.

Pendant six jours, Nora, Travis et Einstein se promenèrent dans les forêts d'Eldorado et de Toiyabe, terres sauvages abandonnées aux pins, épicéas et sapins. Ils louèrent un bateau pour aller explorer les criques paradisiaques des rives du lac. Ils se firent dorer au soleil, nagèrent, et Einstein batifolait dans l'eau avec l'enthousiasme inhérent à sa race.

Parfois le matin, parfois en fin d'après-midi, plus souvent le soir, Nora et Travis faisaient l'amour. Elle était surprise par son appétit charnel.

— J'aime ton cœur et ton esprit mais, mon Dieu, j'aime presque autant ton corps. Est-ce que je suis dépravée ?

— Bien sûr que non. Tu es simplement une jeune

femme en bonne santé. En fait, étant donné la vie que tu as menée, tu es même en trop bonne santé. Nora, tu me fais chanceler.

— Je préférerais te chevaucher !

— Alors, oui, tu dois être dépravée ! dit-il en riant.

De bonne heure dans la sérénité du vendredi matin, ils quittèrent Tahoe et allèrent jusqu'à la péninsule de Monterey. Là, le continent s'enfonce dans la mer avec une splendeur plus impressionnante encore que celle du lac Tahoe. Après y avoir passé quatre jours, ils reprirent la route de la maison le mercredi 25 août dans l'après-midi.

Absorbés par les joies du mariage, Travis et Nora en avaient presque oublié l'intelligence miraculeuse d'Einstein. Mais le chien la leur rappela lorsqu'ils approchèrent de Santa Barbara. A une cinquantaine de kilomètres de la maison, il commença à s'agiter. Il ne cessait de changer de place, s'asseyait, se blottissait sur les genoux de Nora, s'asseyait de nouveau. Il se mit à gémir étrangement. A une quinzaine de kilomètres de la maison, il commença à trembler.

— Qu'est-ce qui t'arrive, Poilu ? demanda Nora.

De ses yeux bruns si expressifs, Einstein tenta de lui transmettre un message, mais elle ne comprit pas.

Une demi-heure avant le crépuscule, quand ils quittèrent l'autoroute pour les rues de la ville, Einstein se mit à grogner d'un râle sourd.

— Qu'est-ce qui lui prend ? demanda Nora.

— Je ne sais pas.

Quand ils se garèrent dans l'allée de la maison de location, Einstein aboya férocement, à leur faire éclater les oreilles dans cet espace confiné. Il n'avait jamais aboyé à l'intérieur du camion, pas une seule fois.

Lorsqu'ils descendirent, Einstein les dépassa et s'interposa entre eux et la maison, toujours en aboyant.

Quand Nora s'approcha de la porte, Einstein se précipita vers elle en grognant. Il saisit la jambe de son jean et tenta de lui faire perdre l'équilibre. Elle réussit pourtant à rester debout et se recula un peu vers la baignoire aux oiseaux. Einstein la laissa tranquille.

— Mais enfin, qu'est-ce qu'il a ? demanda-t-elle à Travis.

— Il était comme ça le premier jour dans les bois... dit Travis en regardant la maison d'un air songeur, quand il m'a empêché de suivre la piste des cerfs.

Nora essaya de s'approcher du chien pour le rassurer, mais Einstein ne se laissa pas faire. Travis, pour tester le chien, voulut lui aussi s'approcher de la porte, mais Einstein l'en empêcha.

— Attends-moi ici, dit-il à Nora en se dirigeant vers la caravane.

Einstein faisait les cent pas devant la porte et observait les fenêtres en grognant et en gémissant.

Le soleil plongeait à l'horizon, embrasant la mer. Tout était calme et paisible, normal, et pourtant, Nora sentait comme un malaise suspendu dans l'air. Une chaude brise marine bruissait dans les palmiers, les eucalyptus et les ficus en un murmure sinistre. Elle percevait une menace sourde dans les ombres allongées des dernières lueurs pourpres. A part l'attitude du chien, rien ne lui laissait supposer la présence du danger, sa peur était plus instinctive que raisonnée.

Travis revint de la caravane, un énorme revolver à la main. Pendant toute la lune de miel, il avait été rangé à l'intérieur d'un tiroir, non chargé. Travis inséra les balles dans leur logement et ferma le cylindre.

— Est-ce bien nécessaire ? demanda Nora.

— L'autre jour, il y avait vraiment quelque chose dans les bois. Je n'ai rien vu... mais cela me donnait la chair de poule. Oui, je crois que nous pourrions en avoir besoin.

Ses propres réactions lui donnaient une idée de ce que Travis avait pu ressentir et, finalement, elle devait s'avouer que le revolver la rassurait un peu.

Einstein avait repris sa position dans l'allée et leur barrait le chemin.

— Il y a quelqu'un à l'intérieur ? demanda Travis au retriever.

La queue qui s'agite rapidement. *Oui.*

— Des hommes du laboratoire ?

Non.

— L'autre animal dont tu nous as parlé ?

Oui.

— La créature qui était dans les bois ?

Oui.

— Bon, j'y vais.

Non.

— Si, insista Travis. C'est chez moi, et je ne vais sûrement pas me sauver.

Nora se souvint de la photographie de monstre qui avait tant effrayé Einstein. Sans doute Einstein avait-il exagéré, il n'existait rien d'aussi horrible ou, alors, ils avaient mal interprété ce que le chien avait essayé de leur faire comprendre. Pourtant, au lieu d'un simple revolver, elle aurait aimé que Travis soit armé d'un fusil.

— Ça, c'est un .357 Magnum, dit Travis à Einstein. Et un seul coup suffit à terrasser un homme, même s'il n'est blessé qu'au bras ou à la jambe. Ça lui donnera l'impression d'avoir reçu un boulet de canon. Et je sais me servir d'une arme, je me suis entraîné pour ne pas perdre la main. Je sais très bien ce que je fais, et je suis tout à fait capable de me tirer de là tout seul. Et puis, on ne peut pas appeler la police, pas vrai ? S'ils trouvent quelque chose ici, ils vont se poser des questions, et ils finiront par te renvoyer dans ce maudit laboratoire un jour ou l'autre.

Visiblement, Einstein n'appréciait guère la détermination de Travis, mais il grimpa les marches et le regarda comme pour dire : *Bon, très bien, mais je ne te laisserai pas entrer là-dedans tout seul.*

Nora aurait voulu aller avec eux, mais Travis ne céda pas et l'obligea à les attendre dehors. Elle finit par admettre que, puisqu'elle n'avait pas d'arme et de toute façon n'aurait pas su s'en servir, elle ne pouvait guère leur être d'un grand secours.

Le revolver à la main, Travis rejoignit Einstein sur le palier et introduisit la clé dans la serrure.

7

Travis ouvrit le verrou, remit la clé dans sa poche et poussa la porte en se couvrant de son .357 Magnum. Sur ses gardes, il franchit le seuil, Einstein à ses côtés.

Comme il se devait, la maison était silencieuse, mais envahie d'une étrange puanteur inconnue.

Einstein grogna doucement.

La faible lueur du couchant pénétrait par les fenêtres aux rideaux tirés, mais cela suffisait pour voir que le divan avait été lacéré. Des lambeaux de mousse couvraient le sol. Un porte-magazines de bois avait été fracassé contre le mur et avait laissé des trous dans le plâtre. On avait brisé l'écran de la télévision avec une lampe de chevet. Des livres déchirés traînaient dans toute la pièce.

Malgré la brise qui entrait par la porte ouverte, la puanteur s'épaississait.

Travis appuya sur l'interrupteur mural. Une lampe s'alluma dans un coin et diffusa assez de lumière pour constater l'ampleur des dégâts.

On aurait dit que quelqu'un avait tout passé à la hache et à la tondeuse.

Toujours le silence.

Laissant la porte ouverte derrière lui, Travis avança de quelques pas sur les pages arrachées qui craquaient sous les pieds. Il y avait des taches rouille sur le papier et la mousse claire. Soudain, Travis se figea. Du sang.

Quelques secondes plus tard, il vit le cadavre d'un homme grand et fort qui gisait sur le sol, à demi recouvert de couvertures et de jaquettes en lambeaux.

Einstein grogna plus férocement.

En s'approchant du corps, à quelques pas de la porte du salon, Travis reconnut son propriétaire, Ted Hockney, à côté de sa boîte à outils. Ted avait une clé, et Travis ne voyait aucun inconvénient à ce qu'il vienne effectuer les réparations nécessaires quand bon lui semblait. Dernièrement, il y avait eu pas mal de bricoles à réparer, du robinet qui fuyait à la machine à laver la vaisselle. Ted, lui, n'était plus réparable.

En se fiant à l'odeur, Travis crut d'abord que Ted avait été tué au moins une semaine plus tôt, mais en l'examinant de plus près, il s'aperçut que le corps ne portait aucune marque de décomposition. La mort ne devait pas remonter à plus d'un jour, moins peut-être. L'odeur avait une autre source. D'abord, le pauvre Ted avait été éventré, et apparemment l'assassin avait uriné et déféqué sur sa victime.

Ted Hockney n'avait plus d'yeux.

Travis se sentait mal, et pas seulement parce qu'il aimait bien Ted. Une telle violence ne pouvait que choquer. Une telle mort faisait perdre toute dignité à la victime, et, d'une certaine manière, à la race humaine.

Les grondements sourds d'Einstein se transformèrent en grognements mauvais et en jappements aigus.

Le cœur battant, Travis se retourna vers le chien qui faisait face à la salle à manger adjacente. Les rideaux tirés donnaient une ombre opaque, et seul un rai de lumière grisâtre pénétrait par la porte de la cuisine.

Va-t'en, sors de là, lui dictait une voix intérieure.

Mais il ne s'enfuit pas, car il ne s'était jamais enfui de sa vie. En fait, non, ce n'était pas tout à fait vrai, il avait failli fuir la vie elle-même ces dernières années en se laissant envahir par le désespoir. Sa descente dans l'isolement avait été l'ultime acte de lâcheté. A présent, c'était un homme nouveau, grâce à Einstein et à Nora, et il n'allait pas s'enfuir à nouveau, qu'il soit damné !

Einstein se raidit, arqua le dos, secoua la tête et aboya si furieusement qu'il en bava.

Travis fit un pas en direction de la salle à manger.

Les aboiements du retriever redoublèrent de violence.

Le revolver braqué devant lui, essayant de faire confiance à son arme, Travis avança précautionneusement dans les décombres et scruta l'obscurité de la pièce.

Les jappements d'Einstein résonnaient dans toute la maison, comme s'il y avait une meute d'animaux enragés.

Travis fit encore un pas et vit une silhouette se déplacer dans l'ombre.

Il se figea.

Plus rien. Plus rien ne bougeait. Etait-ce une illusion de l'esprit ?

De l'autre côté de l'arche, les ombres planaient, comme des voiles gris et noirs.

Il ne savait plus s'il avait perçu un mouvement ou s'il l'avait simplement imaginé.

Va-t'en, sors de là, criait toujours la voix intérieure.

Sans en tenir compte, Travis leva un pied, dans l'intention d'avancer.

Dans la salle à manger, la chose se déplaça de nouveau. Cette fois, il n'y avait aucun doute car elle se précipita hors de l'ombre du coin le plus obscur et vint droit sur lui en poussant un hurlement à vous figer le sang. Dans le noir, Travis vit les yeux jaunes grands comme dès lanternes. La silhouette de taille humaine semblait difforme. La chose sauta de la table, droit sur lui.

Einstein chargea, mais Travis fit un pas en arrière pour pouvoir tirer. En appuyant sur la détente, il glissa sur les livres et tomba en arrière. Le coup partit au plafond. Pendant un instant, Einstein rampa vers l'adversaire. Les yeux jaunes étincelaient plus que jamais, la mâchoire d'alligator s'ouvrit, bouche béante dans une gueule vérolée qui révélait des dents crochues.

— Einstein, non ! cria-t-il, sûr que le chien n'aurait pas la moindre chance dans une confrontation.

Il tira encore deux fois, couché sur le sol.

Son cri et les coups de feu avaient arrêté le mouvement d'Einstein pour un moment, mais l'ennemi eut le temps de réfléchir et se détourna. Il était rapide, beaucoup plus rapide qu'un chat... Il traversa la salle à manger et disparut par la porte de la cuisine. Pendant un instant, on aperçut la silhouette dans la faible lumière. Travis eut l'impression de voir un animal qui n'aurait jamais dû se tenir debout, qui pourtant marchait sur deux pattes, il vit une tête énorme et informe, un dos bossu et des longs bras qui se terminaient par des griffes, véritables dents de râteau.

Il tira encore, près du but cette fois. La balle arracha un morceau de bois.

En hurlant la bête disparut dans l'ombre.

Mon Dieu ! Qu'est-ce que c'était ? D'où venait-elle ? S'était-elle échappée du même laboratoire qu'Einstein ? Mais comment avait-on fabriqué une telle monstruosité ? Et pourquoi ? *Pourquoi ?*

Travis, très cultivé, d'autant plus que ces dernières années il avait passé son temps dans les livres, commençait à envisager des possibilités. Des recombinaisons de l'ADN par exemple...

Au milieu de la salle à manger, Einstein faisait toujours face à la porte par laquelle la créature avait disparu.

Se redressant sur ses jambes, Travis appela le chien qui revint à ses côtés, soulagé.

Il lui fit signe de se taire et écouta intensément. Il entendit Nora l'appeler frénétiquement, mais plus un bruit dans la cuisine.

— Tout va bien, cria-t-il pour rassurer Nora. Reste où tu es.

Einstein tremblait.

Travis entendait les battements de son propre cœur et percevait presque le bruit des gouttes de sueur qui roulaient le long de son dos, mais rien ne lui permettait de localiser la bête sortie d'un cauchemar. Pourtant, il ne la croyait pas partie par la cour arrière. D'abord, elle devait hésiter à se montrer en plein jour et devait se déplacer la nuit, dans le noir, sans se faire remarquer, et il faisait encore assez clair pour qu'on puisse l'apercevoir à l'extérieur. Travis sentait sa présence, comme on sent quelqu'un qui vous observe dans le dos, comme on sent un orage menacer par temps couvert et humide. Elle était là, elle attendait.

Prudemment, Travis retourna vers l'arche et entra dans la salle à manger obscure.

Einstein restait à côté de lui, sans faire le moindre bruit, comme s'il comprenait que Travis avait besoin du silence complet pour entendre la bête.

Travis fit encore deux pas.

Devant lui, par la porte ouverte de la cuisine, il voyait un coin de la table, l'évier, une partie du lave-vaisselle. Le soleil se couchait de l'autre côté de la maison, si bien que, dans la lumière grise et diffuse, la créature ne risquait pas de projeter des ombres révélatrices. Elle pouvait se cacher d'un côté ou de l'autre de la porte ou s'être réfugiée sur un meuble pour pouvoir lui sauter dessus dès qu'il entrerait dans la pièce.

Travis essaya de tendre un piège, espérant que la créature réagirait immédiatement au moindre bruit. Il glissa le revolver dans sa ceinture, prit silencieusement une chaise et l'envoya à travers la porte ouverte. Il reprit son arme et se mit en position de tir au moment même où la chaise retombait. La chaise roula sur la table de formica et alla voltiger contre le lave-vaisselle.

L'ennemi aux yeux jaunes ne bougea pas. Quand la chaise eut terminé sa course, la cuisine fut de nouveau silencieuse.

Einstein faisait un drôle de bruit, une sorte de soufflement tremblant. En fait, il tremblait simplement de manière incontrôlable.

Pas le moindre doute, la créature de la cuisine était bien celle qui les avait poursuivis dans les bois, quelques mois auparavant. Elle avait voyagé vers le nord, la nuit, à travers les terres désolées, suivant inexorablement la piste du chien. Comment ? Travis l'ignorait, quant au pourquoi, il restait encore plus mystérieux.

En réponse à la chaise, une boîte d'émail blanc vint se fracasser sur le sol. Travis sursauta et tira avant de comprendre que c'était lui qui tombait dans le piège.

De nouveau, le silence.

En répondant à un piège par un autre, l'ennemi avait manifesté une intelligence exaspérante. Soudain, Travis comprit que puisqu'elle venait du même laboratoire qu'Einstein, cette créature était peut-être le fruit d'une même expérience. Elle était peut-être aussi intelligente qu'Einstein. Ce qui expliquait la terreur du retriever. Si Travis ne s'était pas déjà habitué à l'idée d'un chien à l'intelligence humaine, il aurait été incapable d'accorder à cette bête plus qu'une simple ruse animale. Par chance, les événements de ces derniers mois lui avaient appris à accepter n'importe quoi et à s'adapter à toute situation.

Le silence.

Plus qu'une balle dans le chargeur.

Un silence profond.

Il avait été si surpris par la boîte de farine, qu'il n'avait pas remarqué de quel côté elle avait été envoyée, et l'on ne pouvait rien conclure de sa position. Il ne savait toujours pas si la créature était à droite ou à gauche de la porte.

D'ailleurs, il ne savait pas si cela avait encore de l'importance. Avec une seule cartouche, il n'aurait pas été prudent d'entrer dans la cuisine. Pas si cet animal était aussi intelligent qu'un homme. Autant se battre contre une tronçonneuse intelligente !

La lumière dans la cuisine exposée à l'est déclinait. Dans la salle à manger, l'obscurité s'épaississait. Derrière eux, malgré la porte ouverte et la lampe allumée, le salon s'emplissait d'ombres.

Dans la cuisine, la créature émit une sorte de sifflement, suivi par des clic-clic qui auraient pu provenir de griffes tapant sur une surface dure.

Travis tremblait aussi violemment qu'Einstein. Il avait l'impression d'être une mouche prisonnière dans une toile d'araignée alors que le prédateur approchait.

Il se souvenait du corps éventré de Ted Hockney aux yeux arrachés.

Clic-clic.

Au cours de son entraînement antiterroriste, Travis

avait appris à traquer des hommes, et il était efficace. Mais le problème c'était que cette créature, aussi intelligente qu'un homme peut-être, ne pensait sans doute pas comme un homme. Il n'avait aucun moyen de prévoir ses réactions, de savoir comment elle allait répondre à ses propres initiatives. Son étrangeté même lui donnait l'avantage terrifiant de la surprise.

Clic.

Travis recula d'un pas, puis d'un autre, progressant avec d'extrêmes précautions pour que la bête ne s'aperçoive pas qu'il battait en retraite. Dieu seul savait ce qu'elle ferait si elle comprenait que ses victimes s'enfuyaient hors de portée. En silence, Einstein le suivit, voulant lui aussi mettre une certaine distance entre lui et l'ennemi.

Arrivé près du corps de Ted Hockney, Travis regarda derrière lui pour repérer le passage le moins encombré vers la porte. Nora était là, près du fauteuil. Terrorisée par les coups de feu, elle avait pris un couteau de boucher dans la kitchenette de la caravane pour venir à leur secours.

Impressionné par son courage, mais effrayé de la voir ainsi dans la lueur de la lampe, Travis eut soudain l'impression de revoir ses vieux cauchemars : sa peur de perdre Nora et Einstein allait devenir réalité, la Malédiction Cornell frappait à nouveau. A l'intérieur de la maison, tous deux étaient vulnérables, à la portée de la bête immonde qui se terrait dans la cuisine.

Nora voulut parler.

Travis mit un doigt devant sa bouche.

Nora se mordit les lèvres et baissa les yeux vers le corps qui gisait sur le sol.

En progressant toujours dans les décombres, Travis craignait que l'ennemi n'ait fait le tour par l'arrière, au risque d'être aperçu par les voisins dans la pâle clarté du crépuscule, et qu'il se précipite vers eux, vite, trop vite. Nora se trouvait entre Travis et la porte, et il n'aurait pas pu tirer car, si elle arrivait de ce côté, la créature se jetterait sur Nora en moins d'une seconde. Essayant de surmonter sa panique, de ne pas penser aux yeux béants de Ted, Travis recula rapidement dans la salle à manger, au risque de faire craquer les feuilles sous ses pas. Le son ne parviendrait peut-être pas jusqu'à la cuisine si la bête y était encore. Il prit Nora par le bras et la poussa vers la porte, l'aida à descendre l'escalier, regardant à droite et à gauche, s'attendant à voir le cauchemar se précipiter vers eux, mais la créature n'était pas en vue.

Les coups de feu et les cris de Nora avaient attiré les voisins qui regardaient la rue de leurs perrons. Certains s'étaient même avancés sur les pelouses. Quelqu'un avait sûrement déjà averti la police. Avec la présence d'Einstein, elle représentait un danger presque aussi grave que l'animal aux yeux jaunes.

Ils se réfugièrent dans le camion. Nora ferma sa porte à clé, et Travis fit de même pour la sienne. Il démarra, fit marche arrière avec le camion et la caravane, et s'engagea dans la rue, sous le regard des badauds.

La nuit tombait vite, comme toujours près de l'océan. Déjà, le ciel s'obscurcissait à l'est, et seule une lueur rouge sang éclairait encore l'horizon. Travis se sentait rassuré par la protection de l'obscurité, bien qu'il sût que la créature en profiterait elle aussi.

Il passa devant les voisins ahuris, qu'il n'avait jamais eu l'occasion de rencontrer dans ses années de solitude, et tourna au premier carrefour. Nora serrait Einstein dans ses bras ; Travis conduisait aussi vite que possible. La caravane oscilla derrière eux, dans les deux virages suivants qu'il prit trop rapidement.

— Que s'est-il passé ? demanda Nora.

— Elle a tué Ted Hockney, hier ou plutôt dans la journée...

— Elle ?

— ... et elle attendait que nous arrivions.

— Elle ?

Einstein gémit.

— Je t'expliquerai plus tard.

Il se demandait jusqu'à quel point il pourrait expliquer. Aucune description ne rendrait justice à la créature. Il ne possédait pas les mots nécessaires pour traduire une telle étrangeté.

Ils n'avaient guère dépassé huit pâtés de maisons lorsqu'ils entendirent retentir les sirènes. Travis en longea encore quelques-uns avant de se garer sur le parking d'une école.

— Qu'est-ce qu'on fait ?

— On abandonne le camion et la caravane. Ils vont les rechercher.

Travis mit le revolver dans le sac de Nora qui insista pour garder le couteau de boucher.

Ils descendirent du camion, avancèrent le long du terrain de sport, franchirent la porte et s'engouffrèrent dans une rue de quartier résidentiel bordée de grands arbres.

Avec la nuit, la brise s'était changée en un vent vif et doux, qui soufflait dans les feuilles mortes et soulevait des fantômes de poussière sur le trottoir.

Travis savait que, même sans la caravane, ils étaient encore facilement reconnaissables. Les voisins parleraient d'un homme, d'une femme, et d'un golden retriever, un trio pas si courant ! On tiendrait à leur témoignage, les recherches seraient poussées. Il fallait qu'ils disparaissent, et vite.

Travis n'avait aucun ami chez qui se réfugier. Après la mort de Paula, il s'était éloigné d'eux et n'avait gardé aucun contact avec les agents immobiliers avec lesquels il avait travaillé. Nora n'avait pas d'amis non plus, grâce à tante Violet.

Les maisons éclairées de lumières chaleureuses offraient ironiquement leurs sanctuaires inaccessibles.

8

Garrison Dilworth habitait à la limite de Santa Barbara et de Montecito, dans une maison Tudor abritée dans un petit parc verdoyant qui s'harmonisait mal avec le paysage californien, mais parfaitement avec la personnalité de l'avocat. Il vint ouvrir la porte en pantalon gris, veste de sport bleu marine, chemise blanche et mocassins noirs. Il les regarda par-dessus ses lunettes d'écaille à double foyer, visiblement surpris, mais pas mécontent.

— Alors, bonjour, comment vont les jeunes mariés ?

— Vous êtes seul ? demanda Travis en entrant dans le grand vestibule dallé de marbre.

— Seul ? Oui.

En chemin, Nora avait raconté à Travis que l'avocat avait perdu sa femme trois ans auparavant et qu'à présent Gladys Murphy, la gouvernante, s'occupait de sa maison.

— Et Mme Murphy ?

— Elle est rentrée chez elle, dit l'avocat en fermant la porte. Vous avez l'air bouleversés, que se passe-t-il ?

— Nous avons besoin d'aide, dit Nora.

— Mais, ajouta Travis, tous ceux qui nous aideront risquent de se mettre sous le coup de la loi.

— Qu'est-ce que vous avez fait ? A en juger par vos mines solennelles, on dirait que vous venez de kidnapper le Président en personne.

— Nous n'avons rien fait de mal, dit Nora.

— Si, et nous continuons, nous avons recueilli le chien.

Intrigué, Garrison se pencha vers le retriever.

Einstein gémit, l'air malheureux et aimable de circonstance.

— Et il y a un cadavre dans ma maison.

— Un cadavre ? s'exclama Garrison en levant les yeux.

— Ce n'est pas Travis qui l'a tué.

Garrison regarda de nouveau le chien.

— Einstein non plus, dit Travis. Mais on nous recherchera comme témoins, ça, c'est sûr.

— Humm, dit l'avocat, pourquoi ne pas m'expliquer tout ça dans mon bureau ?

Il les conduisit à travers le salon à demi éclairé, jusqu'à une pièce lambrissée de teck au plafond cuivre avec des fauteuils de cuir marron luxueux et confortables, un bureau verni d'une taille impressionnante, et un modèle de voilier à cinq mâts, toutes voiles dehors. La mer servait de thème à l'ensemble de la décoration, une barre, un sextant de cuivre, une corne de brume gravée, des lampes tempêtes, une cloche de bateau et des cartes marines. Il y avait quelques photographies sur lesquelles Garrison figurait à côté d'une femme sur un voilier.

Un livre ouvert et un verre de scotch entamé se trouvaient sur une petite table à côté d'un des fauteuils. L'avocat leur proposa un verre.

Laissant le divan à Travis et Nora, Einstein prit le deuxième fauteuil sur lequel il s'assit, très droit, comme s'il était prêt à prendre part à la conversation.

Garrison leur servit deux Chivas avec des glaçons. Bien que Nora ne bût jamais de whisky, elle avala son verre en deux gorgées et en demanda un autre. Trouvant que c'était une bonne idée, Travis vida le sien et l'apporta à Garrison près du bar.

— J'aimerais bien tout vous dire pour que vous puissiez nous aider, mais vous devez comprendre que vous allez vous placer dans l'illégalité.

— C'est vous qui parlez comme un homme de loi. En tant qu'avocat, je peux vous assurer que la loi n'est pas gravée dans le marbre, immuable pour l'éternité. C'est plutôt une corde attachée aux deux bouts, mais avec pas mal de jeu. On peut la tirer dans un sens ou dans l'autre, si bien que, sauf en cas de vol manifeste ou de meurtre, on est toujours du bon côté. C'est un peu décourageant, mais c'est la vérité. Je n'ai pas peur que ce que vous allez me raconter m'envoie derrière des barreaux.

Une demi-heure plus tard, Nora et Travis lui avaient appris toute la vérité sur Einstein. Pour un homme à quelques mois de son soixante et onzième anniversaire, l'avocat aux cheveux gris avait un esprit vif et ouvert. Il posait les questions justes et n'émettait pas d'objection. Après une dizaine de minutes de démonstration des talents d'Einstein, il ne prétendit pas que c'était un simple truc. Il accepta ce qu'il vit et ajusta sa définition du normal et du possible en ce monde.

Einstein sur les genoux, Garrison lui caressait les oreilles.

— Si vous teniez une conférence de presse, et rendiez l'affaire publique, nous pourrions peut-être faire un procès pour que vous conserviez la garde du chien.

— Vous pensez que cela pourrait marcher ? demanda Nora.

— Une chance sur deux, dans le meilleur des cas, admit Garrison.

— Non, nous ne pouvons pas prendre ce risque, dit Travis.

— Qu'est-ce que vous envisagez, alors ?

— Fuir. Rester en cavale.

— Et à quoi cela servira ?

— A ce qu'Einstein reste libre.

Le chien donna son accord d'un aboiement.

— Oui, mais pour combien de temps ?

Travis se leva et fit les cent pas, trop agité pour rester assis.

— C'est vrai, ils ne vont pas abandonner de sitôt, pas avant des années, admit-il.

— Jamais, confirma l'avocat.

— Je sais, ça va être dur, mais c'est la seule solution. Je ne les laisserai pas le reprendre. Il a une peur bleue du laboratoire. Et puis, il m'a ramené à la vie, d'une certaine manière...

— Et il m'a sauvée des griffes de Streck, dit Nora.

— Il nous a permis de nous rencontrer, ajouta Travis.

— Il nous a changé la vie.

— Oui, il fait partie de la famille comme un véritable enfant, dit Travis, la gorge serrée d'émotion. On le défendra comme on défendrait un gosse. Nous vivrons ensemble, ou mourrons ensemble.

— Il n'y a pas que les gens du laboratoire et de la police qui te chercheront, dit Garrison en caressant toujours le retriever.

— L'autre créature aussi, dit Travis.

Einstein trembla.

— Allez, ce n'est rien. Qu'est-ce que c'est à votre

avis ? Vous me l'avez décrite, mais cela ne me dit pas grand-chose.

— Quoi que ce soit, ce n'est pas une créature de Dieu. C'est le produit d'une manipulation génétique quelconque. Je me demande bien pourquoi ils ont fabriqué une telle horreur, mais les faits sont là.

— Et elle semble avoir l'étrange possibilité de vous suivre partout.

— De suivre Einstein, dit Nora.

— C'est pour ça que nous allons partir, et loin.

— Pour cela, il faut de l'argent et les banques n'ouvrent pas avant demain, si vous devez partir, j'ai comme l'impression que vous devez y aller tout de suite.

— C'est pour cela que nous avons besoin de vous.

Nora ouvrit son sac et en sortit deux carnets de chèques, le sien et celui de Travis.

— Garrison, on aimerait vous faire un chèque. Il n'y a que trois mille dollars sur le compte courant, mais il a aussi un compte d'épargne à la même banque, et les deux comptes sont liés pour prévenir les découverts. Mon compte fonctionne de la même façon. Si je vous fais un chèque sur le compte de Travis pour vingt mille dollars, antidaté pour qu'il paraisse avoir été rédigé avant tous ces ennuis, et autant sur mon compte, vous pourrez les déposer sur le vôtre. Quand ils seront encaissés, vous nous enverrez huit chèques au porteur de cinq mille dollars chacun.

— La police voudra m'interroger, mais ils seront sûrs que je n'ai pas tué Ted Hockney, car aucun homme n'aurait pu le mutiler ainsi. Ils n'ont aucune raison de bloquer mon compte.

— Si les services de renseignements sont derrière les recherches qui ont produit Einstein et l'autre, il faudra bien qu'ils vous mettent la main dessus, et ils bloqueront peut-être votre compte.

— Peut-être, mais sans doute pas tout de suite. Comme nous sommes dans la même ville, la banque devrait débloquer l'argent pour lundi au plus tard.

— Peut-être. Mais que ferez-vous en attendant que je vous envoie les quarante mille dollars ?

— Il nous reste du liquide et des chèques de voyage de la lune de miel, dit Nora.

— Et j'ai mes cartes de crédit.

— On peut vous retrouver avec les chèques de voyage et les cartes de crédit.

— Je sais, c'est pour cela que nous les utiliserons dans les villes où nous n'avons pas l'intention de rester.

— Quand j'aurai les chèques au porteur, où devrai-je les envoyer ?

— Nous resterons en contact par téléphone. Nous trouverons bien une solution.

— Et le reste de vos biens ?

— On s'en occupera plus tard.

— Avant de partir, dit Garrison en fronçant les sourcils, vous pouvez me signer une procuration qui m'autorisera à vous représenter dans toutes vos affaires. Si on essaie de geler vos comptes, je pourrai peut-être les battre de vitesse et essayer de ne pas me faire remarquer jusqu'à ce qu'ils découvrent que nous sommes liés.

— L'argent de Nora est sans doute tranquille pour un moment. Nous n'avons parlé du mariage à personne, sauf à vous. Les voisins diront à la police que je suis parti avec une femme, mais ils n'ont aucun moyen de savoir son nom. Vous en avez parlé à quelqu'un ?

— Ma secrétaire, Mme Ashcroft, mais on peut lui faire confiance.

— Bon, alors, tout va bien. Je ne crois pas que les autorités tomberont sur le certificat de mariage, ils mettront sûrement un moment avant de découvrir l'identité de Nora. Mais quand ça sera fait, il ne leur faudra plus longtemps pour trouver son avocat. Et puis, s'ils vérifient mon compte dans l'espoir de savoir où je suis, ils tomberont sur les vingt mille dollars.

— Ce qui ne me laisse pas beaucoup de répit...

— Sans doute. Dès qu'ils auront fait la relation entre Nora, vous et moi, ils vous surveilleront de près. Dès que cela arrivera, il faudra nous le dire, pour que nous puissions raccrocher tout de suite et interrompre tout contact avec vous.

— Je comprends parfaitement.

— Garrison, dit Nora, vous n'êtes pas obligé d'accepter, si c'est trop vous demander...

— Ecoutez-moi, Nora. J'ai soixante et onze ans. J'aime toujours mon métier, j'aime toujours la voile... mais, en vérité, je trouve la vie bien ennuyeuse ces derniers temps. Cette histoire, c'est exactement ce qu'il me fallait pour retrouver mon énergie. Et puis, je crois que vous avez des devoirs envers Einstein... pas seulement à cause de ce que vous m'avez raconté... mais parce que l'humanité n'a pas le droit de créer une autre espèce intelligente et ensuite de la traiter comme sa propriété. Si nous avons le même pouvoir que Dieu, eh bien, il va falloir apprendre la Justice et la Charité divines. Et dans ce cas, la justice exige qu'Einstein conserve sa liberté.

Einstein leva la tête, regarda Garrison d'un air admiratif et lui fourra sa truffe froide sous le menton.

Dans le garage, Garrison avait une Mercedes 560 SEL noire neuve, un modèle plus ancien en blanc et une Jeep dont il se servait pour aller à la marina où se trouvait son bateau.

— La blanche appartenait à Francine, ma femme, dit l'avocat, je ne m'en sers plus guère, sauf de temps en temps, pour la maintenir en état. J'aurais dû m'en débarrasser... mais Francine y tenait tant... Sa belle Mercedes blanche... et elle était si belle au volant... J'aimerais que vous la preniez.

— Une voiture de cavale à soixante mille dollars ! dit Travis en passant la main sur le capot. C'est la classe !

— Personne ne la cherchera. Même s'ils font la relation avec moi, ils ne devineront pas que je vous ai donné une voiture.

— Nous ne pouvons pas accepter, dit Nora.

— Disons que c'est un prêt, quand vous n'en aurez

plus besoin, laissez-la quelque part, un parking d'aéroport, par exemple, et dites-moi où elle est, j'enverrai quelqu'un la chercher.

Einstein posa une patte avant sur la portière du chauffeur et regarda à l'intérieur. Il se tourna vers Travis et Nora, et aboya gentiment, comme pour leur dire qu'ils auraient bien tort de refuser un tel présent.

9

Ils quittèrent la maison de Garrison Dilworth à dix heures et quart le mercredi soir et prirent la route 101 vers le nord. A minuit et demi, ils traversèrent San Luis Obispo, dépassèrent Paso Robles à une heure du matin et s'arrêtèrent pour prendre de l'essence à deux heures, au sud de Salinas.

Nora se sentait inutile. Elle ne savait pas conduire et ne pouvait pas même relayer Travis au volant. D'une certaine manière, c'était aussi la faute de Violet Devon, le résultat d'une vie de réclusion et d'oppression. Peu importait, cela ne la réconfortait guère. Elle allait apprendre à conduire et à manier les armes. Travis pouvait le lui apprendre. Etant donné ses antécédents, il pourrait aussi lui donner des notions de judo ou de karaté. C'était un bon professeur, sans conteste, il l'avait merveilleusement initiée à l'art de l'amour. Cette pensée la fit sourire, et sa crise d'autocritique s'adoucit un peu.

Pendant les deux heures suivantes, sur la route de San Jòsé, Nora sommeilla par à-coups. Quand elle ne dormait pas, elle se rassurait en comptant les kilomètres parcourus. De chaque côté de la route, les étendues de champs semblaient rouler indéfiniment sous la pâle lueur lunaire. Ils traversaient de vastes espaces obscurs avant de rencontrer, ici ou là, la lumière d'une ferme ou l'éclairage d'un carrefour.

La bête aux yeux jaunes avait poursuivi Einstein des collines de Santa Ana dans le comté d'Orange jusqu'à Santa Barbara, une distance de plus de deux cents kilomètres à vol d'oiseau, lui avait dit Travis. Et il fallait sans doute compter trois cents kilomètres au sol dans ce terrain accidenté... en trois mois. Pas si rapide que cela finalement. S'ils allaient s'installer à cinq cents kilomètres de Santa Barbara à vol d'oiseau, la créature ne les retrouverait sans doute pas avant sept ou huit mois. Ou peut-être jamais. A quelle distance pouvait-elle retrouver la trace d'Einstein ? Il y avait sans doute des limites à ses capacités. Sûrement.

10

Le jeudi matin, à onze heures, Lemuel Johnson se tenait dans la chambre de la petite maison louée par Travis Cornell. Le miroir de l'armoire avait été brisé. Tout avait été détruit, comme si l'Autre avait été pris d'une crise de jalousie en voyant que le chien vivait dans le confort alors que lui était obligé de hanter les bois.

Dans les débris, Lemuel Johnson retrouva quatre photographies dans des cadres d'argent. La première représentait Cornell avec une très jolie blonde. Lemuel Johnson en avait déjà suffisamment appris sur Cornell pour savoir que cela devait être son épouse, Paula. Une autre, en noir et blanc, était assez vieille pour laisser supposer que l'homme et la femme étaient les parents de Travis. La troisième, un garçon de onze ou douze ans, aurait pu représenter Cornell lui-même, mais c'était sans doute la photo du frère noyé.

La dernière photo montrait une dizaine de soldats groupés sur les marches d'une baraque de bois qui souriaient devant l'objectif. L'un des dix était Travis Cornell et, sur quelques uniformes, Lem remarqua la marque du groupe Delta, le commando antiterroriste.

Mal à l'aise, Lem remit cette dernière image sur la commode et retourna au salon, où Cliff était toujours assis parmi les décombres tachés de sang. Il cherchait un indice révélateur pour eux, même s'il était resté insignifiant pour la police.

La NSA avait été informée tard de l'incident de Santa Barbara, et Lem n'avait été prévenu qu'à six heures dans la matinée, si bien que la presse avait déjà divulgué les horribles détails du meurtre de Ted Hockney. Les journalistes se lançaient avec enthousiasme dans toute une série de spéculations sur l'identité du coupable, mais pensaient surtout que Cornell possédait un animal sauvage, un guépard ou une panthère, qui avait attaqué le propriétaire confiant. Les caméras s'étaient attardées complaisamment sur les taches de sang et les livres déchirés, ce qui ne surprit guère Lem, car, finalement, la limite entre la presse d'information et la presse à scandale était plus floue que les journalistes ne voulaient bien l'admettre.

Il avait déjà mis en œuvre une campagne de désinformation qui confortait l'hystérie générale devant les chats sauvages en liberté. Des agents de la NSA viendraient témoigner qu'ils connaissaient Travis Cornell, et jureraient que celui-ci avait bien une jeune panthère à la maison en plus de son chien. D'autres affirmeraient, le regard désolé, qu'ils avaient conseillé à leur ami de faire enlever les griffes de l'animal puisqu'il avait atteint l'âge adulte. La police annoncerait qu'elle voulait interroger Cornell et la jeune femme non identifiée, pour rechercher activement la panthère.

Lem avait confiance, on écarterait les journalistes de toute piste qui pourrait les mettre sur la voie de la vérité.

Bien sûr, dans le comté d'Orange, Walt Gaines entendrait parler du meurtre ; il ne manquerait pas de poser quelques questions et de conclure que l'Autre avait retrouvé le chien mais, finalement, Lem était heureux de pouvoir compter sur la coopération de Walt.

— Tu as trouvé quelque chose ? dit Lem à Cliff.

— Ouais, j'ai tout mis sur la table de la salle à manger.

Lem suivit son assistant. Sur la table, il n'y avait en fait qu'un gros classeur à anneaux avec des photographies découpées dans des magazines, sur la page de gauche, et un mot écrit en lettres capitales sur la page de droite, ARBRE, MAISON, VOITURE...

— Qu'est-ce que vous en pensez ? demanda Cliff.

Feuilletant toujours le classeur, sentant son importance sans parvenir exactement à la déterminer, Lem se taisait.

— Une méthode de lecture, dit-il soudain.

— Exactement, dit Cliff en souriant.

— Tu crois que le chien aurait pu leur révéler son intelligence et qu'ils auraient décidé de lui apprendre à lire ?

— C'est ce qu'il semblerait. Mon Dieu, vous croyez vraiment qu'il peut apprendre à lire ?

— Sans aucun doute. D'ailleurs, la lecture était sur le programme de Weatherby pour cet automne.

— Pas possible ! dit Cliff en riant.

— Au lieu de te tordre de rire, tu ferais mieux de réfléchir. Le type sait que le chien est très intelligent. Il a peut-être réussi à lui apprendre à lire. Et tout laisse penser qu'il a trouvé un moyen de communiquer avec lui. Il sait sûrement que c'est un animal expérimental. Il doit se douter qu'on le recherche activement.

— Il est peut-être au courant pour l'Autre aussi, le chien a dû trouver un moyen de tout lui raconter.

— Oui. Bon, mais en sachant tout ça, il a quand même décidé de tenir sa langue. Il aurait pu vendre cette histoire au plus offrant. Ou bien, s'il a des aspirations militantes, il aurait pu s'adresser à la presse et faire sauter tout le Pentagone pour avoir accepté de financer ce genre de recherches.

— Mais il n'a rien fait de tout cela, dit Cliff en fronçant les sourcils.

— Ce qui signifie avant tout qu'il est attaché au chien, attaché à un point tel qu'il fera tout pour nous empêcher de le retrouver.

— Cela paraît logique si tout ce qu'on nous a raconté sur lui est vrai. Il a perdu toute sa famille quand il était jeune, sa femme est morte moins d'un an après le mariage. Il a perdu tous ses potes de Delta

310

Force. Il s'est replié sur lui-même, s'est coupé de tous ses amis... Et le chien est arrivé...

— Exactement, et pour un ancien des commandos, il ne sera pas trop dur de rester dans l'ombre. Si jamais on le retrouve, il saura comment se défendre. Mon Dieu !

— On n'est pas encore sûr qu'il ait appartenu à Delta, dit Cliff plein d'espoir.

— Si, j'ai pu vérifier, dit Lem, et il décrivit la photographie.

— Eh bien, on est dans la merde !

— Jusqu'au cou !

11

Ils arrivèrent à San Francisco à six heures le jeudi matin. A six heures trente, ils avaient trouvé un motel correct, moderne et propre. Les chiens n'étaient pas admis, mais il fut assez facile de faire entrer discrètement Einstein.

Bien qu'il ait déjà pu y avoir un mandat d'arrêt contre lui, Travis utilisa sa carte d'identité. En fait il n'avait pas le choix, car Nora n'avait ni carte de crédit ni permis de conduire. Par les temps qui couraient, les hôteliers acceptaient facilement l'argent liquide, mais pas sans papiers. Le réceptionniste demanda des informations sur les nouveaux venus par ordinateur.

Travis ne poussa pas le zèle jusqu'à donner le véritable numéro et la marque de sa voiture qu'il avait sciemment garée hors de vue du bureau.

Ils prirent une seule chambre, car, pour le moment, ils n'auraient guère besoin d'intimité. Epuisé, Travis se contenta d'embrasser vaguement Nora avant de s'endormir d'un sommeil profond. Il rêva de créatures difformes aux yeux jaunes, de gueules de crocodiles pleines de dents de requin.

Il se réveilla cinq heures plus tard, à midi dix.

Nora, réveillée avant lui, s'était déjà douchée et avait remis les vêtements qu'elle portait la veille. Ses cheveux mouillés retombaient élégamment sur sa nuque.

— L'eau est chaude, cela redonne de l'énergie.

— J'en ai suffisamment, dit-il en la serrant contre lui et en l'embrassant.

— Eh bien, tu ferais mieux de calmer tes élans, les murs ont des petites oreilles.

— Einstein ? Il a de grandes oreilles.

Dans la salle de bains, il trouva Einstein installé sur un petit meuble en train de boire dans le lavabo.

— Tu sais, d'habitude les chiens se contentent de boire l'eau des toilettes !

Einstein le regarda d'un air méprisant, descendit de son perchoir et sortit.

Travis n'avait pas de rasoir, mais il décida finalement qu'une barbe d'un jour conviendrait parfaitement aux démarches de la soirée dans le quartier de Tenderloin.

Ils quittèrent l'hôtel et déjeunèrent au premier McDonald's venu avant de se rendre dans une agence de la Banque de Santa Barbara. En utilisant sa Mastercard, sa carte bleue et sa carte de retrait, il retira mille quatre cents dollars. Ensuite, ils allèrent à un bureau de l'American Express où il prit cinq cents dollars en liquide et échangea quatre cent cinquante dollars de chèques de voyage. Avec ce qu'ils avaient déjà et le reste de leurs chèques de voyage, cela leur faisait huit mille cinq cents dollars.

Le reste de l'après-midi fut consacré aux courses. Ils achetèrent des valises et assez de vêtements pour les remplir, le tout en utilisant les cartes de crédit.

Travis acheta également un jeu de Scrabble.

— Tu n'es quand même pas d'humeur à jouer ? dit Nora.

— Non, je t'expliquerai plus tard, répondit-il d'un ton énigmatique, amusé de son étonnement.

Une demi-heure avant le coucher de soleil, leurs achats bien rangés dans le coffre de la Mercedes, Travis parcourut le cœur de San Francisco, jusqu'à Tenderloin, un quartier regorgeant de bars Topless, de cabarets où les filles ne portaient rien du tout, de parloirs où les hommes payaient à la minute pour parler sexe avec des jeunes filles nues, et où, en général, on faisait plus que parler.

Toute cette décadence fut une véritable révélation pour Nora qui commençait à se croire très expérimentée et très délurée. Elle resta bouche bée de stupéfaction devant les néons criards annonçant des peep-shows, des saunas homosexuels, des massages thaïlandais.

— Qu'est-ce qu'ils veulent dire par « rêvez au cœur de la chatte » ?

— Eh bien, cela signifie que pendant que les filles dansent nues, elles écartent les jambes pour se montrer plus intimement.

— C'est pas vrai.

— Si.

— J'ai du mal à y croire.

— Les filles dansent près des tables des clients. La loi interdit tout contact mais, parfois, on pourrait mettre une feuille de papier entre les lèvres de l'homme et les seins de la femme, mais pas deux.

A l'arrière, Einstein renifla d'un air dégoûté.

— Ouais, tu as raison, mon vieux.

Ils passèrent devant une boutique lépreuse, avec des lampes clignotantes rouges et jaunes et des néons bleus et violets qui annonçaient des peep-shows « Live ».

— Mon Dieu, il y en a d'autres avec des morts ? demanda Nora terrifiée.

Travis rit si fort qu'on aurait cru entendre une bande de gamins excités.

— Mais non ! Même ici, il y a des limites. Cela veut dire que ce n'est pas en film, mais sur scène. Je ne sais pas s'ils tiennent leurs promesses.

— Je n'ai pas envie de le savoir ! dit Nora, un peu sur le ton de la petite Dorothée qui quitte le Kansas et arrive aux abords du palais du magicien d'Oz. Mais qu'est-ce qu'on fiche ici ?

— C'est là que tout le monde va quand on cherche quelque chose qui ne se vend pas au supermarché, des jeunes garçons ou de la drogue par exemple. Ou alors des faux papiers.

— Ah, oui, je comprends. Tout ce quartier est contrôlé par la pègre, des gens comme les Corleone du *Parrain*.

— C'est sûr que la mafia possède la grande majorité de ces bouges. Mais je ne commets pas l'erreur de penser que les vrais truands ont l'esprit aussi noble que les Corleone.

Einstein accepta de bon cœur de rester dans la Mercedes.

— Tu sais quoi, Poilu, si on a de la chance, on arrivera peut-être à te transformer en caniche !

Nora fut surprise de découvrir qu'il faisait assez frais pour supporter les vestes de laine qu'ils avaient achetées dans l'après-midi.

— Même en été, les nuits sont froides ici. Il y aura bientôt du brouillard. Toute la chaleur de la journée qui remonte de l'océan.

Travis aurait porté sa veste même si l'air avait été plus doux, car il en avait besoin pour dissimuler son revolver.

— Tu crois que ça risque d'être utile ? demanda Nora en s'éloignant de la voiture.

— Je ne pense pas. C'est surtout pour les papiers.

— Hein ?

— Tu verras.

Nora se retourna vers la voiture. Einstein qui observait par la vitre arrière avait l'air seul. Elle se sentait mal à l'aise de devoir le quitter, mais, même si ces établissements acceptaient les chiens, ils auraient eu un effet déplorable sur la moralité d'Einstein.

Travis ne semblait s'intéresser qu'aux bars qui possédaient une enseigne en anglais et en espagnol ou seulement en espagnol. Certains endroits, très délabrés, laissaient voir les murs pelés et les peintures craquelées, tandis qu'ailleurs on avait caché la misère derrière des miroirs et des éclairages criards. De temps en temps, on croisait un bar propre et luxueusement décoré. A chaque fois, Travis parlait en espagnol avec le patron ou avec les musiciens. De temps en temps, il glissait des billets de vingt dollars pliés. Nora ne comprenait pas ce qu'il disait ni pourquoi il payait tous ces gens.

En chemin, il lui expliqua que la plupart des immigrés clandestins venaient du Mexique, du Salvador et du Nicaragua, des désespérés qui tentaient de fuir la misère ou la répression politique, si bien que c'étaient les gens de langue espagnole qui s'occupaient de presque tous les trafics de faux papiers.

— Alors, le meilleur moyen d'en trouver, c'est de se renseigner auprès de la communauté hispanique.

— Tu es sur une piste ?

— Pas encore. Des indices seulement. Et puis, dans tous les renseignements que j'ai payés, il y en a sûrement quatre-vingt-dix pour cent qui ne valent rien. Mais ne t'inquiète pas, nous trouverons. C'est pour ça que les affaires ne déclinent jamais à Tenderloin. On trouve toujours ce qu'on veut.

Dans les rues, dans les bars, on croisait des gens de toute nationalité. Asiatiques, Hispaniques, Blancs, Noirs se côtoyaient dans une brume alcoolisée, comme si la poursuite du péché abolissait la discrimination raciale. Des types, à l'allure de voyous, se promenaient en jeans et blousons de cuir ; mais il y avait aussi des hommes d'affaires en costume trois pièces, des étudiants bien proprets, des hommes habillés en cow-boys et une floppée de surfers qui semblaient tout droit sortis d'un vieux film d'Annette Funicello. Les hommes assis sur le trottoir ou sous les porches, les vieux alcooliques en haillons crasseux, et même certains des hommes d'affaires avaient un regard qui vous donnait envie de fuir, mais la plupart des gens auraient semblé normaux dans un quartier plus paisible.

Il y avait peu de femmes dans les bars, non, en

fait il y en avait, mais elles semblaient encore plus aguicheuses que les danseuses nues, et rares étaient celles qui n'étaient pas à vendre.

Au Hot Tips, un bar topless, la musique hurlait à tue-tête. Six filles aux corps exquis, simplement vêtues de strings à paillettes, dansaient près des tables, agitant leurs seins devant les visages en sueur des clients, qui les regardaient, fascinés, ou criaient en tapant des mains. Les autres filles, tout aussi jolies, faisaient le service, les seins nus.

Pendant que Travis discutait avec le serveur, Nora remarqua certains regards appréciateurs posés sur elle. Elle en eut la chair de poule. Elle s'accrochait au bras de Travis, et même une tenaille n'aurait pas suffi à l'en arracher.

Le bar empestait la bière, le whisky, les odeurs de transpiration, les parfums bon marché et la cigarette. On se serait cru dans un bain de vapeur malsaine.

Non, Nora ne serait pas malade ! Elle ne se ridiculiserait pas à ce point !

Quelques minutes plus tard, Travis glissa deux billets de vingt dollars au serveur et on les conduisit à l'arrière-salle où un type, aussi impressionnant qu'Arnold Schwarzenegger, gardait une porte protégée par un lourd rideau de perles. Il portait un pantalon de cuir noir et un T-shirt. Les bras gros comme des troncs d'arbres, le visage taillé dans la pierre, il avait des yeux gris d'une transparence de glace. Travis lui dit quelques mots et lui donna deux billets de vingt dollars.

La musique passa du vacarme au simple murmure. Une voix de femme parla dans un micro.

— Eh bien, les gars, si vous avez aimé le spectacle, vous pouvez commencer à remplir les chattes...

Nora fut choquée par tant de vulgarité, mais en se retournant elle comprit ce que cela signifiait : les clients devaient glisser des billets dans les bikinis des danseuses.

Le gorille en pantalon de cuir les introduisit dans une pièce de trois mètres sur six où d'autres filles en talons hauts et bikini à paillettes s'apprêtaient à relayer les autres danseuses. Elles vérifiaient leur maquillage, appliquaient une dernière touche de rouge à lèvres ou bavardaient. Elles étaient aussi jolies que les précédentes. Certaines avaient des visages durs, jolis, mais durs, tandis que les autres paraissaient aussi fraîches que des maîtresses d'école. C'étaient sans doute à des filles comme elles que les hommes pensaient en parlant de « nanas bien roulées ».

Le gorille les conduisit de l'autre côté du vestiaire. En chemin, une des filles, une superbe blonde, posa la main sur l'épaule de Nora et fit quelques pas avec elle.

— Tu es nouvelle, la môme ?

— Moi ? Non, non, je ne travaille pas ici.

— T'as pourtant tout ce qu'il faut, lui dit la blonde qui était si bien équipée que Nora avait l'impression d'avoir un corps de petit garçon.

— Oh, non, fut tout ce que Nora put répondre.

— Et toi, comment tu me trouves ?

— Oh, vous êtes très jolie.

— Allez, laisse tomber, la dame n'est pas de ce bord-là.

— Si elle essayait, peut-être qu'elle y prendrait goût.

Ils traversèrent un couloir mal éclairé avant que Nora comprenne ce qui venait de se passer. Une fille lui avait fait des avances !

Nora ne savait pas s'il fallait en rire ou en pleurer. Les deux sans doute.

Le gorille les quitta dans un bureau, à l'arrière du bâtiment.

— M. Van Dyne va arriver dans un instant.

La pièce aux murs gris était meublée de chaises de métal, d'armoires de rangement et d'un bureau gris. Aucune photo, aucun calendrier sur les murs nus. Pas de crayons ni de carnets de notes. L'endroit avait l'air de rarement servir.

La musique, encore perceptible, n'était plus assourdissante.

— D'où viennent-elles ?

— Qui ?

— Toutes ces jolies filles aux longues jambes qui acceptent de... faire ça. D'où viennent-elles ?

— Oh, il y a un élevage dans la région.

Nora le regarda, stupéfaite.

— Non, excuse-moi, dit Travis en riant. J'oublie toujours à quel point vous êtes innocente, madame Cornell.

Il l'embrassa sur la joue. La barbe piquait un peu, mais ce n'était pas désagréable. Bien qu'il portât toujours les vêtements de la veille, il semblait aussi propre qu'un bébé sortant du bain à côté de la foule qu'ils avaient côtoyée pour parvenir à ce bureau.

— Je devrais toujours te dire la vérité, puisque tu ne sais jamais quand je plaisante.

— Alors, il n'y a pas d'élevage !

— Non. Ce sont des filles de tous les milieux. Des filles qui espèrent entrer dans le show-business, qui veulent aller faire du cinéma à Hollywood mais n'y arrivent pas, alors, elles se réfugient ici ou à Las Vegas. La plupart sont des filles bien. Elles voient ça comme une solution temporaire, un moyen de gagner de l'argent rapidement, de se faire un petit pécule avant de retenter leur chance au cinéma. D'autres sont ici pour se révolter contre leur famille, leur mari, le monde entier. Et d'autres sont des prostituées.

— Et elles rencontrent leurs clients ici ?

— Peut-être, mais ce n'est pas sûr. Elles sont danseuses pour avoir une source de revenus plausible le jour où le service des impôts vient frapper à la porte. Elles déclarent leur salaire, ce qui leur permet de cacher plus facilement leurs autres ressources.

— C'est triste.

— Oui, parfois. Le plus souvent, c'est déprimant.

— Tu crois que ce Van Dyne nous fournira des faux papiers ?

— Il me semble.

— Dis donc, tu sais comment te débrouiller, dit-elle en le regardant solennellement.

— Cela t'ennuie... que je connaisse des endroits comme ça ?

— Euh... Non. En fait, si une femme se marie, je suppose qu'elle s'attend que son mari sache se tirer de toutes les situations. Non, cela me donne confiance.

— En moi ?

— En toi. Oui, je crois qu'on va s'en sortir et qu'on réussira à sauver Einstein.

— C'est bien d'avoir confiance, mais l'une des premières choses que Delta m'a apprise, c'est qu'avoir trop confiance, cela peut t'envoyer à la mort.

La porte s'ouvrit et le gorille revint avec un homme au visage rond, en complet gris, chemise bleue et cravate noire.

— Van Dyne, dit immédiatement le nouveau venu, mais il ne leur serra pas la main.

Les cheveux blonds clairsemés, il avait un visage poupin. On aurait dit un présentateur de publicité à la télévision : efficace, intelligent, aussi bien élevé que soigné.

— Je tenais à vous parler, parce que j'ai envie de savoir qui répand ces bruits sur mon compte.

— Nous avons besoin de papiers, dit Travis, passeports, permis de conduire, tout le tra la la. Et de premier ordre, avec des antécédents solides. Pas de la cochonnerie.

— C'est justement ce qui m'inquiète. Qu'est-ce qui vous fait croire que je suis mouillé dans ce genre d'histoires ? J'ai bien peur que vous n'ayez été mal informés.

— Nous avons besoin de papiers, répéta Travis.

Van Dyne étudia Travis puis Nora.

— Montrez-moi votre portefeuille. Et votre sac, madame.

— C'est bon, dit Travis à Nora en posant son portefeuille sur la table.

A contrecœur, elle posa son sac.

— S'il vous plaît, levez-vous que César puisse vous fouiller.

Travis obéit et fit signe à Nora de se lever aussi.

César, l'homme au visage de pierre, fouilla Travis si consciencieusement que c'en était embarrassant, trouva le Magnum et la fouille fut encore plus exhaustive sur Nora. Il déboutonna son chemisier, chercha hardiment dans son soutien-gorge si elle n'avait pas caché un micro et un matériel d'enregistrement miniatures. Nora rougissait. Elle n'aurait jamais autorisé ces familiarités si Travis ne lui avait pas expliqué ce que César cherchait. D'ailleurs, il gardait son visage de pierre, comme si elle n'était qu'une machine sans le moindre attrait érotique.

Après avoir terminé, César s'assit, tandis que Van Dyne parcourait le portefeuille. Nora avait peur qu'il leur vole leur argent sans rien leur donner en échange, mais il ne s'intéressa qu'aux papiers et au couteau de boucher dont Nora ne s'était pas séparé.

— Bon, d'accord. Si vous étiez flic, vous n'auriez pas le droit d'avoir un Magnum, et chargé en plus, dit-il en ouvrant le cylindre. Et aucune femme policier ne se promène avec un couteau de boucher.

Soudain, Nora comprit ce que Travis insinuait lorsqu'il avait dit que le revolver leur serait utile pour avoir les papiers.

Van Dyne et Travis discutèrent un moment et se mirent d'accord sur six mille cinq cents dollars pour deux jeux de papiers d'identité, avec antécédents complets.

On leur rendit leurs biens, y compris le couteau et le revolver.

Du bureau, ils suivirent Van Dyne dans un couloir étroit où il congédia César puis vers un escalier de béton qui menait au sous-sol du Hot Tips.

Nora ne savait pas très bien ce qu'elle s'attendait à voir, peut-être des hommes qui ressemblaient tous à Edward G. Robinson, penchés sur d'antiques presses de faux papiers et de fausse monnaie. Elle fut fort surprise par la réalité.

L'escalier aboutissait dans une remise aux murs de pierre de douze mètres sur quinze. Il y avait des bouteilles jusqu'à hauteur d'épaules. Ils avancèrent dans un étroit passage formé par des cartons de whisky, de bière et de serviettes en papier jusqu'à une porte pare-feu du mur du fond. Van Dyne appuya sur un bouton, et on entendit le ronronnement de la caméra de surveillance qui pivotait vers eux.

La porte s'ouvrit de l'intérieur, et ils pénétrèrent dans une petite pièce aux lumières tamisées où deux jeunes barbus travaillaient devant deux des sept ordinateurs. Le premier portait des chaussures de marche souples, un pantalon de safari, une ceinture filet, et une chemise de safari. L'autre, en jeans et sweat-shirt, lui ressemblait comme un frère jumeau. Tous deux rappelaient Steven Spielberg en plus jeunes. Ils étaient si concentrés sur leur travail qu'ils ne levèrent pas même les yeux sur Travis et Nora, pourtant, ils semblaient s'amuser et se parlaient ou s'adressaient à leurs machines en termes techniques qui ne voulaient rien dire pour Nora.

Une jeune femme d'une vingtaine d'années, aux cheveux blonds, avec des yeux étrangement beaux, couleur de cuivre, travaillait elle aussi devant une machine. Tandis que Van Dyne parlait avec les deux hommes, elle conduisit Nora et Travis devant un écran blanc et les photographia.

Elle disparut dans le laboratoire pour procéder au développement. Nora et Travis rejoignirent les deux hommes qui travaillaient toujours dans la bonne humeur. Nora les regarda compiler les fichiers top-secret de l'administration de la Sécurité sociale, et des agences de police fédérale.

— Quand j'ai dit à M. Van Dyne que je voulais des papiers avec antécédents complets, je voulais qu'ils puissent tenir devant une vérification exhaustive si jamais nous nous faisions arrêter par un policier trop zélé. Nous aurons des permis de conduire qui ressembleront comme deux gouttes d'eau aux vrais. Ils sont en train d'inscrire nos noms dans les banques de données de la police, et en fait introduisent une trace des permis dans les fichiers de l'Etat.

— Les adresses sont bidon, bien sûr, précisa Van Dyne, mais quand vous vous serez installés quelque part sous votre nouvelle identité, vous irez faire votre changement d'adresse, comme l'exige la loi, et tout sera parfaitement légal. Nous les ferons expirer dans un an environ. Comme cela vous n'aurez plus qu'à passer les contrôles de routine et on vous en donnera un beau tout neuf, parce que vos noms seront dans les dossiers.

— On s'appellera comment ?

— Vous voyez, dit Van Dyne, s'exprimant avec l'assurance tranquille et la patience d'un agent de change qui explique les lois du marché à un nouvel investisseur, il faut commencer par le certificat de naissance. Nous gardons en mémoire les traces de tous les enfants morts dans l'ouest des Etats-Unis pour les cinquante dernières années au moins. Nous avons déjà fouillé ces listes pour vos années de naissance afin d'essayer de trouver des enfants avec la même couleur de cheveux et d'yeux que vous et le même prénom, si possible, pour vous, c'est plus facile que de changer les deux. Nous avons trouvé une petite fille, Nora Jean Aimes, née le 12 octobre, la même année que vous, et morte à l'âge de un mois, ici, à San Francisco. Nous avons une imprimante à laser avec un choix pratiquement illimité de caractères, qui nous permet de reproduire des fac-similés du genre des certificats de naissance qu'on établissait à l'époque. Nous en ferons deux photocopies que nous vous donnerons. Ensuite, on regardera dans les fichiers de la Sécurité sociale, pour vous attribuer le numéro de sécurité sociale approprié que Nora Jean n'a jamais reçu et nous vous fabriquerons un passé de versements de cotisations. Vous avez déjà de quoi obtenir une retraite quand vous cesserez de travailler, dit-il en souriant. En fait le service des Impôts a déjà un dossier disant que vous avez été employée comme serveuse dans une dizaine de villes et que vous avez toujours acquitté vos impôts régulièrement.

— Avec un certificat de naissance en règle et un numéro de Sécurité sociale, on peut vous établir un permis de conduire qui tienne la route, dit Travis. Si quelqu'un fait des recherches...

Van Dyne hocha la tête.

— A cette époque, les certificats de naissance et de décès n'étaient que du papier, et comme le gouvernement préfère jeter l'argent par les fenêtres plutôt que de le dépenser intelligemment, on ne s'est jamais soucié de transférer ces informations sur ordinateur. Si quelqu'un se met à avoir des soupçons, il ne peut pas se contenter de compulser un fichier informatique pour avoir des renseignements en deux minutes. Il faut qu'il se déplace à la mairie, qu'il fouille dans l'état civil pour trouver le certificat de décès de Nora Jean. Mais cela n'arrivera pas, parce qu'une partie de notre travail consiste à faire détruire ce document maintenant que vous avez acheté son identité.

— Ils nous créent un passé pour nos nouvelles identités, expliqua Travis. Dès que nous nous installerons quelque part, notre boîte aux lettres regorgera de publicité pour les cartes de crédit, Visa, American Express...

— Nora Jean Aimes, murmura Nora, essayant de comprendre comment on pouvait construire une nouvelle vie aussi vite.

Comme il n'y avait pas d'enfant dans l'année de Travis qui portât le même prénom, on lui donna l'identité de Samuel Spencer Hyatt, qui était né en janvier et mort au mois de mars à Portland, dans l'Oregon.

Pour le plaisir, dirent les jeunes barbus, ils lui créèrent un passé militaire et lui firent passer six ans dans la marine, lui attribuant quelques citations pour héroïsme durant une mission pacifique qui avait tourné à la violence au Moyen-Orient. A leur grande joie, Travis leur demanda s'ils pouvaient également lui établir une licence d'agent immobilier à son nouveau nom et, en moins d'une demi-heure, ils réussirent à s'introduire dans les bons fichiers, et le tour était joué.

— Bonjour le gâteau, s'exclama l'un d'eux joyeusement.

— Bonjour le gâteau, répondit l'autre.

Nora fronça les sourcils, cherchant à comprendre.

— Facile comme bonjour, dit l'un.

— C'est du gâteau, dit l'autre.

La blonde aux yeux cuivrés revint avec les permis de conduire portant les photos de Nora et Travis.

— Vous êtes photogéniques, leur dit-elle.

Deux heures et demie après leur entrée au Hot Tips, ils quittèrent le bar avec deux enveloppes en papier craft contenant toute une série de documents à leurs nouveaux noms. Sur le chemin du retour, Nora dont la tête tournait un peu dut se soutenir sur le bras de Travis.

Le brouillard était tombé sur la ville et adoucissait les néons criards et les lampes scintillantes. Transfiguré, Tenderloin semblait baigner dans une aurore boréale aux étranges lumières multicolores. Plongées dans une brume mystérieuse, les rues crasseuses prenaient une certaine allure, mais pour cela, il fallait oublier ce qu'on avait vu en plein jour.

Dans la Mercedes, Einstein attendait patiemment.

— Ah, finalement, le coup du caniche, ça n'a pas marché, dit Nora en attachant sa ceinture de sécurité. Mais pour nous, tout va bien, je te présente Sam Hyatt et Nora Aimes.

Le retriever posa la tête sur le dossier du siège avant et renifla, comme pour leur signifier qu'on ne la lui faisait pas et qu'il savait très bien qui ils étaient.

— Dans ton commando antiterroriste... c'est là que tu as connu des endroits comme le Hot Tips ? C'est les gens comme Van Dyne qui fournissent des faux papiers aux terroristes ?

— Ça arrive mais, en général, ce sont les Soviétiques qui leur fabriquent les papiers. Les Van Dyne s'occupent des immigrés ordinaires, enfin pas des pauvres, et des criminels qui cherchent à échapper à un mandat d'arrêt.

— Mais si toi tu as trouvé Van Dyne, ceux qui nous cherchent pourront suivre notre piste ?

— Peut-être. Il leur faudra un moment quand même, mais c'est possible.

— Alors, ils découvriront notre nouvelle identité.

— Non, dit Travis en allumant le dégivreur arrière et les essuie-glaces pour dissiper la buée. Van Dyne ne garde aucune trace. Il ne veut pas fournir des preuves à la police. Si jamais il y a une vérification, on ne trouvera rien d'autre dans ses fichiers informatiques que la gestion de stocks et la comptabilité du Hot Tips.

Sur le chemin du Golden Gate Bridge, Nora observait les gens dans la rue et dans les voitures, se demandant combien vivaient sous de fausses identités.

— En moins de trois heures, on nous a totalement refabriqués.

— Oui, nous vivons dans un drôle de monde. En fait, c'est ça, la conséquence de la technologie. Une plus grande souplesse. Le monde est fluide, malléable. La plupart des transactions financières ne sont plus que des opérations électroniques qui passent de New York à Los Angeles ou à l'autre bout du monde. L'argent traverse les frontières en une fraction de seconde, ce n'est plus la peine de le passer en fraude à la douane. Toutes les données sont conservées sous forme d'impulsions électroniques que seuls les ordinateurs peuvent décrypter. Tout est fluide, l'identité, le passé, tout.

— Et même la structure génétique d'une race.

Einstein signala son accord d'un aboiement.

— Ça fait un peu peur, non ?

— Un peu, répondit Travis tandis qu'ils s'approchaient de l'entrée sud du Golden Gate, presque invisible sous le manteau de brume. Mais en fait, la fluidité en soi est plutôt une bonne chose. La souplesse sociale et financière garantit la liberté. Je crois — enfin j'espère — que l'on va vers un âge où le rôle des gouvernements s'estompera. Il ne sera plus possible de contrôler la population aussi facilement que par le passé. Les gouvernements totalitaires seront voués à l'échec.

— Ah bon ?

— Oui, comment une dictature pourrait-elle contrôler les citoyens dans un monde de haute technologie, par définition très fluide ? Le seul moyen, c'est de rester hermétique au progrès, de boucler les frontières et de vivre dans un monde archaïque. Mais c'est un suicide car, dans ce cas, les sociétés perdraient toute compétitivité. En quelques dizaines d'années, ce seraient des sociétés primitives selon les nouveaux critères d'un monde de haute technologie. Pour le moment, les Soviétiques essaient de limiter l'emploi de l'informatique à l'industrie militaire, mais cela ne durera pas. Il faudra qu'ils informatisent l'économie entière, et qu'ils apprennent aux gens à se servir d'ordinateurs... Et ensuite, comment pourront-ils encore bloquer tous les verrous si la population a les moyens de déjouer les systèmes de vérifications ?

Il n'y avait plus de péage à l'entrée sud. Ils s'engagèrent donc sur la voie où la vitesse était très limitée, en raison du mauvais temps.

— Tu as l'air de croire que, dans une dizaine d'années, ce sera le paradis sur terre, dit Nora en regardant le squelette fantomatique de la structure brillante qui se perdait dans la brume.

— Non, pas le paradis. Le monde sera plus riche, plus sûr, plus heureux, mais ce ne sera pas le paradis. Le cœur humain aura toujours les mêmes problèmes, et l'on n'éliminera pas toutes les potentialités maléfiques de la race humaine. Ce nouveau monde pourra nous apporter de nouveaux dangers.

— Comme la créature qui a tué Hockney.

— Par exemple.

A l'arrière, Einstein grogna.

12

Ce jeudi après-midi, 26 août, Vince Nasco alla trouver Johnny le Câble à San Clemente pour prendre le rapport de la semaine précédente. La veille, il avait entendu parler du meurtre de Santa Barbara ; l'état du corps, les yeux arrachés en particulier, en faisait à coup sûr une victime de l'Autre. Johnny lui confirma que la NSA avait repris l'enquête en main, ce qui ne fit que renforcer les convictions de Vince.

Le soir, devant un plat d'enchiladas dans un restaurant mexicain, il lut un article sur Hockney et sur l'homme qui avait loué la maison où s'était produit le meurtre, Travis Cornell. L'article disait que Cornell, ancien agent immobilier, qui avait également appartenu au commando Delta, élevait une panthère chez lui. L'animal avait provoqué la mort de Hockney. Vince savait que ce n'était qu'une couverture. La police voulait entendre le témoignage de Cornell ainsi que celui d'une femme non identifiée, pourtant, aucune inculpation n'était retenue contre eux.

L'article parlait également en une ligne du chien de Cornell : Cornell et la jeune femme pourraient voyager avec un golden retriever.

Si je trouve Cornell, je trouverai le chien !

C'était le premier indice mais, plus que jamais, il était sûr que le chien faisait partie de son destin.

Pour fêter l'événement, il commanda un autre plat d'enchiladas et une bière.

13

Travis, Nora et Einstein passèrent la nuit du jeudi dans un motel au nord de San Francisco. Ils achetèrent un pack de bières, un poulet tout cuit, des biscuits et dînèrent dans la chambre.

Einstein apprécia beaucoup le poulet et sembla fort s'intéresser à la bière.

Travis lui versa une demi-bouteille dans l'écuelle qu'ils lui avaient achetée plus tôt dans la journée.

— Mais pas plus, même si tu aimes bien ça. Je veux que tu gardes les idées claires, j'ai des questions à te poser.

Après le dîner, ils s'installèrent tous trois sur le lit, et Travis déballa le jeu de Scrabble. Il déplia le carton et le posa à l'envers sur le lit, et Nora l'aida à trier les lettres en vingt-six petites piles.

— Bon, j'ai besoin de réponses plus détaillées que

celles que tu nous fournis avec les questions habituelles. J'ai l'impression que ça peut marcher.

— Astucieux, dit Nora.

— Je te pose une question, et tu m'indiqueras les lettres nécessaires pour la réponse, une par une, mot par mot. Tu as compris ?

Einstein, qui ne semblait pas troublé le moins du monde par sa demi-bouteille de San Miguel, leva les sourcils et grimaça.

— Bien. Connais-tu le nom du laboratoire dont tu t'es échappé ?

Einstein montra la pile de B de son nez.

Nora prit la lettre et la posa sur le carton.

En moins d'une minute, le chien avait épelé BANO-DYNE.

— Banodyne ? dit Travis. Jamais entendu parler. C'est le nom complet ?

Einstein hésita, choisit d'autres lettres et forma : BANODYNE LABORATORIES INC.

Travis nota la réponse sur un carnet de notes.

— Où est-ce situé ?

IRVINE.

— Ça paraît logique. Je t'ai trouvé dans les bois au nord d'Irvine. Le jeudi 18 mai, en fait. Quand t'es-tu sauvé ?

Einstein regarda les lettres, gémit, et n'en choisit aucune.

— Dans toutes tes lectures, tu as bien appris ce qu'étaient des mois, des semaines, des jours et des heures. Tu devrais avoir le sens du temps, maintenant ?

— Maintenant sans doute, mais pas à l'époque, c'est pour ça qu'il n'arrive pas à s'en souvenir.

Einstein se mit immédiatement à former :

C'EST ÇA.

— Tu connais le nom des chercheurs de Banodyne ?

DAVIS WEATHERBY.

— D'autres ?

Hésitant fréquemment sur les diverses orthographes possibles, Einstein produisit finalement LAW-TON HANES, AL HUDTUN et quelques autres.

— C'est eux qui te chercheront ?

OUI. ET JOHNSON.

— Johnson ? C'est un des chercheurs ? demanda Nora.

NON. Le retriever réfléchit un moment et poursuivit : SÉCURITÉ.

— C'est le responsable de la sécurité à Banodyne ?

NON. PLUS HAUT.

— Sans doute un agent fédéral quelconque, dit Travis à Nora.

— Tu connais le prénom de ce monsieur ? demanda Nora.

Einstein regarda les lettres en poussant un gémissement désespéré, et Travis allait lui dire que peu importait quand il essaya malgré tout de choisir. LEMOOOL.

— Non, ça n'existe pas, dit Nora.

Einstein recommença. LAMYOUL. LIMUUL.

— Mais non, tu te trompes.

Travis comprit soudain qu'Einstein essayait de reconstituer le nom phonétiquement et choisit lui-même six lettres. LEMUEL.

— Lemuel Johnson, s'exclama Nora.

Einstein se pencha vers elle et lui lécha le cou, tout heureux d'avoir trouvé le nom grâce à eux.

Ensuite, il se concentra de nouveau et écrivit : SOMBRE LEMUEL.

— Sombre... ? Tu veux dire qu'il est méchant ?

Einstein ronfla comme s'il les trouvait parfois un peu obtus.

NON. SOMBRE.

— Noir ! s'exclama soudain Travis après avoir réfléchi un moment. Lemuel Johnson est noir !

Einstein secoua la tête, remua la queue et indiqua dix-neuf lettres, la plus grande phrase qu'il ait jamais produite.

Y A DE L'ESPOIR POUR VOUS.

Nora éclata de rire.

— Ah, monsieur fait son malin ! dit Travis.

Pourtant, il vibrait d'une allégresse qu'il aurait été incapable de décrire avec des mots. Depuis plusieurs semaines, ils communiquaient avec le retriever, mais les lettres de Scrabble apportaient une nouvelle dimension à leur conversation. Plus que jamais, Einstein prenait la place d'un véritable enfant. Mais Travis avait aussi l'impression de briser les barrières de l'expérience humaine, de transcender l'humanité. Bien sûr, Einstein n'était pas un chien comme les autres et son intelligence semblait plus humaine que canine, mais il restait un chien, avant tout, un chien, et ses raisonnements étaient différents de ceux d'un homme, si bien qu'il y avait un profond sens du mystère et du merveilleux dans ce dialogue inter-espèces. Regardant encore les mots formés par le retriever, Travis sentit qu'ils pouvaient avoir une signification plus large, que le message s'adressait à l'humanité entière.

Pendant une demi-heure, ils continuèrent à interroger le chien et Travis notait toutes ses réponses. Bien sûr, ils durent aborder le problème de la créature aux yeux jaunes.

— Qu'est-ce que c'est ? demanda Nora.

L'AUTRE.

— L'autre ? qu'est-ce que tu veux dire ? dit Travis.

C'EST SON NOM.

— On l'appelle comme ça ? Au laboratoire ? Pourquoi ?

IL NE RESSEMBLE À RIEN.

— Je ne comprends pas, dit Nora.

DEUX SUCCÈS. MOI ET LUI. MOI CHIEN. LUI RIEN. L'AUTRE.

— Il est intelligent, lui aussi ?

OUI.

— Aussi intelligent que toi ?

PEUT-ÊTRE.

— Mon Dieu ! s'exclama Travis, bouleversé.

Einstein émit un gémissement malheureux et se blottit la tête sur les genoux de Nora, cherchant à se faire rassurer par des caresses.

— Pourquoi ont-ils créé une bête pareille ?

TUER POUR EUX.

Un frisson secoua Travis et l'ébranla jusqu'au plus profond de lui-même.

— Qui veulent-ils tuer ?

ENNEMI.

— Quel ennemi ?

PENDANT LA GUERRE.

En entendant cette révélation, Travis fut au bord de la nausée. Appuyé sur le bois de lit, il s'entendait encore dire à Nora que, malgré la richesse et la liberté, le monde futur ne serait jamais le paradis à cause des potentialités maléfiques de la race humaine...

— Alors, tu dis que l'Autre est le prototype d'un soldat créé génétiquement. Une sorte de... chien policier très intelligent destiné aux champs de bataille ?

LUI FAIT POUR TUER. VEUT TUER.

— Mais c'est horrible, s'écria Nora terrifiée par ces derniers mots. Comment contrôler une créature pareille ? Comment s'assurer qu'elle ne se retournera pas contre ses maîtres ?

— Pourquoi l'Autre te poursuit-il ?

ME HAIT.

— Pourquoi ?

SAIS PAS.

— Est-ce qu'il continuera à te chercher ?

OUI. TOUJOURS.

— Mais comment fait-il pour qu'on ne l'attrape pas ?

VOYAGE LA NUIT.

— Quand même !

COMME LES RATS. INVISIBLE.

— Comment arrive-t-il à te retrouver ? demanda Nora, intriguée.

ME SENT.

— Te sent ? que veux-tu dire ?

Le retriever réfléchit longuement, commença quelques mots qu'il n'acheva pas avant de former :

SAIS PAS.

— Et toi ? Tu le sens ? demanda Travis.

PARFOIS.

— En ce moment ? Tu le sens ?

OUI. TRÈS LOIN.

— Très loin, répéta Travis. Des centaines de kilomètres. Est-ce qu'il peut toujours te sentir d'aussi loin ?

OUI. PLUS LOIN MÊME.

— Il te suit en ce moment ?

IL VIENT.

— Quand te trouvera-t-il ? demanda Travis en frissonnant de plus belle.

SAIS PAS.

Le chien tremblait.

— Bientôt ?

NON. PAS BIENTÔT.

Travis remarqua la pâleur de Nora et lui posa la main sur le genou.

— Nous ne passerons pas le reste de notre vie à nous sauver. Nous trouverons un endroit pour nous installer et nous nous préparerons à l'attaque. L'Autre aura affaire à nous quand il nous trouvera.

Toujours tremblant, Einstein indiqua d'autres lettres de sa truffe.

JE DEVRAIS PARTIR.

— Qu'est-ce que tu veux dire ?

VOUS METS EN DANGER.

— Ne pense jamais plus à une chose pareille, s'écria Nora en lui passant les bras autour du cou. Tu fais partie de la famille. Nous sommes tous dans le même pétrin, et nous resterons ensemble, comme toutes les vraies familles.

Elle approcha son visage de celui du chien et le regarda droit dans les yeux.

— Si un jour je me réveille et que je m'aperçois que tu n'es plus là, j'en aurai le cœur brisé. Tu me comprends, Poilu ? dit-elle, les larmes aux yeux. J'aurai le cœur brisé.

Le chien s'écarta d'elle pour choisir d'autres lettres.

J'EN MOURRAI.

— Tu mourrais si tu nous quittais ? demanda Travis.

Le chien désigna d'autres lettres, attendit qu'ils forment le mot et les regarda solennellement pour s'assurer qu'ils avaient bien compris.

JE MOURRAI DE SOLITUDE.

DEUXIÈME PARTIE

LES ANGES GARDIENS

Nul n'a d'amour plus grand que celui qui se dessaisit de sa vie pour ceux qu'il aime.

Evangile selon saint Jean, 15. 13

Chapitre huit

1

Le jour où Nora se rendit chez le Dr Weingold, Travis et Einstein allèrent se promener dans les collines herbeuses et les bois, derrière la maison qu'ils venaient d'acheter à Big Sur, l'un des plus beaux sites de la côte californienne.

Sur les coteaux dénudés, le soleil d'automne réchauffait la pierre et projetait les ombres des rares nuages. Dans l'air doux, ni chaud ni froid, Travis se sentait bien.

Il portait un Mossberg à canon court et à barillet, douze coups. Il l'emmenait toujours en promenade. Si jamais on lui posait des questions, il dirait qu'il chassait les serpents à sonnettes.

Là où les arbres s'épaississaient, le matin ensoleillé rappelait plutôt la fin de journée, et Travis se réjouissait d'avoir mis une chemise de flanelle à manches longues. Des pins massifs, quelques bosquets et les séquoias géants plongeaient le sous-bois dans un crépuscule perpétuel. Par endroits, la végétation dense de fougères et de chênes verts profitait de l'humidité des brouillards fréquents et du bord de mer.

Einstein ne cessait de repérer des traces de cougars et insistait pour montrer à Travis la piste des félins. Par chance, il comprenait les dangers que représentait la chasse aux lions de montagne et réprimait son désir de les poursuivre.

En fait, le chien se contentait d'observer la faune

locale. De temps à autre un cerf timide bondissait sur un sentier. Les ratons laveurs l'amusaient beaucoup et, bien que certains se montrent peu sauvages, Einstein savait qu'ils pouvaient devenir méchants si on les effrayait, si bien qu'il gardait une distance respectable.

Lors de précédentes promenades, le retriever avait été fort déçu de voir qu'il terrifiait les écureuils. Ils se figeaient sur place, tremblants de peur, le cœur battant visiblement dans leurs petites poitrines.

POURQUOI LES ÉCUREUILS ONT PEUR ? avait-il demandé un soir à Travis.

— L'instinct. Tu es un chien, et ils savent que les chiens les attaquent.

PAS MOI.

— Non, pas toi effectivement, je sais que tu ne leur ferais pas de mal, mais les écureuils ne savent pas que tu n'es pas comme les autres. Pour eux, tu ressembles à un chien, tu as l'odeur d'un chien, alors ils ont peur de toi comme de tous les chiens.

J'AIME BIEN LES ÉCUREUILS.

— Je sais, mais eux ne sont pas assez intelligents pour s'en apercevoir, dit Travis en caressant la fourrure du chien.

Depuis, Einstein se tenait à l'écart des écureuils et dans la mesure du possible essayait de ne pas les effrayer. Souvent, il tournait la tête de l'autre côté comme s'il ne les avait pas vus.

Ce jeudi-là, ni l'un ni l'autre ne s'intéressaient aux cerfs, écureuils, oiseaux et autres ratons laveurs. Ils n'étaient là que pour passer le temps et ne pas penser à Nora.

Travis ne cessait de regarder sa montre, et il choisit un chemin circulaire qui les ramènerait vers la maison à une heure de l'après-midi, au moment où Nora devait rentrer.

C'était le 21 octobre, huit semaines après l'achat de leur nouvelle identité à San Francisco. Après avoir longtemps réfléchi, ils avaient décidé d'aller vers le sud, réduisant sensiblement la distance qui les séparait de l'Autre. Ils ne pourraient pas vivre librement tant que la bête ne les aurait pas trouvés, tant qu'ils ne l'auraient pas tuée. Mieux valait précipiter la confrontation que la retarder indéfiniment.

Malgré tout, ils ne voulaient pas risquer de trop se rapprocher de Santa Barbara car, cette fois, l'Autre progresserait peut-être plus vite. La dernière fois, la créature avait avancé au rythme de cinq ou six kilomètres par jour. Si elle accélérait l'allure, elle arriverait peut-être avant qu'ils ne soient prêts. A trois cents kilomètres à vol d'oiseau de Santa Barbara, la région de Big Sur, assez peu peuplée, semblait idéale. Si l'Autre maintenait sa progression antérieure, il n'arriverait pas avant cinq mois. Même s'il doublait sa vitesse, et traversait rapidement les champs dégagés entrecoupés de collines sauvages ici et là tout en contournant les zones habitées, il ne serait pas là avant la dernière semaine de novembre.

Ce jour approchait, mais Travis avait terminé tous les préparatifs nécessaires, et il attendait presque impatiemment la venue de l'Autre. Jusque-là, Einstein avait dit qu'il ne croyait pas son ennemi dangereusement proche. De toute évidence, leur patience serait mise à l'épreuve avant le grand jour.

A douze heures cinquante, ils parvinrent à l'extrémité du sentier qui aboutissait dans la cour arrière de la maison. C'était une bâtisse à un étage aux murs de bois blanchis à la chaux, avec un toit de bardeaux et une énorme cheminée de pierre sur les façades nord et sud. A l'est et à l'ouest, deux porches s'avançaient et donnaient, de chaque côté, une vue dégagée sur les pentes boisées.

Comme il ne tombe jamais de neige dans cette région, les toits n'étaient que peu inclinés, et il était possible d'y marcher. Ce fut par là que Travis avait entrepris l'installation de son système de sécurité. En levant les yeux, Travis regarda la structure en arête qu'il avait ajoutée afin de pouvoir se déplacer rapidement en toute sécurité sur les surfaces en pente. Si l'Autre débarquait en pleine nuit, il ne pourrait pas pénétrer à l'intérieur par les fenêtres du rez-de-chaussée car dès le coucher de soleil, Travis les barricadait grâce à des volets intérieurs métalliques qui déjoueraient n'importe quel agresseur, sauf peut-être un maniaque armé d'une hache. L'autre grimperait sans doute par un des piliers des porches pour aller voir au premier, qu'il trouverait protégé de la même façon. Pendant ce temps, alerté par un système à infrarouge, qu'il avait installé trois semaines plus tôt, Travis se glisserait sur le toit grâce à une trappe du grenier. Là, en s'aidant des rampes, il se faufilerait sur le bord du toit d'où il pourrait surveiller le porche et la cour qui entourait la maison, et tirerait d'une position d'où l'Autre ne pourrait pas l'atteindre.

A vingt mètres à l'est de la maison, il y avait une petite grange couleur rouille toute proche des arbres. La propriété n'avait pas de jardin cultivable, et l'ancien propriétaire avait sans doute fait construire cette remise pour y abriter des chevaux et élever quelques poulets. Travis et Nora s'en servaient de garage, car l'allée qui partait de la route y menait directement.

Travis pensait que, lorsqu'il arriverait, l'Autre observerait la maison depuis les bois, puis de cette grange. Il songerait peut-être même à s'y abriter pour les surprendre au moment où ils viendraient prendre le camion ou la Toyota. C'est pourquoi Travis avait réservé à la bête quelques bonnes surprises.

Leurs plus proches voisins, qu'ils n'avaient rencontrés qu'une fois, étaient hors de vue, à plus de cinq cents mètres derrière les arbres. La route, plus proche, n'était que peu fréquentée la nuit, pendant les heures où l'Autre frapperait le plus vraisemblablement. Si la confrontation provoquait une série de coups de feu, les détonations résonneraient dans les bois et sur les collines dénudées, si bien que les rares personnes qui seraient dans les environs, voisins ou voitures de passage, auraient du mal à déterminer l'origine du bruit. Il devrait avoir le temps de tuer la créature et de l'enterrer avant qu'on vienne lui poser des questions.

A ce moment-là, plus inquiet pour Nora que pour

l'Autre, Travis grimpa les quelques marches du porche arrière, déverrouilla les deux loquets de la porte et entra, Einstein à côté de lui. La cuisine était assez vaste pour servir également de salle à manger, pourtant, elle était chaleureuse : lambris de chêne, sol de dallage mexicain, plafond crépi à la main. La grande table à tréteaux et les quatre chaises capitonnées faisaient de cette pièce le centre de la maison.

Il y avait cinq autres pièces : un grand salon et un bureau sur la façade du rez-de-chaussée : trois chambres à l'étage et deux salles de bains. Nora avait installé son atelier dans l'une des chambres, mais elle n'avait guère touché à ses pinceaux depuis qu'ils avaient emménagé, la troisième chambre était encore vide et attendait de nouveaux développements.

— Je me sers une bière, dit Travis, tu veux quelque chose ?

Einstein alla chercher son écuelle vide et vint l'apporter près de l'évier.

Ils n'avaient pas espéré s'offrir une telle maison si peu de temps après leur fuite de Santa Barbara, d'autant plus que dès leur premier appel, Garrison les avait informé que le compte de Travis avait effectivement été gelé. Ils avaient eu de la chance de pouvoir faire passer le chèque de vingt mille dollars. Comme prévu, l'avocat avait converti les fonds de Travis et Nora en chèques au porteur et les avait adressés à Samuel Hyatt à un motel où ils avaient passé presque une semaine. Mais comme il prétendait également avoir vendu la maison de Nora pour une somme impressionnante à six chiffres, quelques jours plus tard, Garrison Dilworth leur avait fait parvenir un deuxième lot de chèques.

— Mais même si vous l'avez réellement vendue, lui dit Nora d'une cabine, les propriétaires n'ont pas pu verser l'argent aussi vite !

— Non, admit Garrison. Le solde ne sera pas réglé avant un mois, mais comme vous en avez besoin maintenant, disons que c'est une avance.

Nora et Travis avaient ouvert un compte dans une

banque de Carmel, à une cinquantaine de kilomètres au nord de leur nouvelle demeure. Ils avaient acheté un nouveau camion et avaient conduit la Mercedes blanche à l'aéroport de San Francisco pour que Garrison puisse la récupérer. Ils avaient ensuite repris la route du Sud pour chercher une maison dans la région de Big Sur. Ils préféraient acheter plutôt que louer, et surtout payer comptant, pour éviter qu'on leur pose trop de questions.

Travis était certain que leur nouvelle identité ne serait pas remise en cause, mais il ne voyait aucune raison de tester inutilement l'efficacité de Van Dyne. Et puis, après l'achat d'une maison, ils étaient plus respectables ; leur nouvelle identité avait une base sur laquelle s'appuyer.

Tandis que Travis sortait une bière du réfrigérateur et avalait une longue gorgée, le chien alla dans le cagibi adjacent, dont la porte était ouverte, comme d'habitude. Il posa la patte sur une pédale que Travis avait installée pour lui et la lumière s'alluma.

En plus des étagères de boîtes de conserve et de bouteilles, il y avait un gadget très complexe que Travis et Nora avaient mis au point pour faciliter la communication avec le chien. Vingt-huit tubes transparents, ouverts au sommet, munis d'une valve à pédale à l'autre extrémité étaient fixés dans un cadre de bois. Les vingt-six premiers tubes étaient remplis de piles de lettres provenant de six jeux de Scrabble pour qu'Einstein puisse former des phrases complexes. En haut de chaque tube, une étiquette indiquait son contenu : A, B, C... Les deux derniers tubes contenaient des carrés blancs sur lesquels Travis avait dessiné des virgules (ou apostrophes) et des points d'interrogation. Ils avaient décidé que la place des points serait facile à deviner. Einstein pouvait libérer les lettres en appuyant sur la pédale, puis il les disposait sur le sol en s'aidant de sa truffe. Il avait placé le distributeur de lettres hors de vue pour ne pas avoir à expliquer aux éventuels visiteurs à quoi il servait.

Tandis qu'Einstein s'agitait sur les pédales et faisait

cliqueter les lettres de plastique, Travis alla poser sa bière et le bol d'eau d'Einstein sur le perron où ils pourraient attendre Nora au soleil. Quand il revint, Einstein avait formé son message.

POURRAIS-JE AVOIR UN HAMBURGER ?

— Nora va bientôt rentrer déjeuner, tu ne veux pas manger avec nous ?

Le retriever se lécha les babines, réfléchit un moment, puis tria les lettres qu'il venait d'utiliser et en ajouta d'autres.

D'ACCORD, MAIS JE SUIS AFFAMÉ.

— Tu n'en mourras pas, dit Travis en ramassant les lettres et en les rangeant dans les tubes.

Il prit le fusil qu'il avait laissé près de la porte arrière et l'emporta sur le porche de la façade où il le posa près de son rocking-chair. Il entendit Einstein éteindre la lumière du cagibi et le suivre.

Ils attendirent dans un silence inquiet. Les oiseaux poussaient leurs trilles dans l'air automnal.

Travis buvait sa bière, de temps à autre, Einstein lapait son eau. Tous deux observaient l'allée et scrutaient la route nationale qu'ils apercevaient à peine à travers les arbres.

Dans la boîte à gants de la Toyota, Nora avait un .38 chargé avec des cartouches à bout coupé. Ces dernières semaines, avec l'aide de Travis, elle avait appris à conduire et à se servir d'une arme. Elle maniait efficacement le .38, l'Uzi automatique et la carabine. Aujourd'hui, elle n'avait que le revolver avec elle, mais elle ne risquait pas grand-chose à Carmel. Même si l'Autre était dans la région sans qu'Einstein s'en soit aperçu, ce n'était pas à elle qu'il en voulait, mais au chien. Elle ne risquait donc rien.

Mais où était-elle passée ?

Travis regrettait de ne pas être allé avec elle. Pourtant, après trente ans de dépendance et de craintes, ses voyages solitaires à la ville étaient pour elle un moyen d'affirmer et de tester sa nouvelle force, sa nouvelle confiance en elle. Elle n'aurait pas apprécié sa présence.

Une heure trente déjà, une demi-heure de retard. Travis avait un nœud à l'estomac et Einstein faisait les cent pas.

Cinq minutes plus tard, le retriever fut le premier à entendre la voiture s'engager dans l'allée. Il dévala l'escalier du perron et courut vers le chemin de terre.

Travis ne voulait pas montrer à Nora qu'il s'était inquiété, ce qui aurait été lui signifier qu'il doutait de ses capacités à se prendre en charge, talent qu'elle possédait à présent et dont elle était fière. Il resta donc dans son fauteuil, sa bouteille de bière à la main.

Pourtant, en apercevant la Toyota bleue, il soupira de soulagement. En passant devant la maison, Nora klaxonna doucement et Travis lui fit un petit salut de la main, comme s'il avait été parfaitement tranquille.

Einstein se précipita vers le garage pour l'accueillir et, une minute plus tard, ils réapparurent tous les deux. Elle portait un jean et une chemise à carreaux jaunes et blancs mais, pour Travis, elle aurait été la plus belle dans une salle de bal parmi les princesses couvertes de bijoux et de parures somptueuses.

Elle s'approcha de lui et l'embrassa.

— Alors, je t'ai manqué ?

— Sans toi, il n'y avait plus de soleil, plus de chants d'oiseaux, plus de joie...

Il essaya de parler d'un ton détendu, mais on sentait la gravité sous-jacente à sa plaisanterie.

Einstein se frotta contre ses jambes, gémit pour attirer son attention et la regarda, comme pour lui demander : *Alors ?*

— Il a raison, dit Travis, tu n'es pas juste. Mets fin au suspense.

— C'est fait.

— Quoi ?

— J'attends un heureux événement. Je suis une future maman.

— Oh, mon Dieu !

Il se leva, la prit dans ses bras et l'embrassa.

— Le Dr Weingold s'est peut-être trompé.

— Impossible, c'est le meilleur de la ville.

— C'est pour quand ?

— Pour la dernière semaine de juin.

— Le mois de juin prochain ? demanda bêtement Travis.

— Eh, je n'ai pas l'intention de le garder un an de plus !

Finalement, Einstein insista pour lui présenter ses félicitations et exprimer son ravissement.

— J'ai apporté une bouteille de limonade pour fêter ça.

Dans la cuisine, en sortant la bouteille du sac en papier, Travis vit que c'était du cidre sans alcool.

— Tu ne crois pas que cela valait du champagne ?

— Je suis probablement stupide, je me fais du souci pour rien... mais je ne veux pas prendre de risques. Je n'avais jamais espéré avoir un enfant, j'ai comme l'impression que je n'étais pas faite pour en avoir et que je vais le perdre si je ne prends pas toutes les précautions, si je ne fais pas exactement tout ce qu'il faut faire. Alors, plus d'alcool jusqu'à la naissance. Plus trop de viande rouge et des légumes verts à tous les repas. Je n'ai jamais fumé, comme ça, cela ne me privera pas. Je prendrai exactement le nombre de kilos que le Dr Weingold me dira de prendre, je ferai mes exercices de préparation à l'accouchement, et j'aurai le bébé le plus merveilleux du monde.

— Je n'en doute pas, dit Travis en remplissant les verres et en versant du cidre dans l'écuelle d'Einstein.

— Tout se passera bien.

— Oui, dit-il.

Ils portèrent un toast au bébé, et à Einstein qui ferait un parrain, un oncle, un grand frère et un ange gardien à poils fantastique.

Personne ne parla de l'Autre.

Plus tard cette nuit-là, après avoir fait l'amour, ils se tinrent longuement enlacés, en parfait unisson.

— Avec ce qui risque de nous tomber dessus, ce n'est peut-être pas le bon moment pour avoir un enfant.

— Chut, dit Nora.

— Mais...

— Nous ne l'avons pas fait exprès. Au contraire, nous avons même pris des précautions pour que cela ne se produise pas. Tu ne crois pas que ça veuille dire quelque chose que cela se soit passé presque contre notre gré ? Malgré tout ce que j'ai dit... que je n'étais pas faite pour avoir un enfant... Mais ça, c'est la vieille Nora qui parle. La nouvelle pense que c'est un présent magnifique, comme Einstein.

— Oui, mais quand on sait...

— Cela n'a pas d'importance. On s'arrangera. On s'en sortira. Nous sommes prêts. Et quand le bébé sera là, notre vie commencera pour de vrai. Je t'aime, Travis.

— Je t'aime, répondit-il.

Tout d'un coup, il comprit à quel point la petite souris timorée qu'il avait rencontrée le printemps précédent avait changé. A présent, elle était forte, c'était elle qui avait du courage, qui essayait de lui faire surmonter ses craintes.

D'ailleurs, elle y parvenait. Il se sentait beaucoup mieux. Le sourire aux lèvres, blotti contre la gorge de Nora, il pensait déjà à l'enfant. Bien qu'il eût désormais trois vies entre ses mains, Nora, le bébé encore à naître et Einstein, il ne se souvenait pas de s'être jamais senti aussi bien. Nora avait vaincu ses peurs.

2

Vince Nasco était installé dans une chaise italienne savamment gravée qui n'avait acquis son brillant profond qu'après des siècles d'entretien régulier.

A sa droite, un divan et deux chaises étaient disposés sur un fond de rayonnages de volumes reliés qui n'avaient jamais été feuilletés. Un jour, Mario Tetragna, le propriétaire de ce bureau, lui avait confié :

— Des livres magnifiques. Et aussi neufs que lorsqu'ils sont sortis de l'imprimerie, parce que personne ne les a jamais lus. Jamais. Pas un seul.

En face de lui, se trouvait l'immense bureau derrière lequel Tetragna passait en revue les rapports financiers de ses directeurs, rédigeait des études sur de nouvelles entreprises et ordonnait les meurtres de quelques individus. Les yeux fermés, débordant de son fauteuil de cuir, le doyen se trouvait à sa table de travail. On aurait pu le croire mort d'une embolie ou d'un arrêt de son cœur emprisonné dans la graisse mais, en fait, il réfléchissait à la proposition de Vince.

Mario, le Tournevis, un mètre soixante-dix, cent cinquante kilos, patriarche fort respecté de la famille Tetragna qui contrôlait le trafic de drogue, les maisons de jeu, la prostitution, les prêts usuraires, la pornographie et les autres industries du crime à San Francisco, avait le visage lisse et grassouillet d'une saucisse trop pleine. Ses doigts boudinés rappelaient ceux d'un bébé, et pourtant, c'étaient eux qui dirigeaient l'empire familial.

Dès qu'il avait porté les yeux sur le doyen, Vince avait immédiatement compris que la stature et l'état de décadence avancé du patriarche n'importaient guère. Il avait les yeux d'un reptile : des yeux plats, froids, durs, aux aguets. Si l'on n'y prenait pas garde, si on lui déplaisait, il pouvait vous hypnotiser, comme un serpent hypnotise une souris ; il vous terrassait et vous avalait.

Vince admirait Tetragna. Il aurait aimé lui dire que lui aussi faisait partie du Destin, mais il avait appris à ne jamais parler de son immortalité car, autrefois, une conversation de ce genre l'avait ridiculisé aux yeux d'un homme qui, à son avis, devait comprendre.

— Je voudrais être sûr de bien saisir, dit Tetragna en ouvrant ses yeux de serpent. Tu cherches un homme. Ça n'a rien à voir avec la Famille. Tu as un compte personnel à régler avec lui.

— C'est ça, monsieur.

— Tu crois qu'il s'est procuré des faux papiers et qu'il vit sous une nouvelle identité. Il sait comment s'y prendre pour ce genre de choses, et pourtant, il ne fait partie d'aucune famille, il n'appartient pas à la *fratellanza* ?

— Non, monsieur. Mais avec son passé... il sait sûrement comment faire pour avoir des papiers.

— Et tu penses qu'il se les est procurés soit à Los Angeles, soit ici, dit Tetragna en indiquant la ville de San Francisco d'un geste de sa main lisse et rose.

— Il a commencé sa cavale le 25 août. Il est parti de Santa Barbara en voiture car, pour un tas de raisons, il ne pouvait pas prendre l'avion. Il lui fallait une nouvelle identité aussi vite que possible. Au début, je croyais qu'il irait vers le sud, à Los Angeles, parce que c'était plus près. Mais j'ai passé presque deux mois à rencontrer tous ceux qu'il fallait à Los Angeles et dans tout le comté d'Orange. Je suis même allé jusqu'à San Diego. J'avais quelques indices, mais aucun n'a abouti. Alors, s'il n'est pas allé au sud, c'est qu'il est allé au nord, et le seul endroit où l'on peut obtenir des faux papiers de qualité...

— C'est notre belle ville, dit Tetragna, indiquant de nouveau la fenêtre.

Vince crut que c'était un sourire d'affection pour sa ville. Mais il n'y avait aucune chaleur, non, un sourire d'avarice plutôt.

— Et tu aimerais que je te donne le nom des gens qui ont mon autorisation pour faire des papiers tels que ceux que voulait ce type.

— Si vous vouliez bien m'accorder cette faveur, je vous en serais éternellement reconnaissant.

— Ils n'auront gardé aucune trace.

— Je sais, monsieur, mais ils peuvent peut-être se souvenir.

— Leur boulot, c'est justement d'apprendre à ne se souvenir de rien.

— Mais l'esprit humain n'oublie jamais rien, monsieur Tetragna, même si l'on s'y efforce, on n'oublie jamais rien.

— C'est bien vrai. Et tu jures que ce type n'est membre d'aucune famille ?

— Je le jure.

— Cette exécution ne devra jamais être mise sur le compte de ma Famille.

— Je le jure.

Tetragna ferma les yeux, mais pas aussi longtemps que la première fois. Quand il les ouvrit, il souriait largement, mais de nouveau sans aucune chaleur. C'était l'homme le moins joyeux que Vince ait jamais vu.

— Quand ton père s'est marié avec une Suédoise plutôt qu'avec une femme de son peuple, tout le monde s'attendait au pire. Mais ta mère a été une bonne épouse, discrète et obéissante. Et puis, tu es leur enfant, un splendide jeune homme. Mais tu es plus que beau garçon, tu es un vrai soldat, Vincent. Tu as fait du bon boulot pour les Familles de New York, de Chicago et maintenant de la Côte. Il n'y a pas si longtemps, tu m'as rendu service en écrasant ce pou de Pantangela.

— Travail pour lequel vous m'avez généreusement rétribué, monsieur Tetragna.

— Tout travail mérite salaire, mon petit. Mais, là, il ne s'agit pas d'argent. Tes années de bons et loyaux services comptent bien plus que l'argent. C'est pour ça que je peux bien t'accorder cette petite faveur.

— Merci beaucoup, monsieur Tetragna.

— Je te donnerai les noms de ceux qui fournissent les meilleurs faux papiers de la ville et je veillerai personnellement à ce qu'ils t'accueillent bien. Tu pourras compter sur leur coopération.

— Si vous le dites, dit Vince en inclinant la tête et les épaules, je sais que c'est vrai.

Le doyen lui fit signe de s'asseoir.

— Mais avant que tu te consacres à cette affaire, j'aimerais que tu fasses un travail pour moi. Il y a un type à Oakland qui me donne beaucoup de soucis. Il se croit invulnérable parce qu'il a des relations politiques et des gardes du corps. Il s'appelle Ramon Velazquez. Ce sera un boulot difficile, Vincent.

Vince dissimula soigneusement sa frustration et sa déception. Il n'avait pas la moindre envie de s'engager sur un contrat pour le moment. Il fallait qu'il retrouve Travis Cornell et le chien. Mais il savait que la proposition de Tetragna tenait plus de l'ordre que de l'offre. Pour obtenir les noms désirés, il devait d'abord liquider Velazquez.

— Je suis toujours honoré d'écraser un insecte qui vous a piqué. Et, cette fois, il n'y aura pas de frais.

— Si, si... j'insiste, Vincent.

Avec son sourire le plus gracieux, Vince répondit :

— Je vous en prie, monsieur Tetragna, laissez-moi vous rendre ce service, cela me ferait très plaisir.

Bien que ce fût ce à quoi il s'attendait — un contrat gratuit en échange de son aide —, Tetragna sembla considérer la proposition.

— J'ai vraiment de la chance, dit-il en posant les deux mains sur le bureau. De quelque côté que je me tourne, les gens veulent toujours me rendre service. Tout le monde est gentil avec moi.

— Ce n'est pas de la chance, monsieur Tetragna, dit Vince, un peu fatigué par cette conversation maniérée, on ne récolte que ce que l'on sème, et votre gentillesse naturelle est simplement récompensée.

Rayonnant, Tetragna accepta donc. Les narines de son visage porcin tremblaient comme s'il avait reniflé une bonne odeur.

— Mais dis-moi... simplement pour satisfaire ma curiosité, ce type, qu'est-ce que tu lui feras quand tu l'auras retrouvé, ce type contre lequel tu as une vendetta personnelle ?

Lui faire sauter la cervelle et lui piquer son clébard, pensa Vince.

Mais il savait ce que le Tournevis avait envie d'entendre, le genre de choses que tout le monde avait envie de faire dire à son tueur à gages préféré.

— Je lui couperai les couilles, les oreilles et la langue, et seulement après, je lui enfoncerai un pic à glace dans le cœur pour arrêter sa petite horloge.

Les yeux du gros Tetragna scintillèrent et ses narines frétillèrent.

A la fin novembre, le jour de Thanksgiving, l'Autre n'était toujours pas arrivé à la maison blanche de Big Sur.

Tous les soirs, Nora et Travis fermaient les volets intérieurs. Ils verrouillaient les portes. Dans leur chambre du premier, ils dormaient à côté du fusil appuyé contre le lit et du revolver posé sur la table de nuit.

Parfois, en plein cœur de la nuit, ils étaient réveillés par des bruits étranges dans la cour ou sous le porche. Einstein allait de fenêtre en fenêtre mais, à chaque fois, il leur indiquait qu'ils n'avaient rien à craindre. S'il se levait, Travis découvrait généralement un raton laveur, ou une autre créature de la forêt.

Travis s'amusa beaucoup plus à Thanksgiving qu'il ne l'aurait cru, étant donné les circonstances. Nora prépara un repas de fête traditionnel : dinde rôtie aux marrons, coquillages, carottes, maïs grillé, poivrons émincés et tarte au potiron.

Einstein, qui avait un palais beaucoup plus délicat qu'un chien ordinaire, goûta à tout. Pourtant, il restait un chien et il détesta les poivrons aigre-doux, adora la dinde et passa une bonne partie de l'après-midi à rogner les os.

Au fil des semaines, Travis avait remarqué que, comme tous les chiens, Einstein mangeait de l'herbe de temps à autre, et pourtant, ça avait l'air de lui répugner. Ce jour-là, Travis lui demanda pourquoi il s'obstinait à en manger puisque cela n'avait pas l'air de lui plaire.

J'EN AI BESOIN.

— Pourquoi ?

JE NE SAIS PAS.

— Si tu ne sais pas pourquoi tu en as besoin, comment sais-tu que tu en as besoin ? L'instinct ?

OUI.

— Et c'est quoi l'instinct ?

NE M'ÉNERVE PAS.

Le soir, tous trois s'installèrent sur des coussins devant la cheminée pour écouter de la musique. La fourrure dorée d'Einstein brillait sous la lumière des flammes. Finalement, le chien avait sans doute raison de manger de l'herbe, il avait l'air en bonne santé, pensait Travis, en tenant Nora par la taille et en caressant le chien de sa main libre. Il éternuait de temps en temps, mais cela semblait être une réaction naturelle provoquée par les excès de la fête et par l'air sec et chaud. Pas un instant, Travis ne s'inquiéta de la santé du chien.

4

Le vendredi après-midi, 26 novembre, Garrison Dilworth se trouvait à bord de l'*Amazing Grace,* son douze mètres amarré dans le port de Santa Barbara. Il astiquait les cuivres et, penché sur sa tâche, remarqua à peine les deux hommes en costume de ville qui s'approchaient le long du quai. Il ne leva les yeux que lorsqu'ils furent sur le point de s'annoncer, mais ils n'avaient pas besoin de montrer leurs papiers pour que Garrison sachent qui ils étaient.

L'un s'appelait Johnson, l'autre Soames.

Faussement intrigué, il les invita à bord.

— Monsieur Dilworth, nous aimerions vous poser quelques questions, dit Johnson en passant sur le pont.

— A quel sujet ? demanda Garrison en s'essuyant les mains avec un chiffon blanc.

Johnson, un Noir de taille moyenne, un peu maigre, semblait imposant malgré ses yeux hagards.

— La NSA, vous dites ? Vous ne croyez tout de même pas que je travaille pour le KGB ?

— Non, vous avez simplement travaillé pour Nora Devon, dit Johnson en souriant vaguement.

— Nora ? C'est une plaisanterie ! Je peux vous assurer que ce n'est pas le genre de personne à être impliquée...

— Vous êtes bien son avocat alors ?

Garrison se tourna vers l'homme plus jeune aux taches de rousseur, l'agent Soames, et souleva les sourcils comme pour lui demander si son chef était toujours aussi froid. Soames le regarda, le visage dépourvu d'expression et reprit le flambeau des questions.

Oh, la, la ! Ça ne va pas être facile avec ces deux-là, pensa Garrison.

Après l'interrogatoire décevant de Garrison Dilworth, Lem confia toute une série de tâches à Soames : tout d'abord, obtenir l'autorisation de placer les téléphones professionnel et personnel de Dilworth sur écoute, repérer les cabines proches de son étude et de sa maison et y brancher des micros ; se renseigner auprès de la compagnie des téléphones pour avoir la liste de tous les appels interurbains de Dilworth, à son bureau comme chez lui ; demander des renforts à Los Angeles pour organiser une filature vingt-quatre heures sur vingt-quatre, et qui commencerait dans trois heures.

Pendant que Cliff était occupé, Lem se promena sur le quai, en espérant que le bruit des vagues et la vue de la mer l'aideraient à s'éclaircir les idées et à se concentrer sur le problème. Plus de six mois s'étaient écoulés depuis la fuite du chien et de l'Autre, et Lem avait déjà perdu près de dix kilos en se lançant à leur poursuite. Cela faisait des mois qu'il ne dormait plus, qu'il ne mangeait plus. Même sa vie sexuelle en souffrait.

Faire trop d'efforts ne servait à rien, qu'à se constiper l'esprit !

Ces reproches ne donnaient rien de bon, il restait aussi bloqué qu'un tuyau rempli de béton.

Depuis trois mois, depuis qu'ils avaient retrouvé le camion et la caravane de Cornell sur le parking d'une école, le lendemain du meurtre de Hockney, il savait que Cornell revenait d'un voyage à Las Vegas, Tahoe et Monterey. Ils avaient trouvé des tickets de boîtes de nuit, des factures d'hôtel, des reçus de cartes de crédit qui leur avaient permis de retracer l'itinéraire. Il ne connaissait pas l'identité de la femme et avait supposé qu'il s'agissait d'une petite amie, rien de plus, mais bien sûr, il n'aurait jamais dû faire une telle supposition. Ce n'était que quelques jours plus tôt, quand l'un de ses agents était allé se marier à Vegas, que Lem s'était rendu compte que Cornell y était peut-être allé pour les mêmes raisons. Soudain, ce voyage apparaissait comme une lune de miel ! En quelques heures, il eut la confirmation que Cornell s'était effectivement marié le 11 août avec Nora Devon de Santa Barbara.

Lem avait ensuite appris que la maison de Nora Devon avait été vendue six semaines après qu'elle eut disparu avec Travis Cornell. En regardant les papiers de la vente, il vit qu'elle s'était fait représenter par son avocat, Garrison Dilworth.

En gelant les biens de Travis Cornell, Lem avait pensé lui rendre toute existence de fugitif très difficile mais, à présent, il savait que Dilworth l'avait aidé à retirer vingt mille dollars sur son compte. L'argent de la vente de la maison lui avait sûrement été transféré par un moyen ou un autre. De plus, Dilworth avait fermé les comptes de Nora Devon quatre semaines auparavant, et l'argent était aussi entre leurs mains. Le couple et le chien avaient de quoi vivre en planque pendant des années !

Lem observait la surface ensoleillée de l'eau qui clapotait contre les piliers en un rythme régulier. Il en eut la nausée.

Il leva les yeux pour regarder les mouettes. Au lieu de le calmer, leur vol gracieux l'irrita.

Garrison Dilworth était intelligent, rusé, combatif. A présent que le lien avait été fait entre lui et les Cornell, il leur avait juré d'attaquer la NSA pour dégeler les biens de Travis.

« — Il n'y a aucune charge contre lui. Aucun juge ne vous donnera le pouvoir de geler ses biens dans ces conditions. Vous manipulez la loi pour vous en prendre à un citoyen innocent, c'est inadmissible !

Il aurait été facile d'inculper Travis et Nora d'atteinte à la sécurité nationale, mais ainsi il aurait donné à Dilworth la possibilité de continuer à aider les fugitifs. Et puis, une inculpation aurait attiré l'attention des médias, et l'histoire de la panthère et peut-être toute la couverture de la NSA s'écrouleraient comme maison de papier sous l'orage.

Son seul espoir, c'était que Dilworth essaie d'entrer en contact avec les Cornell pour leur dire que le pot aux roses avait été découvert et qu'ils devraient se montrer plus prudents dans l'avenir. Avec un peu de chance, Lem retrouverait le couple grâce à son numéro de téléphone. Pourtant, il n'y avait pas beaucoup de chances que tout soit aussi facile. Dilworth n'était pas un imbécile.

Regardant de nouveau le port, Lem essaya de se détendre, car il lui faudrait être en possession de tous ses moyens s'il voulait être plus fort que l'avocat. Une centaine de bateaux de plaisance, toutes voiles repliées, se balançaient doucement sur les vagues ; d'autres glissaient vers le large. Sur les ponts, des touristes en maillots de bain prenaient des bains de soleil ou savouraient un apéritif ; les mouettes pareilles à des flèches blanches perçaient le ciel bleu. Quelques pêcheurs lançaient leurs lignes sur la jetée. C'était une scène fort pittoresque, mais aussi une image de loisir, d'un loisir savamment cultivé, dans laquelle Lem ne se reconnaissait pas. Pour Lem, l'oisiveté n'était qu'un dangereux éloignement des réalités de ce monde, et tout loisir qui durait plus de quelques heures lui donnait envie de se remettre au plus vite au travail. Là, les heures de loisirs se comptaient en jours, en semaines, en mois de croisières le long des côtes, dans ces bateaux luxueux et élégants, tant de loisirs que Lem en avait des sueurs froides et aurait voulu crier.

Et il fallait encore qu'il s'occupe de l'Autre. Il n'avait pas donné signe de vie depuis que Travis lui avait tiré dessus à la fin août. Trois mois de silence. Qu'est-ce que cette créature avait bien pu faire pendant tout ce temps ? Où se cachait-elle ? Poursuivait-elle toujours le chien ? Etait-elle morte ?

Peut-être s'était-elle fait piquer par un serpent à sonnettes, à moins qu'elle ne soit tombée d'une falaise ?

Si seulement elle était morte, si seulement !

Pourtant, Lem savait que l'Autre n'était pas mort, cela aurait été trop facile. Et dans la vie, rien n'était facile. La sale bête était encore en vie, sur les traces du chien. Elle maîtrisait sans doute son besoin de tuer car elle était consciente que les cadavres resserraient l'étau autour d'elle, et elle ne voulait pas qu'on la retrouve avant d'avoir tué le chien. Quand elle aurait enfin mis en pièces les Cornell et le retriever, alors, elle passerait sa rage sur la population dans son ensemble, et chaque mort pèserait lourd sur la conscience de Lem.

L'enquête sur les meurtres des scientifiques pataugeait dans le vide, elle aussi. En fait, les forces de la NSA qui s'y étaient consacrées avaient été dissoutes. De toute évidence, les Soviétiques s'étaient adressés à des tueurs anonymes et il n'y avait aucun moyen de savoir qui exactement les avait engagés.

Un jeune homme très bronzé en short et tennis blancs passa devant Lem.

— Belle journée, n'est-ce pas ?

— Une pure merveille !

5

Le lendemain de Thanksgiving, en allant chercher un verre de lait dans la cuisine, Travis trouva Einstein en pleine crise d'éternuements, mais il n'y prêta guère attention. Nora, plus encline à s'inquiéter pour la santé du retriever, ne s'alarma pas non plus. En Californie, bien que le climat permette un cycle floral douze mois sur douze, le niveau de pollen atteint son apogée au printemps et en automne. En vivant dans les bois, on y était encore plus exposé.

Cette nuit-là, Travis fut éveillé par un bruit qu'il ne

parvenait pas à identifier. Alerté, toute trace de sommeil disparue instantanément, il prit le fusil et écouta. Une minute plus tard, le bruit se reproduisit. Il venait du couloir.

Travis se leva sans réveiller Nora et s'approcha doucement de la porte. Comme toutes les autres pièces, le couloir était éclairé par une veilleuse, et, dans la pâle lueur, Travis comprit que le bruit venait d'Einstein. Debout sur le palier, le retriever toussait en secouant la tête.

— Ça va ? demanda Travis en allant vers lui.

La queue s'agita. *Oui.*

— Tu en es sûr ? dit Travis en caressant la fourrure de l'animal.

Oui.

Pendant un instant, le chien se serra contre lui pour se faire cajoler, puis, il se détourna, toussa encore et descendit l'escalier.

Travis le suivit et trouva Einstein en train de laper son eau.

Après avoir vidé son écuelle, il alla dans le garde-manger, alluma la lumière et sortit quelques lettres du distributeur.

SOIF.

— Tu es sûr que tout va bien ?

OUI. SIMPLEMENT SOIF. ÉTÉ RÉVEILLÉ PAR UN CAUCHEMAR.

— Tu rêves ?

PAS TOI ?

— Si, trop souvent même.

Travis remplit l'écuelle du chien et Einstein la vida en un instant. Travis le resservit. Le retriever semblait enfin avoir bu à satiété. Travis pensait qu'il voudrait sortir pour uriner, mais Einstein remonta l'escalier et s'installa près de la chambre où Nora dormait toujours.

— Ecoute, murmura Travis, si tu veux, viens dormir avec nous.

C'était effectivement ce qu'Einstein désirait. Il s'enroula sur le sol du côté de Travis.

Dans le noir, Travis avait son fusil et le chien à portée de main. Il se sentait plus rassuré par la présence du retriever que par celle de son arme.

6

Le samedi après-midi, deux jours après Thanksgiving, Garrison Dilworth prit sa Mercedes. A deux pâtés de maisons de chez lui, il eut la confirmation que la NSA le suivait toujours. Une Ford verte, probablement celle qui l'avait déjà filé la veille. Ils étaient discrets et gardaient leurs distances, mais Garrison n'était pas aveugle.

Il n'avait toujours pas appelé Nora et Travis. Comme il était suivi, il pensait que son téléphone était sur écoute. Il aurait pu aller dans une cabine, mais il craignait que la NSA puisse capter la conversation avec un micro directionnel ou un quelconque gadget high-tech. Et s'ils réussissaient à percevoir les bips du numéro, il leur serait facile de les décoder et de retrouver l'adresse de Big Sur. Garrison devait user de ruse pour contacter Travis et Nora.

Pourtant, il fallait agir vite, avant que Travis ou Nora ne l'appellent. Avec la technologie dont elle disposait, la NSA serait sans doute capable d'identifier la source de l'appel avant le premier mot d'avertissement.

A deux heures de l'après-midi, chaperonné par la Ford verte, il se rendit chez Della Colby, à Montecito, pour l'emmener faire une promenade sur l'*Amazing Grace*, du moins était-ce ce qu'il lui avait annoncé au téléphone.

Della était la veuve du juge Jack Colby. Le couple avait été les meilleurs amis des Dilworth pendant vingt-cinq ans avant que la mort ne brise le quatuor. Jack était décédé un an après Francine. Della et Garrison étaient restés très proches, et allaient ensemble dans des restaurants ou des dancings ou, comme ce jour-là, faire de la voile. Au début, leur relation était platonique, des vieux amis qui avaient eu la chance — ou la malchance — de survivre à celui qui était pour eux l'être le plus cher au monde. Ils avaient besoin l'un de l'autre car ils avaient partagé des moments heureux qui sombreraient dans l'oubli quand ils n'auraient plus l'occasion de se les remémorer. Un an plus tôt, quand ils s'étaient retrouvés au lit, ils avaient été aussi surpris qu'écrasés de culpabilité, un peu comme s'ils trompaient encore leurs époux bien que Jack et Francine soient morts depuis des années. La culpabilité s'estompa, et ils se réjouissaient de cette camaraderie et de cette passion dévorante qui éclairaient de manière inattendue leurs années d'automne.

Quand Garrison se gara dans l'allée, Della sortit de la maison, ferma la porte et se précipita vers sa voiture. Elle portait des bottes de caoutchouc, un pantalon blanc, un T-shirt rayé et un blouson bleu. Malgré ses soixante-neuf ans et des cheveux blancs comme neige, elle paraissait quinze ans de moins que son âge.

Garrison sortit de sa Mercedes et l'embrassa.

— On peut prendre ta voiture ?

— Tu as des ennuis avec la tienne ?

— Non, je préférerais prendre la tienne.

— Si tu veux.

Elle sortit sa Cadillac du garage et il s'installa sur le siège du passager.

— Je crains qu'on n'ait placé des micros sur ma voiture, et je n'ai pas envie qu'on entende ce que j'ai à te dire.

Elle eut un air sidéré, absolument impayable.

— Non ! Je n'ai pas perdu l'esprit. Si tu jettes un coup d'œil dans le rétroviseur, tu verras qu'on est suivis. Ils sont discrets, d'accord, mais pas invisibles.

Il lui laissa un peu de temps.

— La Ford verte ? dit-elle, quelques pâtés de maisons plus loin.

— Exactement.

— Dans quoi tu t'es fourré ?

— Ne va pas directement au port. On passera

acheter des fruits au marché et, ensuite, on prendra du vin dans une boutique, comme ça, j'aurai le temps de tout te raconter.

— Tu as une deuxième vie que je n'ai jamais soupçonnée ? Tu te prends pour un James Bond du troisième âge ?

La veille, Lem Johnson avait réouvert un quartier général temporaire au palais de justice de Santa Barbara dans une petite pièce aux murs sombres avec une petite fenêtre. L'éclairage était si faible que des ombres se projetaient dans les coins, tels des épouvantails mal placés. Les meubles étaient constitués par des rebus d'autres pièces. Il s'y était déjà installé dans les jours qui suivirent la mort de Ted Hockney, mais l'avait abandonné au bout d'une semaine pensant qu'il n'y avait plus rien à faire dans la région. A présent, espérant que Dilworth les conduirait jusqu'aux Cornell, il reprenait sa place dans la pièce oppressante. Il avait rebranché les téléphones et attendait de nouveaux développements.

Il partageait le bureau avec l'un de ses assistants, Jim Vann, un jeune homme de vingt-cinq ans presque trop sérieux et trop dévoué.

Cliff Soames était chargé de l'équipe de six hommes qui surveillait le port et assurait la coordination entre la filature de la NSA et les autorités portuaires. Apparemment, le vieil homme s'était rendu compte qu'il était suivi, si bien que Lem s'attendait à ce qu'il tente de se débarrasser des hommes de la NSA pendant assez longtemps pour avoir le temps d'appeler tranquillement les Cornell. Pour lui, le plus logique, ce serait donc de prendre son bateau, d'aller un peu plus loin le long de la côte et de trouver une cabine avant qu'on ait pu le localiser à nouveau. Mais il aurait la mauvaise surprise de se voir accompagné par une vedette de patrouille en quittant le port, et, au large, un bateau des garde-côtes l'attendait.

A trois heures et demie, Cliff appela pour signaler

que Dilworth et son amie mangeaient des fruits et buvaient du vin sur le pont de l'*Amazing Grace*. Ils se racontaient de vieux souvenirs et riaient de temps en temps.

— D'après ce que l'on peut capter avec les micros directionnels, j'ai l'impression qu'ils n'ont pas l'intention d'aller quelque part, sauf au lit peut-être. Ils n'ont pas l'air de s'ennuyer ces deux-là !

— Reste quand même. Je ne lui fais pas confiance.

Une autre équipe qui avait discrètement fouillé l'appartement de Dilworth juste après son départ appela pour dire qu'elle n'avait rien trouvé concernant les Cornell ou le chien.

Le bureau avait été soigneusement épluché la veille au soir, et cela n'avait rien donné non plus. L'étude de la liste des appels interurbains n'avait pas permis de connaître le numéro des Cornell. S'il les avait appelés dans le passé, il le faisait toujours d'une cabine. Un examen de sa carte de téléphone n'avait rien révélé non plus. Il avait la prudence d'appeler en PCV pour qu'il ne reste aucune trace. Ce n'était pas bon signe. De toute évidence, Dilworth manifestait une extrême prudence avant même de se savoir surveillé.

Pendant tout le samedi, se demandant si le chien n'allait pas attraper la grippe, Travis observa Einstein de près. Le retriever éternua une fois ou deux, mais ne toussa pas. Il semblait en forme.

Une société de fret vint livrer dix gros cartons contenant les toiles que Nora avait laissées à Santa Barbara. Quinze jours plus tôt, en utilisant une fausse adresse d'expéditeur pour qu'on ne fasse aucun lien entre lui et Nora Aimes, Garrison les lui avait fait expédier par bateau.

En déballant ses toiles dans une montagne de papiers qui s'amoncelaient au salon, Nora se sentait transportée de joie. Pendant des années, elle n'avait vécu que pour son art, et avoir de nouveau ses tableaux avec elle l'inciterait sans doute à se remettre au travail avec un enthousiasme renouvelé.

— Tu veux appeler Garrison pour le remercier ? lui demanda Travis.

— Oh, oui, bien sûr. Mais je finis de les déballer avant pour m'assurer que rien n'est abîmé.

Postés tout autour du port, feignant d'être des propriétaires de yachts ou des pêcheurs, Soames et les autres agents de la NSA observaient Dilworth et Della Colby qu'ils écoutaient grâce à un dispositif électronique. Le crépuscule tombait, mais rien n'indiquait que Dilworth s'apprêtait à appareiller. Bientôt, la nuit tomba ; l'avocat et son amie ne bougeaient toujours pas.

Une demi-heure après la tombée de la nuit, Cliff Soames, fatigué de jouer aux pêcheurs infortunés sur un Cheoy de 18 mètres, à quatre bateaux de celui de Dilworth, se dirigea vers la cabine de pilotage et prit les écouteurs de Hank Gorner.

— ... *Tu te souviens du jour à Acapulco où Jack avait loué un bateau de pêche ?*

— ... *Ouais, tout l'équipage avait l'air de pirates...*

— ... *on croyait qu'ils allaient nous trancher la gorge...*

— ... *mais on s'est aperçu qu'on avait affaire à une bande de bigots !*

— ... *qui se préparaient à devenir missionnaires ! Et Jack leur a dit...*

— Ils en sont toujours aux souvenirs ! dit Cliff.

L'autre agent acquiesça d'un signe de tête. Les lampes de la cabine étaient éteintes et, dans le faible éclairage de la console d'écoute, les traits de Gorner paraissaient étrangement allongés.

— Ça a été comme ça toute la journée. Enfin, ils ont quelques bonnes histoires...

— Je vais faire pipi, je reviens tout de suite.

— Prends ton temps, ils ne sont pas décidés à bouger.

Quelques instants plus tard, quand Cliff revint, Hank Gorner se débarrassa des écouteurs.

— Ils sont descendus.

— Il se prépare quelque chose ?

— Pas ce que nous espérions. Les vieux vont s'entre-choquer les os !

— Oh !

— Eh, moi, j'ai pas envie d'écouter ça.

— Ecoute quand même.

Hank remit l'un des écouteurs à son oreille.

— Eh, il est en train de la déshabiller, et ils ont l'âge de mes grands-parents ! C'en est gênant.

Cliff soupira.

— Maintenant, je n'entends plus rien, dit Hank, dégoûté. Dans une minute, ils vont se mettre à gémir.

— On t'a dit d'écouter, répondit Cliff qui prit une veste et sortit pour ne pas avoir à entendre, lui.

Il reprit sa position sur une chaise du pont et replongea sa ligne dans l'eau.

On supportait une veste, mais la nuit n'aurait pu être plus belle. L'air était pur et doux, parfumé de légères senteurs marines. Le ciel sans lune étincelait de milliers d'étoiles. Les vaguelettes clapotaient paresseusement contre les piliers et les coques de bateaux. De l'autre côté du port, on entendait des vieilles chansons d'amour d'après-guerre. Un moteur se mit en route. Teuf teuf teuf... il y avait quelque chose de romantique dans ce son. Comme il aurait été agréable d'avoir un bateau et de partir en croisière à travers le Pacifique vers les îles ombragées de palmiers.

Soudain, le moteur gronda. C'était l'*Amazing Grace* ! En sautant de sa chaise, Cliff vit le bateau de Dilworth amorcer rapidement une manœuvre pour sortir du port. C'était un voilier et, inconsciemment, Cliff ne s'attendait pas à le voir partir toutes voiles repliées. Bien sûr, il y avait un moteur de secours, et il le savait, mais cela le surprit néanmoins. Il se précipita vers la cabine.

— Hank, contacte la patrouille, ils sortent !

— Mais ils sont en bas !

— Tu parles !

Cliff alla vers le pont et vit que Dilworth se dirigeait déjà vers l'embouchure du port. Pas de lumière à l'arrière, une seule lumière à l'avant! Mon Dieu, il prenait vraiment la poudre d'escampette.

Quand ils eurent terminé de déballer la centaine de toiles, ils en accrochèrent certaines et mirent les autres dans la chambre vide. L'effort les avait affamés.

— Garrison est sans doute en train de manger lui aussi. Je ne veux pas le déranger. On l'appellera tout à l'heure.

Dans le cagibi, Einstein élaborait un nouveau message :

IL FAIT NUIT. FERMEZ LES VOLETS.

Surpris, troublé par un manque d'attention si peu caractéristique de sa personnalité, Travis se précipita de pièce en pièce pour fermer volets et verrous. Fasciné par les tableaux de Nora et ravi de l'enthousiasme avec lequel elle les avait accueillis, il n'avait pas vu la nuit tomber.

A mi-chemin vers la sortie du port, Garrison estima que le bruit du moteur et la distance les protégeaient suffisamment des écoutes les plus perfectionnées.

— Emmène-moi vers l'extrémité de la jetée nord, près du bord du chenal.

— Tu en es sûr? Tu n'es plus un adolescent, dit Della, inquiète.

— Non, je suis beaucoup mieux, dit-il en lui posant la main sur les fesses.

— Rêveur!

Il l'embrassa sur la joue et alla vers le bastingage à tribord, d'où il pourrait plonger. Il portait un maillot de bain bleu marine. Il aurait dû mettre une combinaison, car l'eau serait froide, mais il pensait pouvoir nager jusqu'à la jetée et se hisser du côté nord, hors de vue du port, le tout en quelques minutes, avant que la fraîcheur de la mer ne refroidisse trop sa température corporelle.

— De la visite! lui cria Della à la barre.

Il se retourna et vit la patrouille portuaire qui quittait le port et s'approchait à bâbord.

Ils ne nous arrêteront.pas, pensa-t-il, ils n'ont pas le droit.

Mais il fallait qu'il saute avant que la vedette puisse le voir. De l'arrière, on le verrait sauter la rambarde, mais tant que la patrouille resterait à bâbord, l'*Amazing Grace* le protégerait des regards et les vagues phosphorescentes du sillon couvriraient ses premières brasses, pendant que la patrouille concentrerait son attention sur Della.

Le bateau avançait à la vitesse maximale à laquelle Della pouvait le diriger. Il fendait le roulis avec assez de force pour que Garrison fût obligé de se tenir et pourtant, il lui semblait dépasser la jetée de pierre à une lenteur exaspérante. La patrouille s'approchait. Garrison attendit malgré tout car il ne voulait pas manquer sa cible à une centaine de mètres près. S'il sautait trop tôt, il serait incapable de nager jusqu'à la pointe pour la contourner. Il lui faudrait aller tout droit vers la jetée et escalader le flanc au vu de tous les observateurs. La vedette n'était plus qu'à une centaine de mètres et, en se redressant, il l'apercevait par-dessus le toit de la cabine. Elle commençait à les contourner. Garrison ne pouvait plus attendre...

— Vas-y !

Il se jeta dans l'eau noire, le plus loin possible du bateau.

L'eau glacée lui coupa la respiration. Il s'enfonçait, et, pris de panique, ne trouvait plus la surface. Il se débattit et finit par revenir à l'air libre, suffoquant.

L'*Amazing Grace* était étrangement proche. Il avait l'impression d'être resté sous l'eau pendant une minute au moins, mais cela devait plutôt être une seconde ou deux, car il n'avait pas avancé. La vedette de patrouille était toute proche elle aussi, et Garrison jugea que le sillon ne lui fournirait pas une couverture suffisante ; il inspira profondément et plongea à nouveau. Quand il revint à la surface, le plus tard possible, Della et ses poursuivants étaient de l'autre côté de l'embouchure du port et commençaient à se diriger vers le sud. Il était enfin hors de vue.

La marée descendante l'emmenait rapidement de l'autre côté de la jetée nord, rempart de pierres et de rochers gris et noir qui s'élevait à plus de six mètres au-dessus du niveau de l'eau. Il devait nager pour contourner l'extrémité et s'approcher de la terre, en résistant contre le courant. Sans attendre, il poursuivit sa nage, se demandant comment il avait pu imaginer que ce serait une partie de plaisir.

Mon Dieu, tu as presque soixante et onze ans, se dit-il en passant devant la pointe rocheuse éclairée par le phare, qu'est-ce qui te prend de jouer les héros ?

Mais il connaissait la réponse : il était profondément convaincu que le chien devait rester libre, ne devait pas être considéré comme la propriété du gouvernement. Si, comme Dieu, nous pouvons créer des êtres vivants, nous devons apprendre la Justice et la Charité divines. C'est ce qu'il avait dit à Nora et Travis... et Einstein, lorsqu'ils étaient venus le trouver après le meurtre de Ted Hockney, et il le pensait réellement.

L'eau salée lui piquait les yeux et lui brouillait la vue. Il en avait avalé, et sa lèvre égratignée le brûlait.

Contre le courant, il passa la pointe de la jetée, hors de vue du port, et se dirigea vers les rochers. Enfin, il les atteignit et s'accrocha à la première pierre, encore incapable de se hisser hors de l'eau.

Pendant les semaines où Nora et Travis avaient fui avec le chien, il avait eu tout le temps de penser à Einstein, et plus il y songeait, plus il lui semblait qu'emprisonner un être intelligent et innocent tenait de la plus grave injustice, que le prisonnier soit un chien ou non. Garrison avait consacré sa vie à la recherche de toute la justice possible dans un pays démocratique et à la défense de la liberté. Et quand un homme d'idéaux décide qu'il est trop vieux pour prendre des risques au nom de ses idées, ce n'est plus un homme d'idéaux. D'ailleurs, ce n'est même plus un homme. C'est cette croyance qui le plongeait dans l'eau en pleine nuit, malgré son âge. C'était drôle comme toute une vie d'idéalisme était finalement mise à l'épreuve après plusieurs décennies à cause d'un chien.

Mais quel chien !

Et quel monde étonnant dans lequel nous vivions !

Il fallait rebaptiser le génie génétique, c'était d'art qu'il fallait parler, d'art de la création, et aucune création n'était plus belle ni plus désirable que la création de l'intelligence.

Retrouvant son souffle, il se hissa hors de l'eau et se glissa sur le flanc incliné de la jetée. La jetée formait une barrière entre lui et le port. Il longea des rochers, tandis que les vagues se brisaient toujours sur sa gauche. Il avait accroché une lampe de plongée à son maillot de bain et il s'en servit pour progresser, pieds nus, précautionneusement pour ne pas glisser sur les rochers mouillés et se casser une jambe ou une cheville.

A quelques centaines de mètres devant lui, il apercevait les lumières de la ville et la bande argentée de la plage.

Il avait encore froid, mais moins que dans l'eau. Son cœur battait vite, mais moins vite qu'un instant plus tôt.

Il y arriverait...

Lem Johnson quitta son bureau du palais de justice pour aller rejoindre Cliff au port devant la place vide laissée par l'*Amazing Grace*. Le vent s'était levé. Les centaines de bateaux se balançaient sur leur poste d'amarrage ; le bois craquait, les mâts cliquetaient. Les lampes du port et les lanternes des bateaux projetaient des ombres mouvantes sur la surface brillante et noire à la place du douze mètres de Dilworth.

— Et la patrouille ?

— Ils l'ont suivi jusqu'à la mer. On aurait dit qu'il allait vers le nord, mais il s'est approché de la jetée et a fait demi-tour vers le sud.

— Dilworth les a vus ?

— Bien obligé. Pas de brouillard, des étoiles partout, il fait clair comme en plein jour.

— Tant mieux. Je veux qu'il reste sur ses gardes. Les garde-côtes ?

— Ils ont pris la relève. Ils suivent l'*Amazing Grace* à une centaine de mètres. Ils font route vers le sud.

— Ils savent qu'il peut essayer d'atteindre la côte avec un bateau de sauvetage ?

— Oui. Il ne peut pas faire ça sous leur nez sans qu'ils s'en aperçoivent.

— Et la vedette ? Ils sont sûrs qu'on les voit ?

— Ils sont éclairés comme un sapin de Noël.

— Parfait. Je veux que Dilworth sache que ce n'est même pas la peine d'essayer. Si on l'empêche de joindre les Cornell, ils finiront par appeler un jour où l'autre, et nous les aurons. Même s'ils appellent d'une cabine, nous aurons une idée de la région où ils se trouvent.

En plus des écoutes branchées sur les téléphones de Dilworth, la NSA avait installé un système permettant de bloquer la ligne dès que la liaison s'établirait et de la garder ouverte après que les deux parties auraient raccroché, jusqu'à ce que toutes les coordonnées aient été vérifiées. Même si Dilworth reconnaissait la voix de son correspondant et lui criait un mot d'avertissement, il serait trop tard. Bien sûr, il pouvait ne pas répondre, mais cela non plus n'aurait servi à rien, car, après la sixième sonnerie, l'équipement de la NSA « répondait » automatiquement à tous les appels, ce qui ouvrait la ligne et permettait de remonter à la source.

— Le seul problème, ce serait que Dilworth trouve un téléphone qui n'est pas sur écoute et prévienne les Cornell.

— Cela n'arrivera pas. Nous le suivons de près.

— Je ne serais pas si optimiste à ta place...

Soudain, une attache de métal vint cogner contre un espar, ce qui fit sursauter Lem.

— Mon père disait toujours que le pire se produit au moment où on s'y attend le moins.

— Avec tout le respect que je vous dois, monsieur,

dit Cliff en hochant la tête, plus je vous entends parler de votre père, plus je suis persuadé que c'était le plus grand pessimiste qui soit.

En regardant les bateaux qui se balançaient sur les vagues, Lem eut l'impression que c'était lui qui bougeait sur un monde vacillant.

— Oui... mon père était un chic type dans son genre, mais il était impossible à vivre parfois.

— Hé ! hurla tout d'un coup Hank Gorner en se précipitant du bateau où il avait passé toute la journée avec Cliff. Je viens d'être en contact avec le garde-côtes. Ils ont braqué leurs projecteurs sur l'*Amazing Grace*, pour les intimider, mais il paraît qu'ils ne voient pas Dilworth. Il n'y a que la femme.

— Mais enfin, c'est lui qui dirige le bateau ! s'écria Lem.

— Non, il n'y a pas de lumière sur l'*Amazing Grace*, mais les projecteurs éclairent suffisamment, c'est la femme qui est à la barre.

— Il doit être en bas, dit Cliff.

— Non, dit Lem, le cœur battant. Il ne serait pas en bas avec une mer pareille. Il serait aux aguets pour savoir s'il faut continuer ou rebrousser chemin. Il n'est pas à bord !

— Mais ce n'est pas possible ! Il n'est pas descendu avant que le bateau sorte.

Lem regarda le port clair et cristallin, vers le phare à l'extrémité de la jetée nord.

— Tu as dit que le bateau semblait aller vers le nord et qu'ensuite il a fait demi-tour vers le sud.

— Merde ! dit Cliff.

— C'est là qu'il est descendu. A la pointe de la jetée nord. Et pas en bateau, à la nage ! Mon Dieu !

— Il est trop vieux pour ce genre de plaisanteries.

— Apparemment non. Il a fait le tour de l'autre côté, et maintenant, il cherche une cabine publique sur les plages nord. Il faut l'en empêcher, et vite !

Cliff mit les mains devant sa bouche et cria les noms des agents répartis sur les bateaux du port. Sa voix portait et résonnait platement à la surface de l'eau malgré le vent. Les hommes arrivèrent en courant, et déjà Lem se précipitait vers sa voiture.

Le pire se produit au moment où l'on s'y attend le moins.

— Regarde ! dit Nora à Travis qui rinçait la vaisselle.

Il se retourna et la vit près de l'écuelle d'Einstein. Il n'y avait plus d'eau, mais il avait à peine touché à son dîner.

— Depuis quand laisse-t-il la moitié de son assiette ?

— Jamais, dit Travis en fronçant les sourcils. Ces derniers jours, je pensais qu'il avait le rhume, mais il m'a dit qu'il allait bien et aujourd'hui je ne l'ai pas entendu tousser ou éternuer une seule fois.

Ils allèrent au salon où le retriever lisait *La Beauté du diable* grâce à sa machine.

Ils s'agenouillèrent près de lui.

— Einstein, tu es malade ? demanda Nora.

Un petit aboiement. *Non.*

— C'est bien sûr ?

La queue s'agita. *Oui.*

— Tu n'as presque rien mangé, dit Travis.

Le chien bâilla.

— Tu veux nous dire que tu es fatigué ? dit Nora.

Oui...

— Si tu ne te sens pas bien, tu nous le diras tout de suite, n'est-ce pas, Poilu ?

Oui.

Nora insista pour examiner les yeux, la gueule et les oreilles d Einstein, mais elle ne vit rien.

— Il n'y a rien d'anormal. Même les superchiens ont le droit d'être fatigués de temps en temps.

Le vent froid qui s'était levé rapidement soulevait les vagues.

Garrison qui n'était plus que chair de poule atteignit la rive de l'autre côté de la jetée nord. Il se sentait soulagé de quitter les pierres rugueuses et de retrouver le sable. Il avait dû se couper les pieds car ils le brûlaient terriblement, et son pied gauche le piquait à chaque pas, le forçant à boiter.

Au début, il resta près des vagues, assez loin du parc bordé d'arbres derrière la plage, car on l'aurait remarqué plus facilement sous les lampadaires qui illuminaient les palmiers. Pourtant, personne ne le chercherait là, il était sûr que sa petite ruse avait réussi, mais mieux valait ne prendre aucun risque.

Les rafales de vent lui envoyaient des embruns au visage, si bien qu'il avait l'impression de marcher parmi des toiles d'araignées. Cela lui piquait les yeux qui s'étaient finalement remis du plongeon et il dut s'éloigner du bord et marcher sur le sable mou, tout en veillant à rester dans l'ombre.

Il y avait des jeunes gens sur la plage, bien équipés contre le froid, qui flirtaient sous des couvertures ou fumaient par petits groupes en écoutant de la musique. Une dizaine d'adolescents discutaient près de deux véhicules tout-terrain qui n'étaient pas autorisés sur la plage pendant la journée, et sans doute pas non plus la nuit. Ils buvaient de la bière près d'un trou où ils pourraient enterrer leurs bouteilles si la police arrivait. Ils parlaient très fort, de filles et de courses de chevaux surtout. Personne ne prêta attention à Garrison. En Californie, au pays des fanatiques de la santé et de la diététique, il n'y avait rien d'étonnant à voir un vieil homme se baigner la nuit dans l'eau glacée et faire un jogging sur la plage. C'était même aussi normal que de voir un prêtre dans une église.

Garrison scruta le parc sur sa droite, à la recherche d'un téléphone public. Les cabines, deux par deux, seraient vraisemblablement illuminées, en bordure d'un chemin de béton ou près des toilettes publiques.

Il commençait à désespérer, certain d'avoir passé plusieurs cabines sans les voir, mais finalement, il vit ce qu'il cherchait : deux téléphones publics abrités sous des coques insonorisées. Bien éclairés. Ils se trouvaient à une centaine de mètres de la plage à mi-chemin entre le sable et la rue qui longeait le parc de l'autre côté.

Il ralentit pour retrouver son souffle et marcha à travers la pelouse sous les feuilles agitées de trois palmiers royaux. Il se trouvait encore à une quarantaine de mètres lorsqu'il vit une voiture s'approcher à grande vitesse. Soudain, elle freina et s'arrêta dans un crissement de pneus. Garrison ne savait pas qui c'était mais préféra ne pas prendre de risque. Il se glissa derrière l'abri gentiment fourni par un palmier à double tronc qui, par chance, n'était pas illuminé de lampes décoratives. Entre les deux parties du tronc, il avait une bonne vue sur les téléphones et sur le chemin qui menait vers la voiture.

Deux hommes en sortirent. L'un courut vers le nord, et regarda tout autour de lui, à la recherche de quelque chose.

L'autre se dirigea vers l'intérieur du parc, quand il s'approcha de la zone éclairée près des téléphones, Garrison le reconnut.

Lemuel Johnson.

Derrière le tronc de ses palmiers siamois, Garrison resserra les bras le long de son corps ; il était sûr que les troncs lui fournissaient un abri suffisant, mais il ressentait néanmoins le besoin de se recroqueviller.

Johnson alla vers le premier téléphone, leva l'écouteur et essaya de l'arracher. C'était un modèle à une corde métallique flexible, et ses efforts restèrent sans effet. Finalement, maudissant l'instrument, il finit par arracher l'émetteur de sa corde et le jeta dans le parc. Ensuite, il s'attaqua à la seconde cabine.

Pendant un instant, tandis que Johnson s'éloignait des téléphones et se dirigeait vers sa voiture, l'avocat crut qu'on l'avait vu. Pourtant, Johnson s'arrêta un peu plus loin, scruta le parc en direction de la mer et de la plage. Son regard ne sembla pas s'attarder sur les palmiers.

— Espèce de vieux cinglé ! dit-il avant de retourner à la hâte vers sa voiture.

Tapi dans l'ombre, Garrison sourit ; il savait de qui

parlait l'agent de la NSA. Tout d'un coup, il ne souffrait plus du vent qui balayait la nuit.

Vieux cinglé ou James Bond du troisième âge, qu'importe, c'était encore un homme avec lequel il fallait compter.

Dans le sous-sol de la compagnie des téléphones, les agents Rick Olbier et Denny Jones surveillaient la table d'écoute branchée sur les lignes de Dilworth, chez lui et à son cabinet. Pour passer le temps durant cette tâche fastidieuse, ils jouaient aux cartes, bataille et belote de comptoir, ce qui n'était guère passionnant, mais la simple idée de jouer au poker à deux les décourageait.

Quand il y eut un appel chez Dilworth à huit heures et quart, Olbier et Jones réagirent avec une animation excessive par rapport à la situation, mais ils avaient désespérément besoin d'action. Olbier laissa tomber sa main sur le sol et Jones rejeta son jeu sur la table pour aller se précipiter vers les écouteurs, comme si, aux plus graves moments de la Seconde Guerre mondiale, ils allaient capter une conversation entre Hitler et Goering.

Leur équipement devait, en cas de non-réponse, ouvrir la ligne après la sixième sonnerie. Comme ils savaient que l'avocat n'était pas chez lui, Olbier tourna un bouton pour prendre l'appel dès la seconde sonnerie.

Sur l'écran vert de l'ordinateur, les mots « EN COURS DE RECHERCHE » s'inscrivirent.

— Allô ? dit une voix d'homme.

— Allô, répondit Jones dans le micro de son casque.

Le numéro correspondant et son adresse de Santa Barbara s'affichèrent. Ce système fonctionnait un peu comme le 911, le numéro d'urgence de la police, et permettait de retracer l'appel instantanément. Le nom d'une société venait de s'afficher au-dessus du numéro : VENTE PAR TÉLÉPHONE.

— Monsieur, j'ai le plaisir de vous annoncer que

vous avez été sélectionné pour recevoir gratuitement une photographie de votre choix en 18 × 24 ainsi que dix photos...

— Qui est à l'appareil ? demanda Jones.

L'ordinateur cherchait à présent dans l'annuaire par rue pour vérifier l'adresse du correspondant.

— Je vous appelle de la part d'Olin Mills, le meilleur studio de photographie...

— Un instant, dit Jones.

L'ordinateur vérifia également l'identité du sous-cripteur qui avait commandité l'appel. Dilworth recevait un appel publicitaire, rien de plus.

— Cela ne m'intéresse pas, dit Jones sèchement avant de raccrocher.

— Flûte ! dit Olbier.

— Un coup pour rien !

En plus des six hommes déjà sur le port, Lem en appela quatre autres en renfort au quartier général temporaire du palais de justice.

Il en posta cinq le long du parc qui bordait l'océan afin qu'ils surveillent la grande avenue séparant le parc du quartier des affaires qui regorgeait de restaurants, boutiques cadeaux et magasins. Bien sûr, il y avait des téléphones partout, et certains hôtels avaient même installé des cabines publiques devant la réception. A cette heure de la journée, la plupart des magasins étaient fermés, mais il en restait suffisamment pour que Dilworth puisse prévenir les Cornell. Il fallait l'empêcher de traverser la rue !

Le vent froid prenait de la vigueur. Les hommes se tenaient les mains dans les poches, tête baissée, tremblants.

Les branches des palmiers se balançaient bruyamment dans les rafales. Affolés, les oiseaux poussaient des petits cris puis se calmaient.

Lem envoya également un homme à l'angle sud-ouest du parc, près de la jetée qui séparait la plage du port de l'autre côté.

Un septième homme prit position à l'angle nord-ouest, pour s'assurer que Dilworth ne poursuivrait pas son chemin vers les plages privées et les résidences où il pourrait persuader quelqu'un de lui laisser utiliser son téléphone personnel.

Lem, Cliff et Hank fouillaient le parc. Lem savait qu'il manquait d'hommes pour ce genre d'opération, mais c'étaient les seuls dont il disposait, à part Olbier et Jones qui surveillaient la ligne de Dilworth. Cela n'aurait servi à rien d'appeler des renforts à Los Angeles : au moment où ils arriveraient, ou on aurait retrouvé Dilworth, ou il aurait réussi à prévenir ses amis.

Le véhicule tout terrain à ciel ouvert était équipé d'un arceau. Il avait deux sièges baquets devant un plateau d'un mètre vingt qui permettait de faire monter d'autres passagers ou de transporter une masse impressionnante de matériel.

Garrison était allongé sur le ventre sous une couverture. Il y avait deux jeunes garçons à l'avant ainsi que deux autres, installés sur le dos de l'avocat, étalés de tout leur long, comme s'ils s'appuyaient sur une pile de couvertures. Ils essayaient de ne pas peser de tout leur poids, pourtant Garrison avait l'impression d'être écrasé.

Le bourdonnement aigu du moteur rappelait une abeille en colère et assourdissait Garrison dont l'oreille gauche collée au sol amplifiait chaque vibration.

Par chance, le sable lisse évitait les heurts.

Le véhicule ralentit, le bruit du moteur se tut presque.

— Merde, murmura l'un des garçons à Garrison, il y a un type qui braque une lampe de poche sur nous.

Ils s'arrêtèrent et par-dessus le ronronnement du moteur, Garrison entendit un homme demander :

— Hé, les gars, où allez-vous ?

— Au bout de la plage.

— C'est propriété privée par là, qu'est-ce que vous allez y faire ?

— C'est là qu'on habite.

— Ah oui ?

— Et pourquoi ? On n'a pas l'air de fils à papa dévergondés, peut-être ? dit l'un des garçons jouant au malin.

— Qu'est-ce que vous fabriquiez ?

— Rien, on a été faire un tour, se balader, mais il fait froid.

— Vous avez bu ?

Imbécile ! pensa Garrison. C'est à des adolescents que tu t'adresses, des pauvres gosses perturbés en rébellion contre toute forme d'autorité pour encore quelques années. Ils m'ont à la bonne, parce que j'ai la police aux trousses, et ils resteront de mon côté, même sans savoir ce que j'ai fait. Si tu veux leur coopération, ce n'est vraiment pas comme ça qu'il faut t'y prendre !

— Nous, boire ? Sûrement pas. Vous pouvez vérifier la glacière, il n'y a que de la limonade.

Garrison, coincé contre ladite glacière, espérait qu'on ne viendrait pas vérifier l'arrière du véhicule. A cette distance, l'homme reconnaîtrait sûrement une forme vaguement humaine sous la couverture.

— De la limonade ? Parce que toutes les canettes sont vides, je suppose ?

— Hé, qu'est-ce que c'est que toutes ces questions, dit Tommy, vous êtes de la police ?

— Euh, en fait oui.

— Et votre uniforme ?

— Je suis en civil. Ecoutez les garçons, je suis prêt à vous laisser partir sans vous faire passer d'alcootest. Mais il faut que je sache... Vous n'auriez pas vu un vieux monsieur aux cheveux gris sur la plage ?

— Oh, on s'occupe pas des vieux, nous c'est les nanas qui nous intéressent !

— Vous l'auriez remarqué, il est sûrement en maillot de bain.

— Cette nuit ? On est presque en décembre, vous avez vu ce zef !

— Ben, il portait peut-être autre chose.

— J'ai rien vu, dit Tommy. Pas de vieux aux cheveux blancs en tout cas. Et vous, les gars, vous l'avez vu ?

Les trois autres confirmèrent qu'ils n'avaient pas vu de vieux fou correspondant à la description et on les laissa partir vers les plages privées.

De l'autre côté d'une colline, une fois hors de vue, ils libérèrent Garrison qui s'assit à côté d'eux, soulagé.

Tommy raccompagna les trois autres garçons chez eux et emmena Garrison chez lui car ses parents étaient sortis pour la soirée. Il habitait dans une maison qui ressemblait à un bateau, avec des ponts à plusieurs niveaux, accrochée à une falaise, tout en verre, en angles bizarres.

En suivant Tommy dans le vestibule, Garrison se regarda dans le miroir. Il n'avait plus rien de l'avocat très digne à la chevelure argentée bien connu à la cour. Il avait les cheveux mouillés, sales, emmêlés, le visage taché. Du sable, de l'herbe et des algues s'accrochaient à sa peau et se collaient dans les poils de sa poitrine. Il adressa un sourire heureux à son reflet.

— Le téléphone est là.

Après avoir mangé, fait la vaisselle et s'être inquiétés du manque d'appétit d'Einstein, Nora et Travis avaient oublié qu'ils devaient appeler Dilworth pour le remercier de leur avoir envoyé les peintures. Ils étaient déjà devant la cheminée quand Nora s'en souvint enfin.

D'habitude, ils appelaient Garrison d'une cabine à Carmel, mais la précaution s'était avérée inutile et, ce soir-là, ni l'un ni l'autre ne se sentait d'humeur à prendre la voiture.

— On pourrait l'appeler de Carmel demain, dit Travis.

— Cela ne risque rien d'appeler d'ici. Si on avait découvert une relation, il nous aurait prévenus.

— Il ne le sait peut-être pas, il ne sait peut-être pas qu'on le surveille.

— Garrison s'en apercevrait, dit-elle fermement.

— Oui, certainement, dit Travis.

— Alors, je l'appelle.

Elle était tout près du téléphone quand la sonnerie retentit.

— J'ai un appel en PCV d'un certain M. Garrison Dilworth de Santa Barbara, vous prenez la communication ?

Quelques minutes avant dix heures, après avoir mené une fouille exhaustive qui n'avait malheureusement rien donné, à contrecœur, Lem admit que Garrison avait réussi à les doubler. Il renvoya ses hommes au quartier général et au port.

Avec Cliff, il retourna également vers le yacht sur lequel ils avaient installé leur poste de surveillance. En appelant le garde-côtes, qui suivait l'*Amazing Grace*, ils apprirent que l'amie de Dilworth avait fait demi-tour un peu avant Ventura et qu'elle rentrait sur Santa Barbara.

Elle s'engagea dans le port à dix heures trente-six.

Devant la place vide du bateau de Garrison, Lem et Cliff, recroquevillés, l'observèrent manœuvrer habilement vers la bitte d'amarrage. C'était un beau bateau, merveilleusement manié.

Elle eut le toupet de les appeler.

— Hé, vous ! Ne restez pas comme ça ! Attrapez les cordes et aidez-moi à l'amarrer.

Ils s'exécutèrent surtout parce qu'ils avaient envie de parler avec elle au plus vite et que ce n'était pas possible tant que l'*Amazing Grace* n'était pas en sécurité à quai.

Après avoir prêté leur assistance, ils grimpèrent par la passerelle. Cliff portait des bottes de caoutchouc qui complétaient son déguisement de pêcheur, mais Lem, en chaussures de ville, hésitait à marcher sur le pont mouillé, d'autant plus que le bateau se balançait dans la houle.

Avant qu'ils aient eu le temps de prononcer un mot, une voix derrière eux dit poliment :

— Si vous voulez bien m'excuser, messieurs...

Lem se retourna et vit Garrison Dilworth à la lueur

d'un lampadaire qui montait sur le bateau derrière eux. Il portait des vêtements qui ne lui appartenaient pas. Le pantalon trop large à la taille tenait grâce à une ceinture, les jambes trop courtes laissaient voir les chevilles nues, la chemise était beaucoup trop ample.

— ... il faudrait que je passe des vêtements chauds et que je prenne un peu de café pour...

— Nom de Dieu ! dit Lem.

— ... dégeler ces vieux os.

Après un moment d'étonnement, Cliff laissa échapper un rire rauque.

— Excusez-moi, dit-il en regardant Lem.

Soudain, Lem fut pris d'une terrible crampe à l'estomac. Il ne sourcilla pas, ne se courba pas en deux, ne mit pas même la main sur son estomac, car tout signe de douleur n'aurait fait que renforcer la satisfaction de Dilworth. Il regarda simplement l'avocat, se tourna vers la femme et descendit du bateau sans prononcer une parole.

— Fichu clébard, dit Cliff en posant le pied sur le quai, il inspire une sacrée dose de loyauté !

Plus tard, dans une chambre d'hôtel, car il était trop fatigué pour fermer son bureau temporaire et retourner chez lui dans le comté d'Orange, Lem repensa aux paroles de Cliff. Une sacrée dose de loyauté.

Lem se demanda s'il avait jamais connu un sentiment aussi fort que celui que les Cornell et Dilworth éprouvaient pour le retriever. Il se tournait et se retournait dans son lit, incapable de dormir, et se rendit compte qu'il ne lui servirait à rien d'essayer de fermer un œil tant qu'il ne se serait pas prouvé que lui aussi était capable du même degré de loyauté, de la même force d'engagement que les Cornell et leur avocat.

Il s'assit dans le noir et s'appuya contre le bois de lit.

Bien sûr, il était loyal envers sa patrie, qu'il aimait et honorait. Il était loyal envers la NSA. Mais envers qui d'autre ? Karen, sa femme. Il lui était fidèle dans son esprit, dans son cœur et dans son corps. Il aimait Karen. Cela faisait près de vingt ans qu'il l'aimait.

— Ouais, se dit-il à voix haute, à deux heures du matin dans sa chambre vide. Si tu es si loyal envers Karen, pourquoi n'es-tu pas avec elle en ce moment ?

Il était injuste envers lui-même. Il avait son travail... un travail important.

— C'est bien ça l'ennui, murmura-t-il, tu es toujours ailleurs, à faire quelque chose d'important.

Il dormait à l'extérieur plus de cent nuits par an, presque une nuit sur trois. Et quand il était chez lui, il était toujours préoccupé par l'affaire en cours. Autrefois, Karen voulait des enfants, mais Lem avait sans cesse différé le moment de fonder une famille, prétextant qu'il ne pouvait pas assumer la responsabilité des enfants tant que sa carrière ne s'était pas stabilisée.

Stabilisée ? Mon pauvre ! Tu as hérité de l'argent de ton père, tu as commencé avec plus d'assises que la plupart des gens.

S'il était aussi loyal envers Karen que ces gens envers ce clébard, les désirs de sa femme auraient dû passer avant tout. Si Karen voulait une famille, la famille aurait dû avoir la préséance sur sa carrière. Pas vrai ? Il aurait au moins pu trouver un compromis et avoir des enfants au début de la trentaine. A présent, il avait quarante-cinq ans, presque quarante-six, et Karen quarante-trois, il était trop tard.

Soudain, Lem fut envahi d'une immense solitude.

Il se leva, alla à la salle de bains, alluma la lumière et se regarda dans le miroir. Il avait les yeux enfoncés et injectés de sang. Il avait tant maigri qu'il ressemblait presque à un squelette.

Les crampes à l'estomac le reprirent et il se pencha vers le lavabo, en s'accrochant des deux mains. Cela ne faisait que quelques mois qu'il souffrait ainsi, mais son état empirait avec une vitesse vertigineuse. La douleur mit longtemps avant de s'atténuer.

Tu n'es même pas loyal envers toi-même, se dit-il en levant de nouveau les yeux vers le miroir, espèce de crétin ! Tu te tues au travail, et tu n'es même pas capable de t'arrêter cinq minutes. Pas loyal envers Karen, pas loyal envers toi. Même pas loyal envers ta patrie, quand on y songe sérieusement. La seule chose à laquelle tu restes loyal, c'est aux âneries de ton loufdingue de père qui voit la vie comme une fichue corde de funambule.

Loufdingue.

Le mot sembla résonner dans la pièce longtemps après qu'il l'eut prononcé. Il avait toujours aimé et respecté son père, n'avait jamais murmuré le moindre mot contre lui. Et pourtant, aujourd'hui, il avait admis devant Cliff qu'il était impossible à vivre. Et maintenant, il le traitait de loufdingue ! Il l'aimait, l'aimerait toujours, mais il se demandait si on pouvait aimer quelqu'un et en même temps rejeter complètement tout ce qu'il vous avait appris.

Un an, un mois, quelques jours plus tôt, il aurait dit qu'il était impossible de conserver son amour tout en restant soi-même, mais à présent, non seulement séparer l'amour de son père de son aliénation à sa conception de maniaque du travail lui paraissait possible, mais c'était indispensable.

— Qu'est-ce qui m'arrive ?

La liberté ? La liberté enfin ? A quarante-cinq ans ?

Il plissa les yeux dans le miroir.

— Non, presque quarante-six.

Chapitre neuf

1

Le dimanche, Einstein manifesta encore un manque d'appétit, mais le lundi 29 novembre, tout semblait être rentré dans l'ordre. Le mardi, il dévora son repas jusqu'à la dernière miette et se replongea dans la lecture. Il n'éternua qu'une seule fois et ne toussa pas. Il buvait plus qu'à l'ordinaire, mais néanmoins sans excès. Il passait beaucoup de temps près de la cheminée et se promenait dans la maison sans grande énergie, mais l'hiver approchait, et à cette saison les comportements des animaux se modifient.

Nora acheta une encyclopédie canine dans une librairie de Carmel, mais après avoir passé plusieurs heures à la table de la cuisine à analyser toutes les significations possibles des symptômes d'Einstein, elle découvrit que cela pouvait tout dire ou ne rien dire.

— La seule chose qui est sûre, dit-elle à Travis, c'est que les chiens ne s'enrhument pas !

Quand elle eut terminé sa lecture, les malaises d'Einstein s'étaient considérablement réduits et elle en déduisit qu'il était probablement en bonne santé.

Dans le cagibi, Einstein leur transmit un message en lettres de Scrabble.

ME PORTE COMME UN CHARME.

— Bon, je suppose que tu es le mieux placé pour le savoir, lui dit Travis en le caressant.

POURQUOI DIT-ON SE PORTER COMME UN CHARME ?

Travis réfléchit un instant et se rendit compte qu'il

ne connaissait pas l'origine de cette expression. Nora non plus n'était pas sûre de son explication. A cause des arbres peut-être ?

Sortant d'autres lettres, le retriever demanda :

POURQUOI SOLIDE COMME UN DOLLAR ?

— Ça, c'est plus facile, dit Nora. Il y a eu une époque où le dollar était la plus forte de toutes les monnaies. Pendant des années, il y a eu moins d'inflation aux Etats-Unis que dans les autres pays. Il n'y avait aucune raison de ne pas faire confiance à la monnaie américaine. Bien sûr, ce n'est plus tout à fait le cas de nos jours, mais on se sert toujours de l'expression.

POURQUOI ?

— Par habitude.

ET POURQUOI UNE SANTÉ DE CHEVAL ? LES CHEVAUX NE SONT JAMAIS MALADES ?

— Si, ce sont des animaux plutôt fragiles, et comme ils sont assez gros, pour les soigner, il leur faut des doses assez importantes, c'est pour cela qu'on parle de remède de cheval.

ALORS, UN REMÈDE DE CHEVAL, CE N'EST PAS FORCÉMENT UN BON REMÈDE ?

— Il faut t'y faire, nous, les hommes, nous disons parfois des choses qui ne veulent rien dire.

VOUS ÊTES DE DRÔLES D'ANIMAUX.

Travis et Nora se regardèrent en riant.

Le retriever ajouta : MAIS JE VOUS AIME BIEN QUAND MÊME.

La curiosité et le sens de l'humour d'Einstein indiquaient encore mieux que son appétit qu'il avait retrouvé sa forme.

C'était le mardi.

Le mercredi, tandis que Nora peignait dans son atelier, Travis se livrait à la vérification de routine de son système de sécurité.

Dans chaque pièce, il avait soigneusement dissimulé une arme derrière les meubles ou dans un placard, mais toujours facilement accessible. Il avait des Mossberg, quatre Magnum de combat Model 19 Smith & Wesson chargé avec du .357, deux .38 qu'ils emportaient avec eux dans le camion et la Toyota, une carabine Uzi et deux pistolets Uzi. Ils auraient pu obtenir leur arsenal tout à fait légalement avec une adresse dans la région, mais Travis n'avait pas voulu attendre si longtemps. Il voulait arriver dans sa nouvelle maison avec un armement complet, c'est pourquoi, grâce à Van Dyne, ils s'étaient mis en contact avec un trafiquant de San Francisco qui leur avait fourni tout ce dont ils avaient besoin. Ils auraient aussi pu acheter un kit de conversion de leur Uzi chez un véritable négociant, mais comme ils avaient pu se le procurer à San Francisco également, les Uzi étaient maintenant des armes automatiques.

Travis allait de pièce en pièce, s'assurant que les armes étaient bien à leur place, que le mécanisme était propre et bien huilé et qu'elles étaient chargées. Il savait que tout était en ordre, mais cette inspection hebdomadaire le rassurait. Bien qu'il ait quitté l'uniforme depuis plusieurs années, son vieil entraînement le marquait toujours, et l'imminence du danger activait les vieux réflexes.

Un Mossberg en main, il fit le tour de la cour, accompagné d'Einstein, pour vérifier toutes les cellules à infrarouge dissimulées dans des rochers ou sur des plantes, accrochées au tronc d'un arbre ou à l'angle de la maison et même sur les pins qui bordaient l'allée. Il avait acheté tout cet équipement chez un négociant en électronique de San Francisco. C'était un matériel déjà obsolète, bien en retard sur la pointe de la technologie de surveillance, mais il le connaissait bien pour l'avoir utilisé à Delta Force et cela suffisait largement à leurs besoins. Les fils des senseurs qui passaient sous terre étaient reliés à une boîte centrale placée dans le placard de la cuisine. La nuit, quand le système était branché, aucun animal plus gros qu'un raton laveur n'aurait pu s'approcher à moins de dix mètres de la maison ni entrer dans la grange sans donner l'alarme. Il n'y avait ni sonnerie ni sirène qui aurait pu mettre l'Autre en fuite. Ils ne voulaient pas le chasser, ils voulaient le *tuer*. Quand l'alarme était déclenchée, elle mettait en route tous les réveils et toutes les horloges de la maison, réglés à leur plus bas régime pour ne pas effrayer l'Autre, mais cela suffirait néanmoins à réveiller Travis et Nora.

Ce jour-là, tous les senseurs étaient en place, comme d'habitude. Travis n'eut qu'à enlever la mince pellicule de poussière qui s'était déposée pendant la semaine.

— Le château est en parfait état, dit Travis.

Einstein aboya son approbation.

Dans la grange Travis et Einstein examinèrent l'équipement qui, espéraient-ils, réserverait une mauvaise surprise à l'Autre.

Dans un coin, à gauche de la porte coulissante, Travis avait placé un réservoir d'acier pressurisé. Dans le coin opposé, en diagonale, derrière la voiture et le camion, se trouvait un deuxième réservoir identique. Ils ressemblaient à de grosses bouteilles dont on se sert pour faire la cuisine sur les terrains de camping. Pourtant, ils ne contenaient pas du propane mais un oxyde de nitrate, parfois appelé à tort gaz hilarant. Effectivement, la première bouffée donnait une irrépressible envie de rire, mais la deuxième vous assommait avant que l'on comprenne ce qui se passe. Les dentistes et les chirurgiens s'en servaient souvent comme anesthésique. D'ailleurs, Travis l'avait acheté dans une boutique de matériel médical de San Francisco.

Après avoir allumé les lumières de la grange, Travis vérifia les jauges. Pression maximale.

En plus de la grande porte coulissante à l'avant, il y en avait une plus petite à l'arrière. C'étaient les deux seules entrées car Travis avait muré les deux fenêtres. La nuit, lorsque le système d'alarme était branché, la petite porte restait ouverte, dans l'espoir que l'Autre, pour observer la maison de l'intérieur, se laisserait prendre au piège. Dès qu'il ouvrirait la porte, il déclencherait un mécanisme qui refermerait la porte derrière lui. La porte coulissante, verrouillée de l'extérieur, préviendrait toute tentative de fuite.

Au même instant, l'oxyde de nitrate se libérerait en

moins d'une minute, grâce à des valves de sécurité reliées au système d'alarme. Il avait hermétiquement bouché tous les interstices de la grange afin que les gaz ne s'échappent pas avant qu'on ouvre la porte de l'extérieur.

L'Autre ne pourrait pas se réfugier dans le camion ou la Toyota car les portes seraient verrouillées. Même s'il brisait une fenêtre, le gaz envahirait tout. Il perdrait connaissance en moins d'une minute. Travis avait pensé employer un gaz asphyxiant qu'il aurait sans doute pu se procurer dans les bas-fonds de San Francisco, mais si quelque chose tournait mal, cela aurait pu être trop dangereux pour eux.

Une fois que l'Autre aurait succombé au gaz, Travis n'aurait plus qu'à ouvrir la porte, aérer la grange, entrer avec sa carabine Uzi et tirer sur la bête inconsciente. Au pire, même si le temps nécessaire à l'aération permettait à l'Autre de reprendre connaissance, il serait toujours groggy et facile à anéantir.

Une fois sûrs que tout allait bien, Travis et Einstein retournèrent vers la maison. L'air de décembre était froid, mais il n'y avait pas le moindre vent. La forêt semblait parfaitement tranquille. Les arbres se dressaient immobiles contre un ciel d'ardoise très bas.

— Est-ce que l'Autre arrive ? demanda Travis.

Oui.

— Il est proche ?

Einstein huma l'air cinglant, se dirigea vers les bois du nord, pencha la tête, scruta la forêt et répéta ce rituel du côté sud.

Travis avait l'impression qu'Einstein n'employait pas vraiment ses yeux ou son flair pour localiser l'Autre. Il possédait un sens différent de ce qui lui aurait permis de retrouver la trace d'un cougar ou d'un écureuil, une sorte de sixième sens, un pouvoir télépathique, ou presque. S'il utilisait sa vue et son odorat, c'était seulement pour déclencher ce sixième sens, ou bien par simple habitude.

Einstein revint enfin et émit un drôle de gémissement.

— Il approche ?

Einstein observa encore la forêt, comme s'il n'était pas sûr de la réponse.

— Einstein ? Quelque chose ne va pas ?

Finalement le retriever aboya. *Non.*

— Il arrive ?

Une hésitation. *Non.*

— Tu en es certain ?

Oui.

— Vraiment certain ?

Oui.

Devant la maison, Einstein s'éloigna de Travis qui ouvrait la porte et retourna vers les marches du porche pour jeter un dernier regard sur la cour et la forêt silencieuse et ombragée. Tremblant légèrement, il suivit Travis à l'intérieur.

Pendant l'inspection du système de défense, le retriever s'était montré plus affectueux que d'habitude. Il se frottait contre les jambes de Travis, cherchait, par un moyen ou un autre, à se faire caresser, gratter, dorloter. Le soir, tandis qu'ils jouaient au Scrabble tous les trois assis sur le sol du salon, le chien continua à vouloir attirer l'attention. Il posait sans cesse la tête sur les genoux de Nora ou de Travis, comme s'il trouvait son bonheur à être ainsi caressé jusqu'à l'été suivant.

Depuis le jour de leur rencontre, dans les collines de Santa Ana, Einstein avait traversé des moments où son attitude était purement canine, à tel point qu'il devenait difficile de croire à son intelligence quasi humaine. Ce soir-là, il manifestait ce genre d'humeur. Malgré son habileté au Scrabble, où il arrivait deuxième derrière Nora et prenait un malin plaisir à faire des mots qui avaient un rapport avec sa grossesse encore invisible, il ressemblait plus à un chien qu'à autre chose.

Nora et Travis finirent la soirée en lisant — des romans policiers — mais Einstein leur dit de ne pas prendre la peine d'insérer un livre dans son appareil tourne-page. Il se coucha au pied du fauteuil de Nora et s'endormit immédiatement.

— Il est toujours un peu patraque.

— Oui, mais il a bien mangé, répondit Travis, et la journée a été longue.

Dans son sommeil, le chien respirait régulièrement et Travis ne s'inquiétait pas. En fait, il était même plus confiant en l'avenir qu'il ne l'avait été depuis longtemps. La vérification de son système de défense lui avait confirmé qu'il pourrait vaincre l'Autre à son arrivée. Et, grâce au courage et au dévouement de Garrison Dilworth, les recherches du gouvernement étaient bloquées, peut-être pour toujours. Nora s'était remise à la peinture avec enthousiasme et Travis avait décidé d'utiliser sa licence d'agent immobilier au nom de Samuel Hyatt pour reprendre les affaires une fois qu'il en aurait fini avec l'Autre. Et si Einstein était toujours un peu patraque, il avait néanmoins plus d'énergie que ces derniers jours et retrouverait sa forme le lendemain ou le surlendemain au plus tard.

Le lendemain matin, il se leva avant Nora. Une fois qu'il eut pris sa douche et qu'il se fut habillé, elle se leva elle aussi. En allant à la salle de bains, elle l'embrassa sur les lèvres et lui murmura des mots d'amour. Elle avait les yeux gonflés, l'haleine lourde, les cheveux ébouriffés, mais il l'aurait immédiatement entraînée vers le lit si elle n'avait pas précisé :

— Il faut que tu attendes cet après-midi, Roméo. Pour le moment, la seule chose dont j'ai envie c'est de café et d'œufs au bacon.

Travis descendit et ouvrit les volets pour laisser entrer la lumière. Le ciel était aussi bas et aussi gris que la veille, il allait sans doute pleuvoir avant la fin de la journée.

Il remarqua que la porte du garde-manger était ouverte et la lumière encore allumée. Il alla voir si Einstein y était encore mais il n'y avait plus trace du chien à part un message élaboré pendant la nuit.

CHARME BRISÉ. PAS DE MÉDECIN. JE NE VEUX PAS RETOURNER AU LABO. J'AI PEUR. PEUR.

Oh, non ! Pas ça !

— Einstein ! cria Travis en sortant du cagibi.

Pas d'aboiements, pas de pas qui trottaient dans l'escalier.

Les volets étaient toujours fermés dans la cuisine et la lumière du cagibi ne suffisait pas à éclairer la pièce. Travis alluma.

Einstein n'y était pas.

Il courut au salon. Pas de chien.

Le cœur battant presque douloureusement, Travis se précipita à l'étage, grimpant les marches deux à deux. Il regarda dans la future chambre d'enfant et dans l'atelier de Nora. Pas d'Einstein, pas plus que dans la chambre à coucher. Travis, dans son désespoir, regarda même sous le lit. Il se demandait où le chien avait bien pu passer et, en entendant Nora chanter sous la douche — elle ne savait pas ce qui se passait — il s'apprêtait à aller la prévenir lorsqu'il pensa à la salle de bains du rez-de-chaussée. Il dégringola l'escalier si vite qu'il faillit en perdre l'équilibre. En bas, entre la cuisine et le salon, il trouva ce qu'il redoutait le plus.

La pièce empestait. Le chien, toujours soigneux, avait vomi dans les toilettes mais n'avait pas eu la force ou la présence d'esprit de tirer la chasse d'eau. Einstein gisait par terre, sur le flanc. Travis s'agenouilla à côté de lui. Il n'était pas mort, pas encore, car il respirait toujours, dans un souffle rauque. Il essaya de lever la tête quand Travis lui parla mais il fut incapable de bouger.

Mon Dieu, ses yeux !

Le plus doucement possible, Travis leva la tête du chien et vit que les yeux si merveilleusement expressifs étaient laiteux. Un liquide jaunâtre coulait et se collait à la fourrure dorée. En posant la main sur la poitrine du retriever, Travis s'aperçut que le cœur battait anarchiquement.

— Non ! Non, non ! Ça ne va pas se passer comme ça, mon garçon. Je ne te laisserai pas mourir !

Il reposa la tête du retriever sur le sol et se leva.

Le chien poussa un gémissement à peine audible, comme pour dire qu'il ne voulait pas rester seul.

— Je reviens tout de suite, tiens bon, mon gars. Je reviens.

Il grimpa l'escalier encore plus vite que la première fois. Son cœur battait avec une telle force qu'il lui semblait qu'il allait sauter de sa poitrine. Il avait le souffle court et rapide.

— Vite, habille-toi, il faut aller chez le vétérinaire. Pour l'amour du ciel dépêche-toi! cria-t-il, précipitamment.

— Qu'est-ce qui se passe?

— Einstein, dépêche-toi. Il est en train de mourir.

Il attrapa une couverture sur le lit, laissa Nora et retourna en hâte vers la salle de bains. Le râle du retriever semblait encore plus rauque qu'auparavant. Travis plia la couverture en quatre et la glissa sous le chien.

— Allez, ne t'en fais pas, tout ira bien.

Einstein émit un gémissement de douleur, comme si tout mouvement lui faisait mal.

Nora apparut, boutonnant son chemisier humide car elle n'avait pas eu le temps de se sécher.

— Non, Poilu, non! s'écria Nora, d'une voix tremblante d'émotion.

Elle aurait voulu caresser le chien, mais il n'y avait pas de temps à perdre.

— Amène le camion près de la maison.

Tandis que Nora courait vers la grange, Travis finit d'emballer le chien dans la couverture en essayant de ne pas provoquer un autre cri de douleur. Travis prit le retriever dans ses bras et le porta dehors en tirant la porte derrière lui qu'il ne prit pas la peine de verrouiller; la sécurité ne comptait plus à un tel moment!

Il faisait froid. La sérénité de la veille avait disparu. Les branches tremblaient, se balançaient dans un crissement d'aiguilles de mauvais augure. Les arbres dénudés tendaient leurs bras squelettiques vers le ciel.

Travis descendit les marches du perron et marcha vers l'allée, comme s'il portait un vase de porcelaine précieux.

Le vent cinglant qui hérissait les cheveux de Travis soulevait la couverture et ébouriffait les poils de la tête d'Einstein, semblait animé d'intentions malveillantes comme s'il avait voulu lui arracher le chien.

Nora fit demi-tour avec le camion et s'arrêta devant Travis. Elle conduirait.

Les femmes ont raison ; parfois, dans les moments de crise, d'intense émotion, elles sont plus aptes que les hommes à prendre la situation en main. Assis sur le siège du passager, le chien sur ses genoux, Travis n'était pas en état de conduire. Il était pris de frissons et s'aperçut qu'il pleurait depuis qu'il avait trouvé Einstein étendu par terre. Il avait été engagé dans des opérations militaires dangereuses, et jamais il n'avait été pris de panique ni paralysé par la peur. Mais là, c'était différent, il s'agissait d'Einstein, de *son enfant*. S'il avait dû conduire, il se serait probablement jeté contre un arbre ou dans un ravin. Nora aussi avait les larmes aux yeux, mais elle ne se laissait pas aller. Elle se mordait les lèvres et conduisait comme si elle avait été entraînée à faire des cascades pour le cinéma. Au bout de l'allée, elle tourna à droite vers Carmel où il y aurait au moins un vétérinaire et prit la route sinueuse longeant le Pacifique.

Pendant le trajet, Travis parla à Einstein pour le rassurer et l'encourager.

— Tout ira bien, ce n'est pas aussi grave que tu le crois, tu seras bientôt rétabli.

Einstein gémit et se débattit faiblement dans les bras de Travis pendant un moment. Il avait peur qu'on ne voie le tatouage et qu'on le renvoie à Banodyne.

— Ne t'inquiète pas pour ça, Poilu. Personne ne t'emmènera. Il faudra qu'on me passe sur le corps d'abord et, rassure-toi, je ne les laisserai pas faire.

— Il n'en est pas question, ajouta Nora.

Pourtant, dans sa couverture, blotti contre Travis, Einstein tremblait toujours.

Travis se souvint du message laissé dans le garde-manger : CHARME BRISÉ. J'AI PEUR. PEUR.

— N'aie pas peur, je t'en prie, n'aie pas peur. Il n'y a aucune raison d'avoir peur.

Malgré les assurances de Travis, Einstein avait peur... et Travis aussi.

2

A une station-service dans la banlieue de Carmel, Nora s'arrêta pour chercher l'adresse d'un vétérinaire et l'appeler afin de s'assurer qu'il était là. Le cabinet du Dr James Keene se trouvait sur Dolores Avenue, au sud de la ville. Ils arrivèrent devant sa porte un peu avant neuf heures.

Nora, qui s'attendait à une clinique vétérinaire classique et aseptisée, fut surprise de voir que le Dr Keene avait installé son cabinet chez lui, une maison de campagne anglaise à deux étages en pierre à colombages avec un toit qui avançait sur les combles.

Le médecin leur ouvrit la porte avant qu'ils n'aient grimpé les quelques marches, comme s'il les attendait. Une pancarte indiquait que l'entrée du cabinet se trouvait de l'autre côté, mais il les fit entrer par la grande porte. Grand, le visage triste, le teint jaunâtre, il avait pourtant un sourire chaleureux et des manières agréables.

— Amenez-le par là, s'il vous plaît.

Il les conduisit dans un couloir au parquet de chêne couvert d'un tapis oriental long et étroit. A gauche, de l'autre côté d'une double porte, le salon avait réellement l'air habité, bien meublé, avec des tabourets repose-pieds devant les fauteuils, des lampes de travail, des étagères surchargées et des châles afghans pliés sur le dossier des fauteuils pour les soirées fraîches. Devant la porte, un labrador noir les regarda solennellement, comme s'il comprenait la gravité de l'état du malade, et ne les suivit pas.

A l'arrière de la maison, sur la gauche, le médecin les

fit entrer dans le cabinet très propre aux murs blancs. Le long du mur, des armoires d'acier inoxydable aux vitres de glace regorgeaient de flacons, de vaccins, de cachets, de pilules et d'ingrédients divers permettant de composer des médicaments plus élaborés.

Travis déposa doucement Einstein sur la table d'examen et déplia la couverture.

Nora s'aperçut que tous deux avaient l'air aussi accablés que s'ils apportaient un enfant mourant. Travis avait les yeux rouges et bien qu'il ne pleure plus pour le moment, il ne cessait de se moucher. Dès qu'elle avait garé le camion et serré le frein à main, Nora ne s'était plus senti la force de réprimer ses propres larmes. Près de la table, tenant Travis par la taille, elle pleurait doucement.

Le vétérinaire était apparemment habitué aux fortes réactions émotionnelles des propriétaires d'animaux, car il n'eut pas un instant l'air de penser que leur douleur semblait excessive.

Le Dr Keene ausculta le retriever, lui palpa l'abdomen, examina les yeux. Einstein restait immobile, comme paralysé. Seuls sa respiration faible et ses petits gémissements indiquaient qu'il s'accrochait toujours à la vie.

Ce n'est pas aussi sérieux qu'on le croit, se dit Nora en s'essuyant les yeux avec un mouchoir.

— Comment s'appelle-t-il ?

— Einstein.

— Depuis combien de temps l'avez-vous ?

— Quelques mois.

— Vous l'avez fait vacciner ?

— Non, non, dit Travis.

— Pourquoi ?

— Euh... c'est un peu compliqué, mais pour certaines raisons, c'était impossible.

— Aucune excuse n'est assez bonne, dit le médecin d'un air désapprobateur. C'est une attitude irresponsable.

— Je sais, dit Travis, malheureux. Je sais.

— Qu'est-ce qu'il a ? demanda Nora, espérant toujours que cela fût moins grave qu'il n'y paraisse.

— La maladie de Carré, dit Keene en caressant le retriever.

Einstein avait été transféré dans un coin de l'infirmerie où il reposait sur un petit matelas de mousse protégé par une housse plastique amovible. Pour l'empêcher de s'en aller, si jamais il en avait la force, on l'avait attaché à une courte laisse fixée à un anneau dans le mur.

Le vétérinaire lui avait fait une piqûre d'antibiotiques.

— Les antibiotiques n'ont aucun effet sur la maladie de Carré, mais cela évitera les infections secondaires.

Il avait également mis le chien sous perfusion grâce à une aiguille enfoncée dans la cuisse afin d'éviter la déshydratation.

Quand le Dr Keene voulut mettre une muselière à Einstein, Nora et Travis protestèrent vigoureusement.

— Ce n'est pas parce que j'ai peur qu'il morde, leur expliqua-t-il, c'est pour l'empêcher d'arracher l'aiguille. S'il en a la force, il fera comme tous les chiens blessés, il léchera la plaie pour atténuer l'irritation.

— Pas lui, dit Travis, il n'est pas comme les autres.

Il poussa le vétérinaire et ôta la muselière qui enserrait les mâchoires d'Einstein.

— Bon, de toute façon, il est trop faible pour le moment.

Tentant toujours de nier l'affreuse réalité, Nora demanda :

— Mais comment est-ce que cela peut être si grave ? Il n'avait pratiquement aucun symptôme, et tout s'était arrangé depuis quelques jours.

— La plupart du temps, avec la maladie de Carré, il n'y a aucun symptôme, dit le vétérinaire en rangeant le flacon d'antibiotiques dans une armoire avant de jeter la seringue en plastique. Parfois, ils paraissent un peu malades, et ça va mieux le lendemain, ou comme Einstein, ils sont très malades. Cela peut s'aggraver progressivement ou passer du simple malaise à... ça. Mais il y a quand même un bon côté.

Travis était accroupi près d'Einstein pour que le chien puisse le voir sans lever la tête ou bouger les yeux afin qu'il se sente rassuré, dorloté.

— Quel bon côté ? demanda-t-il.

— La condition du chien avant la maladie détermine souvent le cours des choses. C'est beaucoup plus grave pour les animaux mal nourris ou mal entretenus. Apparemment, Einstein avait tous les soins qui lui étaient dus.

— Nous essayions de bien le nourrir, de lui faire prendre de l'exercice, dit Travis.

— On le baignait et on le brossait presque trop souvent.

— Alors, il y a un espoir, dit le Dr Keene en souriant d'un air approbateur.

Nora regarda Travis qui ne put pas soutenir son regard plus d'une seconde. Ce fut à elle de poser la question délicate.

— Docteur, tout va bien se passer ? Il ne va pas... mourir ?

Apparemment James Keene était conscient du fait que ses yeux tombants et son visage morose n'incitaient guère à la confiance. C'était sans doute pour cela qu'il cultivait un sourire chaleureux, un ton de voix posé, et une attitude de grand-père qui, bien que calculés, paraissaient sincères et aidaient à combattre l'expression mélancolique que Dieu avait trouvé bon d'imprimer sur son visage.

Il s'approcha de Nora et lui mit la main sur l'épaule :

— Mais vous aimez ce chien comme un enfant, n'est-ce pas ?

Elle se mordit les lèvres et acquiesça.

— Alors, ayez la foi. Ayez foi en Dieu qui veille sur ses ouailles, et puis, ayez foi en moi aussi. Vous me croirez ou pas, mais je fais bien mon métier et je mérite votre confiance.

— Si si, je vous crois.

— Oui, mais quelles sont ses chances de survie ? demanda Travis. Dites-nous la vérité.

— L'écoulement des yeux et du nez n'est pas si grave que cela pourrait l'être. Pas de pustules sur l'abdomen. Vous m'avez dit qu'il a vomi ? Il a des diarrhées ?

— Non.

— La fièvre est élevée, mais pas trop dangereusement. Il a beaucoup bavé ?

— Non, dirent Nora et Travis en chœur.

— Vous l'avez vu courir en rond ou tomber sans raison ? Est-ce qu'il agite les pattes dans le vide comme s'il courait lorsqu'il est couché ? Est-ce qu'il se cogne contre les murs, qu'il est pris de convulsions ou ce genre de choses ?

— Non, non, dit Travis.

— Mon Dieu, ça peut être aussi grave que ça ? dit Nora.

— Si la maladie passe au deuxième stade, oui. Il y a des lésions cérébrales. Des crises d'épilepsie, en quelque sorte.

Soudain, Travis sauta sur ses pieds et chancela vers Keene puis s'arrêta, toujours vacillant, livide, les yeux remplis de terreur.

— Des lésions cérébrales ? S'il guérit... cela signifie que c'est irréversible ?

Nora fut prise de nausée en pensant à Einstein — aussi intelligent qu'un homme, assez intelligent pour se souvenir de ce qu'il avait été, d'avoir été un chien pas comme les autres, et savoir qu'il avait perdu ses facultés, qu'il vivait dans l'ombre de son ancienne existence. Malade, Nora avait la tête qui tournait et dut s'appuyer sur la table.

— Au deuxième stade, la plupart des chiens ne survivent pas. Mais s'ils ont la chance de s'en sortir, effectivement, il y a des séquelles. Oh, rien qui oblige à les endormir définitivement, ils peuvent avoir la danse de Saint-Guy par exemple, avec des mouvements involontaires, souvent limités à la tête. Mais ils peuvent vivre très heureux, et mener une existence paisible. Il restera un animal agréable.

— Je n'en ai rien à faire que cela soit un animal agréable ! explosa Travis. Ce ne sont pas les conséquences physiques de la maladie qui m'intéressent, mais les effets sur le cerveau !

— Eh bien, il reconnaîtra toujours ses maîtres, il restera affectueux. Là-dessus, il n'y a pas de problèmes. Il dormira peut-être beaucoup, il risque de souffrir de pertes d'attention. Il restera propre, c'est un entraînement qui ne s'oublie pas.

— Mais ça m'est égal qu'il pisse partout, tant qu'il continue de penser...

— Penser ? répéta Keene visiblement perplexe. Que voulez-vous dire exactement ? Ce n'est qu'un chien après tout.

Le vétérinaire avait accepté leur détresse comme une réaction normale dans un tel cas, mais pour la première fois il les regarda étrangement.

Partiellement pour changer de sujet et pour écarter les soupçons du vétérinaire, Nora dit enfin :

— Bon, peu importe, mais est-ce qu'Einstein en est au deuxième stade ?

— Non, pour moi, il en est toujours au premier. Et maintenant que nous avons commencé le traitement, s'il n'y a pas de symptômes plus violents dans les prochaines vingt-quatre heures, je pense que nous avons de bonnes chances de le maintenir dans le premier stade et de le guérir.

— Et là, il n'y a pas de lésions cérébrales ? demanda Travis avec une telle inquiétude que de nouveau Keene fronça les sourcils.

— Et s'il reste dans le premier stade, il survivra ? demanda Nora.

— Eh bien, commença Keene de sa voix la plus douce et la plus réconfortante, il y a effectivement de grandes chances qu'il survive sans qu'il y ait des risques de séquelles. Vraiment, il a de très très bonnes chances de s'en sortir. Mais en même temps, je ne voudrais pas vous donner de faux espoirs. Même si la maladie n'évolue pas dans le second stade, tout danger n'est pas écarté. Le risque n'est pas très élevé, mais il existe quand même.

Nora pleurait de nouveau. Elle croyait pouvoir se maîtriser, se montrer forte, mais elle ne tenait plus. Elle alla s'asseoir près d'Einstein, lui mit la main sur l'épaule, simplement pour lui faire savoir qu'elle était là.

Keene commençait à s'impatienter devant leurs réactions exacerbées, qui d'ailleurs le déroutaient totalement. Avec une note de sévérité dans la voix, il ajouta :

— Ecoutez, tout ce que l'on peut faire, c'est le soigner du mieux possible. Bien sûr, il faudra qu'il reste ici quelques jours, car le traitement est assez complexe et demande une surveillance constante. Il doit rester sous perfusion, il faut lui donner des antibiotiques, des anticonvulsifs et des calmants s'il commence à avoir des crises.

Sous la main de Nora, Einstein tremblait, comme s'il avait entendu les tristes perspectives.

— Bon, bon, très bien. Il doit rester entre vos mains, mais nous restons avec lui.

— Il n'y a aucune nécessité... commença Keene.

— Non, aucune nécessité, mais nous voulons rester. Nous pouvons dormir ici par terre ce soir.

— J'ai peur que ce soit impossible, dit Keene.

— Oh, si, c'est tout à fait possible, dit Travis en bégayant dans son désir de convaincre le vétérinaire. Ne vous inquiétez pas pour nous, ça ira, mais Einstein a besoin de nous, l'important, c'est que nous soyons près de lui. Bien sûr, nous sommes prêts à vous payer pour le dérangement.

— Mais ce n'est pas un hôtel ici !

— Il faut que nous restions, dit Nora fermement.

— Enfin, soyez raisonnables...

Travis prit la main du vétérinaire entre les siennes.

— Ecoutez-moi, docteur Keene. Laissez-moi vous expliquer. Je sais que c'est une demande inhabituelle, et que nous devons avoir l'air de cinglés. Mais nous avons nos raisons, et je vous promets qu'elles sont plus que valables. Ce n'est pas un chien comme les autres, docteur. Il m'a sauvé la vie...

— Et la mienne aussi, dit Nora. A une autre occasion.

— Et il nous a fait nous rencontrer. Sans Einstein, nous ne nous serions jamais mariés, et nous serions morts tous les deux.

Etonné, le vétérinaire les regardait à tour de rôle.

— Vous dites qu'il vous a sauvé la vie, à tous les deux ? Et dans deux occasions différentes ?

— Exactement, dit Nora.

— Et c'est grâce à lui que vous vous êtes rencontrés ?

— Oui, dit Travis. Il nous a changé la vie d'une manière que nous ne pourrons jamais expliquer.

Toujours fermement retenu par Travis, le vétérinaire regarda Nora, baissa les yeux vers le retriever à la respiration sifflante, hocha la tête et finit par dire :

— J'adore les histoires de chiens, il faudra que vous me racontiez ça.

— Oui, bien sûr, dit Nora en pensant « mais cela sera une version expurgée ! ».

— Quand j'avais cinq ans, dit James Keene, un labrador noir m'a sauvé de la noyade.

En se souvenant du bel animal qu'elle avait vu près du salon, Nora se demanda si c'était un descendant du héros qui avait sauvé Keene ou simplement un autre labrador qui lui rappelait la dette qu'il avait envers la race.

— Bon, dit Keene, vous pouvez rester.

— Merci, dit Travis, la voix brisée. Merci.

— Mais il faudra au moins quarante-huit heures avant de savoir à coup sûr si Einstein s'en sortira, dit le vétérinaire en libérant sa main. Ça va être une longue attente.

— Quarante-huit heures, ce n'est rien. Deux nuits par terre, ce n'est pas la mer à boire.

— J'ai comme l'impression que pour vous, quarante-huit heures, ce sera une éternité dans ces circonstances, dit Keene en regardant sa montre. Bon, mon assistante va arriver dans dix minutes, et nous ouvrirons le cabinet pour la matinée. Je ne veux pas que vous traîniez ici pendant que je m'occupe des autres patients et je ne crois pas que vous ayez envie de rester dans la salle d'attente avec des maîtres anxieux et des animaux malades, cela ne servirait qu'à vous décourager. Attendez au salon, et à la fermeture, vous pourrez revenir auprès d'Einstein.

— On pourra venir le voir une minute de temps en temps ?

— Bon, d'accord, dit Keene en souriant, mais seulement une minute.

Einstein cessa finalement de trembler et commença à se détendre comme s'il avait entendu qu'ils allaient rester près de lui et en tirait un immense réconfort.

La matinée s'écoula excessivement lentement. Dans le salon, il y avait télévision, revues et livres, mais ni Nora ni Travis ne s'intéressaient à quoi que ce soit.

Toutes les demi-heures environ, chacun leur tour, ils se glissaient dans le couloir et allaient voir Einstein. Son état ne s'aggravait pas mais ne s'améliorait pas non plus.

Keene vint les voir à un moment.

— Au fait, ne vous gênez pas pour utiliser les toilettes. Et il y a des boissons fraîches dans le réfrigérateur. Faites du café si vous en avez envie. Et puis, je vous présente Pooka. Il se montrera très affectueux si vous le laissez faire.

Pooka était effectivement l'un des chiens les plus sympathiques que Nora eût jamais vus. Sans même qu'on le lui demande, il donnait la patte, faisait le beau, marchait sur les pattes arrière et revenait ensuite en remuant la queue chercher une récompense sous forme de caresses.

Pendant toute la matinée, Travis ignora les demandes d'affection de Pooka, comme si cela avait été trahir Einstein et le condamner à mort.

Nora, elle, cajola le chien et lui donna toute l'attention qu'il désirait. Elle se disait que bien traiter Pooka ferait plaisir aux dieux des chiens qui regarderaient ensuite Einstein d'un œil favorable. En fait, l'angoisse provoquait chez elle une croyance superstitieuse aussi forte — bien que différente — que celle de Travis.

Travis faisait les cent pas, puis s'asseyait sur le bord d'une chaise, la tête enfouie dans les mains. Il passait de longs moments à regarder par la fenêtre sans voir la rue, ne pensant qu'aux noires visions qui hantaient son propre esprit. Il se reprochait ce qui se passait, et la vérité, que Nora lui rappela, ne fit rien pour arranger la situation.

— Tu crois qu'il a vu le tatouage ? demanda calmement Travis en regardant dehors, tout recroquevillé, comme s'il avait froid.

— Je ne sais pas. Peut-être pas.

— Tu crois qu'ils ont vraiment fait circuler la description d'Einstein chez tous les vétérinaires ?

— Je ne sais pas, nous devenons peut-être bêtement paranoïaques.

Mais après que Garrison leur eut dit tous les moyens que la police avait mis en œuvre pour l'empêcher de les prévenir, il était sûr que le chien faisait toujours l'objet de recherches intensives. Ce n'était pas de la « bête paranoïa ».

De midi à deux heures, le Dr Keene ferma son cabinet et invita Travis et Nora à déjeuner avec lui dans la grande cuisine. Célibataire, il savait s'occuper de lui et avait un congélateur plein de plats cuisinés qu'il avait lui-même préparés et congelés. Il dégivra des paquets individuels de lasagnes maison, et, avec leur aide, prépara des salades. Les mets étaient délicieux, mais ni Nora ni Travis ne mangèrent de grand appétit.

Plus Nora connaissait James Keene, plus elle l'appréciait. Il manifestait une humeur joyeuse malgré son apparence morose, avec un sens de l'humour souvent autodépréciatif. Son amour des animaux l'éclairait d'une lumière intérieure qui lui donnait un éclat particulier. Il aimait les chiens par-dessus tout et, quand il en parlait, son enthousiasme transfigurait ses traits et en faisait un homme plutôt séduisant.

Le vétérinaire leur raconta l'histoire du labrador noir, King, qui avait sauvé sa vie et les encouragea à lui dire comment Einstein avait sauvé la leur. Travis fit un récit pittoresque d'une journée de chasse où il avait failli tomber nez à nez avec un ours furieux et blessé. Il décrivit la façon dont le retriever l'avait prévenu et dissuadé d'avancer et comment il avait défié à plusieurs reprises l'animal fou de rage. Nora fit un récit plus proche de la réalité : elle avait été agressée par un maniaque sexuel qu'Einstein avait attaqué et tenu en respect jusqu'à l'arrivée de la police.

— C'est un véritable héros ! s'exclama Keene, impressionné.

Nora pressentait que ces histoires avaient totalement conquis le vétérinaire et que, même s'il avait vu le tatouage et connaissait sa signification, il pourrait peut-être volontairement l'oublier et les laisser partir en paix, une fois qu'Einstein serait guéri. Si Einstein guérissait...

Mais, alors qu'ils débarrassaient la table, Keene demanda :

— Sam, comment se fait-il que votre femme vous appelle Travis ?

Ils étaient prêts à cette éventualité. En changeant d'identité, ils avaient décidé qu'il serait plus facile à Nora de continuer à utiliser Travis plutôt que d'essayer de l'appeler Sam et de se tromper de temps à autre. Ainsi, ils pouvaient toujours prétendre que Travis était un surnom qu'elle lui avait donné un jour, en se faisant des clins d'œil complices pour faire croire qu'il y avait une allusion sexuelle derrière cette plaisanterie et mettre ainsi fin aux questions. C'est d'ailleurs comme ça qu'ils essayèrent de s'y prendre, mais ils n'étaient guère d'humeur à se faire des sourires en coin et à rire bêtement de façon convaincante. Nora n'était pas sûre que leurs explications tenaient debout. En fait, leur nervosité et leur piètre performance n'avaient sans doute fait qu'aggraver les soupçons du vétérinaire.

Un peu avant l'ouverture du cabinet, Keene reçut un coup de téléphone de son assistante qui était partie déjeuner avec une migraine et une crise de foie. Travis proposa spontanément ses services et ceux de Nora.

— Bien sûr, nous n'avons aucune formation vétérinaire, mais nous pouvons aider pour les tâches matérielles.

— Et en nous y mettant à deux, nous sommes assez intelligents, et nous pourrons faire ce que vous nous demanderez.

Ils passèrent l'après-midi à tenir des chats, des perroquets et toutes sortes d'animaux récalcitrants pendant que Keene les soignait. Il fallait préparer des pansements, sortir les médicaments, stériliser les instruments, encaisser et établir les factures. Certains animaux, affligés de diarrhées ou de vomissements, laissaient des saletés, mais Travis et Nora s'occupèrent des corvées de nettoyage sans hésitation.

Ils ne manquaient pas de motivation. Tout d'abord, ainsi, ils eurent l'occasion de rester près d'Einstein tout l'après-midi. Quand ils avaient un instant de libre, ils en profitaient pour aller le voir, le caresser et lui murmurer des mots d'encouragement, tout en pouvant s'assurer que son état n'empirait pas. Mais hélas, il ne s'améliorait pas non plus.

De plus, ils gagnaient ainsi les faveurs du vétérinaire qui leur devait reconnaissance et ne reviendrait pas sur sa promesse du matin.

Il y avait plus de monde que d'habitude, et ils ne purent pas fermer avant six heures du soir. La fatigue et le travail partagés faisaient naître un sentiment de chaleureuse camaraderie. En préparant le dîner ensemble, Jim Keene les distrayait avec les trésors d'histoires d'animaux qu'il avait amassés au fil de ses années d'expérience. Ils étaient aussi à l'aise que s'ils avaient connu Keene depuis des mois.

Keene leur prépara la chambre d'amis et leur donna des couvertures pour qu'ils puissent faire un lit de fortune par terre à l'infirmerie. Travis et Nora dormiraient dans la chambre chacun leur tour et passeraient la moitié de la nuit près d'Einstein.

Travis prit le premier quart de dix heures à trois heures du matin. Seule une veilleuse restait allumée dans un coin de la pièce. Parfois assis, parfois allongé sur les couvertures, Travis veillait Einstein.

De temps en temps Einstein s'endormait et sa respiration se faisait plus régulière, plus rassurante, mais quand il s'éveillait, son râle paraissait horriblement pitoyable. Il gémissait de douleur et, Travis le savait, de peur. Travis lui parlait, lui rappelait les bons moments qu'ils avaient passés ensemble au cours des six derniers mois, et sa voix semblait un peu rassurer le retriever.

Incapable de bouger, le chien était incontinent et, une fois ou deux, il urina sur le matelas recouvert de plastique. Sans le moindre dégoût, avec la tendresse d'un père envers un enfant gravement malade, Travis le lavait. D'une certaine manière, il était même heureux d'avoir à effectuer cette corvée, car cela prouvait qu'Einstein était toujours vivant, que son corps fonctionnait encore normalement.

Durant la nuit, il y eut quelques averses. La pluie martelait le toit, tel un tambour funèbre.

Deux fois pendant la garde de Travis, James Keene apparut, en pyjama et robe de chambre. La première fois, il examina Einstein soigneusement et changea la perfusion. La seconde, il lui fit une piqûre. Il assura Travis que, pour le moment, il n'y avait aucun signe d'amélioration, mais que pour l'instant, on devait se réjouir que la situation ne s'aggrave pas.

Souvent, Travis allait dans l'autre partie de l'infirmerie et lisait le texte d'un cadre accroché au-dessus de l'évier :

TRIBUT À UN CHIEN

Dans ce monde d'égoïsme, le seul ami de l'homme qui ne lui fait jamais défaut, qui ne se montre jamais ingrat ni malhonnête, c'est son chien. Il reste près de lui dans la richesse comme dans la pauvreté, la santé ou la maladie. Il dort sur le sol froid, dans la neige et le vent, pourvu qu'il soit à côté de son maître. Il baise la main qui n'a pas de nourriture à lui offrir ; il lèche les blessures et les plaies provoquées par un monde sans pitié. Il veille sur le sommeil de son maître déshérité comme si c'était un prince. Lorsque tous les amis vous abandonnent, il reste auprès de vous. Quand la richesse et la réputation tombent en ruine, il est aussi fidèle dans son amour que le soleil qui traverse les cieux.

Le sénateur George Vest, 1870

Chaque fois que Travis lisait ce texte, il s'émerveillait une fois de plus de l'existence d'Einstein. Quel enfant n'avait pas rêvé de voir son chien aussi intelligent et sage que les grandes personnes ? Quel don de Dieu pouvait être plus fascinant pour un jeune esprit qu'un chien capable de communiquer comme un homme et de partager les bonheurs et les tragédies de la famille en comprenant toute leur signification et toute leur importance ? Quel miracle pouvait apporter plus de joie, plus de respect devant les mystères de la vie, plus d'authenticité dans l'enthousiasme manifesté devant les merveilles de l'existence ? D'une certaine manière, la seule idée de la personnalité d'un chien et d'une intelligence humaine combinées dans un seul être donnait l'espoir de voir un jour une espèce aussi douée que l'humanité mais d'un tempérament plus noble. Et quel adulte n'avait pas rêvé de rencontrer un jour une autre espèce intelligente avec laquelle il pourrait partager le vaste monde et sortir enfin de sa solitude indicible et de son désespoir ?

Et quelle mort pouvait être plus terrible que celle d'Einstein, le premier indice prouvant que l'humanité portait en elle non seulement la grandeur mais aussi la bonté ?

Toutes ces pensées que Travis était incapable de réprimer le firent sangloter. Se maudissant de sa faiblesse, il alla se réfugier dans le hall du bas pour qu'Einstein ne voie pas ses larmes — et ne soit pas alarmé inutilement.

En venant le relayer à trois heures du matin, Nora dut insister pour qu'il aille se coucher, car Travis avait du mal à quitter l'infirmerie.

Exténué, prétextant qu'il ne pourrait pas dormir, il alla malgré tout dans la chambre en chancelant et s'endormit.

Il rêva qu'une bête aux yeux jaunes, aux griffes acérées et à la mâchoire d'alligator, le poursuivait. Il essayait de protéger Nora et Einstein, de les encourager à s'enfuir, mais le monstre réussissait à contourner Travis et à mettre Einstein puis Nora en pièces... La malédiction Cornell frappait encore et peu importait qu'il fût aujourd'hui Samuel Hyatt, rien n'y changeait... Finalement Travis tombait à genoux, tête baissée, puisque ayant failli à son devoir, il ne désirait rien tant que la mort. Il entendait la créature approcher... *Clic, clic, clic...* Il avait peur mais il bénissait la fin que sa présence promettait...

Nora le réveilla un peu avant cinq heures.

— Einstein... il a des convulsions...

Dans l'infirmerie, Jim Keene était penché sur le chien. Il ne pouvait rien faire que rester à l'écart pour lui laisser la place.

Nora et Travis s'accrochaient l'un à l'autre.

Quelques minutes plus tard, le vétérinaire se redressa, l'air soucieux. Il ne fit pas même l'effort de sourire pour leur redonner espoir.

— Je pense que tout ira bien maintenant.

— Il en est au deuxième stade ? demanda Travis.

— Peut-être pas.

— Il est possible d'avoir des convulsions au premier stade ?

— Oui, c'est possible.

— Mais peu probable ?

— Peu probable effectivement... mais pas impossible.

Mon Dieu, non, pensa Nora pitoyablement.

Elle serra Travis plus fort que jamais.

Deuxième stade. Lésions cérébrales. Danse de Saint-Guy, séquelles... Lésions cérébrales...

Travis ne voulut pas se recoucher. Il resta à l'infirmerie avec Nora et Einstein pendant tout le reste de la nuit.

Ils allumèrent une autre lampe pour éclairer un peu la pièce, pas assez toutefois pour gêner Einstein, et ils observaient le moindre signe : les pattes qui s'agitent dans le vide et les mouvements de mâchoires dont Keene avait parlé...

Travis n'arrivait guère à tirer grand espoir de l'absence de ces symptômes. Même si Einstein en était encore au premier stade de la maladie de Carré, il agonisait.

Le lendemain, vendredi 3 décembre, l'assistante de Jim Keene ne vint pas à son travail. Nora et Travis prêtèrent encore main-forte.

A l'heure du déjeuner, la fièvre d'Einstein n'était toujours pas tombée. Un liquide jaune transparent continuait à couler des yeux et du nez. La respiration semblait un peu plus aisée, mais Nora se demandait si ce n'était pas seulement parce que Einstein faisait moins d'efforts et qu'en fait il commençait à abandonner la partie.

Elle ne put rien manger. Elle lava ses vêtements ainsi que ceux de Travis, tandis qu'ils portaient deux robes de chambre de Keene bien trop grandes pour eux.

Pendant l'après-midi, il y eut beaucoup d'affluence au cabinet. Nora et Travis étaient débordés, ce dont ils se réjouissaient.

A quatre heures et demie, moment qu'ils n'oublieraient jamais de toute leur vie, juste après avoir aidé Jim avec un setter irlandais difficile, Einstein aboya deux fois sur sa couche. Nora et Travis se retournèrent, anxieux, s'attendant au pire, car à part les gémissements, c'était le premier son que produisait le chien depuis son arrivée à l'infirmerie. En fait, pour la première fois, il levait la tête... il avait la force de lever la tête et les regardait en clignant des yeux. Il parcourait la pièce comme s'il se demandait où il pouvait bien être.

Jim s'agenouilla près du chien et, pendant que Nora et Travis attendaient impatiemment à son côté, il examina le retriever.

— Regardez... ses yeux sont encore un peu laiteux, mais beaucoup moins qu'avant, et ils ne coulent plus.

Avec un tissu humide, il nettoya la fourrure coagulée et lui essuya le nez : il n'y avait plus de bulle d'écoulement sur les narines. Ensuite, il prit la température du chien.

— Elle tombe. Plus d'un degré.

— Ouf !... dit Travis.

De nouveau, Nora eut les larmes aux yeux.

— Il n'est pas encore sorti de l'auberge. Le cœur est plus régulier, un peu moins rapide, mais ce n'est pas encore le paradis. Nora, allez me chercher une écuelle et remplissez-la d'eau.

Nora revint et posa l'écuelle près de Keene.

— Alors, qu'est-ce que tu en dis, mon gars ?

Einstein leva la tête et regarda la gamelle. Sa langue pendante, très sèche, était couverte d'une substance pâteuse. Einstein gémit et se lécha les babines.

— Si on l'aidait... peut-être, suggéra Travis.

— Non, dit Keene. Laissez-le faire. Il saura si ça peut lui faire du bien. Inutile de le forcer à boire si c'est pour le faire vomir de nouveau. Son instinct est le plus sûr des guides.

Avec quelques grognements, Einstein se roula sur le ventre. Il approcha le museau du plat, renifla, mit sa langue dans l'eau, un peu hésitant. Cela sembla lui plaire, il lapa une deuxième gorgée et finit par vider le tiers du contenu avant de retomber sur le flanc.

— Cela m'étonnerait beaucoup qu'il ne se remette pas complètement, en temps et en heure, dit Jim Keene, en caressant le retriever.

En temps et en heure...

Ces mots inquiétaient Travis.

Combien de temps faudrait-il avant qu'Einstein ait récupéré toutes ses facultés? Quand l'Autre arriverait, il vaudrait mieux qu'Einstein soit en bonne santé et que tous ses sens soient en éveil. Le système infrarouge n'était pas tout, ils comptaient sur Einstein pour les mettre sur leurs gardes.

Après le départ du dernier malade, à cinq heures et demie, Jim Keene s'absenta pour une promenade mystérieuse et revint avec une bouteille de champagne.

— Je ne bois pas beaucoup, mais certaines occasions exigent un petit verre...

Nora avait juré de ne plus boire une goutte d'alcool pendant sa grossesse, mais même le vœu le plus solennel pouvait être brisé en certaines circonstances.

Ils amenèrent les verres à l'infirmerie et portèrent un toast à Einstein qui les observa une minute avant de se rendormir, épuisé.

— Oui, mais c'est un sommeil naturel, dit Keene, je ne lui ai pas donné de sédatifs.

— Combien lui faudra-t-il de temps pour se remettre? demanda Travis.

— Pour surmonter la maladie de Carré? Quelques jours, une semaine au plus. J'aimerais le garder un jour ou deux, vous pouvez rentrer chez vous, mais si vous voulez rester, vous êtes les bienvenus. Votre aide m'a été précieuse.

— Nous restons, répondit immédiatement Nora.

— Mais après, il sera encore très faible ?

— Au début, oui, il sera très très faible. Mais peu à peu, il récupérera presque toutes ses anciennes forces, si ce n'est pas toutes. A présent, je suis sûr que la maladie n'est jamais passée au deuxième stade, malgré les convulsions. Vers le premier de l'an, il n'y paraîtra plus, et il n'y aura aucune séquelle, pas de tremblements ni de danse de Saint-Guy.

Le premier de l'an.

Travis espérait que cela ne serait pas trop tard.

De nouveau, Nora et Travis se partagèrent la veille d'Einstein la nuit suivante. Travis commença et elle vint le relayer à trois heures.

Le brouillard opacifiait les fenêtres.

Einstein dormait quand Nora arriva.

— Il s'est réveillé ? demanda-t-elle.

— Oui, de temps en temps.

— Tu... lui as parlé ?

— Oui.

— Alors ?

— Je lui ai posé des questions auxquelles il pouvait répondre par oui ou par non, commença Travis, le visage grave, creusé de rides, les yeux hagards.

— Et ?

— Il ne repond pas. Il cligne des yeux ou il bâille et se rendort.

— Il est encore très fatigué, dit Nora en espérant que c'était vraiment la bonne explication. Il n'en a pas la force.

Livide, visiblement déprimé, Travis répondit :

— Peut-être... je ne sais pas. Mais il a l'air... perturbé.

— Il n'est pas encore guéri. Il va mieux, mais il

est toujours sous le coup de la maladie, c'est normal qu'il soit troublé.

— Perturbé, répéta Travis.

— Ça passera.

— Oui. Oui, ça passera.

Pourtant, à l'entendre, on aurait cru qu'Einstein ne serait jamais plus comme avant.

Nora savait à quoi Travis pensait : le retour de la Malédiction Cornell en laquelle il feignait de ne pas croire mais qu'il redoutait toujours en son for intérieur. Tous ceux qui l'aimaient étaient condamnés à souffrir et à mourir jeunes. Tous ceux auxquels il tenait lui seraient arrachés.

Bien sûr, c'était stupide et pas un instant Nora n'avait cru à cette malédiction, mais elle savait à quel point il est difficile de se libérer du passé et elle comprenait le manque d'optimisme de Travis. Elle ne pouvait rien pour lui, à part l'aider à surmonter son angoisse, l'embrasser, le serrer dans ses bras et l'envoyer se reposer.

Après le départ de Travis, Nora s'installa à côté d'Einstein.

— Il y a quelque chose que je dois te dire, Poilu. Je crois que tu dors et que tu ne m'entends pas et même si tu étais réveillé, tu ne comprendrais peut-être pas. Peut-être que tu ne comprendras jamais plus, c'est pour cela que je veux te parler maintenant, pendant qu'il reste au moins un espoir que ton esprit n'ait pas été endommagé.

Elle marqua une pause et regarda tout autour d'elle l'infirmerie silencieuse où la faible lumière se réfléchissait dans les armoires d'acier et les portes de verre. L'endroit était bien solitaire à trois heures du matin.

Einstein respira dans un petit sifflement. Il ne bougea pas. Même sa queue resta immobile.

— Je crois que tu es mon ange gardien, Einstein. Je te l'ai déjà dit une fois quand tu m'as sauvée des griffes d'Arthur Streck. Mon ange gardien. Tu ne m'as pas seulement sauvé la vie, tu m'as sauvée de la solitude et du désespoir. Et tu as sauvé Travis de sa nuit. C'est grâce à toi que nous nous sommes rencontrés, et tu as toujours été aussi parfait qu'un ange gardien. Et ton cœur d'or n'a jamais rien demandé en échange. Des biscuits de temps à autre, un morceau de chocolat... Mais tu l'aurais fait même si tu n'avais jamais rien eu d'autre que de la pâtée pour chiens. Tu l'as fait par amour, et il te suffisait d'être aimé en échange. Et en étant ce que tu es, tu m'as donné une grande leçon... une leçon que je n'arriverai jamais à traduire avec de simples mots...

Silencieuse, incapable de parler pendant un moment, Nora resta dans l'ombre, près de son ami, son enfant, son maître, son ange gardien.

— Et pourtant, il faudra bien que je trouve des mots, car c'est peut-être la dernière fois que je peux croire que tu les comprends... Voilà, tu m'as appris que moi aussi j'étais ton ange gardien, celui de Travis, qui est aussi le mien et le tien. Nous avons des responsabilités l'un envers l'autre, nous devons veiller les uns sur les autres pour nous protéger des forces de la nuit. Tu m'as appris que c'est la seule chose dont nous ayons besoin, même si l'on pense parfois que nous sommes inutiles, vains, sans intérêt. Si nous aimons et que nous laissons les autres nous aimer... l'être aimé est la chose la plus précieuse au monde, plus précieuse que toutes les fortunes terrestres. C'est ça que tu m'as enseigné, Poilu, et grâce à toi, rien ne sera jamais plus comme avant.

Pendant le reste de la nuit, Einstein resta immobile, perdu dans un profond sommeil.

Le samedi, James Keene ne travaillait que le matin. A midi, il ferma l'entrée du cabinet sur le côté de sa grande maison confortable.

Einstein manifestait des signes de guérison encourageants. Il but plusieurs fois et passa un moment allongé sur le ventre au lieu d'être étendu sur le flanc. Il levait la tête et observait d'un air curieux l'activité de l'infirmerie. Il mangea même un jaune d'œuf battu dans une étrange mixture que Jim plaça devant lui et ne régurgita pas ce qu'il avait avalé. Il n'était plus sous perfusion.

Pourtant, il sommeillait toujours beaucoup et n'avait que les réactions d'un chien ordinaire quand Travis et Nora lui parlaient.

Après le déjeuner, ils prirent le café avec Jim à la table de la cuisine.

— Bon, dit le vétérinaire en soupirant, je suppose qu'on ne peut pas éviter de soulever la question plus longtemps.

De la poche de sa vieille veste d'intérieur râpée, il sortit une feuille de papier et la posa en face de Travis.

Pendant un instant, Nora crut qu'il s'agissait d'une facture pour ses services, mais quand Travis la déplia, elle vit qu'il s'agissait d'un avis de recherche pour Einstein.

Travis fut pris de tremblements.

Le cœur battant comme s'il allait exploser, Nora s'approcha de Travis pour lire en même temps que lui. L'avis datait de la semaine précédente. En plus de la description d'Einstein qui comportait le numéro d'identification tatoué dans l'oreille, il précisait que le chien appartenait vraisemblablement à un certain Travis Cornell et à sa femme, Nora, qui vivaient peut-être sous une identité différente. Il y avait une description, et des photographies de Nora et Travis en bas de la page.

— Depuis quand êtes-vous au courant ? demanda Travis.

— Je m'en suis aperçu une heure après l'avoir vu, mardi matin. Cela fait six mois que je reçois régulièrement des mises à jour de cet avis. Et j'ai déjà eu trois appels de l'Institut de recherche contre le cancer pour me rappeler de ne pas oublier de les prévenir au cas où j'examinerais un golden retriever avec ce tatouage.

— Et vous l'avez signalé ?

— Pas encore. Je ne voyais pas l'intérêt de discuter avant d'être sûr que le chien allait survivre.

— Et maintenant ? Qu'allez-vous faire ?

413

Avec une expression de chien battu encore plus triste qu'à l'ordinaire, Jim annonça :

— D'après l'Institut de recherche sur le cancer, ce chien est le maillon essentiel d'une recherche de la plus haute importance qui pourrait conduire à un traitement du cancer. Il paraît qu'il y a des millions de dollars en jeu, et que tous ces efforts seraient gâchés si on ne retrouvait pas le chien.

— Il n'y a pas une ligne de vrai.

— Je voudrais tirer quelque chose au clair. J'aime beaucoup les animaux, je leur ai consacré ma vie. Et j'aime les chiens plus que tout. Mais je n'éprouve guère de sympathie pour les gens qui s'opposent à toute expérimentation animale, les gens qui pensent que les progrès de la médecine qui permettraient de sauver la vie d'êtres humains ne valent pas qu'on fasse souffrir des animaux. Les gens qui vont voler les animaux de laboratoire et gâchent des années de recherches... non vraiment, ça m'écœure. C'est une bonne chose d'aimer et de respecter la vie dans ses formes les plus humbles, mais ces gens-là ne respectent pas la vie, ils la vénèrent, ce qui est une attitude païenne confinant à l'ignorance et même à la sauvagerie.

— Il ne s'agit pas de ça, dit Nora. Einstein n'a jamais mis les pieds dans un laboratoire de recherche sur le cancer. Cette histoire n'est qu'une couverture. Ce n'est pas l'Institut de recherche contre le cancer qui recherche Einstein, c'est la NSA. Alors, qu'est-ce qu'on fait maintenant ? ajouta-t-elle en se tournant vers Travis.

— Eh bien, commença Travis en souriant, je ne pense pas que nous puissions tuer Jim pour le forcer à se taire...

Soudain, le vétérinaire eut l'air affolé.

— ... alors, il va falloir le persuader.

— La vérité ? demanda Nora.

Travis observa longuement Jim Keene et finit par dire :

— Oui. La vérité. C'est la seule chose qui l'obligera à flanquer ce maudit papier à la poubelle.

— Jim, dit Nora après avoir inspiré profondément, Einstein est aussi intelligent que vous ou moi.

— Plus intelligent, il me semble parfois.

Le vétérinaire les fixait sans comprendre.

— Bon, je crois que je vais refaire du café, l'après-midi va être long, très long.

Des heures plus tard, ce même samedi après-midi, Nora, Travis et Jim Keene étaient groupés autour du matelas d'Einstein.

Le retriever venait de boire un peu d'eau et les regardait d'un air intéressé.

Travis essayait de savoir si les grands yeux bruns avaient toujours la même profondeur, la même vivacité si peu canine qu'il avait si souvent remarquées. Mon Dieu, il n'en était plus sûr... et cela le terrifiait.

Jim examina Einstein, remarquant à voix haute que les yeux étaient plus clairs et que la température tombait.

— Les pulsations cardiaques semblent plus régulières.

Épuisé par l'effort que lui avait imposé le vétérinaire, Einstein retomba sur le flanc et émit un long gémissement avant de se rendormir.

— Il n'a pourtant pas l'air d'un génie.

— Il est encore malade, tout ce qu'il lui faut, c'est un peu de repos, et vous verrez que nous n'avons dit que la pure vérité.

— Quand pensez-vous qu'il sera sur pied ? demanda Travis.

— Demain peut-être, répondit le vétérinaire après une certaine hésitation. Il sera encore un peu groggy, mais on verra bien.

— Bon, eh bien, quand il aura retrouvé son équilibre, qu'il s'intéressera à ce qui se passe et qu'il aura envie de marcher, cela prouvera qu'il a de nouveau les idées claires. Nous attendrons ce moment-là pour lui faire faire un test.

— Ça me va, dit Jim.

— Et si cela confirme ce que nous avons dit, vous ne le dénoncerez pas ?

— Le rendre à des gens qui ont créé l'Autre dont vous m'avez parlé ? Le rendre à des gens qui m'ont envoyé cet avis mensonger ? Nora, pour qui me prenez-vous ?

— Pour quelqu'un de bien.

Vingt-quatre heures plus tard, le dimanche soir, Einstein trottinait dans l'infirmerie, un peu comme un vieillard à quatre pattes.

Nora le suivait en marchant sur les genoux, lui disant qu'il était un brave chien et l'encourageant à continuer. Chaque nouveau pas l'enthousiasmait, comme si elle observait les premiers pas d'un bébé. Mais ce qui la réjouit surtout, ce fut sa façon de la regarder : un regard qui se désespérait de cette infirmité et disait « vous me prenez pour un animal de cirque ou quoi ? Je me sens complètement ridicule ».

La veille au soir, il avait mangé un peu de nourriture solide et, le lendemain, avait grignoté des aliments faciles à digérer fournis par le vétérinaire. Il buvait normalement, et, surtout, signe encourageant, demandait à sortir pour faire ses besoins. Il ne tenait pas longtemps sur ses pattes et souvent retombait sur le derrière, mais il ne se cognait pas contre les murs et ne tournait pas en rond.

Nora était allée acheter trois nouveaux jeux de Scrabble, dont Travis avait trié les lettres en vingt-six petits tas dans un coin de l'infirmerie où la place ne manquait pas.

— Nous sommes prêts, dit Jim Keene assis en tailleur sur le sol.

Pooka, installé à côté de son maître, observait de ses yeux d'un noir étonnant.

Nora conduisit Einstein près du jeu de Scrabble. Elle lui prit la tête dans les mains et, en le regardant droit dans les yeux, déclara :

— Voilà, Einstein. Il faut prouver au Dr Jim que tu

n'es pas un pauvre animal de laboratoire qui sert à des expériences sur le cancer. Montre-lui qui tu es réellement et dis-lui pourquoi on te recherche si méchamment.

Elle essayait de se convaincre qu'elle lisait toujours la même sensibilité dans le regard sombre du retriever.

— Qui va poser la première question ? demanda Travis, visiblement nerveux.

— Moi, dit Nora sans hésiter. Alors, Einstein, et ce charme ?

Ils avaient parlé à Keene du dernier message laissé par le retriever — CHARME BRISÉ —, si bien que le vétérinaire comprit à quoi elle faisait allusion.

Einstein cligna des yeux, se pencha vers les lettres, les renifla, et Nora commençait à sentir un nœud à l'estomac quand il commença enfin à pousser les carrés avec sa truffe et à les disposer sur le sol.

CHARME SIMPLEMENT ROMPU.

Travis trembla comme si les craintes qui l'avaient assailli contenaient une puissante décharge électrique qui se libérait tout d'un coup.

— Ouf, grâce à Dieu... merci, dit-il en riant de plaisir.

— Nom d'une pipe ! s'exclama Keene.

Pooka leva la tête et tendit les oreilles, conscient qu'il se passait quelque chose d'important sans savoir de quoi il s'agissait exactement.

Le cœur débordant d'excitation et d'amour, Nora rangea les lettres sur leurs tas respectifs et poursuivit :

— Einstein, qui est ton maître ?

Le retriever la regarda et fit une réponse élaborée.

PAS DE MAÎTRE. DES AMIS.

Travis se mit à rire de plus belle.

— Bon, d'accord, personne ne peut se vanter d'être son maître, mais tout le monde devrait être fier d'être son ami.

Etrangement, de voir que le retriever n'avait rien perdu de ses capacités faisait rire Travis aux éclats, pour la première fois depuis plusieurs jours, mais Nora, elle, avait les larmes aux yeux de soulagement.

Les yeux écarquillés d'émerveillement, Jim Keene souriait bêtement.

— J'ai l'impression d'être un enfant qui est descendu la nuit pour surprendre le Père Noël devant la cheminée et le voit arriver avec sa hotte pleine de jouets !

— C'est à mon tour, dit Travis en passant la main sur la tête d'Einstein. Jim vient de parler de Noël, et comme c'est bientôt, j'aimerais savoir quel cadeau te ferait plaisir. Alors dis-moi, qu'est-ce que tu as envie que le Père Noël t'apporte ?

A deux reprises, Einstein commença à disposer des lettres, mais à chaque fois, il revint sur sa décision. Il trottinait et retombait sur ses fesses, regardait tout autour de lui timidement, vit qu'ils attendaient tous avec impatience et finit par se décider.

CASSETTES VIDÉO MICKEY.

Ils n'allèrent pas se coucher avant deux heures du matin, car Jim Keene était ivre, non de boisson, mais de joie.

— Oui, aussi intelligent qu'un homme, mais néanmoins un chien, qui pense d'une manière merveilleusement différente, enfin, d'après ce que j'ai vu.

Pourtant, Jim n'insista pas pour avoir plus d'une dizaine d'exemples de la sagacité de son patient afin de ne pas le fatiguer. Malgré tout, il semblait électrisé et Travis n'aurait pas été surpris de le voir exploser.

Dans la cuisine, Jim leur demanda de raconter encore les fantaisies d'Einstein, l'épisode de Solvang avec les exemples de *Modern Bride ;* la façon dont il avait ajouté de l'eau froide dans son bain et bien d'autres récits. En fait, il racontait même certaines parties des aventures lui-même, comme si Travis et Nora ne les avaient jamais entendues, mais ils étaient heureux de lui laisser ce plaisir.

Dans un élan d'exubérance, il saisit l'avis de recherche toujours sur la table, prit une allumette et le brûla dans l'évier.

— Qu'ils aillent se faire voir ces mesquins qui ont créé un tel être pour le garder enfermé et l'observer ! Ils ont peut-être eu assez de génie pour faire Einstein, mais ils ne comprennent même pas la signification de leurs actes. Ils n'en saisissent pas la grandeur, sinon, ils ne songeraient pas à l'enfermer.

Finalement, à contrecœur, Jim Keene admit qu'ils avaient tous besoin de sommeil et Travis porta Einstein qui dormait déjà dans la chambre d'amis. Ils lui firent un lit de couvertures près de leur lit.

Dans le noir, Travis et Nora s'enlaçaient, au son réconfortant du ronflement du chien.

— Tout ira bien maintenant, dit Nora.

— Il y a encore des ennuis qui nous attendent, répondit Travis.

Il avait l'impression que la guérison d'Einstein avait affaibli la Malédiction mortelle qui l'avait poursuivi pendant toute sa vie. Pourtant, il n'était pas encore persuadé qu'elle avait définitivement disparu. L'Autre était encore quelque part... et approchait.

Chapitre dix

1

A contrecœur, Jim Keene les laissa emmener Einstein à la maison le mardi après-midi, 7 décembre. Il les accompagna jusqu'au camion ; il leur répéta que le traitement devait se poursuivre encore pendant quelques semaines, leur rappela qu'il voulait voir Einstein au moins une fois par semaine et les pressa de ne pas venir seulement pour les visites médicales, mais aussi pour dîner et bavarder.

Travis savait que le vétérinaire voulait toujours faire partie de la vie d'Einstein, pour participer à la magie d'un tel miracle.

— Ne vous inquiétez pas, Jim. Nous nous reverrons. Et puis, il faudra aussi que vous veniez nous voir un jour avant Noël.

— J'en serais ravi.

— Nous aussi, dit Travis sincèrement.

Sur le chemin du retour, Nora tint Einstein sur ses genoux, de nouveau enroulé dans une couverture. Einstein n'avait pas encore recouvré son appétit et était toujours très faible. Son système immunitaire fragilisé le rendrait plus sensible aux maladies pendant un moment. Il devait sortir le moins possible jusqu'à ce qu'il ait retrouvé toute son énergie, sans doute au début de la nouvelle année, d'après Jim Keene.

Le ciel se gonflait de nuages noirs et le Pacifique gris et dur semblait formé de millions de plaques d'ardoise

420

sans cesse agitées par quelque phénomène géologique souterrain.

Mais le temps maussade ne parvenait pas à assombrir leur humeur. Nora rayonnait ; Travis sifflotait. Einstein étudiait le paysage avec grand intérêt, se réjouissant de l'obscure beauté de cette journée d'hiver dépourvue de toute couleur. Peut-être n'avait-il jamais espéré sortir un jour de l'infirmerie de James Keene, si bien que même la mer de roches chaotiques et le ciel de plomb formaient une vue précieuse.

Arrivé à la maison, Travis laissa Nora et le retriever dans le camion et entra seul, le .38 qui était toujours dans le camion à la main. Dans la cuisine, où les lumières étaient encore allumées depuis leur départ précipité la semaine précédente, il saisit l'Uzi automatique et avança précautionneusement de pièce en pièce, regardant derrière chaque meuble, dans chaque placard.

Aucun signe de cambriolage : rien de plus normal, cette région rurale était plutôt tranquille. On pouvait laisser les portes ouvertes pendant des jours sans risquer de ne plus trouver que le papier peint.

C'était l'Autre qui l'inquiétait.

La maison était déserte.

Travis vérifia la grange avant d'y garer le camion, mais tout allait bien.

A l'intérieur, Nora reposa Einstein sur le sol et le débarrassa de sa couverture. Il fit le tour de la maison en reniflant chaque objet. Près de la cheminée du salon, il inspecta son appareil tourne-pages.

Il retourna vers le garde-manger, alluma la lumière avec la pédale et sortit des lettres des tubes.

ENFIN CHEZ NOUS.

— Ah, c'est vrai qu'il fait bon chez soi, n'est-ce pas ?

Einstein lécha le cou de Travis. La fourrure dorée sentait bon car Jim Keene lui avait fait prendre un bain à l'infirmerie, dans des conditions de chaleur et de stérilité optimales. Pourtant, Einstein ne semblait pas être lui-même : il paraissait fatigué, amaigri.

Tirant d'autres lettres de la patte, Einstein écrivit les mêmes mots, comme pour souligner son plaisir.

ENFIN CHEZ NOUS.

— C'est là qu'est notre cœur, dit Nora qui arrivait, et ici, ce n'est pas ça qui manque. Hé, si on mangeait de bonne heure, on pourrait regarder les Chants de Noël de Mickey, ça te plairait ?

Einstein remua vigoureusement la queue.

— Alors, est-ce que tu crois que tu supporterais ton mets favori, quelques biscuits ?

Einstein se lécha les babines. Il sortit d'autres lettres.

CHEZ NOUS, C'EST LÀ OÙ SONT LES BISCUITS.

Quand Travis se réveilla au milieu de la nuit, Einstein se trouvait devant la fenêtre de la chambre, les deux pattes sur le rebord. On le voyait à peine dans la lumière indirecte de la veilleuse de la salle de bains. Les volets intérieurs étaient fermés, si bien que le chien ne voyait pas à l'extérieur. Mais peut-être n'avait-il pas besoin de ses yeux pour sentir l'Autre.

— Il y a quelque chose dehors, Poilu ? demanda Travis doucement pour ne pas réveiller Nora inutilement.

Einstein s'écarta de la fenêtre, s'approcha de Travis et posa la tête sur le matelas.

— Il vient ?

Répondant d'un gémissement énigmatique, Einstein s'installa par terre et s'endormit.

Quelques minutes plus tard, Travis sombrait lui aussi dans le sommeil.

Il se réveilla de nouveau plus tard dans la nuit et vit Nora assise au bord du lit, en train de caresser Einstein.

— Que se passe-t-il ?

— Rien, dors. Je me suis réveillée et je l'ai vu près de la fenêtre, mais tout va bien.

Travis se rendormit encore, mais il rêva que l'Autre était assez intelligent pour avoir appris à se servir d'outils pendant ses six mois d'errance à la poursuite d'Einstein. La bête aux yeux jaunes défonçait les volets à la hache.

2

Ils donnaient régulièrement ses médicaments à Einstein qui les avalait gentiment. Ils lui expliquèrent qu'il devait bien manger pour retrouver sa force. Malgré sa bonne volonté, le retriever ne retrouvait son appétit que lentement. Il lui faudrait plusieurs semaines avant de reprendre les kilos perdus et de retrouver toute son énergie, mais de jour en jour les progrès étaient sensibles.

Le vendredi 10 décembre, le retriever semblait assez en forme pour une petite promenade. Il chancelait toujours de temps à autre, mais ne trébuchait plus à chaque pas. Keene lui avait fait tous les vaccins nécessaires, et il ne risquait plus d'attraper la rage par-dessus la maladie de Carré qu'il venait juste de surmonter.

Le temps était plus clément que ces dernières semaines et, si la température frisait le zéro degré, il n'y avait pas de vent. Quand le soleil sortait des quelques nuages blancs, il caressait la peau d'une douce chaleur.

Einstein accompagna donc Travis pour son inspection hebdomadaire des systèmes infrarouges et des réservoirs de gaz incapacitants. Ils progressaient plus lentement que la dernière fois, mais Einstein semblait apprécier d'être de nouveau sur le terrain.

Dans son atelier, Nora travaillait activement à sa dernière toile, un portrait d'Einstein. Le chien ne savait pas être l'objet d'une telle attention, ce devait être l'un de ses cadeaux de Noël et on ne le lui montrerait qu'au dernier moment devant la cheminée.

— Il approche ? demanda Travis à Einstein en sortant de la grange.

Comme chaque fois qu'on lui posait la question,

Einstein se livra à sa routine habituelle et, avec moins de conviction que d'habitude, il huma l'air et scruta la forêt. Retournant vers Travis, il poussa un gémissement anxieux.

— Il est là ?

Einstein ne répondit pas et se contenta de se tourner de nouveau vers les bois, intrigué.

— Il te poursuit toujours ?

Pas de réponse.

— Il est plus près qu'avant ?

Einstein décrivit un cercle, renifla le sol, pencha la tête d'un côté et de l'autre puis alla vers la maison et se retourna vers Travis en un geste d'impatience.

A l'intérieur, il se dirigea tout droit vers le garde-manger.

TROUBLE.

— Trouble ?

TROUBLE. EMBROUILLE.

— Tu parles de ta perception de l'Autre ?

Rapide agitation de la queue. *Oui.*

— Tu ne le sens plus ?

Un aboiement. *Non.*

— Tu crois qu'il est... mort ?

SAIS PAS.

— Ou alors ton sixième sens ne fonctionne plus, il est affaibli, comme toi ?

PEUT-ÊTRE.

En rassemblant les lettres pour les ranger dans leurs tubes, Travis se laissa emporter par ses pensées. Des pensées noires, troublantes. Bien sûr, leur maison était protégée par un système d'alarme, mais d'une certaine manière, ils comptaient sur Einstein pour leur délivrer les premiers avertissements. Travis aurait dû faire confiance à son installation et à ses capacités d'ancien membre de Delta Force, mais il restait tourmenté par la crainte d'avoir laissé une faille dans son système de défense, et, lorsque la crise viendrait, il aurait besoin d'Einstein pour parer aux éventualités les plus inatten-dues.

— Il faut que tu te remettes le plus vite possible. Il

faut que tu manges, même si tu n'as pas faim. Et il faut dormir et te reposer au lieu de passer la moitié de la nuit à t'inquiéter devant la fenêtre.

SOUPE AU POULET.

— Bon, d'accord, je t'en prépare une ce soir, dit Travis en riant.

ET UN GROG, POUR TUER LES MICROBES.

— Où as-tu pris cette idée ?

DANS LES LIVRES. C'EST QUOI, UN GROG ?

— Du rhum dans de l'eau chaude avec une rondelle de citron.

ÇA TUE LES MICROBES, MAIS ÇA REND ALCOOLIQUE.

— T'es quand même un drôle de numéro ! dit Travis en ébouriffant la fourrure d'Einstein.

DEVRAIS ALLER À LAS VEGAS.

— J'en suis sûr !

TÊTE D'AFFICHE.

— Ça ne fait pas le moindre doute.

Il prit le chien dans ses bras et tous deux rirent, chacun à leur manière.

Malgré les plaisanteries, Travis savait qu'Einstein était fort perturbé par son impossibilité de sentir l'Autre. Ce n'était qu'un moyen de défense, destiné à exorciser la peur.

Cet après-midi-là, épuisé par la promenade, Einstein dormit pendant que Nora peignait fébrilement. Devant la fenêtre, Travis observait les bois, repassait mentalement en revue le système de défense, à la recherche de la faille.

Le 12 décembre, Jim Keene vint les voir pendant l'après-midi et resta dîner avec eux. Il examina Einstein et sembla satisfait de son évolution.

— Ça nous paraît lent, dit Nora.

— Je vous avais dit que cela prendrait du temps.

Il modifia l'ordonnance d'Einstein et leur laissa quelques nouveaux flacons de pilules.

Einstein s'amusa beaucoup à faire une démonstration du fonctionnement de son appareil tourne-pages.

Il accepta gracieusement les compliments de Keene qui le vit manier habilement un stylo entre ses dents pour allumer la télévision et le magnétoscope, sans l'aide de Nora et Travis.

Au début, Nora fut surprise de trouver que le vétérinaire avait l'air moins morose que dans son souvenir. Mais en fait il n'avait pas changé d'apparence, c'était sa façon de le voir qui s'était modifiée. Depuis qu'il était un ami de premier ordre, elle percevait la gentillesse naturelle et le sens de l'humour qui se dissimulaient sous un extérieur austère.

— J'ai fait quelques recherches en tatouages, dit Jim pendant le dîner, pour savoir si l'on pouvait effacer ces maudits numéros.

Einstein, qui écoutait d'une oreille, nonchalamment allongé sur le sol, se redressa d'un coup, vacilla un peu et se précipita sur une chaise libre devant la table de la cuisine. Très droit, il observait Keene d'un air impatient.

— Eh bien, dit le vétérinaire en reposant un morceau de poulet au curry qu'il allait porter à sa bouche, la plupart des tatouages sont effaçables. Si j'arrive à savoir quelle encre a été utilisée et avec quel procédé, il est possible que je puisse l'éliminer.

— Ce serait fantastique ! s'écria Nora. Même s'ils trouvaient Einstein, ils ne pourraient jamais prouver que c'est lui.

— Il resterait sûrement des traces visibles à la loupe, dit Travis.

Alors, et ça, qu'est-ce que tu en penses ? semblait demander Einstein au vétérinaire.

— La plupart des laboratoires se contentent de marquer les animaux et utilisent des encres classiques. Je crois que je pourrai facilement tout enlever et ne laisser que des petites taches de pigmentation à l'air naturel. Il serait impossible de retrouver le numéro, même à l'examen microscopique. Il faut encore que je me perfectionne sur les techniques, mais je pense que dans quelques semaines je serai prêt, si Einstein n'a pas trop peur de la douleur.

Le retriever quitta la table et alla dans le garde-manger.

Nora se leva pour aller lire le message qu'il venait de composer : JE NE VEUX PAS D'ÉTIQUETTE. JE NE SUIS PAS UNE VACHE.

Son désir de se libérer du tatouage allait plus loin que Nora ne le pensait. Il voulait effectivement échapper à toute identification possible, mais il avait horreur de ces numéros qui faisaient de lui un simple objet, condition qui offensait sa dignité et ses droits de créature intelligente.

LIBERTÉ, ajouta-t-il.

— Oui, dit Nora respectueusement en lui posant la main sur la tête. Tu es une véritable personne... avec une âme...

C'était la première fois qu'elle envisageait la situation sous cet angle. Etait-ce un blasphème de penser qu'Einstein avait une âme ? Non, cela n'avait rien à voir. C'était l'homme qui avait créé Einstein, et s'il y avait un Dieu, de toute évidence, il approuverait cette création car Einstein savait différencier le bien du mal, faisait preuve d'amour, de courage et de générosité, et était plus proche de l'image de Dieu que nombre d'êtres humains.

— La liberté. Si tu as une âme, et je sais que tu en as une, tu disposes du libre arbitre et tu as droit à l'autodétermination. Ce numéro est une insulte à ta personne, et nous l'effacerons.

Après dîner, malgré son envie évidente de participer à la conversation, Einstein s'endormit, terrassé de fatigue.

En prenant le cognac, Travis décrivit à Keene son système de sécurité contre l'Autre. Encouragé à trouver les failles, le vétérinaire ne pensa à rien d'autre qu'à la précarité de leurs ressources en énergie électrique.

— Si l'Autre est assez malin pour couper les fils qui viennent de la route, il vous plongera dans l'obscurité en plein milieu de la nuit et rendra votre système d'alarme totalement inopérant. Sans électricité, les mécanismes les plus perfectionnés ne pourraient pas fermer la porte de la grange ni libérer les valves des réservoirs de gaz incapacitants.

Nora et Travis l'accompagnèrent au sous-sol pour lui montrer le générateur de secours. Il était alimenté par un réservoir d'essence de cent cinquante litres et rétablirait le circuit électrique dix secondes seulement après la coupure du courant principal.

— Pour moi, dit Jim, vous avez pensé à tout.

— Oui, je crois, répondit Nora.

— Je me demande... murmura Travis.

Le mercredi 22 décembre, ils se rendirent à Carmel. Laissant Einstein avec Jim Keene, ils passèrent la journée à acheter des cadeaux de Noël et des décorations pour le sapin.

Avec la menace de l'Autre qui s'approchait inexorablement, il paraissait futile de faire des projets pour les vacances. Pourtant, Travis annonça :

— La vie est courte, on ne sait jamais combien de temps il nous reste, alors, autant que ce Noël soit une véritable fête, et puis, ces dernières années, cela n'a pas été très joyeux, alors, il faut compenser.

— Tante Violet ne fêtait jamais Noël, elle pensait que cela ne servait à rien d'échanger des cadeaux et de faire un sapin.

— Elle ne croyait à rien ! dit Travis. Raison de plus pour faire un grand Noël. Ce sera la première fois, pour toi et pour Einstein.

S'ils commençaient l'an prochain, cela serait la première fois pour leur bébé aussi, et ça, ce serait fantastique !

Elle était prise de malaise de temps en temps le matin et avait pris quelques kilos mais, à part cela, sa grossesse était toujours invisible. Elle avait toujours le ventre plat et le Dr Weingold lui avait dit qu'étant donné sa silhouette naturelle, elle avait des chances de ne pas trop grossir. Tant mieux, il serait plus facile de retrouver la ligne par la suite. Bien sûr, le bébé n'était pas attendu avant six mois, ce qui lui donnait encore tout le temps nécessaire pour gonfler comme un ballon de baudruche.

Sur le chemin du retour, dans le camion plein de paquets, Einstein dormit sur les genoux de Nora, épuisé par sa journée de jeux avec Pooka. Ils arrivèrent moins d'une heure avant la tombée de la nuit. Einstein ouvrit le chemin... et s'arrêta soudain pour regarder tout autour de lui. Il huma l'air froid et alla vers la cour, nez collé au sol, comme s'il suivait une odeur.

Les bras chargés, au début, Nora ne remarqua rien d'anormal dans l'attitude du chien, mais elle vit que Travis s'était arrêté lui aussi.

— Que se passe-t-il ? demanda-t-elle.

— Attends un instant.

Einstein traversa la cour vers les bois, du côté sud. Il se tenait très droit, tête tendue en avant, puis longea l'orée de la forêt, s'arrêtant régulièrement, en alerte, puis revint par le côté nord.

— Il y a quelque chose ? demanda Travis.

Einstein remua la queue et aboya en même temps. *Oui et non.*

A l'intérieur, il forma un message.

SENTI QUELQUE CHOSE.

— Quoi ? demanda Travis.

SAIS PAS.

— L'Autre ?

PEUT-ÊTRE.

— Proche ?

SAIS PAS.

— Ton sixième sens revient enfin ? demanda Nora.

SAIS PAS. SENTI QUELQUE CHOSE. C'EST TOUT.

— Mais quoi ? insista Travis.

Après un long moment d'hésitation, le chien composa enfin son message.

GRAND NOIR.

— Tu as senti un grand noir ?

Oui.

— Qu'est-ce que ça veut dire ? demanda Nora mal à l'aise.

Nora vit dans les yeux de Travis une inquiétude qui réfléchissait sans doute celle de son propre regard.

Il y avait un grand Noir quelque part dehors... et il approchait.

3

Noël se déroula joyeusement.

Le matin, installés devant l'arbre illuminé à boire du lait et à manger des biscuits, ils ouvrirent les cadeaux. Pour plaisanter, Travis avait rempli la première boîte de sous-vêtements pour Nora avec un immense boubou qui aurait convenu à une femme pesant au moins cent cinquante kilos.

— C'est pour le mois de mars, quand tu ne pourras plus rien mettre d'autre. Dommage, c'est un peu juste, en mai, tu ne rentreras plus dedans !

Ils échangèrent des cadeaux plus sérieux, bijoux, livres, et vêtements.

Pour Nora comme pour Travis, cette journée était surtout la fête d'Einstein. Elle lui offrit le portrait sur lequel elle travaillait assidûment depuis le début du mois et le retriever fut aussi abasourdi que flatté de voir qu'elle avait immortalisé son image. Il eut également trois nouvelles bandes vidéo de Mickey, des écuelles avec son nom gravé dessus pour remplacer les plats de plastique qu'ils utilisaient jusqu'alors ; un réveil à pile qu'il pourrait emmener d'une pièce à l'autre, car depuis qu'il s'y intéressait, l'écoulement du temps le fascinait de plus en plus. Ce qu'il préférait, c'était le portrait qu'ils appuyèrent contre un mur pour qu'il puisse mieux le voir. Plus tard, quand ils l'accrochèrent au-dessus de la cheminée, il le regarda plusieurs fois, heureux et fier.

Comme les enfants, Einstein prit presque autant de plaisir à jouer avec les boîtes vides, les papiers froissés et les rubans qui jonchaient le sol qu'avec ses cadeaux. Il adorait par-dessus tout un petit Père Noël décoratif avec un manteau rouge et un capuchon à pompon. Pour s'amuser, Nora lui posa le bonnet sur la tête et quand Einstein se vit ainsi dans le miroir, il ne voulut plus quitter sa parure qu'il garda presque toute la journée.

Jim Keene et Pooka arrivèrent en début d'après-midi et Einstein les conduisit tout droit devant son portrait qui ornait la cheminée. Pendant une heure, sous le regard de Jim et Travis, les deux chiens jouèrent dans la cour. L'excitation du matin et l'activité de l'après-midi épuisèrent Einstein qui avait fort besoin d'une sieste. Ils retournèrent donc à l'intérieur et aidèrent Nora à préparer le dîner.

Après sa sieste, Einstein essaya d'intéresser Pooka aux dessins animés de Mickey, mais il ne rencontra que peu de succès. L'attention de Pooka ne durait pas même assez longtemps pour que, grâce aux maladresses de Donald, Goofy ou Pluto, Mickey commence à avoir des ennuis. Par respect pour le QI plus faible de son ami dont la compagnie ne semblait pas l'ennuyer, Einstein éteignit la télévision et s'engagea dans des activités strictement canines : chahut dans le salon, fausse bagarre, câlins nez à nez et communication silencieuse sur des sujets propres à la race canine.

Dans la soirée, la maison se parfuma d'odeurs de dinde rôtie, de maïs grillé, de jambons et autres victuailles au son de chants de Noël. Malgré les volets qui avaient été tirés dès la nuit tombante, malgré les fusils à portée de main, malgré la présence insidieuse de l'Autre qui ne quittait pas leur esprit, Nora ne s'était jamais sentie aussi heureuse.

Pendant le dîner, ils parlèrent du futur bébé et Jim leur demanda s'ils avaient déjà pensé à des noms. Einstein, qui mangeait dans un coin avec Pooka, fut immédiatement intéressé et voulut participer à ce choix si délicat. Il se précipita dans le garde-manger pour faire part de ses suggestions.

Nora quitta la table pour voir s'il avait des idées utiles.

MICKEY.

— Sûrement pas ! On ne va pas donner le nom d'une souris de dessins animés à notre premier enfant !

DONALD.

— Pas celui d'un canard !

PLUTO.

— Un peu de sérieux, Poilu.

Nora l'empêcha fermement d'essayer de sortir d'autres lettres, ramassa les carrés de plastique, éteignit la lumière et retourna à table.

— Vous trouvez peut-être ça drôle, dit-elle à Jim et à Travis, hilares tous les deux, mais lui, il ne plaisante pas.

Après le dîner, autour du sapin illuminé, ils parlèrent de tout et de rien et Jim leur fit part de son intention d'acquérir un autre chien.

— Pooka a besoin d'une compagne. Il a presque un an et demi et je crois que la compagnie des hommes ne leur suffit plus une fois qu'ils sont adultes. Alors, tant qu'à choisir, autant prendre une femelle de pure race pour qu'ils puissent faire des petits.

Einstein ne semblait pas s'intéresser particulièrement à cette partie de la conversation, pourtant, après le départ de Jim, Travis trouva un message dans le cagibi.

UN COPAIN. PARTENAIRE. DEUX DE LA MÊME ESPÈCE.

Le retriever attendait qu'ils remarquent le message soigneusement élaboré et il arriva derrière eux pour observer leurs réactions.

— Tu veux une copine ? demanda Nora.

Einstein sortit d'autres lettres : ÇA VAUT LA PEINE D'Y SONGER.

— Mais, Poilu, il n'y en a pas deux comme toi. Aucun chien n'est aussi intelligent que toi.

IL N'Y A PAS QUE CELA QUI COMPTE DANS LA VIE.

— Ça c'est vrai, dit Travis. Mais je crois qu'il faut y réfléchir.

LA VIE, C'EST LES SENTIMENTS.

— Bon, bon, on y pensera.

LA VIE, C'EST PARTAGER.

— Bon, écoute, nous en reparlerons un autre jour, maintenant, il se fait tard.

Einstein construisit rapidement un autre message.

BÉBÉ, MICKEY ?

— Il n'en est pas question, dit Nora.

Cette nuit-là, après avoir fait l'amour, Nora murmura à Travis :

— Je crois qu'il s'ennuie.

— Jim Keene ?

— Oui, lui aussi. Il est si gentil, il aurait sûrement fait un époux parfait, mais les femmes sont trop attachées au physique... Elles n'épousent pas les moches, elles préfèrent les beaux garçons qu'elles maltraitent la plupart du temps. Mais je parlais d'Einstein. Il doit se sentir seul de temps en temps.

— Nous sommes presque toujours avec lui.

— Non, pas tant que cela. Moi j'ai ma peinture et tu as des tas d'activités où Einstein n'a pas sa place. Et si tu reprends ton travail, Einstein sera souvent tout seul.

— Il a ses livres, il adore la lecture.

— Ça ne suffit peut-être pas.

Ils restèrent silencieux pendant si longtemps que Nora crut que Travis s'était endormi.

— Si Einstein avait des petits ? Ils seraient comment ? finit-il par dire.

— Que veux-tu dire ? Aussi intelligents que lui ?

— Je me demande... Pour moi, il y a trois possibilités. Ou son patrimoine génétique n'est pas héréditaire, et ses chiots seront des chiots comme les autres, ou alors, c'est héréditaire mais ses chromosomes se mélangeront à ceux de sa partenaire. Ses chiots seront plus intelligents que les autres, mais moins que leur père et de génération en génération, leur QI baissera jusqu'à ce qu'on ne voit plus la différence.

— Et la troisième possibilité ?

— Et bien, l'intelligence est peut-être un caractère dominant...

— Et dans ce cas, ces chiots seraient aussi intelligents que lui.

— Ainsi que toutes les générations suivantes, jusqu'à ce qu'il y ait toute une colonie de golden retrievers... des milliers de golden retrievers intelligents dans le monde entier.

— Eh bien dis donc !

— Il a raison.

— Quoi ?

— Cela vaut la peine d'y songer.

4

En novembre, Vince Nasco n'aurait jamais imaginé qu'il lui faudrait un mois complet pour Ramon Velazquez, l'épine dans le pied de Don Mario Tetragna. Et tant que ce n'était pas fait, Vince n'aurait pas les noms de ceux qui fournissaient de faux papiers à San Francisco, ce qui lui permettrait enfin de retrouver les Cornell et le chien. Réduire Velazquez à un tas de chair en putréfaction était donc de la plus grande urgence.

Mais ce type était un fantôme. Il ne sortait jamais sans ses deux gardes du corps, ce qui aurait pourtant dû le rendre facilement repérable, mais il dirigeait ses affaires de trafic de drogue, de maisons de jeu qui empiétaient sur le domaine des Tetragna avec la discrétion d'un Howard Hughes. Il se faufilait, utilisant une flotte de voitures différentes, ne prenait jamais deux fois le même chemin deux jours de suite, n'allait jamais aux mêmes endroits, se servait de la rue pour bureau et ne restait pas assez longtemps à la même place pour qu'on puisse le situer et l'éliminer de ce monde. C'était un paranoïaque obsessionnel, convaincu que le reste de la terre en voulait à sa vie. Vince n'arrivait jamais à voir Ramon Velazquez d'assez près pour s'assurer que c'était bien l'homme de la photographie qu'on lui avait confiée... De la fumée !

Vince ne réussit pas à l'abattre avant le jour de Noël, et pas sans un sacré grabuge. Ramon était chez lui, à

Oakland, parmi ses invités. Vince s'approcha de la propriété par-derrière et sauta par-dessus le grand mur de brique. Il aperçut enfin Velazquez et quelques personnes près du barbecue du patio, à deux pas de la piscine, où il faisait rôtir une énorme dinde — où préparait-on la dinde au barbecue à part en Californie ? Mais tout le monde le repéra immédiatement bien que Vince soit encore à plusieurs dizaines de mètres. Les gardes du corps dégainèrent immédiatement leurs armes, si bien qu'il n'eut pas d'autre solution que tirer à vue avec son Uzi automatique, arrosant tout le patio. Velazquez, les deux gardes du corps, une femme d'âge mûr qui devait forcément être l'épouse de quelqu'un, une vieille dame, forcément la grand-mère de quelqu'un, tous s'écroulèrent en un instant.

Sssnap.
Sssnap.
Sssnap.
Sssnap.
Sssnap.

À l'intérieur, tout le monde hurlait et tentait de se mettre à l'abri. Vince ressauta par-dessus le mur qui donnait sur la propriété adjacente dont les occupants étaient absents, grâce à Dieu, lorsqu'une bande de types au teint mat se mirent à tirer. Il eut de la chance de garder les fesses intactes.

Le lendemain, très anxieux, Vince se présenta à Frank Dicenziano qui dirigeait un restaurant de Don Tetragna et ne répondait qu'au parrain lui-même. La mafia a un code qui règle tout, même les mouvements les plus intimes de l'organisme sans doute, et elle n'a pas l'habitude de plaisanter avec les infractions. Pour un assassinat, c'était sûrement encore pire que pour le reste. Et la première règle consistait à ne jamais tuer un homme en compagnie de sa famille, à moins qu'il ne fût impossible de faire autrement. Là-dessus, Vince n'avait pas grand-chose à se reprocher. Mais la deuxième règle consistait à ne jamais tirer sur la femme, les enfants ou la grand-mère de quelqu'un pour atteindre sa cible. Il n'y avait pas cher à donner de la peau d'un tueur à gages qui en arrivait là. Vince espérait pouvoir convaincre Frank Dicenziano qu'il s'agissait d'un cas particulier — aucune autre cible ne lui avait ainsi échappé pendant plus d'un mois —, et que bien que regrettable la tuerie d'Oakland était inévitable.

Au cas où Dicenziano ou le parrain lui-même auraient été trop furieux pour qu'il puisse leur faire entendre raison, Vince s'était armé d'un peu plus que d'un revolver. Il savait que s'ils en voulaient à sa vie, ils se précipiteraient sur lui, lui retireraient son arme dès son arrivée sans prendre la peine de lui fournir la moindre explication. Il s'était donc ceinturé d'explosifs et était prêt à faire sauter tout le restaurant si jamais on le trouvait bon pour la tombe.

Vince n'était pas sûr de survivre à l'explosion. Il avait absorbé l'énergie de tant de vies ces derniers temps qu'il devait être proche de l'immortalité, à moins qu'il n'y soit déjà parvenu, mais il ne pouvait pas en être sûr avant de se mettre à l'épreuve. Ou il serait au cœur de la déflagration, ou il laissait une bande de gros malins le couler dans une dalle de béton et le faire disparaître dans l'océan... finalement la première solution semblait plus attrayante et lui donnait, peut-être, une meilleure chance de survie.

A sa grande surprise, Dicenziano, qui ressemblait à un écureuil qui aurait une grosse noix dans chaque joue, semblait ravi de la manière dont le contrat Velazquez avait été rempli. Personne ne fouilla Vince à son entrée dans le restaurant. En tant qu'invité hors du commun, il déjeuna dans un box avec Frank où on leur servit des mets qui ne figuraient pas au menu. Ils burent du cabernet sauvignon à trois cents dollars la bouteille, un présent de Mario Tetragna.

Quand Vince aborda le problème de la femme et de la grand-mère, Dicenziano lui répondit simplement :

— Ecoutez, mon ami, on savait que ce serait un boulot délicat et que l'on ne pourrait pas forcément respecter les règles. Et puis, ces gens-là ne font pas partie de notre monde. Des clandestins qui n'ont pas à marcher sur nos plates-bandes. S'ils ne respectent pas les règles, je ne vois pas comment ils peuvent espérer qu'on les respecte à leur égard.

Soulagé, Vince alla aux toilettes et débrancha le détonateur. Il n'avait pas envie d'un accident malheureux à présent que la crise était passée.

A la fin du repas, Frank lui donna la liste. Neuf noms.

— Ils ne font pas tous partie de la Famille, mais ils paient régulièrement leurs droits pour opérer sur notre domaine. Dès novembre, comme on comptait sur votre succès avec Velazquez, je leur ai parlé, et ils savent qu'on attend leur pleine collaboration.

L'après-midi même, Vince se mit en quête des gens qui pourraient se souvenir de Travis Cornell.

Au début, il fut déçu. Les deux premiers noms de la liste avaient fermé boutique pour les vacances et l'on ne pouvait pas les joindre. Pour Vince, c'était un véritable scandale que ceux de la pègre se conduisent comme des fonctionnaires !

Le cinquième homme, Anson Van Dyne, tenait toujours son poste dans son bar topless, le Hot Tips, et, le 26 décembre, Vince trouva ce qu'il cherchait. Van Dyne regarda la photographie de Travis Cornell que Vince s'était procurée dans les vieux journaux de Santa Barbara.

— Ouais, je m'en souviens. Ce n'est pas le genre de type qu'on oublie. Pas un étranger qui veut se transformer en Américain en quelques secondes comme la moitié de mes clients. Et pas non plus le genre qui s'attire des ennuis et doit se terrer dans l'ombre. Il n'est pas très costaud et il ne s'énerve pas, mais il donne l'impression d'être capable de balayer vite fait ceux qui lui barrent la route. Beaucoup de maîtrise de soi. Très observateur, non, pas le genre qu'on oublie.

— Ce que tu n'arrives pas à oublier, dit l'un des barbus devant son ordinateur, c'est le petit brin de femme qui l'accompagnait.

— Elle ferait bander les morts, ajouta l'autre barbu.

— Ouais, tout un cimetière !

Vince était à la fois offusqué et troublé par leur

participation à la conversation, si bien qu'il préféra les ignorer.

— Est-ce que vous vous souviendriez de leurs nouveaux noms ? demanda-t-il à Vince.

— Bien sûr, nous les avons encore dans nos dossiers.

Vince n'en croyait pas ses oreilles.

— Je croyais que vous ne gardiez jamais de dossiers ? Que c'était plus sûr pour vous et indispensable pour les clients ?

— Pouh ! les clients ! répondit Van Dyne en haussant les épaules. Si un jour les flics nous tombent dessus et nous obligent à nous retirer des affaires, j'aurai peut-être besoin d'un peu de liquide pour payer les avocats. Alors, quoi de mieux qu'une liste d'un millier de zozos qui vivent sous un faux nom, de zozos qui préfèrent se serrer la ceinture plutôt qu'avoir tout à recommencer ?

— Du chantage, dit Vince.

— Oh, quel vilain mot, mais j'ai bien peur que ce soit le mot juste. L'essentiel c'est de prendre toutes les précautions. Il n'y a aucun dossier ici. Dès que nous fournissons une nouvelle identité, nous transférons les données à un autre ordinateur bien caché grâce à une ligne de téléphone sûre. De la manière dont le deuxième ordinateur est programmé, on ne peut pas faire revenir les données ici. C'est une voie à sens unique. Si la police fait une descente, ils ne trouveront rien dans ces machines. Ils ne sauront même pas que les dossiers existent.

Ce nouveau monde de la criminalité haute-technologie donnait le vertige à Vince. Tetragna en personne, homme d'une perspicacité infinie, croyait que personne ne gardait de traces et n'avait pas encore compris à quel point l'informatique rendait les choses plus faciles et plus sûres.

— Pouvez-vous me conduire à cet autre ordinateur ? demanda Vince, retrouvant ses esprits.

— Pour un ami de Don Tetragna, je me ferais trancher la gorge. Suivez-moi.

Van Dyne emmena Vince dans un restaurant surpeuplé de Chinatown. Les cent cinquante places étaient toutes occupées, la plupart par des Américains et non des Chinois. Bien que la salle soit décorée de lanternes de papier, de dragons, de panneaux en imitation bois de rose, et de mobiles de cuivre en forme d'idéogrammes, l'endroit rappelait la pizzeria où il avait liquidé le mouchard de Pantangela. Tous ces étrangers, Chinois, Italiens, Polonais et Irlandais, quand on fouillait sous la surface, se ressemblaient comme deux gouttes d'eau.

Le propriétaire, un homme d'une trentaine d'années, un certain Yuan, les introduisit dans un sous-sol où deux ordinateurs se trouvaient sur les bureaux, l'un au milieu de la salle, l'autre à l'écart dans un coin.

— Celui-là, c'est le mien. Personne ne s'en sert jamais. Personne n'y touche, sauf pour décrocher le téléphone, mettre le modem en marche tous les matins et le raccrocher le soir. Les ordinateurs du Hot Tips sont reliés à celui-ci.

— Vous faites confiance à Yuan ?

— Je lui ai prêté de l'argent et je l'ai aidé à monter son affaire. Il me doit tout. D'ailleurs, j'ai opéré en toute sécurité. Personne ne pourra jamais faire remonter cet argent jusqu'à moi ou Don Tetragna. Pour la police, Yuan est juste un restaurateur sans intérêt, et la seule chose que je lui demande en échange c'est de pouvoir garder cet ordinateur ici.

Installé devant le terminal, Van Dyne appuya sur quelques touches. En moins de deux minutes, il trouva le nouveau nom de Travis Cornell : Samuel Hyatt.

— Et voilà ! Ça, c'est le nom de la femme qui l'accompagnait, Nora Louise Devon, de Santa Barbara. Maintenant, c'est Nora Jean Aimes.

— Très bien, dit Vince, maintenant, effacez-les de vos fichiers.

— Et pourquoi ?

— Effacez-les. Faites-les disparaître de l'ordinateur. Ils ne sont plus à vous, ils m'appartiennent. A moi et à personne d'autre. Ils sont à moi.

Un peu plus tard, ils retournèrent au Hot Tips, ce lieu de décadence putride qui révoltait Vince.

Au sous-sol, Van Dyne donna les noms de Hyatt et Aimes aux deux barbus, qui semblaient vivre là vingt-quatre heures sur vingt-quatre, comme des lutins.

Ils s'infiltrèrent tout d'abord dans les fichiers des permis de conduire pour savoir si Hyatt et Aimes avaient fait changer leur adresse.

— Gagné ! cria l'un d'eux.

Une adresse apparut sur l'écran et le deuxième barbu la fit sortir sur imprimante.

Van Dyne arracha le papier et le tendit à Vince.

Travis Cornell et Nora Devon, désormais Hyatt et Aimes, vivaient dans un coin reculé sur la route du Pacifique, au sud de Carmel.

5

Le mercredi 29 décembre, Nora se rendit seule à son rendez-vous avec le Dr Weingold.

Le ciel lourd était si noir que, par contraste, les mouettes qui tourbillonnaient sur le fond de nuages étincelaient telles des lumières incandescentes. Le temps restait maussade depuis Noël, mais la pluie attendue ne tombait toujours pas.

Ce jour-là, pourtant, des torrents se déversèrent tandis que Nora garait le camion dans le petit parking derrière chez le médecin. Elle portait un K-way à capuche, qu'elle rabattit sur sa tête avant de se précipiter en courant dans le petit immeuble.

Après un examen de routine, le Dr Weingold lui assura qu'elle se portait comme un charme, ce qui n'aurait pas manqué d'amuser Einstein.

— Je veux avoir un bébé splendide, en parfaite santé.

— Il n'y a aucun souci à se faire.

Le médecin la connaissait sous le nom de Aimes et

pensait que son mari s'appelait Hyatt, mais il ne posa jamais de questions sur leur véritable statut conjugal. Cette situation l'embarrassait un peu, mais le monde moderne dans lequel elle venait de se plonger après être sortie de son cocon avait les idées larges à ce sujet.

Le Dr Weingold lui proposa de faire une échographie afin de déterminer le sexe de l'enfant, mais, comme la fois précédente, elle refusa ; elle préférait avoir la surprise. Et puis, si jamais elle apprenait qu'elle attendait une fille, Einstein se mettrait en campagne pour qu'on l'appelle Minnie !

Après son rendez-vous, Nora remit son capuchon pour se lancer sous la pluie. Elle tombait dru, dégoulinait du toit, courait le long des caniveaux et formait des flaques profondes sur le macadam. Nora pataugea dans une petite mare et, en quelques secondes, ses tennis furent trempés.

En arrivant au camion, elle vit un homme sortir d'une Honda garée juste à côté. Elle ne remarqua pas grand-chose, à part qu'il était très grand pour une si petite voiture et qu'il portait des vêtements peu adaptés à la pluie. Pauvre homme, il va être trempé jusqu'aux os, en jean et en pull-over !

Elle ouvrit la porte du chauffeur et s'apprêta à monter. Soudain, l'homme la suivit, la poussa sur le siège et grimpa derrière elle.

— Si tu cries, je te fais éclater les entrailles, dit-il en lui pressant un revolver sur le côté.

Elle faillit pourtant crier involontairement et s'enfuir par la porte du passager. Mais quelque chose dans cette voix sombre et brutale la fit hésiter. Il lui aurait sûrement tiré dans le dos plutôt que de la laisser échapper.

Il claqua la porte du chauffeur et ils se retrouvèrent seuls dans le camion, isolés du monde extérieur par le rideau de pluie qui opacifiait les vitres. Peu importait, de toute façon, le parking était désert et personne ne le voyait de la rue. Même à l'extérieur, elle n'aurait eu personne vers qui se tourner.

Il était très grand et musclé, pourtant ce n'était pas

sa taille qui l'effrayait tant, mais son visage large, placide, d'une sérénité troublante. Et les yeux... pire encore ! Des yeux verts, froids.

— Qui êtes-vous ? demanda-t-elle essayant de dissimuler sa peur tant elle était sûre que le moindre tremblement ne ferait qu'exciter un homme à l'équilibre aussi fragile. Que me voulez-vous ?

— Le chien.

Elle avait pensé : voleur, elle avait pensé : violeur, assassin psychopathe. Jamais elle n'aurait cru que c'était un agent du gouvernement. Et qui d'autre pourrait vouloir Einstein ? Personne ne connaissait son existence.

— De quoi parlez-vous ?

Il lui enfonça le revolver dans les côtes jusqu'à lui faire mal. Pensant à l'enfant qu'elle portait, elle céda.

— Bon, puisque vous êtes au courant, inutile d'insister.

— Inutile en effet.

Il parlait d'une voix si faible qu'elle l'entendait à peine dans le vacarme de la pluie qui tambourinait contre le toit et balayait le pare-brise.

Il tendit la main vers elle, lui retira son capuchon, ouvrit la fermeture Eclair de son K-way et lui caressa les seins et le ventre. Pendant un instant, elle crut que finalement il avait quand même l'intention de la violer.

— Ce Weingold est gynécologue obstétricien, alors pourquoi es-tu allée le voir ? Tu as une maladie vénérienne ou tu es enceinte ?

Il prononça les mots maladie vénérienne comme s'ils le révulsaient de dégoût.

— Vous ne faites pas partie de la police, dit-elle, d'instinct.

— Je t'ai posé une question, salope, dit-il dans un murmure.

Il se pencha vers elle, enfonça encore son revolver. Dans le camion, l'air humide et le bruit enveloppant de la pluie créaient une atmosphère étouffante, oppressante, presque intolérable.

— Alors ? Qu'est-ce que c'est ? Un herpès ? La syphilis ? Ou simplement enceinte ?

Pensant que sa grossesse lui épargnerait plus de violence, elle dit la vérité.

— Je vais avoir un bébé, je suis enceinte de trois mois.

Quelque chose se produisit dans les yeux verts, un mouvement subtil comme dans un kaléidoscope monochrome.

Nora avait conscience d'avoir commis une erreur, une erreur grave, mais elle ne comprenait pas pourquoi.

Elle pensa au .38 de la boîte à gants. Il lui était impossible de l'ouvrir, de prendre le revolver et de tirer avant lui. Pourtant elle devait rester en éveil au cas où elle pourrait profiter d'un instant d'inattention.

Soudain, il passa par-dessus elle et, de nouveau, elle crut qu'il allait la violer en plein jour, derrière les rideaux de pluie. Mais en fait, il changeait simplement de place et la poussa vers le siège du conducteur pendant qu'il s'installait à côté, le canon de son arme toujours pointé sur ses côtes.

— Démarre, lui dit-il.

— Pour aller où ?

— Chez toi.

— Mais...

— Tais-toi, et conduis.

Désormais, pour atteindre la boîte à gants, elle devrait passer devant lui. Il ne serait jamais négligent à ce point !

Déterminée à vaincre sa peur, elle devait aussi surmonter son désespoir.

Elle démarra, sortit du parking et tourna à droite vers la rue.

Les essuie-glaces battaient presque aussi fort que son cœur. Elle ne savait pas si le vacarme oppressant venait de l'extérieur ou de son flux sanguin qui lui résonnait aux oreilles.

Au fil des rues, Nora cherchait désespérément un policier, pourtant, elle n'aurait guère su que faire si elle en avait rencontré un. En fait elle n'eut guère à y penser, car elle n'en vit pas.

Dans les rues de Carmel, le vent projetait des aiguilles de cyprès et de pins arrachées aux grands arbres qui abritaient la ville. Le long de la côte, alors qu'ils se dirigeaient vers des régions de plus en plus désertes, les rafales frappaient le camion de plein fouet et Nora devait souvent lutter pour ne pas perdre le contrôle du véhicule. Les gouttes de pluie qui venaient droit de l'océan semblaient s'enfoncer dans la carrosserie comme des flèches.

Après cinq minutes de silence qui semblèrent durer une heure elle ne réussit plus à se plier aux ordres et à conduire sans mot dire.

— Comment nous avez-vous trouvés ?

— Cela fait plus d'une journée que je vous observe, dit-il de sa voix tranquille qui faisait écho à son visage placide. Ce matin, je t'ai suivie, en espérant que tu me permettrais une ouverture.

— Non, ce n'est pas ce que je demandais. Comment avez-vous retrouvé notre adresse.

— Van Dyne, dit-il en souriant.

— Quel fumier !

— Non, il y a des circonstances particulières. A San Francisco le patron me devait une faveur, et il a fait pression sur Van Dyne.

— Le patron ?

— Tetragna.

— Qui est-ce ?

— Tu ne sais rien à rien ? A part faire des bébés ? Ça, tu es au courant !

Le ton persifleur n'était pas seulement suggestif, il y avait quelque chose d'étrange, de sombre, de terrifiant dans cette voix. Elle était si effrayée de la fureur qu'elle sentait en lui chaque fois qu'ils abordaient la sexualité qu'elle n'osa pas répondre.

Elle alluma les phares en entrant dans une zone de brouillard. Toute son attention fixée sur la route, elle plissait les yeux pour voir à travers le pare-brise.

444

— Tu es très jolie. Si j'avais encore envie de baiser quelqu'un, c'est toi que je choisirais.

Nora se mordit les lèvres.

— Mais t'as beau être mignonne, t'es comme les autres. Je le parierais. Mon sexe pourrirait et tomberait, à cause de tous tes microbes! Le sexe, c'est la mort. Je suis un des rares à le savoir, et pourtant, les preuves ne manquent pas. Mais tu es très belle...

Nora avait la gorge serrée. Elle pouvait à peine respirer. Soudain, il renonça à son mutisme. Il parlait vite, d'une voix douce, terriblement calme, mais très rapide :

— Je pèserai plus lourd que Tetragna un jour. Je serai plus puissant que lui. J'ai absorbé des vingtaines de vies. J'ai absorbé plus d'énergie que tu ne peux l'imaginer. J'ai senti le *Snap*, le Moment. C'est ça mon Don. Après la mort de Tetragna, je serai toujours là. Quand tout le monde sera mort, je serai toujours là, parce que je suis immortel.

Elle ne savait que dire. Il sortait de nulle part, avait appris l'existence d'Einstein elle ne savait comment, il était fou, il n'y avait pas grand-chose à faire. Elle était aussi furieuse devant tant d'injustice que terrifiée. Ils s'étaient préparés à l'arrivée de l'Autre, ils avaient tout fait pour échapper aux services secrets, mais comment auraient-ils pu prévoir une chose pareille ? Ce n'était pas juste.

De nouveau silencieux, il l'observa pendant une minute ou deux, une autre éternité. Elle sentait son regard vert et glacial aussi précisément qu'une main glacée posée sur elle.

— Tu ne comprends pas de quoi je parle ?

— Non.

Peut-être parce qu'il la trouvait jolie, il voulut bien s'expliquer.

— Je n'en ai parlé qu'une seule fois, mais on s'est moqué de moi. C'était avec Danny Slowicz, on travaillait tous les deux pour la famille Carramazza à New York, la plus grande des familles de la mafia. Il fallait jouer des muscles et liquider les indésirables de temps à autre.

Nora faillit se sentir mal. Non seulement il était fou et dangereux, mais en plus c'était un tueur professionnel !

Inconscient de sa réaction, il poursuivit :

— On dînait dans un restaurant, Danny et moi. On mangeait des coquillages avec du vin blanc, et je lui ai expliqué que j'étais destiné à vivre longtemps, car j'avais la faculté d'absorber les vies des personnes que je devais gâcher. Tu vois, je lui ai dit, les gens sont comme des batteries, pleins d'une énergie mystérieuse, celle de la vie. Quand je tire sur quelqu'un, son énergie m'appartient, et je deviens plus fort. Je suis un vrai taureau. Et tout ça, parce que j'ai le Don, que je peux absorber l'énergie des autres. Et tu sais ce que Danny m'a répondu ?

— Non, bredouilla-t-elle.

— Eh bien, Danny avait une bonne fourchette, alors, il a continué à plonger dans son assiette et à détacher ses clams. Et après, le menton plein de sauce, il a levé les yeux et m'a dit : « Où est-ce que tu as appris tout ça ? Qui t'a appris à absorber l'énergie des autres ? » Je lui ai répondu que c'était mon Don. « Comme un don de Dieu ? » il m'a demandé. Et je lui ai répondu que je ne savais pas d'où ça venait, que c'était un don tout simplement, comme la voix de Sinatra. « Alors, m'a dit Danny, si tu prends la vie d'un électricien, après avoir absorbé son énergie, tu saurais refaire l'électricité dans une maison ? » Je n'ai pas compris tout de suite qu'il se moquait de moi. Je croyais que c'était une question sérieuse, alors je lui ai expliqué que je n'absorbais que l'énergie et pas la personnalité des autres ni tout ce qu'ils savaient. Et Danny s'est vraiment fichu de moi. « Alors, Vince, si tu tuais un cinglé dans un asile, tu ne te mettrais pas forcément à étrangler les poulets pour autant ? » C'est là que je me suis rendu compte que Danny me croyait saoul ou me prenait pour un fou, alors j'ai mangé mes coquillages, et c'est la dernière fois que j'ai parlé de mon Don... jusqu'à aujourd'hui.

Il disait s'appeler Vince, elle connaissait donc son

prénom, mais elle ne voyait pas où cela allait la mener.

Il avait raconté son histoire sans paraître conscient de l'humour morbide qu'elle impliquait. Il était horriblement sérieux. Si Travis n'arrivait pas à le maîtriser, il ne leur laisserait sûrement pas la vie sauve.

— Mais je ne pouvais pas prendre le risque de laisser Danny raconter partout que j'étais cinglé. Il se serait arrangé pour me ridiculiser et plus personne ne m'aurait pris au sérieux. Et les patrons n'aiment pas engager des zozos, ils ont besoin d'hommes équilibrés, précis, qui travaillent proprement. Danny les aurait convaincus du contraire. Alors, je l'ai entraîné dans une usine désaffectée, je lui ai tranché la gorge, je l'ai découpé en morceaux et j'ai recouvert le tout d'acide sulfurique. C'était le neveu préféré du patron, je ne pouvais pas risquer qu'on retrouve le corps et qu'on remonte jusqu'à moi. Et j'ai absorbé l'énergie de Danny aussi en plus de celle des autres.

Le revolver était toujours dans la boîte à gants.

Cela lui laissait un mince espoir.

Pendant que Nora était chez le médecin, Travis prépara des biscuits au chocolat et au beurre de cacahuètes. Dans sa vie de célibataire, il avait appris à faire la cuisine mais cela ne lui avait jamais beaucoup plu. Pourtant, ces derniers mois, Nora avait élargi sa panoplie de recettes, et il commençait à apprécier la cuisine, la pâtisserie surtout.

Einstein, qui d'ordinaire tournait autour de la table, impatient de goûter au résultat, le quitta pourtant avant qu'il eût terminé de pétrir la pâte. Agité, il allait de fenêtre en fenêtre et scrutait la pluie.

Travis finit par s'inquiéter de l'attitude du chien et lui demanda ce qui se passait.

JE ME SENS BIZARRE.

— Malade ? demanda Travis, craignant une rechute malgré les progrès de la convalescence pas encore terminée qui laissait son système immunitaire encore. très fragile.

NON. PAS MALADE.

— Quoi alors ? L'Autre... ?

NON. NON, PAS COMME AVANT.

— Mais tu sens quelque chose ?

MAUVAISE JOURNÉE.

— La pluie peut-être ?

PEUT-ÊTRE.

Soulagé, mais encore un peu nerveux, Travis retourna à sa pâtisserie.

La pluie donnait à la route des lueurs argentées.

Vers le sud, le brouillard s'épaississait et Nora dut ralentir jusqu'à soixante ou cinquante kilomètres à l'heure.

En prenant le brouillard pour excuse, pourrait-elle ralentir suffisamment pour ouvrir la porte et sauter ? Non, sans doute. Il faudrait qu'elle roule pratiquement au pas pour ne pas se blesser, elle et son enfant à naître, et la visibilité n'était pas assez mauvaise pour justifier une telle lenteur. Et puis, Vince avait toujours le revolver pointé sur elle, et il tirerait dès qu'elle aurait le dos tourné.

Des halos de lumière et d'arcs-en-ciel scintillants se réfléchissaient dans les phares des rares véhicules qu'ils croisaient et disparaissaient presque aussitôt.

Elle songea même à lancer le camion dans le ravin à des endroits où elle savait que le bas-côté descendait en pente douce, mais elle eut peur de mal juger les lieux et de précipiter le véhicule sur les rochers en contrebas. Et même si elle préparait bien son coup, un accident calculé et modéré pourrait malgré tout lui faire perdre connaissance ou provoquer une fausse couche, et elle tenait à préserver sa vie comme celle de son enfant.

Une fois que Vince eut commencé son récit, il fut incapable de s'arrêter. Pendant des années, il avait gardé son secret, caché ses rêves de puissance et d'immortalité au monde entier, mais le désir de parler de sa grandeur n'avait pas diminué malgré le premier fiasco. On aurait dit qu'il avait enregistré tous les mots si longtemps retenus sur une bande magnétique mentale qu'il faisait défiler à toute vitesse.

Il lui raconta comment il avait appris l'existence d'Einstein... le meurtre des chercheurs chargés du projet François. Il était aussi au courant de l'existence de l'Autre, mais il n'avait pas peur. Comme il le disait, il touchait la frange de l'immortalité et posséder le chien était la dernière grande tâche de son Destin. Lui et le chien étaient faits l'un pour l'autre, car chacun était unique au monde — deux de la même espèce. Une fois que Vince aurait réussi, plus rien ne pourrait l'atteindre, pas même l'Autre.

La plupart du temps, Nora ne comprenait pas ce qu'il racontait, d'ailleurs, si elle avait compris, cela aurait prouvé qu'elle était aussi folle que lui.

Pourtant, elle connaissait parfaitement ses intentions envers elle et Travis, une fois qu'il aurait le chien. Au début, elle avait peur de parler de ce qui l'attendait comme si en l'exprimant avec des mots, elle rendait sa mort fatale. Finalement, à une dizaine de kilomètres du chemin de terre qui conduisait chez eux, elle demanda :

— Vous ne nous laisserez pas la vie sauve quand vous aurez le chien ?

Il la caressa du regard.

— Qu'est-ce que tu en penses, toi, Nora ?

— Je crois que vous allez nous tuer.

— Tu as raison.

A sa grande surprise, la confirmation de ses craintes n'accentua pas sa peur. La réponse augmenta simplement sa fureur et renforça sa détermination de ne pas le laisser faire.

Elle comprit alors qu'elle était une tout autre Nora que celle du mois de mai précédent qui aurait été paralysée et tremblante de peur devant un homme aussi sûr de lui.

— Je pourrai quitter la route et tenter ma chance dans un accident.

— Je te tirerai dessus dès que tu tourneras le volant.

— Vous n'en aurez peut-être pas le temps, vous mourrez peut-être.

— Moi ? Mourir ? Peut-être, mais sûrement pas dans un minable accident de la route. J'ai absorbé trop de vies pour mourir si facilement. Dans ton for intérieur, tu espères que ton homme vous sauvera, toi et le chien. Tu te trompes, bien sûr, mais tu ne peux pas t'empêcher de croire en lui. Il ne pourra rien faire parce qu'il aura peur de te blesser. Je rentrerai dans la maison avec mon revolver pointé sur ton ventre et ça le paralysera assez longtemps pour que je lui fasse sauter la cervelle. C'est pour cela que je n'ai qu'un revolver, je n'en ai pas besoin de plus. Il tient à toi, et c'est ce qui le perdra.

Nora tenait à dissimuler sa colère, il fallait qu'elle ait l'air effrayée, faible, peu sûre d'elle. S'il la sous-estimait, il serait moins prudent, et cela lui laisserait un petit avantage.

Un instant, elle tourna les yeux vers lui. Au lieu de la regarder avec la jubilation morbide, l'œil froid de bovin du psychopathe, comme elle s'y serait attendue, il l'observait avec des yeux pleins d'affection et peut-être même de gratitude.

— Cela fait des années que je rêve de tuer une femme enceinte, dit-il, comme si c'était un but aussi respectable que de vouloir fonder un empire du commerce ou soigner les malades. Mais je n'ai jamais rencontré de situations où je pouvais le faire sans trop de risques. Mais là, dans votre maison isolée, une fois que je me serai débarrassé de Cornell, ce sera l'idéal.

— Non, je vous en supplie, dit-elle d'une voix tremblante, feignant la frayeur, bien qu'elle n'eût guère à se forcer pour paraître terrifiée.

Toujours d'un ton calme, mais plus ému qu'auparavant, Vince poursuivit :

— J'aurai ton énergie, mais à l'instant où tu mourras, j'absorberai aussi celle de l'enfant. Une énergie pure, pas encore souillée par les contaminations de ce monde dégénéré. Tu es ma première femme enceinte, Nora, et je ne t'oublierai jamais.

450

Nora avait les larmes aux yeux, et pas seulement parce qu'elle était bonne actrice. Bien sûr, elle pensait que Travis saurait comment dominer la situation, mais elle craignait que dans le tumulte elle ou Einstein ne perdent la vie. Et comment Travis pourrait-il réussir à sauver tout le monde en face de ce fou ?

— Ne te désespère pas, toi et ton enfant vous ne cesserez pas totalement d'exister. Vous ferez partie de moi tous les deux, et vous vivrez en moi pour l'éternité.

Travis sortit le premier plateau de biscuits et les mit à refroidir sur une grille.

Einstein reniflait toujours partout dans la maison.

— Toujours nerveux ?

Le retriever retourna monter la garde devant la fenêtre du salon.

Juste avant que Nora ne quitte la grande route, Vince glissa du siège pour disparaître en dessous du niveau de la vitre, revolver toujours pointé sur Nora.

— Je fais éclater le bébé dans ton ventre si tu fais la moindre erreur.

Elle le crut.

Nora emprunta le chemin de terre boueux et glissant qui menait à la maison. Les arbres protégeaient la route du plus gros de la pluie mais déversaient les paquets d'eau qui s'amoncelaient sur les branches.

Einstein était à la fenêtre et elle songea à faire un signal pour que le chien comprenne instantanément qu'elle avait des ennuis, mais elle ne trouva rien sur le moment.

— Ne va pas vers la grange. Arrête juste devant la maison.

Son plan était très clair. Il n'y avait pas de fenêtre du côté de la cave et du garde-manger ; au coin de la maison Travis ne le verrait pas sortir du camion en même temps qu'elle. Vince pourrait la pousser vers le porche arrière et lui faire ouvrir la porte avant qu'ils ne s'aperçoivent de quelque chose.

Peut-être que grâce à son flair Einstein détecterait le danger, mais Einstein avait été si malade !

Einstein trépignait dans la cuisine, très agité.

— C'est Nora ?

Oui.

Le retriever alla vers la porte arrière et fit quelques pas d'impatience, puis se tint immobile et pencha la tête.

Nora eut son heure de chance au moment où elle s'y attendait le moins.

Elle gara la voiture, engagea le frein à main, coupa le moteur. Vince lui attrapa le bras et la tira vers la porte du passager qui donnait sur l'arrière de la maison, là où il était plus difficile de le voir. En descendant du camion, il regarda tout autour de lui pour s'assurer que Travis n'était pas dans les parages. Distrait, il ne pouvait pas garder son arme aussi près de Nora qu'auparavant. En se glissant le long du siège, elle ouvrit la boîte à gants et sortit le .38. Vince dut sentir ou percevoir un mouvement car il se tourna vers elle. Trop tard ! Elle avait le revolver braqué sur lui et tira trois fois avant qu'il ait eu le temps de réagir.

Les yeux hagards, il recula vers la maison à un mètre de lui.

Elle n'en revenait pas de son propre sang-froid. Etrangement, il n'y a rien de plus dangereux qu'une mère qui protège ses enfants, même si l'un n'était pas encore né et que l'autre n'était qu'un chien. Elle tira encore une fois, droit dans la poitrine.

Vince s'écroula, face contre terre.

Elle se mit à courir et faillit heurter Travis courbé par-dessus la rambarde du perron, l'Uzi à la main.

— Je l'ai tué ! dit-elle, sentant sa nervosité qu'elle essayait de maîtriser. J'ai tiré, je l'ai tué ! Mon Dieu...

Travis se redressa, abasourdi. Nora se jeta dans ses bras et posa la tête contre sa poitrine. Malgré la pluie glacée, elle se réchauffait contre lui.

— Mais qui ?

Derrière Nora, Vince poussa un petit cri étouffé, et roulant sur le dos, il tira sur eux. La balle toucha Travis en haut de l'épaule, et il tomba en arrière. A quelques centimètres près, elle frappait Nora en pleine tête.

Elle faillit tomber elle aussi en même temps que Travis, mais elle se reprit assez rapidement pour aller s'abriter derrière le camion, en dehors de la ligne de mire. Elle aperçut Vince un court instant, revolver à la main, se tenant l'estomac de l'autre en essayant de se relever.

Elle n'avait pas vu une goutte de sang.

Que se passait-il ? Comment avait-il pu survivre à trois balles dans l'estomac et une dans la poitrine ? Etait-il vraiment immortel ?

Tandis que Nora se cachait à l'abri du camion, Travis s'était un peu redressé. Du sang coulait de son épaule et traversait la chemise. Il avait toujours l'Uzi dans la main droite qui fonctionnait malgré sa blessure. Sa position n'était guère meilleure que celle de Vince. La volée de balles frappa le mur et ricocha sur le flanc du camion.

— Merde ! cria-t-il en arrêtant de tirer.

— Tu l'as eu ?

— Il fait le tour de l'autre côté, dit Travis en se précipitant à sa poursuite.

Vince se croyait immortel, ou presque. Il ne lui fallait plus que quelques vies, et il aurait été dommage de mourir si près du but. Il prenait donc quelques précautions, comme ce nouveau gilet pare-balles qu'il portait sous son pull-over et qui avait arrêté les balles de cette petite garce. Elles s'étaient aplaties sur le gilet, sans le blesser ni le faire saigner. Mais cela lui avait fait rudement mal, mal à lui couper le souffle, comme s'il avait été couché sur une enclume géante et frappé par le marteau du forgeron.

Courbé de douleur, il sautillait vers l'avant de la maison en essayant de ne pas se trouver dans la ligne de mire de ce fichu Uzi qui ne manquerait pas de lui tirer dans le dos. Il réussit à passer le coin et à gravir les marches du porche hors de portée.

Il était relativement satisfait d'avoir blessé Cornell, bien que cela ne fût pas mortel. Mais à présent qu'il ne pouvait plus compter sur la surprise, il fallait jouer les prolongations. Et cette femme. Aussi virulente que son mari ! Une amazone déchaînée.

Il aurait pourtant juré que ce n'était qu'une souris effarouchée, naturellement soumise. De toute évidence, il s'était trompé, et cette erreur le hantait. Il n'avait pas l'habitude de commettre des erreurs, les erreurs étaient bonnes pour les faibles, pas pour les élus du Destin.

Certain que Cornell approchait, Vince décida d'entrer dans la maison plutôt que de se réfugier dans les bois. Ils s'attendraient sûrement à le voir s'enfuir dans la forêt et tenteraient de le poursuivre avant de reconsidérer leur stratégie. A l'intérieur, il trouverait une position d'où il pourrait surveiller toutes les portes. Finalement, il arriverait peut-être encore à les surprendre.

Soudain, une baie vitrée explosa.

Surpris, Vince cria et tira, mais les coups se perdirent dans le dais du perron et le chien — c'était lui ! — le mordit. Il lâcha son arme et tomba à la renverse. Le cabot s'accrochait à ses vêtements, lui enfonçait les dents dans l'épaule. La rambarde du porche s'écroula et tous deux roulèrent dans la boue.

Vince martelait le chien de ses gros poings et réussit à se dégager juste avant que l'animal ne lui arrache la gorge.

Tremblant, il retourna chercher son revolver sur le perron, mais au lieu d'arme il trouva Cornell qui le regardait, l'épaule toujours sanglante.

Soudain, Vince se sentit envahi par un grand élan de

454

confiance. Il avait raison, il était invincible, immortel car il pouvait regarder le canon d'un Uzi sans sourciller.

— Regarde-moi bien, Cornell, je suis ton pire cauchemar.

— Pas vraiment, dit Travis en ouvrant le feu.

Dans la cuisine, tout en soignant l'épaule de Travis, Nora raconta ce qu'elle savait de l'homme qui s'était introduit dans le camion.

— Ça, ce n'était pas prévu au programme, nous n'avions aucun moyen de savoir qu'il rôdait dans les parages.

— J'espère que c'est le seul ! dit Nora.

Travis grimaça quand Nora versa de l'alcool sur la blessure, grimaça encore quand elle lui souleva le bras pour passer la gaze.

— Ne fais pas de zèle, ce n'est pas grave, les artères ne sont pas touchées.

La balle avait traversé l'épaule, et laissait une vilaine blessure très douloureuse, mais pour le moment, le bras n'était pas immobilisé. Ils iraient voir Jim Keene pour de plus amples soins afin d'éviter les questions que les médecins ne manqueraient pas de poser, mais pour le moment, il suffisait d'un pansement sommaire qui lui permette de disposer de son bras.

Einstein était fort ébranlé lui aussi. Par chance, il ne s'était pas coupé en traversant la vitre, n'avait apparemment rien de cassé, mais il avait reçu des coups. Déjà faible, il avait l'air mal en point, tout boueux et mouillé. Lui aussi aurait besoin de Jim Keene.

Dehors, la pluie qui tombait à verse martelait le toit, gargouillait dans les gouttières, s'engouffrait par la vitre brisée, mais ils n'avaient pas le temps de s'inquiéter à ce sujet.

— Heureusement qu'il pleut, personne n'a pu entendre les coups de feu.

— Où allons-nous le mettre ?

— Je réfléchis, dit Travis, mais il n'était pas facile d'avoir les idées claires avec une douleur si intense.

— On pourrait l'enterrer dans les bois.

— Non, nous saurions toujours qu'il est là. Nous aurions toujours peur que les animaux sauvages le déterrent et que des promeneurs le découvrent. Non, il vaudrait mieux trouver un endroit sur la côte où on pourrait le jeter à la mer à un moment où il n'y aurait pas de circulation. Si on trouve un endroit où la falaise descend à pic, on pourra le sortir du camion et s'en débarrasser avant qu'on nous voie.

Quand Nora eut terminé le pansement, Einstein se leva soudainement et gémit. Il renifla l'air, alla voir à la porte arrière puis disparut au salon.

— J'ai peur qu'il ne soit plus mal qu'il n'y paraît, dit Nora en mettant un dernier morceau de sparadrap.

— Peut-être, mais ce n'est pas sûr. Il se conduit bizarrement depuis ce matin. Il m'a dit qu'il sentait une mauvaise journée.

— Il avait raison.

Einstein revint en courant et alla directement au garde-manger pour écrire un message, visiblement en toute hâte.

— Il a peut-être une idée pour se débarrasser du corps.

Nora rangea sa trousse d'infirmière et Travis se leva péniblement pour aller voir ce qu'Einstein avait écrit.

L'AUTRE EST LÀ.

Travis plaça un nouveau magasin dans l'Uzi, en mit un autre dans sa poche, et donna à Nora l'un des pistolets Uzi du garde-manger.

A en juger par l'urgence que laissait pressentir Einstein, ils n'avaient pas le temps de faire le tour de la maison et de fermer les volets.

Le système de gaz incapacitant de la grange reposait sur la certitude que l'Autre viendrait de nuit pour une reconnaissance, mais comme il arrivait en plein jour et avait profité de l'épisode de Vince pour élaborer son attaque, tout devenait inutile.

Ils restèrent dans la cuisine à écouter, mais ils n'entendaient que l'infatigable martèlement de la pluie.

Einstein était incapable de leur donner la position précise de leur adversaire. Son sixième sens n'avait pas retrouvé toute son acuité, ils devaient se réjouir qu'Einstein ait malgré tout décelé sa présence. Son anxiété du matin n'avait pas été provoquée par le pressentiment de l'arrivée de Vince, mais, sans qu'il s'en rende véritablement compte, par l'approche de l'Autre.

— En haut, dit Travis, on y va.

Au rez-de-chaussée, la créature pouvait entrer par les portes ou les fenêtres, mais à l'étage, il n'y avait que les fenêtres et peut-être auraient-ils le temps de fermer certains volets.

Nora grimpa l'escalier avec Einstein. Travis les couvrit en grimpant à reculons, l'Uzi pointé vers l'escalier. La montée lui fit tourner la tête. Il était conscient de la faiblesse et de la douleur dans son épaule qui se diffusaient lentement dans tout son corps, comme une tache d'encre à travers un mouchoir.

— Si nous l'entendons entrer, dit-il sur le palier, nous pourrons nous cacher, attendre qu'il commence à monter et sortir pour l'avoir par surprise.

Nora acquiesça.

Ils devaient garder le silence à présent, lui laisser le temps de fouiller les pièces du bas avant qu'il se rende compte qu'ils étaient au premier, prenne confiance en lui, et monte sans méfiance.

Un éclair, le premier de la journée, illumina la fenêtre au bout du couloir et le tonnerre gronda. Le ciel sembla exploser sous le choc et toute la pluie des nuages se fracassa sur le sol en un vacarme épouvantable.

L'une des toiles de Nora s'envola de l'atelier et vint s'écraser contre un mur du couloir.

Nora cria bêtement et, pendant un instant, tous trois regardèrent la peinture gisant sur le sol, pensant qu'elle avait été déplacée par le coup de tonnerre.

Une deuxième peinture vola, frappa le mur. La toile était déchirée.

L'Autre était déjà à l'intérieur !

Ils se trouvaient à une extrémité du couloir, la chambre et la nursery sur la gauche, la salle de bains et l'atelier sur la droite. L'Autre était à deux portes plus loin et saccageait délibérément les tableaux de Nora.

Une autre toile vola à travers le hall.

Trempé, boueux, exténué, affaibli par sa récente maladie, Einstein aboyait pourtant férocement.

L'Uzi à la main, Travis avança d'un pas.

Nora lui attrapa le bras.

— Non, on s'en va.

— Il faut lui faire face.

— Oui, mais dans *nos* termes.

— Nous n'en aurons pas de meilleurs.

Deux autres toiles vinrent s'écraser sur la pile.

Einstein avait cessé d'aboyer pour gronder d'une voix rauque.

Ensemble, ils avancèrent vers l'atelier.

D'après son expérience à Delta Force, Travis savait qu'ils auraient dû se disperser, au lieu de se regrouper en une cible unique, mais ils n'étaient pas à l'armée et leur adversaire n'était pas non plus un simple terroriste. S'ils se séparaient ils perdraient le courage nécessaire pour affronter l'adversaire. L'union faisait la force.

Ils se trouvaient à mi-chemin quand l'Autre se mit à hurler. Un cri glacé qui poignarda Travis et le figea sur place. Lui et Nora s'arrêtèrent, mais Einstein fit encore deux pas de plus.

Le chien tremblait violemment.

Travis s'aperçut qu'il tremblait lui aussi, ce qui ne faisait qu'accroître la douleur de son épaule.

Surmontant sa peur, il se précipita devant la porte ouverte, piétinant les toiles déchirées, et arrosa tout l'atelier d'une volée de balles. Le recul de la carabine, bien que faible, s'enfonçait dans la blessure comme un couteau.

Il ne toucha rien, n'entendit aucun cri, n'aperçut pas même l'ennemi.

Le sol était jonché de toiles et du verre brisé de la fenêtre par laquelle l'Autre était entré après avoir escaladé le porche avant.

Jambes écartées, Travis tenait la carabine à deux mains, essayant d'oublier la sueur qui ruisselait sur son front, la douleur qui lui déchirait l'épaule. Il attendait.

L'Autre devait se trouver à gauche de la porte, ou derrière, à droite, accroupi, prêt à bondir. Si on lui en laissait le temps, il s'impatienterait peut-être et se précipiterait sur eux. Travis lui bloquerait le couloir.

Pas aussi intelligent qu'Einstein, pensa-t-il, Einstein ne serait jamais assez stupide pour se jeter dans un couloir étroit. Non, il ferait quelque chose de plus astucieux, de plus inattendu.

Un éclair si violent explosa qu'il fit vibrer les vitres et trembler les murs.

Allez, sors de là, montre-toi !

Travis se retourna vers Nora et Einstein à quelques pas derrière lui entre la chambre et la salle de bains, devant l'escalier.

De nouveau, il regarda à travers la porte les débris de verre éparpillés sur le sol. L'Autre n'était plus dans la pièce, il en était sûr tout d'un coup. Il était sorti par la fenêtre, était passé sur le toit et venait vers eux d'une autre direction, une chambre peut-être, la salle de bains, ou peut-être l'escalier !

— Couvre-moi, dit-il à Nora.

Avant qu'elle ait le temps de protester, il entra dans l'atelier, accroupi. Il faillit trébucher, mais resta sur ses pieds, prêt à tirer à la moindre alerte.

Il était parti.

Le placard était ouvert. Rien.

Il s'approcha de la fenêtre et regarda prudemment sur le toit du porche inondé par la pluie. Rien.

Le vent s'engouffrait à travers les morceaux de verre pointus et coupants.

Il alla de nouveau vers l'escalier. Nora était toujours là, terrifiée, mais s'accrochant à son Uzi. Derrière elle, la porte de la future chambre d'enfant s'ouvrit. Il était là, les yeux jaunes étincelants ! Sa mâchoire monstrueuse, béante, laissait voir les dents, bien plus acérées que le verre brisé.

Elle se retourna, mais la bête lui sauta dessus et lui arracha l'arme des mains avant qu'elle ait eu le temps de tirer.

Il n'eut pas le temps de lui enfoncer ses griffes en lames de rasoir dans le corps, car Einstein le chargea immédiatement, grondant farouchement. Avec la rapidité d'un chat, l'Autre tourna son attention vers le chien. Il le ceintura comme si ses bras étaient formés d'une infinité d'os emboîtés et enserra le chien dans ses horribles mains.

Travis s'avança, mais il ne voyait pas clairement la bête, Nora lui obstruait la vue. Il lui cria de se coucher par terre pour qu'il puisse tirer. Elle obéit immédiatement, mais trop tard ! L'Autre entraîna Einstein dans la nursery et claqua la porte. Comme un diable à ressorts qui sort de sa boîte et rentre avec sa proie.

Einstein gémit et Nora se précipita vers la chambre d'enfant.

— Non !

Travis visa la porte fermée et vida le magasin, perçant le bois d'une trentaine de trous. Il risquait de blesser Einstein, mais le retriever aurait couru un plus grave danger si Travis n'avait pas ouvert le feu. Il donna un coup de pied dans la porte qui s'ouvrit.

Devant la fenêtre ouverte, les rideaux battaient au vent.

L'Autre n'était plus là.

Einstein gisait sur le sol, immobile, ensanglanté.

Nora poussa un gémissement effaré en voyant le retriever.

En regardant par la fenêtre, Travis remarqua des

taches de sang qui conduisaient vers le toit. La pluie nettoyait tout rapidement.

Un mouvement capta son attention et il vit l'Autre disparaître par la porte de la grange.

— Oh, mon Dieu, Travis, après tout ce que nous avons traversé, il ne va pas mourir comme ça.

— Je vais liquider l'Autre, il est dans la grange, dit Travis d'un ton furieux.

Nora se précipita vers la porte.

— Non, appelle Jim, et reste avec Einstein. Reste avec Einstein !

— Mais tu as besoin de moi, tu ne peux pas y aller tout seul.

— C'est Einstein qui a besoin de toi.

— Einstein est mort ! cria-t-elle, en larmes.

— Non, ne dis pas ça !

Il se savait stupide, mais il lui semblait qu'Einstein ne mourrait pas tant qu'ils n'en parleraient pas.

— Ne dis pas ça. Reste avec lui. Cette bestiole de cauchemar est blessée, je peux l'achever tout seul. Appelle Jim.

Il craignait qu'après toutes ces terreurs, elle ne fasse une fausse couche. Ils perdraient Einstein et l'enfant.

Il sortit de la pièce en courant.

Tu n'es pas en état d'entrer dans cette grange, se dit-il, calme-toi avant. Demander à Nora d'appeler le vétérinaire pour un chien mort, de rester avec lui alors qu'elle aurait pu lui être utile... ! Non, cela ne valait rien de se laisser envahir par la rage et la soif de vengeance.

Pourtant, il était incapable de s'arrêter. Pendant toute sa vie, il avait perdu ceux qu'il aimait sans pouvoir se venger, on ne peut pas se venger du destin. Même à Delta Force, il se battait contre un ennemi sans visage... la masse de maniaques et de fanatiques... le terrorisme international, ce qui ne lui apportait qu'une faible satisfaction. Cette fois, il se trouvait face à un ennemi digne de ce nom, et il lui ferait payer ce qu'il avait fait à Einstein.

Pris de vertiges et de nausées, il descendit l'escalier,

les marches deux à deux, et faillit tomber. Il s'accrocha à la rampe pour retrouver son équilibre. Il s'appuya sur son mauvais bras, et la douleur le brûla. Lâchant la rampe, il trébucha sur les dernières marches et retomba douloureusement.

Il était en plus mauvais état qu'il ne le pensait.

Accroché à son Uzi, il chancela vers la porte arrière et atteignit la cour. La pluie glacée lui éclaircit un peu les idées, et il resta un moment sur la pelouse, pour que l'orage calme ses vertiges.

L'image d'Einstein, sanguinolant, brisé, lui traversa l'esprit. Il pensa aux messages amusants qu'il ne verrait plus derrière la porte du garde-manger, il pensa au prochain Noël où Einstein ne se promènerait plus avec son capuchon de Père Noël, à l'amour mort à jamais, aux petits chiots de génie qui ne verraient jamais le jour... le poids des souffrances le cloua au sol.

Mais il se servit de son chagrin pour aiguiser sa rage et sa fureur.

Ensuite, il alla vers la grange.

C'était un enfer d'ombres. Il resta devant la porte, laissant la pluie lui battre la tête et les épaules, espérant repérer les yeux jaunes.

Rien.

Il entra, enhardi par sa colère, et alluma l'interrupteur. Il ne voyait toujours pas l'Autre.

Combattant ses vertiges, serrant les dents de douleur, il se dirigea vers l'espace vide à la place du camion, longea doucement le flanc de la Toyota.

La mezzanine.

Travis sortirait de son abri dans quelques pas. Si l'Autre était en haut, il lui tomberait dessus...

Mais ce n'était qu'une fausse supposition, car il se trouvait derrière la voiture, au fond de la grange, recroquevillé sur le sol de béton, gémissant et se recroquevillant dans ses bras gigantesques. Une mare de sang se répandait sur le sol.

Travis resta presque une minute près de la voiture, à cinq mètres de l'immonde créature, à l'observer, rempli de terreur, d'horreur et d'une étrange fascination.

Elle avait la structure osseuse d'un singe, un babouin peut-être, mais c'était plutôt une sorte de patchwork de tous les animaux qu'une race précise. Avec son visage difforme, ses yeux jaunes, sa mâchoire carrée, ses dents crochues et ses bras immenses, elle atteignait une forme de personnalité terrifiante.

L'Autre le regardait et attendait.

Travis approcha de deux pas et leva son fusil.

Levant la tête, la bête émit un son rauque, confus mais pourtant intelligible malgré le vacarme de l'orage.

— *Blessé.*

Travis en fut plus horrifié que surpris. La créature n'était pas destinée à parler, mais elle était pourvue de l'intelligence et du désir de communication nécessaires. De toute évidence, pendant ses mois d'errance, ce désir était devenu assez fort pour qu'elle acquière le langage, malgré ses limites physiques. Elle s'était entraînée et avait trouvé le moyen de faire sortir des mots déformés par son râle et la malformation de sa gorge. Ce qui terrorisait Travis, ce n'était pas que le démon parlât, mais qu'il ait tant souffert de l'impossibilité de communiquer. Il n'avait pas envie de s'apitoyer sur le sort de l'Autre, car il voulait simplement l'éliminer de la surface terrestre.

— *Venu de loin. C'est fait,* dit l'Autre dans un effort épouvantable, comme si chaque mot lui arrachait la gorge.

Ses yeux étaient trop étranges pour inspirer la sympathie, et tous ses membres n'étaient que des engins meurtriers.

Déroulant le bras qu'il tenait autour de son corps, il ramassa quelque chose sur le sol que Travis n'avait pas encore remarqué : une des bandes vidéo de Mickey qu'Einstein avait eues pour Noël.

— *Mickey,* dit l'autre, *Mickey,* et, si rauque et rudimentaire que fût sa voix, elle traduisait un affreux sentiment de perte et de solitude.

Il relâcha la cassette et se tordit de douleur.

Travis avança encore d'un pas.

Le visage de l'Autre était si hideux qu'il en avait quelque chose de fascinant, une sombre laideur, unique, presque séduisante.

Un autre éclair déchira le ciel, et les lumières de la grange vacillèrent.

— *Tué chien. Tué chien. Tué chien*, dit l'Autre, de la même voix rocailleuse mais chargée cette fois d'une étrange allégresse, d'un rire malsain.

Travis faillit tirer, mais avant qu'il appuie sur la détente, le rire se transforma en ce qui aurait pu être des sanglots. Fasciné, Travis observa.

Fixant Travis de ses yeux grands comme des lanternes, l'Autre répéta :

— *Tué chien. Tué chien. Tué chien*, mais cette fois avec une sorte de soulagement, comme s'il comprenait la grandeur du crime qu'il avait génétiquement été destiné à commettre.

Il se tourna de nouveau vers le portrait de Mickey sur la cassette.

— *Tue-moi*, demanda l'Autre d'un ton de supplication.

Travis ne sut pas s'il agit par rage ou par pitié en appuyant sur la détente et en vidant le magasin de l'Uzi sur l'Autre. Ce que l'homme avait fait, l'homme le défaisait.

Travis se sentit exténué.

Il jeta son arme et sortit. Il n'avait pas la force de retourner à la maison. Il s'assit sur la pelouse, se blottit sous la pluie, et pleura.

Il pleurait toujours quand Jim Keene s'engagea dans le chemin de terre boueux.

Chapitre onze

1

Le jeudi après-midi, 13 janvier, Lem Johnson posta Cliff Soames et trois de ses hommes au pied du chemin de terre, à l'embranchement de la route du Pacifique. Ils ne devaient laisser passer personne et rester là jusqu'à ce que Lem les appelle.

Cliff Soames trouvait cette manière de mener les opérations assez étrange, mais il n'exprima pas d'objection.

Lem expliqua que Travis Cornell, en tant qu'ancien de Delta, devait encore avoir des talents de combattant et qu'on devait donc l'approcher avec précaution.

— Si nous débarquons en force, il saura immédiatement pourquoi nous sommes là et il risque de réagir violemment. Si j'y vais seul, il acceptera sans doute de me parler et j'arriverai peut-être à le persuader.

L'explication était un peu légère face à une procédure si peu orthodoxe, et Cliff continua à froncer les sourcils.

Ignorant cette réaction, Lem s'engagea seul sur le chemin à bord d'une des voitures et se gara devant la maison de bois.

Les oiseaux chantaient dans les arbres. L'hiver marquait une pause et la journée était douce en Californie du Nord.

Travis vint ouvrir la porte et regarda l'homme par la vitre.

— Monsieur Johnson, j'imagine ?

— Euh, oui, comment connaissez-vous mon nom ? Ah, bien sûr, Garrison Dilworth a dû vous le mentionner quand il a réussi à vous appeler.

Cornell portait un T-shirt sans manches, apparemment à cause de l'énorme bandage qui enserrait son épaule droite. Il conduisit Lem dans la cuisine où sa femme épluchait des pommes pour une tarte.

— Ah, monsieur Johnson, dit-elle.

— Je vois que je suis connu, dit Lem en souriant.

Cornell s'assit à la table et prit une tasse de café. Il n'en offrit pas à Johnson.

Après avoir hésité un instant, un peu embarrassé, Lem finit par s'asseoir avec eux.

— Vous savez, c'était inévitable. On vous aurait retrouvés un jour ou l'autre.

Nora épluchait ses pommes sans rien dire. Son mari fixait sa tasse de café. Qu'avaient-ils tous les deux ? se demanda Lem.

Cela ne ressemblait guère au scénario qu'il avait imaginé. Il s'était préparé à la panique, au désespoir, à la fureur et à bien d'autres choses, mais pas à cette étrange apathie. Ils semblaient ne pas se soucier le moins du monde qu'on les ait retrouvés.

— Cela vous intéresse de savoir comment nous vous avons localisés ?

La femme fit un signe négatif de la tête.

— Si ça vous amuse, dites-le toujours, dit Travis.

— Eh bien, commença Lem en fronçant les sourcils, intrigué. Ça a été assez simple. Nous savions que M. Dilworth avait dû vous appeler d'une des maisons près du parc, au nord du port. Alors, nous avons relié nos ordinateurs à ceux de la compagnie du téléphone, avec leur permission bien sûr, et nous avons demandé à deux hommes d'éplucher la liste de tous les appels interurbains de cette nuit-là. Rien n'a réussi à nous conduire jusqu'à vous. C'est alors que nous avons compris que, pour les appels en PCV, l'appel ne figure pas sur la facture de celui qui a appelé, mais sur celle de celui qui prend la communication, vous, en l'occurrence. Mais cela apparaît malgré tout sur un dossier spécial de la compagnie pour qu'ils aient des preuves en cas de contestation. Alors, nous avons examiné ce dossier, qui n'est pas très volumineux, et nous avons trouvé un appel d'une des maisons proches du parc pour votre numéro. Lorsque nous sommes allés voir les Essenby en question, nous avons surtout interrogé leur fils, un adolescent prénommé Tommy. Cela nous a pris un certain temps malgré tout, mais nous avons fini par lui faire avouer que Dilworth avait bien utilisé leur téléphone. La première partie a été longue et fastidieuse, mais ensuite, ce fut un jeu d'enfant.

— Vous voulez une médaille ? demanda Cornell.

La femme reprit une autre pomme, la coupa en quatre et se mit à l'éplucher.

Ils ne lui facilitaient pas la tâche et pourtant, il était là pour des raisons bien différentes de celles qu'ils imaginaient. On ne pouvait guère leur reprocher de se montrer si froids puisqu'ils ne savaient pas que Lem était là en ami.

— Ecoutez, dit-il, j'ai laissé mes hommes au bout de l'allée, je leur ai dit que vous pourriez avoir des réactions violentes si vous nous voyiez débarquer en groupe, mais si je suis venu seul... c'est en fait pour vous faire une proposition.

Enfin, ils finirent par le regarder d'un air intéressé.

— Je quitte ce fichu boulot au printemps. Pourquoi, cela me regarde. Disons que j'ai subi un changement de marée. J'ai appris à m'accommoder de l'échec et cela ne me fait plus peur. De toute façon, ce chien n'a pas sa place dans une cage. Je me fiche pas mal de ce qu'ils disent ou de ce qu'ils pensent. Moi aussi, j'étais en cage jusqu'à il y a peu. Voilà ce que je vous propose, monsieur Cornell : emmenez le chien hors d'ici, quelque part dans le bois où il sera en sécurité, revenez, et racontez une histoire. Dites qu'il a fait une fugue il y a quelques mois et qu'il est sans doute mort à moins qu'il n'ait trouvé d'autres gens pour l'accueillir. Il y a toujours le problème de l'Autre, vous êtes sûrement au courant mais, à nous tous, on trouvera bien un moyen de nous occuper de lui. Je vous ferai surveiller un moment, et au bout de quelques semaines, je dirai que ce n'est plus la peine d'insister, que c'est une cause perdue...

Cornell se leva, avança vers Lem et le souleva par la chemise.

— Vous avez seize jours de retard, espèce d'abruti.

— Que voulez-vous dire ?

— Le chien est mort. C'est l'Autre qui l'a tué, et moi, j'ai tué l'Autre.

La femme laissa tomber son couteau et son morceau de pomme sur la table, et se mit la tête dans les mains, épaules courbées, en poussant des petits sanglots malheureux.

— Ah, mon Dieu ! dit Lem.

Cornell le lâcha. Gêné, déprimé, Lem redressa sa cravate, et aplatit les plis de sa chemise. Il regarda son pantalon... et le brossa.

— Ah, mon Dieu ! répéta-t-il.

Cornell accepta de le conduire à l'endroit où il avait enterré l'Autre.

Les hommes de Lem creusèrent. La monstruosité était emballée dans un sac en plastique mais ils n'eurent pas besoin de l'ouvrir pour savoir qu'il s'agissait bien de la créature de Yarbeck.

Le temps avait été assez froid, mais la putréfaction était bien avancé.

Cornell ne voulut pas leur dire où il avait enterré le chien.

— Il n'a jamais eu la chance de pouvoir vivre en paix, dit-il, mais personne ne troublera son repos. Il n'est pas question qu'on le découpe en morceaux sur une table d'autopsie, ça jamais.

— Quand la défense nationale est impliquée, il y a des moyens de forcer...

— Eh bien d'accord ! dit Cornell, si on me fait passer devant un juge pour essayer de m'obliger à dire où je l'ai enterré, je crache toute l'histoire à la presse. Mais si on me laisse tranquille, moi et les miens, je ne dirai rien. Je n'ai pas l'intention de retourner à Santa Barbara, je n'ai pas l'intention de redevenir Travis Cornell. Je m'appelle Hyatt, un point c'est tout. Mon ancienne vie est morte à jamais. Il n'y a aucune raison de revenir en arrière. Et si le gouvernement a pour deux sous de jugeotte, on me laissera rester Hyatt et on me fichera la paix.

Lem l'observa longuement.

— Oui, s'ils ont un peu de bon sens, c'est ce qu'ils feront.

Plus tard, le même jour, tandis qu'il se préparait à dîner, Jim Keene entendit le téléphone. Il ne connaissait pas Garrison Dilworth, mais depuis quelques semaines il servait de liaison entre Travis et Nora et leur avocat. Garrison appelait d'une cabine de Santa Barbara.

— Ils sont arrivés?

— Oui, dans l'après-midi, répondit Jim. Ce Tommy Essenby doit être un brave gosse.

— Ce n'est pas un mauvais bougre, mais il n'est pas venu me prévenir par pure bonté d'âme. Il est en rébellion contre toute forme d'autorité. Quand ils ont fini par lui faire avouer que j'avais téléphoné de chez lui, il leur en a voulu. Alors, il est venu me voir, comme le taureau qui fonce dans un chiffon rouge.

— Ils ont emmené l'Autre.

— Et le chien?

— Travis leur a dit qu'il n'avouerait jamais où il est et qu'il était prêt à tout raconter si on continuait à l'embêter.

— Comment va Nora?

— Bien, elle ne perdra pas l'enfant.

— Ouf, elle doit être contente.

Huit mois plus tard, le jour de la fête du travail, au début septembre, les Johnson et les Gaines se réunirent pour un barbecue dans la maison du shérif et jouèrent au bridge pendant une bonne partie de l'après-midi. Lem et Karen gagnèrent plus souvent qu'ils ne perdirent, ce qui devenait rare car Lem ne jouait plus avec le même désir fanatique de gagner qu'autrefois.

Il avait quitté la NSA en juin et depuis vivait sur l'héritage de son père. Il projetait de monter une petite affaire au printemps suivant où il serait son propre patron et où il pourrait travailler aux horaires qui lui conviendraient.

Tard dans la journée, tandis que les femmes préparaient des salades à la cuisine, Lem et Walt s'occupèrent des steaks sur le patio.

— Alors, à la NSA on te considère toujours comme l'homme qui a fait foirer l'affaire Banodyne ?

— C'est comme ça qu'on se souviendra de moi pour l'éternité.

— On te verse quand même ta retraite.

— Eh, j'y ai travaillé plus de vingt-trois ans.

— C'est quand même pas normal qu'un type sabote la plus grosse histoire du siècle et touche sa retraite complète.

— Les trois quarts seulement !

Walt huma la fumée odorante de la viande grillée.

— Ah, je me demande où va le pays ! Dans des temps moins libéraux, on t'aurait mis au fer ! Raconte-moi encore comment ça s'est passé dans la cuisine.

Lem le lui avait déjà dit cent fois, mais Walt ne se fatiguait jamais de ce récit.

— Bien... tout était propre, ça brillait partout, et les Cornell étaient très soignés eux aussi. Et ils m'ont dit que le chien était mort depuis quinze jours, mort et enterré. Cornell s'est fichu en colère, il m'a pris par le collet et m'a regardé comme s'il allait m'égorger. Quand il m'a relâché, j'ai redressé ma cravate, j'ai défroissé ma chemise et j'ai regardé mon pantalon, un peu par habitude... C'est là que j'ai remarqué tous ces poils roux. Des poils de chien, des poils de golden retriever, pas le moindre doute là-dessus. Alors, comment des gens aussi propres qui n'ont rien d'autre à faire qu'à essayer de tuer le temps pour oublier leur chagrin pouvaient-ils ne pas trouver le temps de nettoyer la maison une seule fois en quinze jours ?

— Et tu en avais partout.

— Des centaines et des centaines.

— Comme si le chien venait de s'asseoir sur la chaise juste avant que tu arrives ?

— Comme si, si jamais j'étais arrivé deux minutes plus tôt, je me serais carrément assis sur le chien !

Walt retourna les steaks.

— Tu es assez observateur, ça aurait dû t'emmener loin dans ton boulot. Je ne comprendrai jamais comment avec tous ces talents, tu t'es arrangé pour faire foirer l'affaire Banodyne aussi efficacement !

Ils se mirent à rire, comme à l'accoutumée.

— La chance, je suppose, dit Lem, répétant une fois de plus sa réponse routinière.

De nouveau, ils éclatèrent de rire.

3

Lorsque James Garrison Hyatt fêta son troisième anniversaire le 28 juin, sa mère était à nouveau enceinte de sa première petite sœur.

Ses parents organisèrent une fête somptueuse dans la maison de bois blanchie à la chaux sur la côte du Pacifique, un jour dont on se souviendrait, car ce n'était pas seulement un anniversaire mais aussi un adieu au foyer qui les avait accueillis pendant trois ans.

Jim Keene arriva de Carmel avec Pooka et Sadie, ses deux labradors noirs, et son jeune golden retriever, Leonardo, plus simplement dit Léo. Quelques amis de l'agence immobilière où Sam, Travis pour tout le monde, travaillait ainsi que de la galerie où Nora exposait et vendait ses peintures vinrent eux aussi avec leurs retrievers, tous de la seconde portée d'Einstein et de Minnie.

Il ne manquait que Garrison Dilworth, mort dans son sommeil l'année précédente.

Ils passèrent une journée splendide, non seulement parce qu'ils étaient entre amis, mais surtout parce qu'ils partageaient un secret et une joie qui les lieraient pour toujours en une grande famille.

Tous les chiots de la première portée, dont Travis et Nora n'auraient pas supporté de se séparer, étaient présents eux aussi : Mickey, Donald, Daisy, Goofy, Pluto, Riri.

Les chiens s'amusèrent encore plus que les hommes à folâtrer sur la pelouse, jouer à la cachette dans les bois et regarder des films de Mickey à la télévision.

Le patriarche de la gent canine participa à certains jeux mais préféra passer la plus grande partie du temps près de Travis et Nora et, bien sûr, de sa compagne, Minnie. Il boitait un peu, il boiterait toute sa vie, car l'Autre lui avait cruellement déchiré la patte arrière, et il n'en aurait jamais retrouvé l'usage sans le dévouement de son vétérinaire.

Travis se demandait souvent si l'Autre s'était contenté de jeter Einstein contre le mur, en le croyant mort ou si, au moment où il avait tenu la vie du retriever entre ses mains, il avait éprouvé un accès de pitié, sentiment profondément enfoui au plus profond de lui-même malgré la volonté de ses concepteurs. A moins qu'il ne se soit souvenu du seul plaisir qu'il partageait avec le chien, les dessins animés. Et que, grâce à ce souvenir, il ait vu en lui un espoir de devenir comme les autres créatures vivantes. Peut-être qu'après cette prise de conscience, il ne lui avait plus été aussi facile de tuer Einstein. Après tout, un coup de griffes acérées aurait suffi à lui arracher les entrailles.

Einstein avait donc un nouveau handicap mais, grâce à Jim Keene, il avait perdu son tatouage. Plus personne ne pourrait jamais prouver qu'il s'était échappé des laboratoires Banodyne, et il savait encore très bien jouer les idiots quand il le voulait.

De temps à autre, pendant les extravagances de la journée d'anniversaire, Minnie regardait son compagnon et ses enfants, pleine d'une charmante perplexité devant leurs attitudes et leurs grimaces. Bien qu'elle ne pût jamais vraiment les comprendre, aucune maman chien ne fut plus aimée par sa progéniture. Elle veillait sur eux, et ils veillaient sur elle, anges gardiens les uns des autres.

A la fin de cette magnifique journée, tandis que tous les invités s'étaient retirés, que le jeune Jimmy dormait dans sa chambre et que Minnie et ses chiots se préparaient pour la nuit, Einstein, Travis et Nora se rassemblèrent dans le garde-manger.

Le distributeur de lettres de Scrabble avait disparu, remplacé par un ordinateur IBM. Einstein prit un stylet entre les dents et commença à taper sur le clavier.

ILS GRANDISSENT VITE.

— Oui, plus vite que les nôtres, dit Nora.

UN JOUR, IL Y EN AURA PARTOUT.

— Un jour, avec le temps et pas mal de portées, il y en aura dans le monde entier.

JE NE LE VERRAI JAMAIS. C'EST TRISTE.

— Oui, un peu, dit Nora, mais tous les oiseaux doivent quitter le nid, un jour ou l'autre.

ET QUAND JE NE SERAI PLUS LÀ ?

— Que veux-tu dire ? demanda Travis en ébouriffant la fourrure de l'animal.

ILS SE SOUVIENDRONT DE MOI ?

— Bien sûr, Poilu, dit Nora en s'agenouillant et en le prenant dans ses bras. Tant qu'il y aura des chiens, et tant qu'il y aura des hommes pour les accompagner, personne ne t'oubliera jamais.

Épouvante

Depuis Edgar Poe, il a toujours existé un genre littéraire qui cherche à susciter la peur, sinon la terreur, chez le lecteur. Il a suscité de nombreux films.

Suspense

Depuis Alfred Hitchcock, le suspense, que l'on nomme aussi parfois Thriller, est devenu un genre à part dans le roman criminel. Des auteurs connus, aussi bien anglo-saxons (Stephen King, William Goldman) que français (Philippe Cousin, Patrick Hutin, Frédéric Lepage) y excellent. Les livres de suspense : des romans haletants où personnages et lecteur vivent à 100 à l'heure.

2877

Impression Brodard et Taupin
à La Flèche (Sarthe) le 25 septembre 1990
1218D-5 Dépôt légal septembre 1990
ISBN 2-277-22877-X
Imprimé en France
Editions J'ai lu
27, rue Cassette, 75006 Paris
diffusion France et étranger : Flammarion